BASTEI
LÜBBE

Von Mary Jo Putney erschienen bei BASTEI-LÜBBE:

12 258 WILDER ALS HASS, SÜSSER ALS LIEBE
12 305 INDISCHE NÄCHTE

MARY JO PUTNEY

WIE EIN BLÜTENBLATT IM STURM

Aus dem Englischen
von Kerstin Winter

BASTEI
LÜBBE

BASTEI-LÜBBE-TASCHENBUCH
Band 12 340

Deutsche Erstveröffentlichung
Titel der amerikanischen Originalausgabe:
Petals in the Storm

Published by arrangement with Topaz, an Imprint of
Dutton Signet, a division of Penguin Books USA Inc.

Printed in Germany Mai 1995
Einbandgestaltung: K. K. K.
Titelfoto: Pino Daeni
Satz: hanseatenSatz-bremen, Bremen
Druck und Bindung: Elsnerdruck
ISBN 3-404-12340-9

Von den zahlreichen Büchern, die für den Hintergrund dieser Geschichte konsultiert worden sind, möchte die Autorin drei besonders hervorheben:
»Wellington: Pillar of State« von Elizabeth Longford,
»The Foreign Policy of Castlereagh, 1812-1815« von Sir Charles Webster und
»The Reminiscences and Recollections of Captain Gronow« (Viking Press edition, 1994)

Kapitel 1

»WAS ZUM TEUFEL geht hier vor?«

Der Schlachtruf eines wütenden Ehemann; Rafe hätte ihn überall erkannt. Er seufzte. Offenbar würde es nun eine häßliche emotionale Szene von der Art geben, die er am meisten verabscheute. Er ließ die attraktive Frau in seinen Armen los und wandte sich dem Mann zu, der soeben in den Salon gestürzt war.

Der Eindringling hatte etwa Rafes Größe und dasselbe Alter, Mitte Dreißig. Mochte er auch unter anderen Umständen ein angenehmer Mensch sein – im Augenblick sah er so aus, als könnte er durchaus einen Mord begehen.

»David!« rief Lady Jocelyn Kendal und ging freudig auf ihn zu, blieb jedoch bei der Miene ihres Gatten wie angewurzelt stehen. Die pulsierende Spannung zwischen ihnen war fast greifbar.

Der Neuankömmling brach das Schweigen mit leiser, zorniger Stimme. »Es ist offensichtlich, daß meine Ankunft unerwartet und wenig willkommen ist. Ich nehme an, dies ist der Duke of Candover. Oder verschenkst du deine Gunst auch an andere?«

Als Lady Jocelyn unter der geballten Wut seiner Worte zu schwanken begann, sagte Rafe kühl: »Ich bin Candover.

Ich fürchte, wir sind einander noch nicht vorgestellt worden, Sir.«

Der andere Mann kämpfte sichtlich mit dem Bedürfnis, den Gast seiner Frau hinauszuwerfen, zwang sich aber zu einer Antwort. »Ich bin Presteyne, Gatte dieser Lady hier, wenn auch nicht mehr lange.« Sein Blick kehrte zu Lady Jocelyn zurück. »Verzeih mir, daß ich deine Vergnügungen gestört habe. Ich packe meine Habe zusammen und belästige dich nie wieder.«

Dann verschwand Presteyne durch die Tür, die er mit solcher Kraft zuwarf, daß die Wände zitterten. Rafe war froh, als er fort war. Obwohl er in allen sportlichen Ertüchtigungen eines Gentlemans ein Experte war, gehörten Auseinandersetzungen mit einem wütenden Ehemann mit militärischem Habitus nicht zu seinen Lieblingsbeschäftigungen.

Dummerweise war die Szene noch nicht zu Ende, denn Lady Jocelyn brach auf einen Stuhl zusammen und begann zu weinen. Rafe betrachtete sie mit wachsender Ungeduld. Er zog es vor, seine Affären komplikationsfrei und mit gegenseitigem Vergnügen ohne Reue und Schwierigkeiten zu handhaben. Er hätte Lady Jocelyn niemals berührt, wenn sie ihm nicht versichert hätte, daß ihre Ehe nur dem Namen nach bestand. Die Dame hatte offenbar gelogen. »Dein Mann scheint deine Ansicht nicht zu teilen, daß es sich bei euch nur um eine Zweckehe handelt«, bemerkte er.

Sie hob den Kopf und blickte ihn tränenblind an, als hätte sie vergessen, daß er da war.

Verärgert fragte er: »Was für eine Art Spiel spielst du eigentlich? Dein Mann scheint nicht der Typ zu sein, der sich von Eifersucht manipulieren läßt. Vielleicht verläßt er dich, vielleicht dreht er dir auch den Hals um, aber ganz sicher wird er nicht die Rolle des leidenden Gehörnten übernehmen.«

»Es war kein Spiel«, sagte sie mit bebender Stimme. »Ich habe versucht zu ergründen, was ich in meinem Herzen fühlte. Jetzt, wo es zu spät ist, weiß ich, was ich für David empfinde.«

Rafes Ärger schwand, als er sich ihre Jugend und Verletzlichkeit in Erinnerung rief. Er war schließlich auch mal so jung und verwirrt gewesen, und der Anblick ihres Elends erinnerte ihn lebhaft daran, wie vernichtend sich Liebe auswirken konnte. »Ich habe langsam den Verdacht, daß sich hinter deiner glatten, strahlenden Fassade ein romantisches Herz verbirgt«, sagte er trocken. »Wenn es so ist, dann lauf deinem Mann hinterher und wirf ihm dein bezauberndes Wesen zu Füßen. Bitte ihn um Verzeihung. Du wirst es bestimmt schaffen. Ein Mann vergibt der Frau, die er liebt, sehr, sehr viel. Laß dich nur nicht ein zweites Mal in den Armen eines anderen erwischen. Ich glaube kaum, daß er dir noch einmal verzeiht.«

Ihre Augen weiteten sich. Als sie sprach, klang ihre Stimme, als wäre sie hysterischem Gelächter nah. »Deine Kaltblütigkeit ist legendär, aber die Berichte werden dir nicht einmal gerecht. Wenn der Teufel selbst hereinkäme, würdest du ihn wahrscheinlich fragen, ob er eine Partie Whist mit dir spielt.«

»Spiel niemals mit dem Teufel Whist, meine Liebe. Er schummelt.« Rafe nahm ihre eiskalte Hand und küßte sie leicht zum Abschied. »Sollte dein Mann deinem Flehen widerstehen, laß mich wissen, ob du dich mit einer unkomplizierten, netten Affäre trösten möchtest.« Er ließ die Hand los. »Du weißt, daß du von mir niemals mehr bekommen wirst. Vor vielen Jahren verschenkte ich mein Herz an jemanden, der es zerbrochen hat. Nun habe ich keines mehr übrig.«

Das war ein guter Abgang, doch als er in das liebliche Gesicht des Mädchens blickte, hörte er sich sagen: »Du erinnerst mich an eine Frau, die ich einmal kannte. Aber du ähnelst ihr nicht stark genug. Niemals.«

Dann drehte er sich um und ging fort, aus dem Haus hinaus und die Stufen auf die Upper Brook Street hinunter. Seine Kutsche wartete, also schwang er sich auf den Bock und nahm die Zügel.

Ein Teil von ihm amüsierte sich über seine eigene Eitelkeit. Wie gut hatte der »Duke« die Szene doch wieder bewältigt, dachte er spöttisch. »Duke« war der Spitzname, den Rafe sich selbst für seine Rolle in der Gesellschaft gegeben hatte. An diesem öffentlichen Bild hatte er jahrelang gefeilt und poliert. Als Duke war er der perfekte, unerschütterliche englische Gentleman, und niemand konnte diese Rolle besser als Rafe spielen.

Jeder Mensch brauchte einen Zeitvertreib.

Doch als er in die Park Lane einbog, war er sich unangenehm bewußt, daß er mehr von sich preisgegeben hatte, als es gut war. Zum Glück war Jocelyn nicht der Typ, der solche Dinge ausplauderte, und Rafe würde es ganz sicher nicht tun.

Während ihm durch den Kopf ging, daß er sich eine neue Geliebte würde suchen müssen, hielt er die Kutsche vor seinem Haus am Berkeley Square an. In den Wochen, die dem Ende seiner letzten Affäre gefolgt waren, hatte er keine Frau finden können, die ihn wirklich ansprach. Er hatte sogar schon überlegt, ob er die willfährigen Damen seines Standes aufgeben und sich eine Kurtisane mieten sollte. Es wäre einfacher, sich eine professionelle Geliebte zu halten, aber solche Frauen waren meistens geldgierig und ungebildet und nicht selten krank. Diese Aussicht reizte ihn wenig.

Aus diesem Grund war er erfreut gewesen, als die entzückende Jocelyn Kendal ihn diskret wissen ließ, sie sei eine Zweckehe eingegangen und würde nun Zerstreuung suchen. Er hatte sie schon vor ihrer Heirat bewundert, hatte aber Abstand gehalten, weil es strikt gegen seinen Ehrenkodex ging, mit unschuldigen Mädchen etwas anzufangen. In den Wochen, in denen er auf dem Land gewesen war, hatte er mit mäßiger Erwartung an sie gedacht und sie besucht, sobald er zurück war. Leider hatte die Lady offenbar seit ihrer Einladung ein wenig nachgedacht, und Rafe mußte sich woanders umsehen.

Um sich zu trösten, gratulierte er sich lieber dazu, daß er etwas vermieden hatte, was sich zu einer recht unangenehmen Sache hätte auswachsen können. Er hätte es besser wissen müssen, als sich mit einem so romantischen Mäuschen einzulassen. Tatsächlich *hatte* er es besser gewußt, aber sie war wirklich die erfrischendste, anziehendste Frau, die ihm seit Jahren über den Weg gelaufen war. Sie war wirklich wie . . .

Er schnitt den Gedanken scharf ab. Der Hauptgrund seiner frühen Rückkehr nach London war nicht die Suche nach Zeitvertreib gewesen, sondern eine Nachricht seines Freundes Lucien, der eine geschäftliche Sache mit ihm besprechen wollte. Die Tatsache, daß die Geschäfte des Earl of Strathmore sich um Spionage drehten, bedeutete, daß seine Projekte meist recht interessant waren.

Sein Rang verschaffte Rafe Zutritt zu den obersten Gesellschaftsschichten, wo immer er auch war, und im Laufe der Jahre war er durch diesen Vorteil zu einem nützlichen Glied des weitgespannten Spionagenetzes seines Freundes geworden. Rafes Spezialität war es, als Kurier zu fungieren, wo das Risiko, daß über die offiziellen Kanäle etwas durchsickern könnte, zu groß war. Aber er hatte auch bereits einige diskrete Ermittlungen bei den Reichen und Mächtigen durchgeführt.

Als Rafe seinen Wagen auf den Hof lenkte, hoffte er,

daß Lucien für ihn diesmal etwas hatte, das ihn verflucht gründlich ablenkte.

*

Lucien Fairchild beobachtete amüsiert, wie der Duke of Candover sich durch den vollen Salon arbeitete. Groß, dunkel und mit seiner Aura von Macht paßte Rafe so gut in die Rolle des Aristokraten, daß er eher als Schauspieler denn als Original durchgehen konnte.

Da er auch noch unglaublich attraktiv war, erstaunte es nicht weiter, daß ihm jede anwesende Frau hinterhersah. Lucien überlegte, welche von ihnen die nächste in der langen Reihe der strahlenden Damen werden würde, die Rafes Bett geteilt hatten. Selbst Lucien, dessen Geschäft Informationsbeschaffung war, hatte Mühe, auf dem laufenden zu bleiben.

Während Lucien seine Überlegungen anstellte, hatte Rafe auf seinem Weg durch den Salon seinen berühmten eiskalten Blick dazu benutzt, drei unbedeutende Gestalten einzuschüchtern, die hier nichts zu suchen hatten. Doch als er endlich seinen Freund erreichte, erwärmte sich sein kühles Gesellschaftslächeln. »Es tut gut, dich zu sehen, Luce. Es hat mir leid getan, daß du diesen Sommer nicht nach Bourne Castle kommen konntest.«

»Auch mir tat es leid, aber Whitehall ist ein echtes Irrenhaus gewesen.« Lucien blickte durch den Raum und gab einem anderen Mann ein unauffälliges Zeichen, dann sprach er weiter. »Suchen wir uns ein ruhigeres Plätzchen, um die Neuigkeiten auszutauschen.« Er führte Rafe aus dem Salon in ein Arbeitszimmer im hinteren Teil des Hauses.

Beide setzten sich, und Rafe nahm eine Zigarre von seinem Gastgeber. »Ich vermute, du hast einen Auftrag für mich.«

»Du vermutest richtig.« Lucien zündete zuerst Rafes Zigarre mit einer Kerze an, dann seine. »Hättest du Lust auf einen Ausflug nach Paris?«

»Hört sich gut an.« Rafe sog an seiner Zigarre, bis sie richtig brannte. »Ich habe mich in letzter Zeit ein wenig gelangweilt.«

»Diese Sache wird bestimmt nicht langweilig – der Auftrag betrifft eine Frau, die uns ein wenig Ärger macht.«

»Um so besser.« Rafe nahm einen tiefen Zug von seiner Zigarre und ließ den Rauch langsam durch einen Mundwinkel entweichen. »Soll ich sie töten oder küssen?«

Lucien runzelte die Stirn. »Ersteres bestimmt nicht. Was das zweite angeht –«, er zuckte die Schultern, »– das überlaß ich dir.«

Die Tür ging auf, und ein Mann mit dunklem Teint trat ein. Rafe erhob sich und streckte ihm die Hand entgegen. »Nicholas! Ich wußte nicht, daß du in London bist!«

»Clare und ich sind erst gestern abend angekommen.« Nachdem sie sich die Hände geschüttelt hatten, ließ sich der Earl of Aberdare lässig auf einen Stuhl fallen.

Als Rafe ebenfalls wieder Platz genommen hatte, bemerkte er: »Du siehst ausgesprochen gut aus.«

»Die Ehe ist eine wunderbare Sache.« Nicholas grinste schelmisch. »Du solltest dir auch eine Frau nehmen.«

Mit zuckersüßer Stimme erwiderte Rafe: »Eine exzellente Idee. Wessen Frau schlägst du vor?«

Die Männer lachten. »Ich hoffe, meinem Patenkind geht es genauso gut«, fuhr Rafe fort.

Die Ablenkung funktionierte bestens. Nicholas' Gesicht erstrahlte augenblicklich in der begeisterten Miene eines stolzen, frischgebackenen Vaters, und schon erging er sich in einer Beschreibung der erstaunlichen Fortschritte, die der kleine Kenrick machte.

Die Männer im Arbeitszimmer bildeten drei Viertel der

Gruppe, die in ihren jüngeren, wilderen Jahren den Spitznamen »Gefallene Engel« erhalten hatte. Sie waren Freunde seit Eton und gingen stets vertraut wie Brüder miteinander um, selbst wenn Jahre zwischen ihren einzelnen Treffen verstrichen. Das fehlende Mitglied war Michael Kenyon, Nicholas' Nachbar in Wales. Nachdem die Entwicklung des Kindes gebührend bewundert und besprochen worden war, fragte Rafe: »Ist Michael mit dir gekommen?«

»Er ist noch nicht ganz reisefähig, aber er erholt sich mit erstaunlicher Geschwindigkeit. Bald ist er wieder so gut wie neu, wenn auch mit ein paar Narben mehr.« Nicholas lachte in sich hinein. »Clare hat darauf bestanden, ihn zu pflegen. Stellt euch das bitte vor: Hartnäckigkeit trifft auf Widerspenstigkeit! Ich denke, meine sture kleine Frau ist der einzige Mensch auf der Welt, der Michael lang genug ans Bett fesseln kann, damit er richtig gesund wird. Nun, da es ihm besser geht, fand ich, Clare brauche ein wenig Urlaub. Also habe ich sie mit nach London genommen.«

»Typisch für Michael, wieder in die Armee einzutreten, sobald Napoleon von Elba geflüchtet war«, sagte Lucien säuerlich. »Da die Franzosen ihn in Spanien nicht haben umbringen können, mußte er ihnen ja in Waterloo eine neue Chance geben.«

»Michael hat noch nie einer anständigen Schlacht widerstehen können, und Wellington brauchte jeden erfahrenen Offizier, den er bekommen konnte«, warf Rafe ein. »Aber ich hoffe auch, daß die Kriegszeit ein für allemal vorbei ist. Selbst Michael könnte eines Tages vom Glück im Stich gelassen werden.«

Diese Worte erinnerten Lucien an den Grund ihres Zusammentreffens. »Da ihr jetzt beide hier seid, kommen wir wieder aufs Geschäft zurück. Ich habe Nicholas gebeten, dabei zu sein, da er bei seinen Reisen auf dem Kontinent gelegentlich mit der Frau zusammengearbeitet hat, die ich eben erwähnte.«

Die beiden Männer tauschten Blicke aus. »Ich habe immer schon vermutet, daß du Lucien auf deinen Streifzügen durch Europa ein wenig geholfen hast«, sagte Rafe zu Nicholas.

»Zigeuner können überall hingelangen, und das habe ich mir oft zunutze gemacht. Offenbar bist du auch in den Dienst gezwungen worden.« Nicholas warf Lucien einen amüsierten Blick zu. »Du läßt wirklich kaum einen in deine Karten sehen. Daß Rafe und ich noch nicht einmal voneinander wußten . . .! Aber es überrascht mich, daß du nun mit uns beiden sprichst. Sind wir plötzlich vertrauenswürdig geworden?«

Obwohl er wußte, daß man ihn nur necken wollte, ereiferte sich Lucien. »In meiner Branche ist es nur gesund, niemandem mehr zu verraten, als er wissen muß. Ich breche mit dieser Regel heute, weil du etwas wissen könntest, das Rafe vielleicht helfen wird.«

»Ich nehme an, die fragliche Dame gehört zu deinen Agenten«, sagte Rafe. »Was für eine Art Ärger macht sie denn?«

Lucien zögerte und überlegte, wie er am besten beginnen sollte. »Du hast wahrscheinlich die Friedenskonferenz in Paris verfolgt.«

»Ja, wenn auch nicht intensiv. Wurden die meisten Punkte nicht beim Wiener Kongreß festgelegt?«

»Ja und nein. Vor einem Jahr waren die Alliierten gewillt, die Kriege Napoleons Ehrgeiz in die Schuhe zu schieben, weswegen die Beschlüsse in Wien recht bescheiden waren.« Lucien nahm die Zigarre aus dem Mund und starrte mißbilligend auf die glühende Spitze. »Alles hätte ganz gut geklappt, wenn Napoleon im Exil geblieben wäre, aber seine Rückkehr nach Frankreich und die Schlacht bei Waterloo hat die Diplomaten aufgescheucht wie eine Katze die Tauben. Weil ein großer Teil der Franzosen den Kaiser unterstützten, greifen die Alliierten jetzt durch. Frankreich wird jetzt weit härter behandelt werden als vor Napoleons Hundert Tagen.«

»Das wissen wir alle.« Rafe schnippte die Asche von seiner Zigarre. »Wo passe ich da hinein?«

»Seit einer Weile herrscht ein heftiger, verdeckter Kampf um Einfluß. Und der wird sich hinziehen, bis die Verträge unterzeichnet sind«, sagte Lucien. »Es bedarf nicht viel, um die Verhandlungen zu stören – und es könnte bis zu einem Krieg gehen. Ein funktionierender Informationsfluß ist von immenser Bedeutung. Unglücklicherweise will meine Agentin Maggie, deren Arbeit bisher von unschätzbarem Wert gewesen ist, sich aus dem Geschäft zurückziehen und Paris verlassen. Möglichst noch, bevor die Konferenz beendet ist.«

»Biete ihr mehr Geld.«

»Das haben wir. Sie ist nicht interessiert. Ich hoffe, du kannst sie überreden, ihre Meinung zu ändern und wenigstens so lange zu bleiben, bis die Konferenz vorbei ist.«

»Ah, kehren wir zum Küssen zurück«, sagte Rafe mit einem vergnügten Funkeln in den Augen. »Ich befürchte, du willst, daß ich meine Ehre auf dem Altar britischer Interessen opfere.«

»Ich bin sicher, daß dir auch noch andere Mittel zur Überzeugung einfallen«, erwiderte Lucien trocken. »Du bist immerhin ein Duke – vielleicht fühlt sie sich geschmeichelt, daß wir dich nur ihretwegen nach Frankreich schicken. Du könntest auch an ihren Patriotismus appellieren.«

Rafe zog die Brauen zusammen. »Zwar bin *ich* geschmeichelt, daß du meinen Charme so hoch bewertest, aber wäre es nicht einfacher gewesen, wenn einer deiner Diplomaten, der schon in Paris ist, sich darum gekümmert hätte?«

»Leider gibt es Grund zu glauben, daß ein Mitglied der Delegation . . . nicht verläßlich ist. Geheime Informationen sind aus der britischen Botschaft gelangt, was uns Probleme bereitet hat.« Lucien runzelte die Stirn. »Vielleicht sehe ich Schatten, wo keine sind, vielleicht war es kein Verrat, sondern nur Unachtsamkeit, aber diese Arbeit ist zu wichtig, um das Risiko undichter Kanäle einzugehen.«

»Ich bekomme langsam das Gefühl, daß du dir über mehr Sorgen machst, als den üblichen diplomatischen Zank«, bemerkte Rafe.

»Bin ich so durchschaubar?« fragte Lucien gequält. »Du hast leider recht – ich habe alarmierende Berichte erhalten, die auf ein Komplott hinweisen, das die Friedensverhandlungen stören oder sie möglicherweise gänzlich beenden soll.«

Rafe rollte die Zigarre zwischen Daumen und Zeigefinger und versuchte sich dabei eine einzelne Tat vorzustellen, die so vernichtend war, daß die Alliierten in ein Chaos gestürzt würden. »Geht es um ein Attentat? Alle Staatsoberhäupter der Alliierten – außer dem britischen Prinzregenten – sind mitsamt Europas führenden Diplomaten in Paris. Jemanden davon zu töten, könnte natürlich eine Katastrophe bewirken.«

Lucien blies einen Rauchkringel aus, der eine Art Heiligenschein über seinem blonden Kopf bildete. »Exakt. Ich hoffe bei Gott, daß ich mich irre, aber mein sechster Sinn sagt mir, daß sich da etwas Ernsthaftes zusammenbraut.«

»Wer soll der Attentäter, wer das Ziel sein?«

»Wenn ich das wüßte, dann müßte ich jetzt nicht mit euch reden«, erwiderte Lucien düster. »Ich habe bloß Andeutungen gehört, die aus einem halben Dutzend Quellen zusammengeschustert sind. Es gibt zu viele feindliche Splittergruppen, zu viele mögliche Ziele. Deswegen ist es ja so unglaublich wichtig, daß wir Informationen bekommen.«

Nicholas meldete sich zu Wort. »Ich habe gehört, daß es letzten Winter in Paris einen Anschlag auf Wellington gegeben hat. Könnte er wieder gemeint sein?«

»Das ist meine größte Befürchtung«, sagte Lucien. »Nach dem Sieg bei Waterloo ist er der am meisten geschätzte Mann in ganz Europa. Wenn er umgebracht wird, dann weiß der Himmel, was alles geschehen kann.«

Nüchtern dachte Rafe über die Worte seines Freundes nach. »Und deswegen soll ich diese Lady überreden, ihre Informationen weiterzuschicken, bis die Verschwörung aufgedeckt und die Konferenz beendet ist.«

»Exakt.«

»Erzähl mir von ihr. Ist sie Französin?«

Lucien zog eine Grimasse. »Es wird immer undurchschaubarer. Ich lernte Maggie durch jemand anderen kennen und weiß praktisch nichts von ihrem Vorleben. Auf jeden Fall wirkt und spricht sie wie eine Engländerin. Ich habe nie weiter nachgehakt, denn was zählte, war, daß sie Napoleon haßte und ihre Arbeit als einen persönlichen Kreuzzug betrachtet hat. Ihre Informationen waren stets gut, und sie hat mir niemals einen Grund gegeben, ihr zu mißtrauen.«

Rafe bemerkte die unausgesprochene Zurückhaltung. »Doch nun ist etwas geschehen, das dich an ihrer Zuverlässigkeit zweifeln läßt.«

»Ich kann mir immer noch kaum vorstellen, daß Maggie uns verraten will, aber ich weiß nicht mehr, ob ich meiner eigenen Menschenkenntnis trauen darf. Sie kann einen Mann von *allem* überzeugen, weswegen sie unter anderem auch so effektiv arbeitet.« Lucien zog die Brauen zusammen. »Die Lage ist zu ernst, um irgend etwas einfach so anzunehmen, und das schließt ihre Loyalität ein. Nun, da Napoleon auf dem Weg nach St. Helena ist, könnte sie mehr Schäfchen ins trockene bringen, indem sie britische Geheimnisse an andere Alliierte verkauft. Vielleicht hat sie es ja so eilig, Paris zu verlassen, weil sie als Doppel- oder Dreifachagentin genug Geld verdient hat und nun fliehen will, bevor man sie erwischt.«

»Gibt es irgendeinen Beweis für mangelnde Loyalität?«

»Wie ich schon sagte, hielt ich Maggie immer für eine Engländerin.« Lucien warf Nicholas einen Blick zu. »Du kennst Maggie als Maria Bergen. Kürzlich hast du mir einen Brief geschrieben, und anstatt sie mit Namen zu nennen, hast du von ihr als ›die Österreicherin, mit der du in Paris gearbeitet hast‹ gesprochen.«

Nicholas setzte sich kerzengerade im Stuhl auf und starrte ihn verdutzt an. »Du meinst, Maria ist eigentlich Engländerin? Das kann ich kaum glauben. Nicht nur, daß ihr Deutsch akzentfrei war, ihr ganzes Gehabe, ihre Gesten kamen mir so österreichisch vor.«

»Es kommt noch schlimmer«, fuhr Lucien mit widerwilligem Grinsen fort. »Ich wurde neugierig und befragte andere Männer, die sie in früheren Episoden ihrer Karriere kennengelernt haben. Der französische Royalist ist sicher, daß sie Französin ist, der Preuße sagt, sie stamme aus Berlin, und der Italiener würde auf das Grab seiner seligen Mutter schwören, daß sie aus Florenz kommt.«

Rafe konnte das Lachen nicht unterdrücken. »Also weißt du nun überhaupt nicht mehr, wo die Loyalität der Lady liegt – wenn sie überhaupt eine Lady ist.«

»Eine Lady ist sie, daran gibt es keine Zweifel«, fauchte Lucien. »Aber auf welcher Seite steht sie?«

Rafe war überrascht von der heftigen Reaktion seines

Freundes, denn Lucien hielt normalerweise jede Sentimentalität aus seiner Arbeit heraus. Rafe gab seiner Stimme einen beruhigenden Klang. »Was soll ich tun, wenn ich herausfinde, daß sie uns betrügt – sie umbringen?«

Lucien warf ihm einen harten Blick zu, wie um zu prüfen, ob Rafe einen Scherz machen wollte. »Wie ich bereits gesagt habe, geht es hier nicht ums Töten. Wenn ihr nicht mehr vertraut werden kann, informierst du einfach Außenminister Castlereagh, daß er nichts mehr auf ihr Wort geben soll. Möglicherweise will er sie dazu benutzen, ihren anderen Arbeitgebern falsche Informationen zu übermitteln.«

»Laß mich kurz zusammenfassen, ob ich es richtig verstehe«, sagte Rafe. »Du willst, daß ich die Lady aufsuche und sie überrede, mit ihrem Talent mögliche Mordpläne aufzudecken. Zusätzlich soll ich feststellen, wo ihre Loyalität liegt, und wenn es irgendwelche Gründe für Mißtrauen gibt, soll ich die britische Delegation davon in Kenntnis setzen, sich nicht mehr auf ihre Arbeit zu verlassen. Richtig?«

»Exakt. Aber du mußt dich beeilen. Die Verhandlungen laufen nicht mehr allzu lange, also wird jegliches Komplott bald stattfinden müssen.« Lucien blickte zu Nicholas, der schweigend zugehört hatte. »Bei deiner Erfahrung mit Maggie in ihrer Maria-Bergen-Rolle – hättest du noch etwas hinzuzufügen?«

»Nun, sie ist unzweifelhaft die schönste Spionin in Europa.« Nicholas fügte noch ein paar Bemerkungen über sie an, aber die daraus folgende Diskussion erbrachte nichts.

Schließlich sagte Rafe: »Die Informationen, die wir haben, sind, gelinde gesagt, widersprüchlich. Offenbar ist unsere Maggie eine hervorragende Schauspielerin. Ich muß mir also selbst ein Bild machen und hoffen, daß sie sich für meinen berüchtigten Charme empfänglich zeigt.«

Sie standen alle auf. »Wie bald kannst du abreisen?« fragte Lucien.

»Übermorgen. Die schönste Spionin in Europa? Ich finde, das hört sich ziemlich vielversprechend an.« Seine Augen leuchteten auf, als er seine Zigarre ausdrückte. »Ich schwöre, ich werde für König und Vaterland mein Bestes geben.«

Anschließend kehrten sie zu der Party zurück und mischten sich unter die Gäste. Als Rafe fand, er hätte genug belangloses Zeug geredet, um normal zu erscheinen, hatte er es eilig, zu verschwinden. Dann kam es ihm in den Sinn, daß er vergessen hatte zu fragen, wie diese Maggie überhaupt aussah. Da Julien verschwunden war, machte er sich auf die Suche nach Nicholas.

Endlich sah er seinen Freund, der einen mit einem Vorhang separierten Alkoven betrat. Doch als Rafe den Vorhang beiseite schob, hielt er plötzlich inne, und seine Hand krampfte sich um den Stoff.

In dem dunklen Alkoven lagen sich Nicholas und seine Frau Clare in den Armen. Sie küßten sich nicht; wenn es so gewesen wäre, hätte Rafe nur gelächelt und wäre, ohne einen Gedanken daran zu verschwenden, verschwunden. Doch der Anblick, der sich ihm bot, war viel simpler und dennoch unendlich verstörender.

Clare und Nicholas lehnten mit geschlossenen Augen aneinander, sein Arm um ihre Taille, ihre Stirn an seiner Wange. Es war ein Bild absoluten Vertrauens und des Verständnisses, und es war weit intimer als jede noch so leidenschaftliche Umarmung.

Da die beiden ihn nicht bemerkt hatten, zog Rafe sich lautlos und mit verhärteter Miene zurück.

Es war nicht gut, auf seine Freunde neidisch zu sein.

Nach einem Tag voller hektischer Vorbereitungen war der Duke of Candover bereit, England zu verlassen. Er würde rasch reisen – nur mit einer Kutsche, seinem Kammerdiener und mit einer Garderobe, die der modebewußtesten Stadt Europas gerecht wurde.

Als die Uhr Mitternacht schlug, setzte er sich mit einem Brandy nieder und ging die Post des Tages durch, um zu sehen, ob etwas Dringendes anlag. Fast ganz unten im Stapel befand sich eine Nachricht von Lady Jocelyn Kendal. Oder vielmehr Lady Presteyne; da sie nun verheiratet war, mußte er aufhören, ihren Mädchennamen zu benutzen. In dem Brief dankte sie Rafe dafür, sie in die Arme ihres Mannes zurückzuschicken, erging sich in Beschreibungen über die Freuden der Ehe und drängte ihn, selbst über diese Sache nachzudenken.

Er lächelte ein wenig und freute sich, daß es für sie funktioniert hatte. Bei aller Schönheit, ihrem Rang und ihrem Reichtum war Jocelyn ein sehr nettes Mädchen. Und wenn sie und Lord Presteyne ein Faible für Romantik hatten, dann konnten sie ewig glücklich sein, obwohl Rafe so seine Zweifel hatte. Er hob sein Glas zu einem einsamen Toast auf sie und ihren glücklichen Ehemann, kippte dann den Brandy hinunter und schleuderte das Glas in den Kamin.

Der Toast kam von Herzen, doch sein Lächeln wurde bitter, als er die splittrigen Ergebnisse seines uncharakteristischen Ausbruchs musterte. Ein Mann, der für seine Gewandtheit bekannt war, sollte sich nicht so gehenlassen. Doch das Gefühl des Verlustes nagte an ihm.

Er schenkte sich noch ein Glas ein, setzte sich dann wieder in seinen Armsessel und musterte seine Bibliothek mit einem feindseligen Blick. Es war ein wunderschön geschnittener, geschmackvoll gestalteter Raum, der den Reichtum seines Besitzers widerspiegelte. In keiner seiner großen Besitzungen besaß Rafe einen Raum, in dem er sich so wohl fühlte wie hier. Wieso zum Teufel war er dann nur so deprimiert?

Müde gestand er sich ein, daß er seiner tristen Laune nur beikommen konnte, wenn er sich ihr ergab. Jocelyn war nicht das Thema; wenn er das Mädchen so dringend hätte haben wollen, dann hätte er sie heiraten können.

Was Rafe so verstörte, war die Tatsache, daß er sie deswegen begehrt hatte, weil sie ihn so an Margot erinnert hatte – wunderschöne, verräterische Margot, nunmehr seit zwölf Jahren tot. Äußerlich war die Ähnlichkeit gering, doch beide Frauen besaßen den hellwachen, spritzigen Geist, der so unwiderstehlich war. Immer wenn er mit Jocelyn zusammengewesen war, hatte er an Margot denken müssen. Sie hatte in ihm etwas berührt, wie es keine andere Frau je geschafft hatte. Und da er nicht mehr jung war, würde es auch keine andere mehr schaffen.

Während er an seinem Brandy nippte, versuchte er, objektiv über Margot Ashton nachzudenken, aber es war ihm unmöglich, seine erste Liebe im Licht der Vernunft zu betrachten. Die erste Liebe und übrigens auch die letzte; die Erfahrung hatte ihn für immer von romantischen Illusionen befreit. Und doch war damals jene Illusion so real erschienen.

Margot war nicht die schönste Frau gewesen, der er je begegnet war, bestimmt nicht die reichste oder vornehmste. Aber sie hatte Wärme und Charme im Überfluß besessen und nur so vor unvergleichlicher Lebendigkeit gesprüht.

Bittersüße Bilder stürzten auf ihn ein. Das erste Mal, als er sie gesehen hatte; der erste zögernde, wunderbare Kuß; lange Stunden über ein Schachbrett gebeugt, auf dem die einzelnen Spielzüge ein tieferes, leidenschaftlicheres Spiel maskiert hatten; das ernsthafte Gespräch mit dem leicht amüsierten Colonel Ashton, als er um ihre Hand angehalten hatte.

Am lebhaftesten drang nun die Szene auf ihn ein, als sie sich morgens in aller Frühe zu einem Ritt im Hyde Park getroffen hatten. Ein leichter Nieselregen fiel, als er durch die stillen Straßen von Mayfair trabte, doch der Himmel klarte auf, als er in den Hyde Park ritt. Am Himmel erschien plötzlich ein intensiv-bunter Regenbogen. Während er ihn bewunderte, tauchte Margot auf einer silbergrauen Stute aus dem Dunst am Fuß des Regenbogens auf. Sie wirkte wie eine Märchenkönigin aus einer Legende.

Sie hatte gelacht und ihm die Hand entgegengestreckt – als wäre der Goldschatz am Ende des Regenbogens Mensch geworden. Natürlich hatte er gewußt, daß dieser Zauber aus der Kombination von Licht und Wetter entstanden war, aber es kam ihm damals so verdammt real vor.

Zwei Wochen später war die Affäre beendet, und seine Illusion ebenso.

Seine tiefste Reue entsprang dem Wissen, daß es seine eigene Eifersucht und sein Zorn gewesen waren, die ihre Verlobung zunichte gemacht hatten. Wenn er mit einundzwanzig bereits die kühle Gefaßtheit besessen hätte, die er später entwickelt hatte, wenn er in der Lage gewesen wäre, ihren Betrug zu akzeptieren, dann hätte er die ganzen Jahre von ihrer Freundschaft profitieren können.

Denn als alles gesagt und entschieden war, war es diese Kameradschaft, die er am meisten vermißte. Er wußte, daß die Zeit seine Erinnerungen schöner färbte, denn keine Frau konnte wirklich so begehrenswert sein, wie seine Gedanken sie zeichneten. Doch niemals würde er aufhören zu vermissen, wie sie zusammen gelacht hatten, wie sich ihre Blicke quer durch einen Raum trafen, wie ihre Augen ihn auf eine wissende, intensive Art ansahen, so daß er den Rest der Welt um sich herum vergaß.

Seine Träumerei kam zu einem abrupten Ende, als der Stiel des Glases in seinen Fingern brach. Er schnitt sich in den Finger, der Brandy lief über seinen Schoß. Mit düsterer Miene stand er auf. Er hatte gar nicht gewußt, daß die Gläser so zerbrechlich waren. Der Butler würde tagelang schmollen, wenn er herausfand, daß der Bestand an teuren Kristallkelchen nun um zwei Exemplare reduziert war.

Rafe beschloß, in sein Schlafzimmer zu gehen. Ein bißchen Selbstmitleid mochte ja durchaus recht stimmungsvoll sein, aber er wollte am folgenden Tag auf eine anstrengende Reise gehen. Es war an der Zeit, die Gedanken an jugendliche Dummheiten zu begraben und ein wenig zu schlafen.

Kapitel 2

»NEIN!«

Obwohl die Parfümflasche nur wenige Millimeter an seiner Schläfe vorbeisauste, machte Robert Anderson keinen Versuch, sich zu ducken, denn er wußte, daß Maggie höchst zielsicher war und ihn nicht wirklich verletzen wollte. Sie schickte ihm sozusagen nur eine Botschaft. Praktisch veranlagt, wie sie war, hatte sie ein billiges Parfüm gewählt, das ihr ein knauseriger Bayer mit schlechtem Geschmack geschenkt hatte.

Robin lächelte seine Gefährtin an. Ihr schöner Busen hob und senkte sich, und ihre Augen sprühten Funken. Graue Augen heute, denn sie trug einen silbernen Morgenrock. »Warum willst du diesen Duke, den Lord Strathmore schickt, denn nicht treffen? Du solltest dich geschmeichelt fühlen, daß du für das Außenministerium so wichtig bist.«

Die Antwort war eine Flut italienischer Unflätigkeiten. Er neigte den Kopf zur Seite und lauschte kritisch. Als ihr Ausbruch vorbei war, sagte er: »Sehr kreativ, Maggie, Liebes, aber findest du nicht, daß du aus der Rolle fällst? Sollte Magda, die Gräfin Janos, nicht ungarisch fluchen?«

»Ich kenne mehr Beleidigungen in Italienisch«, sagte sie hochmütig. »Und du weißt sehr gut, daß ich nur aus der Rolle falle, wenn du da bist.« Ihr Gehabe als würdevolle Adelige wich einem schelmischen Kichern. »Glaub ja nicht, daß du das Thema wechseln kannst. Es geht hier um den hochwohlgeborenen, edlen Duke of Candover.«

»Richtig.« Robin musterte sein Gegenüber nachdenklich. Sie kannten sich bereits sehr lange, und wenn ihre Beziehung auch keine intime mehr war, verband sie doch eine tiefe Freundschaft. Es sah ihr nicht ähnlich, so temperamentvoll zu reagieren, auch wenn sie seit zwei Jahren die Rolle der launischen ungarischen Gräfin spielte. »Was hast du denn gegen den Duke?«

Maggie setzte sich an ihren Frisiertisch und nahm eine Bürste aus Elfenbein auf. Sie begann ihre blonden Haare, die ihr über den Rücken fielen, zu bürsten, während sie ihn stirnrunzelnd im Spiegel ansah. »Der Mann ist ein penibler Tugendbold.«

»Heißt das, er hat sich nicht richtig von deinem Charme einfangen lassen?« fragte Robin interessiert. »Seltsam. Der Duke of Candover hat den Ruf, ein absoluter Frauenliebling zu sein. Ich kann mir nicht vorstellen, daß er einen appetitlichen Happen wie dich verschmähen würde.«

»Ich bin kein appetitlicher Happen, Robin! Lebemänner sind die schlimmsten Tugendbolde von allen. Frömmelnde Heuchler nach meiner Erfahrung.« Sie zerrte heftig an einem Knoten im Haar. »Versuch nicht, einen neuen Streit vom Zaun zu brechen, bevor wir den alten nicht beendet haben. Ich weigere mich, mit dem Duke of Candover irgend etwas zu tun zu haben, so wie ich mich weigere, weiterhin zu spionieren. Dieser Abschnitt meines Lebens ist vorbei, und niemand – weder du noch Candover noch Strathmore – kann meine Entscheidung ändern. Sobald ich ein paar geschäftliche Dinge erledigt habe, verschwinde ich aus Paris.«

Robin stellte sich hinter sie. Er nahm ihr die Bürste aus der Hand und zog sie sanft durch ihr goldenes Haar. Es war seltsam, daß sie sich in vielen Dingen wie ein Ehepaar verhielten, obwohl sie niemals verheiratet gewesen waren. Er hatte es immer geliebt, ihr Haar zu bürsten, und der Duft nach Sandelholz, der ihrem Haar entströmte, versetzte ihn zurück in die Zeit, als sie leidenschaftliche junge Geliebte waren, die sich nur wenig Gedanken um die Welt und ihre Zukunft machten.

Maggies Spiegelbild wirkte versteinert. Ihre Augen hatten nun eine kalte, graue Farbe, das Funkeln war verschwunden. Nachdem er ein paar Minuten gebürstet hatte, entspannte sie sich langsam.

»Hat Candover irgend etwas Schreckliches getan?« fragte er schließlich ruhig. »Wenn es dich aufregt, ihn wiederzusehen, dann erwähne ich das Thema nicht mehr.«

Sie wählte ihre Worte behutsam, denn sie wußte, daß Robin unangenehm empfänglich für versteckte Bedeutungen war. »Obwohl er sich *sehr* widerlich verhalten hat, ist es lange her, und es wäre kein Grund, ihn nicht wiederzusehen. Ich will einfach nur nicht, daß noch einer kommt und mich zu etwas drängt, was ich nicht mehr tun will.«

Robins Blick traf ihren im Spiegel. »Warum kannst du dann nicht einmal mit ihm sprechen, um ihm das mitzuteilen? Wenn du dich für frühere Gemeinheiten rächen willst, könntest du ihn treffend strafen, wenn du deine ganzen Verführungskünste mobilisierst. Du könntest ihn in den Wahnsinn treiben, während du sein Ersuchen ablehnst.«

»Ich bin nicht sicher, ob das funktioniert«, sagte sie trocken. »Wir haben uns nicht gerade im Einvernehmen getrennt.«

»Das macht doch nichts – wahrscheinlich hat er seitdem nur reuig und lüstern über dich nachgedacht. Die Hälfte der europäischen Diplomaten hat Staatsgeheimnisse ausgeplaudert, weil sie um ein Lächeln von dir gekämpft haben.« Robin grinste. »Zieh das grüne Ballkleid an, seufze tief und traurig, wenn du seine Bitte verwirfst, und gleite dann anmutig aus dem Zimmer. Ich wette, du kannst seinen Seelenfrieden für mindestens einen Monat stören.«

Sie musterte ihr Spiegelbild nachdenklich. Zwar besaß sie eine gehörige Portion von dem, was Männer verrückt machen konnte, aber sie hatte ihre Zweifel, daß Candover ihrem Charme erliegen würde. Dennoch: Zorn und Lust lagen nah beieinander, und Rafael Whitbourne war bei ihrem letzten Zusammentreffen in der Tat sehr, sehr zornig gewesen . . .

Ein träges, spitzbübisches Lächeln verzog ihre Lippen. Dann warf sie den Kopf zurück und lachte. »Also gut, Robin, du hast gewonnen. Ich treffe mich mit diesem albernen Duke. Er hat wirklich ein paar schlaflose Nächte verdient. Aber ich garantiere dir, daß er an meiner Meinung nichts ändern wird.«

Robin küßte sie leicht auf ihren Scheitel. »Braves Mädchen.« Trotz ihrer vehementen Weigerungen bestand eine gute Chance, daß Candover doch etwas bewirkte. Vielleicht würde sie noch eine Weile bleiben. Und das wäre eine gute Sache.

Als Robin fort war, rief Maggie nicht sofort nach ihrer Zofe, um sich bei dem Rest ihrer Toilette helfen zu lassen. Statt dessen kreuzte sie die Arme auf dem Frisiertisch, legte den Kopf darauf und gab sich ihrem Gefühl der Trauer und Müdigkeit hin. Es war dumm gewesen, diesem Treffen zuzustimmen. Ja, Rafe Whitbourne *hatte* sich mies benommen, aber selbst damals schon hatte sie begriffen, daß seine Grausamkeit der Qual entsprungen war, und sie hatte niemals das Vergnügen haben können, ihn zu hassen.

Aber sie liebte ihn auch nicht; die Margot Ashton, die gedacht hatte, die Sonne kreiste um seinen hübschen Kopf, war vor einem Dutzend Jahren gestorben. In den folgenden Jahren, seit Robin sie unter seine Fittiche genommen und ihr einen Grund gegeben hatte, weiterzuleben, war Maggie sehr viele verschiedene Personen gewesen. Rafe Whitbourne war nur noch eine bittersüße Erinnerung, die für ihr gegenwärtiges Ich nicht mehr relevant war.

Liebe und Haß waren in der Tat die zwei Seiten ein und derselben Münze, denn beide bedeuteten starke Gefühle für jemanden. Das Gegenteil davon war Gleichgültigkeit. Da Gleichgültigkeit das einzige Gefühl war, das Rafe in Maggie auslösen konnte, lohnten kleine Racheakte nicht der Mühe. Sie wollte einfach nur mit dieser Episode ihres Lebens – mit Verrat, Irreführung und Informantionsbeschaffung – abschließen.

Und mehr noch: Sie wollte endlich eine Aufgabe erfüllen, die sie zu lange vor sich hergeschoben hatte, und anschließend nach England zurückkehren, das sie dreizehn Jahre nicht mehr gesehen hatte. Sie würde noch einmal ganz von vorne anfangen müssen, und diesmal ohne Robins Protektion. Sie würde ihn sehr vermissen, doch selbst die Einsamkeit würde eine Art Erleichterung mit sich bringen; sie beide kannten sich zu gut, als daß sich Maggie in seiner Gegenwart neu erfinden könnte.

Sie hob den Kopf und legte ihr Kinn auf eine Faust, während sie sich im Spiegel betrachtete. Ihre hohen Wangenknochen halfen ihr, die Ungarin überzeugend darzustellen, und sie sprach die Sprache gut genug, daß niemand je Zweifel an ihrer magyarischen Nationalität gehabt hatte. Aber wie würde Rafe Whitbourne sie nach all den Jahren sehen?

Ein bitteres Lächeln huschte über ihre Lippen – Lippen, denen mindestens elf schlechte Gedichte gewidmet waren. Offenbar konnte der Mann doch noch Gefühle in ihr erzeugen, wenn es auch nur Eitelkeit war. Sie musterte ihr Spiegelbild kritisch.

Maggie hatte ihr Aussehen niemals besonders großartig gefunden, denn ihrem Gesicht fehlte die klassische Zurückhaltung wahrer Schönheit. Ihre Wangenknochen waren zu hoch, ihr Mund zu groß und ihre Augen waren es ebenfalls.

Doch wenigstens sah sie nun ein wenig anders aus als mit achtzehn Jahren. Ihr Teint war immer schon makellos gewesen, und Reiten und Tanzen hatten ihren Körper in Form gehalten. Obwohl ihre Kurven voller geworden waren, hatte sich noch kein Mann darüber beschwert. Sicher, ihr Haar war dunkler geworden, doch statt zu einem stumpfen Braun zu werden, wie blondes Haar es oft tat, hatte es nun die Farbe reifenden, goldenen Weizens. Sie fand, daß sie im ganzen betrachtet besser aussah als zu der Zeit, als Rafe und sie verlobt gewesen waren.

Es war verführerisch, ihn sich als fett und glatzköpfig vorzustellen, aber dieser verfluchte Kerl hatte immer schon zu den Personen gehört, deren Aussehen sich mit zunehmendem Alter verbesserte. Seine Persönlichkeit war eine ganz andere Sache. Selbst mit einundzwanzig war er nicht frei von der Arroganz seines Standes und Reichtums gewesen, und die vergangenen Jahren hatten dies sicher nur verstärkt. Wahrscheinlich war er inzwischen unerträglich.

Als sie sich wieder dem Ankleiden zuwandte, sagte sie sich, daß es bestimmt amüsant werden würde, seine Selbstgefälligkeit zu reizen. Doch sie konnte nichts gegen das unangenehme Gefühl tun, daß sie einen gewaltigen Fehler beging, ihn zu treffen.

*

Der Duke of Candover war seit 1803 nicht mehr in Paris gewesen, und vieles hatte sich in der Stadt verändert. Doch selbst in der Niederlage war Frankreichs Hauptstadt immer noch das Zentrum Europas. Vier wichtige Herrscher und unzählige mindere Monarchen waren gekommen, um zusammenzutragen, was sie aus dem Wrack von Napoleons Reich noch herausholen konnten. Die Preußen wollten Rache, die Russen wollten mehr Gebiete, die Österreicher hofften, den Kalender zum Jahre 1789 zurückblättern zu können, und die Franzosen wollten den massiven Repressalien nach Napoleons wahnsinnigen und blutigen Hundert Tagen entgehen.

Die Briten versuchten wie üblich, vor allem fair zu sein. Es war, als wollte man versuchen, Kampfhunde zu einem vernünftigen Gespräch zu bringen.

Trotz der Anzahl der Herrscher war mit »König« immer Ludwig XVIII. gemeint, jener alternde Bourbone, dessen unsichere Hand Frankreichs Zepter hielt, während »Kaiser« stets Bonaparte bedeutete. Selbst in seiner Abwesenheit warf letzterer einen längeren Schatten als jeder andere anwesende Mensch.

Rafe mietete sich Zimmer in einem luxuriösen Hotel, dessen Name sich in den vergangenen drei Monaten dreimal geändert hatte, womit es die unterschiedlichen politischen Strömungen widerspiegelte. Nun hieß es Hotel de la Paix, da der Frieden ein Aspekt war, den die meisten Parteien für annehmbar hielten.

Er hatte gerade noch Zeit, sich zu baden und anzuziehen, bevor er zu dem österreichischen Ball gehen würde, wo Lucien das Treffen mit der mysteriösen Maggie arrangiert hatte. Rafe zog sich mit Sorgfalt an, da er den Vorschlag seines Freundes, die Lady zu bezaubern, noch sehr gut im Kopf hatte. Die Erfahrung hatte ihn gelehrt, daß er mit aufrichtigem Interesse und einem liebenswürdigen

Lächeln fast alles von einer Frau haben konnte. Nicht selten boten ihm die Damen sehr viel mehr, als er ursprünglich gewollt hatte.

Von Kopf bis Fuß ganz der Duke, ging er also zum Ball, der eine glitzernde Versammlung der Berühmten und Berüchtigten Europas war. Unter den Gästen waren nicht nur alle wichtigen Monarchen und Diplomaten, sondern auch Hunderte Lords, Ladys, Flittchen und Schlitzohren, die stets von der Macht angezogen werden.

Rafe wanderte herum, nippte an seinem Champagner und grüßte Bekannte. Doch unter der oberflächlichen Fröhlichkeit spürte er die Wirbel gefährlicher Unterströmungen. Luciens Befürchtungen waren durchaus begründet: Paris war ein Pulverfaß, und ein einziger Funken konnte den ganzen Kontinent einmal mehr in einem neuen Krieg explodieren lassen.

Der Abend war schon ein gutes Stück vorangeschritten, als ein junger Engländer mit blondem Haar und einem schlanken Körperbau auf ihn zukam. »Guten Abend, Euer Hoheit, mein Name ist Robert Anderson. Jemand möchte Sie gerne treffen. Wenn Sie mit mir kommen würden?«

Anderson war kleiner und jünger als Rafe und besaß ein Gesicht, das ihm vage vertraut vorkam. Während sie sich ihren Weg durch das Gedränge bahnten, musterte Rafe unauffällig seinen Führer und fragte sich unwillkürlich, ob dieser Mann das schwache Glied der Delegation sein mochte. Anderson sah so gut aus, daß man ihn fast als schön bezeichnen konnte, und er vermittelte den Eindruck liebenswürdiger Leere. Wenn er ein gewitzter, gefährlicher Spion war, dann verbarg er es gut.

Sie verließen den Ballsaal und stiegen eine Treppe zu einem Korridor hinauf, der links und rechts von Türen gesäumt war. An der letzten Tür hielt Anderson an. »Die Gräfin wartet auf Sie, Euer Hoheit.«

»Kennen Sie die Lady?«

»Ich habe sie gelegentlich getroffen.«

»Wie ist sie?«

Anderson zögerte, dann schüttelte er den Kopf. »Das sollten Sie selbst herausfinden.« Er öffnete die Tür und sagte formell: »Euer Hoheit, darf ich Ihnen Magda, Gräfin Janos, vorstellen?« Nach einer respektvollen Verbeugung verschwand er.

Ein einziger Kerzenleuchter warf ein weiches Licht in das kleine, reich möblierte Zimmer. Rafes Blick wanderte sofort zu der Gestalt, die im Halbdunkel beim Fenster stand. Obwohl sie ihm den Rücken zugedreht hatte, wußte er sofort, daß sie schön sein mußte, denn ihre anmutige Haltung drückte Selbstvertrauen aus.

Als er die Tür schloß, wandte sie sich ihm mit einer langsamen, provozierenden Bewegung zu, die das Kerzenlicht bezaubernd über ihre vollen Kurven gleiten ließ. Ein fedriger Fächer verdeckte das meiste ihres Gesichts, und eine dicke goldene Locke fiel über ihre Schulter. Sie strahlte Sinnlichkeit aus, und Rafe verstand nun, warum Lucien gemeint hatte, sie könne das Urteilsvermögen eines Mannes benebeln. Während sein Körper sich in unerwünschter Reaktion verspannte, mußte er zugeben, daß sie die Kunst der wortlos angedeuteten Versprechungen sehr gut beherrschte.

Weniger subtil war ihr Dekolleté: Der Ausschnitt war so tief, daß jeder Mann, der noch nicht tot war, hinsehen mußte. Wenn diese Aufgabe von Rafe verlangte, seine Ehre zu opfern, um die Lady zu überreden, dann würde er es mit Vergnügen tun. »Gräfin Janos, ich bin der Duke of Candover. Ein gemeinsamer Freund bat mich, mit Ihnen über eine wichtige Sache zu reden.«

Ihre Augen beobachteten ihn neckend oberhalb des Fächers. »Tatsächlich?« schnurrte sie mit einem Hauch Magyaren-Akzent. »Vielleicht ist es für Sie oder Lord Strathmore wichtig, Monsieur le Duc, für mich jedoch nicht.« Langsam senkte sie den Fächer und zeigte ihre hohen Wangenknochen, dann eine kleine, gerade Nase. Sie hatte weiche, rosige Haut, einen großen, sinnlichen Mund . . .

Rafe hielt ungläubig inne, während sein Herz heftig zu hämmern begann. Es heißt, jeder Mensch hätte irgendwo auf der Welt ein Ebenbild, und er hatte scheinbar soeben das von Margot Ashton getroffen.

Mit Mühe seinen Schock niederkämpfend, versuchte er, die Gräfin mit dem Bild in seinen Erinnerungen zu vergleichen. Diese Frau wirkte wie fünfundzwanzig; Margot mußte jetzt einunddreißig sein, aber sie könnte durchaus jünger aussehen.

Auf jeden Fall war die Gräfin größer als Margot, die nur knapp über der Durchschnittsgröße gewesen war, oder nicht? Aber Margots Haltung und ihre Vitalität hatte sie immer größer erscheinen lassen, als sie wirklich war. Es hatte ihn überrascht, wie tief er sich hinunterbeugen mußte, als sie sich zum ersten Mal küßten . . .

Heftig riß er sich aus seinen chaotischen Emotionen heraus und zwang sich, seine Analyse fortzuführen. Die Augen dieser Frau schienen grün, ihr Aussehen war exotisch und fremdartig. Dennoch: Sie trug ein grünes Kleid, und Margots Augen waren immer veränderlich gewesen. Je nach Laune und Kleidung hatte sich die Farbe von Grau über Grün bis zu Braun ändern können.

Die Ähnlichkeit war unheimlich, und er fand keinen Unterschied, der sich nicht auf die lange Zeit und die beschönte Erinnerung zurückführen ließ. Obwohl die Nachricht von ihrem Tod ihn erreicht hatte, konnte ein Irrtum vorgelegen haben; oft wurden Neuigkeiten auf den langen Wegstrecken vertauscht oder verändert. Wenn Margot all die Jahre auf dem Kontinent gelebt hatte, mußte sie sich nicht mehr zwingend wie eine Engländerin geben.

Doch das Verhalten der Gräfin legte nahe, daß sie einander fremd waren. Wenn sie Margot war, dann würde sie ihn gewiß erkennen, denn er hatte sich kaum verändert. Und wie er sie kannte, hätte sie ihr Erkennen sofort gezeigt, wenn auch nur durch einen Fluch.

Statt dessen stand sie mit einem leichten, amüsierten Lächeln da und ließ Rafes Musterung über sich ergehen. Das Schweigen zog sich in die Länge, und er wußte, er mußte den nächsten Schritt machen.

Also schlüpfte er wieder in die Rolle des Duke, der niemals um Worte verlegen war. Mit einer tiefen Verbeugung begann er: »Verzeihen Sie, Gräfin. Man hat mir gesagt, Sie wären die schönste Spionin Europas, aber selbst diese Beschreibung wird Ihnen nicht gerecht.«

Sie lachte freundlich und warm. Margots Lachen. »Was für schöne Worte, Euer Hoheit. Ich habe ebenfalls von Ihnen gehört.«

»Nichts, was mir Schande macht, hoffe ich.« Rafe beschloß, daß es nun Zeit für seinen berüchtigten Charme war. Er trat näher an sie heran und lächelte. »Sie wissen, warum ich hier bin, und die Sache ist ernst. Vergessen wir die Formalitäten. Ich würde es vorziehen, wenn Sie meinen Vornamen benutzen.«

»Und der lautet?«

Wenn sie Margot war und nur schauspielerte, dann tat sie es ausgesprochen gut. Sein Lächeln hatte einen Hauch von Angestrengtheit, als er ihre Hand hob und sie küßte. »Rafael Whitbourne. Meine Freunde nennen mich gewöhnlich Rafe.«

Sie entriß ihm die Hand, als hätte eine Schlange sie gebissen. »Ein Schwerenöter sollte auch kaum den Namen eines Erzengels besitzen.«

Und bei diesen Worten verschwanden Rafes Zweifel. »Mein Gott, Margot, du bist es wirklich«, sagte er verblüfft. »Du bist die einzige, die es je gewagt hat, meine mangelnde Ähnlichkeit mit Erzengeln zu erwähnen. Es war ein schönes Bonmot . . . ich habe es selbst noch häufig verwendet. Aber wie zum Teufel bist du hierher gekommen?«

Sie bewegte neckisch den Fächer. »Wer ist Margot, Euer Hoheit? Irgendein dummes, kleines englisches Mädchen, das mir ähnelt?«

Ihre Lüge weckte in ihm plötzlichen und ungewöhnlich heftigen Zorn. Ihm fiel nur ein einziges Mittel ein, ihre Identität ein für allemal festzustellen. Mit einer raschen Bewegung trat er direkt vor sie, riß sie fest an sich und küßte sie auf ihren spöttischen Mund.

Es war Margot, er war sich bis ins Mark seiner Knochen sicher. Nicht nur, weil er wußte, wie sich ihr Körper anfühlte oder die vertraute Weichheit ihrer Lippen. Es war vor allem der verlockende, einzigartige Duft, den nur sie verströmte.

Aber er brauchte nicht einmal diese Merkmale, um sich ganz sicher zu sein, denn er hatte niemals eine andere Frau kennengelernt, die ein solches Verlangen in ihm weckte. Die Leidenschaft flammte in ihm auf, und er vergaß, warum er in Paris war, warum er sie umarmt hatte, vergaß alles außer dem Wunder in seinen Armen.

Margot erschauderte, und für einen verzauberten Augenblick drückte sie sich an ihn, öffnete ihre Lippen unter den seinen. Die Jahre schienen sich in nichts aufzulösen. Sie, Margot, lebte, und sie war zum ersten Mal seit über zwölf Jahren wieder eins mit sich und der Welt . . .

Der Augenblick war zu Ende, fast bevor er begann. Sie versuchte, von ihm abzurücken, doch er hielt sie weiterhin fest, erforschte ihren Mund und nahm voll Staunen zur Kenntnis, wie wenig sie sich in dieser Hinsicht verändert hatte.

Als sie ihn heftig gegen die Brust stieß, ließ er sie unwillig los. Sie wich zurück, und ihre Augen schleuderten so wilde Blitze, daß er glaubte, sie wollte ihn schlagen. Er gestand sich selbst ein, daß sie Grund dazu hatte. Er würde nichts tun, um ihrem Schlag auszuweichen.

Doch plötzlich wandelte sich ihre Laune, und sie lachte mit echtem Vergnügen. In ihrem echten, akzentfreien Englisch sagte sie: »Du hast ganz schön gerätselt, nicht wahr?«

»Das kann man wohl sagen.« Rafe war froh, ein bißchen der alten Margot erhascht zu haben, und musterte, immer noch ungläubig, ihre Gestalt. Warum zum Teufel hatte Lucien ihm bloß nichts gesagt? Aber dann fiel ihm ein, daß keiner der Gefallenen Engel Margot je kennengelernt hatte. Wie hätte Lucien, ohne ihren Namen zu wissen, eine Verbindung zu dieser Maggie knüpfen sollen? »Bitte vergib mir meine Aufdringlichkeit«, sagte er nun bemüht gefaßt. »Aber ich fand, es war der beste Weg, deine Identität auf die Probe zu stellen.«

»Vergeben ist nicht meine Maxime«, sagte sie spöttisch und schlüpfte wieder in ihre Rolle. Es war keine Verbesserung.

Sie trat an das Buffet, wo Gläser und eine offene Flasche Bordeaux standen. Nachdem sie zwei Gläser voll eingeschenkt hatte, gab sie Rafe eins. »Unsere freundlichen Gastgeber haben für alles gesorgt, was ein ungezogenes Paar sich wünschen kann. Es wäre eine Schande, es zu verschwenden. Nimm doch bitte Platz.« Sie setzte sich auf einen der Stühle, wobei sie demonstrativ das samtene Sofa mied.

Als er sich auf dem anderen Stuhl niederließ, fragte sie: »Warum hattest du Schwierigkeiten, mich zu erkennen?

Man sagt, ich sei für eine Frau meines fortgeschrittenen Alters gut erhalten.«

»›Das Alter kann ihr nichts anhaben . . .‹?« Er lächelte schwach, als er die Zeile zitierte. »Das allein verwirrt schon – du siehst kaum älter aus als mit achtzehn. Aber der eigentliche Grund, warum ich dich nicht sofort als Margot Ashton erkannt habe, war, daß man dich für tot hält.«

»Ich bin nicht mehr Margot Ashton«, sagte sie mit gespannter Stimme, »aber tot bin ich auch nicht. Wie kommst du denn auf die Idee?«

Selbst jetzt, da er wußte, daß sie lebte, mußte er sich zwingen, gleichgültig zu scheinen, als er zu sprechen begann. »Du und dein Vater wart in Frankreich, als der Frieden von Amiens endete. Man berichtete, ihr beiden seid von französischem Pack ermordet worden, das seine Waffen und Dienste Napoleon anbieten wollte.«

Ihre rauchigen Augen verengten sich in einem Ausdruck, den er nicht richtig deuten konnte. »Diese Nachricht hat England erreicht?«

»Ja, und sie hat ziemlich viel Aufruhr erzeugt. Die Öffentlichkeit war aufgebracht, daß ein ehrenvoller Armeeoffizier und seine schöne, junge Tochter nur deswegen sterben mußten, weil sie Briten waren. Doch da wir uns ja bereits mit Frankreich im Krieg befanden, waren keine besonderen Sanktionen möglich.« Er studierte ihr Gesicht, während er seinen Wein trank. »Was stimmt denn an der Geschichte?«

»Genug«, sagte sie knapp. Sie stellte ihr Glas ab und stand auf. »Du bist hier, um mich zu überreden, meinen Dienst für England fortzusetzen. Erst wirst du an meine Vaterlandsliebe appellieren, dann wirst du mir eine beträchtliche Summe Geld bieten. Ich werde beides zurückweisen. Da der Ausgang der Sache feststeht, sehe ich nicht, warum wir unsere Zeit damit verschwenden sollen. Gute Nacht und auf Wiedersehen. Ich hoffe, du hast ein paar schöne Tage in Paris.«

Sie bewegte sich auf die Tür zu, hielt aber an, als Rafe eine Hand hob. »Bitte warte einen Moment.«

Nun, da er wußte, daß »Maggie« Margot war, hatte sich ein Teil seiner Aufgabe erledigt. Er wußte, daß sie wirklich Engländerin war, nicht französisch, nicht preußisch, italienisch, ungarisch, oder was auch immer sie zu spielen pflegte.

Abgesehen davon weigerte er sich grundweg zu glauben, daß sie ihr Land je verraten würde. Wenn britische Staatsgeheimnisse verkauft wurden, dann nicht durch sie. Doch er war sich nicht sicher, wie er nun vorgehen sollte. Bei der Antipathie, die Margot für ihn empfand, hätte Lucien seinen Gesandten nicht schlechter auswählen können. »Kannst du zehn Minuten für mich erübrigen, Margot?« fragte er sie. »Vielleicht habe ich etwas Überraschendes für dich.«

Einen Augenblick hing die Entscheidung in der Schwebe. Dann zuckte sie die Schultern und setzte sich wieder. »Ich bezweifle es, aber meinetwegen, rede. Und bitte denke freundlicherweise daran, daß ich nicht mehr Margot bin. Ich heiße Maggie.«

»Wo ist der Unterschied zwischen den beiden?«

Ihre Augen verengten sich wieder. »Das geht dich verdammt noch mal nichts an, *Hoheit.* Sag bitte, was du zu sagen hast, so daß ich gehen kann.«

Es war nicht leicht, bei einer solchen Feindseligkeit fortzufahren, aber er mußte es versuchen. »Warum willst du ausgerechnet in diesem Moment Paris verlassen? Das neue Abkommen wird noch vor Ende des Jahres ausgehandelt und unterzeichnet werden. Es sind vielleicht nur noch wenige Wochen.«

Sie machte eine abwehrende Geste. »Mit einem solchen Argument hat man mich schon einmal hingehalten. Der Wiener Kongreß sollte in sechs bis acht Wochen beendet sein, statt dessen dauerte er neun Monate. Kurz vor dem Ende kehrte Napoleon zurück, und meine Dienste waren einmal mehr unverzichtbar.«

Sie hob das Weinglas und nippte daran. »Ich bin es leid, mein Leben aufzuschieben«, sagte sie mit einer Spur Erschöpfung. »Bonaparte ist auf dem Weg nach Sankt Helena, um seine Seele den Möwen zu empfehlen, und ich muß mich endlich um längst überfällige Dinge kümmern.«

Er fühlte, wie sich ihre Stimmung verändert hatte, und wagte es, eine weitere persönliche Frage zu stellen. »Was für Dinge?«

Sie starrte in ihr Glas und schwenkte den Wein darin. »Ich will zuerst in die Gascogne.«

Rafe spürte ein Prickeln im Nacken, als er ahnte, was sie sagen wollte. »Warum?«

Sie blickte auf und sah ihn emotionslos an. »Um die Leiche meines Vaters zu finden und sie zurück nach England zu bringen. Es ist zwölf Jahre her. Es wird eine Weile dauern, bis ich herausgefunden habe, wo sie ihn begraben haben.«

Obwohl er richtig geraten hatte, konnte er sich kaum darüber freuen. Der Wein schmeckte plötzlich bitter, denn er mußte etwas aussprechen, das er lieber für sich behalten hätte. »Du brauchst nicht in die Gascogne zu reisen. Dein Vater ist nicht dort.«

Ihre Brauen zogen sich zusammen. »Was meinst du damit?«

»Ich war zufällig in Paris, als mich die Nachricht von eurem Tod erreichte, also ging ich in das Dorf in der Gascogne, wo die Morde geschehen waren. Man sagte mir, daß die zwei frischen Gräber die der *›deux Anglais‹* waren, und ich nahm an, daß du und dein Vater gemeint wart. Ich arrangierte alles, daß die Leichen nach England überführt wurden. Sie liegen auf dem Familienfriedhof auf dem Anwesen deines Onkels.«

Die beherrschte Maske löste sich auf, und sie beugte sich vor und vergrub das Gesicht in den Händen. Rafe hätte sie gerne getröstet, aber er wußte, er konnte ihr nichts geben, was sie nehmen würde.

Er hatte Margot und ihren Vater um die freundschaftliche, liebevolle Beziehung beneidet, die so ganz anders war als die distanzierte Höflichkeit zwischen ihm und seinem eigenen Vater. Colonel Ashton war ein liebenswerter, aufrichtiger Soldat gewesen, der seine Tochter weniger als Duchesse, als vor allem glücklich sehen wollte. Sein Tod durch die Hände des Mobs mußte sie vernichtet haben.

Nach einem langen Schweigen hob Maggie wieder den Kopf. Ihre Augen waren unnatürlich hell, aber sie war gefaßt. »Im zweiten Sarg muß Willis, der Bursche meines Vaters, gelegen haben. Er war klein, etwa von meiner Größe. Die beiden . . . haben ihr Leben teuer verkauft, als sie angegriffen wurden.«

Sie stand auf und ging zum Fenster, wo sie den schweren Brokatvorhang beiseite schob, um auf den Boulevard hinabzublicken. Ihre Gestalt wurde von der Scheibe widergespiegelt. »Onkel Willy war schon fast ein Familienmitglied. Er hat mir beigebracht, wie man würfelt und beim Kartenspielen betrügt. Mein Vater wäre entsetzt gewesen, wenn er es gewußt hätte.«

Ein leichtes Lächeln huschte über ihre Lippen, versiegte dann aber wieder. »Ich bin froh, daß Willis in England ist. Er hätte den Gedanken verabscheut, daß seine Knochen für alle Ewigkeit in Frankreich modern würden. Ich hätte seine Leiche auch zurückgebracht, aber du hast es mir bereits abgenommen.«

Sie wandte sich um und sah ihn an. Ihr Blick war nicht länger feindselig. »Warum hast du es getan? Das kann nicht einfach gewesen sein.«

Das war es in der Tat nicht gewesen, nicht einmal für einen jungen, entschlossenen Mann mit genügend Geld. Rafe war mit der heimlichen Hoffnung nach Frankreich gekommen, Margot zu finden. Und selbst als der Krieg ausgebrochen war, hatte er seine Rückkehr noch aufgeschoben.

Dann, als der Frieden von Amiens vorbei war, hatte er von ihrem Tod gehört. Ein vernünftiger Mensch wäre augenblicklich nach London zurückgekehrt, damit er nicht für die Dauer des Krieges festsaß. Rafe, der, wenn es um Margot ging, nicht vernünftig sein konnte, hatte statt dessen seine Diener heimgeschickt und war allein quer durch Frankreich gereist, wobei sein ausgezeichnetes Französisch ihm gute Dienste leistete.

Es hatte Wochen gedauert, die Gräber zu finden. Wegen der Gefahr hatte er die Särge über die Pyrenäen nach Spanien gebracht, statt noch einmal Frankreich zu durchqueren.

Dann wurden die beide Särge auf dem Ashton-Familiensitz in Leicestershire wieder bestattet. Rafe hatte mit eigenen Händen Osterglocken auf dem kleineren Grab gepflanzt, denn er hatte Margot im Frühling kennengelernt, und Osterglocken erinnerten ihn stets an sie. Aber das würde er ihr bestimmt nicht erzählen. Was er getan hatte, war nicht nur rührselig und sentimental, sondern auch im Licht der Tatsachen ziemlich albern.

Er fragte sich, wo Margot sich wohl aufgehalten hatte, als er in der Gascogne gewesen war. War sie verletzt gewesen? Eine Gefangene? Hätte er sie finden und nach Hause bringen können, wenn er nach ihr gesucht hätte? Aber all das war nicht mehr relevant, also antwortete er nur: »Es gab sonst nichts, was ich für dich tun konnte. Es war zu spät für Entschuldigungen.«

Nach einer langen Pause stellte sie die Frage: »Warum hieltest du Entschuldigungen für notwendig?«

»Natürlich weil ich mich so unmöglich benommen habe.« Er zuckte die Schultern. »Je mehr Zeit verstrich, desto schlimmer kam es mir vor.«

Maggie atmete tief ein. Sie hätte wissen müssen, daß dieses Gespräch nicht nach Plan laufen würde. Rafe Whitbourne war immer schon in der Lage gewesen, ihre wunden Punkte zu finden. Diese Sensibilität war ihr in der Jugend und frisch verliebt sehr willkommen gewesen, nun war es aber nur unangenehm und ärgerlich. Sie wollte auf keinen Fall vor seinen Augen die Kontrolle über sich verlieren.

Als sie sicher sein konnte, daß ihre Stimme wieder normal klang, blickte sie ihn direkt an. »Ich bin dir also etwas schuldig.« Mit einem Anflug von Zynismus überlegte sie, ob er das ausnutzen würde, um sie zum Bleiben in Paris zu überreden.

Doch so war er nicht. »Du bist mir nichts schuldig. Ich habe es genauso für mich getan, denke ich.«

Seine ruhige Lossprechung erschütterte sie, wie nichts anderes es gekonnt hätte. »Also gut«, seufzte sie resigniert. »Du kannst Lord Strathmore sagen, daß ich meine Arbeit hier fortführe, bis die Konferenz zu Ende ist. Ist das in Ordnung?«

Er unterdrückte weise jede Triumphäußerung. »Sehr gut. Um so mehr, als mehr auf dem Spiel steht, als nur normale Informationsbeschaffung. Lord Strathmore hat eine besondere Aufgabe für dich.«

»Oh?« Maggie kehrte zu ihrem Stuhl zurück. »Was will er denn?«

»Er hat Andeutungen bekommen, daß ein Attentat auf

einen der wichtigen Herrscher verübt werden soll. Er möchte, daß du so gründlich und schnell wie möglich Nachforschungen anstellst.«

Maggie runzelte die Stirn. Ihre persönlichen Überlegungen waren vergessen. »Vor knapp drei Wochen wurde ein Plan aufgedeckt, der den Zaren, den König und Wellington erledigen sollte. Könnten die Gerüchte dieser Quelle entspringen?«

»Nein. Lucien wußte davon, und dies hier scheint etwas anderes zu sein. Was diese Verschwörung so gefährlich macht, ist die Tatsache, daß sie offenbar in den höchsten diplomatischen Kreisen der Konferenz ihren Ursprung hat. Nicht nur, daß sie schwerer aufzudecken sein wird, die Attentäter haben auch viel besseren Zugang zu ihren Opfern.« Rafe griff in seinen Rock und zog einen versiegelten Brief hervor. »Lucien schickt dir das, um die Sache zu erklären.«

Maggie nahm den Brief und ließ ihn verschwinden. »Hast du gelesen, was er geschrieben hat?«

Seine Brauen hoben sich. »Natürlich nicht. Er ist an dich gerichtet.«

»Du wirst niemals ein Spion.«

Rafes Stimme war samtig, aber zum ersten Mal ließ er Emotionen durchschimmern. »Du hast recht. Ich könnte mich in Betrug und Täuschung niemals mit dir messen.«

Maggie setzte sich ruckartig in ihrem Stuhl auf. Die Geister aus der Vergangenheit schwebten in dem Zimmer, und einen Augenblick schien die Wut aus ihr herausbrechen zu wollen. Doch jahrelange harte Übung machte sich bezahlt, und sie schaffte es, sich zu beherrschen. »Nein, das kannst du bestimmt nicht«, sagte sie beißend. »Als deine Feen-Patin ihre Hand über die gräfliche Wiege gehalten hat, waren ihre Gaben Starrsinn und Selbstherrlichkeit.«

Ihre Blicke verschränkten sich – zwei zornige, leidenschaftliche Menschen, die entschlossen waren, keinen Schritt nachzugeben. Rafe gewann zuerst seine Selbstbeherrschung wieder, wahrscheinlich weil er sie mehr brauchte als sie ihn.

Er tat die Beleidigung einfach ab und sagte: »Das mag durchaus sein – ich habe auch nie behauptet, ich hätte einen besonders edlen Charakter. Um auf das Geschäftliche zurückzukommen, meinst du, daß Lucien zu Recht besorgt ist? Er vermutet das meiste bloß.« Seine langen Finger spielten mit dem Stiel des Kelches. »Natürlich ist er darin sehr begabt. Dennoch bist du näher am Puls des Geschehens. Was ist deine Meinung?«

Maggie war froh, die belastete Gefühlsebene zu verlassen. »Ich habe nichts Besonderes gehört, aber erstaunlich ist das Schweigen der Radikalen. Es ist untypisch für sie, aufzugeben, solange es noch junge Männer gibt, die bereit sind, für ihre Ideale zu sterben.«

Etwas anderes hatte ihre Neugier geweckt, und so fuhr sie fort: »Du sprichst von Lord Strathmore mit seinem Vornamen. Kennst du ihn so gut?«

»Ja. Du hast mich früher immer geneckt, ein Mitglied einer Gruppe zu sein, die den Spitznamen ›Gefallene Engel‹ hatte. Lucien gehörte ebenfalls dazu. Da ich etwas älter als die anderen war, schloß ich in Oxford ein Jahr früher ab und ging nach London. Luce und die anderen waren noch auf der Universität, als du in London deine erste Saison hattest.«

Maggie hatte Lord Strathmore nur zweimal in der Zeit, die sie für ihn arbeitete, getroffen, aber er hatte einen großen Eindruck bei ihr hinterlassen. Es war seltsam, nun herauszufinden, daß er ein enger Freund Rafes war. Die Welt war tatsächlich klein. »Soweit ich mich erinnere, habt ihr vier euren Namen wegen eures engelhaften Aussehens und eurer diabolischen Taten erhalten.«

Sie hatte Rafe damit ein wenig aus der Fassung bringen wollen, aber er lächelte nur leicht. »Beides war heftig übertrieben.«

Ihre Hand krampfte sich um ihren Fächer zusammen. Was die Taten betraf, mochte es wohl angehen, nicht aber das Aussehen. Rafe war mit einundzwanzig schon umwerfend gewesen; nun hatte die Reife seiner großen Gestalt noch eine Aura von Macht, seinem Gesicht Charakter und seiner Präsenz Autorität verliehen. Obwohl sie sich erinnerte, daß sein dunkles Haar von seiner italienischen Mutter herrührte, war ihr entfallen, wie dramatisch der Kontrast zu seinen hellen grauen Augen wirkte.

Sie wünschte, sie wäre gegen seine Ausstrahlung immun gewesen, doch das war nicht der Fall. Was die Sache noch schlimmer machte, war die Tatsache, daß sie kein junges Mädchen mehr war; sie war eine erwachsene Frau, und sie kannte sich mit Leidenschaft aus. Und mit Sehnsucht ...

Gott sei Dank würde sie Rafe nicht wiedersehen müssen. Er hatte einen vernichtenden Effekt auf ihre Konzentrationsfähigkeit. Sie erhob sich und sagte: »Ich fange sofort mit den Nachforschungen an. Wenn ich irgend etwas Wichtiges höre, benachrichtige ich meine Kontaktperson in der britischen Delegation. Wenn du mich jetzt bitte entschuldigen würdest – ich muß mit ein paar Leuten reden.«

Er stand ebenfalls auf und sah sie wachsam an. »Da ist leider noch etwas. Lucien möchte, daß du in dieser Sache mit mir, nicht mit der Delegation zusammenarbeitest.«

»Was?« rief sie aus. »Warum, zur Hölle, sollte ich meine Zeit mit einem Amateur verschwenden? Wenn eine Verschwörung geplant ist, ist der Zeitfaktor entscheidend. Auch auf das Risiko, Euer Hoheits Fähigkeiten abzuwerten: Du würdest wahrscheinlich nur im Weg sein.«

Rafes Lippen preßten sich zusammen, aber er hielt seine Stimme ruhig. »Lucien vermutet, daß jemand in der britischen Delegation entweder unsauber arbeitet oder ein Verräter ist, und diese Sache ist zu wichtig, um ein Risiko einzugehen. Er will, daß du mir Bericht erstattest. Wir haben einen Kurierdienst zwischen London und Paris errichtet, um Lucien auf dem laufenden zu halten. Wenn die Ereignisse es erfordern, werde ich direkt zu Castlereagh oder Wellington gehen.«

»Wie nett zu hören, daß Strathmore ihnen vertraut«, sagte sie mit einer Stimme, die vor Sarkasmus triefte. »Wie auch immer, ich ziehe es vor, auf meine Art zu arbeiten.«

»Ich bin nicht in der Position, dich zu zwingen«, erwiderte Rafe sanft, »aber um der Aufgabe willen könntest du vielleicht deine Abneigung überwinden und doch mit mir zusammenarbeiten. Es wird nicht lange dauern.«

Maggie funkelte ihn wütend an und bekämpfte den Impuls, ihm den Rest Wein über den Kopf zu schütten. Vielleicht würde er dann endlich seine enervierende Gelassenheit aufgeben. Dummerweise hatte sie keinen vernünftigen Grund – außer dem ihrer persönlichen Antipathie –, die Zusammenarbeit mit ihm zurückzuweisen. Und ob es ihr gefiel oder nicht, sie schuldete ihm wirklich etwas. Leicht zähneknirschend sagte sie also: »Also gut. Ich lasse dich wissen, was immer ich herausfinde.«

Sie stellte ihr Glas ab und öffnete die Tür, als er sagte: »Laß mich dir noch meine Adresse geben.«

Sie lächelte ihn spitzbübisch an. »Nicht nötig. Ich weiß bereits, wo du wohnst, wie Kammerdiener und Stallbursche heißen und wieviel Gepäck du dabei hast.« Damit war es ihr endlich gelungen, ihn zu überraschen, und sie setzte zuckersüß hinzu: »Vergiß nicht: Informationsbeschaffung ist mein Geschäft.«

Maggie war ziemlich zufrieden mit sich, als sie ging. Wenigstens hatte sie an diesem Abend das letzte Wort behalten.

Sehr schade, daß es nicht überhaupt das letzte war, das sie mit ihm austauschen mußte.

Kapitel 3

NACHDEM MAGGIE AUS dem Zimmer gerauscht war, stieß Rafe einen langen, erschöpften Seufzer aus. Jahrelang hatte er die romantischen Erinnerungen an das Mädchen, das er geliebt und verloren hatte, gehütet und manchmal spekuliert, was wohl hätte sein mögen. Es war hart, diese wehmütige Nostalgie dadurch vernichtet zu sehen, daß eben dieses Mädchen höchst lebendig, ziemlich unverschämt und zudem unangenehm fähig bei seiner Arbeit war.

Er trank den Wein aus und stellte das Glas auf das Buffet. Wenn auch immer wieder Erinnerungen an Margot Ashton hervorblitzten, so war diese Frau hier doch eine Fremde – verhärtet, unberechenbar, unverständlich. Das Mädchen, das er geliebt hatte, existierte nicht mehr, und er war sich nicht sicher, ob er diese Maggie mit ihrer kühlen, glatten Fassade mochte. Sie tat so, als hätte er sie vor so vielen Jahren betrogen, nicht sie ihn.

Er seufzte erneut und stand auf. Meistens hatte die Wahrheit mehr als eine Seite; vielleicht dachte sie über den Vorfall damals ganz anders als er. Aber nun zählte es ohnehin nicht mehr. Man muß jung sein, um die schrecklichen Gefahren bedingungsloser Liebe in Kauf zu nehmen, und Rafe wußte, er war dazu nicht mehr in der Lage.

Doch in einem Punkt hatte er sich geirrt. Er hatte geglaubt, daß keine Frau so begehrenswert sein konnte wie die Margot aus seiner Erinnerung. Nun stellte sich heraus, daß sie noch verführerischer war, als er es in seinem Gedächtnis bewahrt hatte. Es war ihm schwergefallen, die Hände bei sich zu behalten, selbst als sie ihm Beleidigungen an den Kopf warf.

Während er das Zimmer verließ, um zum Ball zurückzukehren, rief er sich in Erinnerung, daß er nicht in Paris war, um mit ihr zu turteln, in Erinnerungen zu schwelgen oder kindische Spielchen zu spielen, wie groß auch immer die Provokation sein mochte. Was zählte, war die Konferenz und das Leben von Männern, die versuchten, einen dauerhaften Frieden aufzubauen.

Bevor Maggie zu ihrem nächsten Rendezvous schritt, floh sie einen Moment in einen dunklen Nebenflur, um sich wieder zu sammeln. Sie lehnte sich an die Wand, schloß die Augen und ging alle Flüche und Obszönitäten durch, die sie fließend in fünf Sprachen beherrschte.

Verdammter Robin, der sie zu diesem Gespräch gedrängt hatte, verdammter Rafe Whitbourne mit seiner unerschütterlichen Gelassenheit, verdammter Kuß, der bewiesen hatte, daß Margot nicht so tot war, wie Maggie es gehofft hatte. Und verdammt sollte vor allem sie selbst sein, da es ihr kaum gelang, die schwache Vorfreude auf ihr nächstes Treffen zu unterdrücken.

Wütend erinnerte sie sich daran, daß ein Kuß für ihn gar nichts bedeutete. Davon hatte er bestimmt in den letzten Jahren Hunderte genossen. Ach, wahrscheinlich sogar *Tausende.*

Und deswegen konnte er es ja auch so verflixt gut . . .

Der Gedanke belebte ihre Wut neu. Sie mußte sich bis zu den slowakischen Flüchen hindurcharbeiten, ehe sie endlich über sich lachen und ihren Weg fortsetzen konnte. Ihr Ziel war ein anderes Empfangszimmer, das dem ähnelte, in dem sie sich mit Rafe getroffen hatte. Sie trat ohne anzuklopfen ein. Robin lag ausgestreckt auf dem Sofa. Er drehte in seiner Hand ein Glas Wein und wirkte ganz und gar wie ein Liebhaber, der auf seine Mätresse wartete. Was schließlich mehr oder weniger zutraf.

Er wollte sich erheben, aber sie bedeutete ihm mit einer Geste, daß es nicht nötig war. »Du brauchst nicht aufzustehen.« Sie schob einfach seine Füße beiseite, damit sie sich neben ihn setzen konnte, denn sie brauchte dringend den Trost seiner vertrauten Nähe.

Es fiel ihm nicht schwer, ihre Miene zu interpretieren, und der Ausdruck gelangweilter Leere, den er kultivierte, wich amüsierter Intelligenz. »Darf ich es wagen, dich nach dem Ausgang des Rendezvous' mit dem Duke zu fragen?«

Sie seufzte. »Ihr habt gewonnen. Ich bleibe bis zum Ende der Friedenskonferenz, wie lange sie auch noch dauern mag.«

Robin stieß einen leisen Pfiff der Überraschung aus. »Wie hat Candover denn das geschafft? Wenn er irgendeine magische Technik kennt, wie man dich überzeugt, dann sollte ich ihn mal danach fragen.«

Maggie kicherte und tätschelte seine Hand. »Mach dir nichts draus, mein Lieber. Die Methode hätte auch jeder andere anwenden können.« Schon schwand ihre vergnügte Miene wieder. »Er war zufällig in Frankreich, als mein Vater und Willis getötet wurden, und er leitete die Überführung der Särge in die Wege. Sie sind vor zwölf Jahren auf dem Grundstück meines Onkels beigesetzt worden.«

Robin blickte sie aus schmalen Augen an. Es war zwar schön, daß sie blieb, aber die Tatsache warf eine Unmenge neuer Fragen auf. Wie gut hatte Maggie den Duke gekannt? Gab es Aspekte dabei, die seine eigenen Pläne beeinträchtigen würden? Doch diese Gedanken würde er für sich behalten. »Ist es möglich, daß er dich belogen hat, um dich zu überreden, hierzubleiben?«

Maggie war verdattert. Es war ihr nie in den Sinn gekommen, an Rafes Worten zu zweifeln. Doch sie überlegte kein zweites Mal, bevor sie den Kopf schüttelte. »Nein, er gehört zu euren anständigen Gentlemen, die keine Phantasie zum Lügen besitzen.«

Robin grinste und wirkte dadurch unwiderstehlich jungenhaft. »Habe ich dich denn noch nicht davon überzeugen können, daß nicht alle Engländer Gentlemen sind?«

»Du, Robin, bist eine eigene Gattung – einzigartig. Die Tatsache, daß du Engländer bist, war ein Zufall deiner Geburt.« Maggie lächelte ihn warmherzig an. Trotz seiner wiederholten Behauptung, es nicht zu sein, war Robin ganz und gar ein Gentleman, mehr noch sogar, als Rafe Whitbourne es jemals sein konnte.

Während der vergangenen Jahre hatte sie oft über Robins Vorleben nachgedacht. Sie nahm an, daß er ein illegitimer Sohn irgendeiner noblen Familie war, der zwar zum Gentleman erzogen worden, aber stets Außenseiter innerhalb dieser gesellschaftlichen Kreise geblieben war. Das hätte auch erklärt, weshalb er kein Bedürfnis zu haben schien, in sein Geburtsland zurückzukehren. Doch eine Bestätigung für ihre Vermutung hatte sie niemals bekommen, und Robin hatte ihr von sich aus keine gegeben. Obwohl sie sich in vieler Hinsicht so nah standen, gab es Dinge, die nicht berührt wurden.

»Übrigens war dein Vorschlag, den Duke mit meinem unwiderstehlichen Körper zu verhexen, ein vergeblicher Versuch«, fügte sie in spöttischer Selbstkritik hinzu. »Es hätte nichts geändert, wenn ich so schön wie Helena von Troja oder häßlich wie Madame de Staël gewesen wäre. Der edle Geist des Dukes steht über solchen profanen Dingen, zumindest wenn er sich um Geschäfte Seiner Majestät zu kümmern hat.« Sein Kuß war schließlich nur dazu da gewesen, ihre Identität zu bestätigen.

»Er muß übermenschliche Selbstbeherrschung haben. Allein dich in diesem Kleid zu sehen, treibt mich fast dazu, die Tür zu verriegeln und dich mit Küssen zu überwältigen.«

Maggie blickte zur Seite, um nicht mit dem umgehen zu müssen, was hinter seinem neckenden Tonfall steckte. »Bevor ich nach England zurückkehre, werde ich mir einen ganzen Schrank voller Kleider anfertigen lassen, die bis zum Kinn geschlossen sind. Ich finde es ermüdend, wenn die Männer immer mit meinem Busen reden, statt mit meinem Gesicht.«

Wieder ernster sagte Robin: »Warum hat Candover denn so etwas Außergewöhnliches getan? Es muß doch ziemlich schwierig gewesen sein, die Toten überführen zu lassen.«

»Das denke ich auch.« Selbst Robin wollte sie die Geschichte mit dem Duke nicht unbedingt erzählen, also wählte sie nur einen Teil der Wahrheit. »Er und mein Vater waren Freunde.« Bevor Robin nachhaken konnte, fuhr sie fort: »Und jetzt hör zu, was für eine dringende Sache uns Candover ans Herz gelegt hat.«

In knappen Worten umriß sie, was Rafe ihr von einer möglichen Verschwörung innerhalb der Pariser Diplomatenkreise gesagt hatte. Anschließend öffnete sie den Brief von Strathmore, und sie und Robin lasen ihn zusammen.

»Wenn Strathmore recht hat, dann ist dies eine todernste Sache«, meinte Robin. »Es hat schon andere Verschwörungen gegeben, die aber immer von unbedeutenden Leuten geplant waren. Dies hier sieht ganz anders aus.«

»Ich weiß«, sagte sie nachdenklich. »Und ich könnte mir auch schon ein paar Personen denken, die hinter dieser Verschwörung stecken.«

»Ich auch. All die nämlich, die man unmöglich ohne knallharte Beweise beschuldigen kann, selbst wenn wir uns selbst ganz sicher sind.«

»Wenn wir beide unsere jeweiligen Informanten befragt haben, können wir vielleicht den Kreis ein wenig eingrenzen.«

»Oder ihn vergrößern. Wir können uns nur an die Arbeit machen und auf das Beste hoffen.« Er warf einen weiteren Blick auf den Brief. »Du mißachtest deine Befehle – du sollst niemanden aus der Delegation ins Vertrauen ziehen. Was, wenn ich Strathmores schwaches Glied bin?«

»Unsinn!« erwiderte sie. »Er meint ja die reguläre Delegation, nicht dich. Du hast doch mit Strathmore länger zusammengearbeitet als ich.«

Er stand auf und schüttelte in gespieltem Gram den Kopf. »Oje, all meine Lektionen waren umsonst. Habe ich dir nicht beigebracht, niemandem zu vertrauen, nicht einmal mir?«

»Wenn ich dir nicht trauen darf, wem dann?«

Er küßte sie leicht auf die Wange. »Dir selbst natürlich. Ich gehe zuerst. Soll ich morgen abend zu dir kommen, damit wir austauschen können, was wir erfahren haben?«

Sie nickte und sah zu, wie er sein leicht dumpfes Diplomatengesicht aufsetzte. Jede Delegation war mit einem Junior-Offizier gestraft, der mehr Beziehungen als Verstand besaß, und Robin wirkte ganz wie ein solcher: uneffektiv und zu hübsch, um Hirn zu haben. In Wirklichkeit war sein Verstand jedoch wie ein Sarazenendolch: messerscharf und blitzblank poliert. Er war es gewesen, der ihr beigebracht hatte, wie man Fakten, die von Bedeutung sein konnten, sammelte und analysierte. Er hatte ihr beigebracht, wie man Spuren verwischte und es vermied, Mißtrauen zu erwecken.

Aber in einem Punkt hatte er unrecht, dachte sie, als sie sich darauf vorbereitete, wieder in den Ballsaal zurückzukehren. Im Augenblick war sie nicht sicher, ob sie sich selbst trauen konnte. Ihr Leben lag auf einmal nicht mehr nur in ihren eigenen Händen. Und das gefiel ihr überhaupt nicht.

Unten lief das Ballgeschehen genauso weiter wie kurz zuvor, als Rafe den Saal verlassen hatte. Er sah nichts, was ihn zum Bleiben anregte, also begann er, sich seinen Weg durch die Menge in Richtung Ausgang zu bahnen.

Das unglaubliche Gedränge war schuld, daß Rafe plötzlich ohne Vorwarnung mit Oliver Northwood zusammenstieß. Rafe hatte Mühe, seinen Schock zu verbergen. Teufel, der fehlte ihm gerade noch!

Der andere Mann teilte sein Unbehagen nicht. »Candover!« rief er jovial aus. »Ist ja toll, Sie zu sehen. Ich hatte keine Ahnung, daß Sie in Paris sind, aber andererseits ist ja halb London hier. Ja, ja, viel zu lange waren wir auf unserer Insel gefangen, aber wem sag' ich das.«

Er lachte herzlich über seinen Scherz und streckte den anderem seine Hand entgegen, die Rafe ohne Begeisterung nahm.

Northwood war ein vierschrötiger, blonder Mann von mittlerer Größe, ein jüngerer Sohn von Lord Northwood und fast eine Karikatur des derb-herzlichen Landjunkers. Das erste Jahr, das Rafe in der Stadt verbracht hatte, während seine Freunde noch in Oxford waren, verkehrte er in denselben Kreisen wie Northwood. Obwohl sie sich nicht besonders nahe standen, waren sie doch freundschaftlich miteinander umgegangen, bis Northwood seine katastrophale Rolle bei der Lösung von Rafes Verlobung spielte. Rafe wußte, wie unsinnig es war, die Schuld einem anderen zuzuschieben, aber er hatte sich bisher größte Mühe gegeben, den Mann zu meiden.

Leider konnte er das nun nicht mehr. »Guten Abend, Northwood«, sagte Rafe mit soviel Geduld, wie er aufbringen konnte. »Sind Sie schon lange in Paris?«

»Ich gehöre zu der britischen Delegation, bin also seit Juli hier. Mein Vater meinte, ich sollte ein bißchen diplomatische Erfahrung sammeln.« Northwood schüttelte kummervoll den Kopf. »Will, daß ich mich niederlasse und einen Sitz im Parlament einnehme. Mich nützlich mache, verstehen Sie?«

Man würde sich also öfter begegnen. Rafe zwang sich resigniert zur Freundlichkeit. »Ist Ihre Frau mit hier?«

Auf das häßliche Glitzern in Northwoods Augen, als dieser sich im Saal umblickte, war Rafe nicht vorbereitet. »Oh, Cynthia ist hier. Eine gesellschaftlich engagierte Frau wie sie würde sich keine Gelegenheit entgehen lassen, um ... um so viele neue Bekanntschaften zu machen.«

Der Richtung seines Blickes folgend, sah Rafe Cynthia Northwood am Rand des Ballsaals stehen, in eine Unterhaltung mit einem dunklen, gutaussehenden britischen Infantriemajor vertieft. Selbst aus der Entfernung konnte Rafe erkennen, wie sehr sie sich aufeinander konzentrierten, so als wären sie allein, statt in einer Menge von Gästen.

Rafe war klug genug, sich einen Kommentar zu sparen. Er beschloß statt dessen, mit dem Sammeln von Informationen zu beginnen. »Wie laufen die Verhandlungen?«

Northwood zuckte die Schultern. »Schwer zu sagen. Castlereagh hat meist alles in der Hand und läßt Untergebene gerade mal Dokumente abschreiben. Aber Sie haben sicher gehört, daß das erste Problem – was geschieht mit

Napoleon? – bereits gelöst ist. Sie wollten ihn zuerst nach Schottland ins Exil schicken, fanden aber dann, es läge zu nahe an Europa.«

»Sankt Helena sollte weit genug entfernt sein, damit er nichts mehr anstellen kann. Aber irgendwie kommt einem immer wieder der Gedanke, ob es nicht besser gewesen wäre, wenn Blücher ihn geschnappt und direkt erschossen hätte, wie er es eigentlich wollte.«

Northwood lachte. »Wäre wahrscheinlich besser gewesen, aber als sich der Kaiser erst einmal den Briten ergeben hatte, mußten wir ja nun sein verfluchtes Leben bewahren.«

»Man muß die Frechheit dieses Mannes einfach bewundern, ganz zu schweigen von seiner Gerissenheit«, stimmte Rafe zu. »Nachdem er Britannien den mächtigsten, beständigsten und großmütigsten seiner Feinde genannt hat, hatte der Prinzregent keine Chance mehr, ihn den Wölfen vorzuwerfen, obwohl die meisten Engländer Boney wahrscheinlich liebend gern in die Hölle geschickt hätten.«

»Statt dessen setzt er sich auf Britanniens Kosten auf einer Insel zur Ruhe, wo angeblich das beste Klima auf der ganzen Welt herrscht. Nun, wenn er auf Elba geblieben wäre, könnte ich jetzt nicht hier in Paris sein.« Northwood warf ihm einen vergnügten Blick ›unter Männern‹ zu. »Auf jeden Fall stimmt es, was man sich immer über die Pariser Ladys erzählt, nicht wahr, Candover?«

Rafe bedachte ihn mit einem eiskalten Blick. »Ich bin gerade erst angekommen, kann also dazu nichts sagen.«

Ohne die Abfuhr zur Kenntnis zu nehmen, sah Northwood zur Tür hinüber, durch die soeben Maggie mit ihrem goldschimmernden Haar und dem provokanten grünen Kleid eintrat. Sie sah von Kopf bis Fuß wie die hochwohlgeborene Kokotte aus. Northwood starrte mit heruntergesunkener Kinnlade hinüber. »He, sehen Sie sich mal die blonde Hexe an. Muß mit irgend 'nem Glücklichen oben gewesen sein. Meinen Sie, ich könnte sie fragen, ob sie das noch einmal macht?«

Rafe brauchte einen Moment, bis er begriff, daß Northwood Maggie meinte. Er hatte sie niemals als blond betrachtet, denn das beschwor das Bild von blassen, anämischen Mädchen in seinem Geist herauf. Maggies creme- und goldfarbene Präsenz war zu lebhaft für eine so platte Beschreibung. Doch als er endlich verstand, um wen es ging, mußte er mühsam den dringenden Wunsch bekämpfen, dem Mann neben ihm das schmierige Grinsen aus dem Gesicht zu boxen.

Er hielt den Atem an, bis der Impuls vorüber war, und sagte dann: »Ich bezweifle es. Ich habe die Lady bereits kennengelernt. Sie ist in Geschmacksfragen höchst wählerisch.«

Die verborgene Beleidigung prallte abermals von Northwoods dickem Fell ab. »Erzählen Sie mir von ihr.« Er runzelte die Stirn, als Maggie in einer Traube österreichischer Offiziere verschwand. »Wissen Sie, sie kommt mir irgendwie bekannt vor, aber ich kann sie nicht recht einordnen . . .« Plötzlich schnippte er mit den Fingern. »Ich hab's! Sie erinnert mich an ein englisches Mädchen, das ich mal vor Jahren kannte. Margaret, nein, Margot Soundso.«

Rafes Magen drehte sich um. »Meinen Sie Miss Margot Ashton?«

»Ja, genau die. Sie waren selbst hinter der her, nicht wahr? War sie so gut, wie sie aussah?« Das heisere Lachen ließ keinen Zweifel daran, auf welche Art von Beziehung Northwood anspielte.

Rafe mußte wieder tief einatmen. War Northwood immer schon so vulgär gewesen, oder war er mit den Jahren schlimmer geworden? Eisig antwortete er: »Ich habe keine Ahnung. Ich kann mich kaum noch an Miss Ashton erinnern. Ist sie nicht ein Jahr oder so nach ihrem Debüt gestorben?« Er tat so, als würde er Maggie intensiv mustern. »Ja, wahrscheinlich gibt es da eine Ähnlichkeit, aber die Dame, die sie bewundern, ist Ungarin – Magda, die Gräfin Janos.«

»Ungarin, hm? Eine Ungarin hatte ich noch nie. Würden Sie mich ihr vorstellen?«

Rafe wußte, daß er Northwood ernsthaften körperlichen Schaden zufügen würde, wenn er nicht in den nächsten zehn Sekunden verschwand. »Leider Gottes habe ich es sehr eilig, aber ich bin sicher, Sie finden noch einen anderen gemeinsamen Bekannten. Wenn Sie mich also jetzt entschuldigen würden . . .?« Er wollte gerade die Flucht ergreifen, als sich jemand an seinen rechten Arm hängte. Mit dem Gefühl tiefster Resignation blickte er müde in Cynthia Northwoods große braune Augen hinab.

»Rafe!« rief sie. »Wie wunderbar, Sie hier zu sehen. Ich hoffe doch, Sie bleiben eine Weile in Paris?«

Cynthia war eine attraktive junge Frau mit dunklen Locken, einem herzförmigen Gesicht und der irreführenden Ausstrahlung von Unschuld. Ihr fester Griff verhinderte Rafes Flucht. Außerdem war sie eine gewisse Zeit seine Mätresse gewesen, und sie hatten sich in freundschaftlichem Einvernehmen getrennt, so daß er sie nun kaum vor den Kopf stoßen konnte.

»Ja. Ich habe mir eine Wohnung genommen und beabsichtige, den Herbst über zu bleiben, vielleicht sogar länger.« Sanft löste er seinen Arm aus ihrem Griff. »Bitte nehmen Sie Rücksicht auf meinen Kammerdiener. Er behütet meine Röcke derart, daß ich mich wundere, daß er sie mich überhaupt tragen läßt.«

»Oh, tut mir leid«, sagte sie reuig. »Das liegt an der Pariser Atmosphäre, wissen Sie. Die Leute hier sind viel offener. Ich fürchte, das ist ansteckend.«

»Ist *das* deine Ausrede?« fragte ihr Gatte giftig.

Rafe spürte die Spannung, als die beiden sich wütend anblickten. In dem Wissen, daß er unbedingt fliehen mußte, bevor die beiden eine Szene in der Öffentlichkeit machten, wie er sie zutiefst verabscheute, verabschiedete er sich knapp, und verschwand rasch in der Menge. Diesmal ließ er nicht zu, daß ihn jemand daran hinderte.

Draußen, in der warmen Nachtluft, stieß er einen Seufzer der Erleichterung aus. Da es noch früh war, entließ er die Kutsche und machte sich zu Fuß auf den Rückweg. Es würde interessant sein, zu sehen, was Napoleon mit dieser Stadt gemacht hatte. Aber noch wichtiger: Er brauchte Zeit, seine verwirrten Gedanken zu ordnen.

Da war zuerst Margot – er fand es immer noch schwer, an sie als Maggie zu denken. Allein ihre Existenz war schon verwirrend genug, und sie rief ihm Dinge in Erinnerung, die am besten begraben blieben. Und als wäre das noch nicht genug, tauchten die Northwoods auf der Bildfläche auf. Ebensogut hätte der Teufel in einer boshaften Laune den Abend als Posse inszeniert.

Aber eine Posse konnte ihn kaum amüsieren, wenn er sich dabei fühlte, als hätte man ihn in den Magen getreten. Als er, ohne etwas wahrzunehmen, auf die Tuilerien zuging, strömten die Erinnerungen an die Ereignisse wieder auf ihn ein, als wären sie erst gestern und nicht vor dreizehn Jahren geschehen.

Er hatte Margot Ashton mit unkritischer Bewunderung geliebt, zu erstaunt, zu selig, daß ein Mädchen, das unter allen Männern in London hätte wählen können, sich für ihn entschieden hatte. In der Öffentlichkeit hatten sie sich diskret verhalten, da ihre Verlobung noch nicht offiziell verkündet worden war, doch er hatte jeden möglichen Augenblick mit ihr verbracht. Und sie schien in seiner Gegenwart ebenso glücklich wie er in ihrer.

Dann war die fatale Junggesellenparty gekommen. Er konnte sich noch an jeden der anwesenden jungen Männer erinnern, konnte sich in Einzelheiten daran erinnern, wie Oliver Northwood betrunken beschrieben hatte, wie er ein paar Tage zuvor auf einer anderen Party im Garten ein Mädchen von ihrer lästigen Jungfräulichkeit befreit hatte. Rafe hatte kaum zugehört, bis Northwood am Ende der Name des Mädchens entschlüpfte: Margot Ashton.

Die meisten der jungen Männer bewunderten Margot, und nach einem Augenblick verdatterten Schweigens hatte einer von ihnen Northwood zugezischt, daß man so nicht von einer jungen Dame spräche. Doch die Katastrophe war geschehen.

Keiner der Anwesenden wußte von der Verlobung, daher dachte sich keiner etwas, als Rafe sich kurz darauf entschuldigte. Die grünliche Färbung in seinem Gesicht wurde der Menge Alkohol zugeschrieben, die er konsumiert hatte, und er war vergessen, sobald er den Raum verließ.

Draußen schaffte Rafe es gerade bis zur Straße, ehe er auf die Knie fiel und zu würgen begann, als wollte er seine Eingeweide ausspucken. Er stellte sich Margots Körper mit dem des widerlichen Dreckskerls vereint vor, ihre vollen Lippen, die ihn küßten, ihre langen Beine, die sich um ihn schlangen . . .

Dieses Bild hatte sich mit übelkeiterregender Klarheit in sein Gedächtnis gebrannt. Er hatte keine Ahnung, wie lange er so verharrte, bis eine Stimme sagte: »Alles in Ordnung, Kumpel? Ich ruf' dir eine Kutsche.« Der Barmherzige half ihm auf die Füße, aber Rafe verweigerte jede weitere Hilfe und stürzte blind davon, als könnte er vor seiner Phantasie davonlaufen.

Den Rest der Nacht lief er ziellos durch die Straßen von London. Mehr als einmal musterten im Dunkeln lauernde Straßenräuber seine teure Kleidung und wägten sie gegen sein grimmiges Gesicht ab, nur um zu beschließen, ihn doch lieber unbehelligt passieren zu lassen. Der junge Mann mochte ein hübsches Sümmchen wert sein, aber in seinen eisigen, toten grauen Augen drohten jedem Räuber, der dumm genug war, ihn zu überfallen, mit Schrecklichem.

Zwangsläufig fand er sich im Morgengrauen vor Margots Haus ein, kurz bevor sie zu ihrem regelmäßigen Ausritt aufbrechen wollte. Sie hatten sich nicht verabredet, aber er hatte sie schon zuvor gelegentlich unangemeldet besucht.

Sie hatte ihn trotz seines zerknitterten Abendanzugs mit großer Freude begrüßt. Ein smaragdfarbener Schleier schwebte über ihrem weizenblonden Haar, als sie durch den Salon auf ihn zugetanzt kam. Ihre veränderlichen Augen waren an diesem Morgen grün gewesen, und ihr lachendes Gesicht sprühte vor Leben.

Rafe hatte sich brutal von ihr losgerissen, denn er hatte ihre Berührung nicht ertragen können. Dann hatte er ihr an den Kopf geworfen, was er erfahren hatte. Er kannte ihre leidenschaftliche Natur, und nur der idealistische Wunsch, sie als Jungfrau in die Ehe zu führen, hatte ihn davon abgehalten, sich vorher zu nehmen, was sie einem anderen so leichtfertig gegeben hatte.

Und wie viele andere mochte es gegeben haben? Sie war heiß begehrt. War er einfach nur zu dumm gewesen, sich ihre Lüsternheit zunutze zu machen? Hatte sie ihn unter so vielen anderen deswegen gewählt, weil er ein Herzogtum erben würde? Hätte er sie auf ihren Morgenritten genauso besteigen können wie sein Pferd, wenn er sie bloß danach gefragt hätte?

Margot machte keinen Versuch, es abzustreiten. Wenn sie nur das geringste zu ihrer Verteidigung gesagt hätte, er hätte liebend gerne und dankbar danach gegriffen wie nach dem letzten Strohhalm. Hätte sie gebettelt, ihn angefleht, er hätte ihr verziehen, auch wenn er wußte, daß er ihr nie wieder würde ganz vertrauen können.

Doch sie hatte nur zugehört, und ihr zart cremefarbener Teint war totenbleich geworden. Sie hatte noch nicht einmal nach dem Namen des Mannes gefragt, der ihre Liederlichkeit enthüllt hatte – vielleicht hatte es so viele gegeben, daß es unwichtig war. Statt dessen hatte sie nur eiskalt gesagt, daß es ein Glück sei, das wahre Wesen des anderen erkannt zu haben, bevor es zu spät war.

Ihre Reaktion war wie ein Todesurteil gewesen, denn er hatte die verzweifelte Hoffnung bis dahin nicht aufgegeben, daß die Geschichte nicht stimmte. Doch in diesem Augenblick war etwas in ihm gestorben.

Obwohl sie nicht offiziell verlobt waren, hatte er ihr einen Ring, ein Erbstück der Whitbournes, geschenkt, den sie an einer Kette um den Hals trug. Sie hatte ihn hervorgezerrt und die Kette zerrissen, weil sie sie nicht schnell genug hatte öffnen können. Dann hatte sie ihm den Ring mit solcher Kraft vor die Füße geschleudert, daß der große Opal zersprang.

Mit einem Murmeln, sie wolle ihr Pferd nicht länger in der kühlen Luft stehen lassen, war sie mit hocherhobenem Kopf und ohne sichtbare Gefühlsregung an ihm vorbeistolziert. Er hatte sie nie wieder gesehen. Nach wenigen Tagen hatten sie und ihr Vater den gerade vereinbarten Frieden von Amiens ausgenutzt und waren auf den Kontinent gereist.

Mit den Monaten, die verstrichen, war Rafes Zorn und das Gefühl, verraten worden zu sein, schrittweise durch seine Sehnsucht nach ihr ersetzt worden. Er begann, ungeduldig auf die Rückkehr der Ashtons zu warten, und nach einem Jahr der Qual war er nach Frankreich übergesetzt, um sie zu suchen. Hätte er Erfolg gehabt, hätte er sie angefleht, ihn zu heiraten.

Dann hatte ihn in Paris die Nachricht erreicht, daß es zu spät war. Er hatte nur noch eines für sie tun können: die sterblichen Überreste nach England zurückzubringen.

Nach einer gewissen Zeit war es Rafe gelungen, sich selbst zu überzeugen, daß es so viel besser war. Der Gedanke, mit einer Frau verheiratet zu sein, die ihn so hilflos machte, war nicht besonders angenehm.

Die Jahre und die Schönen waren gekommen und gegangen, und nur wenige erinnerten sich noch an die strahlende Margot Ashton, die eine so kurze Zeit der Liebling Londons gewesen war. Rafe hatte gelernt, sein Vergnügen bei erfahrenen und willigen verheirateten Frauen zu suchen, ohne sich ernsthaft in eine Affäre zu verwickeln. Er brauchte dafür nicht zu bezahlen, es war ihm ein leichtes, Mätressen für ein paar schmeichelhafte Komplimente und gelegentliche kleine Geschenke zu bekommen.

Es hatte Rafe besonderen Spaß gemacht, Oliver Northwood Hörner aufzusetzen. Cynthia Browne war ein hübsches, fröhliches Mädchen gewesen, die Tochter eines vermögenden Landjunkers, und man sprach davon, daß sie eine glänzende Partie machen würde, als sie sich mit dem jüngeren Sohn eines Lords verlobte. Oliver war auf eine derbe Art attraktiv gewesen, und sie hatte damals noch nicht erkannt, was für ein Mann er war.

Nachdem sie von der Spiel-, Alkohol- und Hurenleidenschaft ihres Mannes erfahren hatte, hatte sie den bitteren Entschluß gefaßt, es ihm gleichzutun. Obwohl es eigentlich nicht ihrer Natur entsprach, hatte sie sich ebenfalls Liebhaber genommen. Es war in der Tat tragisch: Wenn sie einen liebevollen Ehemann gehabt hätte, wäre sie ihm eine treue Frau und Mutter gewesen. Statt dessen jedoch hatte sie sich an jeden Mann verschenkt, der sie wollte.

Rafe war recht willig gewesen, ihr zu Gefallen. Nicht nur, daß Cynthia wirklich attraktiv war – die Affäre war eine Art Rache, denn obwohl Northwood niemals erfahren hatte, wie seine Indiskretion Rafes Leben zerstört hatte, gab es Rafe eine gewaltige Befriedigung, ihm etwas davon zurückzahlen zu können, indem er mit seiner Frau ins Bett ging.

Die Affäre hatte nicht lange gedauert, denn Cynthias Verzweiflung war ihm unangenehm gewesen, und er hatte sich locker und geschickt von ihr getrennt. In den folgenden Jahren hatte er Cynthia manchmal bei gesellschaftlichen Anlässen wiedergesehen und war froh gewesen, daß sie offenbar ihr Gleichgewicht wiedergefunden hatte und sich nun nicht mehr billig verkaufte.

Kürzlich hatte er Gerüchte gehört, die sie mit einem Soldaten in Verbindung brachten – vielleicht der Major, mit dem sie auf dem Ball gesprochen hatte. Rafe fragte sich, ob sie den Mann wirklich liebte oder ihn nur wieder als eine Waffe im Krieg gegen ihren Mann benutzte.

Dennoch: Ihre Taktik schien zu greifen. Oliver Northwood war definitiv ein Schürzenjäger, aber er verabscheute es, wenn seine Frau sich die gleichen Freiheiten herausnahm. Wahrscheinlich würde schließlich einer von beiden den anderen ermorden.

Als er die Stufen zu seinem Hotel hinaufging, schwor Rafe sich, daß er sich niemals in das Kreuzfeuer der beiden hineinziehen lassen würde. Paris schien ihm auch so unerfreulich genug zu werden.

Kapitel 4

NOCH BEVOR SIE am nächsten Morgen die Augen öffnete, fiel Maggie die Begegnung mit Rafe Whitbourne wieder ein. Sie schauderte zusammen. Unmöglich, dieser Mann! Normalerweise bewunderte sie die kühle, britische Gelassenheit, aber genau das brachte sie bei Rafe auf. Was immer er an Wärme und Spontaneität als junger Mann besessen hatte, war offenbar mit der Zeit verschwunden.

Sie lag still im Bett, lauschte den Geräuschen des Morgens – das Quietschen eines Karrens, verschiedene Schritte, der ferne Schrei eines Hahns. Normalerweise stand sie zu dieser Stunde auf, nahm Kaffee und ein warmes Croissant zu sich und begab sich dann zum Ausritt nach Longchamps. Jetzt aber stöhnte sie nur, zog sich die Decke über den Kopf und vergrub sich tief in ihrem Bett, während sie den Tagesablauf plante.

Eine halbe Stunde später klingelte Maggie ihrer Zofe Inge nach dem Frühstück. Während sie von dem starken französischen Kaffee nippte, notierte sie sich die Namen der Informanten, die sie zuerst kontaktieren wollte.

Es wurde allgemein angenommen, daß weibliche Spione Informationen in Rückenlage sammelten, aber Maggie hielt diese Methode für zu begrenzt, zu ermüdend und zu lästig. Daher hatte sie eine andere Technik entwickelt, die, soweit sie wußte, einzigartig war: Sie hatte das erste weibliche Spionagenetz aufgebaut.

Männer mit Geheimnissen mochten anderen Männern gegenüber vorsichtig sein, doch sie benahmen sich erstaunlich nachlässig in Gegenwart von bestimmten Frauen. Zofen, Waschfrauen, Prostituierte und andere ›minderwertige‹ weibliche Wesen erfuhren oft mit Leichtigkeit, was vor sich ging, und Maggie hatte das Talent, diese zu überzeugen, sich ihr anzuvertrauen.

Europa war voller Frauen, die in Bonapartes Kriegen ihre Väter, Ehemänner, Söhne und Geliebte verloren hatten. Viele gaben nur allzu gerne Informationen weiter, die zum Frieden beitragen würden. Manche wollten Rache wie Maggie, andere waren verarmt und benötigten dringend Geld. Zusammen waren sie das, was Robin immer ›Maggies Miliz‹ nannte.

Wichtige Dokumente konnten aus den Papierfetzen in den Abfallkörben zusammengesetzt werden; manchmal steckten hochinteressante Papiere in den Taschen der Kleider, die zum Waschen geschickt wurden; Männer prahlten bei ihren Eroberungen gerne von ihren Taten. Maggie pflegte die Beziehungen zu den Frauen, die Zugang zu solchem Wissen hatten, lauschte ihren Sorgen, Nöten und Freuden und gab ihnen manchmal Geld, damit sie ihre Kinder ernähren konnten, selbst wenn sie nichts Wissenswertes zu verkaufen hatten.

Im Gegenzug schenkten diese Frauen ihr ihre Treue, die mehr wert war als alles, was man kaufen konnte. Keine von ihnen hatte Maggie jemals betrogen, viele waren zu Freundinnen geworden.

Seit dem Verlust ihres Vaters hatte Maggie die meiste Zeit in Paris verbracht, zuerst in bescheidener Witwentracht, das Haar unter einer Haube verborgen. Doch als der Wiener Kongreß zusammengerufen wurde, hatte sie ihr normales Aussehen wiederhergestellt und war als Gräfin Janos nach Wien gegangen, wo sie sich innerhalb ihres gesellschaftlichen Standes unter den Diplomaten bewegte.

Als Napoleon von Elba floh und die Krone zurückforderte, war Maggie augenblicklich nach Paris zurückgekehrt, um ihren Platz wieder einzunehmen und Informationen nach London zu schicken. Nach Waterloo fanden sich die meisten Diplomaten und das ganze Gefolge des Wiener Kongresses in Paris ein, also hatte sie sich einmal mehr in die Gräfin verwandelt und ein Haus, das ihrem Rang entsprach, gemietet. Doch langsam hatte sie es satt, jemand anderer zu sein als sie selbst.

In der langen Zeit hatte Robert Anderson in ihrem Leben verschiedene Rollen gespielt. Er hatte ihr geholfen, sich als Spionin zu etablieren, und das Geld herangeschafft, das sie brauchte, um bequem zu leben und ihre Informanten bezahlen zu können. Er hatte ihr ebenso Kommunikationswege erschlossen, was nicht einfach gewesen war, als Napoleons Kontinentalsperre fast alle europäischen Häfen nach England geschlossen hatte. Gelegentlich waren die Informationen über Spanien, Schweden, Dänemark, sogar über Konstantinopel geflossen.

Notwendigerweise war Robin oft auf ausgedehnten Reisen. Maggie vermutete, daß er selbst manchmal Informationen nach England lieferte, indem er den Kanal heimlich mit Schmugglern überquerte. Etwa ein Drittel des Jahres verbrachte er mit Maggie, wobei zwischen ihren Treffen oft Monate lagen. Seine Arbeit war weit gefährlicher als ihre, und sie war stets froh, wenn er wieder gesund und munter vor ihr stand.

Viele Jahre waren sie ein Liebespaar gewesen. Aber selbst zu Beginn, als sie seine Zärtlichkeit noch so dringend gebraucht hatte, war sie sich darüber im klaren gewesen, daß sie für ihn nicht leidenschaftliche Liebe, sondern vor allem Freundschaft und Dankbarkeit empfand. Doch sie hatte sich treiben lassen, hatte die Wärme, die körperliche Befriedigung genossen, die sie beide sich gegenseitig verschafft hatten. Er war ihr bester Freund, dem sie absolut vertraute, der Bruder, den sie nie gehabt hatte.

Eines Morgens, es war vor drei Jahren gewesen, war sie mit der inneren Überzeugung aufgewacht, daß Freundschaft nicht genug und die Zeit gekommen war, ihre sexuelle Beziehung zu beenden. Sie verdankte Robin so viel und empfand eine solche Zuneigung zu ihm, daß es ihr verdammt schwergefallen war, ihm beizubringen, sie wolle sein Bett nicht mehr teilen.

Doch er war immer ein höchst rücksichtsvoller Liebhaber gewesen und hatte es ihr leichtgemacht. Nachdem sie ihr Anliegen stockend vorgebracht hatte, war er einen Moment sehr still geworden. Dann hatte er ruhig geantwortet, daß er sie natürlich nicht zu etwas drängen wolle, was ihr Unbehagen bereite.

So waren sie Freunde geblieben, hatten die Zusammenarbeit fortgeführt, und er hatte weiterhin bei ihr gelebt, wenn er in Paris weilte. Der einzige Unterschied hatte darin bestanden, daß er dann ein eigenes Zimmer bewohnte.

Die Tatsache, daß Robin ihre veränderte Beziehung so einfach akzeptiert hatte, bestätigte ihr, daß auch er sie eher als Freundin denn als Lebenspartnerin betrachtete. Er hatte ihr zwar die Ehe angeboten, nachdem er ihr Leben gerettet hatte, aber sie wußte, daß er erleichtert gewesen war, als sie abgelehnt hatte.

Obwohl sie nie daran zweifelte, das Richtige getan zu haben, war ihr Bett so kalt und leer gewesen. Wahrscheinlich kam ihr Rafe deswegen so verflucht anziehend vor . . . Hastig wandte sie sich wichtigeren Gedanken zu.

Robin war kürzlich aus den sumpfigen Gefilden der Unterwelt, in denen er sich als Spion häufig bewegte, hervorgekommen, um sich als Angestellter bei der britischen Botschaft zu verdingen. Maggie vermutete, daß Lord Castlereagh von seiner wahren Identität wußte, doch die restliche Gesandtschaft hielt ihn mit Sicherheit nur für einen hübschen Dummkopf ohne besondere Talente.

Sie war froh, daß er in der Nähe war, und nicht nur, weil sie seine Gesellschaft genießen konnte. In Anbetracht der möglichen Bedrohung der Friedensverhandlungen, waren seine speziellen Fähigkeiten dringend nötig.

Nachdem sie sich zu einer Vorgehensweise entschlossen hatte, zog Maggie wieder ihre unauffällige Witwentracht an und machte sich auf den Weg zu ihren besten Informantinnen. Wenn die Frauen wußten, wonach sie suchen sollten, müßte es ein leichtes sein, Maggies mangelndes Wissen aufzufüllen. Und wenn sie Glück hatte, würde ihre Freundin Hélène Sorel bald wieder in Paris sein, um ihr bei ihrer Aufgabe zu helfen.

Über Pot-au-feu, Baguette und einem Krug Wein besprachen Robin und Maggie, was sie in den letzten vierundzwanzig Stunden herausgefunden hatten. Als sie den Rest Wein in ihre beiden Gläser einschenkte, sagte sie: »Dann sind wir uns also einig?«

»Ja. Die drei Männer, die sich herauskristallisiert haben, sind wahrscheinlich die Drahtzieher, obwohl wir ein halbes Dutzend andere beobachten sollten.« Robin fuhr sich müde durchs Haar. »Selbst damit könnten wir noch falsch liegen.«

»Nun, das ist das, was wir tun können. Wir sollten vielleicht noch die Wachen der wichtigsten Männer warnen, aber es hat so viele Verschwörungen gegeben, daß sie ohnehin schon alarmiert sind.«

»Allerdings.« Robin musterte Maggies Gesicht. Sie hatte Ringe unter den Augen, als hätte sie kaum geschlafen. »Ich habe eine Idee, die dir nicht gefallen wird.«

Maggies Lippen verzogen sich. »Ich habe die meisten deiner genialen Ideen in den letzten Jahren nicht gemocht, also laß dich davon nicht stören.«

Robin weigerte sich, auf ihren gutmütigen Spott einzugehen. »Ich denke, du und Candover solltet euch als Liebespaar ausgeben.«

»Was?!« Maggie knallte ihr Glas auf die Tischplatte, so daß der Wein herausschwappte. »Warum zum Teufel sollte ich so etwas tun?«

»Hör mir doch erst einmal zu, Maggie. Unsere Verdächtigen sind alles altgediente Beamte, die ihre Zeit zwischen zähen Verhandlungen und lockeren Abenden auf Bällen einteilen. Wir kommen am besten an sie heran, wenn wir uns in denselben Gefilden bewegen.«

»Und warum kannst du das nicht?«

»Ich bin nicht wichtig genug. Ein kleiner Angestellter ist bei den meisten exklusiveren Anlässen fehl am Platz.«

»Und warum kann ich es dann nicht allein machen?«

Robin übte sich in Geduld. »Maggie, sei nicht unvernünftig. Es war schlimm genug, daß du zu dem Ball der Österreicher allein gegangen bist. Wenn du etwas Derartiges noch einmal machst, wird angenommen, daß du einen Liebhaber suchst. Dann wirst du dich die ganze Zeit gegen Männer wehren müssen, die aus unpolitischen Gründen an dir interessiert sind.«

»Um damit umzugehen, besitze ich genügend Erfahrung!«

Er ignorierte ihren Protest und fuhr fort. »Candover ist die ideale Begleitung für dich. Er ist wichtig genug, um überall eingeladen zu werden, hat aber keine offizielle Regierungsposition. Zudem ist er ein Freund von Strathmore und hier, um uns bei der Aufdeckung der Verschwörung zu helfen. Wenn ihr beide euch zusammentut, könntet ihr überall hingelangen und mit jedem sprechen, ohne Mißtrauen zu erregen.«

Maggie unterdrückte tapfer das Bedürfnis, weitere Gegenargumente hervorzubringen, und preßte nur hervor: »Meinst du wirklich, daß es notwendig ist, Robin?«

»Deine Intuition ist die beste Waffe, die wir haben.« Er fing ihren Blick ein, um seine Meinung zu verdeutlichen. »Immer wieder hast du gespürt, daß an einer bestimmten Person etwas faul war, obwohl wir keinerlei Grund zu Mißtrauen hatten, und du hast stets recht gehabt. Ohne knallharte Beweise müssen wir jedes Mittel nutzen, das uns zur Verfügung steht, was bedeutet, daß du mit unseren Verdächtigen gut genug bekannt werden mußt, um dir eine Meinung bilden, vielleicht sogar ein paar Hinweise aufschnappen zu können. Aber das kannst du nur, wenn du nah genug an sie herankommst.«

»Du hast recht«, antwortete sie widerstrebend. »Wenn ich sie gut kennen würde, wären sie nicht auf unserer Liste, denn dann könnte ich sie ja schon einschätzen. Aber ich weiß nicht, ob ich Candover überzeugend kuhäugig anblicken kann. Ich würde ihm viel lieber ein Glas Wein ins arrogante Gesicht kippen.«

Robin entspannte sich. Er wußte, er hatte gewonnen. »Ich denke doch, daß du mit deinen exzellenten Schauspielkünsten die ergebene Geliebte des Dukes spielen kannst. Wahrscheinlich werden die meisten Frauen dich glühend beneiden.«

Ihr Schnauben ignorierend, setzte er hinzu: »Im übrigen könnte die Sache ziemlich gefährlich werden – weit mehr als deine übliche Arbeit. Wir reden hier von verzweifelten Männern, denen die Zeit durch die Finger rinnt. Die Alliierten haben es eilig, das Abkommen unter Dach und

Fach zu bringen und in ihre Länder zurückzukehren. Spätestens Ende September werden sie wohl fort sein. Wenn also irgend etwas geschehen wird, dann in den nächsten zwei oder drei Wochen.«

»Und?«

»Wenn jemand dich verdächtigt, könnte dein Leben in Gefahr sein«, sagte er ohne Umschweife. »Candover ist vielleicht kein professioneller Agent, aber er sieht so aus, als könnte er sich im Kampf durchaus wehren. Da ich nicht ständig an deiner Seite sein kann, fühle ich mich besser, wenn er da ist.«

»Seit wann hast du den Eindruck, daß ich nicht mehr selbst auf mich aufpassen kann?« fauchte sie.

»Maggie«, sagte er zärtlich. »Niemand ist unverwundbar, egal wie gewitzt er – oder sie – ist.«

Bei der Anspielung wich ihr die Farbe aus dem Gesicht. Robin gefiel es nicht, sie an die Umstände ihrer ersten Begegnung zu erinnern, aber er wollte sichergehen, daß sie vorsichtig handelte. Er wußte aus Erfahrung, daß Maggie mutig bis zum Leichtsinn war.

Nach einem Augenblick schenkte sie ihm ein resigniertes Lächeln. »Also gut, Robin. Gesetzt den Fall, wir können Candover zur Mitarbeit überreden, machen wir beide uns also zum Gegenstand von Klatsch und Tratsch. Wir werden überall auftauchen und so voneinander verzaubert erscheinen, daß niemand auch nur den Verdacht bekommt, wir könnten auch nur einen brauchbaren Gedanken im Kopf haben.«

»Fein.« Er stand auf. »Gehen wir. Ich muß jemanden treffen, der sich niemals bei Tageslicht blicken läßt.«

»Da wir nicht Zeit im Überfluß haben, werde ich Candover einen Besuch abstatten, um ihn von seinem gräßlichen Schicksal in Kenntnis zu setzen. Aber wenn er sich weigert, dann mußt *du* ihn überreden.«

Robin schüttelte den Kopf. »Ich denke, es ist besser, wenn er nichts von unserer Verbindung weiß. Du kennst ja die erste Regel der Spionage.«

»›Laß niemals jemanden mehr wissen, als er zu wissen braucht‹«, zitierte sie. »Du hast wohl recht. Candover ist in dieser Sache Amateur, und je weniger er weiß, desto besser.«

»Hoffen wir, daß er sich als talentierter Amateur erweist.« Robin gab ihr einen freundschaftlichen Abschiedskuß und verschwand. Maggie schloß die Tür hinter ihm. Da ging er, besorgt um ihre Sicherheit, wo doch das, was er tat, vermutlich dreimal so gefährlich war wie ihre Arbeit!

Sie zuckte die Schultern und ging die Treppe zu ihrem Zimmer hinauf. Wenn sie schwache Nerven besessen hätte, wäre sie als Spionin nicht weit gekommen. Sie sollte sich besser überlegen, wie sie die nächste Zeit mit Rafe Whitbourne überstehen sollte.

Im bühnenverrückten Paris waren die Spielhäuser stets ein Barometer der öffentlichen Meinung, und so beschloß Rafe, einen Abend im Theater zu verbringen. Das sollte sich als beunruhigende Erfahrung herausstellen.

Alle Theaterdirektoren waren angewiesen worden, einigen Soldaten der Besatzungsarmeen freien Eintritt zu gewähren. Das, was als Geste des guten Willens gedacht war, hatte sich heute unglücklicherweise zu einer Rangelei zwischen Franzosen und alliierten Soldaten ausgewachsen. Es war zwar niemand ernsthaft verletzt worden, aber die Aufführung mußte für fast eine halbe Stunde unterbrochen werden. Ein anderer englischer Theaterbesucher hatte ihm gegenüber erwähnt, daß solche Störungen nicht gerade ungewöhnlich seien.

Rafe befand sich in düsterer Stimmung, als er in sein

Hotel zurückkehrte. Trotz Luciens und Maggies Ängsten hatte er nicht wirklich geglaubt, daß die geprügelten Nationen Europas wieder einen Krieg beginnen würden, doch der Vorfall im Theater hatte ihn davon überzeugt. Die Sturmwolken schienen sich zu sammeln, und die Möglichkeit einer erneuten Eskalation war ganz und gar nicht abwegig.

In Gedanken versunken betrat Rafe sein Schlafzimmer. Er wollte gerade seinem Kammerdiener klingeln, als eine kühle Stimme aus einer dunklen Zimmerecke zu ihm drang.

»Ich hätte gerne mit Ihnen gesprochen, bevor Sie zu Bett gehen, Euer Hoheit.«

Die Stimme war unverkennbar – Honig mit einem Hauch von knirschendem Granit –, und er identifizierte seinen Gast, bevor seine Augen sich an das dämmrige Kerzenlicht angepaßt hatten. Maggie hatte sich lässig in einem Sessel niedergelassen. Sie trug dunkle Männerkleidung, ihr helles Haar war unter einer gestrickten Kappe verborgen. Über dem Bett lag ein schwarzer Mantel.

Rafe fragte sich, wie zur Hölle sie hier hereingekommen war, wollte ihr aber nicht den Triumph lassen, nachzufragen. »Übst du für eine Shakespeare-Rolle? Viola vielleicht?«

Sie lachte auf. »Eigentlich fühle ich mich eher als Rosalind.«

Er zog seinen Rock aus und warf ihn über das Sofa. »Ich nehme an, du hast einen anderen Grund, hier zu sein, als ein Mann normalerweise vermutet, wenn er eine Frau in seinem Schlafzimmer vorfindet.«

Die Bemerkung war ein Fehler. Sie warf ihm einen stechenden Blick zu und antwortete: »Du nimmst richtig an. Es gibt verschiedene Dinge, über die wir reden müssen, und dies schien mir der sicherste und schnellste Weg.«

»Also gut. Wie wär's mit einem Cognac?« Als sie nickte, schenkte er zwei Gläser ein und setzte sich dann seinem Gast gegenüber. »Was hast du herausgefunden?«

Sie schwenkte abwesend den Brandy im Glas. »Meine Quellen verweisen auf drei Hauptverdächtige und verschiedene weniger Wichtige. Es sind alles prominente Männer, die gewöhnlich als über jeden Verdacht erhaben betrachtet werden. Jeder von ihnen hat die Möglichkeit und die Motivation, eine solche Art von Verschwörung zu planen.«

»Deine Effizienz beeindruckt mich.« Er nahm einen Schluck aus seinem Glas. »Wer sind die Verdächtigen?«

»Ohne Reihenfolge sind das ein preußischer Oberst, Karl von Fehrenbach, und zwei Franzosen, der Comte de Varenne und General Michel Roussaye.«

»Was sind die Beweggründe?«

»Der Comte de Varenne ist ein Ultraroyalist, ein enger Verbündeter von König Louis' Bruder, den Comte d'Artois. Du weißt sicher, daß d'Artois ein fanatischer Reaktionär ist. Er und seine Emigré-Freunde wollen jeden Hauch revolutionären Geistes in Frankreich auslöschen und das Land zum *ancien régime* zurückführen.«

Sie machte eine ungeduldige Geste. »Natürlich ist das unmöglich – man könnte ebenso versuchen, Ebbe und Flut zurückzuhalten –, aber das interessiert sie nicht. Varenne ist in den letzten zwanzig Jahren in dubiosen royalistischen Angelegenheiten in Europa herumgereist. Einige seiner letzten Projekte qualifizieren ihn für unsere Liste.«

»Ich verstehe.« Ihre hohen Wangenknochen wurden im weichen Kerzenlicht dramatisch hervorgehoben, und die Strähnen goldenen Haares, die sich unter der Kappe gelöst hatten, leuchteten sanft und kontrastierten aufregend mit ihrer strengen Kleidung. Rafe hatte Mühe, sich wieder auf ihre Worte zu konzentrieren. »Wenn die Verschwörung von den Ultraroyalisten kommt, wer, meinst du, ist dann das Ziel?«

»Das mag vielleicht weit hergeholt klingen«, sagte sie zögernd, »aber Varenne könnte versuchen, König Louis selbst umzubringen, so daß der Comte d'Artois den Thron besteigen kann.«

Rafe stieß einen leisen Pfiff aus. Das war ein häßlicher Gedanke, aber bei der momentanen instabilen Lage Frankreichs war vermutlich alles möglich. »Was ist mit den zwei Franzosen?«

»Roussaye ist Bonapartist. Ein Bäckersohn, der sich hochgekämpft hat, bis er zu einem der besten Generäle Frankreichs geworden ist. Er ist zäh, tapfer und gewitzt und Napoleon und der Revolution treu ergeben. Im Augenblick steht er in Talleyrands Diensten und kümmert sich um Fragen der französischen Armee.«

»Und wen sollte er im Auge haben?«

Sie zuckte die Achseln. »Aus seinem Blickwinkel kann es vermutlich jeder alliierte Offizielle sein, denn das würde in ein viel härteres Abkommen, Frankreich betreffend, münden. Wenn einem der Führenden, die zur Mäßigung raten, etwas zustößt, würden die Radikalen die Handhabe bekommen, die sie zum Handeln brauchen.«

»Und Europa könnte sich in ein oder zwei Jahren wieder einmal im Krieg befinden.« Rafe runzelte die Stirn. »Wellington wäre die beste Zielscheibe. Nicht nur, daß er überall verehrt wird, er hält auch nichts von besonderen Vorsichtsmaßnahmen, um nur ja nicht den Eindruck entstehen zu lassen, daß er sein eigenes Leben zu hoch einschätzt.«

»Selbst ein Glückszauber hält nicht ewig«, bemerkte Maggie trocken. »Wenn ihm irgend etwas passiert, dann brüllen die Briten genauso nach Franzosenblut, wie die Preußen es jetzt schon tun.«

»Wo wir gerade bei den Preußen sind: Was ist mit Oberst von Fehrenbach?«

Maggie trank ihr Glas aus und stand auf, um nachzuschenken. Rafe konnte nicht umhin, die Art und Weise zu registrieren, wie sich ihre hautenge Hose um ihre wohlgeformten Hüften und Schenkel schmiegte. Früher, als sie sich noch wie eine Dame gekleidet hatte, war ihm nicht bewußt gewesen, was ihm entging.

Maggie merkte nichts von seinem Blick. Sie setzte sich wieder und fuhr fort: »Von Fehrenbach ist ein typischer Preuße, was bedeutet, daß er die Franzosen auf eine reine, unkomplizierte Art haßt. Von Fehrenbach ist ein Berater Marschall Blüchers gewesen und ist gegenwärtig als Militärattaché bei der preußischen Delegation.«

»Empfinden alle Preußen einen solchen Haß auf die Franzosen?«

»Den Briten fällt es leichter als den anderen Alliierten, sich mit einer gewissen Zurückhaltung zu benehmen«, sagte sie als indirekte Erklärung. »Wenn man bedenkt, wie schrecklich die europäischen Nationen gelitten haben, ist es kein Wunder, daß Österreicher, Preußen und Russen die Franzosen bezahlen lassen wollen. Frankreich hat den Wind gesät, nun müssen sie sich dem Sturm entgegenstemmen.«

Rafe kannte ihre persönlichen Gründe für den Haß. »Was hieltest du denn für die richtige Behandlung?« fragte er.

Maggie blickte ihn mit kühlen, grauen Augen an. »Wenn Napoleon vor einem Erschießungskommando stände, würde ich selbst abdrücken. Aber irgend jemand muß den Haß aufhalten, sonst wird er nie ein Ende haben. Castlereagh und Wellington haben recht: Wenn Frankreichs Stolz und Macht zerstört werden, dann wird sich nur ein neues Ungeheuer daraus emporschwingen und kämpfen. Wenn diesen beiden irgend etwas zustößt . . .« Sie zuckte vielsagend die Schultern.

Rafe hatte begriffen. »Die beiden und Zar Alexander sind die einzigen, die zwischen Frankreich und einem rachsüchtigen Europa stehen. Du denkst also, von Fehrenbach will einen von ihnen erledigen?«

»Ich denke, er könnte mehr daran interessiert sein, zu einem Schlag gegen Talleyrand und Fouché auszuholen«, antwortete sie. »Es sind Männer Frankreichs, die sowohl der Revolution als auch den Royalisten gedient haben und nun auch noch die Friedensverhandlungen leiten. Einem aufrichtigen Preußen müssen solche Opportunisten ja schwer im Magen liegen.«

»Da du mir jetzt eine Lektion über die Konferenzpolitik erteilt hast, was sollen wir tun?«

Maggie spürte, wie sich ihre Eingeweide zusammenzogen. Was sich aus Robins Mund so vernünftig angehört hatte, kam ihr nun wie eine abstoßende Idiotie vor. »Wir müssen im Hintergrund Nachforschungen anstellen, doch es ist auch nötig, unsere Verdächtigen aus nächster Nähe zu beobachten. Ich habe ein Talent dafür, Schurken auszumachen, also könnte ich in der Lage sein, unseren Mann zu finden, wenn wir mit jedem von ihnen reden.«

Verstohlen wischte sie die verschwitzte Handfläche an der Hose ab. »So geschmacklos es erscheinen mag: Es ist notwendig, daß wir beide vorgeben, wir hätten eine Affäre. Auf diese Art und Weise können wir uns bei den gesellschaftlichen Anlässen unter das Diplomatische Korps mischen. Normalerweise werden bei solchen Ereignissen immer sehr viel inoffizielle Verhandlungen geführt. Du wirst überall eingeladen werden und nimmst mich als deine Mätresse mit.«

Seine dunklen Brauen hoben sich in unseligem Vergnügen. »Das ist eine gute Idee, aber denkst du, du kannst mich so oft ertragen?«

»Ich kann ertragen, was immer getan werden muß«, sagte sie knapp. »Egal, wie unangenehm ich es finden mag.«

Ihre Laune besserte sich nicht, als er laut auflachte. »Kein schlechter Treffer. Aber es illustriert bestens, warum ich Zweifel habe. Glaubst du, es ist dir möglich, nicht ständig deine Klauen in mein unwürdiges Fleisch zu schlagen?«

Sie stand auf und sagte ohne Umschweife: »In der Öffentlichkeit werde ich das hirnlose, liebeskranke Weibchen mustergültig spielen.«

»Du meinst, das wäre die einzige Sorte Frau, die an mir interessiert sein könnte?« Er stand ebenfalls auf, und ein Lächeln stahl sich in seine grauen Augen. »Und wie wirst du privat sein?«

Maggie schalt sich selbst, daß sie ihm diese Tür offengelassen hatte. Sie hatte versucht, die Unterhaltung so zu führen, als wären sie beide professionelle Agenten ohne eine gemeinsame Vergangenheit, aber dies war nun nicht mehr möglich. Sie hatten sich viel zu gut gekannt, und dieses Wissen ließ nun eine enervierende Spannung zwischen ihnen entstehen.

Sie wollte fliehen, denn sie wußte, wie gefährlich er ihr werden konnte. Natürlich nicht körperlich, obwohl er nur ein, zwei Meter vor ihr stand. Nein, dieser verfluchte Kerl würde niemals Gewalt anwenden müssen. Er brauchte nur dazustehen und sein kleines, bezauberndes Lächeln zu zeigen, wie er es jetzt gerade tat . . .

Um sich nicht die Blöße zu geben, zurückzuweichen, sagte sie grob: »Es wird kein ›privat‹ geben. Dies ist ein rein geschäftliches Abkommen.«

»Wenn du das denkst, bist du eine Närrin, und das kann

ich nicht glauben«, erwiderte er. »Ob es dir gefällt oder nicht, du wirst dich mit der Tatsache abfinden, daß es zwischen uns nun einmal etwas gibt.« Er zog sie sanft in die Arme.

Selbst als sie begriff, daß er sie küssen würde, konnte sie sich nicht bewegen. Verwirrende Gefühle durchströmten sie, als sich ihre Lippen trafen – das instinktive Bedürfnis, um ihr Leben zu rennen, vermischte sich mit dem noch stärkeren Instinkt, sich in seinen Armen gehenzulassen.

In ihrem Hinterkopf sagte eine kühle, vernunftbegabte Stimme, daß Rafe recht hatte. Wenn sie die Liebenden überzeugend darstellen wollten, dann mußte sie sich in der Gegenwart des anderen unbefangen benehmen können. Und das funktionierte nicht, wenn sie bei jeder seiner Berührungen wie ein verschrecktes Kaninchen aufspringen würde.

Sie brauchte keine weitere Ausrede, um seinen Kuß zu erwidern. Sie schlang ihre Arme um seinen Nacken und drückte sich an ihn. Trotz all der Jahre, die vergangen waren, kamen ihr die Wärme und die Kraft seines festen Körpers unheimlich vertraut vor, genauso wie das Gefühl seiner Zunge und sein schwacher, ganz eigener männlicher Duft. Aber damals war sie ein unschuldiges Mädchen und er ein junger, fürsorglicher Verehrer gewesen. Nun waren sie beide erwachsen und erfahren in der Liebe, und die Lust knisterte zwischen ihnen wie ein Feuerwerk.

Er stieß ein leises, tiefes Stöhnen aus und packte ihre Pobacken, um sie noch fester an sich zu ziehen. Er wollte sie so sehr wie sie ihn, vielleicht sogar noch mehr. Das Wissen verlieh ihr ein Gefühl der Macht. Er hatte damit begonnen, also konnte sie es beenden, wenn sie es wollte. Aber noch nicht, nicht jetzt, wo seine Berührung ihr inneres Frieren und die Einsamkeit vertrieb.

Sie keuchte unwillkürlich auf, als seine Hand ihre Brust liebkoste. Die Spitzen richteten sich auf, und sie spürte die Hitze durch ihren ganzen Körper fließen. Als seine Finger die Knöpfe ihres Hemds öffneten, schmerzten ihre Brüste vor Sehnsucht. Sie begriff, daß sie dem sofort ein Ende machen mußte, wenn sie ihn nicht ins Bett zerren wollte. Und so sammelte sie einen Augenblick all ihre Kraft und riß sich los. Sie war einige Schritte von ihm entfernt, bevor er überhaupt reagieren konnte.

Er folgte ihr, doch eine scharfe Handbewegung von Maggie hielt ihn auf. Mit ihrer kältesten Stimme sagte sie: »Es ist ärgerlich, von einem Menschen angezogen zu werden, den man nicht besonders mag, aber das kann uns helfen, unsere Maskerade glaubhaft zu machen. Wenn du mich in der Öffentlichkeit auf diese Art ansiehst, würde niemand auf die Idee kommen, wir könnten nur etwas vorspielen.«

Rafe blieb wie angenagelt stehen. Einen Sekundenbruchteil, bevor er sich wieder unter Kontrolle hatte, entdeckte sie in seinem Gesicht Wut, vielleicht sogar widerstrebende Bewunderung, doch dann war er wieder ganz der alte.

Genauso kühl antwortete er auf ihre Bemerkung. »Wenn du das nächste Mal auf meinen Kuß so reagierst wie jetzt, dann könnte die Affäre ziemlich real werden.«

»Ich kann nicht leugnen, daß ich dich attraktiv finde, aber ich lasse mich nicht von Leidenschaft beherrschen. Du kannst dich also schon auf einige Zurückweisungen gefaßt machen.« Sie lächelte maliziös. »Wenn du Sorge hast, daß meine Gegenwart für deine Selbstbeherrschung zu anstrengend ist, dann schlage ich vor, du sprichst mal mit den Zimmermädchen in deinem Hotel. Sie werden sich gewiß freuen, Abhilfe zu schaffen.«

»Ich bin Besseres als Zimmermädchen gewöhnt«, antwortete er trocken. »Und mach dir keine Sorgen um meine Selbstbeherrschung. Die Frau, die mich in einen triebhaften Barbaren verwandelt, muß erst noch kommen.«

Maggie fand, es sei an der Zeit, zum Schluß zu kommen. Also zog sie ein Stück Papier aus ihrer Innentasche und reichte es ihm. »Hier sind Namen und Beschreibung verschiedener anderer Personen, die wir in Betracht ziehen. Lies es und vernichte es, bevor du morgen früh ausgehst. Ich habe sie nicht extra erwähnt, um dich nicht mit zuviel Information zu verwirren, aber diese Leute sollten alle genau beobachtet werden, wenn du sie zufällig treffen kannst.«

Rafe warf einen Blick auf die Liste. Sorbon, Dietrich, Lemercier, Dreyfus, Taine, Sibour und Montcan. Er legte den Zettel beiseite.

»Morgen abend findet ein Empfang in der britischen Botschaft zu Ehren der preußischen Delegation statt«, sagte Maggie. »Von Fehrenbach wird da sein, also sollten wir auch dort auftauchen. Ich wohne siebzehn Boulevard des Capucines. Kannst du mich um acht abholen?«

»Mach' ich. Versuch, pünktlich fertig zu sein.« Dann, unfähig eine Frage zu unterdrücken, die schon die ganze Zeit an ihm nagte, setzte Rafe hinzu: »Übrigens, was sagt denn dein Mann zu deiner Tätigkeit?«

»Mein *wer*?«

»Graf Janos natürlich.«

Die Spannung im Raum schwand, als Maggies Augenwinkel sich in stummem Gelächter in Falten legten. »Oh, mein geliebter Andrei!« Sie preßte die Hände auf ihr Herz und ließ die Wimpern flattern. »Er war unvergleichlich. So wunderschön in seiner Husarenuniform, und diese *herrlichen* Schultern.«

»Weilt der unvergleichliche Graf noch unter den Lebenden?«

»O Unglück! Sein edles Leben ward in der Schlacht bei Leipzig ausgelöscht. Oder vielleicht war es auch Austerlitz.«

»Diese Schlachten liegen neun Jahre auseinander«, belehrte er sie. »Hast du ihn in dieser Zeit irgendwie verlegt oder einfach festgestellt, daß ihr nicht zusammenpaßt?«

Maggie wedelte lässig mit der Hand in der Luft, dann nahm sie den Mantel und warf ihn sich schwungvoll um die Schultern. »Ach, nun, man sagt, zuviel gemeinsame Zeit bekommt einer Ehe schlecht.«

»Ist es wahr?« fragte er trocken. »Warum habe ich nur das Gefühl, daß du nicht mehr Gräfin bist als ich?«

Maggie war bereits auf dem Weg zum Fenster, warf ihm jedoch über die Schulter ein entwaffnendes Lächeln zu. »Ich habe zumindest die Möglichkeit, eine Gräfin zu werden, was du niemals von dir behaupten kannst«, sagte sie mit neckendem Spott.

Dann zog sie die Vorhänge unter Rafes Blick zur Seite. »Wäre es nicht einfacher, die Tür zu benutzen?« fragte er.

»Einfacher ja«, gab sie zu, »aber ich habe einen Ruf zu verteidigen. Gute Nacht, Euer Hoheit.« Als die schlanke Gestalt durch die Vorhänge schlüpfte, drang eine kühle Brise ins Zimmer.

Rafe schlenderte zum Fenster und sah hinaus. Sie war bereits fort, aber die Ranken, die unter seinem Zimmer wuchsen, waren kräftig. Für eine geübte Person war es keine große Herausforderung.

Er schüttelte amüsiert den Kopf und ließ den Vorhang zurückfallen. Sie war eine reizende Hexe, die ihn gerne zum Wahnsinn treiben wollte, aber er konnte das Spiel genauso spielen. Ein Lächeln erschien auf seinen Lippen. Sie mochte glauben, sie besäße genug Willensstärke, um sich gegen die Leidenschaft zu wehren, aber er war sich nicht so sicher.

Dies versprachen sehr interessante Wochen zu werden.

Der Engländer trug eine Binde über den Augen, als sie ihn durch die Straßen von Paris fuhren, und er vermutete, daß sie ein paarmal im Kreis gefahren waren, um ihn zu verwirren. Seine Kiefer preßten sich zusammen, wann immer er an das bevorstehende Treffen dachte. Der Mann, der nach ihm verlangte, war nur als Le Serpent bekannt. Wie die Schlange, nach der er benannt war, betrachteten ihn die wenigen Leute, die von seiner Existenz wußten, mit Furcht und Abscheu. Der Engländer wußte, daß es gefährlich war, Le Serpent zu treffen, aber ohne Risiko gab es auch keinen Gewinn.

Die schäbige Kutsche kam rumpelnd zum Stehen. Wie lange waren sie herumgefahren? Eine Viertelstunde? Eine halbe? Es war schwer, die Zeit einzuschätzen, wenn man so hilflos war.

Ein Hauch frischer Luft drang in die übelriechende Kutsche, als die Tür geöffnet wurde. Die schweigende Eskorte packte den Engländer am Oberarm, zerrte ihn aus dem Wagen und führte ihn eine schmale Straße entlang, ohne sich darum zu kümmern, daß er – blind wie er war – immer wieder stolperte.

Sie betraten ein Gebäude, stiegen eine Treppe hinab und gingen einen engen Gang entlang, in dem die Schritte widerhallten. Nach einer langen Weile und weiteren Stufen hinauf, blieb sein Führer stehen. Er hörte das Geräusch eines sich drehenden Türknaufs, dann wurde er in den Raum gestoßen. Er hob die Hand, um die Binde abzunehmen, hielt aber beim Klang einer zischenden Stimme, die absichtlich verstellt war, inne.

»Das würde ich nicht tun, *mon Anglais*. Wenn Sie mein Gesicht sähen, müßte ich Sie töten. Aber das wäre eine

Schande, denn ich habe eine besondere Verwendung für Sie.«

Der Engländer ließ, demoralisiert durch seine Hilflosigkeit, die Hand sinken. Es war unmöglich, die Nationalität des gefährlichen Arbeitgebers zu bestimmen. Bei dem politischen Eintopf, der Paris war, konnte der Mann praktisch alles sein.

Er mühte sich um Selbstvertrauen in seiner Stimme. »Vergeuden Sie meine Zeit nicht mit Drohungen, Serpent. Ihnen gefallen die Informationen, die Sie von mir erhalten, sonst würden Sie nicht dafür bezahlen. Und Sie wollen mehr, sonst hätten Sie nicht veranlaßt, mich kennenzulernen.«

Er hörte ein heiseres, leises Lachen. »Die Häppchen, die Sie mir bisher zugeworfen haben, waren nützlich, aber banal im Vergleich zu dem, was ich nun möchte. Die nächsten Wochen will ich über jeden Schritt von Wellington und Castlereagh informiert werden, zudem erstatten Sie mir täglich über die Aktivitäten der Delegation Bericht.«

»Ich bin nicht in der Position, dies alles zu wissen.«

»Dann finden Sie jemanden, der es ist, *mon Anglais.*«

Die Drohung in dem samtigen Tonfall war unmißverständlich. Nicht zum ersten Mal wünschte der Engländer sich, er hätte sich niemals in diese Sache verwickeln lassen. Aber es war zu spät für Reue – Le Serpent wußte schon zuviel über ihn. Dennoch wollte er nicht ganz klein beigeben. »Es wird mehr kosten. Die meisten der Angestellten reden überhaupt nicht, und die, die's tun, sind teuer.«

»Sie werden Ihre Kosten erstattet bekommen, solange sie berechtigt sind. Ich zahle nicht für Ihre Huren und Ihre Spielleidenschaft.«

Schweißperlen bildeten sich unter der Augenbinde, als der Engländer sich fragte, ob Le Serpent wußte, daß er von der Summe, die für die Informanten gedacht war, einen Teil abgezweigt hatte. Es war sicher nicht klug gewesen, diesen zu seinem eigenen Nutzen zu verwenden, aber wenn er die Spielschuld nicht bezahlt hätte, wäre seine Position in der Delegation verloren gewesen. Angespannt sagte er: »Darüber brauchen Sie sich keine Sorgen zu machen.«

»Wie tröstlich«, sagte die Schlange mit unmißverständlichem Spott. »Schicken Sie Ihre Berichte über den üblichen Weg. Und vergessen Sie nicht: Ich will täglich Informationen, denn die Sache wird langsam ernst. Man wird Ihnen Bescheid geben, wenn ich Sie wiedersehen will. Gehen Sie jetzt.«

Als sein Führer zurückkam und ihn aus dem Raum führte, grübelte der Engländer darüber, was hier gespielt wurde. Wenn er wüßte, was Le Serpent vorhatte, besäße er eine sehr nützliche Information.

Das einzige Problem bestand darin, daß er sie nicht verkaufen konnte, bis er wußte, wer sich hinter Le Serpent verbarg. Aber wann gab es schon mal Geld ohne Gefahr?

Kapitel 5

NACHDEM INGE IHR beim Anziehen geholfen hatte, entließ Maggie ihre Zofe und musterte ihr Spiegelbild mit nüchterner Distanz. Sie trug ein umwerfendes korallenrotes Kleid, mit dem sie garantiert auffallen würde. Goldketten wanden sich um ihren Hals, und ihr leuchtendes Haar war in einen kunstvollen Knoten hoch oben auf dem Kopf zusammengesteckt.

Da sie es ein bißchen steif fand, löste sie eine einzelne Locke, die sanft auf die nackte Haut ihrer Schulter rollte und dort wie eine subtile Einladung für einen Mann leicht auf und ab tanzte.

Sie nickte sich zufrieden im Spiegel zu; sie hatte die perfekte Balance zwischen einer Lady und einer Kokotte erreicht.

Es war noch nicht acht, und so hatte sie Zeit, über Rafe nachzudenken. Wichtig war, daß sie sich über ihre Gefühle klar wurde, bevor sie diese Charade begannen, denn sie hatte feststellen müssen, wie ungezügelt ihre Emotionen dahinströmten, wenn sie in seiner Nähe war. Sie pendelten immer wieder zwischen Verzweiflung, Zorn und Vergnügen hin und her, und das war gefährlich. Das, was sie vorhatten, war zu wichtig, um es durch persönliche Dinge zu gefährden.

Sie durfte nicht den Fehler machen, sich noch einmal küssen zu lassen. Und vor allem durfte sie ihn nicht herausfordern, denn dann würde er sich wieder seine Männlichkeit bestätigen müssen. Es war weniger riskant, einen Tiger zu necken ...

Sicher, Rafe hatte eine widerwärtige Szene gemacht, als er ihre Verlobung löste, aber sie selbst war auch nicht ganz schuldlos in der Sache. Nun hatte er seine Sünde wieder gutzumachen versucht, indem er die Leichen hatte nach England überführen lassen. Eine seltsame, großzügige Geste in Anbetracht der Tatsache, daß er die Frau, die er unter den Toten vermutete, verachtet hatte. Doch was immer seine Motive gewesen sein mochten – damit waren sie wohl wieder quitt.

Sie würde versuchen so zu tun, als hätten sie sich erst vor zwei Tagen kennengelernt. Sie wollte ihn als attraktiven, rätselhaften Mann nehmen, der dasselbe Ziel wie sie hatte, nämlich eine gefährliche Verschwörung aufzudekken. Nicht mehr, nicht weniger. Es war eine Schande, daß er so gut aussah, denn das machte die Sache kompliziert. Er war es gewöhnt zu bekommen, was er wollte, und ganz offensichtlich wollte er sie. Sie nahm an, es lag zum Teil einfach daran, daß sie in seiner Nähe war, zum Teil aber auch, weil er sie vor den vielen Jahren *nicht* bekommen hatte.

Männer waren wie Fischer – sie vergaßen nie, was ihnen entkommen war.

Während der vergangenen Jahre hatte sie solche Männer nur allzu gut kennengelernt. Wenn sie überhaupt nicht auf ihn reagierte, würde ihn das nur reizen, denn er war daran gewöhnt, daß die Frauen ihm in die Arme fielen. Die beste Art, mit ihm umzugehen, war deswegen Freundlichkeit, die sie mit einem sichtbaren Bedauern darüber mischen würde, daß sich dies auf geschäftlicher Ebene abspielen ›mußte‹, so daß sie sich nicht wirklich näher kommen konnten. Das sollte eigentlich seinem Ego genug schmeicheln.

Ihr Spiegelbild blickte sie kühl und selbstbewußt an. Diese Maske war in den verdeckten Feldzügen, die sie geführt hatte, stets ihre Rüstung gewesen, und sie hatte sich als effektiv erwiesen. Waren die Konturen auch die gleichen – dies hier war nicht mehr das Gesicht von Margot Ashton, Tochter des Colonel Gerald Ashton und Verlobte von Rafael Whitbourne.

Maggie überkam plötzlich eine Woge der Trauer. Wo war das unbekümmerte Mädchen geblieben, das so vernichtend aufrichtig gewesen war, und wer war so außerstande gewesen, sein Temperament zu zügeln, als es am nötigsten gewesen wäre? Fort, verschwunden, dahin, wo alle Jugend und Unschuld geht.

Zum Glück wählte Inge ausgerechnet diesen Augenblick, um ihr zu melden, daß der Duke angekommen sei. Maggie hob ihr Kinn und wandte sich von ihrem Spiegelbild ab. Sie hatte zu lange bei den Franzosen gelebt: Nun entwickelte sie schon deren bedauerliche Angewohnheit der griesgrämigen Philosophiererei. Gott sei Dank war sie als Engländerin geboren worden, und so besaß sie all den Pragmatismus, den man ihrem Volk zuschrieb.

Der Duke sah lächerlich gut aus: Er trug seinen perfekt geschnittenen Abendanzug mit derselben anmutigen Unbekümmertheit, wie er seine ältesten Reitkleider tragen würde. Wenn er von Maggies funkelnder Erscheinung beeindruckt war, so zeigte sich dies nur in dem schwachen Anheben seiner dunklen Brauen. Als er ihr den Arm bot, murmelte er: »Ist dies dasselbe Balg, das gestern nacht aus meinem Fenster geklettert ist?«

Maggie entspannte sich, als sie seinen Arm nahm. Solange Rafe sich benahm, sollte es nicht schwer sein, auf liebenswürdigem Niveau miteinander umzugehen. »Sie haben Bälger in Ihrem Schlafzimmer, Euer Hoheit? Welchen Geschlechtes?«

Sie traten durch die Tür, und ein Lächeln umspielte seine Lippen. »Das ist schwer zu sagen. Leider hatte ich keine Gelegenheit, es genauer zu untersuchen.«

Seine Kutsche glänzte in Lackschwarz und Burgunderrot, die vier Rappen und das Candover-Wappen an jeder Tür rundeten das Bild ab. Rafe half Maggie hinein und setzte sich dann ihr gegenüber, als die Kutsche auch schon anzog.

Vom Klappern der Pferdehufe auf dem Pflaster begleitet, sagte Maggie: »Am besten nennst du mich Magda. Ich nehme an, Maggie geht auch, da du ja Engländer bist, aber nenn mich *niemals* Margot. Das könnte Fragen aufwerfen, die gefährlich sein mögen.«

»Das wird mir schwerfallen, aber ich gebe mein Bestes.« Er lächelte leicht. »Seltsam – als du noch Engländerin warst, hattest du einen französischen Namen. Nun, da du so tust, als seist du Ungarin, läßt du dich in guter britischer Tradition Maggie nennen.«

»Wenn das nur das einzig Seltsame an mir wäre«, sagte sie mit einem übertriebenen Seufzen.

»Darf ich nach den anderen Dingen fragen?«

»Nicht, wenn Sie sich ein langes Leben wünschen, Euer Hoheit!« gab sie zurück.

Er wußte nicht, was ihren Stimmungswechsel bewirkt hatte, aber es war erleichternd, sie so entspannt und heiter vorzufinden, statt daß sie ihre Krallen ausfuhr. »Bitte nennen Sie mich doch Rafe, meine Liebe. Schließlich sollen wir vorgeben, uns bereits näher zu kennen.«

»Keine Sorge. Ich werde so überzeugend sein, daß du Mühe haben wirst, dir in Erinnerung zu rufen, daß wir nur ein Stück aufführen.« Die Sprache wechselnd fügte sie hinzu: »Wir sollten jetzt Französisch sprechen.«

Rafe lauschte interessiert. »Ist das Französisch mit einem Magyaren-Akzent?«

»Natürlich! Bin ich nicht eine ungarische Gräfin?« Sie fuhr mit einem anderen Akzent fort. »Allerdings ist es eine Schande, mein reines Pariser Französisch zu vergeuden«, – sie wechselte wieder –, »aber solange ich nicht mit einem englischen Akzent spreche, werde ich auch nicht auffallen.«

Es war erstaunlich, wie gut sie zwischen den drei Formen derselben Sprache hin- und herspringen konnte. Er konnte beurteilen, daß die Pariser und die englische Version unglaublich gut waren, und so war er gern bereit, den Magyaren-Akzent als ebenso makellos hinzunehmen. »Wie zum Teufel machst du das?«

»Das ist ein Talent, mit dem ich geboren wurde, so etwas wie eine musikalische Begabung«, erklärte sie. »Ich kann jeden Akzent nachmachen, sobald ich ihn gehört habe. Wenn ich einmal damit angefangen habe, rede ich in dieser Art einfach weiter, bis ich bewußt wechsle. Heute werde ich mich auf den Magyaren-Akzent beschränken, da die Leute mich so kennen.«

»Das ist wirklich eine Begabung«, sagte er bewundernd. »Und das erklärt, warum ein Preuße, ein Italiener und ein Franzose Lord Strathmore geschworen haben, du gehörtest ihrer Nationalität an.«

»Wirklich?« Sie lachte. »Wie du siehst, kann der Schuß nach hinten losgehen. Es ist nicht gut, zu viele Identitäten zu haben. Es besteht immer Gefahr, jemanden aus einer früheren Rolle zu treffen.«

Sie hielten in der Reihe der Kutschen, die vor der großartigen, fackelbeleuchteten britischen Botschaft warteten. Kurz darauf standen sie in der Schlange, die am Begrüßungskomitee vorbeidefilierte. Der Duke of Wellington hatte das Gebäude ein Jahr zuvor von der Fürstin Borghese, Napoleons berüchtigter Schwester Pauline, gekauft.

Während sie langsam vorrückten, stellte sich Maggie auf Zehenspitzen und flüsterte Rafe verführerisch ins Ohr: »Eine Skulptur der Fürstin Borghese stammt von dem berühmten Canova. Als eine ihrer Freundinnen sie fragte, wie sie es bloß ertragen könnte, nackt zu posieren, lächelte Pauline nur unschuldig und sagte, daß es überhaupt kein Problem gewesen wäre. Schließlich hätte ein Feuer im Atelierkamin gebrannt.«

Entschlossen, das Spiel so gut wie sie zu spielen, schob Rafe einen Arm unter ihre Stola und streichelte die glatte Haut darunter. »Stimmen denn all diese Geschichten über die Fürstin?« murmelte er.

Sie erschauderte wohlig, und er glaubte nicht, daß das gespielt war. Dann lachte sie leise und klimperte mit den Augenlidern. »Allerdings. Man sagt, sie habe genauso viele Männer wie ihr Bruder besiegt, wobei ihre Methoden etwas . . . sagen wir, intimer waren.«

Während Maggie weiter kleine Skandalgeschichten erzählte, bewunderte Rafe ihre funkelnden Augen und ihre vollen weichen Lippen. Jeder, der zu ihnen hinsah, würde sie als frischverliebtes Paar betrachten. Es fiel ihm gar nicht schwer, überzeugend zu wirken, denn seit dem Kuß am Tag zuvor brodelte es in ihm.

Während sie vorrückten, lag seine Hand an ihrer schlanken Taille. Nachdem sie Wellington, Castlereagh und die anderen Würdenträger begrüßt hatten, gesellten sie sich zu der plaudernden Menge im großen Empfangsraum. Maggie blieb dicht bei ihm, eine Hand unter Rafes Ellenbogen geschoben, und so bahnten sie sich ihren Weg durch den großen Saal.

Er kannte die meisten der anwesenden britischen Aristokraten, und Maggie anscheinend alle anderen, denn die

Küsse und Umarmungen für die allerliebste Gräfin wollten kein Ende nehmen. Fast eine Stunde lang verbrachten sie nur damit, Leute zu begrüßen und Champagner zu trinken.

Rafe bemerkte, wie die Männer ihn neugierig oder neidisch musterten, wobei sie offenbar überlegten, wie es ihm gelungen war, ein so bezauberndes Wesen einzufangen. Allerdings war es genauso amüsant zu sehen, wie die Frauen ihn anstarrten und wiederum Maggie mit biestigen Blicken bedachten.

Wie gelang es Maggie bloß, so exotisch und unenglisch zu wirken? Sicher, sie besaß diese hohen Wangenknochen und setzte ihre Hände mit kontinentaler Verve ein, doch es steckte mehr dahinter.

Als er in der Menge an sie gepreßt wurde, erhaschte er einen betörenden Hauch ihres Parfüms. Dies erklärte zum Teil ihre besondere Ausstrahlung: Die blumigen Düfte, die in England so beliebt waren, paßten nicht zu ihr. Statt dessen hatte sie ein schweres, würziges Parfüm gewählt, das an die Seidenstraße und persische Gärten denken ließ. Ein Duft war ein primitives, doch höchst kraftvolles Ausdrucksmittel eines Wesens, und in ihrer Nähe zu sein, ließ an die Geheimnisse des Orients denken.

Maggie war so überzeugend, wie sie es versprochen hatte. Fast hätte Rafe es selbst geglaubt, daß sie beide in eine stürmische Affäre verwickelt waren. Das korallenrote Kleid liebkoste ihrer Figur so entzückend, daß er es dem Kleidungsstück am liebsten gleichgetan hätte. Immer wenn ihre lachenden Augen seinen Blick einfingen, wenn sie sich an ihn kuschelte, dann war er versucht, ihr zuzumurmeln, sie sollten sich schnellstens einen stillen Ort suchen. So etwas hätte er jeder Frau vorgeschlagen, die sein Blut so zum Brodeln brachte wie sie. Mehr als einmal mußte er sich in Erinnerung rufen, daß sie nur Theater spielten.

Als er in dem Versuch, sich abzukühlen, seinen Blick von ihr riß, stellte er fest, daß Maggie ihn mit Methode durch den Saal dirigierte. Wenn sie auch oft stehenblieb, um Rafe jemandem vorzustellen, so näherten sie sich doch unaufhaltsam einem großen Mann in einer preußischen Uniform.

Der Oberst stand reglos da, schweigend, den Rücken an die Wand gelehnt. Sein blondes Haar war so hell, daß es im Kerzenschein fast weiß wirkte. Er hätte sehr attraktiv gewirkt, wenn sein Gesicht nicht seine Verachtung für die Leute um ihn herum widergespiegelt hätte. Gelegentlich nickte er einer Person zu, machte jedoch keinen Versuch, sich unter die unbekümmerten, fröhlichen Menschen zu mischen.

»Ist das von Fehrenbach?« fragte Rafe ruhig.

»Ja.« Als sie ihm ihr Gesicht bei der Antwort zuwandte, hätten sich ihre Lippen fast getroffen, und sie zuckte zurück.

Rafe ignorierte die kurze, vielsagende Reaktion und fragte: »Kennst du ihn?«

»Nicht wirklich. Ich wurde ihm einmal vorgestellt, aber er meidet die meisten gesellschaftlichen Ereignisse. Er wäre auch heute nicht hier, wenn dieser Empfang nicht zu Ehren Marschall Blüchers gegeben würde.«

Schließlich waren sie nah genug. Maggie setzte eine strahlende Miene auf und stürzte sich förmlich auf ihn. »Oberst von Fehrenbach! Wie schön, Sie wiederzusehen!« Sie streckte ihm die Hand entgegen und fügte hinzu: »Ich bin die Gräfin Janos. Wir haben uns bei der letzten russischen Truppenparade kennengelernt, wenn Sie sich erinnern.«

Der Oberst sah nicht so aus, als würde er sich erinnern,

aber er neigte sich höflich über ihre Hand. Als er sich wieder aufrichtete und sein Blick auf den freizügigen Ausschnitt fiel, taute er ein wenig auf. Rafe registrierte froh, daß auch dieser Oberst ein Mensch war.

Maggie stellte ihren Begleiter vor, und der Preuße deutete eine kurze und steife Verbeugung an. Rafe schauderte innerlich zusammen, als er in von Fehrenbachs blaßblaue Augen blickte. Der Oberst wirkte, als wäre er in die Hölle gegangen und nicht den ganzen Weg zurückgekehrt.

Maggie blickte durch den Raum zu Blücher hinüber. »Was muß es für ein Privileg sein, dem Feldmarschall dienen zu dürfen. Einen wie ihn wird es niemals mehr geben.«

Von Fehrenbach nickte ernsthaft. »Das ist wahr. Er ist der tapferste und ehrenhafteste aller Männer.«

Ungekünstelt fuhr Maggie fort. »Was für eine Schande, daß die Leute seine Rolle bei Waterloo nicht richtig zu schätzen wissen. Bei aller Brillanz Wellingtons: Was wäre wohl geschehen, wenn Marschall Blücher nicht rechtzeitig eingetroffen wäre?«

Rafe fand, daß Maggie ein wenig zuviel des Guten tat, aber von Fehrenbach betrachtete sie mit deutlicher Zufriedenheit.

»Sehr klarsichtig von Ihnen, Gräfin. Wellington hatte dem Kaiser niemals zuvor gegenübergestanden, und es ist nicht unmöglich, daß Napoleon die Niederlage zu einem Sieg hätte machen können.«

Rafe empfand leichten, patriotischen Ärger. Wellington war nie zuvor besiegt worden, und die Schlacht von Waterloo war bereits gewonnen gewesen, als Blücher gegen sieben Uhr abends eingetroffen war. Natürlich hielt er klugerweise den Mund.

Maggie fuhr in dem bewundernden Tonfall fort. »Ich habe gehört, man hätte dem Marschall gesagt, er könne Wellington nicht mehr rechtzeitig erreichen, er solle es gar nicht erst versuchen.«

»Das stimmt«, bestätigte der Oberst etwas lebhafter. »Aber der Marschall wollte auf dieses Gerede nicht hören. Obwohl er krank war, führte er seine Truppen an. Er hatte Wellington sein Versprechen gegeben und schwor sich, es einzulösen, ohne sich von Tod oder Teufel aufhalten zu lassen.«

»Waren Sie dabei?«

»Ich hatte die Ehre. Der Marschall ist ein Erleuchteter, ein wahrer Soldat und ein Mann vollkommener Integrität.« Von Fehrenbachs Augen wurden kalt. »Nicht wie diese verdammten, betrügerischen Franzosen.«

Maggie machte eine leicht abwehrende Geste. »Nicht allen Franzosen mangelt es an Ehre.«

»Nicht? Mit einem König, der aus seiner eigenen Hauptstadt flieht und sich im Gepäckzug der Alliierten wieder zurückschleicht? Mit Opportunisten wie Talleyrand als ihren Führer?« Die Worte des Oberst kamen nun in einem wütenden Strom hervorgesprudelt. »Frankreich hat sich erhoben, als dieser Korse von Elba zurückkam, und es muß bestraft werden. Das Land muß unter den anderen Nationen aufgeteilt, die Bevölkerung gedemütigt, sein Name von der Landkarte Europas gelöscht werden!«

Rafe war verblüfft von der Vehemenz der Worte. Der Preuße war mit Sicherheit ein gefährlicher Mann, der durchaus in der Lage war, jeden Franzosen zu vernichten, der ihm in die Quere kam.

Weich sagte Maggie nun: »Haben wir denn in zweitausend Jahren gar nichts gelernt? Muß denn immer Rache anstelle von Vergebung stehen?«

»Sie sind eine Frau«, erwiderte der Oberst mit einem herablassenden Schulterzucken. »Man erwartet ja nicht, daß Sie solche Dinge verstehen.«

Rafe fand, er habe lang genug geschwiegen. »In dieser Hinsicht leide ich nicht unter der Schwäche der Gräfin, aber ich teile ihre Meinung, daß Rache vielleicht nicht immer die beste Lösung ist. Gegner, die eine Niederlage einstecken mußten, auch noch zu demütigen, bedeutet, sie sich zu gefährlichen Feinden zu machen. Es ist besser, ihnen zu helfen, wieder aufzubauen und ihnen ihre Ehre zu lassen.«

Die kalten blauen Augen glitten von Maggie zu Rafe. »Ihr Engländer seid besessen von Fairneß und sportlichem Geist«, sagte Fehrenbach voller Verachtung. »Das ist ganz hübsch, wenn es sich um Boxen und Spiele handelt, aber wir reden hier von Krieg. Es waren die Franzosen, die mein Volk lehrten, was wir nun über Barbarei und Zerstörung wissen, und wir haben diese Lektion sehr gut verinnerlicht. Würden Sie auch noch so fair denken, wenn Ihre Ländereien niedergebrannt, Ihre Familie ermordet worden wäre?«

Der Gefühlsausbruch des anderen Mannes ließ Rafe von dem Abstand nehmen, was er ursprünglich hatte sagen wollen. »Ich möchte gerne glauben, daß ich es versuchen würde, aber ich kann nicht mit Sicherheit behaupten, daß ich Erfolg hätte.«

Die Spannung löste sich ein wenig, und von Fehrenbach zog sich wieder hinter seine undurchdringliche Maske zurück. »Es freut mich, daß Sie Ihre Zweifel zugeben. Jeder Brite in Paris scheint zu denken, er wüßte alle Antworten.«

Rafe hätte es als Beleidigung auffassen können, aber er ließ die Bemerkung unkommentiert. Er berührte leicht Maggies Arm, um sie stumm zu fragen, wann sie weitergehen wollten.

Bevor einer der drei sich jedoch bewegen konnte, gesellte sich eine Frau zu ihnen. Sie war klein und hatte ein hübsches Gesicht, das von weichen, braunen Locken umrahmt war. Ihr rundlicher Körper war eher sinnlich als anmutig, und ihr blaues Atlaskleid zeigte den unverkennbaren Stil einer Französin.

»Hélène, meine Liebe, du siehst umwerfend aus. Es ist lange her«, sagte Maggie herzlich.

Nach einem kurzen Blick auf den Oberst küßte die Frau Maggie auf beide Wangen. »Ich bin froh, dich endlich wiederzusehen, Magda. Ich bin gerade erst zurück.« Ihre Stimme hatte die gleiche Süße wie ihr Gesicht.

Maggie stellte sie den beiden Männern als Madame Sorel vor. Nachdem sie Rafe die Hand gereicht hatte, wandte die Französin sich dem Oberst zu. »Oberst von Fehrenbach und ich kennen uns bereits.«

Das Gesicht des Oberst verschloß sich nur noch mehr, falls das überhaupt möglich war. Mit einer Stimme, die man nur als drohend bezeichnen konnte, sagte er: »In der Tat.«

Maggie konnte die Spannung förmlich spüren. Was mochte sich zwischen ihrer Freundin und dem Preußen abgespielt haben?

Doch bevor Madame Sorel etwas sagen konnte, brach von Fehrenbach das Gespräch ab. »Bitte entschuldigen Sie mich. Ich muß nun zu Marschall Blücher. Meine Damen, Euer Hoheit.« Er nickte und floh.

Sie sahen ihn stocksteif in der Menge verschwinden. Dann endlich rief Maggie aus: »Lieber Himmel, Hélène, was hast du mit dem Mann angestellt?«

Madame Sorel zuckte die Schultern, und die Bewegung erzeugte ein angenehmes Wogen ihrer Kurven. »Nichts. Ich habe ihn ein paarmal bei verschiedenen Anlässen getroffen. Er starrt mich immer an, als wäre ich Napoleon selbst, und geht dann weg. Wer weiß, was in seinem Kopf vorgeht? Er kann mit Franzosen sonst überhaupt nichts anfangen.«

Maggie musterte ihre Freundin mit wissend zusammengezogenen Brauen. »Aber er ist ein recht stattlicher Mann, oder?«

»Er ist kein Mann, er ist Preuße«, antwortete Hélène trocken. Nachdem sie noch ein paar Freundlichkeiten ausgetauscht hatten, verabschiedete sie sich mit einem zauberhaften Lächeln.

Rafe blickte ihr, als sie mit wiegendem Gang in der Menge verschwand, mit männlichem Vergnügen hinterher. Als sie außer Hörweite war, wandte er sich wieder Maggie zu. »Was ging denn da eben vor sich? Ich habe wirklich nichts verstanden.«

»Ich weiß es auch nicht genau«, sagte Maggie nachdenklich, »obwohl ich schon eine Vermutung hätte.« Sie blickte zu ihm auf. »Ich bin in ein paar Minuten zurück.«

Als sie auf den Ruheraum für Damen zuging, verglich Rafe ihren Gang mit dem von Madame Sorel und entschied, daß es Spaß machte, der Französin hinterherzusehen, es aber auch erstaunte, warum Maggie auf der Straße kein Pulk Männer hinterherrannte.

Diese angenehmen Gedanken wurden von dem leidigen Oliver Northwood unterbrochen. »Meinen Glückwunsch, Candover, Sie fackeln nicht lange. Drei Tage in Paris und Sie erobern eine Gräfin.« Northwoods Worte kamen jovial, aber sein grobschlächtiges Gesicht hatte einen maliziösen Ausdruck. »Nicht, daß sie schwer zu erobern ist, wenn man ihren Preis zahlen kann.«

Mit eiskaltem Blick drehte sich Rafe ihm zu. »Ich dachte, Sie kennen die Lady nicht.«

»Nachdem Sie mir ihren Namen gesagt hatten, hörte ich mich ein wenig um. Keiner weiß viel über sie, außer daß sie Witwe ist, überall eingeladen wird und einen teuren Geschmack besitzt.« Er zwinkerte Rafe bedeutungsvoll zu. »Sie scheint gut darin zu sein, andere dazu zu bringen, ihre Vergnügungen zu bezahlen.«

Rafe wünschte sich sehnlichst, seine Faust in Northwoods Magen zu rammen. Statt dessen stellte er mit Abscheu fest, daß er eine Frage nicht unterdrücken konnte: »Was wissen Sie noch über Sie?«

»Es heißt, sie ist jeden Penny ihres Preises wert, aber das sollten Sie doch eigentlich noch besser wissen, oder nicht?«

Es war das Vulgäre in dem Mann, was ihn so aufbrachte, wurde Rafe klar. Schließlich war Maggie eine Agentin, und wie bekam man leichter Informationen als im Bett? Zudem mußte sie sich ja irgendwie ihren Lebensunterhalt verdienen, und es war unwahrscheinlich, daß die britische Regierung ihr genug bezahlte, um das Haus und die teuren Kleider finanzieren zu können. Jede Kokotte von hoher Geburt erwartete Juwelen für ihre Gunst, und für Maggie war das eine ausgezeichnete Möglichkeit, ihre tieferen Beweggründe zu verbergen.

Komisch, daß es für ihn leichter war, Maggie als Hure zu sehen, als zu denken, sie würde ihr Land verraten.

Maggie saß an einem der Frisiertische, als die einzige andere Dame, die sich in dem Raum aufhielt, sie plötzlich mit englisch gefärbtem Französisch ansprach. »Ist Candover nicht ein umwerfender Liebhaber?«

Maggie rutschte erstaunt herum und starrte die junge Frau an, die am benachbarten Frisiertisch saß. In ihrem eisigsten Tonfall sagte sie: »Wie beliebt?«

»Tut mir leid. Das war unverschämt direkt von mir«, erwiderte die Frau zerknirscht. »Aber ich habe Sie eben mit Candover gesehen, und so wie Sie beide sich verhalten haben, dachte ich ...« Sie endete mit einer unsicheren Geste. Ihr Gesicht wurde rot, als würde ihr erst jetzt bewußt, wie empörend ihre Frage gewesen war.

Maggie war plötzlich amüsiert. »Ich entnehme Ihrer Bemerkung, daß Sie persönliche Erfahrung mit den Talenten Seiner Hoheit haben?«

Die junge Frau senkte als Bejahung den Kopf. Sie mußte etwa fünfundzwanzig sein, aber ihre unbekümmerte und ungekünstelte Art ließ sie jünger erscheinen. »Mein Name ist Cynthia Northwood. Rafe war vor einiger Zeit sehr ... lieb zu mir, als ich unbedingt einen solchen Menschen außerhalb meiner Ehe brauchte.«

Maggies Interesse war geweckt. »Und nun ist Ihre Ehe besser geworden, und Sie brauchen so etwas nicht mehr?«

»Nein«, gab Cynthia zu, und ihr Blick wurde härter. »Nun bedeutet meine Ehe mir gar nichts mehr, und ich habe woanders Zärtlichkeit gefunden.«

Maggie seufzte innerlich. Ihr Talent, in den Menschen die Bereitschaft zu wecken, ihre tiefsten Geheimnisse zu offenbaren, war ein Fluch und ein Segen. Sogar absolut Fremde wie dieses harmlose Mäuschen schienen zu glauben, sie könnte ihnen Rat und Lebenshilfe anbieten – oder wenigstens ein verständnisvolles Ohr leihen.

Die Kunst, Leute zum Reden zu bringen, war der Aktivposten eines Spions, aber wollte sie wirklich von den früheren Mätressen des Dukes über dessen amouröse Abenteuer hören? In dem Versuch, von mehr Vertraulichkeiten abzulenken, sagte sie: »Ich bin Magda Gräfin Janos, aber vielleicht wissen Sie das ja schon.«

»O ja, hier scheint Sie jeder zu kennen. Ich bewundere Sie schon, seit Sie gekommen sind. Sie haben eine unglaubliche Ausstrahlung. Sie und Rafe bilden wirklich das Traumpaar hier. Er scheint ernsthaft in Sie verliebt zu sein, nicht wie sonst bei den anderen Frauen.«

Wie konnte man sich durch so ein naives Lob beleidigt

fühlen? Dennoch blickte Maggie Cynthia ernst an. »Mrs. Northwood, wissen Sie nicht, wie unschicklich solche Bemerkungen sind?«

Cynthia wurde erneut rot. »Meine verflixte Zunge! Meine Mutter starb, als ich noch klein war, und mein Vater hat mich immer ermutigt, höchst undamenhaft zu sagen, was mir durch den Kopf geht. Und . . . meinem Freund, Major Brewer, gefällt es auch. Er sagt, ich wäre nicht so geziert wie die meisten Frauen. Ich will Sie wirklich nicht beleidigen.« Aufrichtig sah sie Maggie in die Augen. »Und ich mag Rafe sehr gerne. Er sieht mit Ihnen so glücklich aus. Und ich glaube nicht, daß er sehr oft glücklich ist.«

Wider besseres Wissen ließ sich Maggie in die Unterhaltung verstricken. »Ganz sicher hat Candover alles, was ein Mann sich wünschen kann: hohe Geburt, Vermögen, Intelligenz, genug Charme und Lebensart für drei. Wie kommen Sie darauf, daß er nicht glücklich ist?«

»Er kommt mir immer ein wenig gelangweilt vor. Durchaus höflich, aber nicht wirklich an dem interessiert, was er tut. Natürlich«, setzte sie traurig hinzu, »kann es sein, daß er nur bei mir so war. Ich weiß, er hat mich niemals für besonders umwerfend gehalten. Ich könnte mich niemals mit seiner Intelligenz messen. Er hat sich nur mit mir eingelassen, weil er zu der Zeit nichts Besseres zu tun hatte.«

Maggie lauschte Cynthias Worten mit fasziniertem Entsetzen und einem gewissen Respekt. Vielleicht steckte mehr in der Person, als sie zuerst gedacht hatte. »Mrs. Northwood, Sie sollten solche Dinge wirklich keinem Fremden anvertrauen.«

»Nein, das sollte ich nicht. Aber seit wir in Paris angekommen sind, habe ich so gut wie alles falsch gemacht, und ich habe den festen Vorsatz, es noch schlimmer statt besser zu machen.« Sie reckte ihr Kinn vor und setzte hinzu: »Gräfin Janos, es tut mir aufrichtig leid, wenn ich Sie in Verlegenheit gebracht habe. Ich hoffe, Sie glauben mir, daß ich Ihnen und dem Duke of Candover alles Gute wünsche. Ich wünsche jedem Gutes, nur meinem Mann nicht.«

Dann ging sie, jedoch nicht ohne eine gewisse Würde.

Maggie schüttelte den Kopf, während sie über die seltsame Unterhaltung nachdachte. Wenn sie je eine Frau kennengelernt hatte, die sich zielstrebig in Schwierigkeiten brachte, dann war es Cynthia Northwood.

Kapitel 6

RAFE WAR DURCHAUS in der Lage, auch einem so dickfelligen Bauern wie Oliver Northwood einen Dämpfer aufzusetzen, aber er hielt sich zurück. Northwood hoffte offenbar darauf, der Gräfin Janos vorgestellt zu werden, und Rafe empfand ein ungesundes Vergnügen dabei, wenn er daran dachte, wie Maggie wohl reagieren würde, wenn sie unerwartet mit ihrem ersten Liebhaber konfrontiert wurde. Natürlich vorausgesetzt, daß Northwood ihr erster gewesen war, wie er es behauptete.

Bei seiner Größe konnte Rafe Maggie mit Leichtigkeit ausmachen, als sie sich nun durch die Menge drängte und gelegentlich anhielt, um Bekannte zu begrüßen. Es sah alles zufällig und locker aus, bis sie bei einem blonden Mann in der Mitte des Saales stehenblieb.

Normalerweise hätte Rafe sich nichts dabei gedacht, doch seine Wahrnehmungsfähigkeit war durch diese Mission geschärft worden. Einen Augenblick lang ließ Maggie ihre Maske fallen, und ihre Miene drückte intensive Konzentration aus. Dann setzte sie ihren Weg fort.

Der Blonde stand mit dem Rücken zu Rafe, aber als Maggie sich von ihm trennte, wandte er sich um, um ihr nachzublicken. Überrascht erkannte Rafe Robert Anderson, den kleinen Angestellten der britischen Botschaft, der ihn der mysteriösen Spionin vorgestellt hatte. Lucien hatte Maggie angewiesen, mit niemandem aus der Delegation außer denen an der Spitze zu sprechen. Was also hatte sie so ernsthaft mit Anderson zu bereden?

Rafe wünschte sich, er wüßte, an wen Anderson ihn erinnerte. Der Kerl hatte neulich zwar nichtssagend und ein wenig beschränkt gewirkt, doch sein Gesichtsausdruck, als er Maggie hinterhersah, war scharfsichtig und intelligent.

Als eine lächelnde Maggie an seine Seite trat, überlegte er, ob dieser Ausflug in die Spionage ihn übermäßig mißtrauisch machte. Bald würde er noch alles und jeden verdächtigen. Kein Wunder, daß Maggie auf der Hut und nervös gewesen war, als sie sich wiedergetroffen hatten. Nach langen Jahren in dieser Schattenwelt der Informationsbeschaffung mußte sie ja vergessen haben, wie das normale Leben war.

Maggie legte Rafe eine Hand auf den Arm und sah ihn an. »Können wir gehen, *mon cher*? Hier ist alles ein wenig öde und oberflächlich, und ich kann dir zu Hause nettere Dinge bieten.«

»Alles, was du willst, Magda, meine Liebe.« Rafe legte seine Hand über ihre. »Aber laß mich dir zuerst jemanden vorstellen, der dich bewundert. Dies ist Oliver Northwood von der britischen Delegation. Northwood, Gräfin Janos.«

Maggies Selbstbeherrschung war großartig. Obwohl Rafe sie genau beobachtete, konnte er als Reaktion nur ein schwaches Zusammenpressen der Lippen erkennen. Natürlich, sie hatte höchstwahrscheinlich gewußt, daß er in Paris weilte, und sich bereits längst mental auf ein Zusammentreffen eingestellt.

Oder hatte sie so viele Liebhaber gehabt, daß der erste ihr nichts bedeutete? Sehr wenige seiner früheren Mätressen konnten Rafe aus der Ruhe bringen. Warum sollte Maggie anders sein?

Ja, warum erwartete er eigentlich, daß sie anders war?

Northwood verbeugte sich und sagte einschmeichelnd: »Es ist mir eine große Freude, Sie kennenzulernen, Gräfin. Ich bin in der Tat ein Bewunderer Ihrer Person.«

Maggie nahm seine Worte mit einem kühlen Nicken zur Kenntnis. Sie hatte einige Augenblicke gebraucht, um ihn zu erkennen. Als junger Mann war er nicht ohne einen gewissen prahlerischen Charme gewesen, doch die Jahre hatte ihn ungehobelter gemacht. Seine Taten schienen sein Gesicht gezeichnet zu haben, und seine Augen erinnerten sie an Maden: kalt, feucht, schleimig. Sie mochte ihm die Hand nicht reichen.

Er mußte Cynthia Northwoods Gatte sein. Arme Cynthia. Sie war gewiß zu jung und unschuldig gewesen, um zu erkennen, was für einen Mann sie heiratete.

Northwood fügte nun mit aufgesetzter Galanterie hinzu: »Unsere kleine Insel im Norden schafft es leider nicht, solche Schönheiten wie Sie hervorzubringen.«

Aus dem kurzen Zucken von Rafes Lippen schloß Maggie, daß ihn Northwoods Irrtum amüsierte. Zuckersüß lächelnd antwortete sie: »Sie gehen mit Ihren Landsmänninnen zu hart ins Gericht, Mr. Northwood. Ich habe soeben eine der entzückendsten Rosen Englands kennengelernt. So ein wundervoller Teint und eine so herrlich direkte Art!« Sie zog die Brauen zusammen, als müßte sie sich erinnern. »Aber . . . ja – ich bin sicher, sie sagte, ihr Name sei Northwood. Cynthia Northwood?«

Seine Miene wurde säuerlich. »Man sagt, meine Frau sähe gut aus.«

»Sie sind zu bescheiden, Monsieur.« Sie schenkte ihm ein strahlendes Lächeln und fuhr fort: »Es war mir ein Vergnügen, Sie kennengelernt zu haben. Sicher werden unsere Wege sich bald wieder kreuzen. Doch nun müssen wir gehen.«

Geschickt zog sie Rafe mit sich, und sie verließen den Empfang.

Als sie allein in ihrer Kutsche saßen, sagte Rafe mit leicht boshafter Bewunderung: »Es ist höchst lehrreich, dir bei der Arbeit zuzusehen, ob du nun die Leute zum Reden bringst oder ihre Hoffnungen enttäuschst.«

»Mr. Northwood ist als Typ kein Einzelfall. Unglücklicherweise.« Sie streifte vorsichtig ihre langen Handschuhe ab. »Seine Frau hat mir zur Wahl meines Geliebten gratuliert.«

Rafe seufzte innerlich. Obwohl er Cynthias Direktheit stets genossen hatte, wünschte er doch, sie hätte sich dieses Mal zurückgehalten. »Ich bin sicher, sie hat es gut gemeint.« Da er nun endgültig genug von den Northwoods hatte, wechselte er das Thema. »Was sagt dir deine Intuition über Oberst von Fehrenbach?«

Die Kutsche fuhr an einer Laterne vorbei, und in ihrem Lichtschein sah er Maggies ernste Miene. »Es sollte ja offensichtlich sein, warum wir ihn als einen der Hauptverdächtigen ansehen. Welchen Eindruck hattest du?«

»Er haßt die Franzosen sicher genug, um gefährlich zu werden, und mit seiner militärischen Erfahrung ist er ein fähiger, harter Gegner. Und doch«, – Rafe hielt inne und versuchte, seine Meinung in Worte zu fassen –, »gibt er sich keine Mühe, seine Abneigung zu verbergen. Ein Verschwörer würde sich doch sicher weniger auffälliger benehmen?«

»Vielleicht. Vielleicht nicht«, sagte sie nachdenklich. »Er ist möglicherweise so zornig, daß es ihm vollkommen egal ist, was mit ihm geschieht, wenn das Ziel erreicht ist.«

»Glaubst du, er ist unser Mann?«

Das Schweigen zog sich in die Länge, so daß Rafe schon dachte, sie würde gar nicht antworten. Mit einem Hauch von Schärfe brach er die Stille. »Maggie, zugunsten dieser Mission lasse ich mich von dir wie einen Pelzmuff herumschleifen, damit deine Absichten verborgen bleiben, aber behandele mich nicht wie ein unmündiges Kind. Ob du es magst oder nicht, wir machen dies hier zusammen, und wir hätten größere Chancen auf Erfolg, wenn wir unsere Informationen oder Vermutungen austauschen.«

»Ist das eine Drohung, Euer Hoheit?« Ihre Stimme klang leicht spöttisch. »Wenn ich mich weigere, dir meine Gedanken mitzuteilen, wirst du mich dann schlagen, bis ich gehorche?«

»Ich habe bessere Mittel, so etwas zu erreichen«, erwiderte er mit absichtlicher Zweideutigkeit.

»Wenn Cynthia Northwood mit ihrem Lob deiner Qualitäten nicht übertrieben hat, nehme ich an, du wirst meinen schwachen weiblichen Verstand mit wilden Küssen überwältigen.« Ihr Sarkasmus sprühte förmlich Funken.

»Überhaupt nicht. Ich muß nur an deinen Sinn für Fairneß appellieren – die angeborene Achillesferse Britanniens.«

Nach einem kurzen, überraschten Schweigen brach sie in lautes Lachen aus. »Rafe, dein Talent ist verschwendet. Du hättest ein Vermittler werden sollen wie Castlereagh. Du weißt auf jeden Fall, wie man seinen Gegner zu packen hat.«

»Wir sind keine Gegner«, betonte er. »Wir sind Partner.«

»Ich muß zugeben, daß ich manchmal Mühe habe, mich daran zu erinnern.« Sie hielt kurz inne, fuhr dann aber fort. »Trotz von Fehrenbachs Zorn glaube ich nicht, daß er unser Mann ist. Er ist nicht der Typ, der heimlich finstere Pläne schmiedet; er würde das als erniedrigend betrachten. Eher würde er zu Talleyrand gehen und ihn öffentlich erschießen, aber sich kaum herablassen, ein Komplott mit anderen zu planen. Nein, ich glaube nicht, daß der Oberst der ist, den wir suchen.«

»Erzähl mir von Madame Sorel.«

»Hélène ist verwitwet und hat zwei Töchter. Ihr Mann, ein französischer Offizier, starb bei Wagram. Er hat ihr genug hinterlassen, und sie wird in höchsten Pariser Gesellschaftskreisen empfangen. Wir sind seit Jahren befreundet, und ich vertraue ihr.«

»Würdest du mir sagen, was du wegen von Fehrenbachs heftiger Reaktion auf sie vermutest?«

»Ich glaube, der Grund ist ganz simpel und überhaupt nicht politisch.«

Rafe akzeptierte das ohne Kommentar. »Wenn du Fehrenbach richtig einschätzt, dann ist es wohl wahrscheinlich einer der beiden Franzosen.«

»*Wenn* ich ihn richtig einschätze.« Maggies Stimme enthielt einen Hauch Bitterkeit. »Aber auch ich kann mich irren.«

Im Dunkeln kann man Dinge tun, die man im Licht nicht wagen würde. Impulsiv griff Rafe nach ihrer kühlen, verkrampften Hand. Er wußte nicht – noch fand er es wichtig –, welche Erinnerungen diesen Tonfall verursacht hatten. Alles, was zählte, war, daß sie offenbar Lasten trug, die sogar zu schwer für die breitesten Schultern waren. Und sie spürte das Gewicht.

Ihre Finger schlossen sich fest um seine, wärmten sich, entspannten sich ein wenig. Zum ersten Mal konnte Rafe spüren, daß die Distanz zwischen ihnen sich ein wenig verringerte. Vielleicht konnten sie besser miteinander auskommen, wenn sie nicht miteinander sprachen.

Als sie ihr Haus erreichten, ließ Maggie seine Hand los, um sich die Kaschmirstola um die Schultern zu ziehen. Er half ihr aus der Kutsche, und sie grinste ihn kurz an. »Du fühlst dich also wie ein Pelzmuff?«

Er lächelte. »Oder wie ein anderes nutzloses schmükkendes Beiwerk, das zur Schau gestellt wird.« Er wandte sich um und entließ die Kutsche.

Maggie warf ihm einen bösen Blick zu, als er ihr die Stufen zum Haus hinauffolgte. Aber bevor sie eine Bemerkung machen konnte, sagte er: »Wenn wir die Illusion einer Affäre aufrecht halten wollen, kann ich dich schlecht an deiner Türschwelle absetzen und verschwinden. Nach einer angemessenen Weile werde ich zum Hotel zurückgehen. Es ist nicht weit.«

Sie akzeptierte seine Begründung mit einem unschmeichelhaften Mangel an Begeisterung. »Ich nehme an, es ist notwendig.«

Sie betraten den Salon, und sie schenkte Brandy für beide ein. Dann schleuderte sie ihre Sandalen von den Füßen und kuschelte sich aufs Sofa. »Hätte ich Cynthia Northwood fragen sollen, wie lange du bleiben mußt, um deinem Ruf gerecht zu werden? Vielleicht sollte ich dir in einem der freien Zimmer ein Bett machen, da dich niemand vor dem Morgengrauen erwartet.«

Er weigerte sich, mit Ärger zu reagieren. »Ich schleiche mich in etwa einer Stunde aus der Hintertür. Schließlich bekäme es auch deinem Ruf nicht besonders, wenn ich so früh gehe.«

Er wanderte durch das Zimmer und entdeckte ein antikes Schachspiel auf einem kleinen Spieltisch. Die Figuren waren nach einer mittelalterlichen Hofgesellschaft gestaltet. Es waren alles handgefertigte Einzelstücke mit individuellen Zügen.

Rafe nahm die weiße Dame, eine exquisite goldhaarige Lady, die ein weißes Streitroß ritt, und warf dann Maggie einen Blick zu. Die Ähnlichkeit war unübersehbar. Die Königin, die mächtigste Figur auf dem Brett.

Er stellte das Stück wieder ab und nahm den schwarzen

König. Sein dunkles Gesicht war arrogant und raubvogelartig, und er zog ein Schwert aus seiner Scheide. Rafe studierte die Figur eine Weile und versuchte, eine Beziehung zu sich herzustellen. Die Könige waren die wichtigsten und ultimativen Ziele in dem Spiel, jedoch recht machtlos.

Es war dem Spiel, das er und Maggie spielten, nicht unähnlich. Die weiße Königin handelte, der König stand da und wartete. Aber *sie* waren auf derselben Seite, oder?

Er nahm als nächstes den weißen König auf. Das Gesicht war kühl und rätselhaft, und es kostete wenig Mühe, in der Figur Robert Anderson zu sehen. Wenn das ein Omen war, so beunruhigte es ihn gründlich.

Rafe stellte die Figur wieder auf das Brett. »Hast du Lust auf eine Partie? Bei dem Empfang hast du mir nettere Dinge zu Hause versprochen.«

Maggie erhob sich anmutig. »Wenn du willst. Du wirst feststellen, daß ich mich im Schach ein wenig verbessert habe. Werfen wir eine Münze, um Weiß auszulosen?«

Traditionell zog Weiß als erstes, was ein Vorteil war, aber Rafe nahm die weiße Königin wieder auf, bewunderte das stolze Kinn und reichte sie schließlich Maggie. »Sie kann nur dir gehören.«

Also setzten sie sich und fingen an zu spielen. Früher hatte Maggie mit einer wilden Brillanz gespielt, die sie manchmal zum Sieg führte, ihr jedoch öfter gegen Rafes überlegtem Stil die Niederlage einbrachte. Nun waren sie gleichwertige Gegner. Er stellte interessiert fest, daß sie zwar immer noch sehr forsch vorging, jedoch ihr Auge für die Strategien geschärft hatte.

Eine Stunde verging, in der sie höchstens ein Lob für einen guten Zug des anderen aussprachen. Als die Uhr elf schlug, blickte Maggie überrascht auf. »Auch auf das Risiko hin, daß ich eine schlechte Gastgeberin bin, muß ich dich doch bitten, jetzt zu gehen. Wir können die Partie ein andermal zu Ende spielen. Ich bezweifle zwar, daß irgend jemand das Haus beobachtet, aber nur für den Fall zeige ich dir die Hintertür.«

Rafe folgte ihr durch die Korridore und blickte sich bewundernd um. Obwohl das Haus nicht besonders groß war, war es so gestaltet worden, daß es geräumig wirkte und jede Einzelheit stimmte. Es war ganz die Behausung einer edlen Dame und bestärkte seinen Glauben, daß es nicht ausschließlich mit Agentenlohn finanziert worden sein konnte. Er fragte sich säuerlich, wie viele Liebhaber zu der Einrichtung beigetragen hatten.

Als Maggie sich an der Hintertür zu ihm umdrehte, entdeckte er erstaunt, wie klein sie ohne Schuhe war. Ihr Scheitel reichte ihm kaum bis ans Kinn. Sie wirkte so jung, weich und höchst begehrenswert, und die Luft um sie herum schien plötzlich belastet mit unausgesprochenen Andeutungen.

Einst hatte Margot Ashton ihn mit solch einem Ausdruck in den Augen angesehen. Für einen kurzen Moment war Rafes Welt aus den Fugen, und Gegenwart und Vergangenheit kollidierten. Er begehrte sie mit all der leidenschaftlichen Intensität eines Einundzwanzigjährigen; er wollte sein Gesicht in ihre goldenen Locken vergraben, wollte die Geheimnisse ihres Lachens, ihres hellen Verstandes und lockenden Körpers entdecken.

Ein quälender, verstörender Augenblick – doch wenigstens bemerkte die heutige Maggie davon nichts. Ein schwaches Beben durchlief seinen Körper, während er das Bedürfnis zurückdrängte, sie in seine Arme zu ziehen. Die Erfahrung hatte ihn gelehrt, daß man besser abwartete. Sie begehrte ihn auch; sollte die Zeit ihr Verlangen nach ihm wachsen lassen! Wenn er zu schnell voranschritt, würde sie sich nur wehren.

Er verabschiedete sich also höflich und hoffte, daß es

eine Spur Enttäuschung war, was da in ihren Augen aufflackerte. Dann ging er die Stufen hinunter, überquerte den Stallhof und bog links in eine schmale, ausgestorbene Gasse ein.

Er war noch zu unruhig, um sich brav in sein Hotel zur Ruhe zu begeben. Er überlegte, ob er zum Palais Royal gehen und nach einem Kartenspiel oder einer Frau Ausschau halten sollte, aber die Aussicht reizte ihn nicht besonders. Statt dessen beschloß er, einen Spaziergang zu machen, und wandte sich in Richtung Place Vendôme.

Maggie ließ sich nicht aus seinem Kopf verdrängen. Selbst mit achtzehn hatte ihre Unschuld nur in seinem Geist existiert, daher sollte er nicht überrascht sein, daß sie sich in die Gesellschaft der Frauen begeben hatte, die teure Tribute als Gegenleistung für ihre Gunst verlangten. Für Frauen, die über mehr Schönheit als Vermögen verfügten, war dies nicht ungewöhnlich. Es war wohl nicht besonders fair, sie eine Kurtisane zu nennen, sie hatte nur einen Weg gefunden, Geschäft und Vergnügen zu vereinen.

Zumindest *hatte* sie Ziele, die außerhalb persönlicher Vergnügungen lagen. Vermutlich wählte sie ihre Liebhaber sowohl nach Reichtum als auch nach den Informationen, die sie aus ihnen ziehen konnte, aus. Ein Mann, der mit einer Frau wie Maggie im Bett lag, kümmerte sich wahrscheinlich kaum darum, was er sagte, möglicherweise würde er sich gar nicht mehr daran erinnern.

Er trat auf den achteckigen Place Vendôme, der zu dieser Stunde praktisch ausgestorben war. In der Mitte stand eine gewaltige hohe Säule, die Napoleon zum Gedenken an die Schlacht von Austerlitz hatte errichten lassen. Die Bronzespirale, die sich die Säule hinaufwand, war aus den zwölfhundert Kanonen zusammengeschmolzen worden, die Bonaparte bei der Schlacht erobert hatte. Kein Wunder, daß die Preußen das Denkmal niederreißen wollten.

Sein Mund verzog sich bitter. Es war schwer, sich auf Politik zu konzentrieren, wenn sein Kopf mit Lust und Liebe beschäftigt war. Er konnte sich ebensogut der Tatsache stellen, daß er mit Maggie ins Bett gehen wollte. Obwohl er Frauen erobert hatte, die man durchaus als schöner bezeichnen konnte, hatte er niemals eine kennengelernt, die verlockender auf ihn wirkte.

Trotz ihrer abwehrenden Haltung war er ihr nicht gleichgültig, und an diesem Abend schien ihre Feindseligkeit ein wenig nachgelassen zu haben. Es war nun an der Zeit, die Vergangenheit ruhen zu lassen und sich gegenseitig an dem anderen, so wie er geworden war, zu erfreuen, und dies ohne Vorwürfe oder belastende Erinnerungen.

Statt mit ihr zu ringen, wollte er ihr lieber ein direktes Angebot machen. Vielleicht lag der Grund ihrer Weigerung zum Teil darin, daß sie nicht einfach verschenken wollte, was ihr normalerweise Gewinn einbrachte.

Nun, er war schließlich ein vernünftiger Mann. Er konnte einsehen, daß Maggie ihren Lebensunterhalt verdienen mußte. Auch wenn er bisher nicht für eine Mätresse bezahlt hatte, würde er in ihrem Fall gerne eine Ausnahme machen. Nein, er war sogar gern bereit, besonders großzügig zu sein. Wenn sie einem langfristigen Arrangement zustimmte, könnte er sogar in Betracht ziehen, eine dauerhafte finanzielle Unterstützung zu veranlassen, so daß sie eine gewisse Sicherheit für die Zukunft besaß.

Mit diesem Entschluß machte er kehrt, um zum Boulevard des Capucines zurückzugehen. Obwohl es spät war, betrat er wieder die Gasse hinter ihrem Haus in der Hoffnung, er würde Anzeichen dafür sehen, daß sie noch wach und vielleicht genauso unruhig war wie er selbst.

Während er ihre Fenster absuchte, sah er eine Gestalt aus der anderen Richtung der Gasse kommen. Rasch trat er in die Schatten, so daß er nicht gesehen wurde.

Statt vorbeizugehen, hielt der andere Mann an und sah sich achtsam um. Rafe preßte sich gegen die Wand und war froh über seine dunklen Kleider.

Offensichtlich zufrieden, daß niemand zu sehen war, stieg der Fremde die Hintertreppe zu Maggies Tür hinauf und klopfte. Sofort schwang die Tür auf. Maggie stand mit einer Lampe auf der Schwelle. Sie hatte einen weiten dunklen Hausmantel angezogen und trug das Haar offen um die Schultern wie die weiße Königin.

Ihr Gast beugte sich vor, um sie zu küssen, und Rafe brauchte nicht mehr zu sehen.

Der Besucher war Robert Anderson, der weiße König selbst. Kein Wunder, daß sie auf dem Empfang mit solcher Intensität mit ihm gesprochen hatte; sie hatten sich für später verabredet.

Rafe spürte eiskalten Zorn, ohne den Grund dafür zu verstehen. Er wußte, daß Maggie Liebhaber hatte, warum sollte es ihn also ärgern, einen zu ihr kommen zu sehen? Er war bestimmt nicht eifersüchtig. Er hatte wegen einer Frau keine Eifersucht mehr gespürt, seit . . . seit er einundzwanzig gewesen war und Maggie ihn mit Northwood betrogen hatte.

Er fluchte laut und schob den Gedanken weit von sich. Sein Zorn war kein Ergebnis von Eifersucht, sondern nur Sorge um seine Mission. Maggie war gesagt worden, sie sollte sich nicht mit unwichtigen Mitgliedern der Delegation befassen, doch sie mißachtete Luciens Befehle.

Dies war ein gefährliches, kompliziertes Geschäft, und es wurde jede Stunde riskanter. Rafe begann durch die Straßen zu wandern, ohne auf die verstreichende Zeit zu achten, und dachte gründlich über die neue Entwicklung nach.

Da Maggie eine Expertin der Spionage war, hatte er nicht vermutet, daß sie sich in ihrer Beurteilung anderer so irren konnte. Das war sehr unvorsichtig von ihm gewesen. Obwohl er immer noch nicht glauben konnte, daß sie ihr Land verriet, würde er in Zukunft ihre Taten etwas kritischer beobachten.

Mochte ihre Affäre mit Anderson auch für dieses Projekt irrelevant sein, so war es doch besser, das Schlimmste anzunehmen. Frauen neigten genauso dazu, sich in ihren Bettgefährten zu irren, wie Männer. Wenn Anderson der Verräter war, konnte er Maggie genauso für seine Zwecke benutzen, wie sie es mit anderen Männern tat.

Als Rafe sein Hotel erreichte, hatte er sich eine Strategie zurechtgelegt. Er kannte Maggies Sinn für Unabhängigkeit gut genug, um zu wissen, daß sie ihm ins Gesicht lachen würde, wenn er verlangte, sie sollte ihre Beziehung zu Anderson beenden. Rafe mußte also ihr Liebhaber werden, um mehr Einfluß auf sie zu erhalten. *Dann* konnte er ihr nahelegen, Anderson den Laufpaß zu geben – und jedem verdammten anderen Kerl, den sie an der Leine hatte.

Er hatte aus rein körperlicher Begierde mit ihr schlafen wollen. Nun war das Verlangen noch verstärkt durch den Wunsch, sich ihre Loyalität zu versichern. Um ihrer Mission willen war er bereit, jede verfügbare Waffe zu benutzen, um in seinem Verhältnis zu Maggie die Oberhand zu bekommen.

Wie passend, daß die Pflicht von nun an mit Vergnügen einhergehen würde.

Er zweifelte nicht daran, daß er letztendlich zum Zuge kommen würde; er hatte es bisher immer geschafft, eine Frau zu gewinnen, die er wollte. Doch diesmal mußte er seine Schritte sehr sorgfältig planen. Da der Zeitfaktor wichtig war, konnte er nicht das Risiko eingehen, sie gegen sich aufzubringen. Statt ihr direkt ein finanzielles Abkommen vorzuschlagen, würde er ihren Widerstand zunächst mit teuren Geschenken brechen.

Er hatte ebenfalls beschlossen, daß er sich selbst ein paar Informationsquellen erschließen würde. Ein reicher Lord hatte viele Angestellte; Rafe brauchte nur wenige Minuten, bis ihm zwei kluge, diskrete und vertrauenswürdige Franzosen einfielen, die für ihn arbeiteten.

Bevor er zu Bett ging, schrieb er seinem Agenten einen Brief, in dem er beide sofort nach Paris bat.

Robin sah müde und besorgt aus, was ungewöhnlich war. Daher bestand Maggie darauf, daß er mit ihr einen Mitternachtsimbiß zu sich nahm. Sie setzten sich an den Küchentisch und machten sich über die Pâté, Täubchen und allerlei andere Delikatessen her, die Maggies Köchin übriggelassen hatte.

Als sie fertig waren, schob er die Reste beiseite. »Es gibt nichts Besseres als gutes Essen, um den Optimismus zu stärken. Hast du heute abend irgend etwas Nützliches erfahren?«

Maggie beschrieb ihr Treffen mit Oberst von Fehrenbach und teilte ihm ihre Meinung mit, daß jener wahrscheinlich nicht der Verschwörer war. »Jetzt bist du dran, Robin. Was ist passiert, daß du so besorgt aussiehst?«

Er fuhr sich ungeduldig mit der Hand durchs Haar. Es war von hellerem Blond als Maggies und wirkte im Kerzenlicht fast silbrig. »Ein Informant erzählte mir, daß jemand diskrete Nachforschung nach einem Kerl anstellt, der den ›Eroberer des Eroberers der Welt‹ stürzen will.«

Maggie biß sich auf die Lippe. Die Pariser hatten dem Duke of Wellington nach seinem Sieg bei Waterloo diesen Spitznamen verpaßt. Er paßte, da Napoleon sich angewöhnt hatte, sich als Eroberer der Welt zu betrachten, und Wellington hatte diese leichte Selbstüberschätzung deutlich richtiggestellt.

»Also geht es wirklich um Wellington«, stellte sie deprimiert fest. »Man könnte kaum eine bessere Wahl treffen, wenn es darum geht, einen Aufruhr zu erzeugen. Gibt es irgendwelche Hinweise darauf, wer diese Nachforschungen anstellt?«

»Nur, daß es sich um einen Franzosen handelte, was zu deiner Einschätzung von Fehrenbach paßt. Wie läuft es mit Candover?«

Maggie zuckte die Achseln und zog in ein paar Tropfen vergossenen Weines auf dem Tisch ein Muster. »Du hattest recht. Er eignet sich hervorragend als Verschleierung meiner Nachforschungen. Zudem ist er sehr aufmerksam – er ist bei von Fehrenbach zum selben Schluß gekommen. Aber ich frage mich . . .« Ihre Stimme verebbte.

»Was?«

»Obwohl er sich sehr kooperativ verhält, hat er heute abend eine Bemerkung gemacht, daß ich ihn wie einen Muff mit mir herumschleppe.« Robin lachte in sich hinein, sagte aber nichts.

»Im Augenblick macht es ihm Spaß, dieses Spiel zu spielen. Ich zweifle nicht an seinem Patriotismus, aber ich mache mir Sorgen, was er wohl tun wird, wenn ihn die Sache nicht mehr amüsiert.«

Robins Augen verengten sich. »Was meinst du damit?«

»Nur, daß er es gewöhnt ist, die Dinge selbst in die Hand zu nehmen, um das zu tun, was er will. Der Mann ist kein Narr, aber wenn er zum falschen Zeitpunkt den snobistischen Adeligen herauskehrt, dann könnten wir ernsthaft Ärger bekommen.«

In Robins Augenwinkeln zeigten sich Lachfältchen. »Ich verlasse mich auf dich. Du hältst ihn schon an der Kandare.«

Maggie lehnte sich in ihrem Stuhl zurück und fühlte sich plötzlich erschöpft. »Du überschätzt meine Fähigkeiten, mein Lieber.«

»Das bezweifle ich.« Er schob seinen Stuhl zurück und stand auf. »Ich verschwinde jetzt. Wer ist unser nächstes Opfer?«

»Ich hoffe, ich kann in ein oder zwei Tagen an den Comte de Varenne herankommen. Er lebt außerhalb von Paris, aber er ist oft am Hof des Königs und auf gesellschaftlichen Ereignissen. Meine Bekanntschaft mit ihm zu vertiefen, sollte kein Problem sein.«

Maggie folgte Robin zur Hintertür. Als er ihr einen Abschiedskuß gab, schlang sie ihm die Arme um seinen Nakken und legte einen Moment ihre Stirn an seine Schulter. Plötzlich hatte sie das intensive Bedürfnis, ihn heute nacht bei sich zu haben. Sie sehnte sich nicht nur schrecklich nach Wärme und Zärtlichkeit, sondern sie hoffte auch, sie könnte Rafe dadurch aus ihrem Kopf verdrängen.

Doch sie schwieg. Robin auf solche Art und Weise zu benutzen, wäre unverzeihlich gewesen. Und schließlich würde es auch nur eine vorübergehende Erleichterung ihrer Qual bedeuten. »Wann wird das alles endlich vorbei sein, Robin?« fragte sie traurig.

Der Unterton ihrer Stimme rührte ihn. Maggie klang einen Augenblick wie das Mädchen, das sie vor ein paar Jahren nicht hatte sein können. Er schlang die Arme um sie und hielt sie eine ganze Weile länger, als gut war, fest. »Bald, Liebes. Und dann kehren wir alle heim nach England.«

Sie blickte mit geweiteten Augen auf. »Du willst auch nach England zurück?«

»Vielleicht.« Er lächelte. »Vielleicht sollte ich mich auch ins Bett legen, bis das Gefühl vorbeigeht.«

Dann war er fort, und Maggie verriegelte die Tür hinter ihm. Zum ersten Mal hatte Robin zumindest den vagen Wunsch geäußert, in seine Heimat zurückzukehren. Selbst er mit seiner schier endlosen Energie und seinem freundlichen Wesen mußte der ewigen Täuschung und der Anspannung müde sein, die ihr steter Begleiter waren.

Und in diesem Fall konnte sie sich durchaus ein paar erschöpfte Tränen leisten, nicht wahr? Schließlich war sie ja bloß eine Frau.

Kapitel 7

AM NÄCHSTEN NACHMITTAG war es heiß, und die meisten vornehmen Ladys, die nach St. Germain gekommen waren, lagerten unter den schattigen Bäumen, so daß Maggie und Hélène die Wege für sich hatten. Maggie war froh, daß ihre Freundin das Treffen vorgeschlagen hatte, denn es gab viel zu besprechen.

Eine ganze Weile tauschten sie nur die üblichen Nettigkeiten und Neuigkeiten aus, wie es üblich ist, wenn Freundinnen sich längere Zeit nicht gesehen haben. Hélène war mit ihren zwei Töchtern bei ihrer Mutter gewesen, wo sie ein paar Wochen verbracht hatte und dann allein zurückgekehrt war.

Auch wenn sie ihre Töchter in Sicherheit wissen wollte, fühlte sich Hélène verpflichtet, zum Frieden beizutragen, was immer sie konnte. Bis die Abkommen unterzeichnet wurden, waren Informationen dringend nötig, und Hélène kamen viele Gerüchte zu Ohren. Sie wußte, daß das, was sie hörte, an die Briten weitergeleitet wurde, aber ihre Liebe zu ihrem Vaterland war so stark, daß sie es in Kauf nahm, von anderen als Verräterin betrachtet zu werden.

Die beiden schlenderten in ihren raschelnden Musselinkleidern über die Gartenwege, so daß jeder, der sie sah, sie für zwei weitere müßiggehende Damen halten mußte.

Erst als sie ganz sicher außer jeglicher Hörweite waren, stellte Maggie ihre Frage. »Hast du irgend etwas erfahren, was von Interesse sein könnte? Deine Nachricht klang so dringend.«

»Ja.« Hélènes Brauen zogen sich zusammen. »Ich habe gehört, daß jemand Pläne schmiedet, Lord Castlereagh zu ermorden.«

Maggie sog scharf den Atem ein. »Wo hast du das gehört?«

»Eine meiner Zofen hat einen Bruder, der in einer Spielhölle am Palais Royal arbeitet. Er hat gestern sehr spät abends zwei Männer belauscht, die durch zuviel Weingenuß unvorsichtig geworden sind.«

»Könnte der Bruder sie identifizieren?«

Hélène schüttelte den Kopf. »Nein. Das Licht war schlecht, und er hat nur einen Bruchteil der Unterhaltung aufgeschnappt, während er am Nebentisch bediente. Er meinte, einer sei wahrscheinlich Franzose, der andere ein Ausländer – Deutscher oder Engländer vielleicht. Der Franzose fragte, ob der Plan stehen würde, und der andere antwortete, daß Castlereagh innerhalb von vierzehn Tagen aus dem Weg geräumt wäre.«

Maggie schwieg, während sie versuchte, diese neuen Informationen in ihrem Kopf zusammenzufügen. War dies dieselbe Verschwörung, die sie aufdecken wollten, oder war es eine andere? Es kam ihr vor wie die Suche nach der Nadel im Heuhaufen. Während sie auf einen Pfad zwischen leuchtenden Blumenbeeten einbogen, skizzierte sie kurz das Wenige, was sie von dem Mordplan wußte.

Hélènes Gesicht wurde bleich. »Das hört sich ja schrecklich an. Bei den vielen Soldaten aus allen Nationen hier könnte ein Funken genügen, Frankreich wieder in Flammen zu setzen.«

»Ich weiß«, antwortete Maggie grimmig. »Aber es sind

schon mehr von Plänen dieser Art gescheitert. Hoffen wir, daß mit diesem hier dasselbe geschieht.« Das Thema wechselnd fragte sie: »Was weißt du von Oberst von Fehrenbach?«

Hélènes weiches, rundes Gesicht lag im Schatten ihres Spitzensonnenschirms, und ihre Stimme gab keinen Hinweis auf das, was sie wirklich dachte. Wenn die beiden Frauen auch Freundinnen waren, hatte doch jede von ihnen Geheimnisse. »Nicht sehr viel. Ich habe ihn ein paarmal bei verschiedenen Anlässen getroffen. Er ist wie viele preußische Offiziere – zornig und entschlossen, Frankreich leiden zu lassen.«

»Verzeih mir, wenn ich nachhake, Hélène«, sagte Maggie zögernd. »Aber ist irgend etwas zwischen euch beiden?«

»Er sieht mich und denkt an alles, was er verabscheut«, antwortete ihre Freundin mit emotionsloser Stimme. »Abgesehen davon ist nichts zwischen uns.«

»Glaubst du, er könnte in die Verschwörung verwickelt sein?«

»Nein, er ist ein unkomplizierter Mann, der keinen Bedarf an Verschwörungen hat.« Mit einem freudlosen Lächeln fügte sie hinzu: »Nicht unähnlich meinem verschiedenen Gatten Etienne, der tapfer vorwärtsmarschierte, ohne sich durch Zweifel oder gesunden Menschenverstand aufhalten zu lassen. Hast du einen Grund, den Oberst zu verdächtigen?«

»Nicht wirklich. Von Fehrenbach sitzt an der richtigen Stelle, um Dummheiten machen zu können, aber meine Meinung deckt sich mit deiner. Dennoch, wenn du ihn noch einmal siehst und irgend etwas Auffälliges bemerkst, läßt du es mich dann wissen?«

»Natürlich.« Hélène wies auf eine freie Bank unter einer Kastanie. »Sollen wir uns eine Weile setzen, während du mir von diesem umwerfenden Engländer, den du dir an Land gezogen hast, erzählst?«

Maggie empfand einen seltsamen Widerwillen, über Rafe zu reden. »Er ist reich, gelangweilt und in Paris. Im Augenblick ist er verrückt nach mir.« Sie wischte ein vertrocknetes Blatt von der Bank, bevor sie sich setzte. »Mehr gibt es nicht zu erzählen.«

Hélènes dunkle Augen musterten sie skeptisch. »Wenn du es sagst.«

Es war Zeit, das Thema erneut zu wechseln. »Weißt du etwas über Cynthia Northwood? Ihr Mann Oliver ist Mitglied der britischen Delegation.«

Hélène wedelte sich mit ihrem flachen Täschchen wie mit einem Fächer Luft zu, während sie über die Frage nachdachte. »Die typische Unschuld – unbekümmert und naiv. Sie hat eine Affäre mit einem britischen Offizier, einem Major Brewer, und es ist ihr vollkommen egal, wer alles davon weiß. Da ich ihren Mann kennengelernt habe, begreife ich durchaus, warum sie ihn betrügt, aber ein wenig Diskretion wäre nicht übel. Warum fragst du nach ihr?«

»Nur so, wirklich. Allerdings hat sie mir gestern abend eine Menge Dinge erzählt, die man einem Fremden eigentlich nicht sagen sollte.« Maggie runzelte die Stirn. »Sie ist unberechenbar, und da sie mit der Delegation in Verbindung steht, könnte sie in etwas hineinrutschen, das sie nicht begreift.«

»Du hast recht. Mrs. Northwood ist genau die Art Frau, die Geheimnisse ohne bösen Hintergedanken ausplaudert. Aber wenn sie und ihr Mann sich nicht verstehen, wird sie wohl nicht an wichtige Informationen herankommen.«

»Stimmt, aber wir können es uns nicht leisten, irgendeine Möglichkeit außer acht zu lassen. Könntest du etwas über ihre anderen Bekannten oder Freunde, abgesehen vom Major, herausfinden?« Nach Hélènes Nicken fuhr Maggie fort: »Außerdem interessiert mich der Comte de Varenne. Weißt du etwas über ihn?«

Ihre Freundin warf ihr einen besorgten Blick zu. »Ja, und nichts Gutes. Der Kerl ist gefährlich. Ist er in deine Verschwörung verwickelt?«

»Möglich. Was meinst du, wo man ihn zufällig treffen könnte?«

»Er taucht oft bei Lady Castlereaghs Abendgesellschaften auf. Bitte paß auf dich auf, wenn du in seiner Nähe bist. Es heißt, er schreibt seinen Namen mit Blut.«

Trotz der Wärme des Nachmittags spürte Maggie einen Schauder das Rückgrat hinablaufen. Sie riß sich zusammen und schalt sich, daß sie auf Hélènes melodramatischen Ausdruck auch nur reagierte.

Wenn Castlereagh und Wellington die Zielobjekte waren, konnte man Varenne von der Liste möglicher Täter streichen. Dennoch sollte sie ihn um der Gründlichkeit halber treffen. Rafe wollte sie heute ins Theater begleiten. Nachher konnten sie im Salon in der britischen Botschaft vorbeischauen und hoffen, daß der Ultraroyalist ebenfalls dort war.

Doch wenn er nichts damit zu tun hatte, warum empfand sie bei dem Gedanken an ihn ein nagendes Gefühl der Gefahr?

Als Rafe Maggie für das Theater abholte, betrat sie den Salon in einem schimmernden silbergrauen Kleid, in dessen Falten Blau- und Grauschattierungen aufblitzten. Sie war so schön, daß es wehtat, sie anzusehen. Er atmete langsam und tief ein. Die Sache mit der Geduld würde nicht so einfach werden.

»Tut mir leid, daß ich dich habe warten lassen. Können wir gehen?« Die zuckersüße Stimme klang freundlich.

Rafe fand es beeindruckend, wie ruhig seine eigene klingen konnte: »Du siehst heute besonders entzückend aus, meine Liebe. Ich werde den Neid jeden Mannes in Paris auf mich ziehen.«

Sie schüttelte in gespieltem Kummer den Kopf. »Ich bin enttäuscht, Euer Hoheit. Ein Mann von Ihrer Klasse sollte sich wirklich eine ausgefallenere Schmeichelei einfallen lassen.«

»Ich spreche nur die Wahrheit, Gräfin«, erwiderte Rafe, als er sie durch die Tür führte. »Schmeichelei würde bei einer klugen Frau wie Ihnen abprallen.«

Sie lächelte ihn schlemisch an. »Vergeben Sie mir, daß ich Sie unterschätzt habe. Sie schmeicheln in der Tat auf höherem Niveau. Eine Frau, die oft wegen ihres Aussehens bewundert wird, hört lieber Komplimente über ihre Intelligenz.«

Grinsend half er ihr in die Kutsche. Er würde wirklich jedes bißchen an Witz und Charme aufbieten müssen, um sie zu verführen; seit Jahren hatte er sich nicht mehr so lebendig gefühlt. Es war verflucht langweilig, stets mehr Geld und Frauen zu besitzen, als man nutzen konnte, und je mehr sie ihn arbeiten ließ, desto süßer schien die Belohnung.

Als die Kutsche den Boulevard des Capucines hinunterratterte, wurde Maggie wieder ernst. »Das Komplott entwickelt sich immer übler. Ich habe zuverlässige Informationen bekommen, die einen Anschlag auf Castlereaghs Leben innerhalb der nächsten zwei Wochen vermuten lassen.«

»Teufel auch!« Rafes vergnügte Laune schwand, als er den mageren Fakten lauschte, die Maggie erfahren hatte. Einen kurzen Augenblick fragte er sich, wer der Informant gewesen sein mochte – vielleicht ein anderer Gast aus der Spielhölle, der am Nachmittag auf ihren Kissen gelegen hatte? –, schob den Gedanken aber schnell von sich. Es gab Wichtigeres zu bedenken. »Vielleicht kann ich später am Abend diesen Club besuchen.«

»Es wird nicht viel bringen. Du kannst ja schlecht die Bedienung dort nach dem Namen der zwei Herren fragen, die gestern ihre Mordpläne diskutiert haben.«

»Stimmt, aber die beiden könnten regelmäßige Gäste sein. Wenn ich eine kritische Bemerkung über Castlereagh oder Wellington mache, könnte einer der beiden Lust auf ein Gespräch bekommen.«

Nachdem sie eine lange Weile geschwiegen hatten, setzte er hinzu: »Mein Mangel an Finesse ist nicht absolut, weißt du.«

»Nein, vermutlich nicht«, erwiderte sie, nicht richtig überzeugt. »Ich nehme an, du weißt genug, um eine Waffe mitzunehmen? Es gibt ein paar französische Offiziere, die versuchen, Fremde zu beleidigen, um ein Duell zu provozieren. Als Engländer bist du ein lohnendes Opfer. Nicht so attraktiv wie ein Preuße, aber für einen kriegsverliebten Franzosen durchaus noch sehr anziehend.«

»Deine Sorge um mein langes Leben rührt mich.«

»Bilde dir nicht zuviel darauf ein«, sagte sie scharf. »Ich mag bloß nicht mitten in der Partie meinen Schachpartner verlieren.«

Er konnte nicht ausmachen, ob es Sarkasmus oder Humor war, der sich durch ihre Stimme zog.

»Wenn du tatsächlich in ein Duell verwickelt wirst, dann sind Pistolen die bessere Wahl«, setzte sie hinzu. »Die meisten Franzosen sind hervorragende Fechter, und kaum ein Fremder hat sie je in dem Bereich besiegt.«

Rafe wollte schon fragen, woher denn ihr Vertrauen in seine Treffsicherheit kam, doch dann fiel ihm ein, daß sie vor langer Zeit im Schießstand eines Freundes zusammen geübt hatten. Wahrscheinlich erinnerte sie sich an sein

Können. Maggie war genauso gut gewesen – die einzige Frau, die er kannte, die einem Mann im Schießen ebenbürtig war. Sie hatte es von ihrem Vater gelernt, der sie eher wie einen Sohn behandelt hatte. Dies gehörte zu den vielen Dingen, die sie so anders machten als die Frauen, die er vor und nach ihr kennengelernt hatte.

Die Kutsche hielt vor dem Theater. Maggie zog jede Menge Aufmerksamkeit von den Schaulustigen auf sich, als Rafe ihr aus dem Wagen half. Sie ließ sich darauf ein, warf lockende Blicke in die Runde und lächelte die Menschen um sie herum an. Niemand hätte vermutet, daß sie eher eine kaltblütige Spionin als eine heißblütige Liebhaberin war.

Er begleitete sie die Treppe zu ihrer Privatloge hinauf. Das Stück war exzellent, und Rafe vergaß für eine ganze Weile über dem Humor von Molières *Tartuffe* seine ernsten Gedanken.

Doch irgendwann konnte er die intensive Nähe Maggies nicht mehr ignorieren. Nachdem der zweite Akt begonnen hatte, legte er wie zufällig seinen Arm auf die Rückenlehne ihres Stuhls. Ohne sie zu berühren zwar, jedoch dicht genug, daß er die Wärme ihres Körpers spüren konnte.

Er war entzückt, als sie sich nach vorne beugte, als sei sie ganz in das Stück versunken, doch die Röte auf ihren Wangen hatte mit Molière nichts zu tun; sie war sich seiner genauso heftig bewußt wie umgekehrt, und er nahm an, sie vertraute sich selbst nicht genug, um sich in seinem Arm zu entspannen. Fein. Er ließ seine Fingerspitzen über ihre nackte Schulter gleiten.

Sie erschauerte, und ihre Hand packte den Fächer fester. Wie weit konnte er wohl gehen, bevor sie ihn bremste? Nicht sehr viel weiter vermutlich. Er zog den Arm wieder auf die Stuhllehne zurück. Stück für Stück entspannte sie sich und lehnte sich gegen das Polster, wobei ihre Haut seinen Arm kaum berührte.

Es war ein angenehmes Spiel. Er überlegte gerade, ob er ihren Nacken massieren sollte, als ein Grollen aus den unteren Sitzreihen kam. Augenblicklich wachsam, zog Rafe seinen Arm zurück und beugte sich über das Geländer der Loge. Das Grollen wurde zu einem lauten Getöse, und er sah unter sich Männer, die sich gegenseitig schubsten und stießen.

Die Schauspieler brüllten hartnäckig ihren Text über den wachsenden Lärm, aber Rufe wie *Vive le Roi*! konkurrierten jetzt mit *Vive l'Empereur*! Der nächste Schauspieler, der etwas zu sagen hatte, wurde mit Obst und Gemüse bombardiert, und die Mimen stoben von der Bühne in die Kulissen.

Ein paar Zuschauer erhoben sich, weiße Banner in den Händen, die sie als königstreu auswiesen. Als die Bonapartisten begannen, violette Flaggen zu schwenken, begriff Rafe, daß es ernst werden würde. Eines der beängstigendsten Erlebnisse in seinem Leben war es gewesen, als er versehentlich in einen Londoner Straßenkampf geraten war, und der Mob unter ihm schien ähnliches vorzuhaben.

Die Royalisten waren in der Überzahl, und eine der violetten Flaggen wurde fortgerissen. Ein kräftiger Typ mit einem Banner, das den imperialen Adler zeigte, wurde zu Boden gezerrt und verschwand unter brutalen Fußtritten und Schlägen. Eine Frau kreischte, dann riß ihre Stimme abrupt ab. Die Rufe *Vive le Roi! Vive le Roi!* wurden zu einem bedrohlichen Singsang, der Wände und Decke vibrieren ließ.

Rafe sah zu Maggie, die schweigend hinabblickte. Sie verhielt sich absolut reglos, nur ihre zusammengepreßten Lippen verrieten eine innere Teilnahme. Während er ihr ruhiges Profil musterte, schoß ihm plötzlich die schreckliche Vision von Maggie, die von brutalen Kerlen zu Boden gezerrt worden war, durch den Kopf. Das Bild war so lebhaft, daß die Realität des Theaters einen Augenblick verschwamm. Sie wehrte sich verzweifelt, aber die Angreifer waren zu zahlreich, und sie verschwand unter bösartigen Händen.

Diese schockierende Vorstellung erzeugte in ihm den heftigen Wunsch, Maggie aus dem Theater zu zerren, bevor die Gewalt unten ausuferte. Er packte ihren Arm und zog sie halb von ihrem Platz hoch. »Komm«, zischte er, »wir verschwinden.«

Er schleifte sie halb zur Tür der Loge. Der Tumult ertränkte den Klang seiner Stimme, und zuerst sträubte sie sich. Rafe wollte sie gerade von den Füßen reißen und sie hinaustragen, als sie nachgab und gehorchte.

Andere Gäste strömten nun aus den Logen, doch Rafe war schneller. Er schlang seinen Arm um ihre Taille und führte sie hastig die nächste Treppe hinab.

Auf der Hälfte der Stufen trafen sie auf zwei Kerle, die von unten heraufeilten. Die Männer blieben stehen und blickten mit funkelnden Augen auf Maggie.

Rafe hatte keine Lust, abzuwarten, ob die Männer angreifen würden, sondern rammte einem von ihnen seine Faust in den Magen. Sein Opfer stieß einen quiekenden Laut aus und taumelte gegen seinen Kumpan.

Während die beiden noch darum kämpften, ihr Gleichgewicht zu behalten, griff Rafe nach Maggies Hand und zog sie an den beiden vorbei. Nicht länger protestierend, raffte sie ihre Röcke mit der freien Hand und lief leichtfüßig neben ihm her.

Die Treppe mündete in einem verlassenen Korridor. Der Lärm der Prügelei kam von rechts, also wandten sie sich nach links und liefen weiter, bis sie einen Nebeneingang erreichten.

Draußen sahen sie, daß Aristokraten und Bürger gleichermaßen aus dem Theater stürzten. Ein Mann rannte, nach Wachen schreiend, den Boulevard entlang. Zum Glück wartete Rafes Kutsche in der Nähe. Er schob sie hinein, und ein paar Sekunden später hatten sie das Theater hinter sich gelassen.

Maggies Röcke raschelten, als sie sich in der Ecke der Kutsche niederließ. Rafes Herz hämmerte immer noch wild. Die Bedrohung ihrer Sicherheit hatte einen primitiven Beschützerinstinkt in ihm geweckt, und sein Körper reagierte noch immer darauf. Impulsiv rückte er auf seinem Sitz näher und schlang die Arme um sie, um sich zu versichern, daß es ihr gut ging.

Sie schien zu erschaudern, dann wandte sie ihm sein Gesicht zu, und ihre Lippen suchten seine. Ihre Zungen berührten sich, und plötzlich küßten sie sich wild. Sie ließ ihre Hände unter seinen Rock gleiten und begann, seinen Rücken zu kneten, tief bohrten sich ihre Nägel in seine Muskeln.

Dumpf war ihm bewußt, daß die Begegnung mit der Gefahr etwas in ihr entfesselt hatte, etwas Finsteres und Ursprüngliches, das auch ihn heftig erregte. Sie sanken in die weichen Samtpolster der Bank. Ihr exotischer Duft betäubte ihn, und er vergrub sein Gesicht in der warmen Kurve an ihrem Hals, küßte ihren jagenden Puls. Das Geräusch ihres heftigen, keuchenden Atems erfüllte die Kutsche.

Er wußte noch sehr gut, wie empfindlich Maggies Ohren waren, und so zog er mit den Lippen eine Spur ihren Hals hinauf, bis er mit den Zähnen an ihrem Ohrläppchen knabbern konnte. Sie keuchte auf und versteifte sich, während ihr Kopf zurückfiel und die Knie sich ein Stück öffneten, so daß er sein Bein dazwischenschieben konnte. Sie drängten sich aneinander, da ihre Körper fast unbewußt eine Nähe suchten, die in der engen Kutsche praktisch unmöglich war.

Wieder trafen sich ihre Lippen, und ihr hitziger Atem vermischte sich. Ihre weichen, vollen Brüste preßten sich an ihn, seine beiden Hände zogen die Konturen ihrer Figur nach, um auf ihren runden Hüften liegenzubleiben.

Die Kutsche krachte in ein Schlagloch, und Rafe wäre fast zu Boden geschleudert worden. Als er sich wieder aufsetzte, stemmte er für zusätzlichen Halt einen Fuß an die gegenüberliegende Bank. Maggie paßt sich seiner veränderten Position an.

Ihre Schenkel waren fest und wohlgeformt, und als er seine Hand abwärts gleiten ließ, entdeckte er, daß ihr Rock sich über das Knie hinaufgeschoben hatte. Er hörte das Rascheln von Seide, als seine Finger über ihre bestrumpfte Wade strichen. Wenn er vernünftig gewesen wäre, hätte er sich etwas zurückgenommen, aber Vernunft war nicht mehr möglich. Seine Hand wanderte liebkosend aufwärts, glitt über den Rand ihres Strumpfbandes und spürte die nackte, warme Haut ihres inneren Oberschenkels.

Sie sog scharf den Atem ein, dann zog sie den Kopf von seinem fort. »Genug!«

Rafe blickte in ihre Augen und hielt in der Bewegung inne. Er konnte in ihrem Gesicht zwar immer noch Begierde lesen, die Wildheit war jedoch daraus verschwunden.

Mit ihm war Ähnliches geschehen. Obwohl die Leidenschaft noch glühend durch seine Adern strömte, war der Wahnsinn erloschen. Er war zutiefst erschüttert, als er erkannte, wie gründlich er seine Selbstbeherrschung verloren hatte.

Instinktiv zog er sich zurück. Sein Körper schmerzte förmlich, sehnte sich danach, zu vollenden, was sie begonnen hatten, aber er machte keinen Versuch, sie zum Fortfahren zu bewegen. Sehr behutsam rückte er von ihr ab und setzte sich auf die gegenüberliegende Bank. Seine Muskeln bebten in unterdrückter Anspannung.

Maggie setzte sich aufrecht hin und zog ihren Rock über ihre nackten Knie. »Was sollte denn das werden?« Ihre unsichere Stimmlage strafte die Banalität ihrer Worte Lügen.

»Eine Begegnung mit der Gefahr provoziert oft das leidenschaftliche Bedürfnis, das Leben zu feiern«, bemerkte Rafe und versuchte, dabei einen gelösten, desinteressierten Ton zu finden, als wären sie nicht gerade noch kurz davor gewesen, sich gegenseitig die Kleider vom Leib zu reißen. Er war froh, daß die Dunkelheit in der Kutsche seine peinlich deutliche Erektion verbarg.

»Die Gefahr war nicht so groß.« Zufrieden mit dem geordneten Rock, begann sie nun, ihre Frisur zu richten. »Solche Szenen sind schließlich nichts Ungewöhnliches. Die Royalisten versuchen nun, da sie die Oberhand haben, das restliche Frankreich einzuschüchtern. Man nennt es den Weißen Terror. Wenn wir in der Loge geblieben und weiße Taschentücher geschwenkt hätten, dann wäre uns nichts passiert.«

»Ich bewundere deine Courage, aber in einem Aufruhr ist niemand sicher«, erwiderte er trocken. Das entsetzliche Bild von Maggie, die niedergerissen wurde, schoß ihm erneut durch den Kopf, und er schauderte zusammen. Wenn sie allein gewesen wäre, hätte ein weißes Taschentuch eine schlechte Verteidigung gegen Männer wie die auf der Treppe geboten. »Da du mehr Mut als Vernunft zu besitzen scheinst, fühle ich mich dafür verantwortlich, für deine Unversehrtheit zu sorgen. Zumindest, bis wir unseren Mörder gefunden haben.«

Sie zog eine Haarnadel heraus und befestigte ihre gelösten Locken. »Schade, daß wir das Ende des Stückes verpaßt haben. Zum Glück habe ich *Tartuffe* schon gesehen, und unsere frühe Abfahrt bedeutet, daß wir zu einer angenehmen Zeit zu Lady Castlereaghs Salon kommen.«

Er hätte am liebsten über die absurde Art, in der sie beide ihren Ausbruch der Leidenschaft ignorierten, laut gelacht. »Was denn – kein jungfräuliches Gejammer?«

»Das wäre zutiefst unangebracht, da ich keine Jungfrau mehr bin«, antwortete sie scharf. Sie atmete ein paarmal tief ein, bevor sie fortfuhr. »Ich habe gehört, daß der Comte de Varenne oft zu Lady Castlereaghs Abenden erscheint. Obwohl es nicht wahrscheinlich ist, daß ein Ultraroyalist zu den Ränkeschmieden gehört, möchte ich ihn dennoch treffen.« Nach einem Augenblick setzte sie hinzu: »Ich wurde gewarnt, er sei ein höchst gefährlicher Mann.«

»Ich behalte das im Hinterkopf. Meinst du, er wird mich zum Duell herausfordern?«

»Nein, ich halte ihn eher für den Typ, der anderen ein Messer in den Rücken jagt.«

»Hört sich ja entzückend an. Erinnere mich daran, mit dem Rücken an der Wand zu bleiben, wenn wir auf ihn treffen.« Das Unbehagen, das Rafe eben noch über seine verlorene Beherrschung empfunden hatte, schwand. Inzwischen war er recht zufrieden mit dem Fortschritt, den er bei Maggie gemacht hatte. Sie näherte sich immer mehr der Kapitulation; er zweifelte nicht daran, daß sie ihn sehr bald nicht mehr zurückweisen würde. Und bald *danach* würde er alles tun, damit sie ihre anderen Liebhaber loswurde.

Gut gelaunt streckte er seine langen Beine aus, soweit es bei dem wenigen Platz möglich war. »Dann los. Ich hoffe, daß Lady Castlereagh ein gutes Essen vorbereitet hat. Nichts stimuliert den Appetit so wie eine kleine Prügelei.«

Kapitel 8

WÄHREND DIE KUTSCHE den Boulevard entlang zur britischen Botschaft rumpelte, waren Maggies Hände so fest ineinander verschränkt, daß die Finger in den Handschuhen weiß sein mußten. Hatte ihre Stimme ihre drohende Panik bei dem Tumult im Theater verraten?

Die Episode hatte ihren übelsten Alptraum in jeder Einzelheit zurückgebracht, und sie war vor Angst so gelähmt gewesen, daß sie sich kaum bewegen konnte, als Rafe sie aus dem Theater gezerrt hatte. Wahrscheinlich hatte nur eine geringe echte Gefahr bestanden – sie trug aus Gewohnheit für alle Fälle sowohl ein weißes als auch ein violettes Taschentuch in ihrem Täschchen –, aber Panik war immun gegen die Vernunft.

Wenn sie allein gewesen wäre, hätte sie im Theater ausgeharrt, statt ihrer Angst nachzugeben, aber es war erleichternd gewesen, mit Rafe zu verschwinden. In der Mehrheit der Fälle hätte Maggie sich mit Zähnen und Klauen gegen einen Mann gewehrt, der ihr etwas antun wollte, doch nicht an diesem Abend, nicht im Angesicht des Wahnsinns, der losgelassenen Brutalität.

Es war unglaublich tröstend gewesen, seinen starken Arm um sich zu spüren und ein reines Vergnügen, zuzusehen, wie er die zwei Schurken so geschickt ausgeschaltet hatte. Das schien zu seiner Alltagsroutine zu gehören. Er hatte nicht einmal ein Fältchen im Anzug und schenkte dem Aufruhr nicht mehr Beachtung als einem Eselskarren, der ihm die Straße versperrte.

Sie konnte seine Unerschütterlichkeit nur bewundern. Meistens war sie ihm in dieser Hinsicht ebenbürtig, der Mob hatte jedoch die entsetzlichen Ereignisse wieder heraufbeschworen, die ihren Vater und Willis getötet und ihr Leben unwiederbringlich verändert hatten.

Sie versuchte, nicht an ihre leidenschaftliche Umarmung zu denken, obwohl ihr ganzer Körper in frustrierter Lust pulsierte. Die Anziehungskraft, die Rafe immer schon auf sie ausgeübt hatte, war in ihrem Bedürfnis, durch Nähe und Lust die Angst zu vergessen, förmlich explodiert. Auch wenn er heftig auf sie reagiert hatte: Sein Blick, als sie sich voneinander losgemacht hatten, war der eines Fremden gewesen. Lieber Gott, was mußte er von ihr denken?!

Der Gedanke zauberte ein trauriges Lächeln auf ihre Lippen. Seine Meinung von ihr war bereits so gering, daß es vermutlich keinen Unterschied mehr machte, ob sie sich wie ein Flittchen benahm. Es war gut, daß sie sich in einer engen Kutsche befanden, ansonsten hätte es weiß Gott wo enden können.

In einer Katastrophe, da hätte es geendet!

Als sie die britische Botschaft in der Rue du Faubourg-St.-Honoré erreichten, hatten ihre Hände fast zu zittern aufgehört. Rafe half ihr aus der Kutsche, und sie sagte lächelnd und mit dem reizendsten ungarischen Akzent: »Lady Castlereaghs Abende sind berühmt. Man kann so gut wie jeden dort treffen.«

Lady Castlereagh begrüßte die beiden Neuankömmlinge persönlich. Emily Stewart war weder besonders hübsch noch besonders klug, aber sie war freundlich, und sie und ihr brillanter Mann liebten sich innig. »Guten Abend, Candover. Wie schön, Sie zu sehen.« Sie streckte ihm die Hand entgegen. »Ich vertraue darauf, daß Magda Ihnen Ihren Aufenthalt in Paris sehr angenehm macht.«

Er beugte sich über die Hand der Lady. »Das tut sie wahrhaftig. Die Gräfin hat sogar heute dafür gesorgt, daß ich im Theater einen Aufruhr miterleben durfte, so daß ich inzwischen gut darüber informiert bin, was in Paris vor sich geht.«

»Das ist unfair, Euer Hoheit«, erwiderte Maggie indigniert. »Sie haben das Theater ausgewählt. Ich dachte, Sie hätten den Mob als Alternative zu der Farce bestellt.«

»Leider muß man heutzutage nicht lange nach Ärger suchen«, bemerkte Lady Castlereagh mit bitterem Humor. »Nächtliche Prügeleien in den Tuilerien, fast täglich Duelle zwischen Franzosen und alliierten Offizieren. In jedem der vier Theater, in denen ich eine Loge besitze, hat es bisher schon Störungen gegeben. Und das sind die seriösesten Häuser in Paris.« Sie warf einen Blick zur Tür und sah ein neues Grüppchen ankommen.

»Ich muß mich jetzt leider entschuldigen, aber ich hoffe, später noch ausführlich mit Ihnen reden zu können. Gibt es jemand Besonderen, den Sie treffen wollten? Es ist ein ziemliches Gedränge heute.«

»Ist der Comte de Varenne hier, Emily?« fragte Maggie.

Eine kleine Falte erschien zwischen Lady Castlereaghs Augenbrauen, aber sie sagte nur: »Sie haben Glück, er ist vor ein paar Minuten eingetroffen. Da hinten in der Ecke. Der mit dem russischen Offizier spricht.« Sie nickte ihnen zu und ging dann, um ihren Gastgeberpflichten nachzugehen.

Der großartige Empfangssaal war mit Menschen vollgestopft, und man konnte gut ein Dutzend verschiedener Sprachen ausmachen, wenn auch Französisch vorherrschte. Lord Castlereagh und der britische Botschafter, Sir Charles Stuart, standen in einer Gruppe, zu der auch Fürst von Hardenberg, der preußische Außenminister, und Franz I., der Kaiser von Österreich, gehörten.

Die Verhandlungen waren an einem kritischen Punkt angelangt, und die Schlüsselfiguren rangen Tag und Nacht darum, eine Einigung zu erreichen. Mit Wellingtons Unterstützung nahm Lord Castlereaghs Plan einer Besatzungsarmee langsam eine für die Alliierten akzeptable Form an.

Maggies Blick blieb einen Moment an Castlereagh hängen. Er war ein großer, gutaussehender Mann, der sich in der Öffentlichkeit reserviert verhielt, privat jedoch großzügig und bescheiden war. Der Außenminister war sowohl für seine Intelligenz als auch für seine unerschütterliche Integrität bekannt, und sein Tod würde einen schrecklichen Verlust bedeuten.

Ihre Kiefer preßten sich zusammen; er würde kein Opfer politischen Terrors werden, wenn sie es verhindern konnte. Sie sah zu ihrem Begleiter und stellte fest, daß auch der Duke den britischen Minister anblickte, und sein Gesicht spiegelte ähnliche Gedanken wie die ihren wider. Als er ihren Blick spürte, sah er sie an, und einen Augenblick lang wußten sie, daß sie sich absolut einig waren.

Eine ganze Reihe Engländer war anwesend, und Rafe kannte sie alle, so daß es leicht war, sich unauffällig auf ihre Zielperson zuzubewegen, während sie mit den anderen Gästen Grüße austauschten. Maggie musterte den Comte, während sie sich ihm näherten. Er war Ende Vierzig, kräftig gebaut, mittelgroß und besaß Eleganz und die Ausstrahlung von Autorität.

Im Geist rekapitulierte sie, was sie von ihm wußte. Als Letzter einer alten Familie war er seit der Revolution in die Versuche der Royalisten, die Herrschaft wiederzuerlangen, verwickelt gewesen. Die Umstände hatten ihn zu einem gefährlichen und verschlagenen Mann gemacht, und er besaß fraglos die Kenntnisse, eine Verschwörung zu organisieren.

In den letzten zehn Jahren war er für den Zaren Gouverneur einer russischen Provinz gewesen. Napoleons Niederlage hatte den Comte zurückgebracht, und nun war er dabei, sein Anwesen außerhalb von Paris zu restaurieren und die ehemalige Pracht wiederherzustellen. Da er einer der einflußreichsten Ultraroyalisten war, war es recht wahrscheinlich, daß er bald einen hohen Gouverneursposten erhalten würde.

Als sie näher an den Comte herankamen, entdeckte sie zu ihrer Freude, daß der Russe, mit dem er sich unterhielt, Fürst Orkov war, den sie bereits von anderen Gelegenheiten her kannte. Sie schob ihren Arm fest unter Rafes Ellbogen und zog ihn entschlossen auf ihr Ziel zu, während sie gurrte: »Fürst Orkov! Wie schön, Sie wiederzusehen. Das letzte Mal, als wir uns trafen, war es bei Baronesse Krudener, nicht wahr?«

Fürst Orkovs Augen erhellten sich in unkompliziertem männlichen Vergnügen. »Es ist schon viel zu lange her, Gräfin«, sagte er, als er sich über ihre ausgestreckte Hand beugte.

Man stellte einander vor, doch Maggies strahlendes Lächeln gefror, als ihr Blick den des Comte de Varenne traf. Die meisten Männer starrten sie mit deutlicher Begierde an, was manchmal ärgerlich, oft aber auch angenehm war. Varennes Blick statt dessen war reines Eis, der kalte, leidenschaftslose Blick eines Käufers, der eine mögliche Erwerbung abschätzt.

Einen Augenblick verlor sie den Boden unter den Füßen. Sie konnte mit jeder Form der Leidenschaft umgehen, ob es sich um Liebe, Haß oder Wut handelte, aber der Comte wirkte wie ein Mann, der mit solchen menschlichen Schwächen nichts zu tun hatte.

Da sie nicht wußte, wie sie eine Unterhaltung beginnen sollte, stürzte sie sich mit einem Lächeln ins kalte Wasser. »Ich habe von Ihnen gehört, Monsieur le Comte. Es muß Ihnen ein großes Vergnügen sein, nach so vielen Jahren Exil endlich wieder in Ihrem Vaterland zu sein.«

Er wartete einen Augenblick und starrte sie mit seinen schwarzen Augen an, bevor er beinahe flüsternd antwortete. »Befriedigung eher. Vergnügen ist ein zu starkes Wort.«

Sie nickte mitfühlend. »Frankreich muß Ihnen auf traurige Art und Weise verändert vorkommen. Aber nun haben Sie und Ihre royalistischen Gefährten doch die Möglichkeit, wieder aufzubauen, was vernichtet wurde.«

Sein Mund verzog sich. »Darin werden wir niemals ganz erfolgreich sein. Zuviel hat sich in den letzten sechsundzwanzig Jahren geändert. Der fehlgeleitete Idealismus der Radikalen hat Frankreich ruiniert. Neureiche Bürger geben vor, Aristokraten zu sein, der echte Adel ist dezimiert oder verarmt. Selbst der König ist nur noch ein Abglanz seine würdevollen Vorfahren. Wer kann Louis den achtzehnten betrachten und in ihm den Sonnenkönig sehen?«

Seine sanfte Stimme klang eigentümlicherweise herrisch, und Maggie fragte sich, ob sie sich den drohenden Unterton nur einbildete. »Für einen Mann der führenden Partei machen Sie einen pessimistischen Eindruck. Halten Sie die Lage wirklich für so desolat?«

»Schwierig, Gräfin, nicht desolat. Wir haben eine lange Zeit gewartet, um unser Vaterland zurückzufordern. Nun werden wir es nicht wieder verlieren.« Sein Blick glitt kühl über ihre Gestalt. »Wenn Sie mich bitte entschuldigen wollen. Ich werde woanders erwartet.« Mit einem höflichen Nicken zu den anderen ließ er die Gruppe stehen.

Rafe und Fürst Orkov hatten über Pferde gesprochen, ein Thema von universellem und endlosem Interesse für die männliche Hälfte der Menschheit. Als sie sich den beiden wieder zuwandte, sagte Rafe: »Der Fürst hat uns zu einem Ball in zwei Tagen eingeladen. Können wir annehmen?«

In der Annahme, daß genügend interessante Leute auf der Gästeliste stehen würden, antwortete Maggie herzlich: »Mit Vergnügen, Euer Hoheit. Ihre Bälle sind legendär.«

Der Fürst nahm ihre Hand und streichelte sie in einer Art und Weise, die Maggie warnte, sich nicht allein von ihm erwischen zu lassen. »Ihre Gegenwart wird dem Glanz zugute kommen, Gräfin.«

Mit einigen Schwierigkeiten entzog Maggie ihm ihre Hand, und sie und Rafe verabschiedeten sich. Sie plauderten mit einigen anderen Gästen, so daß ihr besonderes Interesse an Varenne nicht auffiel, doch nach einer weiteren halben Stunde waren sie bereits wieder auf dem Weg zum Boulevard des Capucines.

Sobald sie allein waren, stellte Rafe die unvermeidliche Frage. »Wie lautet dein Urteil über den Comte?«

»Ich bin heilfroh, daß die Auswahl der möglichen Opfer ihn als unseren Verschwörer ausschließt, denn er scheint mir genauso gefährlich, wie sein Ruf es besagt.« Sie mußte ein Schaudern unterdrücken, als sie an seine schwarzen Augen dachte. »Wer wird denn zu Orkovs Ball kommen?«

»General Roussaye, unser Verdächtiger aus der Bonapartistenecke.« Er lächelte träge. »Zieh dieses grüne Kleid an, es sei denn, es ruiniert deinen Ruf, wenn du es so bald schon wieder trägst.«

»Ich denke, mein öffentliches Ansehen kann es aushalten«, antwortete sie. »Ich bin doch nur die arme Witwe. Da machen die Leute schon einmal Zugeständnisse.«

Rafe begleitete sie in ihr Haus, dieses Mal, ohne die Kutsche wegzuschicken. Einen Augenblick lag Unsicherheit in der Luft, als überlegte er, ob er sie küssen sollte oder nicht.

Da sie nicht wagte, es herauszufinden, wandte Maggie sich hastig ab und ging zum Schachbrett, wo sie kurz darauf ihre Partie fortsetzten. Ob irgend jemand in Paris glauben würde, daß sie die stillen Stunden mit Rafe mit Schachspiel verbrachte? Sie selbst hatte ja schon Mühe, es zu glauben.

Das Spiel verlief in langen Pausen und konzentrierter Überlegung, und schließlich endete es remis. Maggie fand es passend: Es war ein Symbol für ihre Beziehung zueinander.

Als die Partie vorbei war, stand Rafe auf. »Ich fahre zum Palais Royal, um zu sehen, ob ich diese mysteriösen Verschwörer finden kann. Das Gespräch ist im Café Mazarin belauscht worden?«

Maggie nickte und folgte ihm zur Vordertür. Groß, stark und selbstsicher ragte er vor ihr auf. Ganz sicher wäre er beleidigt gewesen, wenn sie mangelndes Vertrauen in seine Fähigkeiten gezeigt hätte. Dennoch hatte sie den absurden Wunsch, ihn zur Vorsicht zu mahnen.

Rafe schien ihre Gedanken lesen zu können. »Hab' keine Angst, ich mache keinen Unsinn.« Er hob ihre rechte Hand und küßte sie; nicht auf die leichte, formelle Art, sondern warm und gefühlvoll.

Dann war er fort. Maggie ballte unwillkürlich die Hand zur Faust, als wollte sie das sinnliche Kribbeln auf ihrer Haut verscheuchen. Mit beißendem Spott sagte sie sich, daß er vermutlich in seinen Bettpfosten Kerben schnitzen mußte, um nicht die Übersicht über die Frauen zu verlieren. Wenn überhaupt noch ein Bettpfosten frei war.

Angespannt eilte sie die Treppe zu ihrem Zimmer hinauf. Wenn es um Rafe ging, war ihr Sinn für Humor wirklich keine Quelle des Vergnügens.

Das Palais Royal hatte eine lange, abwechslungsreiche Vergangenheit. Ein Teil war von Kardinal Richelieu erbaut worden, und allerlei königliche Verwandte hatten dort gewohnt. Kurz vor der Revolution hatte der Duc de Chartres um die Gärten große Bauten hinzufügen lassen, wobei die unteren Etagen als Läden, die oberen als Wohnungen vermietet wurden.

In diesen Tagen war das Palais Royal das absolute Zentrum der Zersetzung Frankreichs, in dem jede Form des Lasters zu kaufen war. Von außen war der Bau der einzige gutbeleuchtete Ort in Paris, und Müßiggänger jeder Nation waren unter den Arkaden und bei den Säulen zu sehen.

Die anwesenden Frauen waren eindeutig von zweifelhaftem Ruf, und eine von ihnen kam nun auf Rafe zu, als er aus der Kutsche stieg. Er überlegte mit mildem Interesse, was ihr tiefausgeschnittenes Kleid davon abhielt, von ihrem Körper zu fallen. Ein Glück für sie, daß der Abend warm war, sonst hätte sie sich wahrscheinlich eine Lungenentzündung geholt.

Sie war lange genug im Geschäft, um die Nationalität und den Reichtum eines Mannes auf den ersten Blick abschätzen zu können. »Sucht der englische Milord Spaß und Vergnügen?« fragte sie heiser und mit einem Akzent, der ihre provinzielle Herkunft verriet. Eine dicke Schicht Make-up konnte die Falten im Gesicht nicht verbergen.

Rafe ließ sich seinen Widerwillen nicht anmerken. Sie war eine ordinäre, unattraktive Person, und jeder, der sich auf ihren Charme einließ, würde wahrscheinlich die Pokken riskieren, doch sie war weder besser noch schlechter als die gut fünfzig Frauen, die durch die Arkaden schlenderten. Was die Sache an sich betraf, unterschied sie sich gar nicht besonders von den großen Damen der Gesellschaft, nur daß ihr Preis niedriger und ehrlicher war. Höflich sagte er also: »Ich glaube, ich möchte heute abend lieber mein Glück erproben. Wie ich gehört habe, kann man im Café Mazarin gut spielen.«

»Das Café ist da entlang.« Sie warf den Kopf kokett zurück und fügte hinzu: »Dann brauchst du vielleicht später Gesellschaft, mit der du feiern oder dich trösten kannst?«

»Vielleicht.« Während er sich durch eine Menge alliierter Offiziere drängte, entdeckte Rafe ein Schild, das auf das Café hinwies. Unten im Haus befand sich ein Juweliergeschäft, das noch geöffnet hatte, falls ein glücklicher Spieler Lust bekommen würde, seinen Gewinn in irgendwelchen Tand umzutauschen und eine Dame damit zu umwerben.

Neben dem Laden führte eine düstere Treppe hinauf zum Café. Eine geschmacklos gekleidete Frau residierte an der Theke und musterte mit erfahrenem, scharfen Blick jeden Neuankömmling. Da ihr zu gefallen schien, was sie in Rafe sah, kam sie um den Tisch herum, um ihn persönlich zu begrüßen. »Guten Abend, Milord. Sind Sie zum Essen, zum Spielen oder vielleicht wegen der oberen Etage hier?«

Oben bedeutete Frauen von etwas höherem Niveau als die auf der Straße. Mit etwas Glück würden sie pockenfrei sein und ihren Kunden nicht die Brieftaschen stehlen. »Ich habe gehört, daß man hier gut spielen kann, Madame. Vielleicht werde ich später auch etwas essen.«

Die Frau nickte und führte ihn durch den Speisesaal in den Spielsalon. Dieser sah aus wie jeder andere Spielsalon, in dem Rafe gewesen war. In einer Ecke stand ein *Rouge-et-Noir*-Tisch, in einer anderen ein Roulette. Andere Tische waren für Kartenspiele wie Faro und Whist vorgesehen.

Das Publikum bestand aus einem bunten Durcheinander von Gästen jeglicher Art: von jungen, unschuldigen Bürschchen bis zu den gerissenen Schwerenötern, die sie ausnehmen wollten, war alles vorhanden, und die verqualmte Atmosphäre vibrierte in der verzweifelten Erregung der ernsthaften Spieler. Das gedämpfte Gemurmel wurde durchdrungen von dem Klappern der Würfel und dem weichen Klatschen von Karten auf grünem Filz. Alles in allem eine typische Lasterhöhle und nicht einmal von der Art, die Rafe attraktiv fand.

Nun, er war schließlich nicht zum Vergnügen hier, also verbrachte er die nächsten zwei Stunden damit, an verschiedenen Tischen zu spielen. Whist war das einzige Spiel, das er mochte, da es hier eher um Geschick als um Glück ging, daher mied er den Whisttisch, um nicht zu sehr abgelenkt zu werden. Über Würfel, Karten und Roulette tauschte er gelegentliche Kommentare mit den anderen Spielern aus, wobei er mehr lauschte, als selbst sprach.

Die Unterhaltung war größtenteils politisch, was nicht verwundern konnte. Dennoch hörte er bloß das Gerede, das überall in Paris zu belauschen war. Dieses besondere Etablissement wurde von einer Mischung aus Franzosen und Ausländern besucht, aber wenn es Extremisten unter ihnen gab, dann hielten sie schön ihren Mund.

Eine Stunde nach Mitternacht war Rafe soweit, den Abend zu beschließen und ein wenig frische Luft zu schnappen, als seine Aufmerksamkeit von einem dünnen, dunkelhaarigen Mann am Rouge-et-Noir-Tisch eingefangen wurde. Der Mann hatte zuvor gewonnen, aber das Blatt hatte sich gewendet, und nun hatte die Bank sich alles zurückgeholt. Eine lange Narbe über seiner Wange leuchtete bläulich im Kerzenschein, als der Mann in seine Innentasche griff, um den letzten Einsatz herauszuziehen. Trotzig knallte er einen Stapel Geld auf den roten Diamanten.

In der plötzlichen Stille, die sich manchmal über einen vollen Raum legt, schien jedermann hinüberzustarren. Rafe befand sich zu weit weg, um die Karten erkennen zu können, aber als der Mann ein paar Minuten später einen Jubelschrei ausstieß, war nur allzu deutlich, daß er gewonnen hatte.

Normalerweise hätte Rafe sich nicht weiter dafür interessiert, aber der Mann neben Rafe sagte plötzlich: »Sieht aus, als wäre Lemercier wieder flüssig. Der Mann hat das Glück des Teufels.«

Der Name klang vertraut, und nach einem Augenblick fiel es Rafe auch wieder ein: Auf der Liste der Nebenverdächtigen, die Maggie ihm gegeben hatte, stand ein Lemercier, ein Bonapartisten-Offizier, wenn er sich recht erinnerte. Rafe musterte den narbengesichtigen Mann, als dieser sich vom Spieltisch erhob. Der Kerl hatte jedenfalls eine militärische Haltung, blieb herauszufinden, ob es sich um Capitaine Henri Lemercier handelte.

Der Mann kam durch den Raum, und Rafe sprach ihn wie beiläufig an. »Darf ich Ihnen ein Glas spendieren, um zu feiern, daß Sie die Bank gesprengt haben?«

Der Kerl grinste. »Sie dürfen. Sie haben selbst ein paar Kröten an die Bank verloren, hm?«

Die Bedienung stellte ihnen eine Flasche schlechten Portweins im Café-Teil des Etablissements hin. Rafe stellte fest, daß der Mann in der Tat Henri Lemercier und der Port nicht sein erster Drink an diesem Abend war.

Mit sinkendem Portspiegel in der Flasche erfuhr Rafe, daß der Capitaine alle Deutschen, Russen und Engländer haßte – Anwesende natürlich ausgeschlossen –, und daß er ein Teufelskerl war. Bald prahlte er von den zahllosen Malen, in denen er durch seine stählernen Nerven gewonnen hatte, wenn sich schon andere Männer längst aus dem Spiel zurückgezogen hatten.

Es war keine besonders spannende Unterhaltung, obwohl Rafe aufmerksam zur Kenntnis nahm, daß Lemercier im Café Mazarin häufig zu Gast war. (»Wenigstens ist man an den Tischen gewöhnlich ehrlich, mein englischer Freund.«)

Lemercier hatte das nervöse Gehabe und den herumjagenden Blick eines Frettchens. Wahrscheinlich war er der geborene Spieler, der für Geld praktisch alles tun würde. Wenn der Capitaine politische Überzeugungen besaß, konnte man sie leicht den persönlichen Interessen zuordnen. Es war absolut möglich, daß dies der Franzose war, den Maggies Kontaktperson am Abend zuvor belauscht hatte. Wenn ja, wer mochte dann der Ausländer sein, mit dem Lemercier gesprochen hatte?

Nach einer halben Stunde geduldigen Zuhörens entschied Rafe, daß er vermutlich nichts mehr erfahren würde. Er verabschiedete sich mit den unvermeidlichen Beteuerungen gegenseitiger Wertschätzung und dem Ausdruck der Hoffnung, sich in Zukunft öfter im Mazarin zu treffen. Rafe notierte sich in Gedanken, das Café früher aufzusuchen, falls er noch einmal mit Lemercier sprechen wollte. Der Mann war betrunken nicht besonders interessant.

Dann bezahlte Rafe den Port bei der schmuckbehängten Dame hinter dem Tresen. Bevor er die Treppe hinunterging, warf er noch einen letzten Blick durch den Raum. Seine Augen verengten sich zu Schlitzen, als er den blonden Mann entdeckte, der sich den nun leeren Stuhl gegenüber von Lemercier nahm. Rafe hatte keine

Mühe, den Kerl zu identifizieren, der jetzt ernsthaft mit dem Franzosen zu reden begann.

Es war Robert Anderson, der allgegenwärtige kleine Angestellte aus der britischen Delegation. Maggies Liebhaber.

Der Engländer war nervös, auch wenn er die Fahrt mit verbundenen Augen zuvor schon unternommen hatte. Der Befehl von Le Serpent war ohne eine Erklärung dafür gekommen, warum seine Anwesenheit verlangt wurde. Einmal mehr wurden Kreise durch Paris gezogen, und seine schweigsame Begleitung verweigerte jegliche Konversation, bis sie ihr Ziel erreicht hatten. Diesmal jedoch befahl ihm die zischende Stimme, die Binde abzunehmen.

Der Engländer empfand beißende Furcht, daß der Befehl bedeuten mochte, er würde hier nie wieder herauskommen, doch ein heiseres, leises Lachen beruhigte ihn. »Keine Angst, *mon Anglais*, Sie werden mich nicht erkennen. Aber Sie brauchen Ihre Augen, um mir etwas zu zeigen.«

Er zog die Binde ab und fand sich in einem finsteren Raum wieder, der nur durch das schwache Licht einer einzigen Kerze erhellt wurde. Ein Tisch und zwei Stühle befanden sich darin. Le Serpent saß hinter dem Tisch, sein Gesicht war maskiert und der ganze Körper in einen schweren, schwarzen Umhang gehüllt, so daß es unmöglich war, zu sagen, ob er groß oder klein, dick oder dünn von Gestalt war.

Ohne sich mit Präliminarien aufzuhalten, sagte die schwarze Gestalt: »Zeichnen Sie mir eine detaillierte Skizze der Ställe der britischen Botschaft. Seit Fürstin Borghese das Gebäude an Wellington verkauft hat, wurden Veränderungen vorgenommen, und ich muß sie kennen. Ich bin insbesondere daran interessiert, wo Castlereaghs

Pferde untergebracht sind. Beschreiben Sie mir genau, wie die Tiere aussehen und was sie für ein Temperament haben.«

Die Augen des Engländers weiteten sich. »Sie schmieden Pläne gegen Castlereagh? Wenn ihm etwas passiert, bricht die Hölle los. Wellington ist sein bester Freund, und er würde die ganze britische Armee losschicken, um den Mörder zu finden, wenn es nötig ist.«

Und eine genaue Untersuchung der Umstände, wenn es zu einem ›Vorfall‹ kam, konnte sich durchaus zuungunsten des Engländers auswirken. Nur die Tatsache, daß niemand auch nur einen Hauch des Verdachts gegen ihn hegte, hatte es ihm bisher möglich gemacht, Informationen weiterzugeben.

Le Serpent schien erneut seine Gedanken lesen zu können, denn er lächelte bösartig. »Sie brauchen sich um Ihren elenden Hals keine Sorgen zu machen. Was immer Castlereagh passiert, wird wie ein Unfall aussehen. Und bald wird auch der erlauchte Duke nicht mehr in der Lage sein, Nachforschungen anzustellen.«

Während der Engländer die Pläne der Ställe und des Hofs zeichnete, begannen seine Gedanken zu rasen. Die Sache hörte sich an, als wollte sein furchtbarer Gastgeber beide führenden Köpfe erledigen, was interessante Konsequenzen haben würde. Auf Wellingtons Leben waren bereits einige plumpe Anschläge verübt worden, aber ein Attentat durch Le Serpent hatte nichts Plumpes an sich. Die Frage war nur: Wie konnte er sich diese Information zunutze machen?

Le Serpent stellte eine Reihe von Fragen über die Gewohnheiten und die Arbeit der Stallburschen und der anderen Arbeiter, und verlangte, die Dinge, die sein Gast nicht sofort beantworten konnte, in Erfahrung zu bringen. Danach fragte er ihn detailliert über Wellingtons und Castlereaghs Alltag aus.

Dem Engländer wurde es bald zuviel. Leicht verärgert konterte er: »Sie werden doch sicher wissen, daß der Duke gewöhnliche Gesellschaft vorzieht – er wohnt nicht einmal in der Botschaft. Woher soll ich all diese Einzelheiten wissen?«

»Mir ist durchaus bewußt, daß Wellington im Ouvrard's Hotel wohnt«, antwortete Le Serpent. »Nichtsdestoweniger ist er oft genug in der Botschaft, und wenn Sie nur den Verstand einer Ratte besitzen, dann sollten Sie in der Lage sein, herauszufinden, was ich wissen will. Ich erwarte einen Bericht mit den Antworten, die Sie heute abend nicht liefern konnten, innerhalb der nächsten vierundzwanzig Stunden.«

»Und wenn ich mich entschließe, nicht länger Ihr Handlanger zu sein?« Die Zeit zum Trotz war schlecht gewählt, er wußte es, aber der Engländer war zu müde und zu verärgert, um vernünftig zu sein.

Mit unverhohlener Drohung in der Stimme zischte Le Serpent: »Dann sind Sie ruiniert, *mon Anglais*. Entweder ich lasse Sie ermorden oder Castlereagh von Ihrem Doppelleben wissen, so daß Ihre eigenen Leute Sie vernichten. Öffentlich – so daß jeder Ihrer Verwandten und Freunde, falls Sie welche haben, von Ihrer Demütigung erfährt. Hoffen Sie nicht darauf, Ihr Leben dadurch erkaufen zu können, daß Sie Informationen über mich weitergeben, denn Sie wissen gar nichts über mich.«

Er schlug die Hand auf den Tisch und stemmte sich hoch. »Ihr Leben liegt in meiner Hand, Sie jämmerlicher Wurm. Sie *gehören* mir, und Sie können sich glücklich schätzen, daß ich ein Ehrenmann bin. Wenn Sie mir gut dienen, werden Sie reich, es sei denn, Sie lassen sich durch eigene Dummheit erwischen. Wenn Sie versuchen, mich zu verraten, sind Sie ein toter Mann. Das sind die Alternativen, die Sie haben.«

Der Engländer schlug die Augen nieder in dem Versuch, seine Furcht zu verbergen. Und das war es, was ihm einen Vorteil einbrachte: Die Hand, die sein Gegner auf den Tisch gelegt hatte, war mit einem schweren Goldring geschmückt, der ein aufwendiges Wappen trug. Er war nicht so dumm, lange hinzustarren, aber der kurze Blick genügte, um zu erkennen, daß sich eine dreiköpfige Schlange darauf befand.

Es würde Zeit kosten, den Besitzer zu identifizieren, aber wenigstens hatte der Engländer nun eine Spur. In gespielter Resignation ließ er die Schultern nach vorne sakken. »Ich werden Ihnen weiter dienen«, murmelte er.

Innerlich jubelte er voller Erregung. Er würde herausfinden, wer Le Serpent war, und bei Gott, dann würde dieser Bastard für seine Beleidigungen bezahlen. Wenn er seine Karten richtig ausspielte, dann würde er aus dieser Sache als Held hervorgehen – als *reicher* Held.

Kapitel 9

Am nächsten Morgen erhielt Maggie eine Nachricht von Hélène Sorel, die sie informierte, daß ein unzufriedener französischer Offizier eine Gruppe Cafégäste gefragt hatte, ob sich jemand ein bißchen Geld verdienen wollte, indem er den Duke of Wellington erschoß. Da der Idiot sein Angebot vor einem Dutzend Zeugen gemacht hatte, war er innerhalb weniger Minuten verhaftet worden.

Maggie lächelte bitter, als sie den Brief beiseite legte. Die Stadt war voll zornigem Gegrummel, aber meistens war es so harmlos wie diese Sache hier. Spinner wie der französische Offizier waren nicht das Problem.

Jeder Anflug von Humor schwand jedoch, als sie über ihren eigenen mangelnden Fortschritt nachdachte. Robin war spät am Abend zuvor vorbeigekommen, und sie hatten sich noch lange unterhalten, ohne zu irgendeinem neuen Schluß zu gelangen. Es war absolut deprimierend. Zu viele Möglichkeiten, zu wenig Zeit . . .

Sie verbrachte den Tag damit, all ihre Informationen erneut durchzusehen, um vielleicht endlich eine Art Muster zu erkennen, doch vergeblich. Sie konnte nur so weitermachen wie bisher und darauf hoffen, daß General Roussaye den Schlüssel besaß.

Als sie sich zu Fürst Orkovs Ball anzog, schaffte es nicht einmal ihr geliebtes grünes Kleid, ihre Stimmung zu heben. Sie schwieg, während Inge ihr Haar zu einem Wasserfall aus goldenen Locken frisierte. Tief in ihrem Inneren fragte sie sich, wieviel Rafe wohl zu ihrer Anspannung beitrug.

Obwohl sie seinen guten Absichten ihre Mission betreffend voll vertraute, war dies das einzige Vertrauen, das sie in ihn hatte. Als Spion war er ein unerprobter Amateur. Als Mensch kam er ihr wie eine nicht festgezurrte Kanone auf einem Schiffsdeck vor: unkontrollierbar, gefährlich. Maggie konnte bis zur Perfektion vorgeben, verliebt zu sein, ohne sich zu verbrennen, aber sie wußte, wie gefährlich dieses Spiel war. Für sie war das Fehlen tiefen Gefühls etwas, das sie bei dieser Charade überspielen mußte; Rafe Whitbourne hatte es längst verinnerlicht.

Als Inge verkündete, daß der Duke angekommen war, setzte Maggie eine freundliche Miene auf und ging hinunter. Rafes bewundernde Miene bei ihrem Anblick lenkte sie schnell von ihren Sorgen ab.

»Du siehst wundervoll aus. Es ist lieb, daß du das Kleid angezogen hast. Es paßt wunderbar.«

»Paßt wunderbar wozu?«

Er streckte ihr eine samtbezogene Schachtel entgegen. »Dazu.«

Maggie öffnete das Kästchen. Beim Anblick der strahlenden Schönheit des Smaragd-Halsbandes und der Ohrringe sog sie scharf die Luft ein. Zarte Goldfassungen wanden sich um makellose Steine und schufen Schmuckstücke, die nach Licht und Luft aussahen und gleichzeitig unverkennbar teuer und edel waren. »Um Himmels willen, Rafe, wofür sind die?«

»Für dich natürlich.«

»Das kann ich unmöglich annehmen. Die Leute würden ja glauben . . .«

»Daß du meine Geliebte bist? Genau darum geht es, meine Liebe.«

Seine Stimme klang samtig und liebkosend, und einen gefährlichen Augenblick überlegte sie, wie es wohl wäre, diese Affäre nicht nur zu spielen, sondern auszuleben. Doch dann verhärtete sich ihre Miene.

Auch wenn Rafe der attraktivste Mann war, den sie je kennengelernt hatte, sollte sie verflucht sein, wenn sie sich von diesem unzuverlässigen Edelmann erobern ließ, egal wie sehr sie es beide genießen würden. Eroberung blieb Eroberung, und sie würde niemals Trophäe für irgendeinen Mann sein.

Sie klappte das Kästchen zu und reichte es ihm zurück. »Edelsteine, die einer Königin würdig wären, sind für unsere Charade nicht nötig, mein Lieber.«

Unerschüttert erwiderte Rafe: »Aber doch. Die halbe Londoner Gesellschaft ist mittlerweile in Paris, und meine Angewohnheiten sind nicht gerade ein Geheimnis. Ich habe meinen Freundinnen immer schon ein paar hübsche Klunker geschenkt. Die Leute würden es merkwürdig finden, wenn ich es bei dir nicht tun würde.«

»Klunker!« sagte sie, nach Luft schnappend. »Du könntest damit eine halbe Grafschaft kaufen!«

»Du übertreibst, meine Liebe. Höchstens ein Viertel, und es müßte eine sehr kleine sein.«

Seinem Lächeln konnte Maggie nicht widerstehen. »Also gut, wenn du darauf bestehst, dann nehme ich es als *Leihgabe*, bis unser Spielchen beendet ist. Dann kannst du es für deine nächste, echte Geliebte wegpacken.«

Rafe nahm ihr das Kästchen ab und führte sie zu einem Spiegel, der zwischen zwei Fenstern hing. Hinter ihr stehend, löste er geschickt ihr schlichtes Jadehalsband.

»Aber Smaragde eignen sich nicht für jede Frau. Sie stehen am besten einer, deren Augen grün werden, wenn sie die Steine trägt.« Er nahm das Collier aus dem Kästchen. »Ich kann mir niemanden vorstellen, zu dem dieser Schmuck besser paßt als zu dir.«

Rafe legte ihr das Collier um den Hals. Ihr Ballkleid war tief ausgeschnitten, und sie fühlte sich plötzlich nackt, als seine warmen Finger und die kühlen Steine über ihre Haut strichen. Wieder brodelte das Verlangen in ihr auf. Als sie achtzehn gewesen war, hatte sie sich ausgerechnet mit diesem Mann den Geheimnissen der Sexualität genähert, und die Zeit hatte ihre Sehnsucht nach ihm nur verstärkt.

Ihre Blicke trafen sich im Spiegel. Seine Hand blieb auf der weichen Haut ihrer Schulter liegen, und als er sprach, war kein Hauch Spott oder Belustigung in seiner Stimme.

»Margot, warum können wir nicht all diese Komplikationen aus unserer Vergangenheit vergessen und einfach wir selbst sein? Du bist die unwiderstehlichste Frau, die ich je kennengelernt habe. Dir so nah zu sein, ohne daß ich dich anrühren darf, ist ein recht sicheres Mittel, mich in den Wahnsinn zu treiben.« Er begann, zart ihren Nacken zu massieren. »Ich will dich, und ich glaube, du willst mich auch. Warum können wir nicht wirklich ein Liebespaar werden?«

Nun war er nicht mehr der zynische, glatte Duke, der ihre Nerven strapazierte, sondern nur noch der offene, junge Mann, in den sie sich damals verliebt hatte. Ihr Herz sehnte sich nach dem, was sie einst besessen und dann verloren hatten. Mühsam beherrscht sagte sie leise: »Es wäre ein Fehler.«

Er beugte sich vor und küßte ihre Ohrmuschel unter dem goldenen Haar, dann wanderte er mit den Lippen ihren Hals hinab. Seine Hände glitten über ihre nackten Arme und schlangen sich dann um ihre Taille, um sie fest an sich zu ziehen. Sie keuchte und versuchte, die heftige Reaktion ihres Körpers auf ihn zu unterdrücken.

»Wir sind doch zwei erwachsene Menschen, die wissen, was sie wollen«, flüsterte er mit samtiger Stimme. »Niemand kann dem anderen weh tun, und ich weiß, wir hätten viel Spaß miteinander.« Seine Hände streichelten ihre Brüste, und sie spürte, wie sich die Spitzen aufrichteten.

Unwillkürlich bewegte sie ihre Hüften an seinen Lenden. Als sie seine harte Erektion spürte, zwang sie sich, innezuhalten. »Nein, verdammt!« sagte sie. »Nichts ist so einfach.«

Seine rechte Hand glitt in ihr Mieder und begann, die Brustspitze zu liebkosen. Gleichzeitig streichelte seine Rechte abwärts bis zu ihren Schenkeln. »Heißt das wirklich nein?« fragte er leise, als seine geschickten Hände ihre empfindsamsten Stellen fand. »Du sagst das eine, aber dein Körper sagt etwas anderes.«

Es lag zuviel Wahrheit darin, und das Feuer in ihrem Körper war dem Strom der Verwirrung in ihrem Kopf ebenbürtig. Natürlich wollte sie ihn. Sie war schwach vor Verlangen, und sie wagte nicht einmal, sich selbst einzugestehen, wie nah sie daran war, Vergangenheit und Zukunft dem Teufel zu empfehlen und sich in dieser verführerischen Gegenwart hinzugeben.

Aber sie hatte in der härtesten Schule Selbstbeherrschung gelernt, und sogar jetzt wußte sie genau, daß sie beide sich irrten, wenn sie glaubten, sie würden aneinander nicht wehtun. Sie würde mehr als verletzt werden – sie wäre vernichtet, wenn sie sich erneut in Rafe verliebte. Schon das erste Mal war es fast ihr Ende gewesen, ihn zu verlieren, und ein paar Tage als seine Geliebte konnten die Qual, die daraus entstehen würde, nicht aufwiegen.

Während sie noch die Kraft sammelte, die sie brauchte,

um sich von ihm loszumachen, murmelte er: »Ich verspreche dir, daß du deinen Vorteil davon hast, Margot. Die Smaragde sind nur der Anfang.«

Er wollte sie als Hure.

Diese Erkenntnis weckte in ihr den Zorn, der ihr den Widerstand viel, viel leichter machte. Sie stieß sich von ihm ab und hob in instinktiver Verteidigung einen Arm. »Nein heißt *nein*. Wenn ich ja gemeint hätte, dann hätte ich *ja* gesagt!«

Während sie herumwirbelte, rammte sie versehentlich ihren Ellbogen mit solcher Wucht in seinen Solarplexus, daß ihm der Atem wegblieb.

Entsetzt wich Maggie zurück, bis sie an den kleinen Tisch unter dem Spiegel stieß. Leise sagte sie: »Es tut mir leid. Ich wollte dich nicht schlagen.«

Er richtete sich, immer noch nach Atem ringend, auf. Seine grauen Augen waren nun gar nicht mehr kühl; es lag Wut darin und noch etwas anderes. Maggie hatte niemals Angst vor ihm gehabt, aber nun wurden ihr überdeutlich seine Größe, seine breiten Schultern und die athletische Kraft seines Körpers bewußt. Sie hatte seinen Stolz verletzt, und dieser Schlag war weit schlimmer, als der zufällige mit dem Ellbogen.

Der Moment, den es ihn kostete, wieder Luft zu bekommen, gab ihm die Zeit, sein Temperament zu zügeln. »Du hast Glück, daß man mir beigebracht hat, Frauen nicht zu schlagen«, sagte er eisig. »Wenn du ein Mann wärst, würde ich dir eine Lektion erteilen, die du niemals vergißt.«

»Wenn ich ein Mann wäre, hätte sich diese Situation wohl kaum ergeben«, gab sie zitternd zurück.

Rafes Zorn verebbte ein wenig. »Nein, vermutlich nicht. Ich bin ziemlich konventionell in meinen Vorlieben.«

Sie lächelte ihn unsicher an. »Kannst du mir verzeihen,

wenn ich verspreche, dich erst dann wieder zu schlagen, wenn ich es wirklich vorhabe?«

Er mußte das Lächeln erwidern. »Schon vergeben.«

Sie senkte die Augen und beschäftigte sich damit, ihre Abendhandschuhe überzustreifen. Rafe musterte sie dabei. Es war zu vermuten, daß ihre heftige Reaktion nur durch ebenso heftige Gefühle hervorgerufen worden war, und das war vielversprechend. Dennoch empfand er ein leichtes Schuldbewußtsein, daß er ihr auch Unbehagen verursacht hatte.

Kühle Strategie und Analyse schwanden, als sie ihre wunderschönen graugrünen Augen wieder zu ihm hob. In diesen rauchigen Tiefen lagen unendlicher Mut und Verletzlichkeit, und mit einer intensiven Gefühlsaufwallung, die ihn aus dem Gleichgewicht brachte, erkannte er, daß er nicht diese verführerische, wissende Gräfin begehrte: Er wollte die alte Margot Ashton zurück.

In diesem Moment hätte er seinen Titel und sein halbes Vermögen dafür hergegeben, die Zeit zurückdrehen zu können. Es war zwar unmöglich, aber das Mädchen, das er damals geliebt hatte, war in dieser kühlen Spionin immer noch zu finden. »Warum willst du eigentlich nicht mehr Margot genannt werden?« fragte er.

Sie starrte ihn eine lange Zeit mit undurchdringlichem Blick an. Als sie sprach, hörte es sich an, als würde sie sich die Worte aus ihrem Inneren reißen. »Margot zu sein hat zuviel Qual verursacht.«

Es bedeutete alles und nichts, aber er wußte, daß er das Thema im Augenblick besser nicht weiterverfolgen sollte. Nach einer Pause sagte er also: »Wir sollten jetzt fahren. Schließlich haben wir noch einen General aufzuspüren.«

»Stimmt.« Maggie drehte sich zum Spiegel um und tauschte ihre Jadeohrringe gegen die Smaragde aus. »An dem Tag, an dem wir unsere Aufgabe erledigt haben, bekommst du deine ›Klunker‹ zurück.« Als sie sich ihre Kaschmirstola um die Schultern geschlungen hatte, drehte sie sich zu ihm um und war wieder ganz die Gräfin Janos. »Können wir?«

Rafe bot ihr den Arm, froh, daß er dem Bedürfnis nicht nachgegeben hatte, sie noch einmal in die Arme zu ziehen. Er wollte sie mehr als je zuvor, doch sie hatte sich als viel hartnäckiger erwiesen, als er es erwartet hatte. Er hatte geglaubt, sie würde sich über kurz oder lang ihrer Lust ergeben, aber er hatte sich geirrt. Sie war nicht wie andere Frauen.

Aber Rafe Whitbourne war an Niederlagen nicht gewöhnt, und er würde auch jetzt keine hinnehmen. Es mußte einen Weg geben, sie zu gewinnen, und bei Gott, er würde ihn finden.

Fürst Orkovs Ballsaal war in der barbarischen Pracht des Mittleren Ostens dekoriert worden. Die Lakaien trugen die Kleider türkischer Haremswächter, und eine Bauchtänzerin zeigte in einem Nebenraum ihr Können. Selbst die verwöhnte Pariser Gesellschaft mit ihrem exklusiven Geschmack mußte zugeben, daß dies etwas Außergewöhnliches war.

Trotz des deprimierenden Wissens, in ihrer Aufgabe nicht weitergekommen zu sein, genoß Maggie das Geschehen. Ihr Gastgeber hielt ihre Hand und blickte ihr seelenvoll in die Augen, aber zum Glück war er zu beschäftigt, um sie nur ihr widmen zu können.

Den ersten Teil des Abends blieb Rafe nah bei Maggie und spielte brav den devoten Liebhaber, als hätte es die Szene kurz zuvor nicht gegeben. Es gab genug Frauen, die ihm später am Abend über seine Frustration hinweghelfen konnten.

Flüchtig spielte Maggie mit dem Gedanken, ihm seinen

Willen zu lassen, so daß er nicht mehr durch den Reiz des Unerreichbaren angestachelt wurde. Nach ein oder zwei Nächten würde er sicher genug haben und sein Glück woanders suchen.

Doch sobald der Gedanke an die Oberfläche drang, verwarf sie ihn empört. Welche Ausrede sie sich auch immer ausdenken würde, um ihn doch in ihr Bett zu lassen – die emotionalen Folgen wären entsetzlich. Er brachte sie ohnehin schon genug durcheinander. Wann immer sie Rafe ansah, spürte sie seine Lippen sinnlich ihren Hals hinabwandern, und ihre Knie wurden schwach. Es fiel ihr schwer, sich auf das zu konzentrieren, was sie an diesem Abend zu tun hatten.

Obwohl General Roussaye anwesend sein sollte, konnte sie ihn in dem Gedränge nicht ausmachen. Maggie begann zu befürchten, daß sie und Rafe heute kein Glück haben würden. Nach etwa einer Stunde kamen sie überein, sich zu trennen und das Beste zu hoffen.

Mitternacht kam und ging, das Essen wurde serviert, es wurde getanzt, aber immer noch hatte sie ihr Zielobjekt nicht gefunden. Ärgerlich betrat Maggie den Raum, in dem die Bauchtänzerin eine Handvoll Gäste mit ihrer Kunst unterhielt.

Die Frau wogte und wand sich in ihren Schleiern und mit klirrenden Arm- und Fußreifen, während die Musiker auf einem kleinen Podest dahinter eine für westliche Ohren befremdliche Musik spielten. Als ihre Augen sich an das dämmrige Licht gewöhnt hatten, entdeckte Maggie, daß sie ihren Mann gefunden hatte. Sie war dem General zwar niemals vorgestellt worden, aber man hatte ihn ihr einmal gezeigt. Nun erkannte sie ihn augenblicklich.

Michel Roussaye war etwas kleiner als der Durchschnitt und drahtig gebaut, doch auf den ersten Blick erinnerte er sie an Oberst von Fehrenbach. Der blonde Preuße war ein

Aristokrat, der für das Geschäft des Krieges erzogen worden war, doch dieser schwarzhaarige Franzose entstammte dem Bürgertum und hatte sich hochgearbeitet. Nichtsdestoweniger war selbst in diesem schummrigen Licht zu erkennen, daß sie unter all den äußerlichen Unterschieden Brüder waren, die den gleichen Kriegsgeist und die Wachsamkeit von Strategen teilten.

Ob Roussaye genauso zornig war wie von Fehrenbach? Von allen Hauptverdächtigen besaß er auf jeden Fall das beste Motiv, um Störungen zu verursachen.

Maggie suchte sich einen Platz neben Roussaye und überlegte, wie sie am besten mit ihm ins Gespräch kommen sollte, da niemand anwesend war, der sie hätte vorstellen können. Der General konzentrierte sich auf den Tanz, und sie folgte seinem Blick.

Maggie hatte noch nie einen Bauchtanz erlebt, denn in den wenigen Etablissements, wo man Derartiges sehen konnte, waren Frauen unerwünscht. Der Anblick ließ sie ungläubig blinzeln. War es einer Frau wirklich möglich, ihre Brüste in unterschiedlichen Richtungen kreisen zu lassen? Aber so unwahrscheinlich, wie es ihr vorkam – sie hatte die Bestätigung vor Augen. Die schwingenden Quasten steigerten den Effekt. Für europäischen Geschmack war die Frau ziemlich schwer gebaut, aber sie ließ viel sehen, und alles sah schön und fest aus.

Maggie mußte irgendeinen Laut der Überraschung ausgestoßen haben, denn nun sagte eine weiche Stimme: »Sie ist sehr talentiert, finden Sie nicht auch?«

Sie wandte sich um und sah, daß Roussaye sie amüsiert musterte. »Das ist sie, Monsieur. Ich hatte keine Ahnung, daß man mit dem menschlichen Körper so etwas machen kann.«

Er deutete auf die Bühne. »Auch wenn Orkov sie als

eine Art Kuriosität engagiert hat, ist sie tatsächlich eine sehr begabte Künstlerin.«

»Männer denken also zunächst einmal an Kunst, wenn sie der Frau auf den Bauch schauen?«

»Nun, wahrscheinlich ist das nicht der erste Gedanke der meisten Männer«, gab er mit der Andeutung eines Lächelns zu, »aber ich bin einige Zeit in Ägypten gewesen und kann ein paar Aspekte dieser Kunst beurteilen.«

Sie rief sich in Erinnerung, daß Roussaye seine erste militärische Erfahrung in Napoleons Ägyptenfeldzug gesammelt hatte, als er fast noch ein Junge war. Ein eindrucksvoller Mann. Möglichst ungezwungen antwortete Maggie: »Sie hat wirklich einige attraktive Aspekte.«

Die Musik verklang, und die schweißglänzende Tänzerin verbeugte sich, um eine Pause einzulegen. Die Zuschauer verließen ebenfalls das Zimmer, so daß Maggie mit Roussaye schließlich allein war. »Wie ist es in Ägypten gewesen?«

Dieses Mal war sein Lächeln wärmer. »Bemerkenswert. Man kann die Großartigkeit der Tempel nicht fassen, selbst wenn man genau davor steht. Wir schauen uns eine fünfhundert Jahre alte Kathedrale an und halten sie für antik. *Ihre* Tempel dagegen sind um ein Vielfaches älter. Und die Pyramiden . . .«

Roussaye verlor sich einen Moment in seine Erinnerungen. »Bonaparte hat in der größten eine ganze Nacht verbracht. Als man ihn morgens fragte, was er gesehen habe, antwortete er nur, daß ihm ohnehin niemand glauben würde.« Mit einem Hauch Traurigkeit fügte er hinzu: »In der uralten Geschichte Ägyptens ist die französische Besatzung bloß ein Lidflattern. Und in Frankreichs Geschichte mag Napoleon auch nicht wichtiger werden.«

»Vielleicht sind die Menschen in tausend Jahren dieser Meinung«, erwiderte Maggie trocken. »In unserer jetzigen

Zeit aber erscheint er mir aber als einer der Größten und Übelsten unserer Generation.«

Roussaye versteifte sich, und Maggie befürchtete, daß sie zu weit gegangen war. Zwar wollte sie eine Reaktion aus ihm herauskitzeln, ihn bestimmt aber nicht so verärgern, daß er sich zurückzog.

»Sie sind keine Französin, Madame«, sagte er kalt. »Man kann nicht erwarten, daß Sie ihn so sehen, wie wir es tun.«

»Aber wie *sehen* die Franzosen denn Bonaparte? Ich bin eine von vielen, die einen hohen Preis für seinen Ehrgeiz bezahlt haben. Könnten Sie mich überzeugen, daß es irgendeinen Sinn gehabt hat?«

Die dunklen Augen des Generals hielten ihre fest. »Sie hatten recht, als Sie sagten, er sei einer der größten Männer unserer Generation. In seinen jüngeren Jahren hatte man in seiner Nähe stets das Gefühl, als . . . als würde ein starker Wind wehen. Der Kaiser hatte mehr Kraft und Elan als jeder Mann, den ich je kennengelernt habe, mehr Energie und eine größere Weitsicht. Einen wie ihn sehen wir wohl nicht so schnell wieder.«

»Gott sei Dank«, antwortete sie, unfähig, ihre Bitterkeit zu unterdrücken.

Roussaye beugte sich vor und fixierte sie intensiv mit seinem Blick. »Nach der Revolution hat jede europäische Nation gegen uns, Frankreich, die Hand erhoben. Wir hätten vernichtet sein sollen, aber wir waren es nicht. Bonaparte gab uns unsere Stärke und den Stolz zurück. Von überall brachten wir Siege mit nach Hause.«

»Und später hat Ihr Kaiser ganze Armeen verloren. Hunderttausende von Soldaten, zahllose Zivilisten starben für den Ruhm Frankreichs. Er hat einmal gesagt, daß eine Millionen Leben ihm nichts bedeuteten«, gab Maggie zurück. »Als Bonaparte von Elba zurückkehrte, gehörten

Sie da zu denen, die Ihren Eid Louis gegenüber vergaßen und zum Kaiser überliefen?«

Nach einer langen Pause antwortete der General ruhig. »Ja.«

Sie atmete tief ein und zwang sich zur Beherrschung. »Denken Sie, daß es richtig war?«

Seine Antwort traf sie überraschend. »Nein. Ich kann nicht sagen, daß es richtig war, aber das hat keine Bedeutung. Napoleon war mein Kaiser, und ich wäre ihm auch in die Hölle gefolgt.«

»Dann ist Ihnen Ihr Wunsch ja erfüllt worden. Es heißt, Waterloo wäre der Hölle schon recht nah gekommen.«

»Der Kaiser war nicht mehr derselbe wie früher, und fünfzigtausend Soldaten mußten dafür bezahlen. Vielleicht hätte ich einer von ihnen sein sollen, aber Gott hatte andere Pläne für mich.« Roussayes Miene entspannte sich ein wenig. »Obwohl es eine Gnade ist, die ich nicht verdiene, habe ich festgestellt, daß es auch ein Leben nach dem Krieg gibt.«

Eine rätselhafte Bemerkung für einen geborenen Krieger! Maggie blieben weitere Kommentare erspart, da zwei andere Personen das Zimmer betraten. Als sie aufschaute, entdeckte sie Rafe in Begleitung einer ausgesprochen hübschen kleinen Frau, die sich in anderen Umständen zu befinden schien. Roussaye erhob sich, und ein Lächeln veränderte sein Gesicht.

»Magda, meine Liebe«, sagte Rafe, »erlaube mir, dir Madame Roussaye vorzustellen. Sie hat mir die Gemälde unseres Gastgebers gezeigt. Wir sind beinahe miteinander verwandt, denn Sie stammt aus Florenz, und ihre Familie ist mit der meiner italienischen Großmutter verbunden.«

Die schwarzhaarige Frau grüßte Maggie freundlich. Wenn man von den Blicken, die die Roussayes einander zuwarfen, ausging, war leicht zu schließen, daß dies die Gnade war, von der der General gesprochen hatte; die innere Verbindung zwischen den beiden war fast greifbar. War Roussaye genug Bonapartist, um sein persönliches Glück aufs Spiel zu setzen?

Dummerweise war das zu befürchten.

Man begann, unverfänglich zu plaudern. Alle vier teilten das Interesse an der Kunst, und bevor sich die Paare trennten, verabredete man sich, in drei Tagen gemeinsam einen Besuch im Louvre zu machen.

Zurück im Ballsaal, in dem gerade ein Walzer gespielt wurde, zog Rafe Maggie in die Arme und auf die Tanzfläche, ohne sie um Erlaubnis zu fragen. Als sie über das Parkett wirbelten, erkannte Maggie reumütig, daß sie mit ihrer Zurückhaltung recht hatte. Obwohl er sie im perfekten Abstand von sich hielt, war der Walzer an sich zu erotisch, um noch schicklich zu sein. Sie war sich seiner Berührung nur allzu bewußt.

Nicht ganz so begeistert war sie, als sie begriff, daß er sie vor allem zum Reden auf den Tanzboden geführt hatte. »Was denkst du über Roussaye?«

Sie zögerte drei ganze Umdrehungen, bevor sie antwortete. »Er ist Frankreich und dem Kaiser treu ergeben, und ich denke, er ist durchaus in der Lage, ein Komplott zu schmieden, um Napoleon auf den Thron zurückzuverhelfen. Er hat das beste Motiv von unseren drei Verdächtigen, dazu kommen Intelligenz und die Überzeugung, sein Ziel zu erreichen.«

»Aber du hast Zweifel«, schloß Rafe.

Maggie seufzte. »Nur, weil ich den Mann mag. Er hat seinen Rang allein durch Verdienst und Leistung erhalten. Abgesehen von militärischem Geschick, besitzt er Empfindsamkeit und Geschmack. Ich wünschte, Varenne wäre unser Erzschuft, doch bei Roussaye ist es wahrscheinlicher.«

»Wenn ja, dann könnte meine neugefundene Cousine in kurzer Zeit Witwe werden«, erwiderte Rafe mit ernster Miene. »Da Roussaye bereits seinen Eid Louis gegenüber gebrochen hat, wird der kleinste Hinweis darauf, daß er in Ränke verwickelt ist, ihn schnellstens in eine Zelle neben Michel Ney befördern, wo er auf die Hinrichtung warten kann.«

»Männer sind manchmal so dumm!« sagte Maggie verärgert. »Er hat eine wunderschöne Frau, die ihn innig liebt, er hat genug legitimes Vermögen angehäuft, um ein schönes Leben zu führen, und dennoch will er alles wegwerfen.«

»Ich mag ihn auch. Bist du sicher, daß er unser Mann ist?«

Sie schüttelte mit abwesendem Blick den Kopf. »Ich kann nicht sicher sein, aber ich spüre, daß bei dem General nicht alles einwandfrei ist. Vielleicht ist er nicht in unsere besondere Verschwörung verwickelt, aber irgend etwas stimmt da, fürchte ich, dennoch nicht.«

In solchen Momenten haßte sie es, Spionin zu sein. Wenn sie sich irrte, war sie mit daran schuld, daß ein Unschuldiger ruiniert wurde. Alle wichtigen Bonapartisten bewegten sich auf gefährlich dünnem Eis, und ein winziger Verdacht konnte sie vernichten, vielleicht sogar vors Erschießungskommando bringen.

Grimmig rief sie sich in Erinnerung, daß es um Wichtigeres ging als um ein einzelnes Leben; das erfolgreiche Attentat auf einen Führer der Alliierten konnte Europa in einen neuen Krieg stürzen. »Wir sollten unsere Informationen so bald wie möglich weitergeben. Vielleicht weiß Lord Strathmore irgend etwas, das bei der Auswertung hilfreich ist.«

»Ich schicke noch heute nacht einen Kurier zu Lucien. Aber ich denke, wir sollten jetzt auch mit Lord Castlereagh reden.«

Daran gewohnt, immer nur indirekt vorzugehen, war Maggie einen Augenblick vollkommen verdattert. Wie auch immer, der Außenminister wußte von ihrer Arbeit und hatte Gründe, ihren Spekulationen zu vertrauen. Wenn sie und Rafe ihn persönlich sprechen konnten, schafften sie es möglicherweise, ihn von der Dringlichkeit der Sache zu überzeugen. »Wir müssen ihn aber treffen, ohne irgendwelche Fragen zu provozieren.«

»Kein Problem«, antwortete Rafe. »Lord und Lady Castlereagh empfangen oft höherrangige britische Besucher, und als einen solchen darf ich mich – bei aller Bescheidenheit – bezeichnen. Als meine Begleitung und eine Lady, die ihnen bereits bekannt sein müßte, wirst du auch willkommen sein. Ich werde ihn bitten, für uns ein privates Frühstück oder einen Lunch zu arrangieren.«

»Beeil dich damit«, sagte sie finster. »Ich spüre in den Knochen, daß bald etwas geschehen wird.«

Die Musik hörte auf, und sie verließen die Tanzfläche. Sie wollte gerade vorschlagen, den Abend zu beenden, als das Orchester einen weiteren Walzer begann und Robin sich ihnen näherte. Er begrüßte Rafe freundlich und verbeugte sich dann vor Maggie.

»Gräfin Janos, würden Sie mir die Ehre dieses Tanzes gewähren?«

Trotz des eisigen Aufblitzens in Rafes Augen dachte Maggie nicht daran, abzulehnen. Für die Öffentlichkeit kannten Robin und sie sich nur sehr flüchtig, und er hätte sie nicht zum Tanzen aufgefordert, wenn er nicht dringend mit ihr sprechen mußte. So lächelte sie und reichte ihm die Hand. »Es ist mir ein Vergnügen, Mr. Anderson.«

Sie warf Rafe einen Handkuß zu, als Robin sie schon in seine Arme zog und in schnellen Drehungen auf dem Parkett forttrug.

Sie kannten sich schon so viele Jahre lang, und so nah,

wie sie einander gewesen waren, hatten sie doch noch keinen Walzer zusammen getanzt. Es überraschte sie nicht, daß er ein exzellenter Tänzer war, auch nicht, daß sie einander so vertraut waren, daß Konzentration auf die Fußarbeit unnötig war. Mit einem unbekümmerten Lächeln auf den Lippen fragte sie: »Stimmt etwas nicht, Robin?«

»Ich habe etwas erfahren, das ich dir unbedingt sofort weitersagen wollte. Ich hoffe, du kannst dir einen Reim darauf machen.« Seine ernsten blauen Augen kontrastierten mit seiner gelösten Miene. »Einer meiner Informanten hat mir einen Namen genannt, den wir uns für die Verschwörung merken sollten. Kein richtiger Name, aber immerhin ein Anfang. Der Mann wird Le Serpent genannt.«

»Le Serpent?« Sie zog konzentriert die Brauen zusammen. »Habe ich noch nie gehört.«

»Ich auch nicht. In der Pariser Unterwelt existiert niemand mit einem solchen Namen. Mein Informant konnte nicht einmal sagen, ob der Kerl Franzose oder Ausländer ist. Es scheint, daß Le Serpent Verbrecher rekrutiert, um ein Attentat auf einen der alliierten Führer zu verüben.«

Sie dachte einen Moment darüber nach, aber die Worte ließen keine Glocke in ihrem Kopf klingen. »Ich frage nach, ob eine meiner Frauen von diesem Mann gehört hat. Hast du noch andere Hinweise?«

»Nein, leider. Aber ich frage mich . . .« Robins Stimme verebbte, als er sie geschickt von einem betrunkenen russischen Offizier fortschwenkte, dessen Walzerbegeisterung sein mangelndes Talent wettmachte.

Als sie wieder frei tanzten, fuhr Robin fort. »Könnte es sein, daß ein solcher Name von einem Familienwappen abgeleitet worden ist? Der Mann, den wir suchen, besitzt bestimmt Macht und Titel. Ein Familienwappen wäre nur logisch.«

Sie spürte, wie sich ihre Haare aufrichteten. In vieler

Hinsicht war Robin genauso intuitiv wie sie, und es wäre nicht das erste Mal, daß ein kleines Detail im Geist einen Sprung zu einer ganz anderen Sache auslöste. Wenn er eine Eingebung hatte, dann stimmte diese meistens.

»Ja, du hast recht«, stimmte sie zu. »Ich erkundige mich, in wessen Wappen eine Schlange oder etwas in der Art enthalten ist. So viele kann es nicht geben. Und es wird guttun, endlich etwas Konkretes zum Nachforschen zu haben. Zu viele Tage haben nichts erbracht.«

Dann erzählte sie ihm von ihrem Gespräch mit General Roussaye und von ihren Vermutungen.

Robin hörte aufmerksam zu. »Ich werde herausbekommen, ob es in seinem Vorleben irgendeine Schlange gibt. Ich denke, wir stehen kurz vor einem Durchbruch. Aber ich bitte dich, Maggie, sei vorsichtig. Mein Informant scheint Le Serpent für einen direkten Nachfahren des Teufels zu halten. Wer immer es sein mag, er ist gefährlich!«

Die Musik endete. Robin hatte sie beide so manövriert, daß die letzten Takte sie zum Duke of Candover brachten. Mit formvollendeter Geste übergab er sie wieder Rafes Obhut, verabschiedete sich und verschwand.

Maggies besorgter Blick folgte ihm. Robin mußte so erschöpft sein wie sie, aber wie sie ihn kannte, würde er die halbe Nacht in den Pariser Spielhöllen und Spelunken herumstromern, um eine Spur dieser mysteriösen Schlange zu finden. Und er hatte *ihr* gesagt, sie solle vorsichtig sein!

Besorgt, wie sie war, entging ihr Rafes finsterer Gesichtsausdruck, als er sie schweigend musterte.

Kapitel 10

AM NÄCHSTEN MORGEN kümmerte Maggie sich als erstes um Schlangen und verwandte heraldische Wesen, indem sie eine zerbrechliche alte Dame in Faubourg-St. Germain aufsuchte. Madame Daudet hatte alle männlichen Nachkommen in Napoleons Kriegen verloren, und sie sehnte sich nach Frieden. Zudem kannte sie Geschichte, Eheverbindungen und Wappen jeder bedeutenden Familie in Frankreich. Nachdem Maggie ihr Anliegen vorgetragen hatte, versprach sie, innerhalb achtundvierzig Stunden eine detaillierte Liste aller Möglichkeiten aus sowohl altem als auch neuem Adel zu erstellen. Mit Glück würden sie dann eine Spur haben.

Gegen Mittag kam eine Nachricht von Rafe, in der stand, daß sie am folgenden Tag zum Lunch bei den Castlereaghs eingeladen waren. Maggie nickte zufrieden und machte sich dann fertig, um eine geschwätzige Frau zu besuchen, die sich auf den unteren Ebenen der Bonapartisten auskannte. Vielleicht wußte sie auch über Schlangen Bescheid.

Maggie wurde aufgehalten, als der Butler ihr die Karte eines unerwarteten Besuchers brachte: Mrs. Oliver Northwood.

Neugierig, was Cynthia Northwood wohl zu sagen hatte,

bat sie den Butler, den Gast hereinzuführen. Die junge Frau wirkte angespannt, und ihr Gesicht schien, im Kontrast zu den dunklen Locken, noch blasser als sonst.

»Ich bin froh, daß Sie zu Hause sind, Gräfin«, sagte sie in mühsamem Französisch. »Ich muß dringend mit Ihnen reden.«

Auf englisch antwortete Maggie: »Aber natürlich, meine Liebe. Möchten Sie vielleicht einen Kaffee?«

Auf ein Nicken ihres Gastes gab sie dem Butler Anweisungen und setzte sich dann, wobei sie Cynthia das Sofa am Fenster anbot, wo es hell genug war, daß sie das Mienenspiel der jungen Frau erkennen konnte. Maggie plauderte recht unbefangen und erhielt einsilbige Antworten, bis der Kaffee und köstliche kleine Süßigkeiten gebracht wurden. Als sie wieder allein waren, sagte Maggie: »Wenn Sie mich um etwas bitten möchten, dann sollten Sie vielleicht einfach damit herausrücken.«

Cynthias große braune Augen blickten zur Seite. »Es ist schwerer auszusprechen, als ich dachte. Sie kennen mich kaum und haben keinerlei Grund, sich meine Probleme anzuhören, aber . . . aber ich brauche eine Frau, mit der ich reden kann.«

»Und Sie haben mich ausgesucht, weil der Duke of Candover uns beiden gut bekannt ist?«

Cynthia blickte sie verdutzt an, dann lächelte sie schwach. »Vielleicht war es das, ja. Da wir einen . . . gemeinsamen Freund haben und Sie schon einmal freundlich zugehört haben, dachte ich, ich könnte Sie vielleicht belästigen.« Sie riß sich mit deutlicher Mühe zusammen. »Als wir uns neulich unterhielten, sagte ich Ihnen, daß ich in meiner Ehe unglücklich bin.«

»Als ich Ihren Mann später am Abend kennengelernt habe, verstand ich auch, warum«, bemerkte Maggie ermutigend. »Warum haben Sie ihn geheiratet?«

Cynthia breitete in einer Geste der Hoffnungslosigkeit die Hände aus. »Ich dachte natürlich, ich sei verliebt. Oliver war gutaussehend und hinreißend, und verglichen mit meinem Dasein in Lincolnshire, wo ich aufgewachsen bin, führte er ein schrecklich interessantes Leben. Die Tante, die mich vorstellte, ließ sich von der Tatsache beeindrukken, daß er der Sohn eines Lords war, und meinte, ich hätte eine phantastische Eroberung gemacht. Ich habe mich von seinem Stammbaum und seiner Kleidung blenden lassen.

Er sah vor sieben Jahren wirklich sehr gut aus. Dann rächten sich seine Laster. Ich war erst achtzehn, und ich war wie betäubt, daß ein Edelmann mir den Hof machte. Es kam mir nie in den Sinn, über seinen Charakter nachzudenken.« Sie zuckte die Schultern. »Ich habe bekommen, was ich verdient habe. Es ist unfaßbar, daß man sich den Partner fürs Leben nach ein paar wenigen Begegnungen, die auch noch höchst unnatürlich ablaufen, wählt. Da Oliver aus guter Familie kam, sah mein Vater keinen Grund, seine Werbung abzulehnen. Ich war so bezaubert von meinem Glück, daß ich nie überlegte, was er in mir sehen mochte.«

»Sie gehen zu hart mit sich ins Gericht. Sie sind eine sehr attraktive Frau, in die sich jeder Mann verlieben kann.«

»Vielleicht«, sagte Cynthia unprätentiös. »Aber es ging eher um die Tatsache, daß ich eine anständige Aussteuer bekam. Als jüngerer Sohn mußte Oliver in jedem Fall gut heiraten, aber seine Spielschulden machten die Sache dringend.« Sie seufzte. »Ich brauchte wirklich nicht lange, bis ich erkannte, was für einen schlechten Handel ich eingegangen war. Ich entstamme dem niederen Landadel, der noch an so altmodische Werte wie Treue glaubt. Ich will Sie nicht mit Erklärungen langweilen, wie ich von seinen Affären erfahren habe, aber es hat all meine Illusionen zerstört. Als ich ihn zur Rede stellte, machte er sich über meine provinzielle, naive Einstellung lustig.«

Cynthias Stimme brach, und sie hörte einen Moment auf zu sprechen. Maggie, praktisch wie immer, schenkte Kaffee nach. Die junge Frau schluckte heftig, nippte an der Tasse und fuhr dann fort.

»Ich beschloß, es ihm mit gleicher Münze heimzuzahlen.« Sie wurde rot und starrte in ihre Tasse. »Das war natürlich dumm. Frauen sind nicht wie Männer gemacht, und die Art der Rache war ziemlich erbärmlich. Außer an Rafe habe ich aus dieser Zeit wenig gute Erinnerungen. Er war immer sehr freundlich und meinte einmal, ich sollte mich teurer verkaufen.«

Sie blickte wieder auf. »Ich wußte zuerst nicht, was er meinte, doch schließlich begriff ich. Ich begann mich so zu verhalten, daß ich meinem Vater keine Schande machte, wenn er davon erfahren sollte, und ich stellte fest, daß ich damit weit besser leben konnte.«

»Doch irgend etwas ist nun schiefgelaufen.«

»Ich verliebte mich und war glücklicher als je zuvor, und nun ist alles viel, viel schlimmer.« Cynthias Augen drückten Trauer aus. »Michael Brewer ist alles, was man sich für einen Ehemann nur wünschen könnte. Er ist lieb, verläßlich und ein Ehrenmann. Und das Beste: Er liebt mich trotz aller Fehler, die ich begangen habe.«

Maggie sah sie mitfühlend an. Kein Wunder, daß sich das Mädchen elend fühlte. In ihrer Situation gab es praktisch keine Aussicht auf dauerhaftes Glück.

Cynthia stellte ihre Tasse ab und spielte nervös mit ihrem Ehering. »Ich will heiraten und mich irgendwo mit Michael auf dem Land niederlassen, Kinder haben, dick und rund werden und meine Füße im Winter an seinem

Rücken wärmen. Das ist es, was auch er will. Er verabscheut die Heimlichtuerei, die wir einhalten müssen.«

»Aber solange Ihr Mann lebt, ist das nicht möglich. In England sind Scheidungen so gut wie unmöglich. Selbst wenn Sie genug Geld und Einfluß hätten, um Ihren Scheidungsantrag durchzubekommen, wären Sie danach eine Ausgestoßene.«

»Dazu ist ohnehin keine Zeit mehr«, erwiderte Cynthia grimmig. »Ich bekomme ein Kind.«

Maggie sog scharf die Luft ein. »Und nicht von Ihrem Mann.«

»Wir haben uns seit Jahren nicht mehr wie Mann und Frau benommen. Unglücklicherweise will er mich zwar nicht für sich selbst, akzeptiert aber ganz bestimmt keinen anderen.« Cynthia erschauerte leicht. »Ich habe Angst davor, was er wohl tun wird, wenn er bemerkt, daß ich zunehme.«

»Und das gehört nicht zu den Dingen, die man lange verbergen kann«, bemerkte Maggie. »Was sagt Ihr Major dazu?«

Cynthia verschränkte die Hände in verzweifelter Geste. »Ich habe es ihm noch nicht gesagt. Ich weiß aber, daß er darauf bestehen würde, daß ich Oliver verlasse und zu ihm komme.«

»Es würde einen Skandal geben, aber so etwas kommt nicht selten vor. Vielleicht ist das die beste Lösung.«

Zum ersten Mal zitterte Cynthias Stimme. »Sie kennen meinen Mann nicht. Oliver ist schrecklich rachsüchtig, und er würde Michael vor Gericht belangen. Michael ist nicht reich, er wäre ruiniert. Seine militärische Karriere wäre vorbei, und unsere beiden Familien wären entehrt.«

Mit einem Flüstern endete sie. »Und es würde meinem Vater das Herz brechen.« Sie vergrub ihr Gesicht in ihren Händen und konnte die Schluchzer nicht mehr aufhalten.

Zwischen mühsamen Atemzügen preßte sie hervor: »Außerdem habe ich solche Angst, daß Michael mich hassen wird, weil ich sein Leben zerstört habe.«

Maggie eilte zu ihrem Gast auf das Sofa und legte Cynthia den Arm um die Schultern. Im stillen verfluchte sie die strengen Ehegesetze, die Mann und Frau aneinanderketteten, egal wie verhaßt sie einander waren.

Als Cynthia sich etwas beruhigte, reichte Maggie ihr ein Taschentuch. »Ihre Wahlmöglichkeiten sind begrenzt. Sie können bei Ihrem Mann bleiben oder gehen. Wenn Sie ihn verlassen, können Sie zu Ihrem Vater zurückkehren, mit Ihrem Major zusammenleben und sich vielleicht allein neu einrichten.«

Cynthia straffte die Schultern und wischte sich die Augen mit dem Taschentuch. »So wie Sie es sagen, hört es sich so einfach an. Ich will Oliver verlassen, aber es wird schwierig werden. Mein Mann wäre sowohl in seinem Stolz verletzt als auch in seinen Finanzen geschädigt, denn das Geld meines Vaters trägt uns. Natürlich ist meine Mitgift längst aufgebraucht, aber Papa schickt regelmäßig Beträge, die ich für den Haushalt verwende. Wenn ich gehe, hört das auf. Bei den Summen, die Oliver im Spiel verliert, wird er sich wahrscheinlich allein nicht erhalten können.« Nervös strich sie sich eine Strähne aus dem Gesicht. »Obwohl er es vielleicht doch schafft. Irgendwie hat er immer Geld.«

Eine Alarmglocke schrillte in Maggies Kopf. Northwood, ein unverbesserlicher Spieler, mit unerklärlichen Geldquellen? Sie hatten sich darauf konzentriert, etwas über das Komplott zu erfahren, denn das war am dringendsten, aber da gab es ja noch die Möglichkeit eines Spions innerhalb der britischen Delegation. Wenn es einen solchen Verräter gab, mochte Le Serpent ihn durchaus benutzen. Da Maggie Oliver Northwood zutiefst verabscheute, war sie gern bereit, ihn als Schurken in Betracht zu ziehen. Und wenn sie eine Verbindung zu dem Meisterverschwörer finden konnte . . .

Ihre Erregung unterdrückend, sagte sie beiläufig: »Sein Verdienst vom Außenministerium wird ihm helfen.«

»Ach, das ist eine milde Gabe – bloß zweihundert Pfund im Jahr.« Cynthia zuckte gleichgültig die Schultern. »Vielleicht ist er einfach ein besserer Spieler geworden. Wenn er seine Schulden nicht bezahlt, wird ja vermutlich keiner mehr mit ihm spielen wollen.«

»Könnte es sein, daß Ihr Mann in etwas verwickelt ist, was nicht ganz in Ordnung ist?«

»Was meinen Sie?«

Maggie machte ein unschuldiges Gesicht. »Es war nur eine Hoffnung. Wenn Ihr Mann ein Geheimnis hat, könnte man ihn vielleicht leichter überreden, Sie friedlich gehen zu lassen.« Sie lächelte hinterhältig. »Ich nehme an, daß ein Grund, mit mir zu sprechen, jener war, daß Sie gerne wissen möchten, wie eine Europäerin über die Sache denkt, die nicht mit dem englischen Sinn von Fairplay aufgewachsen ist.«

Cynthias kurzfristiger Schock verwandelte sich rasch in Verlegenheit. »Vielleicht ja, aber ohne daß es mir bewußt war.« Sie wirkte abwesend, als sie über Maggies Worte nachdachte. »Möglich, daß er wirklich etwas zu verbergen hat. Er hat sich irgendwie verändert, seit er ins Außenministerium gekommen ist, und das hat sich verstärkt, seit wir in Paris sind. Seitdem hat er auch mehr Geld. Ich meine, mehr als seinem Gehalt zuzuschreiben wäre.«

»Glauben Sie, er ist bestechlich?«

»Er hat keinen großen Einfluß«, erwiderte Cynthia zweifelnd.

»Vielleicht tut er so, als hätte er mehr«, schlug Maggie vor. Bestechung war nicht ungewöhnlich, und manche

Leute ließen es zu, ohne jemals die Möglichkeit in Betracht zu ziehen, das Vaterland zu verraten. Vielleicht gehörte Northwood zu dieser Kategorie. Dennoch war diese Sache es wert, sie näher zu untersuchen.

Zögernd sagte Cynthia nun: »Vor ein paar Wochen, als ich Briefe schrieb, ging mir das Papier aus. Ich sah in Olivers Schreibtisch nach. In diesem Moment kam er zufällig herein und geriet richtig in Rage, als er sah, was ich tat. Ja, er hat mich sogar geschlagen. Zu dem Zeitpunkt habe ich mir nicht viel dabei gedacht, denn er benimmt sich oft unberechenbar. Aber seitdem schließt er seine Papiere weg. Denken Sie, es hat etwas zu bedeuten?«

»Möglich, vielleicht auch nicht. Manche Männer sind von Natur aus eigensinnig, was das angeht. Aber wenn er ein dunkles Geheimnis hat, das Sie aufdecken können, hätten Sie eine starke Waffe gegen ihn in der Hand.« Maggie fing Cynthias Blick ein und sagte nüchtern: »Das ist nicht gerade nett, worüber wir hier sprechen. Wollen Sie sich so unehrenhaft verhalten?«

Cynthia atmete tief ein, aber ihr Blick flackerte nicht. »Ja. Wir Frauen haben so wenig Waffen zur Verfügung, daß es dumm wäre, auch nur eine einzige außer acht zu lassen. Vielleicht kann ich größere Tragödien wie ein Duell vermeiden. Ich glaube zwar nicht, daß Oliver Michael fordern würde, aber ich kann mich irren.« Sie erbebte, als hätte sie ein eisiger Lufthauch gestreift. »Ich könnte es nicht ertragen, wenn Michael wegen mir sein Leben riskieren müßte.«

Zufrieden sagte Maggie: »Wenn Sie meinen. Glauben Sie, Sie könnten den Schreibtisch Ihres Mannes aufbekommen und die Papiere einsehen?«

Cynthia biß sich auf die Lippe, nickte aber.

»Sie müssen extrem vorsichtig sein. Tun Sie es nur, wenn er ganz sicher nicht in der Nähe ist und hinterlassen

Sie nicht den Hauch einer Spur. Ihr Mann hat ein cholerisches Temperament, und wenn er Sie auch nur im geringsten verdächtigt, könnte er Ihnen ernsthaft etwas antun. Sie müssen nicht nur an Ihr eigenes Leben denken.« Maggie sprach so ernsthaft und so eindringlich, wie es ihr möglich war. Obwohl sie nicht besonders stolz auf sich war, eine Frau als Spionin auf ihren Gemahl anzusetzen, war die Gelegenheit einfach zu günstig, um sie ungenutzt verstreichen zu lassen. Im übrigen: Sollte Oliver Northwood tatsächlich ein Verräter sein, dann würde dies Cynthia wirklich den Absprung erleichtern.

»Ich verspreche Ihnen, daß ich aufpassen werde.« Cynthias Lippen verzogen sich. »Ich weiß schließlich besser als jeder andere, wozu Oliver fähig ist.«

»Wenn Sie irgend etwas Verdächtiges entdecken, bringen Sie es zuerst mir«, sagte Maggie. »Ich habe einige Erfahrung, und vielleicht verstehe ich besser als Sie, was Sie gefunden haben.«

Cynthia nickte wieder und stand auf. »Ich kann Ihnen nicht genug danken, Gräfin. Mit Ihnen zu reden, hat mir sehr viel geholfen.«

Maggie erhob sich ebenfalls. »Nennen Sie mich doch Magda, wo wir doch jetzt beide Verschwörer sind. Oder Maggie, wenn Sie das vorziehen.«

»Vielen Dank, Maggie. Und sagen Sie Cynthia zu mir.« Sie beugte sich vor und drückte die andere Frau herzlich an sich.

Nachdem sie Cynthia noch einmal gewarnt hatte, brachte Maggie sie hinaus. Dann setzte sie sich hin, um über die Neuigkeiten nachzudenken.

Ganz abgesehen von ihrer Antipathie Northwood gegenüber, sagte der Instinkt ihr, daß er des Verrats durchaus fähig war. Sie durfte sich aber nicht dazu verleiten lassen, ihn für uneingeschränkt schuldig zu halten. Er konnte auch nur ein wenig korrupt sein, aber in diesem Hexenkessel, der Paris momentan war, mochte jede Information bedeutsam sein. Ein schwacher Mann konnte leicht der Versuchung erliegen.

Die nächste Frage war, ob sie es Rafe sagen sollte oder nicht. Sie runzelte die Stirn. Rafe und Northwood waren zwar keine engen Freunde, aber sie kannten sich schon ewig und hatten beide in ihrer Jugend dem gleichen Kreis angehört. Rafe würde sicher nicht glauben wollen, daß jemand aus diesem Grüppchen aufrichtiger Engländer ein Verräter war. Wieviel einfacher war es doch, einen Fremden zu verdächtigen!

Maggie beschloß, Rafe erst dann von ihrem Verdacht etwas zu sagen, wenn Cynthia einen konkreten Beweis fand. Und um ihrer aller willen hoffte sie zutiefst, daß es der Fall sein würde. Und zwar bald.

Am Abend ging Rafe in den Salon des Étrangers – in Paris das, was einem Gentleman's Club am nächsten kam. Es war ein Treffpunkt für chronische Spieler, und viele der reichsten und einflußreichsten Männer in Paris waren regelmäßige Gäste. Rafe war schon ein paarmal in der Hoffnung dort gewesen, etwas Nützliches zu hören, doch obwohl er bisher keinen Erfolg gehabt hatte, war es besser, als nichts zu tun.

Er stand in der Tür zum Spielraum und suchte in der Menge nach bekannten Gesichtern. Der Salon war größer und weit großartiger als der des bescheidenen Café Mazarin, aber die Anzeichen der Spielleidenschaft waren die gleichen.

Der Besitzer, der Marquis de Livry, trat zu ihm. Der Marquis besaß eine bemerkenswerte Ähnlichkeit mit dem Prinzregenten, was sich sowohl auf den Leibesumfang als auch auf das vornehme Verhalten bezog. »Wie schön, Sie hier zu sehen, Euer Hoheit. Was würde heute abend Ihr Gefallen finden?«

»Ich warte ab, welcher Tisch mich ruft«, antwortete Rafe.

Der Marquis nickte. Er war an Spieler gewöhnt, die nach magischen Zeichen suchten, die ihnen Glück versprachen. Livry wünschte ihm noch viel Vergnügen und begab sich dann zu einer Gruppe Österreicher, um sie zu begrüßen.

Rafe nahm ein Glas exzellenten Burgunder von einem Lakaien entgegen und schlenderte durch die Menge. Es kam ihm schon fast unvermeidlich vor, als er Robert Anderson am Faro-Tisch entdeckte. Der Blondschopf hatte wirklich ein Talent, an unerwarteten Orten aufzutauchen. Es war höchst wahrscheinlich, daß auch Anderson in die diffuse Schattenwelt der Informationsbeschaffung verwikkelt war.

Aber wenn dem so war, für wen arbeitete er? Die logische Antwort war, daß er die Ohren für die britische Delegation offenhielt, aber Rafe hatte dennoch Zweifel.

Durch eine korinthische Säule halb verdeckt, nippte er an seinem Weinglas und beobachtete den jüngeren Mann. Wieder spürte er, daß er den Mann von irgendwoher kannte, aber er konnte es einfach nicht präzisieren.

Seine Versuche, sich zu erinnern, wurden durch eine joviale Stimme unterbrochen. »'n Abend, Candover. Fein, Sie wieder zu sehen.«

Rafe wandte sich ohne Enthusiasmus um und begrüßte Oliver Northwood. Es überraschte ihn, seinen alten Bekannten hier zu finden, denn die Spiele im Salon des Étrangers hatte schon Männer mit größerem Vermögen als dem Northwoods vernichtet.

Während die Männer müßig plauderten, beobachtete Rafe, wie Anderson gerade die Hälfte des Vermögens vor ihm quer über den Tisch schob, und Rafe mußte zugeben, daß der Mann in der Niederlage genauso unerschütterlich war wie im Sieg. Er wirkte so blond und engelhaft wie ein Chorknabe. War es das, was Maggie an ihm mochte? Das hübsche Gesicht? Oder glaubte sie, sie sei in ihn verliebt? *Was zur Hölle hatte dieser Kerl, was er, Rafe, nicht hatte?*

Rafe war schockiert über seine aufwallende Eifersucht. Er hatte bisher solche Gefühle nicht gekannt, und er mochte sie auch überhaupt nicht. Er gab sich Mühe, diese primitive Regung zu unterdrücken, und sagte sich, daß Anderson nur ein Mann in Maggies Leben war. Es hatte keinen Sinn, eifersüchtig zu sein, nur weil Anderson zufällig der einzige von Maggies Liebhabern war, den er kannte.

Diese Überlegung war am allerwenigsten dazu geeignet, ihn zu beruhigen.

Vielleicht war es günstiger, einfach mehr über seinen Nebenbuhler zu erfahren. Rafe wandte sich an Northwood. »Ihr Kollege Anderson erinnert mich an jemanden, aber ich weiß nicht, an wen. Wissen Sie etwas über sein Vorleben?«

»Der hat keins.« Northwood kippte seinen Wein hinunter. »Der Kerl tauchte im Juli in Paris auf, und Castlereagh stellte ihn ein. Muß wohl Empfehlungsschreiben gehabt haben, hab' aber keine Ahnung, von wem. Ist angeblich mit keinem Anderson, den ich kenne, verwandt.« Er winkte einem Lakaien und tauschte das leere Glas gegen ein volles aus. »Is' ziemlich oft hier.«

»Tatsächlich? Dann müssen die Andersons, welche auch immer das sind, recht gut betucht sein.«

Northwood runzelte die Stirn und wirkte wie ein Mensch, der zu einem Entschluß gekommen ist. »Vielleicht sollte ich das ja nicht sagen, Candover, aber es gibt etwas hübsch Seltsames an diesem Anderson. Kommt aus dem Nichts, mischt sich immer in Dinge ein, die ihn nichts angehen, und verschwindet dann wie'n Straßenkater. Und außerdem hat er mehr Geld, als er haben sollte.«

»Interessant.« Rafe versuchte, seine aufkommende Erregung zu unterdrücken. »Haben Sie mit Castlereagh über Ihren Verdachtsmoment gesprochen?«

Northwood blickte sich um, als wollte er sicherstellen, daß niemand in Hörweite war. »Ich habe mit Castlereagh gesprochen, ja. Und deswegen bin ich hier – der Außenminister hat mich gebeten, 'n Auge auf ihn zu haben. Natürlich inoffiziell.« Auf Rafes fragenden Blick fügte er hinzu: »Um zu sehen, ob er mit verdächtigen Gestalten spricht. Ich sollte Ihnen das gar nicht erzählen, aber ich weiß, daß Sie vertrauenswürdig sind. Passen Sie auf sich auf. Sie kennen ja die Lage in Paris. Man kann nicht vorsichtig genug sein.«

Northwood sah aus, als ob er noch überlegte, fortzufahren, tat es dann aber mit fast unhörbarer Stimme: »Vertrauliche Informationen sind aus der britischen Delegation gelangt. Will ja keinen einfach so beschuldigen – aber wir beobachten Anderson genau.«

Rafe hatte Northwood noch nie so ernst erlebt, und er fragte sich, ob er seinen alten Schulkameraden vielleicht falsch beurteilt hatte. Vielleicht war sein Gehabe bloß eine Verkleidung. Er musterte den anderen Mann in dem Versuch, objektiv zu sein.

Rafe konnte zwar Northwoods vulgäres Benehmen nicht ausstehen, aber er hatte keinen Grund, ihm zu mißtrauen. Hatte die Eifersucht sein Urteil gefärbt? Zweifellos war es so.

Die gleiche Eifersucht machte es ihm aber nur allzu leicht, an Andersons Verrat zu glauben. Rafe rief sich in Erinnerung, daß er in Paris war, um seinem Land zu dienen, nicht um persönliche Fehden auszutragen. Wenn der

Blonde aber ein Verräter war, dann würde es ihm ein reines Vergnügen sein, Anderson ertappt und bestraft zu sehen.

»Ich halte meine Augen offen«, sagte Rafe nun, »und vielleicht fällt mir bald ein, wieso mir Anderson so bekannt vorkommt. Es könnte wichtig sein.«

Nach einem komplizenhaften Nicken entfernte er sich von Northwood und setzte sich an den *Rouge-et-Noir*-Tisch. Bei diesem Spiel brauchte man mehr Glück als Geschick, so daß Rafe dabei noch mitbekam, was um ihn herum geschah. Er bemerkte, daß General Roussaye sich einen Stuhl neben Anderson am Faro-Tisch nahm und registrierte, wie die beiden Männer sich in einem Wortwechsel ergingen, der vielleicht – vielleicht aber auch nicht – mit Faro zu tun hatte.

Er registrierte es und runzelte die Stirn.

Kapitel 11

Am NÄCHSTEN TAG waren sowohl Maggie als auch Rafe in Gedanken versunken, als sie sich zur britischen Botschaft begaben, um den Castlereaghs einen Besuch abzustatten. Sie zog kurz in Erwägung, ihm von ihrem Verdacht, was Northwood betraf, zu erzählen, besann sich dann aber. Er war heute ganz der kühle, abgeklärte und unnahbare Aristokrat.

Sie aßen im privaten Speiseraum, und das exzellente Mittagessen wurde sogar auf Pauline Bonapartes Geschirr serviert, das Wellington letztes Jahr mit dem Haus zusammen gekauft hatte. Maggie, die ganz wie die Geliebte eines Dukes aussah, trug ein himmelblaues Kleid mit passenden Straußenfedern im Haar. Lord Castlereagh war entspannt und geistreich, und das Essen war alles in allem eine angenehme Angelegenheit.

Die Unterhaltung wurde erst ernsthaft, als eine silberne Kaffeekanne auf den Tisch gestellt wurde und Lady Castlereagh den Dienern signalisierte, sich zurückzuziehen. Der Außenminister begann das Gespräch mit den Worten: »Haben Sie schon das Neueste aus den Tuilerien gehört?«

Beide Gäste schüttelten den Kopf. Der Hof des französischen Königs war ein Hexenkessel aus Gerüchten und

Klatsch, Bedenkliches war aber seit langem nicht mehr von dort gekommen.

Castlereagh erklärte sofort: »Fouché ist aus der Regierung gedrängt worden, und auch Talleyrand wird in ein paar Tagen fort sein.« Ein vergnügtes Funkeln zeigte sich in seinen Augen. »Wann immer Fürst Talleyrand unter heftigem Beschuß steht, bietet er freimütig seinen Rücktritt an. Und zu seiner großen Überraschung hat der König diesmal angenommen.«

Maggie biß sich auf die Lippe und dachte über die Folgen nach. Dann warf sie Rafe einen Blick zu. Seine Augen waren ernst. Obwohl Talleyrand schwierig und unberechenbar war, mußte man auch seine Brillanz und seine Vermittlertätigkeiten anerkennen. Sein Rücktritt könnte die Gefahr für andere Gemäßigte erhöhen. »Ist schon ein neuer Premierminister gewählt worden?« fragte sie.

»Der Zar hat einen der französischen Royalisten vorgeschlagen, die für ihn in Rußland regiert haben. Entweder der Duc de Richelieu oder der Comte de Varenne. Louis war mit Richelieu einverstanden«, gab der Außenminister zurück. »Die allgemeine Meinung im Diplomatischen Corps lautet, daß er sich höchstens ein paar Wochen hält.«

»Da wäre ich mir nicht so sicher, Euer Lordschaft«, sagte Maggie. »Ich habe den Mann kennengelernt, und ich denke, er hat ein paar Überraschungen zu bieten.«

Castlereagh betrachtete sie mit pfiffiger Miene; er schien auf solche Informationen gewartet zu haben. »Wie schätzen Sie Richelieu ein?«

»Absolute Integrität, wenn nötig fähig, Härte zu zeigen«, antwortete sie ohne zu zögern. »Er wird ein starker Vertreter Frankreichs sein, aber ich denke, Sie würden gut mit ihm auskommen.«

Castlereagh nickte langsam. »Das bestätigt meine eigene Einschätzung. Die Verhandlungen gehen voran, und die Monarchen werden wahrscheinlich innerhalb der nächsten zwei Wochen nach Hause zurückkehren.« Er warf seiner Frau einen ermutigenden Blick zu. »Es gibt noch eine Menge Einzelheiten, die in den nächsten Monaten ausgegearbeitet werden müssen, aber ich glaube, das Schlimmste ist vorbei.«

»Ich hoffe, daß Sie recht haben«, sagte Rafe, »aber wir befürchten, daß eben diese nächsten zwei Wochen sehr gefährlich für Sie persönlich werden, Lord Castlereagh.« Er gab eine zusammenfassende Beschreibung der Gerüchte, die er und Maggie zusammengetragen hatten.

Der Außenminister nahm die bedrohlichen Nachrichten ruhig auf. »Lord Strathmore hat mich bereits davon informiert. Ich sehe ein, daß eine Gefahr besteht, aber ich werde nicht zum ersten Mal bedroht – und wahrscheinlich auch nicht zum letzten Mal.«

Maggie rang im Geist verzweifelt die Hände. Stoizismus war ja gut und schön, aber ein bißchen Furcht konnte manchmal recht nützlich sein. Sie warf ihrer Gastgeberin einen Blick zu und entdeckte, daß Lady Castlereaghs Gesicht angespannt war und ihre Finger sich um den Silberlöffel krampften. Während ihr Mann sich heldenhaft gab, starb Emily beinahe vor Angst um ihn. Dennoch war sie schon zu lange die Frau eines Politikers, um es sich vor anderen anmerken zu lassen.

Sie setzten die Unterhaltung fort, bis die Uhr zwei schlug. Lord Castlereagh stand auf. »Ich muß jetzt gehen. Ich treffe mich mit dem Franzosen und dem Zar in den Tuilerien. Vermutlich wird es recht lebhaft.«

Er und Rafe sprachen über die Heilige Allianz, die auf Anregung des Zaren geschlossen worden war, während sie auf die Ställe zugingen, wo die Kutsche des Dukes wartete. Lady Castlereagh begleitete ihre Gäste ebenfalls, und

Maggie ließ sich ein wenig zurückfallen, um mit ihr ein persönliches Wort auszutauschen. »Es besteht eine gewisse Gefahr, Emily, aber ich bin sicher, er wird sie unbeschadet überstehen.«

»Ich kann nur beten, daß mein Mann dieselbe magische Fähigkeit hat, den Kugeln auszuweichen, wie Wellington«, antwortete Emily in dem schwachen Versuch, Humor zu zeigen. »Wir haben darüber gesprochen, Wachen an allen Türen der Botschaft zu postieren. Jetzt werde ich darauf bestehen.« Sie sah ihrem gutaussehenden Mann hinterher. »Ich bin froh, wenn dies alles hier vorbei ist und wir wieder nach London fahren können. Manchmal wünschte ich, daß Robert mit einer Schafzucht in Irland zufrieden gewesen wäre. Es wäre meinen Nerven besser bekommen.«

»Zweifellos«, gab Maggie zu, »aber er wäre nicht der Mann, der er ist, wenn er es getan hätte.«

»Stimmt. Ich werde mich demnächst daran erinnern.« Mit sichtbarer Mühe setzte Lady Castlereagh die Miene der gelassenen Gastgeberin auf. »Es war so schön, Sie und Candover bei uns gehabt zu haben, Lady Janos. Ich hoffe, wir sehen uns bald wieder.« Dann kehrte sie in die Botschaft zurück.

In einigem Abstand ging Maggie über den Hof, der sich zwischen der Botschaft und den Ställen befand, hinter den Männern her. Candovers Kutsche wartete bereits, zusammen mit einem unruhigen Braunen, der für Castlereagh herangebracht worden war.

Maggie runzelte die Stirn, als ihr Instinkt sie vor irgend etwas warnte. Sie blickte über den Hof und zurück auf die Fenster der Botschaft, sah aber nichts Verdächtiges.

Ihr Blick kehrte zum Stallhof zurück, wo Castlereaghs Pferd tänzelte und unwillig und mit rollenden Augen den Kopf hin und her warf. Das Tier war zu wild für die Stadt, und Maggie wunderte sich, warum der Stallbursche es nicht im Griff hatte.

Rafe und Castlereagh hatten das Pferd nun erreicht, aber sie waren so in ihre Unterhaltung versunken, daß ihnen das Verhalten des Tieres nicht auffiel. Dann sah Maggie den Stallburschen an, der auf der anderen Seite des Pferdes stand. Es war ein dunkler Mann mit einem zernarbten Gesicht, der irgend etwas Seltsames an sich hatte.

Während sie noch versuchte, herauszufinden, was an dem Stallburschen nicht stimmte, wieherte das Pferd plötzlich schrill – ein zorniger Laut, der an den Mauern der Gebäude abprallte. Noch ein Wiehern, dann stieg das Tier, riß sich los, steckte den Kopf zwischen die Vorderbeine und trat nach hinten aus.

Rafe und Castlereagh standen zu nah, um auszuweichen, und die wirbelnden, eisenbeschlagenen Hufe trafen den Außenminister mit aller Kraft. Maggie sah entsetzt, wie ihr Mann gegen Rafe geschleudert wurde und beide zu Boden gingen.

Sofort stürmte sie los und schrie gleichzeitig um Hilfe.

Rafe kam stolpernd auf die Füße und packte Castlereagh unter den Armen. Als er versuchte, den Minister aus der Gefahrenzone zu zerren, trat das Pferd erneut zu, und der tödliche Huf traf fast Rafes Kopf. Er konnte sich gerade noch ducken, wurde aber an der Schulter erwischt und verlor das Gleichgewicht. Einen kurzen Augenblick darauf hatte Rafe sich wieder gefangen, packte Castlereagh fester und versuchte erneut, zurückzuweichen.

Maggie fluchte laut, als sie die beiden Männer endlich erreichte. Wo zum Teufel war der Stallbursche hin? Der Mann war verschwunden, als das Pferd außer Kontrolle geraten war. Maggie zerrte ihren Straußenfederschmuck aus dem Haar und wedelte damit vor dem durchgedrehten Hengst hin und her, um ihn von Rafe und Castlereagh fortzutreiben.

Wieder wieherte das Pferd schrill und rollte die Augen. Von seinem Maul tropften Schaumflocken. Maggie ließ sich nicht beirren und schwenkte weiter ihren Kopfschmuck. Endlich wich das Tier langsam zurück, während laute aufgeregte Rufe aus der Botschaft herüberdrangen.

Dann wirbelte das Tier plötzlich herum und galoppierte donnernd über den Hof. Ein junger rothaariger Stallbursche stürmte aus dem Stall und versuchte, das durchgegangene Tier in eine Ecke zu drängen.

Maggie schleuderte ihren Kopfschmuck fort und drehte sich zu Rafe um, der neben dem Außenminister kniete.

»Wie geht es ihm?« fragte sie atemlos und ließ sich ebenfalls auf die Knie fallen. Castlereagh war bewußtlos, an seiner Schläfe war eine blutende Wunde, aber er atmete.

»Ich weiß es nicht«, antwortete Rafe grimmig. »Der erste Tritt hat ihn voll in die Rippen getroffen, der zweite hat seinen Schädel gestreift.« Während er sprach, untersuchte er rasch und geschickt die Blessuren.

Leute strömten aus der Botschaft, die totenbleiche Lady Castlereagh eingeschlossen. Rafe übernahm das Kommando, rief nach einer Trage und schickte einen Lakaien los, einen Arzt zu holen.

Maggie erhob sich und legte Emily einen Arm um die Schultern. »Ein böser Unfall, aber ich bin ganz sicher, daß er sich schnell wieder erholt.«

Obwohl Lady Castlereagh nickte, stand in ihren Augen das reine Entsetzen. Zwei Lakaien kamen mit einer eilig improvisierten Trage zurück. Sie hoben den Minister vorsichtig hinauf und trugen ihn in die Botschaft.

Seine Frau folgte, und Maggie begleitete sie, um ihr ein bißchen Trost spenden zu können, während sie auf den Arzt warteten.

Rafe wandte sich um und betrat den Stall. Der rothaarige Stallbursche hatte den Hengst eingefangen und ihn in eine Box gebracht. Das Pferd, noch mit Sattel und Zaum, tänzelte immer noch wild herum, während der Junge vor der Box ungeduldig wartete.

»Ich bin Candover«, sagte Rafe. »War das Pferd immer schon so unberechenbar?«

Der Junge warf ihm einen besorgten Blick zu. Wie alle in der Botschaft, war er Brite und antwortete nun in dem breiten Akzent Westenglands. »Nay, Eure Hoheit. Samson hat Feuer, aber es gibt kein ausgeglicheneres Tier als er. Ist Seine Lordschaft doll verletzt?«

»Das wissen wir erst, wenn der Arzt ihn untersucht hat, aber ich denke, er wird sich wieder erholen.«

»Werden se . . . werden se Samson totmachen?«

»Ich weiß nicht.« Nun sah Rafe, daß in dem Schaum vor dem Maul des Pferdes Blut war. Er schwang die Boxentür auf und trat ein, um sich ruhig dem Pferd zu nähern. »Ich sehe ihn mir mal näher an.«

Rafe rief sich all das überlieferte Wissen der Zigeuner, das sein Freund Nicholas ihm beigebracht hatte, in Erinnerung, und zwang sich innerlich und äußerlich zu höchster Ruhe. Als Samson die Ohren anlegte und den Kopf zurückwarf, murmelte Rafe eine Reihe von Worten, die nichts bedeuteten, aber das Pferd dazu brachten, sich langsam zu entspannen. Bald senkte es den Kopf, um gestreichelt zu werden.

Nach ein paar Minuten Liebkosungen pustete Rafe ihm sanft in die Nüstern – noch ein uralter Trick. Die rauhe Atmung des Pferdes wurde ruhiger, und schließlich stand das Tier still. Rafe hatte eine Handvoll Hafer genommen, und nun begann Samson ihm buchstäblich aus der Hand zu fressen.

Langsam und behutsam entfernte Rafe das Zaunzeug und fand, was er vermutet hatte: Das Gebiß des Zaums war schartig, und der geringste Druck mußte Samson heftige Schmerzen im Maul bereitet haben.

Der junge Stallbursche starrte mit großen ungläubigen Augen auf das Zaumzeug, dann auf Rafe. »Wer tut so was denn einem freundlichen Pferd an? So'n Ding ist sogar bei 'nem Wildfang 'ne gemeine Sache.«

»Ich könnte Vermutungen anstellen, aber ich tu es besser nicht.« Rafe sah sich den Hengst erneut an. »Das Gebiß erklärt, warum Samson gestiegen ist, aber sein heftiges Ausschlagen muß noch einen anderen Grund haben. Sehen wir nach, was wir noch finden.«

Behutsam lösten sie den Gurt und hoben dann Sattel und Decke von Samsons Rücken. Das Pferd zitterte heftig, also streichelte Rafe ihn wieder, bis er sich beruhigte.

Rafe untersuchte den Rücken an der Stelle, wo der Sattel gelegen hatte, und war nicht überrascht, als er ein kleines Metallstück entdeckte, das dem Tier in der Haut steckte. Als er es herauszog, scheute Samson erneut, und Blut tropfte über die braune Flanke.

Das Objekt hatte Stacheln und sah wie eine winzige Distel aus. Er zeigte es dem Stallburschen, dessen Überraschung sich zu Zorn wandelte.

»Jemand wollte Seiner Lordschaft etwas antun.« Die Lippen des Jungen preßten sich zusammen. Der Bursche war kein Narr, er mußte etwas über die angespannte politische Lage in Paris wissen.

»Wer kümmert sich normalerweise um die Pferde von Lord Castlereagh?«

»Der Stallmeister, Mr. Anthony, aber der is' im Augenblick nicht hier. Er ist heute morgen nach Saint Denis gegangen.«

»Weißt du, wer Samson heute gesattelt hat?«

Der Junge dachte nach und schüttelte dann den Kopf. »Nicht genau, Sir. Ich hab' Zaumzeug saubergemacht und nich' gesehen, wer es gemacht hat. Hab' nicht gewußt, daß was nicht in Ordnung war, bis Samson loswieherte.«

»Hast du eine Vermutung? Einen Verdacht vielleicht?«

»Kann's nicht beschwören, aber wir haben hier einen französischen Stallburschen, weil wir knapp besetzt sind«, antwortete der Bursche. »Einer von unseren Stalljungen mußte zurück nach England, weil sein Vater gestorben is', und 'n anderer hat bei 'nem Straßenkampf was abgekriegt, so daß er ein paar Tage nicht arbeiten kann. Wahrscheinlich war's der Franzose, der Samson gesattelt hat.«

»Wie sah er aus?«

»Mittelgroß, dunkel, 'ne Narbe im Gesicht.« Der Junge dachte intensiv nach. »Braune Augen, glaub' ich. Is' für sich geblieben, hab' nie richtig mit ihm geredet. Er heißt Jean Blanc.«

Die Beschreibung paßte auf Capitaine Henri Lemercier. Rafe sah den jungen Burschen mit einem harten Blick an, um seine ernsten Worte zu unterstreichen. »Sei nicht überrascht, wenn du Jean Blanc nicht wiedersiehst. Vor allem, sag niemandem, was wir entdeckt haben. Ich werde selbst mit Lord Castlereagh sprechen. Hast du verstanden?«

Der Junge nickte, und Rafe verließ den Stall, um zu Maggie und dem Außenminister zu gehen.

Erst eine Stunde später konnte der Arzt ihnen sagen, wie es um Castlereagh stand. Obwohl der Minister einige Rippen gebrochen und eine leichte Gehirnerschütterung hatte, war er wieder bei Bewußtsein und plante zur Verzweiflung seiner Frau bereits wieder Verabredungen in seinem Schlafzimmer.

Lady Castlereagh dankte Maggie und Rafe aus tiefstem Herzen dafür, daß sie beide größeres Unglück verhindert hatten. Anschließend führte Rafe seine staubige und erschöpfte Lady zur Kutsche.

Anfangs sagte Maggie gar nichts, sie lehnte sich einfach nur in die Polster zurück und schloß die Augen. Sie waren schon halb zu Hause, als sie die Augen wieder aufschlug und sagte: »Er hätte direkt vor unseren Augen umkommen können.«

»Ich weiß«, gab Rafe zurück. »Das spricht nicht gerade für unsere Qualitäten als Spione und Leibwächter.«

»Was hast du im Stall entdeckt?«

Rafe beschrieb ihr das Gebiß, den Dorn unterm Sattel und den mysteriösen französischen Stallburschen namens Jean Blanc.

»Wahrscheinlich hat dieser Blanc am Zügel gerissen, damit Samson steigt«, vermutete Maggie. »Als das Pferd scheute, hat er auf den Sattel geschlagen, damit das arme Tier wild wird. Dann ist er abgehauen.«

»Vielleicht ist er auch weggelaufen, weil wir da waren und nicht alles nach Plan lief«, warf Rafe ein. »Wenn Castlereagh unter die Hufe geraten wäre, hätte ihm das vermutlich den Rest gegeben. Dann wäre so ein Aufruhr gewesen, daß Blanc in aller Ruhe den Dorn und das Mundstück hätte entfernen können. Das Ganze hätte wie ein Unfall ausgesehen.«

»Ich hatte gleich das Gefühl, daß mit dem Stallburschen etwas nicht stimmte.« Maggie versuchte sich an den Mann zu erinnern. »Er wirkte nicht wie ein Diener, sondern eher wie ein Soldat, obwohl natürlich Unmengen von Franzosen in der Armee des Kaisers gedient haben.«

»Ich habe ihn selbst gar nicht gesehen, aber von der Beschreibung her könnte er einer von den anderen Verdächtigen sein, Capitaine Henri Lemercier. Ich habe den Kerl an dem Abend im Café Mazarin kennengelernt.«

»Und das hast du mir gegenüber nicht erwähnt, obwohl wir Informationen bekommen haben, daß in dem Café über ein Attentat gesprochen wurde?« fragte Maggie frostig.

Rafe hatte nichts davon gesagt, weil Lemercier später mit Robert Anderson zusammengetroffen war. Solange er keinen stichhaltigen Beweis gegen Anderson besaß, wollte er Maggie nicht damit konfrontieren. So sagte er nur: »Ich habe dir nichts davon erzählt, weil Lemercier betrunken war und nichts Interessantes von sich gegeben hat.«

Maggie blickte ihn mißtrauisch an, verfolgte das Thema aber nicht weiter. Rafe wünschte sich, er hätte gewußt, was für Gedanken ihr durch den Kopf gingen. Ihr goldenes Haar hing nach dem Zwischenfall wirr herab, und ihr tiefausgeschnittenes Kleid schmiegte sich verführerisch an ihren Oberkörper. Wenn sie tatsächlich seine Geliebte gewesen wäre, hätte er sie jetzt und hier in der Kutsche genommen.

Statt dessen zwang er sich, die Ereignisse noch einmal durchzugehen. Die Fast-Katastrophe hatte ihn sehr erschüttert und brachte ihm die Gefahren in Erinnerung, denen sie sich die ganze Zeit aussetzten.

Es war an der Zeit, zu überprüfen, ob Maggies Loyalität wirklich so einwandfrei feststand, wie er bisher angenommen hatte, denn ihre Verbindung mit Anderson war eine Sache, die gegen sie sprach. Der blonde, engelhafte Anderson schien fast sicher ein Agent der Gegenseite zu sein. Hatte er den ›Unfall‹ an dem Abend arrangiert, an dem er im Café Mazarin mit Lemercier geredet hatte? Und was hatte er mit Roussaye zu besprechen gehabt, als sie sich im Salon des Étrangers getroffen hatten?

Noch wichtiger: War Maggie Andersons Opfer oder Komplizin? Auch wenn sie an diesem Nachmittag geholfen hatte, das Schlimmste zu verhüten, mußte das nicht heißen, daß sie keine Informationen ihres Landes verkaufte oder in eine Verschwörung verwickelt war. Zu viele dunkle Jahre lagen zwischen Margot Ashton und Magda Janos, als daß er ihr blind vertrauen durfte. Sie konnte eine Söldnerin sein, die für jeden arbeitete, der gut bezahlte. Möglich, daß Anderson sie überredet hatte, gegen Englands Interessen zu handeln.

Doch in gewisser Hinsicht zählte das alles nicht. Rafe wollte sie, egal wer sie war oder was sie tat. Wenn er die Verschwörung aufdeckte und Maggie sich als Mittäterin erwies, dann mochte sie sich entscheiden, ob sie mit ihm oder zum Galgen gehen wollte. Er würde es vorziehen, wenn sie freiwillig zu ihm käme, aber wenn nötig, würde er auch Gewalt anwenden.

Auf diesen Gedanken war er nicht besonders stolz.

Der Engländer gewöhnte sich langsam an die Fahrten zu Le Serpent und war kaum noch beunruhigt. Dennoch überlegte er, als er das verdunkelte Zimmer betrat, daß sein blondes Haar ihn selbst in diesem Dämmerlicht zu einem deutlichen Ziel machte. Hätte er von den finsteren Pfaden gewußt, die er einmal betreten würde, dann wäre er in weiser Voraussicht dunkelhaarig geboren worden.

Das Scheitern des Anschlags auf Lord Castlereagh ließ den maskierten Mann auf einmal weniger beängstigend erscheinen. Der Engländer konnte nicht umhin zu denken, daß es bessere Mittel gab, einen Mann umzubringen, als ein Pferd. Er beging den Fehler, seinem finsteren Gastgeber eben dies zu sagen.

»Maßen Sie sich an, mich zu kritisieren? Sie, der Sie keine Ahnung haben, wer ich bin oder was meine Motive sind? Sie sind ein Narr.« Die seltsame Stimme zischte wie ein scharfer Wind über Eis. Mit einem Hauch kalten Humors fuhr er fort: »Freuen Sie sich, *mon Anglais*, daß mein nächster Plan weniger Zufallsmomente beinhaltet.

Ab morgen werden die wichtigen diplomatischen Sitzungen in Castlereaghs Schlafzimmer abgehalten. Daher brauche ich den vollständigen Grundriß der Botschaft. Jedes Zimmer, jeden Flur, jedes Kämmerchen mit exakten Maßen. Plus Informationen über die Dienerschaft und ihre Aufgaben.«

»Ist das alles?« fragte der Engländer mit kaum verschleiertem Sarkasmus.

Le Serpent ignorierte es und nahm die Frage ernst. »Ich will ebenfalls wissen, wer jeweils bei den Sitzungen anwesend ist. Ich *muß* es ganz genau wissen, und zwar am Abend zuvor.« Er stand auf. »Und Sie werden es mir sagen, *mon petit Anglais*. Jeden Abend. Ohne Ausnahme.«

Der Engländer nickte widerstrebend. Er steckte schon zu tief in der Sache, um sich herauszuwinden. Aber er brauchte Zeit – Zeit, dem Wappen auf die Spur zu kommen und jeden Verdacht von sich abzulenken. Er beschloß, eine Information anzubieten, die er bisher zurückgehalten hatte.

»Haben Sie schon von Gräfin Janos gehört, die das Pferd des Lords weggelockt hat, bevor der Plan ausgeführt war?«

»Ja. Schade, daß sie und ihr Liebhaber dort waren, aber man kann nicht alles vorhersehen.« Le Serpent zuckte leicht die Schultern, wie um zu sagen, daß kleinere Hindernisse ihn niemals aufhalten würden. »Eine ziemlich schöne Frau. Es gibt nichts Besseres, als eine Ungarin im Bett.«

»Sie ist keine Ungarin«, sagte der Engländer. »Sie ist

eine Engländerin namens Margot Ashton. Eine Hochstaplerin, eine Hure und eine Spionin.«

»Tatsächlich?« Die gehauchte Stimme enthielt eine Drohung, die sich aber nicht gegen den Besucher richtete. »Sie machen mich neugierig, *mon Anglais.* Sagen Sie mir, was Sie über diese Frau wissen. Wenn sie für die Briten arbeitet, könnte es nötig sein, sich um sie zu kümmern.«

So berichtete der Engländer alles, was er über Magda, Gräfin Janos, die einst als Margot Ashton bekannt gewesen war, wußte. Es war eine Schande, wenn eine reizende Lady geopfert werden mußte, aber die eigenen Interessen kamen eben an erster Stelle.

Kapitel 12

AM NÄCHSTEN MORGEN begleitete Hélène Sorel Maggie zu Madame Daudet, die eine Liste aller französischen Familienwappen zusammengestellt hatte, in denen es Schlangen gab. Nach der obligatorischen halben Stunde über den Teetassen bekamen die Gäste die Liste in die Hand, mit einer Schrift beschrieben, so zierlich wie die alte Dame selbst. Um die Aufstellung genau zu studieren, durften sie die Bibliothek benutzen.

Die beiden Frauen schlugen die Namen in massiven, goldgeprägten Bänden nach, die handkolorierte Stiche von heraldischen Sinnbildern und Familienwappen enthielten. Sie übertrugen die vielversprechendsten Wappen auf durchscheinendes Pergamentpapier, das Maggie mitgebracht hatte. Sie hatten Drachen und alle mittelalterlichen Kreaturen von zweifelhafter Abstammung zurückgestellt und beschränkten ihre Nachforschung auf das, was deutlich schlangenartig war, dreiköpfige Hydren wie die im d'Auguste-Wappen eingeschlossen.

Sie brauchten vier Stunden, um alles durchzugehen, und dann waren sie erschöpft und ein wenig schläfrig von der stickigen Luft. Gerade als sie gehen wollten, entdeckte Hélène ein Buch über die preußische Aristokratie.

Als sie zu »von Fehrenbach« blätterte, wurde die Französin so still, daß Maggie ihr über die Schulter blickte. Was sie sah, ließ augenblicklich alle Alarmglokken schrillen: Im Fehrenbach-Wappen war ein Löwe, der ein Schwert hielt, um dessen Schaft sich eine Schlange wand.

Ohne Gefühlsregung übersetzte Hélène das lateinische Motto. »Die Klugheit einer Schlange, der Mut eines Löwen.«

Maggie war erschüttert. »Von allen Verdächtigen hätte ich von Fehrenbach am wenigsten in Betracht gezogen.«

»Dies hier beweist nichts«, erwiderte Hélène mit einer merkwürdigen Stimme. »Wir haben ein Dutzend ähnlicher Wappen kopiert.«

»Aber keines davon gehört zu einem unserer Verdächtigen.« Maggie hielt inne, dann fragte sie: »Hélène, ich habe dich schon einmal gefragt, und ich tue es wieder. Ist irgend etwas zwischen dir und von Fehrenbach?«

Hélène ließ sich wieder in einen der Ledersessel fallen, ohne Maggies Blick zu begegnen. »Es gibt nichts außer . . . einer Anziehungskraft. Ich habe ihn ein paarmal und immer in aller Öffentlichkeit getroffen, aber nie etwas gesagt, was irgend jemand nicht hören dürfte.«

Maggie setzte sich ebenfalls wieder und strich sich mit staubigen Fingern die Haare aus dem Gesicht. Wie sie selbst handelte Hélène meistens aus Instinkt, der gewöhnlich ein verläßlicherer Führer als die Vernunft war. »Glaubst du, der Oberst könnte in ein Komplott gegen Frankreich verwickelt sein?«

»Nein«, erwiderte Hélène ohne Umschweife. Sie sah endlich Maggie in die Augen. »Ich werde mich für dich um ihn kümmern.«

Maggie setzte sich mit bösen Ahnungen im Stuhl auf.

»Hélène, was hast du vor? Wenn der Oberst wirklich Le Serpent ist, dann ist er gefährlich! Das ist er wahrscheinlich so oder so.«

Hélène lächelte schwach. »Ich habe nichts vor, was mich oder deine Untersuchung gefährdet.« Als sie die Protestregung auf dem Gesicht ihrer Freundin sah, setzte sie hinzu: »Du kannst mich nicht aufhalten, das weißt du. Ich stehe nicht bei dir im Sold. Ich bin eine freie Agentin, die mit dir zusammenarbeitet, weil wir dasselbe Ziel haben.«

Maggie seufzte und musterte Hélènes weiche Züge und ihr zartes Gesicht. Ihre Freundin sah zwar aus wie ein neugeborenes Lamm, war aber mutig und gewitzt. Wenn sie entschlossen war, von Fehrenbach näherzukommen, dann konnte Maggie nur warten und hoffen, daß etwas Nützliches dabei herauskam.

Robin kam auf Maggies Bitte spät am Abend in ihr Haus. Der Mond stand halb am Himmel, doch es war hell genug, daß der Mann, der am Fenster im Haus gegenüber saß, keine Schwierigkeiten hatte, ihn zu identifizieren. Blond und schön wie Luzifer, ganz wie der Duke ihn beschrieben hatte.

Der Beobachter setzte sich nachdenklich in seinem Stuhl zurück und war froh, daß sein Posten so bequem war. Es war unwahrscheinlich, daß der Mitternachtsgast die appetitliche Gräfin sehr schnell wieder verlassen würde.

Er hatte keine Ahnung, daß ein zweites Paar verborgener Augen das gleiche Haus beobachtete.

Maggie schlief schlecht, nachdem Robin gegangen war. Er hatte die Zeichnungen der Wappen für vielversprechend gehalten und plante, sie verschiedenen Gestalten aus der Pariser Unterwelt zu zeigen. Vielleicht würde sich eine Zunge lösen lassen.

Robin selbst hatte wenig Neues zu berichten, was Maggie nervös machte, da sie eine Ahnung hatte, daß er etwas vor ihr verbarg. Das konnte eine Reihe von Gründen haben, wahrscheinlich war aber, daß er sie zu schützen versuchte, was ihr einmal mehr verdeutlichte, wie gefährlich dieses Geschäft war. Sie wünschte sich zutiefst, daß die Verträge endlich unterschrieben sein würden, so daß sie nach England zurückkehren konnte – nach England, wo es Frieden, Ruhe und Sicherheit gab.

Sie schlug die Augen wieder auf und starrte blicklos in die Finsternis. Der Gedanke an ein kleines Landhaus in England war weniger attraktiv als noch ein paar Wochen zuvor. Auch wenn sie den Frieden zu schätzen wußte, würden die Tage sich ereignislos und leer dahinziehen. Sie konnte spazierengehen und lesen, Freundschaften schließen und morgendliche Besuche machen – Tag für Tag, Monat für Monat, Jahr für Jahr . . .

Keine besonders aufregende Aussicht. In diesem Leben der lupenreinen Ehrbarkeit, nach dem sie sich gesehnt hatte, wäre sie ziemlich einsam. Es gäbe keine Männer wie Rafe, mit denen man verbale Schlachten austragen konnte, niemanden, der empörende Angebote machte.

Bei diesem Gedanken lachte sie leise. Aus Erfahrung wußte sie, daß es schon genug Männer geben würde, die letzteres tun würden, nur wäre keiner dabei, der ihr gefiele. Und das war wohl letztendlich auch der wirkliche Grund für ihre Ruhelosigkeit.

Rafe Whitbourne war immer noch der faszinierendste Mann, den sie je getroffen hatte: intelligent, mehr als nur ein wenig arrogant, manchmal zärtlich, manchmal ein Rätsel. Und verdammt und aufreizend gutaussehend. Er hatte Frauen bezaubert, seit er kein Junge mehr war, und da war es doch kein Wunder, daß sie sich in die Schar seiner Bewunderinnen einreihte.

Von dem gereiften, distanzierten Standpunkt ihrer einunddreißig Jahre erkannte sie, wie glücklich sie sich schätzen konnte, daß sie nicht geheiratet hatten. Sie beide waren damals fast noch Kinder. Sie war so in Rafe verliebt gewesen, daß es ihr niemals in den Sinn gekommen war, Rafe könnte sich Mätressen halten, wie die meisten Männer in seinem Alter und seiner Position. Sie wäre genauso vernichtet gewesen wie Cynthia Northwood, wenn sie es das erste Mal erfahren hätte.

Statt sich allerdings selbst der Promiskuität hinzugeben, hätte sich Maggie wahrscheinlich in eine zornige Furie verwandelt, die weder seine Untreue akzeptieren noch ihn gehen lassen würde. Rafe hätte vermutlich mit Ungläubigkeit und Verlegenheit reagiert und bedauert, daß er nicht eine feinsinnigere Frau genommen hatte, die verstand, wie die Welt funktionierte.

Je mehr Maggie gekämpft hätte, desto weiter hätte er sich von ihr entfernt. Die Liebe wäre gestorben, und sie hätten sich gegenseitig das Leben schwergemacht. Das alles wäre vorgezeichnet gewesen.

Da sie sich soeben selbst bewiesen hatte, wie froh sie sein konnte, daß Rafe die Verlobung gelöst hatte – warum machte diese Schlußfolgerung sie nicht glücklich?

Entnervt legte Maggie sich den Oberarm über die Augen, um – vergeblich – zu versuchen, Rafes Bild zu vertreiben.

Es war ein schwacher Trost, in seinem Leben die einzige Frau zu sein, die ihn zurückgewiesen hatte. Aber war das wirklich besser als nichts?

Maggie und Rafes Besuch im Louvre mit den Roussayes

erwies sich auf unerwartete Weise als höchst lehrreich. Napoleon hatte Kunstschätze erbeutet, wo immer er gewesen war, und sie dann in dem alten Palast ausgestellt. Er war ›Musée Napoléon‹ genannt worden, und in den wunderschönen Galerien wurden Staatsempfänge gegeben.

Kunst war zu einem Hauptstreitpunkt der Verhandlungen geworden. Die eroberten Nationen wollten verständlicherweise ihre Gemälde und Skulpturen zurück, während die französischen Royalisten und die Bonapartisten sich einig waren, daß die Beutestücke Früchte der Eroberungen waren. Der Punkt war noch ungeklärt, wenn es auch höchstwahrscheinlich zugunsten der Alliierten ausgehen würde. Der einzige Herrscher, der nichts dagegen hatte, den Franzosen die Kunstwerke zu lassen, war der Zar, der selbst nichts verloren hatte.

Als die zwei Paare vor einem herrlichen Tizian stehenblieben, spielte Roussaye indirekt auf die Problematik an. »Wir müssen das alles bewundern, solange wir es noch können. Noch nie hat es eine solche Sammlung gegeben, und vielleicht wird die Welt nichts Gleichwertiges mehr sehen.«

Sie betrachteten respektvoll das Gemälde, als eine Stimme hinter ihnen erklang. »Sie haben recht, General Roussaye. Dieses Museum gehört zu den schönsten Erträgen des Kaiserreichs.«

Die dunkle, flüsternde Stimme ließ Maggie die Nakkenhärchen zu Berge stehen. Sie wandte sich um und entdeckte den Comte de Varenne.

Michel Roussaye erwiderte kühl: »Es überrascht mich, daß ein Royalist irgendeine Tat Bonapartes billigt.«

Der Comte lächelte. »Ich bin ein Royalist, kein Narr, General Roussaye. Der Kaiser war der Riese unserer Generation, und nur ein Dummkopf würde das zu bestreiten versuchen.«

Die Bemerkung verursachte eine deutliche Entspannung in der Miene des Generals.

»Wie Sie«, fuhr Varenne fort, »bin ich hier, um mich von einigen meiner Lieblingsgemälde zu verabschieden.«

Die Worte waren kaum heraus, als ein Stück weiter den Flur entlang einige Unruhe entstand. Zwischen französischen Rufen signalisierte das gleichmäßige Stampfen von Füßen den Einmarsch einer Soldatenkompanie. Maggie erkannte die Uniformen als preußisch. Unter den ungläubigen Blicken der Museumsbesucher begannen die Soldaten, Bilder von den Wänden zu nehmen.

General Roussaye eilte rasch zu ihnen und verlangte wütend Aufklärung. »Mit wessen Genehmigung tun Sie das?«

Der preußische Befehlshaber wandte sich um, und Maggie erkannte Oberst von Fehrenbach. Mit kalter Zufriedenheit antwortete dieser: »Mit der des Eigentümers. Da die Verhandlungen immer noch auf dem Stand vom Juli sind, nimmt sich Preußen nun, was Preußen gehört.«

Maggie wollte sich keine Einzelheit dieser Auseinandersetzung entgehen lassen und setzte sich in Bewegung, doch Rafe faßte ihr Handgelenk und hielt sie auf.

»Halt dich da raus«, sagte er mit einer Stimme, die keinen Widerspruch duldete.

Maggie überlegte, ob sie protestieren sollte, aber der gesunde Menschenverstand sagte ihr, daß er recht hatte.

Der Comte de Varenne hatte sich zu seinem Landsmann gesellt. Wenn sein Tonfall auch weniger heftig war, klang er genauso feindselig. »Der Wiener Kongreß hat Frankreich erlaubt, seine Schätze zu behalten, und es ist keinesfalls sicher, daß diese Entscheidung aufgehoben wird. Was Sie hier tun, ist Diebstahl.«

Der große Preuße war ungerührt. »Sie können sagen, was Sie wollen, ich bin jedenfalls auf Befehl meines Königs hier. Wir haben sowohl die Macht als auch das Recht auf unserer Seite, und wir dulden keine Einmischung.«

Die Soldaten packten nun die Gemälde in die hölzernen Kisten, die sie mitgebracht hatten. Eine Menge feindselig blickender Franzosen hatten sich um sie versammelt, und Maggie fürchtete einen Moment, sie würden sich auf die Soldaten stürzen. Doch die Zuschauer blieben passiv.

Varennes zischende Stimme fuhr fort: »Seien Sie nicht so selbstgerecht, Oberst. Viele von den Werken, die die Alliierten so empört zurückfordern, waren ohnehin gestohlen. Die Bronzepferde vom Markusplatz zum Beispiel, die die Venezier in Konstantinopel erbeuteten.«

Von Fehrenbach meinte zynisch: »Das bestreite ich nicht. Aber es liegt im Wesen der Beute, und daher läßt es sich nicht leicht moralisieren.«

Roussaye mischte sich ein. »Alle Nationen haben geplündert, aber nur Frankreich hat diese ganze Schönheit für alle zugänglich gemacht. Selbst die Ärmsten der Armen können sich hier im Glanz der Kunst sonnen.«

»Das ist richtig. Die Franzosen sind die effektivsten Diebe in der ganzen Geschichte«, stimmte der Oberst kalt zu. »Ihr studiert Kunstbücher und schickt Experten los, damit euch ja keines der besten Stücke entgeht. Der Kaiser hat ja sogar den Vatikan dazu gebracht, die Kosten der Fracht für die Beutestücke nach Paris zu bezahlen. Aber vergessen Sie nicht, was Wellington gesagt hat: Beute ist das, was blutige Hände nehmen und behalten können.«

Von Fehrenbach wandte sich zu seinen Männern um, sagte aber über seine Schulter: »Und Frankreich kann das hier *nicht* behalten.«

Es war ein Glück für den Oberst, daß er so viele Soldaten dabeihatte, denn seine Worte verursachten ein lautes Grummeln ohnmächtiger Wut bei den Schaulustigen.

Nach einem Augenblick der Erstarrung wirbelte General Roussaye auf dem Absatz herum und kam zu seinen Begleitern zurück. »Ich denke, wir gehen jetzt besser.« Er nahm den Arm seiner Frau und führte sie den Gang hinab. Rafe, Maggie und Varenne folgten.

Die Nachricht von dem Disput im Louvre hatte sich bereits verbreitet, und draußen sammelte sich eine Menschenmenge auf dem Place du Carousel. Im Schatten des gewaltigen Triumphbogens, der von den Bronzepferden von St. Markus gekrönt wurde, konnten Maggie und ihre Gefährten beobachten, wie die Venus de Medici mit den Füßen voran herausgetragen wurde. Ihr folgte der Apollo Belvedere.

In der Nähe stieß ein junger Mann in einem farbverschmierten Kittel einen gequälten Schrei aus. »Oh, wenn Wellington wenigstens befohlen hätte, es nachts zu machen! Dann hätten wir nicht zusehen müssen, wie sie uns berauben!«

Zwar war der Kummer des Künstlers echt, aber Maggie konnte sich einfach des Gedankens nicht erwehren, daß die Venezier, die Preußen und die anderen Opfer von Napoleons Gier dasselbe hatten durchmachen müssen.

Hinter ihr erklang Rafes weiche Stimme. »Leider Gottes wird Wellington dafür verantwortlich gemacht.

Seine Beliebtheit bei den Franzosen wird nun schnell verfliegen.«

Roussaye wandte sich zu ihnen um, seine Frau hielt sich, Kummer in ihren riesigen dunklen Augen, immer noch an seinem Arm fest. »Ich fürchte, ich werde in nächster Zeit kein besonders unterhaltsamer Begleiter sein«, sagte Roussaye mit bewundernswerter Haltung. »Bitte verzeihen Sie uns, wenn wir nun gehen.«

Kultiviert wie immer erwiderte Rafe: »Selbstverständlich, General Roussaye, Cousine Filomena. Vielleicht verabreden wir uns einmal zu etwas, das weniger Kontroversen hervorruft.«

Der General lächelte ohne Humor. »Nichts in Frankreich ist ohne Kontroverse.«

Varenne mischte sich zum ersten Mal, seit sie den Louvre verlassen hatten, ein. »Ganz Frankreich teilt Ihre Empörung, General.«

Als Maggie sah, wie sich die zwei einflußreichen, fähigen Franzosen einen verstehenden Blick zuwarfen, hatte sie das beunruhigende Gefühl, daß Frankreich einmal mehr das gefährlichste Land in Europa sein würde, wenn sich Royalisten und Bonapartisten jemals vereinen sollten. Gott sei Dank bestand zwischen diesen beiden Parteien noch zuviel Haß, als daß es bald geschehen konnte.

Nachdem die Roussayes gegangen waren, wandte sich Varenne an Maggie und Rafe. »Es tut mir leid, daß Sie eine solche Szene miterleben mußten. Ich hatte Gerüchte gehört, daß die Preußen wegen der mangelnden Fortschritte der Verhandlungen ungeduldig geworden sind, aber niemand hätte erwartet, daß sie so rasch handeln.«

»Ich fürchte, die Dinge werden schlimmer, bevor etwas verbessert werden kann«, sagte Rafe. »Die Kunstkontroverse wird zu einem Symbol aller Konflikte der Friedenskonferenz.«

»Die Lage ist ziemlich instabil«, stimmte Varenne zu. »Wie Sie sicher wissen, wird die Regierung des Königs gerade umgebildet, und ich fürchte, Richelieu ist nicht stark genug, die Ordnung aufrechtzuerhalten.« Dann schob er seine finstere Laune beiseite und lächelte Maggie an. »Aber ich sollte über solche Dinge nicht vor einer Lady sprechen.«

Maggie nahm an, er wollte damit sagen, sie sei ein wenig zu dumm, um Politik zu verstehen. Nun denn, für je dümmer er sie hielt, desto besser. Mit flatternden Lidern gurrte sie: »Ach, es ist alles so schrecklich. Da die Kriege doch vorbei sind, sollte man glauben, daß es keine Probleme mehr gibt.«

»Ich fürchte, so einfach ist die Sache nicht«, sagte Varenne mit einem spöttischen Glitzern in den Augen. »Ich freue mich schon auf den Tag, an dem ich mich auf meinen Besitz zurückziehen kann, aber es wird wohl nicht so bald sein.«

»Befindet sich Ihr Anwesen in der Nähe von Paris?« fragte Maggie, obwohl sie die Antwort natürlich schon kannte.

»Ja, nicht weit von Malmaison, dem kaiserlichen Haus. Chantueil ist vielleicht das schönste mittelalterliche Château in Frankreich.«

»Oh, das hört sich herrlich romantisch an.«

»Das ist es.« Varenne schenkte ihr ein Lächeln, das charmant gewirkt hätte, wenn es die Berechnung in seinen Augen nicht gegeben hätte. »Ich würde mich freuen, wenn ich es Ihnen zeigen dürfte. Vielleicht nächste Woche?«

Maggies Antwort wurde verhindert, als Rafe seinen Arm um ihre Taille legte. »Vielleicht später. Die Gräfin und ich haben in naher Zukunft viel zu tun.«

Scheinbar amüsiert durch Rafes besitzergreifende Geste, nahm Varenne ihre Hand und hauchte einen Kuß darüber. »Sie und die bezaubernde Gräfin sind jederzeit in Chantueil willkommen, Monsieur le Duc.«

Dann verschwand er in der brodelnden Menge der wütenden Pariser. Maggie sah beunruhigt seinem breiten Rücken hinterher. Auch wenn der Comte sich so verhalten hatte – sie spürte, daß er nicht wirklich an ihr interessiert war.

Doch bevor sie ihr Unbehagen analysieren konnte, unterbrach Rafe brüsk ihre Gedanken. »Zeit zu gehen, Gräfin. Die Leute hier könnten außer Kontrolle geraten.«

Seine Worte machten ihr erst jetzt das zornige Grummeln bewußt, und sie empfand die erstickende Angst, die solche Menschenansammlungen immer in ihr erzeugten. Sie war froh, daß Rafe bei ihr war, denn die Leute ließen ihn ohne weiteres durch. Jeder würde es sich zwei- oder gar dreimal überlegen, bevor er sich dem Duke of Candover näherte, nicht nur wegen seines erkennbaren Standes, sondern auch, weil er eine Aura besaß, die leicht bedrohlich wirkte.

Als sie weit genug von der Menge entfernt waren, rief Rafe eine Kutsche, die sie zum Boulevard des Capucines bringen sollte. Dann ergriff er wieder das Wort. »Es war interessant, alle drei Hauptverdächtigen zusammen zu erleben, aber ich kann nicht behaupten, daß ich nun eher weiß, wer in was verwickelt ist. Was denkst du denn darüber?«

Sie runzelte die Stirn. »Meine Meinung hat sich auch nicht sehr geändert. Oberst von Fehrenbach verabscheut Franzosen und freut sich, wenn sie gedemütigt werden. Obwohl ich ihn mir nicht als Drahtzieher eines Komplotts vorstellen kann, ist es möglich, daß jemand anderer ihn dafür einsetzt.«

»Und General Roussaye?«

»Er hat sich mit der für ihn üblichen Zurückhaltung benommen«, sagte sie langsam. »Er war so wütend über die Invasion im Louvre, daß es mich nicht überrascht hätte, wenn er den Mob angestachelt hätte, die Preußen anzugreifen.«

»Das hätte er in Anwesenheit seiner Frau sicher nicht riskiert.«

»Das war bestimmt ein Grund«, nickte sie. »Zudem ist er ein intelligenter Mensch, der weiß, daß es nicht viel einbringt, die Preußen zu vertreiben. Aber er ist ein echter Soldat, und ich hatte den Eindruck, daß es ihn sehr viel Mühe kostete, nicht zurückzuschlagen. Weißt du noch, daß ich meinte, er könnte in irgendein Geheimnis verwickelt sein? Vielleicht ist er lieber gegangen, als schließlich doch etwas zu tun, was ein mögliches anderes Projekt gefährdet. Ich würde darauf wetten, daß einige Abschnitte seines Lebens helles Licht gar nicht vertragen könnten.«

»Was ist mit Varenne und seinem ach so romantischen Schloß?« fragte Rafe, der seinen Sarkasmus gar nicht unterdrücken wollte.

Sie lächelte ein wenig. »Ich würde dem Mann nicht bis zu seiner Zugbrücke trauen. Ich vermute, er ist vom Wesen her schon so verschlagen, daß man unmöglich bestimmen kann, ob er in einer Verschwörung steckt oder aus Prinzip alles vernebelt.«

Ohne auf ihren lockeren Tonfall einzugehen, meinte Rafe düster: »Ich fühle mich so, wie man sich vor einem Sturm fühlt, wenn man zusehen muß, wie sich die Wolken am Himmel türmen. Ich wünschte bloß, wir wüßten, aus welcher Richtung der Wind kommen wird.«

»Wissen ist nicht das, was einen in einem Sturm rettet, sondern Flexibilität. Es werden nur die umgerissen, die sich nicht beugen können.«

Seine dunklen Brauen hoben sich. »Ist das eine indirekte Kritik an so steife Gesellen wie mich? Denk daran: Auch Blumen biegen sich im Wind und werden in einem Sturm dennoch zerfetzt.«

»Sie müssen die Analogie ja nicht bis zum äußersten treiben, Euer Hoheit«, erwiderte sie trocken. »Vielleicht sehe ich aus wie eine zerzauste Rose, aber ich habe schon grausamere Stürme überlebt.«

Die Kutsche erreichte Maggies Haus, und sie stiegen aus. Da das verfrühte Ende ihres Museumsbesuches sie Stunden eher als geplant nach Hause zurückgebracht hatte, folgte Rafe ihr ins Haus.

Rafes Stimmung kam ihr etwas seltsam vor, also schlug sie vor: »Wir haben lange kein Schach mehr gespielt. Sollen wir unsere Partie beenden?«

Er willigte ein, aber beide waren so zerstreut, daß man nicht hätte sagen können, wer schlechter spielte. Maggie bemerkte kaum, welche Züge sie machte, bis er schließlich »Schach« sagte.

Jetzt sah sie, daß ein schwarzer Läufer ihren König bedrohte, und so stellte sie einen weißen Springer in seinen Weg. Rafe konnte den Springer schlagen, aber dann würde Maggie seinen Läufer nehmen und hätte damit sowohl ihren König gerettet als auch das Gleichgewicht wiederhergestellt.

»Ich mag Springer«, sagte sie lächelnd. »Sie bewegen sich auf eine Art, die andere täuschen kann.«

»Wie du, Gräfin?«

Überrascht von der Schärfe in seiner Stimme, erwiderte sie: »Wahrscheinlich ja. Spionieren ist schließlich die Kunst der Täuschung.«

»Wird sich die weiße Dame für den weißen König opfern?«

Rafes graue Augen bohrten sich in sie, und sie erkannte, daß er nicht mehr über Schach sprach. Seine Gesichtszüge waren hart geworden, und sein ganzer Körper strahlte Anspannung aus.

Ihre Lippen preßten sich zusammen. Sie hatte geahnt, daß es mit ihm irgendwann Schwierigkeiten geben würde, und offenbar war der Punkt nun gekommen. »Rafe, was willst du damit sagen?«

Statt zu antworten, führte er seinen schwarzen König über das Brett, um die weiße Dame zu bedrohen.

»Du weißt sehr gut, daß dieser Zug nicht legitim ist«, sagte sie verärgert. »Was zum Teufel willst du mir klarmachen?«

Rafe nahm die weiße Dame und den schwarzen König vom Brett. »Nur dies, Maggie: Ich lasse nicht zu, daß du dich für den weißen König opferst. Mit oder ohne deine Zustimmung werde ich dich aus dem Spiel nehmen!«

Kapitel 13

MAGGIE STARRTE RAFE an. Was war denn nur in ihn gefahren? »Mich aus dem Spiel nehmen?« sagte sie kühl. »Du wirst dich schon etwas klarer ausdrücken müssen.«

Mit einer zornigen Bewegung des Armes wischte Rafe die emaillierten Schachfiguren vom Brett. Sie plumpsten auf den orientalischen Teppich und sprangen, aneinanderklickend, in alle Richtungen davon.

»Wir sprechen über Robert Anderson«, fauchte er. »Deinen Liebhaber, der ein Spion und Verräter ist.«

Maggie stand so abrupt auf, daß ihr Stuhl umfiel. »Du weißt ja nicht, wovon du redest.«

Rafe stand ebenfalls auf und baute sich vor ihr auf. Der kultivierte, unbeteiligte Gentleman war fort, und er sprühte vor Zorn. »O doch, das weiß ich, mein damenhaftes Flittchen. Ich weiß, daß er gestern spät in der Nacht hergekommen ist, obwohl Lucien angeordnet hat, daß du mit niemandem aus der britischen Delegation kommunizieren sollst.«

Maggie dachte nicht daran, seinem flammenden Blick auszuweichen. Ihre Stimme war sanft, als sie antwortete. »Ich spiele diese gefährlichen Spiele schon etwas länger als Sie, Euer Hoheit. Und ich arbeite mit denen zusammen, denen ich vertraue.«

»Auch wenn sie Verräter sind? Dein Liebhaber ist gesehen worden, wie er sich heimlich mit General Roussaye getroffen hat. Ich selbst sah ihn im Café Mazarin mit Henri Lemercier zusammen. Vielleicht haben sie da das Attentat auf Castlereagh geplant.«

Langsam begriff sie. Dennoch sagte sie trotzig: »Das beweist gar nichts. Spione müssen mit allen Leuten reden, nicht nur mit respektablen Bürgern.«

Rafe kam um den Tisch herum, bis er knapp vor ihr stand. »Du gibst also zu, daß er ein Spion ist?«

»Natürlich! Wir arbeiten schon seit Jahren zusammen.«

»Also bist du seit Jahren seine Mätresse«, wiederholte Rafe mit eiskalten Augen. »Weißt du wenigstens, für wen er arbeitet?«

»Für Britannien natürlich. Robin ist so englisch wie ich.«

»Selbst wenn das stimmt, dann bedeutet einem Söldner seine Nationalität noch lange nichts. Wahrscheinlich verkauft er an den Höchstbietenden, und hat dich nur benutzt.« Rafes Augen verengten sich. »Bist du sicher, daß er Engländer ist?«

Maggie explodierte. »Du ignoranter Idiot! Deine Beschuldigungen sind absurd, und ich habe keine Lust mehr, dir zuzuhören.«

Sie wirbelte herum, aber Rafe packte sie am Arm. »Absurd? Wo kommt dein Geld her? Wer bezahlt deine Seidenkleider und die Kutsche und das Stadthaus?«

Sie riß sich los. »Ich, und zwar mit dem Geld, das ich von der britischen Regierung bekomme.«

»Wirst du direkt bezahlt?«

Nach eine Pause sagte Maggie: »Das Geld läuft über Robin.«

Das war genau das, was Rafe erwartet hatte. »Ich habe Lucien geschrieben und gefragt, was die Regierung dir die letzten zwölf Jahre gezahlt hat. Es waren etwa fünftausend Pfund – nicht genug, um dich ein einziges Jahr bei deinem Lebensstil zu unterhalten.«

Ihre Augen weiteten sich, aber sie wollte nicht klein beigeben. »Vielleicht ist das alles, was Lord Strathmore bezahlt hat, aber es gibt andere britische Agenturen, die Informationen brauchen. Wahrscheinlich hat Robin mit einigen von ihnen Abmachungen.«

Obwohl ihre Worte trotzig klangen, sah er, wie sehr es sie getroffen hatte, was er ihr enthüllte, und diesen Vorteil wollte er ausnutzen. »Ich bewundere deine Loyalität. Dennoch spricht alles dafür, daß Anderson der Spion in der britischen Delegation und ziemlich sicher in die Verschwörung gegen Castlereagh verwickelt ist. Die einzige Frage bleibt nun, ob du seine wissende Komplizin bist oder nur ein Opfer.«

»Das glaube ich einfach nicht!« sagte sie heftig. »Robin ist der beste Freund, den ich je hatte, und wenn ich mich entscheiden muß, ob ich ihm oder dir glaube, dann wähle ich ihn. Raus jetzt!«

Rafe verlor nun endgültig die Beherrschung. Er packte sie an den Schultern. »Warum er, Margot – warum er und nicht ich? Ist er ein unvergleichlicher Liebhaber? Liebst du ihn, oder ist es, weil er dich so hervorragend finanziell unterstützt?« Seine Finger griffen fester zu. »Wenn es Geld ist, das du willst, dann zahle ich deinen Preis, egal wie hoch er ist. Ist es Sex, gib mir eine Nacht, und du kannst entscheiden, wer besser ist!«

Er sog rasselnd und mühsam den Atem ein. »Und wenn du ihn aus blinder Loyalität in Schutz nimmst, dann denk darüber nach, ob ein Verräter so etwas wert ist!«

Sie lachte ihm ins Gesicht. »Du wagst zu fragen, warum ich Robin vorziehe? Er war es, der mein Leben gerettet und mir einen Grund zum Weitermachen gegeben hat.

Gott ist mein Zeuge, daß ich lieber auf einen Verräter hereinfalle, als die Geliebte eines Mannes zu werden, der mich ohne Beweis beschuldigt und abgeurteilt hat, eines Mannes, dessen kranke Eifersucht meinen Vater dazu veranlaßte, mich aus England fortzubringen!«

Ihre Stimme wurde leiser, und er sah die nackte Wut in ihrem Gesicht. »Du bist ein Grund dafür, warum mein Vater umgebracht wurde. Und allein deswegen kann ich dir niemals verzeihen.

Was deine schwachsinnige, männliche Arroganz angeht: Es ist mir egal, ob du dein Talent im Bett jeder Schlampe in Europa verfeinert hast. Ich werde mich niemals einem Mann ohne Liebe hingeben, und du bist unfähig, irgend jemanden zu lieben. Du bist ein egoistischer, arroganter, selbstgefälliger Schuft, der sich für den Größten hält, und ich will dich nie wiedersehen. Und jetzt laß mich los!«

Sie riß den Arm hoch, um sich von ihm loszumachen, aber er war zu stark für sie. Er schob eine Hand hinter ihren Kopf und drehte ihr Gesicht zu sich. Seine Stimme war heiser und qualvoll: »O Gott, Margot, ich will doch nur, daß dir nichts passiert!«

Dann küßte er sie wild und in der Hoffnung, die Leidenschaft würde ihren Widerstand brechen. Sofort flammte die Glut zwischen ihnen wieder auf.

Zuerst wehrte sie sich heftig, doch als er sie festhielt, wurde sie weicher und begann, auf ihn mit einer Intensität zu reagieren, die seiner gleichkam. Ihre Zunge drang in seinen Mund, und ihre Hand wanderte suchend an ihm hinunter.

Als sie ihn berührte, stöhnte er auf und wurde unter ihrer Liebkosung sofort hart. Das war es, wozu sie geschaffen waren – für die Liebe, nicht für den Kampf. Er ließ seinen Griff lockerer, und seine Hände glitten über die Rundung ihrer Hüften.

Maggie riß augenblicklich das Knie hoch. Als er erkannte, daß ihre Leidenschaft nur ein Trick gewesen war, konnte er gerade noch rechtzeitig ausweichen. Ihr Knie rammte seinen Schenkel statt seine Genitalien, aber er mußte sie loslassen, um sich zu retten.

Sobald Maggie frei war, stob sie durch das Zimmer zu ihrem Frisiertisch und riß eine Pistole aus der Schublade. Dann wirbelte sie zu ihm herum. »Verschwinde hier, und laß dich nie wieder in meiner Nähe blicken. Wenn du irgend etwas tust, um Robin zu schaden, dann bring ich dich um!« Ihre Stimme zitterte, doch die Waffe, die sie mit beiden Händen auf ihn gerichtet hielt, war tödlich ruhig.

Rafe starrte ungläubig auf die Pistole. »Maggie . . .«

»Bleib, wo du bist!« Sie entsicherte die Waffe. »Ich warne dich! Wenn du Robin etwas antust, wirst du sterben, auch wenn ich selbst schon tot bin. Ich weiß, wie man einen Mord arrangiert, und es wird auf der Welt keinen Ort geben, der weit genug entfernt ist, so daß du dich verstecken kannst. Nun nimm deine laienhafte Spionagekunst, deine widerliche Eifersucht und deine falschen Anschuldigungen und verschwinde zurück nach England!«

Sie bluffte, da war er sich sicher. Wahrscheinlich war die Waffe nicht einmal geladen.

Er trat einen Schritt vor, und sie drückte ab.

Das Donnern der Waffe war ohrenbetäubend. Er spürte die Vibration der Kugel, die nahe bei ihm einschlug, und Splitter streiften seine Wade.

Zuerst glaubte er, Maggies Schuß wäre ziellos gewesen. Doch als er gegen den beißenden Pulverqualm angeblinzelt hatte, erkannte er, daß sie in den schwarzen

König geschossen hatte, der auf dem Teppich neben seinem Fuß gelegen war. Die Kugel hatte die antike Figur in tausend Stücke zerfetzt. Sie war eine exzellente Schützin; wenn sie gewollt hätte, hätte sie ihm leicht ein Auge ausschießen können.

Als er den Blick wieder hob, hatte sie bereits rasch und geschickt wieder nachgeladen. »Wie du siehst, kann ich es«, sagte sie grimmig. »Wenn du irgendeinen falschen Schritt machst, bekommst du die nächste Kugel ab.«

Rafe wägte seine Chancen ab, ihr die Pistole abzunehmen, aber er stand zu weit von ihr entfernt, und in Maggies Augen funkelte Mordlust. Er verfluchte sich selbst, daß er Anderson auf derart schwachsinnige Art beschuldigt hatte. Es wäre schon unter anderen Umständen schwer gewesen, sie von der Täuschung ihres Liebhabers zu überzeugen. Doch da er seine Beweisführung mit Eifersucht vermischt hatte, konnte er nun Maggies Einstellung niemals mehr ändern.

Er riß sich zusammen und versuchte, seine Stimme so ruhig und überzeugend wie möglich klingen zu lassen. »Um Gottes willen, Maggie, trau Anderson nicht. Vielleicht bin ich ja ein eifersüchtiger Narr, aber ich habe dir die Wahrheit über ihn gesagt. Willst du, daß Castlereagh oder andere sterben müssen, weil du zu stur bist, Anderson so zu sehen, wie er ist? Er stellt unsere einzige Verbindung zu den Verschwörern dar, und Wellington kann ihn festnehmen und verhören lassen.«

»Kaum überzeugend, Euer Hoheit«, sagte sie, und ihre Augen verrieten soviel Feindseligkeit wie ihre Stimme. »Wie ich schon sagte, müssen Spione mit jedem reden, gerade mit Verdächtigen wie Lemercier und Roussaye. Was das Geld angeht – du bist wohl zu reich, um es zu begreifen, aber die Mehrheit der Menschheit muß mit dieser ordinären Sache praktisch denkend umgehen. Die gleiche Information an mehrere von Napoleons Feinden zu verkaufen, kann durchaus vernünftig und nicht gleich Verrat sein.«

»Aber du bist dir nicht sicher, nicht wahr?« fragte Rafe weich.

Bei seinen Worten versteifte sie sich, und er fragte sich, wie leicht der Hahn ihrer Pistole wohl ging. Es ist Ironie des Schicksals, dachte er mit kaltem Humor, daß der noble Duke of Candover in einem banalen Zank zwischen Liebenden getötet werden kann – mit der zusätzlichen Absurdität, daß wir nicht einmal ein Liebespaar sind.

Maggies Brustkorb hob und senkte sich heftig. »Du kannst eisenharte Beweise und ein Dutzend unbescholtener Zeugen anbringen, die bestätigen, daß Robin ein Verräter ist, und ich würde dir vielleicht – nur vielleicht! – glauben, doch in dein Bett würde ich dennoch nicht kommen. Gehst du jetzt freiwillig, oder soll ich meinen Dienern läuten, daß sie dich rauswerfen?«

Verzweifelt mußte Rafe erkennen, daß er auf ganzer Linie versagt hatte, und das machte alles nur noch schlimmer. Wenn Maggie sich auch in ihrer Loyalität zu Anderson furchtbar irrte, war es dennoch undenkbar, daß sie selbst wissentlich in einen Mordplan verwickelt war. Und nun, da Rafe sie herausgefordert hatte, würde sie nur noch wilder entschlossen sein, das Komplott aufzudecken, allein um ihm zu beweisen, daß seine Meinung über Anderson falsch war. Sie konnte in ernsthafte Gefahr geraten, und er würde nicht mehr da sein, um sie zu beschützen.

Die Waffe folgte ihm ohne zu zittern, als er sich auf die Tür zubewegte. Mit einer Hand auf dem Türknauf hielt er inne und blickte zurück. Auch die Tatsache, daß ein Pistolenlauf auf sein Herz zielte, verringerte sein Verlangen nicht. »Ich verlasse Paris erst, wenn die Sache vorbei ist«, sagte er ruhig. »Wenn du Hilfe brauchst, weißt du, wo du mich finden kannst.«

Dann ging er, und die Tür fiel hinter ihm leise zu.

Maggie legte die Pistole auf den Tisch. Ihre Knie gaben nach, und sie sank zu Boden. Übelkeit überkam sie, und sie schlang sich die Arme um ihre Mitte, um den Brechreiz zu bekämpfen.

Sie hatte sich immer gefragt, was unter Rafes kühler Gelöstheit verborgen lag. Nun wußte sie es, und sie wünschte, sie hätte es nicht herausgefunden. Zwar hatte er stets deutlich gezeigt, daß er sie begehrte, doch von seiner wilden Eifersucht war nie etwas zu spüren gewesen. Nun, er hatte sich ziemlich genauso benommen wie damals vor dreizehn Jahren. Damals hatte sie geglaubt, es sei Liebe gewesen, aber offenbar handelte es sich vielmehr um verletzten Stolz und Besitzdenken.

Konnte er sie wegen Robin belogen haben? Obwohl Rafes Informationen beunruhigend waren, mußte all das keineswegs auf einen Doppelagenten hinweisen. Zugegeben, Robin hatte sein Zusammentreffen mit Lemercier und Roussaye nicht erwähnt, aber das bedeutete nichts, da er seine Aktionen selten mit ihr in allen Einzelheiten diskutierte. Andersherum informierte sie ihn schließlich auch nicht über jeden ihrer Schritte.

Viel schwerer war es schon, Rafes Enthüllungen, was das Geld betraf, zu verwerfen. Obwohl sie in diesen Jahren nicht gerade verschwenderisch lebte, hatte ihr Robin doch weit mehr gezahlt als den Betrag, den Strathmore genannt hatte. Ein Teil davon war an die Informanten gegangen, ein anderer für ihre täglichen

Ausgaben aufgewandt worden, während der Rest in Zürich angelegt war, wo das Geld genug abwerfen konnte, um ihr ein sorgenfreies Leben in England zu garantieren.

Sie hatte die Summen, die sie erhielt, niemals in Frage gestellt, da sie angenommen hatte, es sei der gewöhnliche Lohn für ihre Tätigkeit. Konnte es denn wirklich sein, daß Robin mehr als einem Herrn diente? Er hatte stets so getan, als ob all das Geld britisches Geld war.

Sie zwang sich, die Frage seiner Nationalität noch einmal zu überdenken. Als sie sich kennengelernt hatten, hatte er behauptet, er sei Engländer, doch über sein Vorleben hatten sie nie gesprochen. Mit Unbehagen wurde ihr klar, daß er so gut wie überall aufgewachsen sein konnte, denn er besaß das gleiche Sprachtalent wie sie. Tatsächlich war es sogar Robin gewesen, der sie das besondere Hinhören gelehrt hatte, das sie befähigte, einen Akzent perfekt nachzuahmen.

Auch wenn vieles von seinem Leben im dunkeln lag, hatte Maggie niemals in Zweifel gezogen, daß er in den Dingen, die zählten, aufrichtig zu ihr war. Nun war sie nicht mehr so sicher. Noch knappe vierzehn Tage zuvor hatte er ihr gesagt, man dürfe niemandem trauen, nicht einmal ihm. Damals hatte sie diese Bemerkung als Spaß betrachtet, nun aber spukte sie ihr im Kopf herum.

Zitternd zog sie sich auf die Füße und ging dann an die Vitrine, um sich einen Brandy einzuschenken. Nach einem tiefen Schluck war ihr zwar innerlich wärmer, aber sie wußte immer noch nicht weiter.

Rafe mochte ja halb wahnsinnig vor zurückgewiesener Lust oder aus verletztem Stolz sein, aber sie würde wetten, daß er glaubte, was er ihr erzählt hatte. Doch wie konnte sie Robin, ihrem besten Freund, mißtrauen, der ihr Leben und ihren Verstand gerettet hatte?

Sie kippte den Rest Brandy hinunter, ohne darauf zu achten, wie er in ihrer Kehle brannte. Es war seltsam, wie sehr Rafe sie aus der Ruhe bringen konnte. Er erweckte in ihr ungeheuer tiefe Emotionen, die nichts mit der warmen Freundschaft gemein hatten, die sie mit Robin teilte.

Leider benutzte Rafe diese Macht, um sie zu verletzen.

Der Engländer versorgte Le Serpent mit den Informationen aus der britischen Botschaft, die er sich mit nicht geringem Risiko verschafft hatte. Zweimal war er fast von anderen Mitgliedern des Personals erwischt worden, und er glaubte, an Orten, an denen er eigentlich nichts zu tun hatte, mißtrauisch beäugt worden zu sein. Dennoch stellte niemand unangenehme Fragen, und er hatte für sein Risiko ein hübsches Sümmchen erhalten.

Das Licht war dieses Mal ein wenig heller, so daß Le Serpent die Pläne der Räume sichten konnte. Nach ein paar Minuten stieß er ein triumphierendes Knurren aus. »Perfekt, absolut perfekt. *Le bon Dieu* muß dies extra für meine Zwecke gestaltet haben.«

Der Engländer hatte nicht den Wunsch, mehr über diese Pläne zu erfahren. Er richtete sich auf, um zu gehen. »Wenn Sie mich also nicht mehr brauchen . . .«

Le Serpent streckte sich ebenfalls, und seine Augen funkelten kalt hinter seiner Maske. »Ich habe Sie noch nicht entlassen, *mon petit Anglais*. Mein Projekt erfordert Ihre freiwillige Teilnahme. Sehen Sie das Kämmerchen hier?« Ein Finger tippte auf den Grundriß.

Der Engländer blickte hinab. »Ja, was ist damit?«

»Es liegt direkt unter Castlereaghs Schlafzimmer.

Wie Sie mir gesagt haben, wird es selten benutzt und immer verschlossen gehalten. Wenn man genug Schießpulver hineinbringt und entzündet, pustet es den Flügel der Botschaft in Fetzen.«

»Sie sind wahnsinnig!« keuchte der Engländer, der endlich begriff, warum Le Serpent wissen wollte, wer bei den einzelnen Besprechungen dabei sein würde. Wenn er sich nur den richtigen Tag aussuchte, konnten Wellington und all die führenden Köpfe mit Castlereagh in die Luft gejagt werden.

»Nicht im geringsten«, erwiderte der maskierte Mann ruhig. »Mein Plan ist wagemutig, aber absolut durchführbar. Das schwierigste wird sein, das Pulver in die Botschaft zu bringen, aber da Sie zum Personal gehören, ist auch dies kein unüberwindbares Problem.«

»Wie beabsichtigen Sie denn, die Explosion zu starten?« fragte der Engländer und war sich gleichzeitig entsetzlich sicher, wie die Antwort lauten würde.

»Eine Kerze wird uns die Arbeit abnehmen. Eine langsam brennende, harte Wachskerze braucht Stunden, um herunterzubrennen. Sie werden viel Zeit haben, sich davonzumachen, ohne daß jemand Sie verdächtigen kann.«

»Ich will kein Teil eines solchen Wahnsinns sein! Wenn die Führer der Alliierten sterben, wird es eine Menschenjagd geben, die Frankreich noch nicht gesehen hat.«

»Oh, es wird einen Aufruhr geben, aber ohne Anführer werden die Alliierten wie geköpfte Hühner herumlaufen. Wenn sich der Staub dann legt«, – Le Serpent legte eine dramatische Pause ein, bevor er fortfuhr –, »wird es in Frankreich eine neue Ordnung geben.«

»Was kümmert mich Frankreich? Ich habe keine Lust, meinen Hals dafür zu riskieren!«

Der Engländer versuchte zurückzuweichen, aber Le

Serpent griff rasch über den Tisch und packte sein Handgelenk mit eiserner Kraft. Mit einer Stimme, die direkt aus einem Alptraum zu dringen schien, zischte er: »Ich sage es Ihnen noch einmal, *mon ami*, Sie haben keine Wahl. Gegen mich zu arbeiten, bedeutet den Tod. Auf der anderen Seite ist Ihre Mitarbeit unabdinglich für den Erfolg dieses Plans, und ich belohne meine Untergebenen höchst großzügig.«

Er ließ die Worte einwirken und fuhr dann sanft fort: »Nehmen Sie zur Kenntnis, daß ich nicht versuche, Ihre Loyalität zu kaufen, denn ich weiß, Sie haben keine. Gier ist der beste Beweggrund für Wesen wie Sie, also gebe ich Ihnen ein Versprechen: Verhelfen Sie mir zum Erfolg, und Sie werden reicher und mächtiger sein, als Sie sich je erträumt haben.«

Der Engländer wußte nicht mehr, was gesünder war: mit Le Serpent zusammenzuarbeiten, den Bastard bloßzustellen oder aus Frankreich zu fliehen. Mit Unbehagen wurde ihm bewußt, daß er sich in den nächsten Tagen entscheiden mußte, und wenn er die falsche Entscheidung traf, würde er schon bald tot sein.

Allerdings würde er so oder so sterben, ob er nun Le Serpent verriet oder die Briten seinen Verrat entdeckten. Also war Mitarbeit die beste und natürlich auch die profitabelste Wahl. Rauh sagte er daher: »Einmal mehr muß ich zugeben, daß Ihre Überzeugungsarbeit höchst effektiv ist.«

»Sehr gut.« Le Serpent ließ ihn los. »Ich mag Menschen, die schnell begreifen. Setzen Sie sich jetzt bitte, ich habe noch ein paar Fragen mehr. Mir kleben verschiedene britische Agenten an meinen Fersen, und ich werde sie notwendigerweise aus dem Weg räumen müssen. Sagen Sie mir alles, was Sie über die in Frage kommenden Leute wissen.«

Er hatte zwei der Namen, die Le Serpent nannte, erwartet, doch einer war eine Überraschung. Im übrigen eine sehr angenehme Überraschung und auch nur logisch, wenn er es richtig bedachte.

Der Engländer unterdrückte ein befriedigtes Grinsen. Er konnte sich niemanden vorstellen, den er lieber aus dem Weg geräumt sehen würde.

Kapitel 14

DIE DIENERSCHAFT WAR längst schlafen gegangen, und Maggie saß seit Stunden nur mit einer Kerze und der Katze als Gesellschaft in der Küche. Robin hatte gesagt, er wollte vorbeikommen, wenn er etwas zu berichten hatte, aber so spät würde er nicht mehr auftauchen.

Sie mußte unbedingt mit ihm reden, mußte hören, was er zu den verschiedenen Punkten zu sagen hatte, die Candover angesprochen hatte. Ganz sicher würde er eine vernünftige Erklärung haben . . .

Sie konnte unmöglich schlafen, solange so vieles ungelöst war – mit diesen tückischen Zweifeln an Robin, mit dem Nachhall ihres schrecklichen Streites mit Rafe. Impulsiv entschied sie, daß sie zu Robin gehen würde, wenn er nicht zu ihr kam. Er hatte Zimmer in der Nähe des Place du Carousel neben dem Louvre und den Tuilerien. Wenn er nicht dort war, konnte sie warten, bis er zurückkehrte. Es wäre nicht das erste Mal, daß sie im Dunklen durch die Straßen von Paris wanderte.

Oben zog sie sich rasch Männerkleidung an und war froh, daß der September kühl genug war, um den schwarzen, unförmigen, alles verhüllenden Mantel zu rechtfertigen. Wie immer, wenn sie allein unterwegs war, hatte sie

Messer und Pistole dabei. Obwohl sie stets Ärger vermied, hatte Robin dafür gesorgt, daß sie kämpfen konnte.

Robin. Immer Robin. Sie wollte ihm verzweifelt glauben.

Wenn nicht ihm, wem dann überhaupt?

»Es warst immer nur du, Rafe«, sagte Margot leise und ihre Augen waren vor Lust verschleiert. »All diese langen Jahre. Ich habe darauf gewartet, daß du mich suchst. Warum bist du nicht eher gekommen?«

Sie küßte ihn und knöpfte sein Hemd auf, um ihre heißen Lippen auf seine Kehle zu drücken. Seine Kleider schienen an seinem Körper zu schmelzen und erlaubten ihrem goldenen Haar, über seine nackte Haut zu fließen. Ihre wissenden Hände glitten seinen Oberkörper hinab, neckten ihn, erregten ihn, machten ihn wahnsinnig . . .

Mit hämmerndem Herzen und pulsierenden Nerven erwachte Rafe in die unangenehme Wirklichkeit. Er hatte nicht lange geschlafen, nur lange genug, daß seine fieberhaften Träume ihm den Rest geben konnten. Er war nach der Auseinandersetzung mit Maggie ins Hotel zurückgekehrt, hatte seinen Bericht an Lucien geschrieben und war zu Bett gegangen. Doch sie verfolgte ihn bis in den Schlaf.

Müde dachte er, daß er ebenso die letzte Stufe in die Lächerlichkeit hinabsteigen konnte. Nachdem er sich einfache Kleider angezogen hatte, kehrte er zum Boulevard des Capucines zurück, wo einer seiner Männer Maggies Haus von einem gemieteten Zimmer auf der anderen Seite der Allee aus beobachtete.

Rafe hatte den Beobachter ein paar Nächte zuvor eingesetzt. Abgesehen von zwei Besuchen von Anderson hatte er nichts Interessantes gesehen, und wahrscheinlich würde es heute nacht nicht anders sein. Dennoch konnte

Rafe nicht fortbleiben, und so entließ er den Mann und nahm selbst den Posten ein.

Er hätte auf dem Absatz kehrtmachen und nach London zurückrennen sollen, sobald er erfahren hatte, daß Luciens verdammte Spionin Margot Ashton war. Bisher hatte sein Aufenthalt in Paris seinem Land nicht geholfen, und auf sein geregeltes Leben hatte es sich verheerend ausgewirkt.

Mit bitterer Selbstverachtung erkannte er, daß die simple Schuljungenliebe, die er für Margot empfunden hatte, durch eine finstere Obsession ersetzt worden war. Sie war die einzige lebende Kreatur, die seine Unerschütterlichkeit zerstören konnte, und er haßte sie dafür, selbst wenn er sich selbstzerstörerisch vorstellte, wie es mit ihr im Bett sein mußte. Er kannte bereits den Geschmack ihres Mundes, und seine Phantasie lieferte ihm lebhafte Bilder von ihrem Aussehen, von dem Gefühl, wenn er in ihr war, wie sie sich ihm entgegenbiegen würde ...

Einmal mehr riß er sich aus dem ungesunden Teufelskreis seiner Gedanken los. Die Intensität seines Verlangens war so heftig, daß er sich zum ersten Mal im Leben fragte, ob er zur Vergewaltigung fähig wäre, wenn sich die Gelegenheit ergäbe.

Nein. Er wollte sich keine Antwort darauf erlauben.

Maggie hatte ihn beschuldigt, sie zu begehren, weil sie unerreichbar war, und er wußte, daß sie im gewissen Sinne recht hatte. Schließlich war sie nur eine Frau, und alle weiblichen Wesen waren irgendwie gleich. Ebenso wußte er aus Erfahrung, daß die schönsten Frauen selten auch die besten Mätressen waren. Geliebte, die von der Natur weniger begünstigt waren, strengten sich mehr an. Wenn er nur ein einziges Mal mit Maggie ins Bett gehen konnte, würde es ihn wahrscheinlich von seiner Obsession befreien, da sie in seinen Jugenderinnerungen verwurzelt war.

Doch dazu würde er keine Chance bekommen. Sie würde ihm eine Kugel in den Kopf jagen, wenn er sich ihr auf wenige Schritte näherte.

Es war ein Glück, daß Anderson in dieser Nacht nicht gekommen war. Rafe wäre versucht gewesen, ihn geradewegs umzubringen, und der Blonde war lebendig weit nützlicher. Morgen würde Rafe mit Wellington sprechen und ihn überzeugen, Anderson zu verhören, doch in dieser Nacht wollte er noch seine morbide Wache halten.

Das Haus gegenüber war dunkel, nur in der Küche brannte ein Licht. Er fragte sich, ob Maggie schlief oder so unruhig war wie er. Die Anschuldigungen gegen Anderson hatten sie sehr aufgewühlt, und vielleicht quälten sie Zweifel. Er hoffte es inständig.

Es war schon einige Zeit vergangen, als er eine dunkle Gestalt katzenhaft und anmutig aus dem Haus gleiten sah. Er wußte, daß es sich um Maggie handelte. Natürlich war seine Neugier sofort geweckt. Er verließ seinen Posten und war kurz darauf draußen.

Als er gerade auf die Allee hinaustrat, sah er eine andere Gestalt aus dem Gebäude zu seiner Linken kommen und hinter Maggie hergehen.

Zum Teufel, wer beobachtete sie denn noch? Hatte sein Mann die Konkurrenz übersehen oder war dies eine ganz neue Entwicklung? Er war plötzlich froh um den Impuls, der ihn an diesem Abend hierhergetrieben hatte. Wenn sie sich kopfüber in Gefahr stürzte, würde er wenigstens zur Stelle sein.

Maggie hetzte sie anständig. Rafe mußte die Geschwindigkeit bewundern, die sie an den Tag legte, wobei sie so gut wie unsichtbar blieb. Die gutbeleuchteten Boulevards meidend, war sie nur ein weiterer Schatten in den schmalen Nebengassen. Gelegentlich blickte sie sich um, aber sie hatte keinen Grund, Verfolger zu befürchten, und die gleichen Schatten, die sie schützten, verbargen auch Rafe und den anderen.

Der Gedanke an die Lächerlichkeit der Posse, in der mehrere Leute sich gegenseitig verfolgten, brachte Rafe dazu, sich umzublicken, aber er schien tatsächlich der letzte in der Reihe zu sein.

Als sie sich dem Place du Carousel näherten, erkannte er zu seinem Unmut, daß sie offenbar zu Anderson wollte. Eine geplante Verabredung, oder wollte sie den Mann mit dem konfrontieren, was Rafe ihr gesagt hatte? Wieder war es sich ganz und gar nicht sicher, ob er das wirklich wissen wollte.

Maggie hielt am Ende der Straße an, die nun auf den Platz mündete. Hinter ihrer Gestalt ragte der gewaltige Triumphbogen auf, den Napoleon auf dem Platz errichtet hatte, und der von den vier Bronzepferden von St. Markus in Venedig gekrönt wurde. Fackeln brannten um das Monument herum, und ihr flackerndes Licht beleuchtete die Arbeiter, die oben auf dem Bogen standen. Das Klicken von Hammer und Meißel hallte über die offene Fläche, und Rafe erkannte einen Aufpasser in einer britischen Uniform. Offenbar hatte Wellington beschlossen, die Gefühle der Franzosen nicht zu verletzen und ihre am meisten exponierten Beutestücke im Schutz der Nacht zu entfernen. Rafe hoffte, daß der alte Louis das Ganze verschlafen würde. Die Arbeiten fanden buchstäblich unter seinem Fenster in den Tuilerien statt.

Maggie zögerte immer noch, als ob sie sich entscheiden müßte, ob sie über den Platz oder um ihn herum gehen wollte.

Dann erklang Getrappel hinter Rafe. Er drehte sich um und entdeckte eine Abteilung der französischen Nationalgarde, die aus einer Querstraße kam und auf den Platz zustürmte. Nun bemerkte er, daß schon die ganze Zeit Rufe erklungen waren, doch die schmalen mittelalterlichen Gassen hatten die Geräusche weit entfernt erscheinen lassen.

Rafe hastete auf eine nahe Steintreppe in den Schutz eines Hauseingangs. Die Wachen rannten, gefolgt von einem Strudel wütender Pariser, vorbei. Jeder Mob war dem anderen ähnlich: Er klang wie ein tollwütiges Tier, das nur noch aus Zähnen, Klauen und Bauch besteht. Keiner achtete auf Rafe, der von seinem erhöhten Aussichtspunkt einen sicheren Blick auf wirbelnde Beine und Hände unter ihm werfen konnte.

Als die Männer auf dem Bogen die Wachen und den Mob sahen, ließen sie ihre Werkzeuge fallen und machten sich an einen hastigen Abstieg. Unten stoben sie augenblicklich auf die Tuilerien zu, wo sich eine Tür öffnete, um die Arbeiter einzulassen. Klug von Louis' Leuten, die Männer nicht in Stücke reißen zu lassen. Wellington hätte es ausgesprochen übel aufgenommen, wenn der König es zuließe, daß britische Soldaten und Bürger ermordet werden würden.

In dem Augenblick, in dem Rafe sich auf das Geschehen auf dem Platz konzentrierte, hatte er Maggie verloren. In der Angst, daß sie in dem Aufruhr untergehen würde, raste er die Stufen hinab und drängte sich durch die Menge zu der Stelle, wo er sie zuletzt gesehen hatte. Er hielt wachsam Ausschau nach dem Mann, der ihr gefolgt war, machte jedoch keinen Versuch, sich selbst zu tarnen. In seiner bescheidenen Kleidung war er ohnehin nur einer unter vielen.

Rufe erklangen an der Einmündung einer Gasse zur Linken, gefolgt von dem Bellen einer vertrauten, französischen Stimme. »Hier ist ein englischer Spion – einer von Wellingtons Dieben!«

Frustriert durch das Entkommen der Arbeiter, bewegten sich jene, die nahe genug standen, um die Worte zu hören, auf der Suche nach einem neuen Opfer auf die Gasse zu. Dann zerriß ein weiblicher Schreckensschrei das dumpfe Getöse.

Maggie.

Durch nacktes Entsetzen angetrieben, rannte Rafe los und kämpfte sich mit Fäusten, Ellbogen und Tritten seinen Weg frei. Kaum bemerkte er die Flüche und Schläge, die auf ihn herabprasselten.

Als er fast im Zentrum des Handgemenges angelangt war, hörte er das Reißen von Stoff. Dann gellte die vertraute Stimme erregt: »Ai, das ist eine Frau!«

Der animalische Laut des Mobs nahm eine andere, dunkle Färbung an.

Rafe stieß zwei betrunkene Jugendliche beiseite und fand sein Alptraumbild aus dem Aufruhr im Theater zu schrecklicher Wirklichkeit gewandelt.

Maggie lag am Boden, aber sie kämpfte immer noch wild, wand sich, trat um sich und wirbelte mit einem Messer herum. Ihre Schulter und ein Teil der Brust wirkten grellweiß im Kontrast zu dem schwarzen Stoff, und in dem flackernden Licht war ihr Gesicht durch eine Angst verzerrt, wie Rafe sie noch nie bei ihr gesehen hatte.

Ein in Lumpen gekleideter Arbeiter versuchte, ihr Handgelenk zu packen. Sie stieß ihre Messerklinge durch seine Hand, und der Mann brüllte auf, als das Blut aus der Wunde hervorschoß.

Mit schockierender Plötzlichkeit trat ein Stiefel gegen Maggies Schläfe, und das Kämpfen hörte auf. Sie verlor das Bewußtsein. Das Messer entglitt ihren Fingern und klirrte zu Boden.

Der Mann, der sie getreten hatte, riß sie hoch und hielt sie an sich gepreßt. Eine Hand drückte brutal ihre entblößte Brust. Rafe sah in das Gesicht und erkannte das vernarbte, triumphierende Grinsen von Henri Lemercier.

»Ihr müßt euch leider anstellen, *mes amis*«, sagte der Capitaine fröhlich. »Ich hab' sie zuerst gesehen, aber macht euch keine Sorgen. Ihr kommt schon noch dran.«

Dann begann er, sie rückwärts in die Gasse zu ziehen. Die Menge, die die technischen Schwierigkeiten anerkannte, die sich ergaben, wenn mehrere Leute eine Frau vergewaltigen wollten, wich ein wenig zurück und ließ dem Mann und Maggie etwas mehr Platz.

Nur noch Tollkühnheit konnte ihm helfen. Rafe sprang aus der Menge hervor, schmetterte Lemercier die Handkante gegen die Kehle und packte Maggie, als der Franzose sie losließ.

Rafe hob sie hoch und spürte die unverkennbare Form der Pistole in ihrer Tasche. Eine Kugel hätte ihr vielleicht nicht gegen den Mob geholfen, sie konnte aber ihm nutzen. Als er ihren reglosen Körper über seine linke Schulter warf, schob er die Pistole in seine eigene Tasche. Dann rannte er die Gasse hinunter, weg von dem Platz, und betete, daß der Mob nur langsam reagierte.

Er war noch keine zehn Meter entfernt, als das Gebrüll hinter ihm wieder aufbrauste. »Noch ein Spion von Wellington!« schrie Lemercier. »Tötet sie!«

Ein Stein traf Rafes Schulter und brachte ihn einen Moment aus dem Gleichgewicht. Als er sich wieder gefangen hatte, warf er einen raschen Blick zurück. Lemercier hatte die Menge aufgestachelt und führte sie in der Verfolgung an.

Durch Maggies Gewicht war Rafe zu langsam, und es würde ihm niemals gelingen, der Menschenmasse davonzulaufen. Es gab nur eine Hoffnung. Er zog die Pistole aus der Tasche und entsicherte sie mit einer Hand. Einen kurzen Augenblick lang fuhr ihm wieder das entsetzliche Bild durch den Kopf, wie der Mob über Maggie herfiel, und er überlegte schon, ob er die einzige Kugel in ihren Kopf jagen sollte.

Doch der Gedanke verschwand, so schnell er aufgetaucht war. Er konnte Maggie nichts antun, selbst wenn er sie dadurch vor einem häßlicheren Tod bewahrt hätte. Er hob die Hand und hielt die Pistole mit ausgestrecktem Arm von sich, dann zielte er mit der gleichen Gelassenheit, wie er auf Tontauben zielen würde.

Die Zündung knisterte merkwürdig, und für einen furchtbaren Augenblick dachte er, die Pistole würde nicht losgehen.

Dann bäumte sich die Waffe in seiner Hand auf. Die Zeit verlangsamte sich, und er konnte förmlich sehen, wie die Kugel vorwärtsschoß, sich drehte, drehte ... und zwischen Lemerciers Augen einschlug.

In der gleichen verzerrten Langsamkeit nahm Rafe wahr, wie sich der Gesichtsausdruck des Franzosen von gemeiner Lust zu ungläubigem Schock wandelte. Ein kleines Rinnsal Blut drang aus dem Loch in der Stirn, als die Wucht des Schusses ihn in die Arme der Leute hinter ihm zurückschleuderte. Der Anblick ihres toten Anführers löste den Zusammenhalt des Mobs in verwirrtes Durcheinander auf.

Rafe verschwendete keine Zeit mehr mit Zusehen. Er packte Maggie fester, wandte sich um und floh in das Labyrinth der Gassen, hastet nach links, dann nach rechts, schließlich wieder nach links. Der unerwartete Schuß hatte die Menschenmenge lange genug aufgehalten, so daß er aus ihrer Sicht verschwinden konnte.

Nachdem Rafe fünf Minuten so schnell er konnte gerannt war, ohne einen Verfolger zu bemerken, kam er taumelnd zum Stehen. Es gab zwar keinen Zentimeter von Maggies Körper, der ihm mißfiel, aber sie war kein

Federgewicht, und seine Lungen brannten vor Erschöpfung.

Nach Atem ringend, legte er sie auf das Straßenpflaster und untersuchte sie rasch. Es war zu dunkel, um viel erkennen zu können, aber Atmung und Herzschlag schienen stark und normal.

In der Ferne konnte er noch immer das Geschrei vom Place du Carousel hören. Endlich hatte er wieder genug Atem, hob sie auf die Arme und setzte sich erneut in Bewegung. Schließlich bog er auf einen der Boulevards ein und winkte einem Wagen, dessen Kutscher er anwies, sie zum Hotel de la Paix zu bringen.

In der Abgeschiedenheit der Kutsche zog er sie auf seinen Schoß, und ihr schwarzer Umhang ergoß sich über sie beide. Obwohl sie ihren Hut verloren hatte, waren ihre blonden Haare noch unter einem schwarzen Schal verborgen. Er band ihn auf und untersuchte behutsam die Stelle, wo der schwere Stiefel sie getroffen hatte. Er konnte nur hoffen, daß der Tritt ihr keinen körperlichen Schaden zugefügt hatte. Zu seiner Erleichterung sah es so aus, als hätten die dicken Locken das meiste abgefangen.

Den Rest der Fahrt wiegte er sie in seinen Armen und versuchte, ihren ausgekühlten Körper zu wärmen. Ein Hauch ihres exotischen Dufts hing in ihrem Haar und erinnerte an die strahlend schöne Gräfin. Doch zu seinem eigenen Erstaunen erkannte er, daß er im Augenblick mehr Zärtlichkeit als Begierde empfand.

Als sie das Hotel de la Paix erreicht hatten, stieg er aus der Kutsche, warf dem Mann ein Goldstück zu und trug Maggie, ohne sich umzusehen, die Stufen hinauf. Der Portier wirkte verdattert, sagte aber nichts. Man stellt einem Duke keine unbotmäßigen Fragen, auch nicht, wenn er eine derangierte, bewußtlose Frau in den Armen hielt.

Ein Tritt gegen die Tür seiner Suite ließ seinen Kammerdiener heranhasten. Rafe trug Maggie hinein und fauchte: »Der Concierge soll ein Mädchen wecken und sie mit einem sauberen Nachthemd herschicken. Dann hol einen Arzt. Ich will ihn innerhalb einer halben Stunde hier sehen, und wenn du ihn mit einer Pistole zwingen mußt.«

Die Suite war klein und besaß kein Gästezimmer, also brachte Rafe sie in sein Schlafzimmer. Die schwarzgekleidete Gestalt wirkte winzig in seinem gewaltigen Vier-Pfosten-Bett. Die Ironie der Situation entging ihm nicht. Er hatte davon geträumt, sie in seinem Bett zu haben, aber nicht so – bei Gott, nicht so!

Er zündete die Kerzen eines Leuchters an und stellte ihn auf den Nachttisch. Maggies bleiches, dreckverschmiertes Gesicht wirkte seltsam friedlich, als er das zerrissene Hemd über ihre nackte Brust zog.

Ein gähnendes Zimmermädchen in einem Hausmantel trat ein und trug ein weißes Kleidungsstück über dem Arm.

Rafe sah auf. »Ich kaufe dir das Nachthemd ab. Zieh die Dame aus und streif es ihr über.«

Das Zimmermädchen blinzelte. Wenn Gentlemen Frauen herbrachten, waren sie gewöhnlich daran interessiert, das Ausziehen selbst vorzunehmen. Mit einem sehr französischen Achselzucken tat sie, wie geheißen.

Rafe verließ das Zimmer. Bekannte, die ihn als großen Frauenhelden kannten, hätten sich sicher darüber totgelacht, aber nach dem, was Maggie eben durchgemacht hatte, wäre es ihm wie ein unverzeihliches Eindringen in ihre Privatsphäre erschienen, zuzusehen oder sie selbst zu entkleiden.

Ein paar Minuten später ging das Mädchen wieder in ihr Bett, wobei ihre schläfrigen Augen sich weiteten, als sie auf Rafes Trinkgeld starrte.

Als er wieder in sein Schlafzimmer kam, lag Maggie unter der Decke, als würde sie friedlich schlafen. Das einzige, was auf die Ereignisse des Abends hinwies, war ein Kratzer auf ihrem Wangenknochen. Das Mädchen hatte ihr Haar gekämmt, daß es nun wie feingesponnene goldene Seide um ihren Kopf herum lag. Zarte Spitze umrahmte den Ausschnitt des Musselin-Nachthemds, und sie wirkte auf ihn wie ein kleines Mädchen – nur daß kleine Mädchen nicht eine solche Figur besaßen.

Dank der Überredungskunst oder den Drohungen von Rafes Kammerdiener kam der Doktor bald. Der Arzt erfuhr nur, daß seine Patientin in einen Straßenkampf geraten war, und untersuchte sie, während Rafe rastlos in dem übermöblierten Salon auf und ab wanderte.

Nach einer schier endlosen Zeit kam der Doktor zu ihm. »Die junge Dame hat viel Glück gehabt. Keine gebrochenen Knochen, keine Anzeichen für innere Verletzungen, nur Prellungen. Außer heftigen Kopfschmerzen wird sie morgen nicht mehr viel spüren.«

Mit einem Blick auf Rafe fügte der Doktor hinzu: »Soll ich Sie nicht auch untersuchen? Sie sehen so aus, als wären auch Sie ein wenig in Mitleidenschaft gezogen.«

Rafe machte eine ungeduldige Geste. »Mit mir ist alles in Ordnung. Oder zumindest alles Wichtige«, präzisierte er. Nun, da seine Furcht langsam schwand, merkte er, daß er am ganzen Körper schmerzhafte Prellungen hatte. Es war wie damals, als er auf einem Querfeldeinrennen vom Pferd gefallen und das halbe Feld über ihn galoppiert war.

Nachdem er seinen Kammerdiener wieder ins Bett geschickt hatte, machte Rafe ein Feuer im Kamin, dann zog er seinen Rock und seine Stiefel aus und ließ sich mit einem Brandy auf einem Sessel neben dem Bett nieder. Er wollte nicht, daß Maggie an einem fremden Ort ohne ein bekanntes Gesicht aufwachte, also würde er hier sitzen bleiben, bis sie das Bewußtsein wiedererlangt hatte. Während er seine langen Beine ausstreckte, dachte er ohne Humor, daß sie ihn zwar hassen konnte – vertraut war sein Gesicht ihr aber wenigstens.

Er trank den Brandy und wünschte sich, er könnte das Bild, wie seine Kugel in Lemerciers Kopf eindrang, auslöschen. Da es nicht funktionierte, zwang er sich, der Tatsache ins Gesicht zu sehen, daß er einen Mann getötet hatte. Hätte er es auch in einer anderen Situation gekonnt? Er hatte aus purem Instinkt gehandelt, und offenbar waren seine Instinkte ziemlich wild. Zumindest wenn Maggie im Spiel war. Hätte er eine Kanone gehabt, hätte er auch diese zu ihrem Schutz in die Menge abgefeuert.

Müde rieb er sich die Schläfen. Der Schuß war nötig gewesen, und unter den gleichen Umständen würde er es wieder tun. Doch einen Menschen zu töten, war kein Akt, den man als bedeutungslos abtun konnte. Vielleicht würde er eines Tages seinen Freund Michael Kenyon, der Soldat war, fragen, ob man sich jemals ans Töten gewöhnt.

Oder vielleicht würde er doch nicht fragen. Es schien, als gäbe es eine lange Reihe von Fragen, die er lieber nicht beantwortet haben wollte.

Er war eingedöst, als schwache, ruhelose Bewegungen ihn weckten. Er setzte sich auf und sah Maggie, die sich hin- und herwarf, heftig und rasselnd atmete, während ihre Miene angstverzerrt war. Während er noch zusah, bäumte sie sich plötzlich auf und stieß denselben, markerschütternden Entsetzensschrei aus wie zuvor auf dem Platz.

Mit einem Schlag war Rafe ganz wach, sprang aus dem Sessel hoch und setzte sich auf die Bettkante. »Maggie, es ist alles in Ordnung!« sagte er scharf. »Du bist in Sicherheit!«

Sie schlug die Augen auf und starrte ihn blicklos an, ohne ihn zu erkennen. Schon holte sie Atem zum nächsten

Schrei, als er ihre Schulter schüttelte. »Wach auf, Maggie! Du brauchst keine Angst zu haben.«

Langsam erfaßte ihr Blick die Gestalt, die über sie gebeugt war. »Rafe?« fragte sie unsicher. Schwach setzte sie sich auf.

»Ja, meine Liebe. Hab keine Angst. Bis auf einen heftigen Stoß am Kopf ist dir nichts passiert.« Er hatte sanft gesprochen, aber seine Worte brachten ihr den Aufruhr und den Mob ins Gedächtnis zurück. Sie begann zu schluchzen und ließ den Oberkörper nach vorn fallen.

Rafe zog sie in die Arme, und sie klammerte sich an ihn wie eine Ertrinkende. In einem Winkel seines Bewußtseins staunte er über das Ausmaß ihrer Erschütterung. Er hatte immer gedacht, die mutige, erfahrene Gräfin könnte allem gegenübertreten.

Aber dies war nicht mehr die Gräfin Janos, dies war Margot Ashton, und sie war aufs tiefste erschüttert. Er hielt ihren bebenden Körper ganz fest und murmelte tröstende Worte, die nichts bedeuteten, aber ihren Zweck erfüllten. Als die Schluchzer endlich ein wenig abebbten, sagte er: »Lemercier war der, der den Mob gegen dich aufgehetzt hat. Hast du ihn gesehen?«

Sie nickte, ohne ihn anzusehen.

»Wenn es dich irgendwie tröstet: Die Gerechtigkeit hat ihn ziemlich schnell ereilt.«

Verdutzt blickte sie auf. »Hast du . . .?«

»Mit deiner Pistole«, erwiderte er. »Reine poetische Gerechtigkeit.« Nun erzählte er ihr, was geschehen war, und wie sie entkommen konnten.

Befriedigung huschte über ihre Züge, verschwand jedoch schnell wieder. »Ich sehe sie immer wieder«, sagte sie leise. »Die Gesichter und die Hände, die nach mir greifen . . . egal, wie sehr ich es versuche, ich kann nicht entkommen. Und dann . . . und dann . . .« Sie vergrub ihr Gesicht wieder an seiner Brust.

Er streichelte ihr Haar. »Maggie, es ist vorbei, und du bist in Sicherheit. Ich lasse nicht zu, daß dir jemand etwas tut.«

Sie hob den Kopf und sah ihn an. Ihre Pupillen waren so groß, daß die Augen schwarz wirkten. Mit bebender Stimme sagte sie: »Rafe, ich . . . ich will, daß du mit mir schläfst.«

Kapitel 15

AN DIESEM TAG voller Dramatik war nichts so überraschend wie Maggies Worte. »Weißt du, was du da sagst?« fragte Rafe ungläubig.

Obwohl ihre langen Wimpern von Tränen verklebt waren, zeigten ihre Augen wache Aufmerksamkeit. »Ich weiß, um was ich dich bitte, und ich weiß, daß es nicht fair dir gegenüber ist, aber ich will . . . muß vergessen.«

Ihre Stimme verebbte, und sie schauderte zusammen. Sie schloß für einen Augenblick die Augen, dann wiederholte sie ihre Bitte. »Rafe, wenn dir jemals irgend etwas an mir gelegen hat . . .«

Immer noch war er skeptisch. Trotz seiner lebhaften Phantasien fand er, daß er sie nicht einfach so nehmen wollte, nun, wo sie verletzt und verschreckt war. Er wollte, daß sie ihn so begehrte wie er sie, ihn nicht nur als ein Mittel sah, unerträgliche Erinnerungen zu vergessen.

Sie streckte die Hand aus und streichelte seine Wange. Ihre Miene war verzweifelt. »Bitte, ich flehe dich an . . .«

Rafe konnte es nicht ertragen, ihren Stolz gebrochen zu sehen. Er drehte das Gesicht in ihrer Hand und küßte die Handfläche. »O Gott, Margot, ich habe so lange gewartet. So furchtbar lang . . .«

Das Verlangen, das seit Tagen in ihm schwelte, flammte zu weißglühender Hitze auf, und einen Augenblick verschwamm alles vor seinen Augen. Mehr als alles auf der Welt wollte er sich in sie versenken – sich in Leidenschaft verlieren. Doch dies war nicht die Zeit für eine wilde, kopflose Paarung; wenn er ihr helfen wollte, mußte er stärker und ruhiger sein als sie.

Er faßte ihre Schultern, um sie zu einem Kuß an sich zu ziehen. Sobald er sie berührte, begann sie zu zittern.

Rafe stand unbeweglich da. »Ist das Begierde oder Angst?«

Ohne seinem Blick zu begegnen, erwiderte sie leise: »Ein bißchen von beidem.«

Wie seltsam, daß er gestern noch darüber nachgedacht hatte, ob er sie wohl vergewaltigen könne. Der bloße Gedanke, ihr etwas anzutun, war wie ein glühender Dolch in seinen Eingeweiden.

Während er noch überlegte, was er sagen sollte, strich sie sich nervös eine Strähne aus dem Gesicht. Ihr Ärmel rutschte ein Stück herab und enthüllte eine häßlich Prellung auf dem Unterarm.

Als er den violetten Fleck entdeckte, ließ er seine Hände von ihren Schultern gleiten. Das Wissen, daß Fremde ihr wehgetan hatten, ließ in ihm Mordlust aufkommen. »Das ist keine gute Idee«, sagte er angespannt. »Ich will nichts tun, was du später bereust.«

»Ich werde es nicht bereuen.« Sie nahm seine Hand und preßte sie auf ihr Herz. »Ich will mich daran erinnern, daß . . . daß nicht alle Männer wilde Tiere sind.«

Unfähig, den bissigen Unterton aus seiner Stimme herauszuhalten, sagte er: »In Anbetracht der Tatsache, daß ich ein egoistischer, arroganter, selbstgefälliger

Schuft bin: Bist du sicher, daß ich die richtige Wahl bin, um dein Vertrauen in die Männerwelt zu erneuern?«

Ihr Gesicht färbte sich rot. »Es tut mir leid, was ich gesagt habe. Ich . . . ich wollte dich nicht verletzen.«

»Ja, aber du hast es getan, und das mit gewisser Berechtigung. Ich bin bestimmt egoistisch, definitiv arrogant und wahrscheinlich auch recht selbstgefällig.« Er tat so, als würde er intensiv nachdenken. »Ich weiß nicht, ob ich ein Schuft bin – ich denke immer gern, daß ich meine Laster auf zivilisierte Weise auslebe.«

»Na gut, dann ziehe ich diese besondere Beleidigung zurück.« Sie schenkte ihm ein zittriges Lächeln. »Frieden?«

Er wollte, daß sie lächelte, aber als er in ihre Augen sah, fand er nur tiefes Leid. Entsetzt erkannte er, daß reine Willenskraft sie aufrecht hielt, und selbst der eisernste Wille hatte Grenzen. Sie stand kurz vor dem Zusammenbruch, und wenn er sie nicht vom Abgrund zurückzerrte, konnte sie in eine alles verschlingende Panik stürzen.

»Frieden, meine Liebe.« Wieder zog er sie in die Arme, und als ihre Lippen sich trafen, war es wie ein kleiner Schock. Wieder vibrierte die unglaubliche Anziehungskraft zwischen ihnen, doch diesmal war sie vermischt mit beunruhigenden Unterströmungen.

Als sie seinen Kuß erwiderte, ließ ihre Starre nach, aber die Besserung war nur von kurzer Dauer. Ihre Augen schlossen sich, und plötzlich wurde sie erneut starr. Dann begann sie, ungeschickt an seinem Hemd zu zerren, um es aus der Hose zu ziehen.

Er hielt ihre Hände fest. »Wir haben Stunden bis zur Dämmerung, und ich beabsichtige, jede Minute gut zu nutzen«, sagte er beruhigend. »Entspann dich, nimm an, genieße. Ich verspreche dir, wenn wir fertig sind, erscheint dir das, was auf dem Place du Carousel geschehen ist, nicht schlimmer als ein ferner Alptraum.«

Sie biß sich auf die Lippe. »Verzeih mir, Rafe. Wann immer ich die Augen schließe, sehe ich wieder Hände und Gesichter. Es ist . . . es ist, als wäre man von Wölfen umzingelt.« Sie atmete ungleichmäßig. »Ich kann meine Angst nicht beherrschen, und das einzige, was stärker ist als die Angst, ist die Leidenschaft.«

»Es ist wahr. Lust hat das Talent, wenigstens für eine Weile alles andere auszulöschen«, stimmte er zu. Aber er wußte auch ganz genau, wie schwer es für sie sein würde, sich fallenzulassen, wenn sie emotional so kurz vor dem Zusammenbruch stand.

Dann wurde ihm klar, wie er vorgehen mußte. Nicht einmal hatte sie ihn mit ihrem beißenden Spott »Euer Hoheit« genannt. Auch für ihn war die elegante Gräfin Janos verschwunden, geblieben war Margot Ashton. Ruhig sagte er deshalb: »Wir brauchen mehr als nur einen Waffenstillstand, Margot. Laß uns versuchen, zurück zu den Menschen zu gehen, die wir einmal waren – zu der Zeit, bevor das Leben so schmerzvoll und kompliziert wurde. Vergiß das von heute abend und jede andere Szene, die Narben und Zynismus geschaffen hat. Tu so, als wärest du achtzehn, ich bin einundzwanzig, und die Welt ist ein Ort voll unendlicher Versprechen.«

»Ich weiß nicht, ob ich das kann«, sagte sie gepreßt. »Wenn man nur wirklich zurückgehen könnte.«

»Ich würde dich in die Vergangenheit zurücktragen, wenn ich es könnte, aber ich fürchte, das steht außer meiner Macht.« Zärtlich strich er eine blonde Strähne von ihrer weichen Wange. »Doch für ein paar Stunden können wir neu erschaffen, was gewesen sein könnte, wenn die Welt einfacher – oder freundlicher – wäre.«

»Die Welt ist weder einfach noch freundlich«, erwiderte sie bitter.

»Heute nacht schon.« Er nahm ihre Hände und küßte sie, als wären sie aus hauchdünnem Porzellan. »Glaube daran, Margot. Nur für ein paar Stunden.«

Ihre verkrampften Finger lösten sich langsam ein wenig. »Ich will es versuchen, Rafe.«

Er küßte sie erneut und konzentrierte sich dabei nur auf das sinnliche Verschmelzen ihrer Münder. Dies war die Hochzeitsnacht, von der er geträumt hatte, als sie verlobt gewesen waren. Nichts in der Welt zählte noch, außer die Weichheit ihrer Lippen, die rauhe, feuchte Zunge, die Wärme ihrer Brüste, die sich gegen ihn preßten.

Mit achtzehn war Margot unschuldig gewesen, doch ebenso wißbegierig und neugierig auf neue Erfahrungen. Obwohl Rafe damals erfahren genug war, um sicherzustellen, daß alles glattgehen würde, hatte er noch genug jugendlichen Optimismus besessen, um an einen glücklichen Ausgang zu glauben.

Einen Sekundenbruchteil drang die häßliche Erinnerung an das, was diesen Optimismus zerstört hatte, in seine Gedanken, doch er verdrängte das Bild. Dies jetzt geschah für all das, was hätte sein können, und er schwor sich im Geiste, all seine Fähigkeiten in der körperlichen Liebe ihr zum Geschenk zu machen.

Wie in dem Augenblick, als er Castlereaghs verschrecktes Pferd hatte beruhigen wollen, schuf er in seinem Inneren die absolute Ruhe, so daß sich seine Stimmung auf Margot übertragen konnte. Schritt für Schritt fiel die Spannung von ihr, und sie wurde ruhig und wartete ab.

Als ihr Körper weich und biegsam war, begann er, kleine Küsse über ihre hohen Wangenknochen zu verteilen. Er erreichte ihr Ohr und leckte die feine Muschel mit seiner Zunge.

Sie seufzte lustvoll, und ihr Kopf sank zurück. Voller Demut dachte er, wieviel an Vertrauen es bedurfte, jemanden die verletzliche Kehle darzubieten. Es war seltsam, daß sie ihm trotz aller Anschuldigungen und Konflikte vertraute, wenn sie erst einmal ihren Schutzwall hatte zusammenstürzen lassen.

Er preßte seine Lippen auf die zarte Haut unter ihrem Kiefer und spürte das Pulsieren ihres Bluts und das flüsternde Vibrieren ihres Atems. Eine Hand zur Stütze an ihrem Rücken, begann er, die kleine Knöpfe ihres Nachtkleids aufzuknöpfen.

Als ihre blasse Haut enthüllt war, glitten seine Lippen weich, langsam und gründlich darüber. So zu tun, als ob diese Nacht in einer anderen, einfacheren Zeit stattfände, verursachte in ihm das köstliche Gefühl des Unanständigen, während er sich tiefer und tiefer hinabarbeitete. Als er heiß in das Tal ihrer Brüste blies, erbebte sie, und ihre Finger begannen, ruhelos seinen Rücken zu kneten.

Sechs Knöpfe später ließ sich das Nachthemd nicht weiter öffnen, und er griff nach dem Saum, um es ihr ganz auszuziehen. Doch als er es ein Stück hinaufgezogen hatte, hielt er inne. Wenn ein bekleideter Mann mit einer nackten Frau schlief, bedeutete das immer eine Art Macht und Dominanzdarstellung. Das sollte Margot nicht empfinden.

Er glitt vom Bett und zog sich rasch aus, dann gesellte er sich wieder zu ihr, gerade als ihre Augen sich öffneten, um zu sehen, wohin er gegangen war. Noch immer lag der Schatten der Angst auf ihrem Gesicht.

»Ich werde nicht über dich herfallen, Margot«, sagte er ruhig. »Ich bin für dich da, solange du mich willst, und nicht länger.« Dennoch, wenn sie ihn bäte, aufzuhören, wüßte er nicht, ob er es würde ertragen können.

Dieses Mal kam sie näher zu ihm und schlang ihre schlanken, kräftigen Arme um seine nackte Taille, bevor ihre vollen Lippen seinen Mund berührten. Er konnte sich denken, daß sie heute nacht nicht viel reden würde, also mußte er spüren, was sie wollte.

Während des tiefen, ausgedehnten Kusses zog er ihr das Nachthemd über die betäubend schönen Kurven. Das dünne Material blieb einige Minuten um ihren Hals gekräuselt, weil keiner von beiden dem anderen Zeit genug lassen wollte, um es über den Kopf zu ziehen.

Endlich machte er sich los und befreite sie von dem Hemd. Als sein Blick über sie glitt, sog er unwillkürlich die Luft ein. Was für ein Narr war er gewesen, zu glauben, daß Frauen doch alle irgendwie gleich waren. Für ihn war Margot die Essenz weiblicher Mysterien, und sie erregte ihn wie keine Frau zuvor.

Mit einem Beben in der Stimme sagte er: »Du bist genauso schön, wie ich es mir immer vorgestellt habe.«

Sie schenkte ihm ein flüchtiges Lächeln, dann verbarg sie wie die schüchterne Jungfrau seiner Erinnerungen den Kopf an seiner Schulter. »Es tut gut, zu tun als ob. Neu zu beginnen«, flüsterte sie, und ihr Atem liebkoste seinen Hals.

»Mehr als gut. Es ist wunderbar.« Er streichelte ihr Haar und wickelte sich die fülligen Strähnen um die Finger. »Magisch.«

Als sie glücklich ausatmete, stießen ihre harten Brustwarzen leicht gegen seine Haut. Sein Körper erstarrte sofort schmerzhaft, offenbar weniger willig, sich in Geduld zu üben, als sein Kopf. Einen Augenblick schwankte er gefährlich zwischen Zurückhaltung und losgelassener Lust. Vielleicht war sie bereit . . .

Nein. Es war zu früh. Die ganzen langen Jahre waren seine fiebrigen Träume von ihr ein Produkt seines ewigen Verlangens gewesen, doch heute nacht mußten seine Bedürfnisse zweitrangig sein.

Nachdem er sich wieder im Griff hatte, drückte er sie sanft in die Kissen. Sie war willig und biegsam wie das vertrauensvolle Mädchen, daß sie einst gewesen war. Er fand es bemerkenswert, daß sie zumindest jetzt in der Lage war, ihr eigensinniges Bestehen auf Unabhängigkeit zugunsten süßer, weiblicher Hingabe aufgeben zu können.

Zahlreiche Prellungen übersäten die schimmernde Haut ihres Körpers. Instinktiv legte er seine Lippen auf einen häßlichen schwarzblauen Fleck auf ihrem Unterarm, bevor ihm einfiel, daß er behutsamer vorgehen sollte. »Habe ich dir wehgetan?«

»Nein.« Ihre Finger gruben sich in die Bettdecke. »O nein.«

Ermutigt liebkoste er jeden Fleck nun mit federleichter Zunge. Schulter, Ellenbogen, Hüften, Rippen, Po und Schenkel. Leichte Veränderungen in ihrer rasselnden Atmung begleiteten sein Spiel wie eine musikalische Untermalung.

Schließlich vergrub er sein Gesicht zwischen ihren Brüsten, spürte den Schlag ihres Herzen und die Wärme ihrer Haut. Dann begann er, an ihren harten Spitzen zu saugen. Margot wimmerte leise und bäumte sich auf. Ihre Hüften bewegten sich unwillkürlich, so daß er nun seine Hände hinabgleiten ließ und die Rundungen von der Taille bis zu den Schenkeln ertastete. Das goldene Haar zwischen ihren Beinen war einen Ton dunkler als das Haar auf dem Kopf, und er verglich es im Geiste mit der Farbe eines Herbstblattes.

Als er die warme Wölbung ihres Bauches leckte,

schob er seine Handfläche zwischen ihr Knie. Sie keuchte plötzlich auf, doch es war nicht aus Lust. Ihre Beine klappten zusammen.

»Vertrau mir, Margot«, murmelte er. »Es ist doch nur natürlich, das erste Mal nervös zu sein, aber ich schwöre dir, ich werde dir nicht wehtun.«

Sie stieß einen Laut aus, der aus den Tiefen ihrer Seele gerissen schien. Dann zwang sie sich mit deutlicher Anstrengung wieder zur Ruhe.

Er liebkoste ihre angespannten Glieder, bis sie wirklich locker war. Gleichzeitig küßte er ihre Brüste und ihren Bauch, und als er sich endlich bis zu ihren Schenkeln vorgearbeitet hatte, strahlte sie Wärme und Verlangen aus. Er fuhr mit seinen Fingern durch das dunkelgoldene, lockige Haar und drang sanft in die Mysterien darunter ein.

Als er sie dort berührte, stieß sie einen kleinen Schrei aus. Ihre Hüften wanden sich unter seiner Hand und drückten sich gegen ihn. Er tauchte tiefer ein, fand die zarten Hautfalten und spürte die pulsierende Feuchtigkeit an seinen Fingern.

Er drückte und streichelte erfahren, während ihre Nägel sich tief in seine Schultern bohrten. »J-jetzt?« stotterte sie.

»Bald, meine Liebe, bald.« Er fuhr fort, bis er sehen konnte, daß sie kurz vor dem Orgasmus stand. Dann hob er sich mit qualvoller Zurückhaltung über sie. Langsam drang er in sie ein, und die heiße feuchte Enge, die ihn umschloß, war alles, von dem er je geträumt hatte, und mehr. In dem Wissen, daß er kurz vor der Explosion stand, verhielt er sich ruhig. Sein ganzes Sein war nun nur noch auf sie fixiert, und die Welt um sie herum existierte nicht mehr.

Maggie hatte geglaubt, daß es in gewisser Weise

unangenehm sein würde, wenn ihre einander fremden Körper sich vereinten, doch sie hatte sich geirrt. Sie schienen füreinander gemacht und gemeinsam ein Ganzes zu bilden. Instinktiv drückte sich ihr Geschlecht gegen das Rafes, die Hüften schmiegten sich perfekt aneinander.

Er keuchte. »Ruhig jetzt.« Er stützte sich auf, und sie betrachtete verzaubert die breiten Schultern im dämmrigen Licht und sein Gesicht, dem die Schatten rätselhafte Züge verliehen.

Er war so wunderbar, ganz Kraft und maskuline Anmut, und sie wollte jede Sekunde ihres Liebesspiels genießen. In einer entlegenen Ecke ihres Bewußtseins erkannte sie, daß sie einen schrecklich hohen Preis für diese Freuden würde zahlen müssen, aber sie weigerte sich, nun daran zu denken. Jetzt wollte sie nur mehr von ihm, und sie schlang ihre Arme um seinen Oberkörper und zog ihn zu sich herab, um das Gefühl des harten Gewichts, das sie in die Matratze drückte, auszukosten.

Die Sturmwolken hatte sich um sie herum zusammengeballt, seit Rafe in Paris angekommen war, und als er nun in sie stieß, brach der Orkan aus. Mit enormer Wildheit riß er sie davon, strömte durch ihr Blut und vertrieb jede Angst, jeden Zweifel aus ihren Gedanken. Das Gewitter stürmte durch jede Zelle, jeden Nerv ihres Körpers. Sie stöhnte auf und klammerte sich an ihn, als wäre er die einzige Konstante in einer wirbelnden Katastrophe.

Dann erstarb das Chaos, und ihr Körper zitterte und bebte, und sie bemerkte erst sehr spät, daß er noch hart in ihr war. Sie strich mit der Hand über seinen schweißbedeckten Rücken. »Du bist nicht . . .«

»Mach dir über mich keine Sorgen«, sagte er, bevor sie weitersprechen konnte. »Die Nacht ist jung.«

Obwohl das nicht stimmte, machte sie sich nicht die Mühe, ihm zu widersprechen. Es war genug, mit ihm vereint zu sein. In Sicherheit.

Doch ihr Verlangen glühte noch. Rafe schien ihren Körper besser zu begreifen als sie selbst, denn er wußte, wann er sich wieder bewegen konnte. Seine ersten Stöße waren zögernd, doch sie erzeugten eine erstaunliche Hitze in ihr. Sie paßte sich seinen Bewegungen an, und als er das Tempo steigerte, entfachten sie sich gegenseitig. Die Intimität ihrer Körper ließ ein Feuer auflodern, das in seiner Intensität beängstigend war.

Margot riß den Kopf zurück und ließ sich gehen. Was eben gewesen war, wirkte nun wie eine Ouvertüre für etwas, das mehr Hunger ausdrückte, als sie je erfahren hatte. Das Feuer ihrer Lust brannte jeden Gedanken aus ihrem Kopf fort, bis nur noch rotglühende Flammen existierten. Fort waren Angst und Vorsicht, Wut und Haß, und sie wußte nur noch, daß der Mann, den sie liebte, sie mit seiner Liebe und Zärtlichkeit vollkommen einhüllte.

Sie erreichte einen gewaltigen Höhepunkt, der sie zu verzehren schien. Sie war nicht mehr fähig, die Worte zu unterdrücken, und sie stöhnte auf: »Ich liebe dich!«

Sturm und Feuer. Zerfall und Wiedergeburt. Durch die wirbelnden Nebel der Auflösung hörte sie ihn aufkeuchen. »O Gott . . . Gott hilf mir!«

Mit schockierender Plötzlichkeit zog er sich aus ihr zurück, riß sie in seine Arme und ließ sich auf sie fallen. Nach ein paar heftigen wilden Bewegungen spürte sie seinen Samen zwischen ihren Körpern strömen.

Sie hielt ihn so fest sie konnte und ließ den Tränen ihren Lauf. Einmal mehr hatte er sie vor einer möglichen Katastrophe bewahren wollen.

In den Jahren mit Robin war sie sehr vorsichtig gewesen, um sich nicht schwängern zu lassen, denn in diesem Leben war kein Platz für ein Kind oder gar eine Familie. Und dies war auch jetzt noch richtig, wenn sie ehrlich war.

Und dennoch weinte sie einige Tränen um den Verlust dessen, was hätte sein können – die Kinder, die in den letzten zwölf Jahren hätten geboren werden können, wenn es zur Hochzeit gekommen wäre; das Baby, das in dieser Nacht der Zärtlichkeit hätte empfangen werden können. Fort, vom Winde verweht, wie all ihre Träume.

Rafe hob sich von ihr und benutzte das Nachthemd, um sie beide zu trocknen. Dann zog er sie in seine Arme, und sie schlummerten ohne Worte ein.

Worte dafür, die beschreiben konnten, wie sie sich fühlte, gab es nicht.

Mit einem entsetzten Aufkeuchen schreckte Maggie aus einem Alptraum hoch. Panik, Schmerz, Zerstörung – all die entsetzlichen Ängste, die durch den Zwischenfall auf dem Place du Carousel wieder hervorgeholt worden waren, füllten ihre Gedanken.

Zitternd kuschelte sie sich näher an Rafe. Selbst im Schlaf vermittelte er Geborgenheit. Fast zwanghaft streichelte sie seine Brust und glättete die dunklen Härchen, die sich an ihren Brüsten so sinnlich angefühlt hatten.

Als seine Atmung sich veränderte, hörte sie auf, denn sie wollte ihn nicht wecken. Doch dann mußte sie feststellen, daß sie ihre Hände nicht bei sich behalten konnte. Sie liebte die weiche Wärme seiner Haut, den Kontrast zwischen seinen dunklen Tönen und ihrer Blässe im Kerzenlicht.

Eine Regung unter dem Laken deutete an, daß zumindest ein Teil von ihm erwachte. Als ob die Hand ein Eigenleben führte, zog sie die Decke beiseite und berührte ihn. Die heiße, harte Erektion wuchs in ihrer Hand.

Seine Augen blieben geschlossen, doch seine Hand hob sich, und er begann, ihren Nacken zu massieren. Sie empfand die Wärme, die sie durchströmte, und am liebsten hätte sie wie eine Katze geschnurrt. Noch lieber allerdings hätte sie wie eine Löwin gebrüllt.

Sie fing an, ihn zu küssen und überging den Mund zugunsten noch sensiblerer Stellen.

Wenn er sich auch nicht bewegte, wurde seine Atmung doch rascher, rauher, und seine rechte Hand streichelte, was er erwischen konnte. Mit dem Schwur, ihn diesmal zum Wahnsinn zu treiben, beugte sie sich vor und küßte seine empfindlichste Stelle und zeigte ihm mit Lippen und Zunge, was sie mit Worten nicht hätte ausdrücken können.

Er sog scharf den Atem ein, und seine Glieder begannen zu zittern. Sie verstärkte ihre Bemühungen nur noch und genoß die Macht, die sie auf einmal über ihn hatte. Dieses Mal sollte er von einem Sturm so gründlich davongetrieben werden, wie sie ein paar Stunden zuvor.

Er gab einen gutturalen Laut von sich und preßte seine Fäuste in die Matratze. Doch bevor sie ihn zum Höhepunkt bringen konnte, gab er die Passivität auf und rollte sie auf den Rücken. Dann kümmerte er sich geschickt um ihr Vergnügen, und sein heißer Mund hielt sie stets am Rande der Ekstase, bis sie vor heftigem Verlangen keuchte.

Gemeinsam erstürmten sie den Gipfel der Lust. Dies war nicht mehr die Vereinigung, die die Unschuld der Jugend heraufbeschwören wollte, sondern glühende Sinnlichkeit der Erfahrung – wissend, hemmungslos und geübt.

Doch trotz dieser betäubenden, alles verzehrenden Lust wußte sie, daß nur sein Körper wirklich dabei war. Sein Geist und seine Seele hielten sich zurück und rissen ein Loch in all diese wunderbare Nähe, diese sinnliche Intimität.

Sogar als sie in konvulsivischer Erlösung erschauerte, trauerte sie. Er war so großartig als Liebhaber, wie man es sich nur wünschen konnte – warum tat er es nur ohne Liebe?

Margot schlief erschöpft und aufgelöst in seinen Armen. Rafe war so müde, daß er kaum Kraft fand, die Hand zu heben, um die goldenen Strähnchen aus ihrem Gesicht zu streichen, ihre feinen Züge nachzuzeichnen. Dennoch konnte er nicht einschlafen.

Nun hatte er die Gelegenheit gehabt, sich von seiner Obsession zu befreien. Er hatte endlich mit der Frau geschlafen, die ihn in ihren Fängen gehalten hatte. Man hätte sagen können, daß er sich glücklich schätzen durfte.

Doch man hätte sich leider geirrt. Wenn er auch erfolgreich in dem Bestreben gewesen war, sie zumindest kurzfristig von ihren quälenden Erinnerungen abzulenken, so war es für ihn ein leerer Sieg gewesen.

Seit Jahren hatte er davon geträumt, daß Maggie mit süßen Worten der Begierde und willig zu ihm kam. Heute war ein Teil dieses Traumes Wahrheit geworden, doch er mußte die bittere Wahrheit erkennen: Sie willig zu sehen, reichte nicht. Ohne die süßen Worte war es hohl.

Wenn es zwischen ihnen nur Schweigen gegeben hätte, dann wäre er in der Lage gewesen, die Illusion, wirklich ihr Liebhaber zu sein, aufrecht zu halten. Doch Margot war so in sich versunken gewesen, daß ihr Worte der Liebe entschlüpft waren. Dies verletzte ihn mehr als alles andere, weil er genau wußte, daß diese Erklärung für einen anderen gedacht war. Es war Anderson, dem sie ihr Herz geschenkt hatte. Nur der Zufall hatte sie in sein, Rafes, Bett geführt, denn sie hatte dringend der Ablenkung bedurft.

Doch trotz aller Qual wünschte er, daß die Nacht nicht enden würde. Er hatte Margot Ashton zurückhaben wollen, und mit der bittersüßen Täuschung, mit denen die Götter auf die Bitten der Menschen reagierten, war sein Traum erfüllt worden. Was Rafe nicht vorausgesehen hatte, war dies: Er war genauso hilflos, genauso verliebt und genauso blind, wie er es damals mit einundzwanzig gewesen war.

Die Obsession für die Gräfin Janos war nur ein anderer Name für diese Liebe, aber er hatte sich selbst in zuviel Zynismus gehüllt, um diese Gefühle wahrhaben zu können. Nun, in der Finsternis, die gerade von einem winzigen Vorboten der Dämmerung erhellt wurde, erkannte er, daß er niemals aufgehört hatte, Margot Ashton zu lieben. Egal, ob sie gelogen und betrogen hatte, egal, durch wie viele Betten sie sich geschlafen hatte, er liebte sie – mehr als seine Klugheit, seinen Stolz, mehr als das Leben selbst.

Und am Morgen würde sie ihn verlassen. Morgen früh würden alle Mauern wieder errichtet sein, vielleicht zusätzlich noch von Scham belastet, weil sie sich so hatte gehenlassen.

Die Ironie der Sache war niederschmetternd. Rafael Whitbourne, der fünfte Duke of Candover, war der Liebling der Götter gewesen – gesegnet mit Gesundheit, Intelligenz, Charme und Reichtum. Die, die seine Wege kreuzten, begegneten ihm mit Bewunderung und Respekt.

Doch er verfluchte sein Schicksal mit düsterem, verzweifeltem Zorn. Diese eine Frau, die ihm mehr bedeutete als alles andere, diese Frau konnte ihn nicht lieben. Sie hatte etwas für ihn empfunden, als sie jung war, doch es hatte nicht gereicht, um ihm während der wenigen Monate ihrer Verlobung treu zu bleiben. Er hatte niemals an erster Stelle stehen dürfen, damals nicht und heute nicht, da ihr Herz an einem Spion und Verräter hing.

Während er in die zurückweichende Dunkelheit starrte, fragte sich Rafe, welcher vernichtende Charakterfehler ihn unfähig machte, eine andere Frau zu lieben als diese, die seine Liebe nicht erwidern konnte.

Morgen würde Zeit genug sein, darüber nachzudenken. Doch nun wollte er die wenigen Augenblicke mit eben dieser Frau noch genießen.

Mit einer Klarheit, die jenseits aller Hoffnung lag, wußte er, daß ihm nur diese Zeit bleiben würde.

Kapitel 16

ALS MAGGIE ERWACHTE, fühlte sie sich ausgesprochen ausgeruht, obwohl der Stand der Sonne ihr verriet, daß es noch sehr früh war. Im hellen Licht des Tages konnte sie fast nicht glauben, daß sie die Tollkühnheit besessen hatte, Rafe darum zu bitten, mit ihr zu schlafen. Doch sein warmer Körper neben ihr war ein unwiderlegbarer Beweis dafür, daß es so war.

Als erfahrene Frau hatte sie damit gerechnet, daß er ihr die Bitte erfüllte. Frauen brauchten einen Grund für Intimitäten, Männer gewöhnlich nur einen Ort. Sie hatte den Grund gehabt, und Rafe hatte für den Ort gesorgt . . . Doch das, was sie zusammen erlebt hatten, lag jenseits allem, was sie sich hatte vorstellen können, und es würde für immer in ihrem Gedächtnis bleiben.

Sie drehte den Kopf ein wenig, um Rafe zu betrachten. Seine zahlreichen Prellungen hatten sich in ein dramatisches Lilaschwarz verfärbt. Nur Gott mochte wissen, wie er sie vor dem Mob gerettet hatte. Man konnte ihm Titel, Reichtum und Einfluß nehmen, dennoch würde er sich immer noch von anderen abheben – stark, mutig und auf eine ausgesprochen männliche Art unglaublich gutaussehend.

Maggie schloß gequält die Augen. Sie hatte immer gewußt, daß sie sich aufs neue hilflos in Rafe verlieben würde, wenn sie sich jemals wieder näherkommen sollten, und genauso war es geschehen. Die Liebe war immer dagewesen, seit sie ihn vor dreizehn Jahren kennengelernt hatte. Vielleicht war dies der Grund, warum sie niemals in der Lage gewesen war, Robin so zu lieben, wie er es verdient hätte.

Nein, das Problem war nicht, wie *sehr* sie Robin liebte, sondern *wie* sie ihn liebte. Sie empfand für beide Männer mehr, als Worte ausdrücken konnten, doch Rafe liebte sie im Streit wie in der Harmonie, in der Herausforderung wie im Einvernehmen.

Seltsam, daß es die rauheren Aspekte dieser Beziehung waren, die ihren Gefühlen für Rafe die Tiefe und die Intensität verliehen. Mit Robin erlebte sie fast immer Harmonie, und ihre Liebe war die zwischen Freunden, ja fast Geschwistern. Rafe wollte sie als einen Partner, als den archetypischen Mann, der sie sich ausgesprochen weiblich fühlen ließ.

Sie schluckte hart und glitt von Rafes Arm, wobei sie darauf achtete, ihn nicht zu wecken. Obwohl sie nichts lieber getan hätte, als den Rest des Lebens in seinem Bett zu verbringen, wußte sie, daß das unmöglich war. Verschwörung und Tod umgaben sie immer noch, und gegen Robin standen Anschuldigungen im Raum.

Auf die eine oder andere Art würde sich die Sache lösen, und dann würde sie Rafe nie wiedersehen. Wenn man das sexuelle Feuer zwischen ihnen in Betracht zog, konnte es natürlich sein, daß er sie noch als Geliebte wollte, falls sein Stolz nicht zu sehr über die Art und Weise, wie sie ihn benutzt hatte, verletzt war. Doch sie würde niemals wagen, das zu akzeptieren. Die Erinnerung an die vorangegangene Nacht machte es ihr fast unmöglich, sich ein Leben ohne ihn vorzustellen. Wenn sie noch einmal miteinander schliefen, dann würde sie das Ende der Affäre nicht überleben.

Und wenn das Ende kam, würde Rafe natürlich ausgesprochen charmant, freundlich und leicht gelangweilt sein. Sie konnte es sich jetzt schon lebhaft vorstellen.

Den Handrücken auf die Wange gepreßt, sagte Maggie ein stilles Lebewohl an ihre kurzen Stunden der körperlichen Liebe und widerstand der Versuchung, ihn ein letztes Mal zu küssen.

Da ihre Kleider sorgfältig zusammengefaltet auf dem Stuhl lagen, zog sie sich ohne Umschweife an und zuckte zusammen, weil ihre Prellungen und Schürfwunden schmerzten. Grobe Stiche hielten die schlimmsten Risse in ihren Kleidern zusammen, so daß sie zumindest einigermaßen anständig aussah. Nun . . . abgesehen davon, daß sie wie ein Mann gekleidet war.

Dann setzte sie sich auf die Fensterbank, zog die Knie an, schlang die Arme darum und wartete, daß Rafe erwachte.

Etwa eine Viertelstunde später regte er sich. Seine erste Bewegung ging zu der Seite des Bettes, auf der Maggie gelegen hatte. Ihr Fehlen weckte ihn schließlich ganz, er stützte sich auf einen Ellbogen und blickte sich suchend im Zimmer um, bis er sie auf der Fensterbank entdeckt hatte.

Er entspannte sich wieder und starrte sie quer durch den Raum mit nicht zu deutender Miene an. Maggie mußte feststellen, daß sie sich von dem Vlies seiner schwarzen Haare auf der Brust ablenken ließ. Letzte Nacht hatte sie sie mit dem Tastsinn erfahren, doch auch der Anblick bereitete ihr Vergnügen.

In der Hoffnung, daß etwas von der Nähe der letzten Nacht geblieben war, sagte sie zögernd: »Guten Morgen.«

Er musterte sie mit schrecklich kühlen, grauen Augen. »Ist das ein guter Morgen?«

Er wollte es ihr also schwermachen. Maggie schwang die Füße zu Boden und zwang sich, seinem Blick zu begegnen. »Nun, ich bin am Leben, wofür ich zutiefst dankbar bin. Wenn der Mob fertig gewesen wäre, wäre von mir sicher nicht viel übriggeblieben.« Sie empfand wieder die Panik der Erinnerung, zwang sie jedoch rasch nieder. »Ich kann dir mit Worten nicht genug danken, was du für mich getan hast.«

»Das ist auch nicht nötig«, fauchte er mit Augen wie Eissplitter. »Ich habe es nicht getan, weil ich Dankbarkeit wollte.«

Voll Furcht begriff sie, daß sie die Ereignisse der gestrigen Nacht ansprechen mußte. Wenn sie es nicht tat, würde er es tun, und sie hatte Angst vor dem, was er sagen könnte. »Ich muß dich auch um Verzeihung bitten«, sagte sie unsicher. »Du hast mein Leben gerettet, und ich habe dich auf unverzeihliche Art benutzt. Meine Bitte an dich, war . . . ein Angriff auf Ehre und guten Geschmack. Du hast mir geholfen, einen Alptraum zu überleben – ich kann nur hoffen, daß du in deinem Herzen auch vergeben kannst.«

Mit beißendem Unterton antwortete Rafe: »Denken Sie nicht mehr daran, Gräfin. Ich bin sicher, daß eine Frau von Ihrer Erfahrung weiß, wie gerne Männer verwirrten Frauen zu Diensten sind. Und du bist bemerkenswert talentiert. Es war mir ein ausgesprochenes Vergnügen, die angebotene Ware zu nehmen.«

Es war wie eine Ohrfeige in Maggies Gesicht. Sie hatte zwar geahnt, daß er wütend sein würde, doch dies war schlimmer, als sie es sich hatte vorstellen können. Kein Mann würde es mögen, als Betäubungsmittel gegen den Schmerz benutzt zu werden, aber dieser hier verabscheute es besonders. Stolz war unzweifelhaft das tiefste seiner Gefühle, und den hatte sie ernsthaft verletzt.

Wenigstens spottete er nicht, weil ihr die Worte der Liebe entschlüpft waren, als all ihre Schutzschilde heruntergerissen waren und ihr Herz einmal die Wahrheit sagen durfte. Wenn er sich über ihre unbedachte Liebeserklärung lustig gemacht hätte, wäre es unerträglich gewesen.

Doch tief in ihrem Inneren konnte Maggie nicht bereuen, was sie getan hatte, auch wenn sie wußte, wieviel es sie in Zukunft kosten würde. Ruhig wiederholte sie: »Es tut mir leid.« Dann stand sie auf und wandte sich zum Gehen.

Seine Stimme schnitt wie ein Peitschenhieb durch das Zimmer. »Wohin zum Teufel willst du jetzt?«

Sie blieb stehen, sah ihn aber nicht an. »Zu Robin natürlich. Ich muß mit ihm reden.«

»Soll das heißen, ich wäre tatsächlich fähig gewesen, in deinem irrationalen weiblichen Hirn ein paar Zweifel zu säen?«

Nun wandte sie sich doch zu ihm um. »Ja, verdammt, das warst du! Nun muß ich ihm die Chance geben, sich zu rechtfertigen!«

Er saß aufrecht im Bett, und seine Augen bohrten sich in ihre. »Und was, wenn er das nicht zufriedenstellend kann?«

»Ich weiß nicht.« Ihre Schultern sanken herab. »Ich weiß es einfach nicht.«

»Klingle nach dem Frühstück, wenn du im Salon bist. Ich bin in fünfzehn Minuten fertig, um dich zu begleiten.«

Als sie protestieren wollte, schnitt er ihr das Wort ab. »Du gehst nicht, ohne etwas gegessen zu haben. Danach bringe ich dich selbst zu Anderson.«

Maggie wußte nicht, ob sie amüsiert, alarmiert oder empört über sein hochnäsiges Befehlsgehabe sein sollte.

Rafe starrte sie jedoch nur weiterhin an. »Wenn du glaubst, ich lasse dich in dem Aufzug allein durch die Straßen gehen, dann hat dir der Tritt gegen den Kopf doch mehr geschadet, als der Arzt behauptet. Jede Nacht werden in Paris Leute umgebracht – erst gestern hat man zwei Leichen am Platz du Carousel gefunden. Und wo wir gerade beim Thema Arzt sind . . .« Er nahm ein kleines Fläschchen in die Hand und warf es ihr zu. »Der Doktor hat das hier für dich dagelassen, denn er war ganz sicher, daß du teuflische Kopfschmerzen haben würdest. Wenn du dich jetzt freundlicherweise aus dem Zimmer bewegen würdest, denn ich möchte mich anziehen.«

Ohne darauf zu warten, daß sie ging, schwang er die Beine aus dem Bett und stand in seiner herrlichen Nacktheit vor ihr. In dem Wissen, daß sie sofort verschwinden mußte, wenn sie ihn nicht einfach wieder zurück ins Bett ziehen wollte, schlug sie hastig die Augen nieder und strebte auf die Tür zu.

Sobald Rafe die Möglichkeit von Kopfschmerzen erwähnt hatte, bemerkte sie, wie sehr ihr Schädel hämmerte. Als sie im Salon stand, schluckte sie sofort eine von den Pillen aus dem Fläschchen.

Wie schade, daß Herzschmerzen sich nicht genauso leicht wegschlucken ließen.

Zu schlecht gelaunt, um auf den Kammerdiener zu warten, begann Rafe, sich selbst zu rasieren. Sein Innerstes kochte. Dankbarkeit und Entschuldigungen – das war es nicht, was er von Maggie hatte haben wollen. Sie hätte unsterblich in ihn verliebt sein sollen – so albern und lächerlich es auch war, wie er erkannte. Doch als er erwacht war und sie zusammengekauert auf der Fensterbank hatte sitzen sehen, begriff er sofort, daß es über Nacht keine wundersame Wandlung ihrer Gefühle gegeben hatte.

Seine Hand krampfte sich unwillkürlich um den Griff seines Rasiermessers, und augenblicklich fühlte er den kurzen Schmerz an seinem Hals. Fluchend sah er das Blut in die Porzellanschüssel tropfen. Himmel, wenn er nicht aufpaßte, würde er sich noch versehentlich selbst die Kehle durchschneiden. Er preßte sich ein Tuch auf den Schnitt. Was zum Teufel geschah mit ihm?

Margot geschah mit ihm, das war es. Er war immer stolz auf sein zivilisiertes, vernünftiges Benehmen gewesen. Im House of Lords und unter Freunden war er dafür bekannt, die gegensätzlichsten Parteien auf einer gemeinsamen Basis zu vereinen.

Doch in dem Augenblick, in dem er in der österreichischen Botschaft Margot wiedererkannt hatte, hatte sein Zerfall eingesetzt. Er hatte in den letzten zwei Wochen öfter seine Beherrschung und seinen Verstand verloren als im ganzen letzten Jahrzehnt. Nun wurde es deutlich, daß er zu seinem Ruf, ausgeglichen zu sein, nur deswegen gekommen war, weil es bisher niemanden in seinem Leben gegeben hatte, der ihm genug bedeutet hatte, um ihn seine gepriesene Selbstkontrolle verlieren zu lassen.

Er konnte Margot in solch einem Zustand nicht gegenübertreten, also zwang er sich dazu, tief und regelmäßig zu atmen. Sie war aufrichtig zu ihm gewesen, was die Gründe anging, warum sie hatte mit ihm schlafen wollen. Also besaß er kein Recht, deswegen so zornig auf sie zu sein. Um seines eigenen Stolzes willen mußte er aufhören, sich wie ein alberner Schuljunge zu benehmen.

Er nahm das Tuch von dem Schnitt und sah, daß die Blutung aufgehört hatte. Margot hatte es geschafft, sich nach dem Schrecken der gestrigen Nacht zusammenzureißen, und das sollte er auch können. Er sollte lieber stolz darauf sein, daß seine Bemühungen zu ihren Gunsten so einen heilsamen Effekt gehabt hatten.

Ja, und das war er. Verdammt stolz.

Als Rafe angezogen war und sich zu Maggie gesellte, hatte er sich wieder ganz unter Kontrolle. Nachdem sie ihm einen wachsamen Blick zugeworfen hatte, entspannte sie sich. Er war froh, daß er offenbar noch den Anschein aufrechterhalten konnte, ein zivilisierter Mann zu sein.

Es gab nicht viel zu sagen, als sie frische Croissants und exzellenten Kaffee genossen, und auf der anschließenden Fahrt zu Andersons Wohnung ebenso wenig. Dann erreichte die Kutsche den Rand des Place du Carousel, wo ihr Wagen durch eine Menschenansammlung gezwungen war, anzuhalten.

Der Kutscher wendete vorsichtig, und Maggie und Rafe sahen, daß der Platz durch Tausende von österreichisch-ungarischen Soldaten abgesperrt war, deren weiße Uniformen in der Sonne strahlten. Bei diesem militärischen Schutz war es kein Problem, die Bronzepferde ohne Zwischenfälle vom Triumphbogen zu holen.

Als das erste Pferd heruntergehievt wurde, jubelten die Soldaten laut, während die Menschenmenge wütend aufheulte. Dieses Mal wurden Napoleons Beutestücke wirklich wieder zurückgeholt.

Rafe lächelte grimmig. »Wellington war wahrscheinlich ziemlich wütend, als er von gestern nacht gehört hat. Ich nehme an, deswegen hat er sich zu einer Machtdemonstration entschieden. Paris wird ihn jetzt kaum lieben, aber bei Gott, sie werden ihn respektieren.«

Maggies tonlose Stimme führte ihm jedoch wieder die Realität vor Augen. »Hoffen wir, daß die gesteigerte Antipathie nicht auch die Gefahr von Anschlägen größer macht.«

Die restliche Fahrt verlief schweigend. Sie umrundeten den Place du Carousel und den Louvre, bis sie das kleine

Hotel erreichten, in dem Robin sich einquartiert hatte. Rafe wartete in der Kutsche, während Maggie hineinging. Er warnte sie noch, daß er nachkommen würde, wenn sie innerhalb der nächsten zehn Minuten nicht wieder auftauchte.

Das war jedoch nicht nötig, denn sie kehrte rasch und mit erschöpfter Miene zurück. »Auf mein Klopfen kam keine Reaktion«, sagte sie, als sie wieder in die Kutsche stieg. »Der Concierge sagte mir, daß Robin seit zwei Tagen nicht mehr zu Hause gewesen ist.«

Rafe runzelte die Stirn. »Könnte er in der Botschaft geblieben sein, weil es soviel zu tun gibt?«

Sie schüttelte den Kopf. »Die britische Delegation weiß auch nicht, wo er ist. Gestern haben sie nämlich jemanden geschickt, der nach Robin gefragt hat.«

Sie lehnte sich in die weichen Polster zurück, während ihr Magen sich zu einem Knoten zusammenzog. Wenn Robin erfahren hatte, daß man ihn verdächtigte und davongelaufen war, dann mußte man ihn als schuldig betrachten. Denn wenn er unschuldig war, würde er Paris niemals verlassen, ohne sie zumindest zu benachrichtigen.

Da er also ohne jede Spur verschwunden war, gab es nur zwei Möglichkeiten: Er war entweder schuldig oder tot.

Rafe sprach kein Wort auf der Fahrt zurück zu Maggies Stadthaus, dafür war seine Stirn düster umwölkt. Maggie war nur froh, daß er sich beherrschte und sie nicht darauf hinwies, er habe es ihr ja gesagt.

Sobald sie zu Hause war, schickte sie Hélène Sorel eine Nachricht, sie möge sie bitte zu einem leichten Mittagessen besuchen. Nun, da sich die Dinge zu einer Krise entwickelten, brauchte sie dringend eine Verbündete, die möglicherweise Dinge erkannte, die ihr entgangen waren.

Dann zog sie sich in ihr Schlafzimmer zurück und wanderte dort zwei Stunden in quälende Gedanken versunken umher. Sie empfand zuviel für Robin, um sich zu wünschen, er möge eher ein toter Patriot als ein lebendiger Verräter sein. Aber wenn er sein Land verraten hatte, wollte sie ihn nie wieder sehen.

Hélène erschien prompt, auf ihrem Gesicht einen leicht fragenden Ausdruck. Sobald sie den größten Hunger gestillt hatten, informierte Maggie sie über die letzten Entwicklungen, Robins Verschwinden eingeschlossen.

Hélène hörte mit ernster Miene zu. Mit ihrer zum schlichten Knoten zusammengefaßten Haar wirkte sie wie jede junge, hübsche französische Mutter, nur daß sie andere Fragen stellte.

Als Maggie nichts mehr zu sagen einfiel, meldete sich Hélène zu Wort. »Die Szenerie ist größer und finsterer, als ich wußte. Talleyrand seiner Macht beraubt und Castlereagh ans Bett gebunden – da sieht es aus, als wäre Wellington das wahrscheinlichste Zielobjekt für Attentäter, *n'est-ce pas*?«

»Ich fürchte es. Candover ist zu Wellington gegangen, um ihn zu beschwören, besondere Vorsicht walten zu lassen. Sie kennen einander gut genug, so daß Wellington wahrscheinlich zuhört, aber er ist ja leider berüchtigt dafür, Gefahren zu ignorieren. Eine Warnung bringt möglicherweise gar nichts.«

»Es ist Zeit, die Anzahl der Verdächtigen zu reduzieren«, sagte Hélène. »Ich habe meine Nachforschungen über Oberst von Fehrenbach abgeschlossen, und heute abend besuche ich ihn. Ich glaube, wenn ich fertig bin, gehört er nicht mehr zu unseren verdächtigen Personen.«

»Ich kann es mir nicht leisten, noch einen Freund zu

verlieren«, sagte Maggie nüchtern. »Candover bittet Wellington um ein paar Soldaten, also bitte nimm ihn und eine Eskorte um deiner Sicherheit willen mit.«

»Wenn du darauf bestehst, ja, aber dann müssen sie draußen warten und dürfen erst hereinkommen, wenn sie gerufen werden.« Hélènes braune Augen funkelten in mildem Vergnügen, als sie sich eine Praline vom Tablett auf dem Eßtisch nahm. »Sie werden nicht nötig sein.«

Maggie wünschte, sie hätte den Optimismus ihrer Freundin teilen können. Wenn sie sich in bezug auf Robin schrecklich irren konnte, wie konnte Hélène bei einem Mann, den sie kaum kannte, so sicher sein?

»Wenn von Fehrenbach ausscheidet, bleibt General Roussaye als wahrscheinlichster Kandidat.« Maggie seufzte. Sie hätte sich am liebsten ins Bett gelegt und für immer geschlafen. Aber sie mußte sich einer Welt stellen, in der sie Robin verloren hatte, Rafe sie verachtete und in der das Schicksal Europas vielleicht auf ihren müden Schultern ruhte. Sie stützte ihre Ellbogen auf den Mahagonitisch, vergrub das Gesicht in den Händen, rieb sich die Schläfen und schalt sich, nicht so melodramatisch zu sein.

Ein Klopfen ertönte, gefolgt von ihrem Butler und einer Frau. »Ich weiß, Sie wollten nicht gestört werden, Mylady«, sagte der Butler entschuldigend. »Aber Mrs. Northwood sagte, es sei höchst dringend.«

Maggie riß sich zusammen und stand auf. »Ist in Ordnung, Laneuve.«

Der Butler trat zur Seite, und Maggie schnappte entsetzt nach Luft, als sie Cynthia sah. Ihr Gesicht war übel zugerichtet. Mit bebender Stimme sagte das Mädchen: »Ich wußte nicht, wo ich sonst hingehen sollte.«

»Mein liebes Kind!« Hastig lief Maggie zu ihr und nahm sie in die Arme.

Cynthia ließ sich einen Augenblick gegen sie fallen, dann machte sie sich resolut los. »Es tut mir leid, ich wollte das nicht tun. Ich muß mit Ihnen reden.« Sie warf einen zweifelnden Blick auf Hélène, die ein Glas Brandy einschenkte und es ihr nun reichte.

»Keine Sorge«, beruhigte Maggie sie. »Sie können vor Madame Sorel frei reden. Sie und ich sind enge Freundinnen, und man kann ihr alles anvertrauen. Also, was ist passiert?«

Cynthia akzeptierte sowohl das Glas Brandy als auch Maggies Beteuerung, sank auf einen Stuhl und stellte das kleine Köfferchen ab, das sie in der Hand gehabt hatte. »Es war mir möglich, den Schreibtisch meines Mannes zu durchsuchen.«

»Hat er Sie etwa ertappt und geschlagen?« rief Maggie aus, die sich furchtbar schuldig fühlte, daß sie Cynthia etwas Derartigem ausgesetzt hatte.

»Nein, er hat mich aus vollkommen anderen Gründen geschlagen«, erwiderte Cynthia bitter. »Als ich den Schreibtisch gestern durchsuchte, hatte ich ausreichend Zeit, eine geheime Schublade zu finden, alles zu kopieren, was drinnen war, und dann wieder so zu ordnen, wie ich es gefunden habe.« Sie zog ein Dutzend beschriebener Blätter aus dem Köfferchen und reichte sie Maggie. »Ich habe es nicht gewagt, die Originale mitzubringen, aber ich dachte, Sie würden sich auch so einen Reim darauf machen können.«

Maggie legte die Papiere hin, um sie sich später anzusehen. »Wenn er nichts davon wußte, warum hat er Sie dann angegriffen?«

»Ich habe mich endlich entschlossen, ihn zu verlassen. Bleiben war mir unerträglich, und Michael schwört, er will die Konsequenzen tragen, was immer Oliver unternehmen wird. Wie auch immer, man hat Michael nach Huninguen geschickt, und er wird erst in ein paar Tagen wiederkommen. Dummerweise hat meine Entscheidung mich so erleichtert, daß ich ziemlich unbesonnen wurde, und ich denke, Oliver hat irgend etwas gespürt.«

Sie blickte auf ihre Hände mit den kurzgebissenen Nägeln hinab. »Heute morgen kam Oliver unerwartet in mein Zimmer, als ich mich gerade anzog, und entdeckte augenblicklich, daß ich schwanger bin. Er weiß genau, daß das Baby nicht von ihm sein kann und geriet in Wut. Er schickte meine Zofe raus und fing an, auf mich einzuschlagen. Er warf mir schreckliche Beleidigungen an den Kopf, schrie, daß er hoffte, ich würde die Brut in meinem Bauch verlieren und mit etwas Glück gleich verrecken. Dann ging er und schloß mich im Zimmer ein.«

Sie begann zu weinen, schaffte es aber, fortzufahren. »Ich kann nicht zurück, denn er wird mich umbringen! Bitte, Maggie, kann ich bei Ihnen bleiben, bis Michael zurückkommt?«

»Natürlich«, sagte Maggie warm. »Hier findet ihr Mann Sie niemals. Wie sind Sie denn aus dem Zimmer geflohen?«

Cynthia lächelte mit einem Hauch Stolz. »Als ich noch klein war, war ich ziemlich wild. Sobald Oliver fort war, band ich die Bettlaken zusammen und kletterte aus dem Fenster. Dann bin ich mit einer Kutsche hergekommen.«

»Nicht übel«, sagte Maggie anerkennend. »Aber nun sollten Sie sich ein wenig ausruhen, Sie müssen ja vollkommen erschöpft sein.«

Maggie zeigte ihr ein Gästezimmer, dann ließ sie einen Arzt rufen, der ihre Verletzungen untersuchen sollte. Anschließend setzte sie sich mit Hélène ins Eßzimmer, um die Unterlagen zu studieren, die Cynthia mitgebracht hatte. Das meiste davon bestand aus rätselhaften Notizen von der Art, die man niederkritzelt, während man nachdenkt

– fast unmöglich für jemand anderen, davon etwas zu verstehen. Dann gab es eine Liste von Spielsystemen, eine andere, auf der detaillierte Summen standen – Gewinne oder Verluste wahrscheinlich.

Maggie war zwar enttäuscht, sagte sich aber, daß selbst ein Tölpel wie Northwood kaum etwas herumliegen lassen würde, was zu verräterisch war – immer vorausgesetzt, der Mann hatte über seine offenbar angeborene Gemeinheit hinaus wirklich noch Dreck am Stecken. Geheime Schubladen waren nichts Außergewöhnliches, und wenn man etwas Wichtiges finden wollte, würde man zuerst dort danach suchen. Sie selbst hatte auch so ein Geheimfach in ihrem Tisch, das sie mit glühenden, aber falschen Liebesbriefen vollgestopft hatte. Wenn es jemand fände, würde es ihren Ruf als leicht hirnlose Schlampe bestärken. Sie und Robin hatten sich vor Lachen kaum halten können, als sie die Briefe gemeinsam geschrieben hatten . . .

Die Erinnerung schmerzte, also wandte sie sich schnell dem nächsten Papier zu. Ein hingekritzelter Satz sprang ihr sofort ins Auge. »Anderson – Spion? Mögliche Gefahr!«

Hélène sah es zur gleichen Zeit. Mit gepreßter Stimme sagte Maggie: »Das beweist gar nichts gegen Robin.«

»Nein, keinesfalls«, stimmte Hélène zu. »Du glaubst noch immer an seine Schuldlosigkeit, nicht wahr, *mon amie*?«

»Ja«, erwiderte Maggie ohne Umschweife. »Ich denke, er ist untergetaucht, weil er einmal zu oft zu nah ans Feuer geraten ist.« Mit brennenden Augen breitete sie das letzte Stück Papier vor sich aus.

Die Skizze darauf überraschte beide Frauen, denn es war eines der Wappen, die Maggie bei Madame Daudet abgezeichnet hatte: die dreiköpfige Schlange der d'Auguste-Familie. Darunter stand der Name Le Serpent und ein triumphierendes ›Eureka‹!

Nach einem langen Schweigen sagte Maggie: »Offenbar ist Northwood in irgendwelche geheimen Dinge verwikkelt. Fragt sich nur, für wen?«

»Und was bedeutet dieses Wappen für ihn? Wenn das wirklich das von Le Serpent ist, haben wir das Rätsel gelöst, wenn wir herausbekommen, wer es benutzt.«

»Vielleicht sind wir endlich einen Schritt weitergekommen«, antwortete Maggie. »Aber ich habe eher das Gefühl, als ob wir so etwas wie die chinesischen Kästchen aufmachen, in denen man immer ein kleineres und noch ein kleineres findet.«

In diesem Moment trat der Butler ein, um die Ankunft des Arztes zu melden. Hélène stand auf, um zu gehen, und versprach, nach ihrer Konfrontation mit Oberst von Fehrenbach wiederzukommen, um zu berichten.

Maggie betete, daß die Initiative ihrer Freundin sie näher ans Ziel bringen würde, bevor noch ein Unglück geschah.

Kapitel 17

HÉLÈNE KLEIDETE SICH für ihr Treffen mit Oberst von Fehrenbach sehr sorgfältig an. Sie wählte ein blaues Kleid, das weiblich wirkte, ohne provozierend zu sein. Wenn sie auch zwei Gründe dafür hatte, ihn zu besuchen, so war keiner davon Verführung im ursprünglichen Sinn.

Candover fuhr sie in seiner Kutsche zu Fehrenbach. Er hatte ebenso dafür gesorgt, daß vier britische Soldaten auf der Hintertreppe des Hauses postiert wurden, wo sie warten sollten, falls Hélène Hilfe benötigte. Um ihn zu beruhigen, hatte sie eingewilligt, eine Pfeife einzustecken, deren schriller Ton selbst durch dicke Wände dringen würde.

Ihre Gedanken wanderten zu Maggie und Rafe. Sie hatte die Spannung zwischen den beiden gespürt und fragte sich nun, ob sie dadurch entstanden war, daß sie beide sich begehrten und nichts dagegen getan hatten. Oder *weil* sie etwas getan hatten . . .

Über die beiden nachzudenken, lenkte sie angenehmerweise von ihren eigenen Sorgen ab. Trotz ihrer zur Schau getragenen Zuversicht erschreckte die Aussicht darauf, dem preußischen Oberst gegenüberzutreten, sie mehr, als sie zugeben wollte.

Die Kutsche hielt vor einer Villa im Marais, nicht weit

von Madame Daudets Haus entfernt. Das Gebäude war in Wohnungen aufgeteilt worden, und der Oberst lebte dort nur mit einem Kammerdiener, der den Abend frei haben würde. Da von Fehrenbach die Versuchungen des Pariser Nachtlebens mied und nur ausging, wenn seine Verpflichtungen es erforderten, würde Hélène ihn allein antreffen.

Candover stieg aus und ging um das Haus herum, um seine Soldaten zu treffen und durch die Hintertür einzutreten. Nachdem sie noch einmal nervös an ihrer Frisur gezupft hatte, stieg Hélène ebenfalls aus. Im Haus dirigierte der Concierge sie in den zweiten Stock zur Wohnung, die nach vorn hinausging.

Das Haus war im frühen achtzehnten Jahrhundert gebaut worden und strahlte noch viel seiner früheren Pracht aus. Als sie vor Fehrenbachs Tür stand, blickte Hélène den Flur zur Tür hinab, hinter der sich ihre Beschützer verbergen sollten. Schließlich klopfte sie.

Nach ein paar Augenblicken öffnete der Oberst selbst, was ihr sagte, daß der Diener tatsächlich nicht anwesend war. Wenn von Fehrenbach auch keine Uniform trug, kennzeichnete ihn seine Haltung unmißverständlich als Soldaten. Sein blaßblondes Haar wirkte im Lampenlicht silbrig; er war ein sehr attraktiver Mann, wenn man Eisprinzen mochte.

Schweigend starrten sie einander an, während wilde, ursprüngliche Faszination die Atmosphäre um sie herum zum Pulsieren brachte. Es war von Anfang an so zwischen ihnen gewesen, obwohl keiner von beiden es jemals angesprochen oder auch nur zugegeben hatte.

Sein Gesicht spiegelt seine Erschütterung und eine Mischung anderer Gefühle wider, doch er sagte nur kühl: »Madame Sorel, welch ein seltenes Vergnügen. Was bringt Sie zu mir?«

»Eine recht dringende Angelegenheit.« Seinem Blick zu

begegnen, erforderte von ihr, den Kopf zurückzulegen. »Wenn ich verspreche, nichts zu tun, was Ihren Ruf gefährdet, dürfte ich dann eintreten, damit wir darüber sprechen können?«

Ein Hauch von Röte erschien auf seinen Wangen, und er trat zur Seite. Mit einer leichten Neigung des Kopfes ging sie in den Salon und nahm auf einem Stuhl Platz, den er ihr schweigend anbot.

Die Zimmer waren gut geschnitten und makellos aufgeräumt, aber bis auf ein gutgefülltes Bücherregal wirkte der Salon abweisend karg. Es war so, wie Hélène es erwartet hatte: Des Menschen Inneres spiegelte sich in der Umgebung wider, die er sich schafft. In der Seele des Obersten schien Winter zu herrschen.

Ohne ihr etwas anzubieten, setzte sich von Fehrenbach in einigem Abstand zu ihr hin und fragte fast feindselig: »Ja, Madame?«

Bevor sie antwortete, musterte Hélène eine Weile sein Gesicht. Sie konnte die Spannung, die sich unter der leidenschaftslosen Maske befand, förmlich spüren. In einem Anflug von Selbstzweifel fragte sie sich, ob sie sich über das Wesen dieser Spannung getäuscht hatte. Vielleicht schmiedete er wirklich finstere Pläne, um anderen Menschen etwas anzutun. Plötzlich war sie froh über die Pfeife in ihrem Täschchen.

Auch sie wollte sich nicht mit Floskeln aufhalten, also begann sie ohne Umschweife. »Es wird eine Verschwörung geplant, die die Friedenskonferenz durch ein Attentat zunichte machen soll. Der Unfall, der Castlereagh ans Bett gefesselt hat, war tatsächlich ein Anschlag auf sein Leben, und Wellington könnte das nächste Ziel sein.«

Seine hellen Brauen zogen sich kaum merklich hoch. »Paris quillt über von Intrigen. Was soll das mit mir zu tun haben?«

Hélène verschränkte die Hände fest im Schoß, denn was sie zu sagen hatte, war unglaublich. »Es besteht Grund zu glauben, daß Sie hinter der Verschwörung stekken.«

»Was?« Seine Ruhe war fort, der Oberst sprang heftig auf die Füße. »Wie können Sie es wagen, mich einer solchen Sache zu beschuldigen! Welche Verzerrung des Verstands kann jemanden dazu bringen, mich zu verdächtigen?« Mit einem Aufblitzen seiner eisblauen Augen fügte er drohend hinzu: »Und wieso höre ich ausgerechnet von Ihnen davon?«

Hélène saß reglos da, ohne sich etwas anmerken zu lassen. »Das sind drei Fragen, und keine ist leicht zu beantworten. Wenn Sie sich eine Minute setzen und mir zuhören, werde ich es Ihnen erklären.« Als er noch zögerte, fügte sie hinzu: »Es liegt in Ihrem Interesse.«

Seine Augen verengten sich. »Wollen Sie mir drohen, Madame?«

»Überhaupt nicht, Oberst. Wie sollte ich das wohl auch können? Sie gehören zu den Siegern, sind ein reicher Mann von hohem Stand, während ich nur eine Witwe aus einer geschlagenen Nation bin. Wenn Sie bedroht werden, dann nicht durch mich.« Immer noch stand er unsicher da, und Hélène wurde ungeduldig. »Kommen Sie, Sie können sich doch kaum vor mir fürchten. Es kostet Sie nichts, zuzuhören.«

Er nahm einen Stuhl, der näher bei ihr stand und sagte so leise, daß sie es sich hätte einbilden können: »In einer Hinsicht haben Sie unrecht, Madame Sorel. Ich fürchte mich durchaus vor Ihnen.«

Sie war unglaublich erleichtert – sie hatte also recht gehabt. Jeder Austausch zwischen ihnen fand auf mehr als nur einer Ebene statt. Doch bevor sie ihre eigenen Zwecke verfolgen konnte, mußte sie ausführen, was sie ursprünglich hergeführt hatte. »Beträchtliche Mühen sind in Kauf genommen worden, um hinter diese Verschwörung zu kommen, und man kam zu dem Schluß, daß Sie zu der Handvoll möglicher Drahtzieher gehören, die die Intelligenz, die Fähigkeiten und das Motiv dafür haben.«

»Sie schmeicheln mir«, sagte er trocken. »Aber erklären Sie mir, warum ich so etwas tun sollte.«

»Es ist bekannt, daß Sie Frankreich und alles Französische hassen. Sie haben zwei französische Offiziere in Duellen getötet. Sie haben ebenfalls wiederholt verkündet, daß die vorgeschlagenen Einigungen zu gemäßigt sind. Wenn Wellington oder Castlereagh sterben, was wird dann mit dem Abkommen geschehen, das kurz vor der Unterzeichnung steht?«

Der Oberst zog überrascht die Brauen hinauf. »Ich beginne zu verstehen. Wenn einer von beiden getötet wird, sind die Stimmen der Gemäßigten nicht mehr relevant, und ganz Europa wird Genugtuung verlangen. Frankreich würde arm und unbedeutend.«

»Gefällt Ihnen der Gedanke, Oberst von Fehrenbach?«

»Möglich, aber ich bin Soldat, kein Mörder«, erwiderte er. »Ich habe zwei französische Offiziere getötet, die sich rauflustig auf junge, alliierte Offiziere gestürzt haben. Das ist von einer Verschwörung gegen Ihr Land ziemlich weit entfernt. Meine Pflicht besteht darin, den Befehlen meines Herrschers zu folgen, nicht, ein Land zu stürzen.«

»Ich glaube Ihnen, und das ist ein Grund, warum ich hier bin.« Sie blieb still, ohne mit der Wimper zu zucken, sitzen, während er sie mit neuem Interesse musterte. Nun begann er wirklich, ihr zuzuhören, und das hatte sie bezwecken wollen.

»Gibt es noch andere Gründe, weshalb ich unter Verdacht stehe?« fragte er nun. »Ich bin doch kaum der einzige, der Frankreich haßt.«

»Es gibt noch einen Grund, vielleicht ein wenig weit hergeholt, doch ziemlich stark: Wir haben erfahren, daß der Mann hinter der Verschwörung Le Serpent genannt wird.«

»Noch einmal: Was hat das mit mir zu tun?«

»Die Klugheit einer Schlange, der Mut eines Löwen«, zitierte sie, ohne sein Gesicht aus den Augen zu lassen.

Er zog scharf den Atem ein. »Natürlich. Das Motto meiner Familie. Interessant, aber wie Sie schon sagten, ziemlich weit hergeholt. Ziemlich viele Familienwappen enthalten Schlangen. Eigentlich«, – er dachte einen Moment nach –, »muß ich mich nicht einmal auf Wappen beziehen. Es gibt einen französischen General, der den Spitznamen Le Serpent erhielt, und soweit ich weiß, wird der Pariser König der Diebe genauso genannt.«

Ohne den letzten Satz noch zu hören, fragte Hélène mit plötzlicher Erregung: »Welcher General?«

Der Oberst warf ihr einen harten Blick zu. »Michael Roussaye. Ein Freund von mir versuchte, ihn und eine kleine Abteilung französischer Soldaten nach der Schlacht von Leipzig gefangenzunehmen. Roussaye entglitt ihnen wieder und wieder, fast wie eine Schlange. Er ist ein guter Soldat.«

»General Roussaye ist ein weiterer Hauptverdächtiger.«

»Was würde es ihm nützen, wenn Frankreich durch den Abbruch der Friedenskonferenz zu Schaden kommt?« fragte von Fehrenbach aufgebracht. »Das ist absolut unlogisch, Madame.«

»Ein Revolutionär könnte ein Abkommen zu schätzen wissen, das Frankreich so zornig macht, daß es erneut zu den Waffen greift.«

Hélènes Worte hatten eine augenblickliche Wirkung auf von Fehrenbach. Seine Miene verschloß sich, und er schien ihre Anwesenheit nicht mehr wahrzunehmen. Nach einer Weile richtete sich sein Blick schließlich wieder auf sie. »Warum erzählen Sie mir das? Wenn ich wirklich verdächtigt werde, warum hat Wellington mich dann nicht einfach verhaften lassen?«

»Das wäre politisch unklug«, erwiderte sie. »Marschall Blücher würde garantiert wütend werden, wenn ein geschätzter Mann von seiner Seite wegen derart schwacher Verdachtsmomente eingesperrt werden würde. Es gibt ja auch tatsächlich keine Beweise, sondern nur Vermutungen. Und das ist ein Grund, warum diese Sache mit höchstmöglicher Diskretion behandelt wird. Wenn bekannt würde, daß man von einer so gewaltigen Verschwörung ausgeht, würde das fast genauso viel Aufruhr verursachen, wie ein tatsächliches Attentat.«

»Möglich«, antwortete der Oberst widerwillig. »Aber wie Sie schon sagten, gibt es keine Beweise – was nicht überrascht, da ich nämlich nichts getan habe. Was bringt Sie überhaupt auf den Gedanken, daß eine Verschwörung existiert?«

Hélène zuckte die Achseln. »Gerüchte und seltsame kleine Unstimmigkeiten, die vor Gericht aber niemals standhalten könnten. Der einzige handfeste Beweis ist der Angriff auf Lord Castlereagh, der als Unfall getarnt worden ist. Zudem vermuten wir, daß ein britischer Agent getötet wurde, weil er Le Serpent zu nah gekommen ist.«

»Oder weil er sich wegen einer Frau geschlagen hat ... Ich habe noch nie davon gehört, daß Spione ehrenvoll handeln.« Von Fehrenbachs Blick bohrte sich in sie. »Was uns direkt zu Ihnen führt, Madame Sorel. Sie haben mir alle Fragen beantwortet, bis auf die, warum ausgerechnet Sie zu mir gekommen sind, um mich anzuklagen.«

Nun würde die Unterhaltung erst richtig schwierig werden. Mit feuchten Händen nahm Hélène sich zusammen. »Ich stehe in inoffizieller Verbindung mit dem britischen

Nachrichtendienst und habe bei den Nachforschungen mitgeholfen.«

»Also ist die Lady ein Spion«, sagte er mit Verachtung. »Oder ist das ein Widerspruch in sich? Spionieren ist nur eine andere Form der Prostitution, und ich vermute, daß weibliche Spione sich in vieler Hinsicht verkaufen.«

Hélène hatte gewußt, daß etwas in dieser Art kommen würde, aber es tat dennoch weh. »Ich habe mich niemals in irgendeiner Form verkauft, Oberst, und ich nehme kein Geld für das, was ich tue«, erwiderte sie scharf. »Es hätte auch jemand anderer kommen können, um Sie zu befragen, aber ich wollte es tun.«

»Warum?« Er beugte sich in seinem Stuhl vor und blickte sie feindselig an. »Ich frage noch einmal: Warum Sie?«

»Sie wissen warum, Oberst.« Sie sah ihn mit aller Wärme und Aufrichtigkeit an, die sie besaß.

Wenn seine Augen auch das kalte Blau von Polareis hatten, so konnte sie darin dennoch blanke Pein erkennen. Mit einem gemurmelten deutschen Fluch riß er seinen Blick von ihr los und stand auf. Ihr den Rücken zukehrend, drehte er sich zu seinem Bücherschrank um. Von ihrem Platz aus konnte Hélène einige Titel erkennen. Es handelte sich zum großen Teil um Werke der Geschichte und Philosophie, dazwischen einige griechische und römische Texte. Der Oberst war ein Mann mit vielfältigen Interessen.

Ohne sie anzusehen sagte er: »Sie sprechen in Rätseln, Madame Sorel.«

»Ich spreche sehr deutlich, aber es ist wohl keine Sprache, die Sie verstehen wollen.« Sie stand auf, ging auf ihn zu und blieb wenige Schritte von ihm entfernt stehen. »Auch wenn Sie es nicht zugeben, gibt es zwischen uns etwas, das schon da war, als wir uns zum ersten Mal trafen.«

Er wirbelte herum und sah sie wütend an. »Also gut, ich gebe es zu. Sie erregen mich wie eine heiße Stute einen Hengst erregt. Sie wissen es genau, sonst würden Sie sich jetzt nicht hier vor mir zur Schau stellen. Sind so viele Franzosen gefallen, daß Sie im weiteren Umfeld nach Zuchtpartnern suchen? Soll ich Sie hier auf dem Teppich nehmen, Ihnen antun, was meiner Meinung nach die Alliierten mit Frankreich tun sollten?«

Hélène wurde bleich. Sie hatte erwartet, daß er ähnlich reagieren würde, und sie begriff, daß seine Grausamkeit ein Maß für seine Gefühle zu ihr war. Dennoch trafen seine Worte sie zu heftig ins Herz, als daß sie sie ignorieren konnte. »Wenn mein Ziel Hurerei gewesen wäre, dann hätte ich mir nicht ausgerechnet einen Mann ausgesucht, der mich beschimpft.«

»Warum sind Sie dann hier, Madame?« Seine Worte waren tonlos, sein Gesicht eine Maske.

»Ich will, daß Sie mich einmal ansehen, ohne daran zu denken, daß ich Französin bin und Sie Preuße sind.«

Der Oberst blickte sie einen langen Moment an. Dann jedoch wandte er sich abrupt ab. »Das, Madame, ist nicht möglich.«

Als er eine sichere Distanz zu ihr erreicht hatte, wandte er sich wieder zu ihr. »Wenn ich Sie sehe, sehe ich mein abgebranntes Haus, meine ermordete Frau, meinen Sohn, meine Schwester, ermordet durch Franzosen, Madame, durch Ihr Volk, vielleicht durch Ihren Bruder oder Mann. Ich kann nicht vergessen, daß wir Feinde sind.«

»Ich bin nicht Ihr Feind«, sagte sie weich.

Er starrte sie an, und hinter seiner Stirn arbeitete es. »Doch, das sind Sie. Der einzige, noch schlimmere Feind, bin ich mir selbst, denn ich werde von einer Frau erregt, die einer Nationalität angehört, die ich hasse und verachte. Sie haben mir viele schlaflose Nächte bereitet, Madame. Gefällt Ihnen das Wissen, daß Sie meine Selbstachtung nachhaltig erschüttert haben?«

Hélène machte keinen Versuch, die Distanz zu ihm zu verringern. Ihre kleine, wohlgerundete Gestalt stand vor dem gewaltigen Bücherschrank und strahlte Sanftheit, jedoch auch Entschlossenheit aus. »Mir kann es niemals gefallen, wenn jemand sich quält. Ich habe mich der Informationsbeschaffung verschrieben, damit ich einen kleinen Beitrag zum Frieden leisten kann. Ich hatte Brüder, Oberst. Einer fiel beim Rückzug von Moskau, der andere wurde durch spanische Partisanen zu Tode gefoltert. Man hat mir gesagt, er brauchte zwei Tage, um endlich zu sterben. Pierre war mein jüngerer Bruder. Er wollte Maler werden.

Und ja, ich hatte einen Mann, der bei Wagram getötet wurde, zwei Monate, bevor meine jüngste Tochter zur Welt kam. Sie haben bei Wagram gekämpft, Oberst. Vielleicht waren es Ihre Soldaten, die ihn umgebracht haben.«

»Wunderbar, Madame Sorel, so haben wir beide einiges Leid zu tragen.« Seine Stimme klang wie eine Peitsche der Bitterkeit. »Sie haben meine Erlaubnis, die Preußen so sehr zu hassen, wie ich die Franzosen. Sind Sie nun zufrieden?«

»Nein!« schrie sie, als plötzlich die Qual all ihre mühsam erlernte Gemütsruhe überwältigte, die das Leben voller Verluste erträglich gemacht hatte. »Ich will nicht mehr hassen. Wenn Preußen statt Frankreich angegriffen hätte, wäre mein Mann dann weniger tot? Ich will, daß meine Töchter in einer Welt leben, wo ihre Väter mit ihnen alt werden können. In der Jungen wie mein Bruder Blumen und hübsche Mädchen malen und alberne Gedichte schreiben können, statt schreiend zu sterben.«

Sie sah ihn flehend an. Wie sollte sie nur die Eisschicht in seinem Herzen zum Schmelzen bringen? »Als Christin habe ich gelernt, die Sünde zu hassen, aber den Sünder zu lieben. Ich verabscheue den Krieg und die unaussprechlichen Grausamkeiten, die er mit sich bringt – und wenn wir nicht endlich lernen, uns gegenseitig zu lieben, dann sind wir dazu verdammt, wieder und wieder zu kämpfen und zu sterben.«

»Und Sie glauben, wenn ich Sie lieben könnte, würde der Krieg ein Ende haben?« Obwohl seine Stimme voll Spott und Verachtung war, lag auch die Sehnsucht, glauben zu dürfen, darin.

»Ich weiß nicht, ob wir einander lieben könnten. Vielleicht existiert zwischen uns nichts als diese körperliche Anziehungskraft«, sagte Hélène, der nun die Tränen die Wangen herunterliefen. Auch wenn sie sah, daß ihre Worte ihn rührten, fürchtete sie, daß es nicht reichen würde. Er hatte schon zu lange in seinem Schmerz gelebt, um den Sprung in das echte Leben erneut riskieren zu wollen. Mit brechender Stimme fuhr sie fort: »Wenn zwei Individuen es aber nicht einmal probieren können, dann sehe ich keine Hoffnung für die Menschheit. Wir werden immer wieder die gleichen Fehler machen.«

Von Fehrenbach begann, durch den Raum zu laufen. Er blieb an einem kleinen Tisch stehen, auf dem ein Porträt in einem silbernen Rahmen stand. Daneben lag eine Bibel.

Das Bild zeigte eine schöne, blonde Frau, die ein Kind in den Armen hielt.

Er starrte das Bild lange an, bis er schließlich heiser sagte: »Sie sind eine tapfere Frau. Vielleicht haben Frauen mehr Mut als Männer. Wenn ein Mensch schwer genug verwundet wird, dann stirbt er, aber mit einem verwundeten Herzen muß man endlos weiterleiden.«

Zart berührte er das Gesicht des Gemäldes, dann blickte er traurig Hélène an. »Sie verlangen zuviel, Madame Sorel. Ich habe nicht genug Kraft.«

Sie war gescheitert. Die Tränen zurückdrängend, erwiderte sie voll bitterer Selbstkritik: »Frauen sind nicht tapferer, Oberst. Wir sind nur dümmer.«

Sie wandte sich um und suchte in ihrem Täschchen nach einem Taschentuch. Die profane Handlung, sich die Augen abzutupfen und die Nase zu putzen, half ihr, ihre erschütterte Selbstbeherrschung wieder etwas zu stabilisieren. Dann durchschritt sie den Salon zum Vestibül.

Seine Worte folgten ihr. »Was werden Sie Ihren Auftraggebern über mich sagen?«

»Ich werde ihnen erzählen, daß Sie meiner Ansicht nach nicht in irgend etwas verwickelt sind. Natürlich wird man Sie genau beobachten, so daß Ihre Chancen, etwas anzustellen, sehr gering sind, sollte ich mich mit meinem Urteil irren.« Sie legte die Hand auf den Türknauf. »Leben Sie wohl, Oberst von Fehrenbach. Ich denke, wir sollten uns nicht wiedersehen.«

Zu ihrer Überraschung war er plötzlich bei ihr und blickte ihr ins Gesicht, als wollte er ihr Aussehen in seiner Erinnerung speichern. »Sie sind wirklich eine sehr tapfere Frau.« Dann hob er ihre Hand und küßte sie – nicht auf romantische Art, sondern mit einer Art traurigen Respekts.

Als er ihr die Tür aufhielt, schaffte sie es, mit erhobenem Kopf hinauszugehen. Doch nachdem die Tür wieder zu war, lehnte sie sich an die getäfelte Wand. Sie war so unglaublich müde und ausgelaugt . . .

Endlich richtete sie sich wieder auf, straffte die Schultern und ging den Flur entlang. Hinter der Tür saßen vier Soldaten in friedlichem Kartenspiel. Als sie eintrat, stolperten sie hastig auf die Füße. Sie wirkten so schrecklich jung. Hélène lächelte sie an, und der junge Leutnant errötete und senkte den Kopf.

Erleichtert, daß ihr nichts passiert war, trat Rafe auf sie zu. »Ist alles gut gelaufen, Madame Sorel?«

Seufzend antwortete sie: »So gut, wie man es erwarten konnte.«

In seiner kargen Wohnung lief Karl von Fehrenbach unruhig herum, nahm Gegenstände auf und stellte sie wieder hin, zog ein Buch von Fichte aus dem Regal, schob es unbeachtet wieder zurück, nahm dann eines von Vergil und schlug den Band irgendwo auf. *»Omnia vincit Amor: et nos cedamus Amori«.* Alles besiegt die Liebe: ergeben auch wir uns der Liebe.

Er knallte das Buch zu und schob es so heftig ins Regal zurück, daß der Ledereinband zerkratzte.

Dann lehnte er die Stirn an die Bücherrücken und dachte daran, wie Hélène Sorel eben hier an dieser Stelle gestanden hatte, so süß und weiblich. War sie ein Engel, der vom Himmel gekommen war, um ihn zu erlösen, oder kam sie aus der Hölle, um den Rest seiner Seele zu holen? Was immer diese Frau sein mochte, sie hatte sehr viel Mut, sich einer solchen Zurückweisung auszusetzen.

Er ging wieder zu dem Bild von Elke und Erik, nahm es auf und betrachtete die geliebten Gesichter. Seine Frau, die die Gabe der Fröhlichkeit besessen, sein Sohn, der seine Größe und das gute Wesen seiner Mutter geerbt hatte. Elke hatte ihm das Bild drei Monate vor ihrem Tod geschickt. Sie waren in ihrem Haus verbrannt. Von Fehrenbach hatte gebetet, daß sie schon durch den Qualm und nicht erst in den Flammen gestorben waren.

Unerträglicher Kummer quoll in ihm auf und riß alle Schutzwälle nieder, die er errichtet hatte, um den Schmerz einzudämmen. Voller Verzweiflung schlug er die Bibel auf und blickte in der Hoffnung auf Hilfe hinein.

Der Vers, der ihm entgegensprang, lautete: »Ihre Sünden, derer viele, sind vergeben, denn sie hat viel geliebt.«

Wenn es eine Botschaft Gottes war, dann konnte er sie nicht ertragen. Er sank neben dem brokatbezogenen Sessel auf die Knie, vergrub den Kopf in seinen Armen und ergab sich den krampfartigen, qualvollen Schluchzern eines Mannes, der nie zu weinen gelernt hatte.

Kapitel 18

DIESER BESUCH BEI Le Serpent war sehr kurz. Den Engländer kümmerte es nicht mehr, daß sein gefürchteter Gastgeber maskiert war; er wußte nun, wem er diente, und zur richtigen Zeit würde er es enthüllen.

»Das Schießpulver ist in der Kammer untergebracht?« fragte Le Serpent nun barsch.

»Ja. Ich habe es nach und nach über mehrere Tage hineingebracht, und es ist nicht wahrscheinlich, daß es jemand durch Zufall entdeckt. Selbst wenn jemand in das Kämmerchen hineinsieht, findet er nur Kisten, die keinen Verdacht erregen werden.«

»Sehr gut.« Der Maskierte nickte zufrieden. »Donnerstag ist es soweit.«

»Übermorgen?« Der Engländer war entsetzt; plötzlich schien ihm der Zeitpunkt viel zu nah.

»Genau. Das Pulver muß so pünktlich wie möglich um vier Uhr nachmittags losgehen. Die Kerze, die ich Ihnen gegeben habe, müßte acht Stunden brennen, also entzünden Sie sie gegen acht Uhr morgens. Ich vertraue darauf, daß das keine Probleme mit sich bringt.«

Der Engländer dachte nach. »Es könnte schwierig werden. Ich bin in den letzten Tage eher durch Abwesenheit aufgefallen, und es könnte verdächtig wirken, wenn ich so früh in der Botschaft bin.«

»Ich bin nicht an den Problemen interessiert, die Ihr Privatleben verursacht«, sagte Le Serpent kalt. »Ich zahle für das Ergebnis. Wenn die Kerze erst einmal brennt, können Sie wegrennen, so weit Sie mögen, aber die Explosion muß am Donnerstag stattfinden. Das ist der einzige Tag, an dem der König persönlich die Minister in Castlereaghs Schlafzimmer beehrt. Castlereagh wird bald wieder auf den Beinen sein, und es könnte die letzte Chance sein, daß wir alle zugleich an einem Ort haben.«

»Keine Sorge, ich werde es schon schaffen.« Der Engländer konnte die Ungeheuerlichkeit der Zerstörung kaum fassen. Ja, er mußte sich auf jeden Fall an Le Serpent halten. Die Dreistigkeit des Verschwörers, seine Vision und seine Kraft konnten ihn in dem Chaos, das der Explosion folgen würde, bis ganz nach oben bringen, und die, die ihm geholfen hatten, würden mitkommen.

Eine verführerische Aussicht. Aber er hatte noch etwas anderes auf dem Herzen, nicht wirklich wichtig, aber dennoch von höchstem persönlichem Interesse. »Wegen der britischen Spione . . .«

Le Serpent blickte ungeduldig von seinem Tisch auf. »Es wird sich um sie gekümmert werden. Sie brauchen sich den Kopf nicht darüber zu zerbrechen.«

»Ich bin an der Frau interessiert. Gräfin Janos.«

Der Maskierte lehnte sich zurück und verschränkte die Finger beider Hände über seiner Brust. »Wollen Sie sie für sich selbst, *mon petit Anglais*?« fragte er amüsiert. »Sie ist eine hübsche kleine Hure, ich gebe es zu.«

»Ja, ich will sie. Wenigstens für eine Weile.«

»Da Sie Ihre Arbeit gut erledigt haben, schenke ich sie Ihnen als Bonus. Und jetzt gehen Sie, es ist noch viel zu tun.«

Der Engländer fieberte vor Erwartung, als er die Kammer verließ. Er hatte Margot Ashton nie verziehen, ihn verschmäht zu haben. Nun würde sie für jede Demütigung, die sie und alle Frauen dieser Welt ihm jemals zugefügt hatten, bezahlen. Sie würde bezahlen und bezahlen und bezahlen.

Hélène und Rafe kehrten zu Maggies Haus zurück, und alle drei unterhielten sich stundenlang. Sie versuchten, sich zu einigen, was sie als nächstes tun sollten. Alle drei spürten, wie kritisch die Lage wurde, und sie wußten, sie mußten jetzt direkter und forscher handeln, als Spione es normalerweise tun sollten.

Im Verlauf des Abends sandte Maggie einen Boten zu einem Informanten und bekam rasch die Bestätigung, daß Roussaye den Spitznamen Le Serpent gehabt hatte. Sie biß sich auf die Lippe, als sie die Nachricht las, denn sie hatte sich halb erhofft, daß von Fehrenbach sich die Geschichte nur ausgedacht hatte. Wenn Robin sich heimlich mit Roussaye getroffen hatte, schien es fast wahrscheinlich, daß beide Verschwörer waren. Den General konnte man als Patrioten betrachten, wenn auch als einen irregeleiteten, aber es fiel schwer, in Robin etwas anderes als einen Verräter zu sehen. Maggies Gefühl kämpfte noch gegen diese Schlußfolgerung an, aber ihr Verstand konnte nicht leugnen, daß immer mehr gegen ihn sprach.

Ihre nächste Aufgabe war es jedenfalls, General Roussaye gegenüberzutreten. Um dies rasch zu erreichen, sandte Rafe einen Boten zu Roussaye, um ihn zu bitten, ihn zum nächstmöglichen Termin besuchen zu dürfen. Roussaye schickte eine höfliche Antwort zurück, in der er den nächsten Morgen elf Uhr vorschlug.

Als die Nachricht kam, erhob sich Hélène müde, um nach Hause zu gehen. Rafe stand sofort auf, um sie zu begleiten, aber aus seiner Miene schloß Maggie, daß er weniger Hélènes Sicherheit im Sinn hatte, sondern vor allem Maggies Gesellschaft nicht mehr ertragen konnte.

Traurig erkannte sie, daß alles verschwunden war, was immer es an Wärme zwischen ihnen gegeben hatte. Sie hoffte inständig, daß diese ganze Sache bald vorbei sein würde, damit sie einander niemals wiedersehen mußten.

Maggie begann ihren nächsten Tag mit einem Besuch in der britischen Botschaft. Obwohl sie ihn offiziell als Höflichkeitsbesuch von Lady Castlereagh tarnte, war ihre Absicht, einen Bericht über Oliver Northwood zu geben. Sie berichtete Emily von ihren Zweifeln, was seine Integrität betraf, und drängte sie, die Informationen so bald als möglich ihrem Mann zu übermitteln.

Eine besorgte Lady Castlereagh versprach, dies augenblicklich zu tun, und teilte Maggie mit, daß Northwood in den letzten beiden Tagen nicht zur Arbeit erschienen war. Man hatte eine Nachricht geschickt, daß er eine Nahrungsmittelvergiftung erlitten hatte und sobald wie möglich wieder kommen würde.

Maggie dachte angestrengt nach, als sie nach Hause fuhr. Northwoods ›Vergiftung‹ stimmte zeitlich mit dem Angriff auf seine Frau überein. Hatte er, in der Angst, sie könnte etwas über ihn verraten, die Flucht ergriffen? Oder suchte er sie einfach, um sie zur Rückkehr zu zwingen? Zum Glück war Cynthia zu Maggie gekommen, und solange sie dort versteckt blieb, war die junge Frau sicher.

Die Kutsche hielt vor ihrem Haus und ließ sie aussteigen, um zu der Remise hinter dem Haus weiterzufahren. In weniger als einer halben Stunde würde Rafe sie abholen, damit sie zu General Roussaye fahren konnten, und ihre Gedanken drehten sich um das kommende Gespräch, als sie langsam die Treppe des Haupteingangs hinaufging.

Als hinter ihr eine Kutsche hielt, drehte sie sich um, weil sie dachte, Rafe wäre früher gekommen, doch die luxuriöse dunkelblaue Berline war ihr unbekannt. Den Mann, der ausstieg, kannte sie allerdings. »Guten Morgen, Comte de Varenne«, sagte sie mit ihrem strahlendsten Lächeln. »Wenn Sie mich besuchen wollten, muß ich Sie leider enttäuschen. Ich bin praktisch gleich wieder fort.«

Varennes kräftige Gestalt trug die übliche diskrete Eleganz zur Schau, doch seine Augen wirkten so kalt, daß Maggie unwillkürlich einen Schritt zurückwich. »Als ich Sie eben hier sah«, sagte er, »habe ich mich impulsiv entschlossen, Sie zu einem Besuch meines Besitzes in Chanteuil zu überreden. Die Gärten sind bald nicht mehr so schön anzusehen.«

»Es tut mir leid, lieber Comte, aber . . .«

De Varenne unterbrach sie freundlich. »Wirklich, meine Liebe, ich akzeptiere keine Ausrede. Mein Haus liegt nur eine knappe Stunde Fahrt entfernt, und ich kann Ihnen wirklich einen interessanten Vormittag versprechen.« Er legte wie zufällig eine Hand auf ihre Taille, als wollte er ihr in die Kutsche helfen.

Maggie erstarrte. Varenne hatte ein Messer in der Hand, und er hielt es so fest an sie gedrückt, daß die Spitze sich durch den Stoff ihres Kleides in ihre Haut bohrte.

Sanft sagte er nun: »Ich muß darauf bestehen.«

Wenn sie versuchte, ihre Dienstboten zu rufen, hätte sie das Messer zwischen den Rippen, bevor sie einen Laut von sich geben konnte. Mit steinernem Gesicht kletterte Maggie in die Kutsche, in der ein gebeugter Mann, der wie ein Sekretär gekleidet war, saß.

Ohne das Messer von ihrer Seite zu nehmen, setzte sich der Comte neben sie, als schon die Tür geschlossen wurde und die Kutsche sich wieder in Bewegung setzte. Das alles war in weniger als einer Minute geschehen.

Selbst die Frau, die von einem Fenster aus zusah, bemerkte nichts Seltsames.

Der Comte zog das Messer zurück, als die Kutsche ein gutes Stück gefahren war. »Sie sind eine weise Frau, Gräfin Janos – eine Szene wäre Ihnen nicht gut bekommen.« Er schenkte ihr ein gefährliches Lächeln. »Oder sollte ich Sie Miss Ashton nennen?«

»Nennen Sie mich, wie Sie wollen«, antwortete Maggie, die wütend war, daß sie sich so leicht hatte entführen lassen. »Ich stelle fest, daß mein Instinkt sich nicht geirrt hat. Mir war von Anfang an klar, daß Sie ein widerlicher Mensch sind, aber ich konnte mir keinen Grund vorstellen, weshalb ein Ultraroyalist gegen die britische Herrschaft Ränke schmieden sollte.«

»Der Mangel an Phantasie kann verhängnisvoll sein, wie Sie merken werden.« Varenne nickte dem anderen Mann zu, der ein paar Tropfen ekelerregend süß riechender Flüssigkeit auf ein Tuch tröpfelte. »Vergeben Sie mir bitte meine Unhöflichkeit, Miss Ashton, aber ich habe den größten Respekt vor Ihren Talenten und möchte Sie nicht frühzeitig ausschalten müssen. Sie haben sich auf dem Place du Carousel tapfer gehalten, doch Ihre Mühen hätten Ihnen nichts geholfen, wenn Ihr muskelbepackter Liebhaber nicht auf der Szene erschienen wäre.«

Der Schreiber beugte sich vor und preßte den Stofffetzen auf Maggies Mund und Nase, während seine andere Hand ihren Kopf hielt, damit sie nicht ausweichen konnte. Als sie sich zu wehren begann, packte Varenne sie und hielt sie ruhig.

Noch während ihr das Bewußtsein schwand, hörte sie den Comte sagen: »Candover hat mich die Dienste Lemerciers gekostet, was ich nicht so schnell vergessen kann.

Dennoch bin ich flexibel. Da Sie den kleinen Überfall überlebt haben, werde ich Sie zu einem Verbündeten bringen, der Ihre reizende Figur bewundert und sich nicht darum kümmert, ob Sie willig sind oder nicht.«

Seine letzten Worte verursachten eine Welle des Entsetzens in Maggie, doch ihre Glieder gehorchten ihr nicht mehr. Voller Schrecken stürzte sie in tiefe Schwärze.

Rafe war mit den Nerven am Ende, als er den Boulevard des Capucines erreichte. Er wußte nicht, was ihm mehr Sorgen machte: das bevorstehende Gespräch mit Roussaye oder die Tatsache, wieder mit Margot zusammenkommen zu müssen. Er konnte sie nicht mehr als Maggie sehen; dieser Name gehörte zu der verführerischen, trickreichen Gräfin. Während ihrer Liebesnacht war sie für ihn wieder ganz zu Margot Ashton geworden, und er weigerte sich, davon abzugehen.

Schon kam ihm ihre gemeinsame Nacht schrecklich weit entfernt vor, obwohl erst knapp ein Tag vergangen war. Er fragte sich, ob Margot ihn irgendwann wirklich wollte, wenn erst Anderson ganz aus ihrem Leben verschwunden war. Es mochte eine lange Zeit dauern, aber er konnte warten. Bei Gott, er hatte dreizehn Jahre lang gewartet!

Er legte die Stirn in Falten, als der Butler ihm verkündete, daß die Gräfin noch nicht zurückgekehrt war, und wartete volle fünfzehn Minuten, bis er nach Cynthia Northwood fragte. Obwohl Maggie ihm gesagt hatte, warum sie hier war, war Rafe dennoch schockiert, wie schlimm ihr Mann sie zugerichtet hatte. »Wie fühlst du dich, Cynthia?«

»Besser als seit langer, langer Zeit«, antwortete sie traurig. »Ich wünschte nur, ich wäre schon früher fortgelaufen.«

»Du mußt ziemlich viel Mut aufgebracht haben, überhaupt diesen Schritt zu tun«, sagte Rafe, der froh war, daß ihre geistige Verfassung in Ordnung zu sein schien. »Es tut mir leid, daß ich dich belästige, aber ich muß wissen, ob die Gräfin gesagt hat, daß sie noch irgendwo anders hinwollte. Wir haben eine wichtige Verabredung, und es überrascht mich, daß sie nicht hier ist.«

»Maggie ist vor etwa einer halben Stunde aus der Botschaft zurückgekehrt, ist aber gleich wieder gegangen, ohne erst ins Haus zu kommen«, antwortete Cynthia. »Ich habe zufällig am Fenster gestanden, als ich einen Mann in einer Kutsche kommen sah. Sie redeten ein wenig, dann sind beide zusammen weggefahren.«

Rafe wurde es augenblicklich speiübel. »Du kennst doch Robert Anderson aus der Delegation. War er derjenige?«

»Nein, es war ein dunkler Typ, nicht viel größer als Maggie«, antwortete sie ohne Zögern. »Ein Franzose, denke ich.«

Rafe zwang sich, seine aufkeimende Eifersucht zu unterdrücken und klar zu denken. Es wäre denkbar, daß Margot mit Anderson einfach so verschwunden war, aber ganz und gar unwahrscheinlich, daß ein anderer Maggie mir nichts, dir nichts dazu bewegen konnte, die Verabredung mit Roussaye nicht einzuhalten. Das legte die Vermutung nah, daß sie nicht freiwillig gegangen war. »Sag mir genau, was du gesehen hast, Cynthia – jede Einzelheit, an die du dich erinnern kannst.«

Bis auf die Farbe der Kutsche konnte sie wenig hinzufügen, denn die Vorhänge am Fenster hatten die Sicht behindert. Die Beschreibung des Mannes hätte auf die Hälfte der männlichen Bevölkerung Frankreichs zutreffen können.

Zuerst war Anderson verschwunden, jetzt Margot. Rafe

empfand nun langsam eine wachsende Angst, und das beste Gegenmittel war Tatkraft. Nun war es wichtiger denn je, mit Roussaye zu reden. Wenn der General Margot entführt hatte . . .

Er stand auf und sagte rauh: »Ich muß die Verabredung einhalten. Bitte schick Madame Sorel eine Nachricht, daß sie mich hier treffen möchte. Ich müßte in einer Stunde etwa zurück sein, und wir haben Dringendes zu besprechen.«

Dann ging er und ließ die besorgte Cynthia einfach stehen.

Auf der Fahrt zu Roussayes Haus entschied Rafe, daß die beste Strategie darin bestand, den Mann mit Beschuldigungen zu schockieren und zu hoffen, daß er sich irgendwie verriet, wenn er schuldig war. In seiner momentanen Stimmung würde es Rafe überhaupt nicht schwerfallen, anklagend zu wirken.

Roussaye empfing ihn freundlich hinter seinem Schreibtisch. Er stand auf und bot Rafe die Hand. »Guten Tag, Euer Hoheit. Ich freue mich über Ihren Besuch, obwohl ich es bedaure, daß Gräfin Janos nicht mitgekommen ist. Meine Frau hatte sich sehr darauf gefreut, sie wiederzusehen.«

»Dies ist kein gesellschaftlicher Besuch, Roussaye«, sagte Rafe barsch. »Ich habe eine geheime Untersuchung für die britische Regierung durchgeführt, und ich bin hier, um Ihnen mitzuteilen, daß das Spiel aus ist. Selbst Le Serpent kann dieses Mal nicht entkommen.«

Das Gesicht des Generals wurde bleich, und er sank in seinen Stuhl zurück. Nach einem reglosen Moment griff er nach einer Schublade.

Rafe zog in Windeseile eine geladene Pistole unter seinem Umhang hervor. Seine Hand war tödlich ruhig, als er ihn anfuhr: »Tun Sie das nicht, Roussaye. Sie stehen unter

Arrest. Draußen warten britische Soldaten. Selbst wenn sie mich erschießen, werden Sie nicht entkommen.«

»Welche Entschlossenheit«, erwiderte der General mit einem Hauch bitteren Spotts. »Ich wollte mir eine Zigarre nehmen. Wenn ich verhaftet bin, könnte das die letzte Chance sein, mich einem solchen Vergnügen hinzugeben. Möchten Sie auch eine?«

Mit übertriebener Vorsicht holte Roussaye ein Intarsienkästchen aus Walnußholz heraus und stellte es auf den Tisch. Dann nahm er eine Zigarre, schnippte das Ende ab und zündete sie mit gelassener Anmut an, als hätte er alle Zeit der Welt. Es war eine beeindruckende Zurschaustellung von Lebensstil für einen Mann, der sich vor den Trümmern seiner Zukunft und all seiner Pläne stehen sah.

Rafe setzte sich vor den Schreibtisch, ohne den Lauf der Pistole von Roussaye zu nehmen. Er konnte später die Soldaten rufen. Zuvor mußte der General ihm noch ein paar Fragen beantworten.

Roussaye sog an seiner Zigarre und stieß den Rauch dann mit einem Seufzen aus. »Ich würde Sie gerne um eine Sache bitten, Candover, sozusagen von Gentleman zu Gentleman. Ich schwöre, daß meine Frau von nichts weiß. Bitte tun Sie, was Sie können, damit Sie nicht unter meinen Verfehlungen zu leiden hat.« Mit einem forschenden Blick in das harte Gesicht seines Gegenüber setzte er hinzu: »Filomena ist entfernt mit Ihnen verwandt. Das sollte etwas bedeuten, selbst wenn ein Mann Ihrer Herkunft mich nicht als einen Gentleman akzeptieren mag.«

Rafes Lippen formten eine schmale Linie. »Ich werde meinen Einfluß geltend machen, so gut ich kann. Anders als Sie führe ich keinen Krieg auf Kosten von Frauen.«

»Das war unangebracht, Candover«, antwortete Roussaye mit einem bitteren Unterton. »Obwohl kein Offizier seine Männer immer zurückhalten kann, tat ich mein Bestes, um die Abscheulichkeiten, die stets im Krieg geschehen, gering zu halten.«

»Ich rede nicht über den Krieg, sondern von heute und Gräfin Janos.« Rafe stand auf und beugte sich drohend über den Tisch. »Sie ist verschwunden, wahrscheinlich entführt. Wenn ihr etwas zustößt, und ich finde heraus, daß Sie etwas damit zu tun haben, dann, ich schwöre Ihnen, erleben Sie Ihre Verurteilung nicht mehr.«

Der General nahm die Zigarre aus dem Mund und sah seinen Besucher erstaunt an. »Ich habe nicht die geringste Ahnung, wovon Sie reden. Wieso sollte ich den Wunsch haben, der Gräfin etwas anzutun? Abgesehen davon, daß Sie eine sympathische Frau ist, möchte ich Leben bewahren, nicht vernichten.«

»Schöne Worte, General«, sagte Rafe bitter. »Wenn Sie mir erzählt haben, was Sie mit Margot gemacht haben, dann können Sie mir ja erklären, wie Sie Mord damit rechtfertigen, daß Sie Leben bewahren wollen.«

Roussaye musterte Rafe intensiv. »Ich glaube langsam, daß wir aneinander vorbeireden. Was genau ist es, dessen Sie mich beschuldigen, und was hat die Lady damit zu tun?«

Rafe begann die Ruhe des Generals, die er bisher bewundert hatte, zu hassen. Flüchtig überlegte er, ob seine eigene unerschütterliche Gelassenheit andere ebenfalls schon in den Wahnsinn getrieben hatte.

Er warf seine Diskretion über Bord. »Die Gräfin ist eine britische Agentin und war maßgeblich an der Aufdeckung Ihrer Verschwörung beteiligt. Ich vermute, Sie haben es herausbekommen und beschlossen, sie zu entfernen, aber nun ist es zu spät. Wir wissen bereits von Ihrem Anschlag auf Castlereaghs Leben, ebenso, daß Wellington ihr nächstes Ziel sein soll. Wenn ich weiß, wo Margot ist, werden Sie mir von Ihren weiteren Plänen erzählen. Ich habe Ihren Handlanger Lemercier erschossen, und bei Gott, ich jage auch Ihnen eine Kugel in den Kopf, wenn es sein muß.«

Roussaye warf den Kopf zurück und lachte laut. »Das wäre eigentlich zu komisch, wenn mein Leben nun nicht genauso verwirkt wäre, als wenn ich dessen schuldig wäre, dessen Sie mich anklagen.« Er zog erneut an seiner Zigarre. »Mein Vergehen – und ich vermute inzwischen, daß Sie davon gar nichts wissen – besteht darin, versucht zu haben, ein paar meiner Kollegen zu helfen, die auf des Königs Todesliste stehen.«

Als Rafe ihn nun anstarrte, wurde der General deutlicher. »Kommen Sie, Candover, von der Todesliste wissen Sie doch bestimmt. Die Namen vieler Männer, die in der kaiserlichen Armee führende Positionen hatten, stehen darauf. Es ist nur eine Frage der Zeit, bis Michel Ney und eine Reihe anderer hingerichtet werden. Sie werden als ›Verräter‹ bezeichnet. Es ist ein reiner Zufall, daß ich nicht bei ihnen im Gefängnis sitze.«

Er starrte auf die Asche am Ende seiner Zigarre. »Verrat ist oft nur eine Sache des Zeitpunkts. Die verurteilten Männer waren allesamt ehrbare Soldaten – ihr einziges Verbrechen lag darin, der Verliererseite gedient zu haben. Ich hatte gehofft, ich könnte einigen bei der Flucht helfen. Sogar ein paar Ihrer Landsleute stimmen mit mir darin überein, daß die Rache des Königs empörend ist. Ja, mir hat sogar ein Brite geholfen.«

Er atmete einen dünnen Rauchstrahl aus. »Ich werde Ihnen den Namen nicht sagen, also vergeuden Sie Ihre Zeit nicht mit Drohungen. Obwohl ich kaum glaube, daß Ihre Regierung einen Briten exekutieren würde, weil er an einem gescheiterten Fluchtplan beteiligt war.«

Mit trockenem Mund fragte Rafe: »War es Robert Anderson?«

Roussaye zögerte, sagte aber dann: »Sie sind gut informiert.«

Vollkommen aus der Fassung gebracht, setzte Rafe rasch alles neu zusammen, was er wußte. Wenn Roussaye die Wahrheit sagte, dann beseitigte das ein wichtiges Indiz, das gegen Anderson gesprochen hatte. Viele Menschen, Rafe eingeschlossen, hielten die Rachsucht der Royalisten für falsch. Andersons Geld blieb immer noch verdächtig, aber wie Margot trotzig gesagt hatte, konnte der Mann durchaus Informationen an verschiedene Leute verkaufen, ohne sein Land wirklich zu verraten.

Was den General betraf, so mochte der Spitzname Le Serpent ein Zufall sein; schließlich war das dreiköpfige Schlangenwappen aus Northwoods Unterlagen immer noch nicht erklärt, und es konnte das Symbol der echten ›Schlange‹ bedeuten. Die einzige andere Verbindung war die von Lemercier zu Roussaye. Und die Tatsache, daß beide Offiziere Bonapartes gewesen waren, war nicht gleichbedeutend mit Verschwörung.

»Hat Henri Lemercier ebenfalls für Sie gearbeitet?«

Der General rümpfte die Nase. »Sie beleidigen mich. Lemercier ist ein Schurke der übelsten Art. Er würde niemals einen Finger rühren, um jemandem zu helfen, es sei denn, er wird fürstlich bezahlt. Wenn der Preis stimmt, würde er seine eigene Großmutter erwürgen und zu Frikassee verarbeiten.«

Wie betäubt sicherte Rafe die Waffe und schob sie in seinen Umhang zurück. Vielleicht war Roussaye nur einfach ein brillanter Lügner, aber Margot hatte immer schon bezweifelt, daß er das Zeug zum Mörder hatte, trotz ihrer Vermutung, daß er in ein Geheimnis verwickelt war. Ihre Instinkte erwiesen sich langsam als ausgesprochen zuverlässig.

»Ich muß mich bei Ihnen entschuldigen«, sagte Rafe

hölzern. »Ich kann nur hoffen, daß Sie mir meine Unverschämtheiten verzeihen können.«

»Moment.« Roussaye hob die Hand. »Warum haben Sie geglaubt, ich wollte Castlereagh oder Wellington umbringen? Ohne die beiden würde Frankreich gezwungen sein, einen weit weniger günstigen Frieden zu akzeptieren.«

»Genau das. Es schien uns möglich, daß ein wahrer Revolutionär Frankreich in dem Maße gedemütigt sehen wollte, daß es erneut zu den Waffen greift. Wenn Sie mich jetzt entschuldigen wollen – ich muß Margot finden.«

Roussaye schüttelte den Kopf. »Genialer Gedanke, aber ich versichere Ihnen, ich möchte das Leiden meines Landes nicht verlängern. Frankreich kann keine Waterloos mehr durchstehen. Wenn es eine Verschwörung gibt, die unseren Frieden bedroht, bin ich genau wie Sie daran interessiert, sie aufzudecken. Wenn Sie mir sagen, was Sie wissen, kann ich vielleicht helfen.«

Rafe zögerte, setzte sich dann aber, während er sich selbst verfluchte, Margot nicht intensiver ausgefragt zu haben, als er es noch gekonnt hatte. Aber er war ja zu verzaubert gewesen. Nun waren sie und Anderson fort, und er war durch seine Unwissenheit behindert. Ohne ihre Quellen wußte er nicht, wohin er sich wenden sollte, daher war jede Hilfe willkommen. Kurz skizzierte er, was er wußte oder vermutete, dann zählte er alle Verdächtigen auf, die sie beobachtet hatten.

Der General hörte aufmerksam zu, und sein Gesicht verfinsterte sich, als er vom Verschwinden Andersons hörte, aber er unterbrach Rafe erst, als er den Comte de Varenne erwähnte. »Wieso Varenne? Die Royalisten haben doch den größten Nutzen vom Status quo.«

Rafe mußte zurückdenken, um sich zu erinnern. »Am Anfang gab es den Verdacht, daß die Ultraroyalisten den König umbringen wollten, damit sie d'Artois an seine Stelle setzen konnten. Als deutlich wurde, daß das Opfer einer der britischen Führer sein sollte, strichen wir ihn von der Liste.«

Roussaye nickte. »Ich hatte ihn vor unserem Zusammentreffen im Louvre noch nicht kennengelernt, also habe ich ein paar Erkundigungen über ihn eingezogen. Varenne steckte tief in den Aktivitäten des royalistischen Nachrichtendienstes während seines Exils, aber inzwischen ist das, was er tut, legal. Bitte fahren Sie fort.«

Als Rafe fertig war, grübelte der General schweigend, während sich blaugrauer Rauch um ihn kräuselte. Schließlich sprach er wieder. »Ich kenne die meisten dieser Männer, und von all denen hätte ich Lemercier am ehesten verdächtigt, in eine Verschwörung verwickelt zu sein. Dennoch war er nicht intelligent genug, um die ganze Sache erdacht zu haben. Wir müssen wissen, für wen er gearbeitet hat.«

Er überlegte konzentriert. »Ich könnte das vielleicht herausbekommen. Wenn wir wissen, von wem Lemercier seine Aufträge erhielt, könnten Sie Le Serpent haben. Ich werde noch heute nachmittag mit den Nachforschungen anfangen und Sie benachrichtigen, wenn ich etwas Interessantes herausfinde. Und Sie? Wollen Sie Wellington um Männer bitten, die nach der Gräfin suchen?«

»Nein. Ich weiß ja nicht einmal, in welcher Richtung sie suchen sollten. Aber Sie haben mich auf eine Idee gebracht. Wenn Varenne für die Royalisten Informationen gesammelt hat, besitzt er vielleicht noch einige Quellen. Vielleicht kann ich ihn überreden, mir zu helfen. Wenigstens um der Gräfin willen. Er schien recht eingenommen von ihr.«

»Welcher Mann nicht?« erwiderte Roussaye und lächelte zum ersten Mal, seit Rafe seine Beschuldigungen hervorgebracht hatte. Doch dann wurde er plötzlich wieder ernst. »Werden Sie die Regierung über meine Versuche, Gefangene zu befreien, informieren?«

»Kein Mann sollte dafür bestraft werden, daß er seinen Freunden gegenüber loyal ist«, antwortete Rafe, als er aufstand. »Aber passen Sie auf sich auf, General. Auch Ihre Frau braucht Ihre Loyalität.«

»Ich weiß.« Roussaye schwieg einen Moment. »Als Sie mir sagten, ich stünde unter Arrest, hatte ich die Vision meiner Frau als Witwe und meinem ungeborenen Kind als Waise. Ich werde den beiden dies gewiß nicht zumuten. Außerdem«, fügte er in spöttischer Selbstkritik hinzu, »wäre ich ein Lügner, wenn ich abstreiten würde, daß mir das Leben mehr als je zuvor gefällt.«

Rafe bot ihm seine Hand. »Es ist nichts Falsches daran, das Leben zu genießen. Gott weiß, daß es genug Elend in der Welt gibt.«

Nachdem sie sich verabschiedet hatten, machte Rafe sich wieder auf den Weg. Was zum Teufel sollte er bloß als nächstes tun?

Kapitel 19

Als Maggie langsam wieder zu sich kam, empfand sie eine Übelkeit, die von der Droge, die man ihr gegeben hatte, herrühren mußte. Sie lag auf einem Bett, aber ihre Sicht war so verschwommen und das Licht so dämmrig, daß sie nur vage Formen wahrnahm, als sie die Augen öffnete. Die Stille um sie herum ließ vermuten, daß sie allein war, also hob sie ihre Hand, um vorsichtig ihre Umgebung zu ertasten.

Ihr Handrücken strich über ein weiches, haariges Objekt, und Panik durchflutete sie. Sie fuhr hoch, obwohl ihr Verstand ihr bereits gemeldet hatte, daß es sich nicht um das Haar eines Mannes handeln konnte.

Sie drehte den Kopf nach rechts, was den ganzen Raum zum Schwanken brachte, und blinzelte, bis sie etwas besser sehen konnte. Da materialisierten sich zwei reflektierende, goldene Kreise in der Finsternis. Maggie war nahe daran, hysterisch zu werden, als sich unter den goldenen Kreisen ein gähnendes rosa Mäulchen auftat, in dem kleine, spitze Zähne funkelten.

Die Erleichterung war so gewaltig, daß sie fast gelacht hätte. Sie teilte ihr Bett nicht mit einem Vergewaltiger, sondern mit einer Katze. Das Tier, das sich zu einer Kugel auf dem Kissen zusammengerollt hatte, war sehr groß, sehr pelzig und sehr schwarz und wies das platte Gesichtchen eines echten Persers auf. Die dumme Kreatur mußte hineingehuscht sein, als man Maggie hier abgelegt hatte.

Vorsichtig setzte Maggie sich auf und krächzte: »Wenn du Varennes Katze bist, dann befindest du dich in schlechter Gesellschaft, Rex. Oder bist zu ebenfalls wegen Spionage verhaftet?«

Sie kraulte den seidigen schwarzen Kopf und wurde mit einem Schnurren belohnt, dessen Vibrationen sich sogar auf die Matratze übertrugen. »Übrigens, dein Name ist doch Rex, nicht wahr?«

Da die Katze sie nur groß ansah, hielt sie die Sache für erledigt. Maggie schwang die Beine aus dem Bett und stand vorsichtig auf, um eine kurze Inventur zu machen. Abgesehen von dem Schwindelgefühl und einem trockenen Mund fühlte sie sich den Umständen entsprechend gut. Obwohl ihr Kleid zerknittert war, hatte man sie nicht vergewaltigt, während sie bewußtlos gewesen war. Dies hatte sie am meisten befürchtet.

Sich an einem Bettpfosten festhaltend, musterte sie das spärlich möblierte Zimmer. Vor sehr langer Zeit mußte es hübsch gewesen sein, doch nun waren die Wandbehänge fleckig und die goldenen Bettvorhänge fadenscheinig.

Die Dunkelheit rührte von zugezogenen, gleichermaßen schäbigen Fenstervorhängen her, und Maggie ging hinüber und zog sie auf. Segensreicher Sonnenschein strömte hinein und klärte ihren Geist endgültig. Aus dem Stand der Sonne schloß sie, daß es früher Nachmittag war, also war sie für zwei oder drei Stunden bewußtlos gewesen.

Das Fenster befand sich etwa zweihundert Fuß oberhalb eines Flusses, und als Maggie hinabblickte, wurde ihr wieder schwindlig. Hier gab es kein Entkommen. Offenbar hatte Varenne sie nach Chanteuil, seinem Haus an der Seine, gebracht.

Nun blickte Maggie sich genauer um. Wie erwartet war die schwere Tür verschlossen, und nichts in dem Zimmer hätte sich als Waffe verwenden lassen. Seufzend ließ sie sich wieder auf dem Bett nieder.

Rex kroch augenblicklich auf ihren Schoß, und sein schwerer Körper vibrierte, als sein grollendes Schnurren wieder einsetzte. Sie streichelte seinen Kopf und fühlte sich ein wenig getröstet, obwohl sie sich etwas dumm dabei vorkam. Aber sie hatte Katzen schon immer gemocht, und Rex war ein herrlicher Vertreter seiner Art.

An das Kopfende gelehnt, dachte sie über ihre Lage nach. Varenne war offensichtlich Le Serpent, wenn ihr sein Motiv auch nicht klar war. Sie hätte sich selbst verfluchen können, daß sie der Logik statt ihrem Instinkt den Vorzug gegeben hatte. Sie hatte diesem Mann von Anfang an mißtraut, und sie hätte ihn schärfer beobachten müssen.

Dennoch: Es gab einen Silberstreif am Himmel. Wenn Varenne sie entführt hatte, dann war es möglich, daß er dasselbe mit Robin getan hatte. Vielleicht war Robin sogar unter demselben Dach – lebendig und ganz und gar kein Verräter. Der Gedanke munterte sie ein wenig auf.

Da sie und Rafe eine Verabredung mit Roussaye gehabt hatten, dürfte ihr Fehlen bereits zur Kenntnis genommen worden sein. Allerdings – was nützte es ihr? Niemand würde Varenne verdächtigen, sie verschleppt zu haben. Sie sollte sich wahrscheinlich auf einen langen Aufenthalt einrichten.

Das einzig Spannende in der nächsten Stunde war der Moment, als Rex plötzlich den Kopf hochriß und mit für eine so behäbige Kreatur erstaunlicher Geschwindigkeit durch das Zimmer schoß. Ein Quieken, das abrupt aufhörte, sagte Maggie, daß der Kater sein Mittagessen erwischt hatte. Sie schauderte, als er sich mit dem leblosen, winzigen Körper in der Schnauze niederließ und sich darüber hermachte. Sie konnte der Katze zwar kaum einen Vorwurf daraus machen, ihrer Natur gemäß zu handeln, wurde sich dadurch jedoch bewußt, daß sie selbst eher in der Rolle der Maus steckte.

Die Sonne wanderte stetig, und es war Nachmittag, als ein Klacken im Schloß das Erscheinen des Comte de Varenne ankündigte. Er wurde von einem grobschlächtigen Kerl mit einer Büchse und einem älteren Dienstboten begleitet, der ein Tablett mit abgedeckten Schüsseln auf dem Tischchen abstellte und wieder ging.

Nun, wenigstens wollen sie mich nicht aushungern, dachte Maggie trocken. Noch ein paar Minuten, und Rex' Maus hätte appetitlich ausgesehen. Als der Comte eintrat, sprang der Kater augenblicklich zu Boden und huschte unters Bett, was bewies, daß er einen gesunden Katzenverstand besaß.

Während die Wache die Büchse auf Maggie richtete, blieb Varenne ein paar Schritte von ihr entfernt stehen. Seine halbgeöffneten Lider erinnerten Maggie an ein Reptil – vielleicht stammte sein Spitzname daher. »Ich hoffe, Sie sind nicht beleidigt, wenn ich Abstand halte, Miss Ashton«, sagte er so höflich, als wären sie zum Tee verabredet. »Daran können Sie sehen, wie groß mein Respekt vor Ihnen ist.«

Maggie zog die Brauen hoch. »Ich kann mir gar nicht vorstellen, wieso. In dieser Sache habe ich kaum Brillanz bewiesen. Ich verstehe nicht einmal, weshalb ausgerechnet Sie hinter dieser Verschwörung stecken.«

»Die üblichen Gründe, Miss Ashton: Macht und

Geld.« Sein eisiger Blick glitt über sie. »Ich muß zugeben, daß Sie mich wirklich davon überzeugt hatten, Sie seien nur ein ungarisches Flittchen auf der Suche nach einem reichen Beschützer. Ich war überrascht, als ich erfuhr, wer und was Sie sind.«

»Ja, ich darf mich rühmen, voller Überraschungen zu sein«, bemerkte sie trocken.

Ohne auf ihren Kommentar einzugehen, fuhr er fort: »Leider sind meine Informationen nicht besonders reichhaltig. Stimmt Miss Ashton noch, oder haben Sie inzwischen irgendwelche Ehemänner gehabt?«

»Nicht gesetzlich«, erwiderte sie knapp.

Der Comte lächelte wissend. »Ich bin sicher, daß Sie von der anderen Sorte einige hatten. Zum Beispiel Ihren schönen, blonden Freund.«

Maggies Puls beschleunigte sich. »Ich nehme an, Sie meinen Robert Anderson. Ist er auch hier?«

Zu ihrer unglaublichen Erleichterung nickte der Comte. »Ja, obwohl seine Unterkunft weniger komfortabel als die Ihre ist. Er hält sich fast direkt unter Ihnen auf, allerdings fünf Stockwerke tiefer. Schlösser mögen als Wohnhäuser einige Mängel haben, aber als Verliese sind sie stets gut zu gebrauchen.«

»Was haben Sie mit uns vor?«

Varenne lächelte schwach, aber eiskalt. »Einer meiner Verbündeten sehnt sich danach, mit Ihnen nähere Bekanntschaft zu schließen, also werde ich ihm diese Gelegenheit geben. Danach hängt alles davon ab, wie kooperativ Sie sich zeigen. Sie könnten von großem Wert sein, meine Liebe.«

Ihre Übelkeit kehrte zurück. Sie konnte nur versuchen, ihren Ekel nicht deutlich zu machen. »Was ist mit Robin?«

»Ich hatte gehofft, daß er uns nützlich sein könnte,

aber er ist ein bemerkenswert sturer junger Mann. Es bringt nicht viel, ihn ewig hierzubehalten.« Der Comte schüttelte den Kopf in aufgesetztem Bedauern. »Aber ich möchte Sie nicht mit meinen Gedanken langweilen. Wenn es irgend etwas gibt, das Sie gerne hätten, damit Sie sich bei uns wohl fühlen . . .«

Ganz sicher erwartete er nicht, daß sie seinen ironischen Kommentar ernst nehmen würde. Doch Maggie sagte: »Eine Bürste, ein Kamm und ein Spiegel wären nett. Ach ja, eine Waschschüssel, Seife, Wasser und etwas zu lesen.«

Er lächelte mit echtem Vergnügen. »Sie sind höchst anpassungsfähig, Miss Ashton. Möchten Sie sich für Ihren neuen Geliebten hübsch machen?«

Sie hätte ihn gerne angespuckt, lächelte aber nur süß zurück. »Selbstverständlich. Man muß aus allem das Beste machen, nicht wahr?«

Varenne blickte den anderen Mann an. »Sorg dafür, daß sie bekommt, was sie haben will.« Dann waren beide verschwunden.

Sobald sie den Schlüssel im Schloß hörte, fiel Maggie vornüber und vergrub das Gesicht in den Händen. Sie mußte heftig gegen den Brechreiz ankämpfen. Lieber Gott, sie hatte sich soviel Mühe gegeben, kein Opfer zu werden, und ein Dutzend Jahre war sie erfolgreich gewesen.

Jetzt aber war sie in einem Strom der Ereignisse gefangen, die ihr klarmachten, wie hilflos sie in Wirklichkeit war. Ein Fressen für den Mob, ein Preis für einen Verschwörer. Und dieses Mal waren weder Robin noch Rafe da, um ihr zu helfen.

Der erste kleine Sieg lag in der Bekämpfung ihrer Übelkeit. Als sie das geschafft hatte, kam sie zitternd auf die Füße und ging zum Fenster, wo sie die frische

Luft tief einatmete. Weit unten sah sie schartige Felsen und erkannte mit Erleichterung, daß sie zur Not springen konnte.

Dann preßte sie die Lippen zusammen. Das war die Flucht für Feiglinge, und sie hatte zuviel überlebt, um ohne Kampf zu sterben. Nun, wenigstens war das Wissen, einen letzten Ausweg zu haben, ein Trost.

Sie wandte sich vom Fenster ab und trat zu dem Tablett. Ein appetitlicher Eintopf, eine kleine Flasche Wein, ein Stück Brot und Obst. Entschlossen ließ sie sich nieder und begann zu essen. Sie würde alle Kraft und Energie brauchen.

Ein sanftes Schnurren neben ihrem Stuhl sagte ihr, daß Rex gerne auch ein paar Happen haben wollte. Sie lächelte, als sie seinen buschigen Schwanz träge hin und her gleiten sah. Dann warf sie ihm ein paar Brokken Fleisch auf den Boden. Er war schließlich der einzige Verbündete, den sie hier finden konnte.

Hélène Sorel wartete schon, als Rafe von seinem Besuch bei Roussaye zurückkehrte. Wie er befürchtet hatte, gab es von Margot immer noch keine Nachricht. Hélène hatte Cynthia bereits erschöpfend darüber ausgefragt, was sie gesehen hatte, wußte nun aber auch nicht mehr über den Entführer. Mit ängstlich-angespannter Miene fragte sie: »Ist Roussaye unser Mann?«

Rafe hatte keine Ruhe, um sich zu setzen, sondern wanderte rastlos im Raum umher. »Nein. Er hat mich überzeugen können, daß sein Wunsch nach Frieden genauso groß ist wie unserer. Er will herausfinden, für wen Lemercier gearbeitet hat.«

»Dann beten wir, daß er Erfolg hat«, erwiderte Hélène. »Wir haben nicht viele Möglichkeiten, nicht wahr?«

»Nein. Es sei denn, Sie könnten auf dieselben Quellen zurückgreifen wie Maggie. Ist das möglich?«

»Eher nicht. Sie kennt Hunderte von Frauen in der ganzen Stadt – Wäscherinnen, Zofen, Straßendirnen. Eigentlich sogar in ganz Europa. Ich bin auch nur eine von ihnen, nur sind Maggie und ich darüber hinaus Freundinnen geworden.«

Rafe blieb stehen und starrte sie verdutzt an. »Sie hat all ihre Informationen von Frauen bekommen?«

Hélène schnalzte verärgert mit der Zunge. »Sie sind nicht besser als Oberst von Fehrenbach. Wieso glauben Männer immer, daß der einzige Weg für eine weibliche Spionin, an Informationen zu kommen, über das Bett geht? Denken Sie mal nach, Euer Hoheit. Frauen sind überall, und sie werden oft gar nicht zur Kenntnis genommen, als wären sie unsichtbar. Männer reden vor Zimmermädchen von geheimen Plänen, schmeißen wichtige Papiere in den Abfall, prahlen bei Prostituierten von ihren Taten. Maggies Talent besteht darin, ganz viele kleine Informationen zusammenzutragen und daraus etwas zu erkennen.«

Sie biß sich auf die Lippe, dann fuhr sie fort. »Ich nehme an, es gibt irgendwo eine Liste ihrer Informanten, aber sicher hat sie sie sehr gut versteckt und wahrscheinlich auf eine Art kodiert. Aber auch wenn wir sie finden würden, glaube ich kaum, daß die Frauen mit uns sprechen würden. Sie sind Maggie treu ergeben, und zwar nur ihr. Das Geld war immer zweitrangig.«

Rafe trommelte mit den Fingern auf dem Kaminsims herum, während er über das nachdachte, was Hélène ihm eröffnet hatte. In seiner Eifersucht hatte er schlichtweg angenommen, Margot setzte stets ihren Körper ein – dies mit zynischem Einverständnis Robert Andersons. Verflucht noch mal, hatte er bisher schon ein einziges Mal richtig vermutet?

Hélène unterbrach seine Gedanken. »Was sollen wir jetzt tun? Zu Wellington gehen?«

»Nein. Wie ich schon Roussaye gesagt habe, könnte Wellington gar nichts tun, weil wir nicht einmal andeutungsweise wissen, wo wir suchen sollen. Ich habe dem Mann in London, der mich hergeschickt hat, eine dringende Botschaft zukommen lassen. Ich bin sicher, er kann uns ein paar nützliche Vorschläge machen, aber bis wir von ihm hören, werden wohl ein paar Tage vergehen.«

»Und bis dahin?«

Rafe schnitt eine Grimasse. »Wenn Roussaye Erfolg hat, bekommen wir vielleicht direkt die Quelle der Verschwörung serviert. Wenn nicht – weiß der Teufel. Ich fahre jetzt in mein Hotel zurück und zermartere mir mein Hirn. Schreiben Sie mir Ihre Adresse auf, und ich melde mich, sobald mir etwas einfällt.«

Hélène tat, wie gebeten. »Ich werde ebenfalls überlegen, vielleicht fällt mir noch etwas ein. Es muß doch jemanden geben, der uns helfen kann. Nur wer?«

Sie tauschten einen hoffnungslosen Blick aus, dann ging Rafe.

Es war in der Kutsche, als er entschied, daß es sich lohnte, mit dem Comte de Varenne zu sprechen. Wenn er wirklich selbst einmal Spion gewesen war, dann konnte er durchaus noch nützliche Quellen besitzen.

Rafe blieb gerade lange genug im Hotel, um Reitkleider anzuziehen und vom Concierge die Richtung nach Chanteuil zu erfragen. Dann ritt er auf dem Wallach, den er in der ersten Woche in Paris gekauft hatte, los. Nicht nur, daß er zu Pferd schneller war als mit der Kutsche, er brauchte auch dringend den körperlichen Ausgleich durch das Reiten.

Seine Strecke führte ihn westlich am kaiserlichen Palast von Malmaison vorbei, den Josephine Bonaparte als ruhigen Landsitz gekauft hatte. Josephine hatte sich zurückgezogen und war gestorben, nachdem der Kaiser sich von ihr hatte scheiden lassen, weil sie ihm keinen Erben geboren hatte. Man sagte, daß Bonaparte seine letzten Stunden in Freiheit auf Malmaison verbracht hatte, um dem Geist der Frau, die er nie aufgehört hatte zu lieben, nah zu sein.

Eine romantische Geschichte, und als Rafe an dem Anwesen vorbeiritt, spürte er einen Stich Mitgefühl für den Schlächter von Korsika, der noch weiter geliebt hatte, wo es weder weise noch ratsam gewesen war. Wahrscheinlich war es das einzige, was sie beide gemein hatten.

Rafe brauchte weniger als eine Stunde bis nach Chanteuil. Die Eisentore waren rostig, aber noch recht solide, was auch für die graue Steinmauer, die das Haus umgab, galt. Ein alter Torhüter musterte Rafe zutiefst mißtrauisch, ließ ihn jedoch schließlich durch.

Als er auf das Grundstück ritt, sah Rafe, daß das Schloß tatsächlich von der dramatischen Schönheit war, die Varenne ihnen beschrieben hatte. Die ursprüngliche Festung hatte auf einer felsigen Erhebung gestanden, die in einer Biegung der Seine lag und daher von drei Seiten von Wasser umgeben war. Im Laufe der Jahrzehnte hatte man verschiedene andere Gebäude unterhalb des turmähnlichen Baus hinzugefügt, doch das Gesamtbild wirkte immer noch sehr bedrohlich und mittelalterlich.

Während er den langen Kiesweg hinauftrabte, musterte Rafe die Umgebung. Das Schloß schien jahrelang vernachlässigt worden zu sein. Die Gärten ähnelten wilden Dschungeln, und die meisten Außengebäude waren in einem erbärmlich baufälligen Zustand. Obwohl Varenne bereits versuchte, Chanteuil zu seiner ursprünglichen Schönheit zurückzuführen, würde es ihn noch Jahre und sehr viel Geld kosten, bis er sein Ziel erreicht hatte.

Rafe zügelte sein Pferd vor dem Haupteingang, als schon ein Diener sein Pferd nahm. Ungeduldig rannte Rafe, immer zwei Stufen auf einmal nehmend, die Treppe hinauf und hämmerte mit dem massiven Türklopfer heftig gegen das Holz. Er konnte nur beten, daß dieser Besuch ihm etwas nützte.

Nach einer weiteren unverschämten und mißtrauischen Musterung ließ sich ein alter Butler herab, Rafes Karte dem Herrn des Schlosses zu überbringen. Wenigstens war Varenne zu Hause! Aber es war langsam auch an der Zeit, daß etwas klappte.

Der Comte de Varenne arbeitete in der dumpfen, modrigen Atmosphäre alter Bücher in seiner Bibliothek, als ihm die Karte gebracht wurde. Der Anblick entlockte ihm ein Lächeln tiefer Zufriedenheit. Die Götter schienen wirklich auf seiner Seite. Wer hätte sich je erträumen lassen, daß die nächste Fliege direkt ins Spinnennetz marschierte? Ja, und diese Fliege bedeutete pures Gold. Er wandte sich an den Butler. »Ist der Duke allein?«

»Ja, Milord.«

Varenne warf dem gebückten Schreiber, der ebenfalls in der Bibliothek arbeitete, einen Blick zu. »Grimod, gehen Sie hinauf in die Waffenkammer und holen Sie eine Büchse und Munition.« Dann wandte er sich wieder an den Butler. »Hol Lavisse, warte zehn Minuten und bring Candover dann hinauf.«

*

Die große Halle, in der Rafe wartete, war kalt und zugig, obwohl es immerhin noch Sommer war. Als er eine Maus über die alten Steine huschen sah, versuchte er sich vorzustellen, wie es hier wohl im kalten Winter mit der Feuchtigkeit des Flusses war. Vermutlich verdammt ungemütlich. Varenne würde alle Hände voll zu tun haben, wenn er diese ungastliche, mittelalterliche Festung bewohnbar machen wollte.

Endlich kam der alte Butler zurückgeschlurft und bedeutete dem Besucher, ihm zu folgen. Nach einer langen, langsamen Wanderung durch unebene Steinflure und steile Treppen hinauf öffnete der Butler eine Tür und winkte Rafe hindurch. »Die Bibliothek, Milord«, schnarrte er.

Rafe war kaum eingetreten, als harte Metallobjekte gegen seine Seiten gerammt wurden. »Nehmen Sie die Hände hoch, Candover«, sagte eine freundliche Stimme. »Dies sind Vogelflinten. Bei diesem geringen Abstand könnte ein einziger Schuß Sie in Fetzen reißen.«

Rafe entdeckte nun zwei Männer, die mit den Flinten auf beiden Seiten der Tür gewartet hatten. In dem Wissen, daß es Selbstmord wäre, nach seiner Pistole zu greifen, hob er also langsam die Hände in die Höhe. Was für ein Narr er gewesen war – was für ein dämlicher, verdammter Narr.

Er blieb reglos stehen, während ein Diener ihn durchsuchte und ihm seine Pistole abnahm. »Ich nehme an, man kann behaupten, ich hätte in gewisser Weise Gräfin Janos gefunden«, bemerkte Rafe trocken.

»Das haben Sie«, antwortete der Comte, »und ich versichere Ihnen, daß es ihr recht gut geht. Sie paßt sich bemerkenswert rasch an veränderte Umstände an.« Der Comte bedeutete Rafe, auf einem der Stühle vor dem Tisch Platz zu nehmen. Die Wachen blieben an der Tür stehen, und die Läufe der Waffen waren weiterhin auf Rafe gerichtet.

Varenne fuhr fort. »Ihre kleine betrügerische Gräfin ist wirklich kaum unterzukriegen. Wußten Sie, daß Sie Engländerin ist, und dies ohne einen adeligen Knochen in ihrem appetitlichen Körper?«

Im Glauben, Rafes steinernes Gesicht wäre auf seinen Schock zurückzuführen, lachte der Comte leise und bösartig. »Machen Sie sich keine Vorwürfe, Candover. Ich habe es auch nicht gewußt. Aber nun genug von dem kleinen Flittchen – ich bin mehr an Ihnen interessiert. Weiß irgend jemand, daß Sie hier sind?«

Rafe überlegte, ob er lügen und ja sagen sollte, aber er zögerte zu lange. Varenne interpretierte die Pause richtig. »Gut, Sie haben also niemandem etwas gesagt. So kurz vor dem bedeutenden Ereignis wäre es auch eine Schande gewesen, Männer zu vergeuden, um die auszuschalten, denen Sie etwas erzählt haben.«

Also sollte das Attentat sehr bald stattfinden, und Rafe und Margot konnten nichts, aber auch gar nichts dagegen tun. »Befriedigen Sie meine Neugier, Varenne. Was haben Sie vor? Wenn ich sterben soll, dann würde ich gerne wissen, warum.«

Der Graf setzte ein schockiertes Gesicht auf. »Sterben? Was bringt Sie denn auf die Idee, daß ich unsinnigerweise einen Mann Ihres Vermögens vernichten will? Das wäre reine Verschwendung, und ich wäre nicht da, wo ich jetzt bin, wenn ich mir eine derartige Gelegenheit entgehen lassen würde. Aber das bringt mich auf ein anderes Thema. Man sagt, Sie sind etwa achtzigtausend Pfund pro Jahr wert. Ist das richtig?«

Rafe zuckte die Schulter. »In etwa. Das variiert gemäß der Wirtschaftslage.«

»Wunderbar!« Der Comte strahlte förmlich, und seine

schwarzen Augen funkelten wie Achate. »Da ich ein wenig Zeit habe, will ich Ihre Neugier denn befriedigen – wenigstens einen Teil davon. Möchten Sie ein Glas Burgunder? Ein ziemlich feines Tröpfchen.«

Rafe fühlte sich wie in einem schlechten Roman, aber er nickte. Er konnte etwas zu trinken gebrauchen. Nachdem er ein Glas bekommen hatte, nippte er daran und konnte nur bestätigen, daß der Jahrgang sehr gut war.

Auch der Comte trank und dachte einen Moment nach. »Sie fragen sich, was ich vorhabe. Es ist recht simpel. Frankreich braucht eine starke Führung, und diese kann kaum von dem dekadenten Abschaum aus dem Haus der Bourbonen kommen. Wenn mein Plan ausgeführt ist, wird ein Chaos entstehen, innerhalb dessen ich die Karten neu ordnen kann. Ich habe königliches Blut in meinen Adern, sogar zum Teil ganz legitimes. Die Royalisten werden mich mit offenen Armen willkommen heißen. Immerhin habe ich im Exil mein Teil getan und bin einer von ihnen.«

»Bei der Qualität des Bourbonenhauses sollte es möglich sein, die Royalisten zu überzeugen«, gab Rafe mit widerwilligem Interesse zu. »Aber was ist mit den Bonapartisten? Sie werden wohl kaum einen Anhänger der alten Ordnung akzeptieren, der die Uhr zurückdrehen will.«

»Aber ich will die Uhr nicht zurückdrehen, mein lieber Duke, das macht mich ja so einzigartig«, antwortete Varenne selbstgefällig. »Ich bin flexibel, und ich kann von den Menschenrechten, von ›Freiheit, Gleichheit und Brüderlichkeit‹ genauso schwafeln wie jeder andere auch. Es arbeiten bereits viele Bonapartisten für mich. Vergessen Sie nicht: Napoleon sprach von Freiheit und schuf die größte Tyrannei, die Europa jemals erfahren hat. Wenn man eine gewaltige Lüge nur dreist genug von sich gibt, kann man praktisch alles tun.«

»Sehr gerissen, Comte.« Rafe hob die Flasche und schenkte sich und Varenne Wein nach. Er konnte nicht entscheiden, ob Varenne krank oder genial war; vielleicht gab es keine Unterschied dabei. »Aber ich könnte mir vorstellen, daß es schwer sein wird, die verschiedenen Parteien unter einen Hut zu bringen.«

Der Comte schüttelte den Kopf. »Unter Napoleon war Frankreich die größte Macht seit Rom. Kein echter Franzose möchte das aufgeben, selbst die Royalisten nicht.«

»Also wollen Sie die Nation einmal mehr *pour la gloire* aufhetzen«, schloß Rafe. »Aber es gibt da eine Gruppe, die sie vergessen haben. Was ist mit den Menschen, die des Kämpfens müde sind, die nichts als in Frieden leben möchten?«

»Der Wolf wird immer das Lamm fressen, Candover.«

Es stand felsenfest, daß Varenne seine eigenen Worte glaubte. Doch als Rafe an Margot und ihre Armee von Frauen, an Hélène Sorel und an das unkomplizierte, praktische Handeln eines Michel Roussaye dachte, der genug vom Krieg gesehen hatte, war er nicht sicher, ob er der These zustimmen konnte. Genug brave Lämmer konnten durchaus auch die grausamsten Wölfe überwältigen.

Wie auch immer – im Augenblick war nicht der richtige Zeitpunkt für eine philosophische Diskussion. »Wenn Sie mich nicht töten wollen, was haben Sie dann vor?«

»Sie sind meine Versicherung, Candover. Obwohl mein Plan exzellent ist, könnte ich natürlich trotzdem scheitern. Chaos ist von Natur aus schwer zu kontrollieren, selbst wenn man es erwartet. Wenn jemand anderer zur Spitze aufsteigt, werde ich sehr viel Geld benötigen.«

»Sind Sie nicht bereits ein reicher Mann?«

»Ich versuche, diesen Eindruck zu vermitteln. Doch Sie haben den Zustand meines Hauses ja gesehen, und Verschwörungen sind teuer. Im Augenblick bin ich fast mittellos. Wenn mein *coup d'état* reibungslos verläuft, werde ich wirklich reich sein, und Sie können unbeschadet nach England zurückkehren. Wenn ich scheitere«, – er zuckte die Achseln –, »dann, denke ich, werden Sie gerne einen angemessenen Preis für Ihr Leben und Ihre Freiheit bezahlen.«

»Für meines und auch für das der Gräfin.«

»Es klingt, als wären Sie in die kleine Schlampe verliebt«, bemerkte Varenne überrascht. »Ich muß wirklich herausfinden, was sie so besonders macht. Schließlich ist sie nur eine Frau.«

Rafe stellte zum ersten Mal fest, daß der Ausdruck ›rot sehen‹ nicht nur eine Metapher war. Sein Blut kochte, und wenn nicht ein winziger verbleibender Fetzen Vernunft ihn an die Männer an der Tür hinter ihm erinnert hätte, dann hätte er sich, nach Blut dürstend, auf Varenne gestürzt.

Es mußte in seinem Gesicht zu lesen gewesen sein, denn der Comte sagte nun: »Wenn Ihre Gefühle so stark sind, können wir sicher etwas arrangieren. Selbstverständlich werde ich Sie nicht freilassen, ohne daß Sie mir Ihr Wort als englischer Gentleman gegeben haben, sich nicht zu rächen. Das ist wirklich etwas Erfreuliches an euch Briten – ihr nehmt Versprechen immer so ernst.«

Ein Klopfen ertönte an der Tür, und ein Kurier trat mit einer Nachricht ein. Varenne überflog sie und runzelte die Stirn. »Tut mir leid, Candover. Ich kann leider nicht mehr mit Ihnen plaudern. Gewisse Dinge verlangen meine Aufmerksamkeit. Verzeihen Sie die mangelnde Qualität Ihrer Unterkunft, aber wenn es Ihnen zu behaglich wird, möchten Sie vielleicht kein Lösegeld zahlen.« Er warf den Wachen einen Blick zu. »Bitte geleitet unseren Gast in den Kerker.«

Rafes Gedanken rasten, als die Männer ihn aus der Bibliothek und den Flur entlang drängten. Varenne mochte verrückt sein, aber man konnte nicht leugnen, daß sein Plan verflucht gerissen war. Bei der momentanen Lage in Frankreich konnte ein gutgezielter Schlag den Comte tatsächlich bis an die Spitze katapultieren. Louis' Thron war auf Sand gebaut, und ein starker Anführer, der die verschiedenen Parteien einte, war gewiß sehr willkommen.

Zudem war es wahrscheinlich, daß der Rest Europas, wenn das Chaos erst einmal ausgebrochen war, jeden Herrscher akzeptieren würde, der sich wenigstens den Anschein von Solidität gab. Ja, Varennes Plan mochte sehr wohl funktionieren, und dann läge Frankreich in den Händen eines neuen Napoleon. Eine erschreckende Aussicht.

Nachdem sie einige gewundene Treppen hinabgestiegen waren, erreichten sie das unterste Stockwerk des Schlosses. Schon die oberen Etagen waren feucht und modrig gewesen, doch der Keller war noch schlimmer. Hier stank es nach Tod und dem Bösen vergangener Jahrhunderte.

Schließlich betraten sie einen kleinen Vorraum, von dem eine eisenbeschlagene, massive Tür abging. Lavisse nahm einen Schlüsselring von einem Haken an der Wand und schob einen riesigen Schlüssel in das antike Schloß. Sein Gefährte paßte auf Rafe auf, während Lavisse sich mit dem alten Mechanismus abmühte, bis sich der Schlüssel endlich drehte.

Die Tür wurde gerade so weit aufgezogen, daß ein Mann durchpaßte. »Genießen Sie Ihren Aufenthalt, Euer verfluchte Hoheit«, sagte Lavisse mit beißendem Spott. Dann stieß er Rafe heftig in den Rücken, so daß dieser mit dem Kopf voran in die Zelle stolperte.

Noch bevor er auf dem Steinboden aufschlug, spürte Rafe, daß er nicht allein war.

Kapitel 20

RAFE VERHARRTE IN wachsamer, geduckter Haltung, während er seine Umgebung kritisch musterte. Die Zelle war würfelförmig, hatte eine Ausdehnung von knapp ein Dutzend Fuß in jede Richtung. Die Wände und der Boden bestanden aus grobbehauenem Stein. Das einzige ›Mobiliar‹ war ein Eimer für Exkremente und ein Stapel Stroh mit ein paar Decken darauf.

Licht drang aus einem schmalen, vergitterten Fenster sehr weit oben in der Mauer herein. Auch wenn es wenig genug war, reichte es aus, um den blonden Mann zu identifizieren, der auf dem Stroh lag.

Verflucht, das hat mir gerade noch gefehlt. Rafe holte tief Luft, bevor er auf die Füße kam. Auch wenn er vermutlich froh sein sollte, daß Robert Anderson lebte und offenbar kein Freund Varennes war, so war Margots Liebhaber doch der letzte Mann auf Erden, den er sich als Zellengenossen gewählt hätte.

Anderson machte sich keine Mühe aufzustehen. »Tut mir leid, daß er Sie jetzt auch erwischt hat, Candover. Was ist passiert?«

»Straßenkämpfe, Entführungen, Verschwörung – das Übliche.« Rafe klopfte sich den Staub von seinen Hosen und richtete sich auf. Dann fuhr er fort: »Varenne hat die Gräfin.«

Zornig setzte sich Anderson auf, zuckte aber bei der plötzlichen Bewegung zusammen. »Verflucht, das hatte ich befürchtet. Ist sie in Ordnung, wissen Sie das?«

»Zumindest behauptet Varenne es.« Rafe, der sich endlich an das schwache Licht gewöhnt hatte, sah nun, daß sein Gefährte ziemlich übel zugerichtet war. Ein Arm lag in unnatürlichem Winkel in seinem Schoß, und sein Gesicht war voller Prellungen und Schürfwunden. Plötzlich war seine Eifersucht verschwunden. »Guter Gott, was haben die denn mit Ihnen angestellt, Mann?«

Anderson lächelte freudlos. »Als Anerkennung für meine legendäre Streitbarkeit schickte Varenne mir vier seiner Schergen, um mich einzuladen. Ich lehnte dankend ab, aber sie bestanden darauf.«

Irgend etwas rastete in Rafes Erinnerung ein. »Am Morgen nach Ihrem Verschwinden hat man in der Nähe Ihrer Wohnung zwei Leichen gefunden. Hatten Sie etwas damit zu tun?«

Andersons Lächeln wurde ein wenig echter. »Ich wollte wirklich nur sehr ungern mitgehen.«

Während Rafe den leichten Körperbau und die fast femininen Züge seines Gegenübers musterte, erkannte er, daß er schon wieder einem Irrtum aufgesessen war. Mit einem halben Lächeln sagte er: »Erinnern Sie mich bei Gelegenheit daran, daß ich mit Ihnen keinen Streit möchte.«

»Ich bezweifle, daß ich im Augenblick einem kranken Spatz gefährlich werden könnte.«

Andersons Blässe wirkte selbst für einen Blondschopf wie ihn extrem, und so ging Rafe zu ihm und hockte sich neben ihm aufs Stroh. »Lassen Sie mich nach Ihrem Arm sehen.«

Er stieß einen leisen Pfiff aus, als er die häßliche Schwellung an Andersons linker Hand und dem Handgelenk sah. Vorsichtig begann er die Verletzung zu untersuchen. »Haben Sie gegen irgend etwas geschlagen?«

»Nein, ich war recht intakt, als ich her kam. Allerdings wollte Varenne mit mir plaudern, ich aber nicht mit ihm.«

Der dünne Schweißfilm auf Andersons Gesicht bewies, wieviel ihn seine aufgesetzte Gelassenheit kostete. Rafes widerwillige Bewunderung für seinen Rivalen wuchs. »Sieht aus, als wären ein Gelenkknochen und drei Finger gebrochen«, sagte er. »Zum Glück sehen die Brüche glatt aus. Kommen Sie, ich helfe Ihnen, den Mantel auszuziehen, so daß ich die Hand verbinden kann. Das wird Ihnen ein wenig helfen.«

Rafe zog seinen Rock aus und riß ihn in Streifen, dann machte er sich daran, die Erste Hilfe zu leisten, die er auf Jagden gelernt hatte. Doch während er es tat, durchfuhr ihn der Gedanke, daß dieselbe feine, anmutige Hand Margot liebkost hatte. Er erstarrte, bekämpfte seine kranke Eifersucht und mahnte sich heftig, daß jetzt weder Zeit noch Ort für solche Albernheiten war. Nach einem Moment hatte er sich wieder ausreichend in der Gewalt, um weiterzumachen.

Obwohl er sich redlich Mühe gab, die Prozedur so schmerzlos wie möglich zu halten, durchbrach er damit fast die stoische Ruhe des anderen. Als Rafe endlich fertig war und eine Schlinge zur Ruhigstellung des Arms gefertigt hatte, lag Anderson mit schweißverklebtem Haar auf dem Stroh. Der junge Mann schien halb bewußtlos vor Schmerzen.

Nachdem sich seine Atmung ein wenig beruhigt hatte, sagte Anderson: »Da Varenne Maggie nun ohnehin geschnappt hat, hätte ich die verdammte Nachricht auch schreiben können.«

Als Antwort auf Rafes fragenden Blick fuhr er fort:

»Der Comte wollte mich zwingen, Maggie einen Brief zu schreiben, um sie hierher zu locken. Er drohte mir, er würde mir die Knochen brechen, bis ich gehorchte. Ich erwähnte gar nicht erst, daß ich Linkshänder bin, und als er schon drei Finger gebrochen hatte, waren alle Chancen, zu schreiben, dahin. Er hätte sich besser die rechte Hand vorgenommen.«

Rafe ließ sich zu Andersons Füßen auf dem Stroh nieder und mußte über den Galgenhumor lachen. »Ich hätte gerne Varennes Gesicht gesehen, als Sie es ihm sagten.«

»Sie hätten es nicht genießen können – aus Wut hat er mir das Handgelenk gebrochen«, erwiderte Anderson trocken. »Dennoch – ich war schon in schlimmeren Gefängnissen. Das Stroh ist frisch, die Decken sauber, und da wir hier in Frankreich sind, gibt es recht guten Wein zum Essen. Zu dieser Jahreszeit ist es hier unten auszuhalten. Überwintern möchte ich hier allerdings nicht.«

Rafe versuchte sein Schaudern bei dieser Aussicht zu unterdrücken. Varenne wollte sie doch sicher nicht so lange hierbehalten?

»Professionelle Neugier stirbt nicht so schnell«, sagte Anderson jetzt. »Hat Varenne Ihnen verraten, was er vorhat?«

Rafe brachte seinen Gefährten auf den aktuellen Stand, was auch die Gespräche mit von Fehrenbach und Roussaye beinhaltete, erwähnte Lemerciers Tod ohne Beschönigung. Dann wiederholte er, was Varenne als Motive genannt hatte.

Nach ein paar Fragen seufzte Anderson und schloß kurz die Augen. »Um eine Meile daneben. Ich komme mir wie ein totaler Idiot vor.«

»In der Hinsicht befinden Sie sich in bester Gesellschaft«, sagte Rafe düster. »Wir haben uns alle geirrt.« Und er, Rafe, am meisten von allen.

Danach gab es wenig zu sagen. Die Männer saßen im schwindenden Licht und schwiegen. Obwohl es vieles gab, was Rafe Anderson gerne gefragt hätte, schien ihm nichts davon im Augenblick angemessen.

Als die Stunden verstrichen, entschied Rafe, daß das schlimmste an der Gefangenschaft die Langeweile sein mußte. Die Zelle war zu klein, um sich die Beine zu vertreten, die Steinmauern ausgesprochen reizlos, und wenn er wirklich längere Zeit hier verbringen mußte, würde er bald wahnsinnig werden.

Er beneidetet Anderson um seine Ruhe. Durch den Schmerz ausgelaugt, schlief der andere Mann meistens. Aber selbst im wachen Zustand besaß er eine philosophische Gelassenheit, die Rafe, wie er sich eingestehen mußte, wohl niemals erreichen konnte. Allerdings hatte Anderson ja auch von früheren Erfahrungen mit Kerkern gesprochen; vielleicht machte Übung den Meister.

Als es dämmerte, wurde das Abendessen mit der in solchen Situationen üblichen Vorsicht serviert: Ein Mann stellte das Tablett auf den Zellenboden, während ein anderer an der Tür aufpaßte. Das Essen bestand aus recht passablem Eintopf, Brot und Obst, dazu gab es einen Krug mit Rotwein. Außer Zinnschüsseln und Becher bekamen sie als einziges Besteck nur biegsame Löffel, die nicht als effektive Waffen zu verwenden waren. Nach dem Essen wurden Tablett, Schüsseln und Löffel wieder abgeholt, man ließ den Gefangenen jedoch den Wein und die Trinkgefäße da.

Dieser reichte nicht aus, um betrunken zu machen, wohl aber, um die Zungen zu lösen. Die beiden Männer sprachen gerade über das, was Varenne wohl vorhaben mochte, als Rafe sich fragen hörte: »Warum ist Margot so, wie sie ist?«

Nach einer langen Weile fragte Anderson zurück: »Warum haben Sie sie nicht gefragt?«

Rafe lachte rauh. »Ich glaube kaum, daß sie es mir gesagt hätte.«

»Wie kommen Sie dann auf die Idee, daß ich es tun werde?«

Rafe zögerte, während er versuchte, sich ein überzeugendes Argument auszudenken. »Ich weiß, daß ich kein Recht habe zu fragen«, sagte er endlich statt einer direkten Antwort, »aber ich möchte sie wirklich sehr gern verstehen. Ich kannte sie einmal sehr gut, oder wenigstens dachte ich es, und nun ist sie mir ein Rätsel.«

Nach einer noch längeren Weile antwortete Anderson. In seiner Stimme klang eine gewisse Feindseligkeit mit. »Seit dem Zeitpunkt, als Maggie erfuhr, daß Sie nach Paris kommen würden, ist sie anders – sie ist launisch und unglücklich. Ich lernte sie kennen, als sie neunzehn war, und weiß wenig über ihr Vorleben. Ich weiß allerdings sehr wohl, daß jemand ihr etwas angetan hat, was sie an den Abgrund getrieben hat, und die Franzosen hätten ihr fast den Rest gegeben. Wenn Sie derjenige waren, der ihre Vernichtung in Gang gesetzt hat, dann will ich verdammt sein, wenn ich Ihnen irgend etwas über sie erzähle.«

Es war nun fast ganz dunkel, und nur ein schwacher Schimmer des Mondlichts brachte ein wenig Licht in die Zelle. Andersons Gestalt war kaum noch zu erkennen – schwarz gegen schwarz zu Rafes Rechter. Und in dieser Finsternis erschien der dreizehn Jahre alte Schmerz sehr greifbar, sehr frisch. Rafe tastete nach dem Weinkrug und schenkte ihnen beiden nach. »Sie hat Ihnen nie gesagt, was damals geschehen ist?«

»Nein.«

Andersons Stimme war tonlos, aber Rafe glaubte dennoch, eine schwache Neugier heraushören zu können.

Wenn der Mann Margot liebte, dann mußte er ja auch an ihrer Vergangenheit interessiert sein.

In der Anonymität der Dunkelheit fiel es Rafe leichter, einen Vorschlag zu machen, der ihm beim Tageslicht niemals in den Sinn gekommen wäre. »Jeder von uns besitzt einen Schlüssel zu einem Teil von Maggies Vergangenheit. Warum tauschen wir nicht Informationen über sie aus?« Da er Protest erwartete, setzte er hinzu: »Ich weiß, das ist nicht gerade die Art von Gentlemen, aber ich schwöre, ich will ihr nichts Böses.«

Rafe konnte die abwägenden Gedanken seines Gefährten fast hören. Endlich sagte der andere Mann reumütig: »Mein Vater hat immer gesagt, daß ich nicht einen einzigen Tropfen Gentleman-Blut in meinen Adern habe, und er hatte wohl recht. Aber ich warne Sie – es ist keine schöne Geschichte.«

Rafe wußte, daß es an ihm war, zu beginnen. »Margot Ashton gab ihr Debüt achtzehnhundertzwei. Sie kam aus einer recht ehrbaren Familie, jedoch kaum mehr, ihr Vermögen war bescheiden, und alle waren sich darüber einig, daß sie keine klassische Schönheit war – und trotzdem hätte sie jeden ledigen Mann in London haben können.«

Er hielt inne, während er sich daran erinnerte, wie er Margot zum ersten Mal gesehen hatte. Sie hatte den Ballsaal betreten, und ein Blick auf sie war genug gewesen, daß er die Gruppe, bei der er gestanden hatte, verlassen hatte, um sich zielsicher durch das Gedränge auf Margot zuzubewegen.

Margots Anstandsdame hatte den Erben von Candover sofort erkannt und die beiden einander vorgestellt, aber Rafe hatte das kaum wahrgenommen. Er hatte nur noch Margot gesehen. Zuerst war sie über seinen Gesichtsausdruck leicht amüsiert gewesen. Dann hatte ihr Blick den seinen getroffen, und er hatte in ihren Augen dieselben

Gefühle aufglimmen sehen, die er in seinem Inneren empfunden hatte. Nun, wenigstens hatte er das damals, dieses erste Mal, gedacht. Erst später war ihm bewußt geworden, daß diese Reaktion erst erfolgt war, nachdem sie erfahren hatte, wer er war.

Laut sagte er: »Es war schon ein richtiges Märchen, mit Liebe auf den ersten Blick und so weiter. Colonel Ashton bestand allerdings darauf, daß wir uns erst nach der Saison öffentlich verlobten, aber es war so gut wie abgesprochen. Ich war niemals so glücklich wie in diesem Frühling. Dann . . .« Er brach ab.

»Hören Sie jetzt nicht einfach auf, wo Sie zum Kern der Sache kommen, Candover«, drängte Anderson. »Was passierte mit dem herrlichen Liebestraum?«

Rafe schluckte hart. »Nichts, was man nicht schon kennt. Ich war eines Abends mit ein paar Freunden unterwegs, wovon einer, der genug getrunken hatte, um indiskret zu werden, damit prahlte, wie Maggie sich ihm ein paar Tage zuvor hingegeben hatte. Im Garten bei einem Ball.«

Er trank einen Schluck Wein, denn er mußte dringend seine Kehle befeuchten. »Wenn ich zurückblicke, weiß ich durchaus, daß ich übertrieben reagiert habe. Ich war jung, ein Träumer und durch die Liebe vollkommen durcheinander. Statt das, was sie getan hatte, als Neugier, als Experiment oder was auch immer zu sehen, verhielt ich mich ihr gegenüber am nächsten Morgen, als hätte sie das schlimmste Verbrechen seit Judas begangen. Ich wäre froh gewesen, wenn sie sich verteidigt hätte, wenn sie Reue gezeigt hätte, aber sie machte nicht einen einzigen Versuch, es abzustreiten. Sie schleuderte mir einfach meinen Ring vor die Füße und ging.«

Nach einem weiteren Schluck Wein seufzte Rafe tief. »Ich entschied, daß die Leute recht hatten, die behaupteten, Margot wäre nur hinter dem Geld her. Doch ein paar Tage später verließen sie und ihr Vater England. Ich kann mir nicht vorstellen, daß sie das getan hätte, wenn sie sich nicht genauso elend gefühlt hätte, wie ich mich. Insofern kann ich wohl durchaus behaupten, wir haben uns gegenseitig vernichtet.«

Das Stroh raschelte, als Anderson seine Position veränderte. »Sehen wir mal, ob ich es richtig verstanden habe. Sie fragten sie, ob sie mit diesem Freund von Ihnen etwas gehabt hatte, und sie hat nichts abgestritten?«

Im Interesse der Genauigkeit berichtigte Rafe: »Eigentlich habe ich sie nicht gefragt. Ich habe ihr nur das gesagt, was ich wußte.«

Anderson kam taumelnd auf die Füße und stieß einen beeindruckenden Strom von Flüchen aus, während er begann, in der Zelle herumzulaufen. Schließlich wandte er sich mit einem verächtlichen Unterton wieder an Rafe. »In Anbetracht der Dummheit des britischen Adels kann ich wirklich nicht verstehen, warum der ganze Haufen nicht längst ausgestorben ist. Wenn Sie einem besoffenen Schmutzfinken geglaubt haben, ohne seine Worte in Frage zu stellen, dann wußten Sie niemals das geringste über Maggie. Sie haben verdient, was Sie bekommen haben. Bei Gott, Maggie allerdings nicht.«

Rafe errötete vor Wut, konnte aber Andersons Argumentation nicht einfach verwerfen. »Sie wissen augenscheinlich nicht viel über den Adel, sonst würden Sie derartige Dinge nicht einfach so dahinsagen. Kein Mann von Ehre würde bei einem solch ernsten Thema lügen. Selbst stockbetrunken sagt man so etwas eigentlich überhaupt nicht. Wahrscheinlich wäre nicht einmal ein Wort darüber gefallen, wenn Northwood gewußt hätte, daß ich mit Margot verlobt war.«

Anderson blieb wie angenagelt stehen. »Northwood? Jetzt sagen Sie bloß nicht, Oliver Northwood?«

»Doch. Genau. Ich vergaß, daß Sie ja mit ihm arbeiten.«

Eine neue Schimpftirade stellte die vorherige noch in den Schatten. »Wenn Sie nicht einfach blöd sind, dann sind Sie zu naiv und zu ehrenhaft, um in dieser höchst fehlerhaften Welt überleben zu können«, fuhr Anderson ihn an. »Ich kann einfach nicht fassen, daß Sie Northwood mehr Glauben geschenkt haben als Maggie, aber vielleicht war er ja damals noch etwas glaubwürdiger als heutzutage. Wenn ich das so höre, ganz sicher aber nicht ehrlicher.«

»Seien Sie nicht albern«, erwiderte Rafe hitzig. »Wieso sollte Northwood den Wunsch gehabt haben, den Ruf eines unschuldigen Mädchens zu ruinieren?«

»Gebrauchen Sie doch Ihre Phantasie, Candover«, antwortete Anderson aufgebracht. »Vielleicht war er neidisch auf Sie. Es klingt nicht gerade so, als hätte es besonderer Wahrnehmungskräfte bedurft, um zu sehen, daß Sie und Maggie ineinander verliebt waren. Vielleicht wollte er sich ja auch irgendwie rächen, weil sie ihn abgewiesen hat, möglicherweise war es bloß die Prahlerei eines unreifen Jünglings. Vielleicht mußten *Sie* ja niemals mit erfundenen Eroberungen angeben – viele junge Männer tun es aber. Teufel, so wie ich Northwood kennengelernt habe, kann er auch aus reiner Hinterhältigkeit gelogen haben.«

Rafe fühlte sich verpflichtet, in die Verteidigung zu gehen. »Warum gehen Sie mit Northwood so hart ins Gericht? Sicher, er war immer ein Widerling und hat seine Frau ziemlich übel behandelt, aber das macht ihn doch nicht sofort zum Lügner. Ein Gentleman wird immer als ehrlich angesehen, bis man ihm das Gegenteil beweist.«

»Was für eine wunderbare Einstellung. Wieso können Sie sie nicht auch auf Maggie anwenden?« sagte Anderson beißend, als er sich wieder auf das Stroh fallen ließ. »Der *Widerling*, den Sie so inbrünstig verteidigen, verkauft seit Jahren Informationen über sein Land an jeden, der welche haben will. Ich bezweifle, daß der Kerl jemals in seinem Leben ehrlich war.«

»Was . . .?« stammelte Rafe. Es war wie ein Schlag in den Magen. Auch wenn er Northwood niemals nahegestanden hatte, kannte er ihn doch schon seit über zwanzig Jahren. Sie waren in dieselben Schulen gegangen, hatten dieselbe Erziehung genossen. Er hatte niemals Zweifel an Northwoods Ehrbarkeit gehabt.

Und doch erklärte dies so vieles. Maggies totenbleiches Gesicht, als Rafe sie der Untreue beschuldigt hatte, tauchte vor seinem inneren Auge auf. Wie hätte er sich wohl gefühlt, wenn die Person, die er am meisten liebte, eine Verleumdung glaubte, ohne auch nur ein einziges Mal daran zu zweifeln?

Nun, genauso, wie sie sich gefühlt hatte: voller Zorn und zu tief verletzt, als Worte es hätten ausdrücken können. Und was hatte sie dann noch gesagt? Etwas wie ›wie glücklich sie sich schätzen konnten, den Charakter des anderen erkannt zu haben, bevor es zu spät war‹ . . .

Damals hatte er dies als Eingeständnis ihrer Schuld gesehen, was ihm wiederum Northwoods Behauptung bestätigte. Doch nun bekam diese Antwort eine vollkommen neue Bedeutung.

Er vergrub sein Gesicht in den Händen und stöhnte auf. »O verflucht, verflucht . . .« Sein rasselnder Atem erfüllte das kleine Gefängnis, und nur die Anwesenheit des anderen verhinderte, daß er sich dem drohenden Zusammenbruch ergab.

Selbst in den Momenten der Vergangenheit, in denen ihr vermeintlicher Verrat ihn am quälendsten geschmerzt hatte, hatte er sich immer damit trösten können, daß schließlich er derjenige war, der verletzt worden war. Doch nun war dieser Trost fort, und er sah sein Verhalten von damals so, wie Margot es gesehen haben mußte.

Er war es gewesen, der sie verraten hatte. Was auch immer sie geworden war: Er konnte es auf seine häßliche Eifersucht und seinen Mangel an Vertrauen zurückführen. Die schwache Hoffnung, er könnte ihre Liebe zurückgewinnen, löste sich in den Trümmern seines Stolzes in nichts auf.

Wie konnte sie ihm denn je wieder vertrauen, wenn er sie so gründlich enttäuscht hatte? Durch seine eigene arrogante Dummheit hatte er verloren, was für ihn das wichtigste auf der Welt gewesen war, und es gab keine Worte, die ausdrücken konnten, welches Ausmaß an Schuld er nun empfand.

Als Robins Ärger abflaute, empfand er fast widerstrebend Mitgefühl für den anderen Mann. Der arme Teufel, wie weh mußte es tun, aus der luftigen Position hehrer Moral auf den Boden der Realität zu stürzen? Die Erkenntnis, daß er sein – und Maggies – Unglück selbst verursacht hatte, mußte die Hölle sein. Ein Mann wie Candover, der offenbar bis auf die Knochen aufrichtig und edel war, hatte sich zur leichten Beute für Northwoods widerliche Boshaftigkeit machen lassen.

Ganz im Gegenteil zu dem, was Candover glaubte, war Robin durchaus vertraut mit der Welt der englischen Aristokraten mit all ihren höllischen Spielen und Clubs und Verhaltensregeln. Man vertraute einem Gleichgestellten einfach, und Northwood hatte dazugehört.

Zudem mußte eine junge Frau in dieser Gesellschaft einem jungen, naiven Mann wie ein mysteriöses, fast magisches Wesen vorkommen. Es bedurfte der Reife und Erfahrung, um zu erkennen, daß die Ähnlichkeiten zwischen Mann und Frau größer waren als die Unterschiede.

Wenn man an die ungestüme Leidenschaft und das Besitzdenken der ersten Liebe dachte, war es eigentlich nicht schwer zu verstehen, weshalb Candover sich in seinen überschäumenden Emotionen hatte hereinlegen lassen. Wer konnte von sich behaupten, in der Jugend kein Narr gewesen zu sein? Robin jedenfalls nicht, obwohl seine Dummheit andere Auswirkungen gehabt hatte als die Candovers.

Robin kannte Maggie gut genug, um zu begreifen, daß ihr Temperament das Problem verschärft hatte. Wenn sie in Tränen ausgebrochen wäre, wenn sie Rafes Anschuldigungen abgestritten hätte, hätte sich die entstandene Kluft zwischen ihnen innerhalb einer halben Stunde überbrücken lassen, und die zwei hätten die letzten zwölf Jahre in glücklicher Ehe verbringen können. In diesem Fall hätte er, Robin, Maggie jedoch niemals kennengelernt, was für sie besser, für ihn aber ein Verlust gewesen wäre.

Robin tastete nach Rafes Becher und drückte ihn ihm in die Hand. »Es ist jetzt ein bißchen spät für Selbstmord, wenn Sie das in Betracht ziehen sollten«, sagte er trocken.

Immer noch am ganzen Körper bebend, richtete Rafe sich gerade genug auf, um zu trinken, wünschte sich jedoch, er hätte etwas Stärkeres. Die ganzen Jahre lang hatte er seinen Stolz auf sein zivilisiertes Benehmen aufgebaut und großmütig gedacht, er hätte Maggies Untreue im Austausch für ihren Charme und ihre angenehme Gesellschaft akzeptieren sollen. Ja, er hatte sogar bedauert, daß sie offenbar mit den Sitten ihrer Gesellschaftsschicht besser umgehen konnte als er und hatte seine heftige Reaktion seiner eigenen Unreife zugeschrieben.

Statt dessen war er in seinem jugendlichen Idealismus näher an der Wahrheit gewesen als mit dem vornehmen Zynismus, den er all die Jahre kultiviert hatte. Margot war wirklich die liebende und wunderbare Frau, für die er sie gehalten hatte. Und er, Rafael Whitbourne, Erbe des Herzogtums Candover, höchst geschätzter Sproß der englischen Aristokratie – er war ihrer Liebe nicht wert.

Anderson unterbrach seine Gedanken. »Kein Wunder, daß Maggie mit Ihnen nichts zu tun haben wollte, als Sie nach Paris kamen. Hätte ich von Ihrer gemeinsamen Vergangenheit gewußt, hätte ich niemals zugelassen, daß Sie auch nur auf hundert Meter in ihre Nähe kommen.«

Er hantierte einhändig mit dem schweren Weinkrug herum, bis Rafe ihm den Rest des Weines einschenkte. Sie beide hatten mindestens den Inhalt von zwei oder drei Flaschen getrunken, und Rafe wünschte sich, es wäre noch etwas da. Allerdings konnte man in ganz Frankreich nicht genug Wein finden, um zu ertränken, was er in diesem Augenblick empfand.

»Ich vermute, Sie lieben Maggie immer noch«, bemerkte Anderson beiläufig, als ob diese Sache nur von geringem Interesse war.

»Ich bin, was Maggie betrifft, genauso leicht aus dem Gleichgewicht zu bringen, wie ich es mit einundzwanzig war.« Rafe atmete schaudernd ein. »Ich habe mir immer ziemlich viel auf meine Ausgeglichenheit eingebildet.« Er kippte den Inhalt seines Bechers auf einen Schluck herunter. »Sie ist zu gut für mich.«

»Dem möchte ich nicht widersprechen.«

»Was ist seitdem geschehen? Was hat sie all die Jahre getan? Und wie ist sie Spionin geworden? Sie haben versprochen, es mir zu erklären.« Nun, da Rafe den Anfang der Geschichte in einem anderen Licht sah, konnte er die wachsame, spröde Frau – hart, mißtrauisch, zugleich zynisch humorvoll und schrecklich verletzlich –, die sie geworden war, besser begreifen. Aber es gab noch zuviel, was er wissen wollte, nein, wissen *mußte.*

»Ich finde, für eine Nacht hatten wir genug aufgewühlte

Gefühle«, sagte Anderson, als er sich in eine Decke rollte. »Ich erzähle Ihnen den Rest der Geschichte morgen früh. Dann habe ich vielleicht auch das Bedürfnis überwunden, Ihnen die Zähne auszuschlagen.«

Und während er sich tief in das Stroh kuschelte, fügte er noch hinzu: »Wenn Sie die Nacht damit verbringen wollen, sich zu kasteien, dann machen Sie es doch bitte leise.«

Anderson hatte recht. Für eine einzige Nacht war genug gesagt worden. Rafe nahm sich die andere Decke und ließ sich auf dem Stroh nieder.

Er zweifelte allerdings daran, daß er schlafen könnte.

Kapitel 21

BEI DER MENGE an Alkohol, die Rafe in der Nacht zuvor konsumiert hatte, war es erstaunlich, wie gut er sich am nächsten Morgen fühlte. Er hatte sogar ein wenig geschlafen. Als auch Anderson sich regte, hatte Rafe sich mit seinem neuen Wissen arrangiert. Es hatte keine Chance, daß Maggie ihm jemals vergeben würde, aber er hoffte auf eine Gelegenheit, sie für sein schreckliches Fehlurteil von damals um Verzeihung bitten zu können. Es war ihm plötzlich sehr wichtig, das zu tun.

Das Frühstück bestand aus frischem Brot, süßer Butter, Erdbeermarmelade und einer Unmenge ausgezeichnetem, heißem Kaffee. Als Rafe sich ein Brot mit Marmelade bestrich, bemerkte er: »Ich habe in anständigen englischen Landgasthäusern schon weit schlechter gefrühstückt.«

»Es ist schade, daß sich Varennes Ehrgeiz nicht auf den Restaurationsbetrieb bezieht, sondern auf das Diktatorentum«, kommentierte Anderson.

Rafe musterte seinen Gefährten. Auch wenn Anderson behauptete, daß es seinem Arm besser ging, so nahm Rafe an, daß er log: Seine Wangen glühten fiebrig. Wieder durchfuhr Rafe das Gefühl, den Mann schon irgendwo gesehen zu haben. Je länger er mit Anderson zusammen war, desto mehr glaubte er, ihn zu kennen, obwohl er sich nicht erinnern konnte, woher.

Sie hatten gerade zu Ende gefrühstückt, als die Tür quietschend aufging. Rafe erwartete einen Diener, der das Tablett wegräumen wollte, aber Varenne selbst trat ein, während die unvermeidlichen Wachen an der Tür stehen blieben.

Ohne sich um Höflichkeitsfloskeln zu kümmern, wandte er sich an Anderson. »Ich nehme an, Candover hat Ihnen erklärt, was ich vorhabe?«

Anderson trank erst seinen Becher mit Kaffee aus, bevor er antwortete. »Hat er. Ich wollte wissen, wo ich mich geirrt hatte.«

»Gut.« Varenne griff unter seinen Umhang und zog eine Pistole hervor, deren Mündung er exakt auf die Mitte von Andersons Stirn richtete. »Ich fände es schade, einen Mann zu töten, ohne daß er weiß, warum er stirbt. Wenn ich auch die Notwendigkeit bedaure, ist mir leider keinerlei Verwendungsmöglichkeit für Sie eingefallen, und solange Sie leben, sind Sie eine Gefahr für mich. Es ist eine Schande, daß ich Sie nicht auf meine Seite ziehen konnte, aber selbst wenn Sie vorgegeben hätten, zu mir überzuwechseln, hätte ich Ihnen niemals voll vertraut.«

Während Rafe noch vor Entsetzen erstarrt zusah, fügte Varenne hinzu: »Möchten Sie ein letztes Gebet sprechen? Vielleicht haben Sie noch Botschaften an jemanden? Dann tun Sie es bitte schnell. Ich habe heute viel zu tun.«

Mit schneeweißem Gesicht sah Anderson Rafe an. »Bitte ... übermitteln Sie Maggie meine Liebe.«

In dem Schweigen, das folgte, klang das Klicken des Hahns wie der Hammerschlag eines antiken Kriegsgottes, der die Vernichtung verkündete.

Obwohl es noch recht früh war, summte die britische Botschaft bereits vor Geschäftigkeit, und Oliver Northwood wurde von einige Kollegen, die die Nacht durchgearbeitet hatten, mit sichtlicher Erleichterung begrüßt. Selbst bettlägerig, wie er war, produzierte Lord Castlereagh genug Briefe, Entwürfe, Memoranden und Entwürfe für das Abkommen, um ein Dutzend Männer voll zu beschäftigen, und die knappe Besetzung forderte ihren Tribut.

Northwood hörte von mehreren Leuten, daß sie sich Sorgen um Robert Anderson machten, der seit einigen Tagen vermißt wurde. Nun, er selbst hatte eine ziemlich genaue Ahnung, was mit Anderson passiert war. Das geschah diesem hochnäsigen Schönling recht.

Kurz vor acht Uhr entschuldigte Northwood sich und machte sich auf den Weg zu dem Flur, der unter Castlereaghs Schlafzimmer entlangführte. Nachdem er sich nervös vergewissert hatte, daß der Korridor wirklich leer war, schloß er die Tür zu dem Kämmerchen auf, trat ein und zog sie wieder hinter sich zu. Er hatte nicht bedacht, wie man sich fühlte, wenn man eine Kerze in ein winziges Zimmer voll Schwarzpulver brachte, und seine Hände waren schweißnaß, während er die nötigen Vorkehrungen traf.

Zuerst nahm er eine normale Kerze, um einen kleinen Teich Wachs auf den Boden zu tropfen. Dann setzte er die andere Kerze aus Bienenwachs hinein und drückte sie fest an. Als das Wachs ausgekühlt war und die Kerze sicher stand, bohrte er mit einem Messer ein Loch in eine Kiste mit Pulver. Schließlich zog er ein kleines Säckchen Schwarzpulver aus seiner Tasche und legte sorgfältig eine Spur von der Kiste zu der Kerze, um die herum er ein kleines Häufchen zusammenschob.

Mit äußerster Vorsicht entzündete er die Bienenwachskerze. Dann verließ er sehr langsam das Kämmerchen, um keinen Luftzug zu verursachen, der den kleinen Raum frühzeitig explodieren lassen konnte.

Le Serpent hatte gesagt, die Kerze würde acht Stunden brennen. Wenn er nicht das unwahrscheinliche Pech hatte, daß jemand den Geruch einer brennenden Kerze in diesem selten benutzten Teil der Botschaft wahrnehmen würde, ginge die Ladung gegen vier Uhr nachmittags hoch. Zu diesem Zeitpunkt würde er, Northwood, längst weit fort sein.

Er zerrte sein Taschentuch hervor und wischte sich die Stirn ab. Jeden verdammten Franc, den er für die Arbeit bekam, hatte er sich redlich verdient – und noch mehr! In den letzten Tagen waren die Sicherheitsvorkehrungen in der Botschaft verschärft worden, und britische Soldaten überprüften an jedem Eingang die Ausweispapiere von Fremden. Als regulärer Angestellter hatte Northwood natürlich ohne Schwierigkeiten ein und aus gehen können; Le Serpent hätte es ohne ihn niemals geschafft. Vielleicht sollte er mehr Geld verlangen.

Nachdem er in die Schreibstube zurückgekehrt war, ließ Northwood sich nieder, um eine Kopie von einem der zahllosen Briefe fertigzustellen. Außer ihm war nur noch ein älterer Gehilfe namens Morier anwesend, der nun den Kopf hob und ihn müde anlächelte. »Ich bin froh, Sie zu sehen, Northwood. Geht es Ihnen wirklich wieder gut genug? Sie wirken ein wenig grau im Gesicht.«

Er sah nicht einmal halb so übel aus, wie Morier es nach der Explosion tun würde. Der Mann würde nämlich bei der Besprechung am Nachmittag anwesend sein und in die Luft gehen – ein kleiner Fisch, der mit den großen sterben mußte. Northwood unterdrückte mit Unbehagen den Gedanken. Morier war immer sehr freundlich zu ihm gewesen, und es war zu schade, daß er ebenfalls dran glauben mußte. Nun, daran ließ sich nichts ändern. Tapfer lächelnd sagte er: »Ich fühle mich immer noch ziemlich mies, aber ich dachte, ein paar Stunden würde ich schon schaffen. Ich weiß ja, wieviel Arbeit Sie alle haben. Dumme Zeit, um krank zu werden.«

Morier murmelte: »Prima Einstellung«, und wandte sich wieder seinem Dokument zu.

Northwood arbeitete zwei Stunden lang, und in seinem Nacken kribbelte es, wenn er daran dachte, daß die Kerze langsam zu der tödlichen Spur Schwarzpulver hinabbrannte. Er entschuldigte sich schließlich, als er es nicht mehr aushielt, und es fiel ihm überhaupt nicht schwer, krank auszusehen. Morier und andere Schreiber, die zwischendurch hereinkamen, bemitleideten ihn gebührend wegen seiner Krankheit und dankten ihm, daß er dennoch gekommen war.

Auf dem Weg hinaus mußte Northwood sich eingestehen, daß dies alles selbst einem gewissenlosen Menschen Schuldgefühle verursachen konnte, aber er unterdrückte diese Regung. Trotz ihrer beiläufigen Freundlichkeit sahen die anderen Mitglieder der Delegation auf ihn herab, hielten sich für besser und intelligenter als er, das wußte er. Nun, da hatten sie sich geirrt: Er würde mehr Macht und Vermögen besitzen, als sie alle zusammen.

Er hielt eine Kutsche in der Rue de Faubourg St. Honoré an und ließ sich nach Hause fahren, wo er seine Reitkleidung anzog. Die Zeit war gekommen, dem Comte de Varenne einen Besuch abzustatten, um ihm zu beweisen, was für ein gerissener Mensch Oliver Northwood war.

Mit etwas Glück würde Le Serpent auch schon den versprochenen Bonus bereithalten: Die wundervolle, unerreichbare Margot Ashton würde endlich in seinen Händen sein.

So früh, wie es eben gerade höflich war, sandte Hélène Sorel einen Boten zu Candovers Wohnung, um in Erfahrung zu bringen, ob er Neuigkeiten hatte. Eine knappe Dreiviertelstunde später meldete ihr der Lakai, daß der Duke seit dem vorangegangenen Nachmittag nicht mehr gesehen worden war.

Obwohl es ein warmer Tag war, ließen die Neuigkeiten Hélène bis auf die Knochen erschauern. Vielleicht war die Abwesenheit des Dukes nicht weiter bedeutend, aber da bereits Maggie und Robert Anderson verschwunden waren, mußte man das Schlimmste annehmen.

Wenn der große Unbekannte, Le Serpent, die anderen drei in seiner Gewalt hatte, stand dann auch sie auf seiner Liste?

Einen kurzen Moment war Hélène versucht, zurück aufs Land zu ihren beiden Töchtern und in die Sicherheit zu fliehen. So kurz vor dem Attentat würde sich der Verschwörer kaum die Mühe machen, sie zu verfolgen. Und was konnte sie alleine schon tun?

Ihre Hände ballten sich zu Fäusten, und sie verwarf diese Lösung. Wenn das Schlimmste eintraf und sie ebenfalls verschwand, dann würde sich ihre Mutter gut um die Kinder kümmern. Doch solange es noch etwas zu tun gab, konnte Hélène nicht den feigen Ausweg wählen.

Aber *was* sollte sie nur unternehmen? Hélène war zu unwichtig, um irgendwelche Regierungsbeamten von der drohenden Gefahr überzeugen zu können, selbst wenn sie gewußt hätte, wie die Verschwörung geplant war. Und nicht einmal das hatte sie zu bieten.

Ihre Hände entspannten sich wieder, und sie erhob

sich. Es gab etwas, an das sie schon früher hätte denken können, und nun würde sie sich augenblicklich darum kümmern.

Das Klicken des Hahns riß Rafe aus seiner vorübergehenden Erstarrung. Die nackte Resignation in Andersons Gesicht hatte eine Erinnerung ausgelöst und die Fakten richtig zusammengeschoben. Rafe war sich nun sicher, daß er wußte, wer der Blonde war.

Er verlieh seiner Stimme soviel Nachdruck wie möglich und sagte: »Varenne, Anderson zu erschießen ist ein echter Fehler. Haben Sie nicht gesagt, Sie ließen sich keine Gelegenheit entgehen?«

Der Finger, der sich um den Abzug der Waffe krümmte, hielt inne, aber der Comte wirkte verärgert, als er Rafe einen Blick zuwarf. »Mischen Sie sich nicht ein, Candover. Sie sind wertvoll genug, um Sie am Leben zu halten, aber ein Spion gehört nicht in dieselbe Kategorie.«

»Wenn er nur ein Spion wäre, hätten Sie sicher recht«, stimmte Rafe zu. »Aber der Mann, dessen Leben Sie vergeuden wollen, ist Lord Robert Andreville, Bruder der Marquess of Wolverton, einer der reichsten Männer Britanniens.«

»Was!?« Varennes Blick flog zu seinem Opfer. »Ist das wahr?«

»Ja«, sagte Anderson. »Macht das einen Unterschied?«

Die Spannung wurde fast unerträglich, während Varenne den möglichen Gewinn gegen das Risiko abwägte. Dann senkte er die Pistole und steckte sie in seinen Umhang zurück. »Ja, das tut es. Wenn Sie allerdings lügen, kann ich Sie jederzeit eliminieren.«

»Es ist die Wahrheit«, sagte Rafe knapp. »Ich bin mit seinem älteren Bruder zur Schule gegangen.«

Varenne nickte abwesend, denn seine Gedanken waren bereits bei anderen Dingen. Schließlich ging er ohne ein weiteres Wort mit seinen Wachen hinaus. Rafe schauderte zusammen, als er überlegte, zu welchen anderen Dingen dieser kaltblütige Mörder noch fähig war. Wahrscheinlich hatte Varenne ihn und Anderson deswegen in eine gemeinsame Zelle gesteckt, damit Rafe durch die Exekution eingeschüchtert werden würde. Die Demonstration wäre höchst effektiv gewesen.

Als die Schritte auf der Treppe verklungen waren, stieß der Blonde heftig den Atem aus und ließ sich mit geschlossenen Augen gegen die Mauer fallen. Nach einer Weile öffnete er sie wieder und sagte mit beneidenswerter Ruhe: »Ich dachte schon, meine Zeit wäre endgültig gekommen. Ich bin Ihnen zu größtem Dank verpflichtet, Candover. Wie lange wußten Sie schon, wer ich bin? Und was das betrifft: Wie haben Sie mich den identifiziert? Mein Bruder und ich sehen uns nicht besonders ähnlich.«

»Ich war mir nicht sicher. Als Varenne die Pistole auf Sie richtete, kam ich darauf.« Selbst ein wenig wackelig auf den Beinen, ließ Rafe sich neben den anderen aufs Stroh sinken. »Ihr Gesichtsausdruck erinnerte mich an die Miene Ihres Bruders Giles, als seine Frau gestorben war. Zwar hätte ich mich irren können, aber ich dachte, daß es den Versuch wert ist.«

»Ich bin heilfroh, daß Ihr Verstand schneller arbeitet als meiner«, sagte Anderson – oder vielmehr Andreville – ernsthaft. »Mir wäre es nie in den Sinn gekommen, daß diese Verbindung etwas ausmachen könnte.«

»Mein Vorteil war, zu wissen, daß Varenne mich wegen eines stattlichen Lösegeldes festhalten wollte, falls sein anderer Plan scheitern sollte. Übrigens willigte er auch ein, daß ich Margot ebenfalls freikaufen könnte.«

Rafe musterte das Gesicht seines Gefährten. Nun, da er wußte, wer er war, fiel es ihm leichter, die Familienähnlichkeiten auszumachen. »Ich kenne Giles aus Eton. Wenn er auch nicht oft nach London kommt, so haben wir bei diesen Gelegenheiten doch immer versucht, uns an einem Abend zu treffen. Manchmal hat er auch seinen jüngeren Bruder, das schwarze Schaf der Familie, erwähnt.«

»Das muß ja ein netter Stoff für eine Dinner-Unterhaltung gewesen sein«, bemerkte Andreville mit trockenem Humor.

Rafe grinste. »Um es milde auszudrücken. Haben Sie es wirklich fertiggebracht, am ersten Tag schon von Eton relegiert zu werden?«

Andreville lächelte reumütig. »Ja. Ich wollte nach Winchester, aber mein Vater bestand darauf, daß ich in die Fußstapfen zahlloser Andrevilles trat, die in Eton gewesen sind. Es war ein anstrengendes Jahr. Der alte Bursche wollte nicht von einem achtjährigen Jungen besiegt werden, also mußte ich mich erst aus drei Internaten werfen lassen, bis ich endlich hindurfte, wo ich hinwollte.«

»Warum mußte es denn unbedingt Winchester sein?«

»Ein Freund von mir ging dorthin, und mein Vater war dagegen. Beide Gründe reichten für mich aus«, sagte er. »Aber Sie haben etwas zu hoch gegriffen mit Ihrer Annahme, daß mein Bruder Lösegeld für mich zahlen würde. Bei meiner Vergangenheit wäre er wahrscheinlich froh, wenn ich spurlos verschwände, ohne meiner Familie noch mehr Schande zu machen.«

»Ich glaube nicht, daß Giles Sie im Stich lassen würde.« Rafe dachte einen Moment nach. »Aber selbst, wenn er nicht dazu in der Lage wäre – ich dachte, Sie hätten ein beträchtliches Vermögen geerbt.«

Andreville nickte. »Ja, von meinem Großonkel. Die Andrevilles produzieren praktisch in jeder Generation mindestens ein schwarzes Schaf. Onkel Rawson war das letzte vor mir, deswegen kamen wir natürlich hervorragend miteinander aus. Aber wenn ich ein gewöhnlicher Haus- und Hofspion wäre, dann könnte ich mich nicht selbst auslösen. Dies ist kein besonders lukrativer Beruf.«

Rafe zuckte die Achseln. »Das Candover-Vermögen könnte auch noch weitere zwanzig- oder dreißigtausend Pfund verkraften, wenn nötig.«

Andreville blickte ihn überrascht an. »Sie würden so etwas für jemanden tun, den Sie kaum kennen und auch nicht besonders mögen?«

Peinlich berührt, daß sein Gefährte seine Abneigung gespürt hatte, sagte Rafe knapp: »Margot wäre ziemlich erschüttert, wenn Sie sterben müßten. Dennoch wäre es besser gewesen, wenn Sie nach Eton oder Oxford gegangen wären. Dann hätte ich Sie bereits gekannt, und Sie hätten mir eine beträchtliche Verwirrung erspart.«

Andreville setzte eine schockierte Miene auf. »In diesen Löchern schmachten, wo ich die Vergnügungen von Winchester und Cambridge genießen konnte?«

Rafe lachte. »Ich nehme an, daß Sie für Lord Strathmore arbeiten. Woher kennen Sie ihn?«

»Es gibt irgendeine familiäre Verbindung zwischen den Andrevilles und den Fairchilds. Lucien und ich haben uns immer recht gut verstanden, aber da wir auf verschiedenen Schulen waren, sahen wir uns nicht oft«, antwortete Andreville. »Ich habe natürlich von den berühmten ›Gefallenen Engeln‹ gehört. Ich habe sogar einmal Lord Michael Kenyon getroffen, als ich auf der Pyrenäenhalbinsel diente, obwohl ich ihm meinen richtigen Namen nicht verriet. Aber das ist eine andere Geschichte.«

Er schob sich in eine sitzende Position. »Ich hatte mein erstes Jahr in Cambridge beendet, als das Abkommen von Amiens in Kraft trat. Also beschloß ich, ein Jahr auszusetzen und zu reisen. Während ich durch Frankreich zog, wurde es immer deutlicher, daß es bald wieder Krieg geben würde. Als ich zufällig über Informationen stolperte, die für die britische Regierung von Interesse waren, schickte ich sie Lucien, da ich wußte, daß er in Whitehall eine Position übernommen hatte.

Lucien kam fast umgehend nach Paris, um mir zu sagen, daß er im Nachrichtendienst arbeitete, und mich zu fragen, ob ich als britischer Agent auf dem Kontinent bleiben wollte.« Andreville zuckte die Schultern. »Jung und dumm wie ich war, hielt ich es für ein großartiges Abenteuer. Tja, und hier bin ich nun.«

Rafe sprach seine Gedanken laut aus. »Warum zum Teufel hat Lucien mir nichts von Ihnen gesagt, bevor ich nach Paris kam?«

»In diesem Geschäft wird es einem zur zweiten Natur, nicht mehr zu sagen, als unbedingt nötig. Lucien hat Sie geschickt, damit Sie mit Maggie zusammenarbeiten. Sie brauchten nicht zu wissen, daß ich auch ein Agent bin.«

Rafe mußte das alles erst einmal verdauen. »Und doch kannte Lucien Margot nicht gut genug, um sicher sein zu können, daß sie Engländerin war.«

»Das liegt daran, daß er sie durch mich kennengelernt hat und ich ihm nur gesagt habe, daß sie Engländerin ist, ohne etwas über ihren Namen oder ihr Vorleben zu verraten.«

Rafe zog ein Gesicht. »Ich kann nicht umhin zu denken, daß die Dinge weit einfacher gewesen wären, wenn es weniger Geheimnisse gegeben hätte.«

»In diesem Fall stimmt das durchaus.« Andrevilles Miene verfinsterte sich. »Aber es hat Zeiten gegeben, in denen Menschen gestorben sind, weil ihre Namen durch Folter aus gefangenen Kollegen herausgepreßt wurden.«

Rafe fand, es war Zeit, auf das Thema zurückzukommen, das ihm am meisten am Herzen lag. »Sie wollten mir noch von Margots Leben in den Jahren erzählen, in denen ich sie nicht gesehen habe.«

»Wenn Sie es wirklich hören wollen? Es ist keine schöne Geschichte.«

»Wenn es nicht einfach ist, sie anzuhören, dann muß es für Margot um so schlimmer gewesen sein, dies alles zu erleben«, sagte Rafe grimmig. »Ich will alles wissen.«

»Wie Sie wollen.« Andreville kam auf die Füße und lehnte sich an die Wand unter dem Fensterchen. »Ich denke, Sie wissen, daß Maggie, ihr Vater und sein Diener von einer Bande ehemaliger Soldaten, die nach Paris wollten, überfallen wurden?«

»Ja, und es löste in London einen anständigen Skandal aus. Dennoch wurden keine Einzelheiten bekannt, weswegen allgemein angenommen wurde, daß Margot tot war.«

Mit tonloser Stimme fuhr Andreville fort: »Maggie, ihr Vater und Willis aßen gerade in einem Landgasthof, als etwa ein halbes Dutzend entlassener Soldaten hereinkamen. Sie waren bereits betrunken und pöbelten jeden an. Colonel Ashton versuchte, seine kleine Gruppe ohne Aufsehen zu entfernen, doch jemand hatte seinen englischen Akzent bemerkt. Man beschuldigte sie, Spione zu sein, und die Soldaten stürzten sich auf sie.

»Ashton und sein Diener wehrten sich natürlich nach Kräften, aber gegen die Überzahl hatten sie keine Chance. Am Ende warf sich der Colonel über seine Tochter, weil er hoffte, er könnte wenigstens ihr Leben retten.« Andrevilles helle Haut spannte sich über den feinen Knochen seines Gesichts. »Maggies Vater starb, quer über seine Tochter liegend, Candover, und dabei aus zahllosen Messer- und Schußwunden blutend.«

»Lieber Gott«, flüsterte Rafe. Margot hatte ihren Vater innig geliebt. Ihn so sterben zu sehen ... Der Gedanke erregte Übelkeit. Nun, Andreville hatte ihn gewarnt. Und so wappnete Rafe sich gegen das, was noch kommen mochte. »Und dann?«

»Was zum Teufel glauben Sie wohl, Candover?« sagte Andreville mit mühsam beherrschtem Zorn. »Ein Mädchen mit Maggies Aussehen in den Händen einer Bande betrunkener ehemaliger Soldaten?«

Rafe stand nun ebenfalls auf und begann umherzugehen, denn bei solchen Abscheulichkeiten konnte er genausowenig ruhig dasitzen wie Andreville. Er mußte wieder daran denken, wie nah Maggie auf dem Place du Carousel gewesen war, hysterisch zu werden. Lieber Himmel, kein Wunder, daß sie Alpträume von grapschenden Händen und gemeinen Gesichtern hatte; kein Wunder, daß sie sich vergewissern mußte, daß nicht alle Männer wilde Bestien waren.

Andreville fuhr mit abgewandtem Gesicht fort. »Da sie nun ein wunderschönes Mädchen und einen Keller voller Wein besaßen, hatten sie keine Eile, weiterzuziehen. Sie richteten sich ein und vergnügten sich ein wenig. Noch die nächsten eineinhalb Tage waren sie ständig betrunken und vergewaltigten sie, wann immer einer von ihnen Lust dazu hatte.

Dann kam ich zufällig in der Uniform eines französischen Grenadierhauptmanns vorbei. Als die Leute im Dorf mich sahen, kam der Bürgermeister zu mir und bat mich, die Soldaten zu vertreiben, bevor sie das ganze Dorf kurz und klein schlugen.

Ich hatte nicht vor, das zu tun, denn schließlich war ich allein und noch nicht mal ein echter Offizier. Doch als der Mann mir sagte, sie hätten ein englisches Mädchen ...« Die Finger von Andrevilles rechter Hand preßten sich gespreizt an die Mauer hinter ihm. »Ich mußte wenigstens nachsehen, ob ich helfen konnte. Also ging ich in das Gasthaus, lobte die Soldaten für ihren Patriotismus und den Erfolg, Spione erwischt zu haben, tadelte sie für ihren Übereifer und legte ihnen nahe, sich nach Paris auf den Weg zu machen, weil der Kaiser sie brauchte.«

Rafe stellte sich vor, wie der schlanke, nicht gerade muskulöse Andreville einer Bande bewaffneter Trunkenbolde gegenübertrat, und begriff, weshalb Maggie sich in ihn verliebt hatte. Lord Robert konnte damals kaum mehr als ein Junge gewesen sein. »Wie haben Sie es denn fertiggebracht, daß sie Maggie nicht mitschleppten?«

»Reine Kraft der Persönlichkeit«, erwiderte Andreville trocken. »Ich sagte ihnen, ich würde die englische Spionin selbst mit nach Paris nehmen, um sie verhören zu lassen. Ihr Pferd und Gepäck befanden sich im Stall, also half ich ihr aufzusteigen, und wir sahen zu, daß wir Land gewannen.

Ich bemerkte schnell, was für eine Art von Mädchen ich da gerettet hatte. Was die Männer mit ihr gemacht hatten, hatte sie fast umgebracht, und sie trug ein zerfetztes Kleid, das mit dem Blut ihres Vaters besudelt war. Jede andere Frau wäre wahnsinnig oder ohnmächtig geworden. Aber Maggie ...« Seine müden, angespannten Züge wurden etwas weicher.

»Als ich die Pferde nach einer Meile zügelte, mich

vorstellte und ihr versicherte, daß sie in Sicherheit sei, richtete sie eine Pistole auf mich. Sie war in ihrer Satteltasche versteckt gewesen. Ich werde den Anblick nie vergessen: Ihre Hände zitterten heftig, ihr Gesicht war so zugerichtet, daß selbst ihre Mutter sie nicht erkannt hätte, und sie hatte etwas durchgemacht, das ich nicht einmal Napoleon wünschen würde. Aber sie war nicht zerbrochen.« Nach einer langen Pause fügte er sanft hinzu: »Sie ist der stärkste Mensch, den ich je kennengelernt habe.«

Rafe bemerkte erst jetzt, daß er immer noch auf und ab lief, die Fäuste geballt, die Augen blind. Niemals in seinem Leben hatte er sich heftiger gewünscht, allein zu sein, den Schrecken zu verdauen, das Entsetzliche zu verarbeiten, das Maggie angetan worden war.

Mit eigenen Augen beobachten zu müssen, wie der Vater umgebracht wird; die erste sexuelle Erfahrung als Opfer einer Bande von Schweinen machen zu müssen . . . Wie hatte sie sich ihre geistige Gesundheit erhalten? Doch sie hatte nicht nur überlebt, sondern sich auch noch zu einer außergewöhnlichen Frau entwickelt. Zu all der hilflosen Qual, die er ihretwegen empfand, kam noch das Wissen seiner eigenen Schuld. Wenn er Maggie nicht so tief verletzt hätte, dann wäre sie überhaupt nicht in Frankreich gewesen. Es war nicht verwunderlich, daß sie ihm vorgeworfen hatte, für den Tod ihres Vaters verantwortlich zu sein. Es war die Wahrheit, und es gab nichts auf Gottes Erde, womit er jemals die Katastrophe wieder gutmachen konnte, die er indirekt ausgelöst hatte.

Der Aufruhr der Gefühle in seinem Inneren war unerträglich. Rafe, die Quintessenz zivilisierten Benehmens, sehnte sich inbrünstig danach, etwas Gewalttätiges zu tun – am liebsten hätte er Margots damalige Schänder mit bloßen Händen erwürgt.

Andreville las in Rafes Miene wie in einem Buch. »Wenn es Ihnen irgendein Trost ist: Die meisten Männer, die der Grand Armée vor so langer Zeit beitraten, sind höchstwahrscheinlich tot. Bleibt zu hoffen, daß jeder einzelne von denen langsam und qualvoll starb.«

»Ja, das bleibt zu hoffen«, sagte Rafe heiser. Er stellte sich einen dieser Männer vor, wie er von spanischen Partisanen zu Tode gefoltert wurde; einen anderen, der an Wundbrand nach zehn Tagen ohne Hilfe und allein mit einer Kugel im Bauch starb; einen dritten, der in der Weite Rußlands langsam erfror.

Doch selbst diese Vorstellung half nicht viel.

Langsam, jeden Muskel einzeln entspannend, zwang er sich zur Ruhe. Er mußte es tun, sonst würde er wahnsinnig werden.

Andreville war in seine Ecke zurückgekehrt und wieder aufs Stroh gesunken. Die Gefühle, die ihn bewegten, waren deutlich in seinem Gesicht zu lesen, und unter seinen Augen zeigten sich dunkle Ringe. Er liebte Margot schließlich auch – wie quälend mußte es für ihn sein, von diesen Ereignissen zu sprechen.

Als Rafe endlich wieder seine Beherrschung erlangt hatte, sagte er: »Ich nehme an, danach konnte es nur besser werden.«

»Ja, obwohl es mich in eine Art Dilemma brachte. Ich konnte Maggie kaum mitten in Frankreich stehenlassen, hatte aber eine wichtige Aufgabe zu erledigen. Als ich es ihr erklärte, antwortete sie, daß sie keinen Grund hätte, nach England zurückzukehren, ich könnte sie also ebensogut mitnehmen. Und das tat ich.

Ich nahm mir eine Wohnung in Paris. Wir gaben vor, Bruder und Schwester zu sein, letztere verwitwet. Für die Öffentlichkeit wurde sie Marguerite, für mich Maggie, weil sie sagte, sie wolle nichts mehr mit Margot

Ashton zu tun haben.« Noch bevor wir Paris erreichten, bat ich sie, mich zu heiraten, damit sie durch meinen Namens geschützt wäre. Natürlich dachte ich auch daran, daß sie ein stattliches Erbe bekommen würde, wenn mir etwas zustieße.«

Rafe schluckte, sagte dann hölzern: »Also sind Sie wirklich Ihr Ehemann.«

»Nein. Sie lehnte ab und meinte, man sollte nicht aus einem unglücklichen Umstand heraus heiraten. Statt dessen bot sie mir an, meine Geliebte zu werden, wenn ich es wünschte.«

So also hatte alles begonnen. »Es erstaunt mich, daß sie es überhaupt ertragen konnte, von einem Mann angefaßt zu werden«, bemerkte Rafe.

»Ich war genauso überrascht. Sie sagte jedoch, sie wolle schönere Erinnerungen sammeln, um die schlechten zu überdecken«, erklärte Andreville. »Ich hatte meine Zweifel, was dieses Arrangement betraf – die Überbleibsel der guten Erziehung wahrscheinlich –, aber ich willigte ein. Ich war selbst erst zwanzig und wollte noch nicht wirklich heiraten, und nur ein kompletter Narr würde das Angebot einer Frau, wie sie es ist, ablehnen.«

Obwohl Andreville das, was er getan hatte, undramatisch und eher spöttisch erzählte, wußte Rafe, daß es unendlicher Zärtlichkeit und Geduld bedurft hatte, um Margot zu helfen, diese entsetzlichen Erfahrungen zu vergessen, damit sie die leidenschaftliche Frau werden konnte, die sie war. Rafe war zutiefst dankbar, daß sie einen solchen Mann gefunden hatte. Mit gleicher Intensität warf er sich vor, daß er nicht derjenige gewesen sein konnte; als sie ihn am meisten gebraucht hatte, war er nicht dagewesen.

»Sie hatte großes Glück, auf Sie zu treffen.«

»Wir hatten beide Glück, auf den anderen zu treffen.

Seitdem haben wir zusammengearbeitet. Ich reiste quer durch Europa, manchmal gleich für Monate. Ich zog mit Armeen, überquerte den Kanal mit Schmugglern und unternahm eine ganze Menge anderer verrückter, anstrengender Dinge, die einem als großartiges Abenteuer erscheinen, wenn man jung und dumm ist.« Er lächelte bitter. »Als Kind rebellierte ich gegen die englische Ehrbarkeit, aber ich muß zugeben, daß die Auflehnung ihren Reiz verloren hat, seit ich dreißig geworden bin.

Wie auch immer – mein Zuhause war, wo immer Maggie wohnte. Gewöhnlich war das Paris. Sie führte ein ruhiges Leben, nicht wie jetzt, da sie die Gräfin spielt und sich innerhalb der Gesellschaft bewegt. Sie hatte ihr eigenes Informantennetz aufgebaut, und es stellte sich heraus, daß sie ein enormes Talent besaß, an Informationen heranzukommen. Den Rest kennen Sie.«

Rafe seufzte. »Wenn man bedenkt, daß ich zu dem Schluß gekommen bin, daß Sie der Spion innerhalb der Delegation sind.«

»Ach?« Andreville zog die Augenbrauen hoch.

Rafe erklärte, wie er seine eigenen Beobachter eingesetzt und entdeckt hatte, daß Andreville mit Margot, Roussaye und Lemercier zusammengetroffen war. Er erwähnte ebenfalls die Schlüsse, die er aus der enormen Geldmenge gezogen hatte, die Margot von ihrem Partner bekam.

»Auch wenn ihre Folgerungen falsch waren, *haben* Sie Talent für diese Art von Arbeit«, sagte Andreville. »Wenn man zurückblickt, wäre es wirklich besser gewesen, wenn Sie von Anfang an über mich Bescheid gewußt hätten. Aber wie ich schon sagte, wird einem die Heimlichtuerei zur Gewohnheit. Sie wissen, weshalb ich mich mit Roussaye traf. Was Lemercier betrifft – ich versuchte, herauszufinden, was er vorhatte, denn ich war absolut sicher, daß er etwas mit der Verschwörung zu tun hatte.«

»Und was ist mit dem Geld? Es war das stärkste Indiz gegen Sie.«

»Maggie wußte nicht, wieviel Whitehall für Informationen bezahlte, daher akzeptierte sie ohne Fragen, was immer ich ihr gab«, erklärte Andreville. »Ich habe ihr nie verraten, daß das meiste Geld direkt von mir kam, denn wahrscheinlich wäre sie ziemlich wütend geworden und hätte sich von mir getrennt, auch wenn ich einen Haushalt unterstützte, der genauso mein Zuhause war. Zudem wollte ich sicherstellen, daß sie genug besaß, um sich selbst zu unterhalten, sollte mein Schutzengel mich einmal verlassen.«

»Sie hätten sie als Erbin einsetzen können, auch wenn sie nicht ihre Frau ist.«

»Das habe ich schon, aber die Möglichkeit, daß ich einfach so verschwinde, war niemals gering. Wenn niemand weiß, wie oder ob ich gestorben bin, ist mein Vermögen auf ewig eingefroren.« Er warf Rafe einen neugierigen Blick zu. »Haben Sie Ihren Verdacht Maggie mitgeteilt?«

Rafe nickte, und Andreville fragte: »Und wie hat sie reagiert, als Sie sie zu überzeugen versuchten, daß ich ein Verräter bin? Sie weiß praktisch nichts über mein Vorleben, und es sprach ja eine Menge gegen mich.«

»Sie hat sich grundweg geweigert, mir zu glauben«, sagte Rafe reumütig, »und mich dann mit gezogener Pistole aus ihrem Haus geworfen. Und wenn Sie jetzt sagen wollen, Margot könnte mir ein paar Dinge über Loyalität beibringen, dann sparen Sie es sich ruhig – ich weiß es schon.« Zerstreut fuhr er sich mit den Fingern durchs Haar. »Vielen Dank, daß Sie mir das alles erzählt haben. Ich mußte es wirklich wissen.«

Rafe ließ sich ebenfalls wieder auf das Stroh nieder und versuchte erneut, seinen Kummer, sein Schuldgefühl und seinen Zorn unter Kontrolle zu bringen, bevor die Gefühle ihn überwältigten. Nun, da er das starke Band kannte, daß zwischen Andreville und Margot bestand, erkannte er, daß er niemals eine Chance haben würde, sie zurückzugewinnen.

Er dachte mit Selbstekel daran, daß er tatsächlich geglaubt hatte, er könnte sie mit seinen Verführungskünsten beeinflussen. Der einzige Grund, warum sie sich ihm in jener Nacht hingegeben hatte, war das Bedürfnis gewesen, die schrecklichen Erinnerungen vom Place du Carousel zu verdrängen.

Er hatte die Zerstörung ihres Lebens in Gang gesetzt, und es fiel ihm nur eine einzige Sache ein, die vielleicht *etwas* wiedergutmachen würde: Er durfte Andreville niemals wissen lassen, daß er, Rafe, diese eine Nacht in Margots Bett verbracht hatte. Selbst ein ausgesprochen toleranter Mann würde kaum entzückt sein, wenn er erfuhr, daß seine Geliebte mit einem anderen geschlafen hatte, und Rafe wollte nicht der Grund für eine Mißstimmung zwischen Margot und dem Mann ihrer Wahl sein. Er hatte sie schon zu oft verletzt.

Obwohl es ihn damals ziemlich viel gekostet hatte, war er nun heilfroh, daß er kein Risiko eingegangen war, Margot zu schwängern. Nun, da der Krieg vorbei war, mochte sie vielleicht eine Familie gründen wollen. Es wäre nicht leicht gewesen, Andreville ein schwarzhaariges Baby zu erklären.

Rafe schloß die Augen und legte den Kopf an die Wand. Was für eine bittere Ironie: Er hatte Margot helfen wollen, zu vergessen, und sich damit eine Erinnerung, einen Zauber erschaffen, der ihn ewig quälen würde. Wenn sie jemals an Rache gedacht hatte, dann hatte sie diese bereits bekommen. Müde sagte er: »Wenn wir hier jemals rauskommen, werden Sie sie dann heiraten, Lord Robert?«

Erst nach einer langen Weile gab Andreville Antwort: »Ich habe ganz sicher vor, sie zu fragen. Übrigens wäre es mir recht, wenn Sie mich nicht Lord Robert nennen würden. Dieser Name gehört zu einem anderen Leben, so wie die Frau, die für Sie Margot ist, für mich immer Maggie bleiben wird.«

»Wie möchten Sie dann genannt werden?«

»Meine Freunde nennen mich Robin.«

Waren sie also Freunde? Rafe war sich nicht sicher, aber es gab nun zweifellos ein Band zwischen ihnen, das aus Respekt, geteilter Gefahr und Liebe zu derselben, unvergleichlichen Frau entstanden war.

»Ich werde gewöhnlich Rafe genannt.« Er lächelte ein wenig. »Eigentlich heiße ich Rafael, aber wie Margot sagte, als wir uns zum ersten Mal trafen, war es ausgesprochen unpassend, mich nach einem Erzengel zu benennen.«

Sein Zellengenosse lachte, und das Schweigen, das dem folgte, war nicht unangenehm.

Kapitel 22

DER COMTE DE Varenne wird mich empfangen wollen«, versicherte Oliver Northwood dem tatterigen Butler von Chanteuil.

Der Dienstbote warf ihm einen zweifelnden Blick zu, wandte sich aber um und wackelte davon. Northwood, der dem Comte nicht zuviel Zeit zum Nachdenken geben wollte, folgte ihm lautlos. Als der Butler die Bibliothek betrat, um seinem Herrn den Besucher zu melden, stand der Engländer bereits an der Tür.

Der Comte saß an seinem Tisch, der mit Stapeln von Papieren voller Zahlen bedeckt war. Er verengte die Augen zu Schlitzen, als Northwood eintrat. »Kennen wir uns, Monsieur?«

»Aber natürlich, Comte Le Serpent. Oder darf ich Sie vor Ihren Dienstboten nicht so nennen?« erwiderte Northwood dreist. Er wollte von dem Comte als gleichwertiger Partner akzeptiert werden, denn die Rolle des niederen Gehilfen hatte er satt.

Die Kälte von Varennes Augen bestätigte seine Identität. Nach einer Weile jedoch huschte ein Lächeln über seine Lippen, und er entließ den Butler. »Die Dienerschaft ist kein Grund zur Besorgnis. Jeder hier auf meinem Anwesen, vom Koch bis zu meiner kleinen Armee, ist mir absolut ergeben und freut sich auf eine bessere Zukunft Frankreichs.« Er deutete mit einer Hand zu einem Stuhl. »Setzen Sie sich doch bitte, Monsieur. Wie ich sehe, habe ich Sie unterschätzt. Wie haben Sie von meiner wahren Identität erfahren?«

»Ihr Siegelring. Ich habe nach dem Wappen geforscht.« Northwood fand, daß es am besten war, sofort sein As aus dem Ärmel zu ziehen. »Übrigens habe ich bei einem guten Bekannten einen versiegelten Umschlag hinterlegt, in dem alles steht, was ich weiß. Sollte mir etwas zustoßen, wird der Brief an die richtige Stelle gebracht werden.«

»Solche Vorkehrungen sind nicht erforderlich, zumal es auch bald keiner Heimlichkeiten mehr bedarf.« Sein Blick wurde scharf. »Sie *haben* doch ausgeführt, worüber wir gesprochen haben?«

»Alles verlief, wie im Plan vorgesehen. In etwa vier Stunden sind die Hälfte der Diplomaten in Paris nur noch eine Erinnerung.«

»Sehr gut gemacht, *mon petit Anglais*, sehr gut.« Er blickte auf seine Uhr. »Ich bedaure, daß ich keine Zeit für einen Plausch habe, denn es gibt noch viel zu tun. Meine Soldaten müssen auf alles vorbereitet sein, was kommen kann, ich muß gewisse Dinge in die Wege leiten, die nach der Explosion sofort wichtig werden . . ., tausend Kleinigkeiten.« Er steckte die Uhr wieder ein. »Sind Sie gekommen, um sich Ihren Bonus abzuholen?«

»Dies, und auch um sicherzugehen, daß Sie mich auf Ihrem Weg nach oben nicht vergessen.« Northwood entspannte sich ein wenig. Trotz des gefährlichen Aufblitzens in Varennes Augen, als er eben eingetreten war, zeigte sich nun, daß dieser umgängliche Aristokrat weniger bedrohlich war, als Northwood befürchtet hatte.

»Ich verspreche Ihnen, daß ich Sie nicht vergessen

werde.« Der Comte lächelte sanft. »Aber wie ich schon sagte, ich habe im Augenblick sehr viel zu tun. Vielleicht möchten Sie sich die nächsten Stunden mit der Gräfin Janos vergnügen?«

Northwood fuhr sich mit der Zunge über die Lippen. »Sie haben Sie also. Kann ich sie jetzt sehen?«

»Wenn Sie möchten. Wie ich gerade schon bemerkte, haben Sie gute Arbeit geleistet, so daß es Ihr Recht ist, für Ihre Mühen belohnt zu werden. Folgen Sie mir.«

Varenne führte seinen Gast eine Treppe hinauf, dann einen staubigen Flur entlang, bis sie an eine Tür gelangten. Er zog einen Schlüssel aus der Innentasche und gab ihn Northwood. »Schließen Sie die Tür ab. Sie ist ein trickreiches Weib, und ich will nicht, daß sie in diesem Schloß herumläuft.«

Northwoods Hand schloß sich gierig um den Schlüssel. Er hatte lange auf diesen Moment gewartet. »Ich werde sie zu sehr beschäftigen, als daß sie Ärger bereiten könnte.«

»Dann viel Spaß, aber lassen Sie mir etwas übrig, Monsieur Northwood. Ich möchte sie selbst gerne ausprobieren, wenn ich etwas weniger Arbeit habe.«

Zustimmend nickend steckte Northwood den Schlüssel ins Schloß.

Es hatte sie fast wahnsinnig gemacht, in Madame Daudets Haus zwei Stunden warten zu müssen, bis die alte Dame erwachte, aber die Zofe hatte sich unnachgiebig gezeigt. Ihre Herrin würde nicht früher geweckt werden. Hélène hatte kaum ihre Ungeduld zügeln können. Sie hatte zwar das Buch gefunden, in dem sie das Wappen mit der dreiköpfigen Schlange der d'Auguste-Familie entdeckt hatten, ansonsten war sie aber mit sich und ihren Sorgen allein. Es war dumm, daß sie nicht schon früher mit Madame Daudet über das Wappen gesprochen hatten, aber zum damaligen Zeitpunkt war es schließlich nur eines von vielen Möglichkeiten gewesen.

Endlich erschien Madame Daudet, um ihre Besucherin zu begrüßen. Die alte Dame schien kaum mehr als schwarze Spitze und zerbrechliche Knochen, doch in dem einst sicher sehr schönen Gesicht lagen noch Entschlossenheit und Kraft. »Was kann ich denn heute für Sie tun, Kind? Ist Ihre hübsche blonde Freundin auch hier?«

»Nein, Madame. Ich bin hier, weil ich mir Sorgen um sie mache«, antwortete Hélène. »Gräfin Janos und ein paar Freunde sind verschwunden, und meine einzige Spur ist das Wappen der d'Auguste. Können Sie mir etwas über die Familie sagen?«

Die alte Dame schürzte die Lippen. »Da gibt es wenig zu sagen, denn die direkte Linie ist ausgestorben. Es hat in den letzten fünfzig Jahren, schätze ich, keinen d'Auguste mehr gegeben.«

Hélènes Enttäuschung war so bitter, daß sie sie schmecken konnte. Sich an den Strohhalm klammernd, fragte sie: »Was ist denn vor fünfzig Jahren geschehen?«

»Hm, mal sehen . . .«, murmelte Madame Daudet, während sie in ihrer Erinnerung nachforschte. »Der letzte Sproß der d'Auguste war ein Mädchen namens Pauline. Sie heiratete den Comte de Varenne, und ihr alter Name erlosch. Pauline war die Mutter des jetzigen Comte. Ein seltsames Mädchen. Die d'Auguste hatten einen großen Anteil schlechten Blutes.«

»Varenne!« schrie Hélène. Sie dankte Madame Daudet hastig und stürzte aus der Wohnung auf die Straße hinaus. Sie wußte immer noch nicht, was sie tun sollte, aber wenigstens hatte sie nun die Gewißheit, wer Le Serpent war.

Michel Roussaye zog die Stirn in Falten, als er die Notizen überflog, die er nach Besuchen in einem Dutzend Clubs und Cafés gesammelt hatte, in denen Bonapartisten sich zum Spielen und Trinken trafen und in Erinnerungen an die glorreichen Tage des alten Imperiums schwelgten. Die Erwähnung Henri Lemerciers hatte leere Blicke und Abscheu erzeugt. Gelegentlich starrte man ihn nur an und stritt ab, einen Mann dieses Namens je gekannt zu haben.

Der fehlende Informationsfluß war nicht besonders erstaunlich, denn es war in der jetzigen Zeit in jeder Hinsicht klug, Diskretion zu bewahren, aber Roussaye war etwas anderes aufgefallen, das in der Tat beunruhigend war. In jedem Café waren Gerüchte von einer anstehenden Veränderung zu hören gewesen. Einige Male hatte er sogar von Le Serpent flüstern hören, einem Mann, der Frankreich wieder zu der Größe zurückführen würde, die dem Land gebührte. Zwei oder drei Männer, die sich an Roussayes Spitznamen in der Armee erinnerten, hatten sogar indirekt nachgefragt, ob er vielleicht der Besagte sei.

Roussaye hatte heftig bestritten, in etwas Derartiges verwickelt zu sein, aber die Andeutungen waren schlimm genug. Obwohl die meisten Offiziere wie er müde und gewillt waren, dem Frieden endlich eine Chance zu geben, gab es immer noch ein paar Hitzköpfe, die in den Tagen großartiger Siege am glücklichsten gewesen waren. Solche Männer sahen nicht, welchen hohen Preis ihr Vaterland für die flüchtige Süße des Ruhms hatte bezahlen müssen.

Noch alarmierender war allerdings die Nachricht, die sein Diener erhielt, als er versuchte, dem Duke of Candover eine Botschaft zu bringen: Der Duke war am vorangegangenen Nachmittag weggegangen und bisher nicht heimgekehrt. Roussaye fluchte leise vor sich hin. Zuerst Robert Anderson, dann Gräfin Janos und nun noch Candover; die Katastrophe würde bald hereinbrechen.

Ungeduldig stand er auf und beschloß, zu Silves' zu gehen, ein weiteres beliebtes Bonapartisten-Café. Es wurde immer wichtiger, herauszufinden, für wen Lemercier gearbeitet hatte.

Maggie saß in einem schäbigen Ohrensessel und versuchte, einen französischen Roman zu lesen, während Rex sich auf dem Fußboden neben ihr räkelte. Im Augenblick lag er auf dem Rücken und streckte seine pelzigen Pfoten in die Luft. Wenn er nicht geschnurrt hätte, hätte man ihn für tot halten können. Es war schade, daß sie sich selbst nicht so herrlich entspannen konnte.

In den letzten vierundzwanzig Stunden hatte sie über ihre Lage nachgedacht und alle möglichen Pläne geschmiedet, um Varenne zu entkommen, und nun gab es nichts zu tun, als zu warten. Mit einem Seufzen legte sie das Buch auf das Tischchen und beugte sich hinunter, um Rex zu kraulen.

Die Katze bot ihr weit bessere Zerstreuung als das Buch, denn der Diener, der ihre Wünsche erfüllt hatte, schien gedacht zu haben, daß Frauen nur den allergrößten Schund lesen wollten. Abgesehen von den Charakteren, die zu absurd waren, als daß man sie sich vorstellen konnte, handelte es sich um eine Spionagegeschichte, die reiner Schwachsinn war. Der Autor hatte keine Ahnung, was für ein wenig glamouröses Geschäft das Spionieren war.

Im Augenblick hätte Maggie viel darum gegeben, selbst die ödeste Spionagearbeit zu machen. Entführt zu werden, mochte im Buch ja ein aufregendes Erlebnis sein, doch im wirklichen Leben war es teils beängstigend, teils einfach todlangweilig. Nachdem sie das Wenige an Vorbereitungen getroffen hatte, das ihr möglich war, blieb jetzt wirklich nur noch das Warten.

Ein Schlüssel knirschte im Schloß. Da das Mittagessen bereits serviert worden war, mußte es sich um Varenne handeln – oder schlimmer: um den Partner, dem er sie versprochen hatte. Sie rieb die feuchten Handflächen an ihrem Rock und setzte sich gerade hin, während Rex sich unter dem Bett versteckte.

Als Oliver Northwood durch die Tür kam, war sie fast erleichtert. Der Mann war ein ekelhafter Dummkopf, ein Frauenschänder und ein Landesverräter, aber wenigstens eine bekannte Größe, die weder die Intelligenz noch die berechnende Klugheit eines Varenne besaß. Nun hatte sie vielleicht eine Chance.

Während er die Tür wieder hinter sich abschloß, befahl sie sich energisch, den Schrecken der Vergewaltigung zu vergessen. Sie mußte das offene Fenster vergessen, das ein Ende von Panik und Qual versprach, mußte alles vergessen, außer der Rolle, die zu spielen sie beschlossen hatte. Wenn sie es nicht gut machte, würden ihre Alpträume zu grausamer Realität werden.

Northwood wandte sich zu ihr um, und die Gier war ihm in sein breites, fleischiges Gesicht geschrieben. Er erwartete sicher, sie verängstigt zu sehen, ja wahrscheinlich würde er sich sogar darüber freuen. Vermutlich würde er sich sofort auf sie stürzen, wenn sie nur das kleinste Anzeichen von Furcht zeigte oder zu betteln begann.

Nun, wenn sie ihn mit konventioneller Höflichkeit behandelte, hatte sie eine gute Chance, daß er darauf mit gleichem Verhalten reagieren würde. Also stand sie auf und zauberte ihr schönstes Lächeln aufs Gesicht. »Mr.

Northwood, was für eine Freude! Ich hatte mir so gewünscht, daß Sie es wären, aber der Comte wollte mir nichts verraten, der böse Schelm. Setzen Sie sich doch.« Sie deutete auf den Brokatsessel, den sie an den Tisch geschoben hatte. »Möchten Sie vielleicht ein Glas Wein?«

Vollkommen überrascht gehorchte Northwood augenblicklich und setzte sich.

Wie eine Hausherrin im eigenen Salon schenkte Maggie Wein aus dem Krug vom Mittag in ihr Glas und reichte es ihrem Besucher. »Hier, bitte sehr. Verzeihen Sie, daß es nur ein ganz einfacher Wein ist, aber etwas Besseres kann ich Ihnen leider nicht anbieten.«

Immer noch verdattert nahm er das Glas aus ihrer Hand. »Sie sind froh, mich zu sehen?«

»Aber natürlich! Ich habe immer schon eine Schwäche für Sie gehabt, wissen Sie das nicht?«

»Das haben Sie mir aber auf verdammt merkwürdige Weise gezeigt, Margot Ashton«, sagte er aggressiv. »Sie haben mich doch immer wie Dreck behandelt.«

Sie setzte sich auf einen Stuhl ihm gegenüber und ordnete verstohlen die weichen Musselinfalten ihres Rockes so, daß eine Andeutung ihres Knöchels zu sehen war. Am Morgen hatte sie beträchtlich viel Zeit darauf verwandt, ihr Haar zu der lockeren Frisur zu kämmen und zu stecken, die für ein Boudoir angemessen war. Ebenso hatte sie an dem Ausschnitt ihres Kleides ein paar Änderungen vorgenommen. Und wie aus Northwoods Gesichtsausdruck zu schließen war, hatten ihre Bemühungen den gewünschten Effekt.

Sie stieß ein reizendes Seufzen aus. »Oje, ich hatte immer gehofft, daß Sie es verstehen könnten. Wir sind schließlich verwandte Seelen . . ., ich habe es immer schon gespürt.«

Offenbar genoß Northwood nun ihre Koketterie, denn er lehnte sich zufrieden in seinem Sessel zurück. Dennoch wollte er sich nicht ganz so schnell einlullen lassen. »So? Verwandte Seelen? Warum sind Sie dann immer so abweisend zu mir gewesen? Damals, in London, und diese letzten Wochen auch? Candover behandeln Sie nie auf diese Art.«

»Natürlich nicht.« Sie legte einen Hauch Verärgerung in ihre Stimme. »Der Mann ist krankhaft eifersüchtig. Wenn er in der Nähe ist, kümmere ich mich lieber nicht um andere Männer. Übrigens sind Sie viel klüger als er. Er erwähnte einmal, daß ich aussähe wie ein Mädchen, das er einst gekannt hat, aber obwohl wir doch sogar verlobt waren, hat er mich bisher noch nicht erkannt! Dieser Dummkopf glaubt wirklich daran, daß ich eine ungarische Gräfin bin.«

Northwood kippte ein Drittel seines Weines hinunter. »Oh, ich bin wirklich ziemlich gerissen, obwohl ich es in der Botschaft kaum zeige. Die halten sich alle da für etwas Besseres.« Er brütete einen Moment vor sich hin. »Warum kriegt Candover also eine Sonderbehandlung?«

»Weil er reich ist natürlich«, erwiderte Maggie und riß ihre Augen auf, um ihm einen unschuldigen Blick zuzuwerfen. »Sie glauben doch nicht ernsthaft, daß irgendeine Frau aus einem anderen Grund mit einem Mann wie ihm ihre Zeit verschwendet?«

»Sie reden doch Unsinn«, sagte Northwood heftig. »Der Bastard hat schon immer jede Frau bekommen, die er haben wollte – meine Frau eingeschlossen.«

»Nun, er war ja auch schon immer sehr, sehr reich, nicht wahr?« antwortete Maggie. »Oh, er sieht nicht schlecht aus, aber er ist ein Langweiler. Im Bett und auch außerhalb.« Sie kicherte keß, dann bat sie im Geiste um Verzeihung für die nächste gewaltige Lüge, die sie von sich geben wollte. »Wirklich, Oliver – ich darf Sie doch Oliver nennen? –, wenn Candover sich auf seine körperlichen Vorzüge beschränken müßte, um eine Geliebte an sich zu binden, dann würde sich keine Frau zu einer zweiten Runde einfinden.«

Offenbar war es das, was Northwood hatte hören wollen. Er beugte sich aufgeregt vor. »Wie männlich ist er denn dann?« fragte er begierig.

»Na, na, eine Dame spricht nicht über solche Dinge. Sagen wir einfach, wo man sich auf das Größte freut, muß man sich bei ihm mit dem Geringsten zufriedengeben.« Sie kicherte wieder und rutschte ein wenig im Sessel umher, um Verfügbarkeit zu signalisieren. »Außerdem ist er ein Dreißig-Sekunden-Wunder ohne einen Hauch von Phantasie. Ja, er will sogar nicht einmal . . .«

Sie listete ein paar exotische Variationen zum allgemeinen Thema auf und studierte dabei zufrieden Northwoods Gesichts, dem die Augen vor Vorfreude bald aus den Höhlen quollen.

Sie legte den Kopf schief und tat, als würde sie nachdenken. »Abgesehen davon, daß ich all das herrliche Geld damals verlor, war ich ziemlich erleichtert, ihn nicht heiraten zu müssen. Er ist nämlich nicht nur langweilig und eifersüchtig, sondern auch schrecklich prüde und steif. Aber mit achtzehn war ich so stolz darauf, daß ich mir den Erben eines Herzogtums geangelt hatte, daß ich mich nicht darum kümmerte, wie er wirklich war.«

»Dann müssen Sie mir ja dafür danken, daß ich Ihre Verlobung gelöst habe.«

Maggie spürte einen kalten Schauder ihr Rückgrat herablaufen, aber sie brachte ein Schnurren zustande. »Wie meinen Sie das?«

»Es war ganz leicht. Sie haben recht, Candover ist nicht gerade schlau. Jedermann konnte sehen, daß er bis über beide Ohren in Sie verliebt war. Dazu brauchte es keine offizielle Verkündung.«

»Ja, er ist mir hinterhergelaufen wie ein Hündchen«, stimmte sie zu.

Northwood nippte an seinem Glas, seine Miene war plötzlich finster. »Ich konnte ihn noch nie leiden. Wir waren zusammen in der Schule. Meine Herkunft ist so gut wie seine – und verdammt viel besser als die von seinem Zigeunerfreund –, aber Candover war sich ja immer zu gut, um sich mit Leuten wie mir abzugeben. Nur weil er ein Vermögen besaß und einen großen Titel erben würde, tat er so, als wäre er dadurch etwas Besseres als ich. Aber ich beobachte die Menschen, wissen Sie. Ich kenne Ihre Schwächen.«

Maggie unterbrach seinen Strom Eigenlob und lockte ihn wieder zu dem ursprünglichen Thema zurück. »Was war denn seine Schwäche?«

»Na, Sie natürlich. Er glaubte, daß Sie so rein und perfekt waren, und ich beschloß, er sollte herausfinden, daß er sich irrte.« Northwood blickte sie herausfordernd an. »Obwohl Sie es geschafft hatten, ihn vollkommen zu überzeugen, wußte ich genau, daß soviel Tugend nicht wahr sein konnte. Mir war von Anfang an klar, daß Sie nur ein kleines, gieriges Flittchen waren.«

Margot mußte schlucken, bevor sie einen bewundernden Blick zustande brachte. »Gut beobachtet, Oliver. Und was taten Sie also?«

»Einen Abend waren ein paar von uns unterwegs, tranken und hatten Spaß. Als ich wußte, daß Candover in Hörweite war, beschrieb ich einfach, wie Sie im Garten auf einem Ball für mich die Beine breitgemacht hatten. Ich tat, als ob ich zu besoffen war, um zu bemerken, wie indiskret ich redete, aber ich wußte genau, was ich sagte.« Northwood grinste bösartig. »Candover sah aus, als hätte man ihm in den Bauch getreten. Er stand auf und verschwand, und dann hörte ich als nächstes, daß Sie London verlassen hatten.«

Maggie starrte auf das gerötete, selbstzufriedene Gesicht und spürte das Blut in ihren Adern gefrieren. Obwohl ihre Meinung von Northwood niemals hoch gewesen war, mußte sie den Schock erst einmal verdauen, daß er das bösartige Gerücht in die Welt gesetzt hatte, das so katastrophale Folgen gehabt hatte. Er war in der Tat auf niedere Art genial: Etwas, das ein Mann scheinbar versehentlich und für andere Ohren bestimmt sagte, war weit effektiver, als eine direkte Verleumdung es gewesen wäre. Kein Wunder, daß Rafe an jenem Morgen halb wahnsinnig vor Schmerz und Eifersucht zu ihr gekommen war. Sein Mangel an Vertrauen war zwar immer noch verletzend, aber nun konnte sie ihn weit besser verstehen.

Aber auch wenn ihr förmlich übel war, wagte sie nicht, ihrem Gefühl nachzugeben. Wenn sie ihre Selbstbeherrschung verlor, würde sie dieser Bestie gnadenlos ausgeliefert sein. So schürzte sie ihre Lippen zu einem Schmollmund. »Wirklich, Oliver, das war aber gar nicht nett von Ihnen. Es hat ihm wehgetan – und glauben Sie mir, er hat es *sehr* schlecht aufgenommen –, aber Sie haben auch mir eine Menge Probleme damit geschaffen. Wenn Sie mich für sich selbst hätten haben wollen, dann hätten Sie doch nur eine angemessene Weile bis nach der Hochzeit warten müssen.«

»Sie wären an einer Affäre interessiert gewesen?« fragte Northwood skeptisch, wollte sich jedoch offensichtlich überzeugen lassen.

»Aber natürlich wäre ich das.« Sie blickte wehmütig ins Leere. »Wenn ich erst den Ring am Finger gehabt hätte, hätte ich alles tun können, was ich wollte. Candover ist viel zu stolz, um seinen Namen mit einer Scheidung zu besudeln, egal was seine Frau tun mag. Oh, ich hätte ihm schon einen Erben geboren – fair ist immerhin fair. Aber danach . . .« Ihr Lächeln war unendlich auffordernd.

Maggie stand auf und schenkte den Rest Wein in Northwoods Glas, wobei sie darauf achtete, ihm einen guten Einblick in ihren Ausschnitt zu bieten. Dann setzte sie sich wieder, schlug die Beine übereinander und zeigte ihm ein gutes Stück einer wohlgeformten Wade.

»Bevor wir uns dem Vergnügen hingeben, könnten Sie nicht meine Neugier befriedigen? Ich frage mich die ganze Zeit, was Sie und Varenne geplant haben.«

Northwood streckte den Arm aus und drückte grob eine ihrer Brüste. Wäre sie zusammengezuckt, hätte das seine Zweifel verstärken können, also lächelte sie ihn nur anzüglich an.

Northwood ließ sich nicht zweimal bitten, wenn es darum ging, von seiner Gerissenheit zu prahlen. »Wir jagen heute nachmittag die britische Botschaft in die Luft.«

Ihre Augen weiteten sich unwillkürlich. »Ist das möglich? Aber dazu wird man doch sicher eine Unmenge an Schwarzpulver brauchen.«

»Nun, eigentlich wird nur ein bestimmter Teil des Gebäudes explodieren, aber dort, wo sich alle wichtigen Personen aufhalten.« Seine Hand glitt über ihr Mieder und zwickte sie in die Brustspitze.

Maggie mußte jeden Fetzen Selbstbeherrschung aufwenden, um ihn nicht zu ohrfeigen. Sie rief sich in Erinnerung, wie viele Leben hiervon abhingen, und streichelte sein Knie, als hätte dieses Schwein sie schon erregt. »Ich habe gehört, daß alle wichtigen Versammlungen momentan in Castlereaghs Schlafzimmer abgehalten werden«, sagte sie kehlig.

»Genau, und darunter liegt eine Kammer. Ich habe sie voll Pulver gestopft, und es wird heute nachmittag um vier hochgehen. Niemand wird das Zeug finden, denn ich habe den Schlüssel hier bei mir.« Er klopfte auf seine Jackentasche.

»Oh, dann müssen Sie schon so bald gehen! Ich hatte gehofft, daß Sie eine Weile bei mir bleiben könnten.« Dann fragte sie, als wäre es ihr gerade erst in den Sinn gekommen: »Ist es denn nicht schrecklich gefährlich für Sie, die Ladung zu zünden?«

»Tja, genau da war Klugheit gefragt«, prahlte Northwood. »Ich habe eine Kerze in die Kammer gestellt. Wenn sie niedergebrannt ist, wird die Flamme eine Pulverspur entzünden, diese läuft zu den Kisten, und *bumm*! Jeder, der sich in Castlereaghs Schlafzimmer befindet, wird in blutige Fetzen gerissen.«

Maggie schauderte, dann gab sie sich Mühe, Aufregung vorzutäuschen. »Wie genial! Ich wünschte, ich hätte auch meinen Part bei einer so wichtigen Sache!«

Northwoods Blick bohrte sich in sie. »Ach, wirklich? Ich dachte, Sie wäre die loyale kleine britische Spionin!«

»Wie kommen Sie denn auf *die* Idee? Wenn Sie ein Jemand ohne großartige Herkunft sind wie ich, dann nehmen Sie das Geld, wo immer es herkommt.«

Nun, da sie wußte, was geschehen sollte, mußte sie handeln, und wenn sie es nicht rasch tat, dann wäre ihr die Initiative aus der Hand genommen. Sie stand auf und streckte sich provozierend, indem sie die Arme über den Kopf erhob. Sein lüsterner Blick glitt über die Rundung ihrer Brüste.

»Ich tat, was notwendig war, um an Geld zu kommen, Oliver.« Mit einem anzüglichen, leisen Lachen reichte sie ihm die Hand. Er nahm sie und zog sie auf seinen Schoß, genau wie sie es erwartet hatte.

»Aber manche Dinge tue ich auch nur für mich selbst . . .«

Heftig atmend zerrte er ihr Kleid von einer Schulter und packte ihre nackte Brust. Sie blickte ihm tief in die Augen und beendete den Satz: ». . . und dies wird das reine Vergnügen sein.« Dann neigte sie den Kopf zu ihm hinunter und murmelte: »O Oliver . . .«

Dann, als seine Lippen sich grob auf ihre preßten, hob sie den Porzellankrug, den sie zu diesem Zweck sehr sorgfältig auf dem Tischchen plaziert hatte, und schlug ihn mit aller Kraft auf Northwoods Schädel.

Das Geräusch war widerlich, und Wasser strömte über sie beide. Northwoods Augen sahen sie ungläubig an, bevor er zur Seite kippte und den Sessel und Maggie mit sich riß.

Der Sturz preßte ihr die Luft aus den Lungen, aber sie rappelte sich rasch wieder auf. Sie hatte sowohl Angst, ihn umgebracht, als auch nicht fest genug zugeschlagen zu haben. Doch zu ihrer Erleichterung war er zwar bewußtlos, aber am Leben.

Am Morgen hatte sie die Vorhangkordeln abgelöst und benutzte sie jetzt, um seine Hand- und Fußgelenke zusammenzubinden. Dann fesselte sie die Beine an den schweren Tisch und riß einen Streifen Stoff vom Vorhang und knebelte ihn.

Als nächstes durchsuchte sie seine Taschen. Außer dem Schlüssel zu diesem Zimmer fand sie einen Ring mit diversen anderen Schlüsseln in seinem Rock. Da sie nicht wußte, welcher zu der besagten Kammer gehörte, nahm sie alle mit.

Nachdem sie die Tür aufgeschlossen hatte, blickte sie vorsichtig den Flur auf und ab. Niemand war zu sehen.

Sie warf dem schwarzen Kater, der sich an ihrem Knöchel rieb, einen Blick zu. »Komm, Rex, mein Lieber. Jetzt suchen wir Robin.«

In Silves' Café ließ sich Roussaye an einem Tisch nieder, an dem Raoul Fortand saß, ein Mann, mit dem er in Italien gedient hatte. Sobald er konnte, sprach er das Thema Henri Lemercier an.

Fortand spuckte auf den Boden. »Dieses Schwein. Er war immer ein Schwein, und vor seinem Tod konnte er es auch noch beweisen.«

Mit beschleunigtem Puls beugte sich der General vor. »Warum? Was hat er getan? Und für wen?«

Fortand zuckte die Schultern. »Gott weiß – jedenfalls irgend etwas Illegales. Ich hörte, daß er für den Comte de Varenne arbeitete. Es hieß, Varenne war nach Talleyrand als Premierminister vorgesehen, aber als der König Richelieu wählte, muß er wohl sehr wütend gewesen sein. Vielleicht wollte Varenne, daß Lemercier den neuen Premier tötete.«

Roussaye dachte einen Augenblick nach. Varennes Anwesen lag eine knappe Stunde außerhalb von Paris und war ideal für Verschwörungen und Gefangene. Vielleicht irrte Roussaye sich, aber sein Instinkt forderte von ihm, der Sache nachzugehen. Und dies schnell.

Also erhob er sich, sah sich im Café um und zählte etwa zwei Dutzend Männer, von denen viele frühere Waffenkameraden waren. *»Mes amis!«* rief er mit lauter, befehlsgewohnter Stimme.

Schweigen senkte sich über die Männer, als sich alle Köpfe zu ihm wandten.

Roussaye kletterte auf den Stuhl, damit ihn auch jeder sehen konnte. »Freunde, ich habe soeben von einem üblen Komplott der Royalisten gegen den Duke of Wellington erfahren. Es heißt, er soll ermordet und den Bonapartisten die Schuld in die Schuhe geschoben werden. Männer wie wir, die wir unserem Vaterland treu gedient haben, werden verfolgt und Frankreich an den Rand eines Bürgerkriegs getrieben werden.«

Das Schweigen war absolut. Roussaye sah die vertrauten Gesichter: Moreau, der seinen Arm bei Waterloo verloren hatte; Chabrier, einer der wenigen Überlebenden des katastrophalen Moskau-Feldzugs; Chamfort, mit dem er in Ägypten die Unterkunft geteilt hatte. Mit sanfterer Stimme fuhr er fort: »Wir können die Wahrheit – und vielleicht eine schöne Lady – in Chanteuil finden, auf dem Besitz des Comte de Varenne. Werdet ihr mit mir kommen?«

Erst zögernd, dann entschlossen standen die Männer nacheinander auf und traten zu Roussaye, um ihm ihre Hilfe anzubieten. Seine Stimme über das Gemurmel erhebend, rief Roussaye: »Alle, die Pferde und Waffen haben – folgt mir. Zusammen werden wir ein letztes Mal für Frankreich reiten!«

Hélène Sorel war zwei Häuserblocks gerannt, bevor die Erschöpfung und die Vernunft sie zu einem langsameren Schritt zwang. Sie war nun sicher, daß Varenne Le Serpent war. Das Fehlen eines eindeutigen Motivs hatte seine Aktivitäten verschleiert. Aber, gütiger Himmel, was sollte sie denn nun tun?

Und während sie noch voll quälender Unentschlossenheit an der Ecke zur Faubourg St. Germain stand, hörte sie Hufschlag eines galoppierenden Pferdes, das plötzlich neben ihr anhielt. Sie blickte auf und sah Karl von Fehrenbach, der sich vom Pferd schwang.

»Madame Sorel, ich bin sehr froh, Sie zu sehen. Ich habe nachgedacht und . . .« Plötzlich bemerkte er ihre unglückliche Miene und fragte: »Was ist passiert?«

Die Vernunft sagte Hélène natürlich, daß er in der Nähe wohnte, so daß es kein großer Zufall war, daß er gerade jetzt hier vorbeikam. Doch als sie seine breiten, starken Schultern sah, fiel es ihr schwer, etwas anderes zu glauben, als daß der Himmel ihn geschickt hatte. Der Oberst war ein einflußreicher Mann, und da er bereits wußte, daß sie Informationen beschaffte und weitergab, würde er vielleicht ihre Geschichte glauben.

Nach einer kurzen Weile, in der sie ihre Gedanken ordnete, quoll die ganze Geschichte aus ihr heraus: die Verschwörung, das Verschwinden der drei Engländer, ihre Erkenntnis, daß Varenne hinter dem Komplott stecken mußte, und ihre Vermutung, daß in Chanteuil alle Antworten zu finden seien.

Der Oberst lauschte, ohne sie zu unterbrechen, und seine hellblauen Augen beobachteten sie dabei aufmerksam. Als Hélène zum Ende ihrer Geschichte kam, schwang er sich wieder auf das Pferd und streckte ihr dann die Hand entgegen. »Es gibt eine preußische Kaserne an der Rue St. Cloud. Dort bekomme ich ein paar Männer, mit denen ich zu Varennes Anwesen reiten kann.«

Als sie noch zögerte, drängte er ungeduldig: »Um Zeit zu sparen, müssen Sie mitkommen und uns den Weg nach Chanteuil zeigen. Wenn Sie recht haben, dürfen wir keine Minute verlieren.«

Hélène nahm seine Hand, und er zog sie mühelos auf das Pferd und setzte sie vor sich. »Aber was, wenn ich mich irre?« fragte sie ängstlich.

»Wenn Sie sich irren, dann haben Sie etwas gutzumachen.« Der ernste Preuße lächelte nicht wirklich, aber das Funkeln in seinen Augen war beinahe schelmisch zu nennen. Zum ersten Mal, seit sie ihn kannte, glaubte sie, daß er wirklich erst vierunddreißig Jahre alt war wie sie.

Hélène wurde sich auf einmal bewußt, wie nah sie seinem schlanken, muskulösen Körper war und welche Wärme der Arm ausstrahlte, der sie festhielt. Einen Augenblick lang verschwand die ernste und erfahrene Witwe, und sie errötete wie ein junges Mädchen.

Dieses Mal lächelte von Fehrenbach tatsächlich. Dann trieb er dem Pferd seine Fersen in die Flanken, und sie galoppierten davon.

Kapitel 23

OBWOHL SIE SICH darüber klar waren, wie schlecht ihre Chancen standen, beschlossen Rafe und Robin, das nächste Mal, wenn jemand die Zelle betrat, einen Ausbruchsversuch zu unternehmen. Nicht lange, nachdem das Mittagessen gebracht worden war, knirschte der Schlüssel im Schloß. Augenblicklich nahmen die beiden die Positionen ein, die sie vorher abgesprochen hatten. Da Robin nicht gerade in bester Verfassung war, um zu kämpfen, räkelte er sich müßig im Stroh herum, während Rafe sich in dem Winkel hinter der Tür verbarg, um sich auf den zu stürzen, der auch immer eintreten mochte.

Die Tür schwang mit einem Quietschen auf, und Rafe machte sich zum Sprung bereit. Dann huschte Margot in die Zelle. »Robin, bist du hier?« flüsterte sie eindringlich.

Rafe konnte gerade noch seinen Absprung bremsen. Margot hatte ihn nicht einmal gesehen, sondern stob durch die Zelle, sank neben Robin ins Stroh und umarmte ihn heftig. »Gott sei Dank, du bist in Ordnung! Ich hatte solche Angst . . .«

Robin zuckte zusammen, als sie seinen verletzten Arm drückte, erwiderte aber ihre Umarmung. »Mir gehtes ganz gut, Maggie. Übrigens haben wir Verstärkung bekommen.« Er warf einen Blick auf seinen Mitgefangenen.

Margot wandte den Kopf, um seinem Blick zu folgen. »Rafe!«

Sie starrten einander die Ewigkeit von zwei Herzschlägen an. Mit ihrem goldenen Haar, das sich offen über ihre Schultern ergoß, sah sie aus wie eine Walküre. Rafe machte unwillkürlich einen Schritt auf sie zu, zwang sich dann aber, stehenzubleiben, als er einen Ausdruck von Angst über ihr Gesicht zucken sah.

Fürchtete sie, er könne etwas tun, was in Robins Gegenwart nicht angebracht war? Sie küssen vielleicht oder ihr etwas von Liebe vorstammeln? Nun, sie brauchte sich keine Sorgen zu machen. »Ich bin froh, daß du unversehrt bist, Margot. Noch froher übrigens, daß der Kerkerschlüssel an der Tür hing.« Es war eine ziemliche banale Bemerkung, aber er hoffte, sie würde begreifen, daß er keinesfalls vorhatte, ihr irgendwelche Probleme zu schaffen.

Sie schien verstanden zu haben, denn ihre Miene glättete sich. »Ich weiß nicht genau, ob ich froh sein soll, dich hier zu sehen, oder bekümmert, daß auch du gefangengenommen worden bist.«

Dann wandte sie sich wieder Robin zu und runzelte die Stirn, als sie die Schlinge entdeckte. »Du siehst aber nicht besonders gut aus, Robin. Was ist mit deinem Arm passiert?«

Obwohl sie es alle eilig hatten, wegzukommen, tauschten sie erst einmal die wichtigsten Informationen aus. Als Margot zu dem Punkt kam, wie das Schwarzpulver im Kabinett explodieren sollte, starrten sie die Männer entsetzt an. »Verflucht!« rief Rafe.

»Robin, gibt es irgendeine Chance, daß jemand die Kerze riecht und das Zeug findet, bevor es zu spät ist?«

Mit grimmigem Gesicht schüttelte Robin den Kopf. »Praktisch keine. Die Kammer befindet sich auf einem Flur, den so gut wie nie jemand betritt. Selbst wenn jemand Verdacht schöpfen sollte, verschwendet man wahrscheinlich zuviel Zeit mit der Suche nach einem Schlüssel, und Maggie hat vielleicht den einzigen.«

Rafe konsultierte rasch seine Uhr. »Wir haben zwei Stunden, um hier rauszukommen und zur Botschaft zu gelangen. Ich habe nur eine vage Vorstellung vom Grundriß dieses Schlosses. Weiß einer von euch beiden genug über den Besitz, um einen guten Fluchtweg vorzuschlagen?«

Robin schüttelte wieder den Kopf. »Leider nein. Da ich bewußtlos hergeschleppt wurde und direkt in der Zelle landete, habe ich nicht mal den Hauch einer Ahnung.«

»Ich habe mich ein bißchen umsehen können, als ich nach Robin gesucht habe«, sagte Margot. »Obwohl Varenne mir sagte, Robin stecke direkt unterhalb meines Zimmers, habe ich eine Ewigkeit gebraucht, um die Zelle zu finden. Die unteren Stockwerke sind ein wahres Labyrinth aus Dienstbotentreppen und Gängen. Zum Glück laufen hier nicht viele Leute herum. Ich habe zwar einmal Stimmen gehört, aber mir ist niemand begegnet.«

»Ich schätze, das beste wäre, Pferde zu stehlen und dann in einem Höllentempo zur Botschaft zu reiten. Vielleicht schaffen wir es gerade noch rechtzeitig«, schlug Robin vor. »Wenn man uns entdeckt, müssen wir uns trennen und hoffen, daß wenigstens einer von uns durchkommt.«

Als Rafe die Zellentür öffnete, spürte er etwas an seinem Fußknöchel. Er sah hinunter und entdeckte eine flauschige schwarze Katze, die sich kokett an seinem

Bein rieb. »Wo zum Teufel kommt dieses Vieh denn her?«

»Das ist Rex.« Margot beugte sich hinunter und nahm den Kater auf den Arm. Während er sich schnurrend an ihre Brust kuschelte, erklärte sie: »Er hat mir oben Gesellschaft geleistet. Da ich ihn gefüttert habe, sind wir jetzt Freunde fürs Leben. Ich denke, ich nehme ihn als eine Art Maskottchen mit.« Sie sah Rafe argwöhnisch an, als erwartete sie Protest.

Natürlich war die Idee absurd, aber die Art, wie Margot die Katze auf dem Arm hielt, deutete an, daß Rex ihr irgendwie Trost spendete. »Ich bin mir nicht sicher, ob wir hier ein Drama oder eine Farce spielen«, sagte er leicht gequält. »Nimm ihn mit, wenn du willst, aber laß ihn laufen, wenn er dich irgendwie aufhält. Er ist weit weniger in Gefahr als wir.«

Dann hielt er die Tür für seine Gefährten auf. »Wir sollten jetzt gehen. Und wenn jemand von euch ein paar Gebete kennt, dann soll er sie bitte jetzt sprechen.«

Als Oliver Northwood wieder zu sich kam, stellte er fest, daß er pitschnaß, gefesselt und geknebelt war. Wilder Zorn ließ ihn schnell wieder klar denken. Er zog und zerrte an seinen Fesseln und fluchte dabei lautlos auf diese kleine Schlampe, die ihm dies hier eingebrockt hatte. Er hätte sie sofort vergewaltigen sollen, statt auf ihre Süßholzraspelei hereinzufallen.

Die durchweichten Vorhangkordeln dehnten sich, als er sie belastete. Er fluchte wieder, diesmal aber aus Dankbarkeit, daß er offenbar Glück im Unglück hatte. Nach zehn Minuten Ringen und Sichwinden war er frei.

Er sprang auf die Füße und durchwühlte seine Taschen. Natürlich waren die Schlüssel fort. Also begann er an die Tür zu hämmern und zu rufen. Wieder hatte er

Glück. Ein Diener in der Nähe hörte ihn, und kurz darauf war Northwood aus seinem Gefängnis heraus.

Er hastete zu Varennes Bibliothek und stürmte hinein, ohne anzuklopfen. Der Comte saß immer noch über seinen infernalischen Plänen an seinem Schreibtisch. Er blickte verärgert auf.

»Sie ist abgehauen«, keuchte Northwood. »Die kleine Hure läuft frei im Schloß herum!«

Der Comte musterte den blutverschmierten, aufgelösten Eindringling. »Eine zarte Frau, die nur so halb so groß ist wie Sie? Ich habe Sie offenbar doch überschätzt.«

Northwood errötete vor Ärger. »Kein Grund, ausfallend zu werden. Diese kleine Ratte mit dem Engelsgesicht könnte einen Heiligen durcheinanderbringen. Sie ist gefährlich!«

»Ja, und das auf sehr attraktive Weise«, murmelte Varenne, eher amüsiert als alarmiert. Dann klingelte er nach einem Diener. »Sie kommt nicht weit. Im übrigen – was kann eine einzige Frau schon ausrichten?«

Northwood wand sich mit Unbehagen. »Sie weiß, was heute nachmittag in der Botschaft passieren wird.«

»Was?! Sie Idiot! Warum haben Sie es ihr gesagt?« Die Lippen des Comte kräuselten sich vor Abscheu. »Sie brauchen nicht zu antworten. Offenbar wollten Sie angeben. Mein Respekt vor Miss Ashton wächst stündlich.«

In diesem Moment trat ein Lakai ein. »Die Frau ist entkommen«, sagte Varenne zu ihm. »Alle Diener sollen die Suche nach ihr aufnehmen.« Er warf Northwoods blutendem Kopf einen spöttischen Blick zu. »Die Leute sollen Waffen mitnehmen und zu zweit gehen. Sie ist eine kleine, wilde Bestie.«

Sobald der Comte zu Ende gesprochen hatte, begann der Lakai mit eindringlicher Stimme zu reden. »Milord, ich wollte Ihnen gerade mitteilen, daß die Lady die zwei Engländer befreit hat. Sie laufen irgendwo im unteren Bereich frei herum.«

Die Ruhe des Comte war im Handumdrehen verschwunden, und er sprang auf die Füße. »Himmel! Allein war sie vielleicht ein kleines Risiko, aber alle drei zusammen sind eine echte Gefahr. Sag dem Suchtrupp, sie sollen schießen, wenn nötig, obwohl ich es vorziehe, wenn sie mir die drei lebend bringen. Sie dürfen auf keinen Fall Chanteuil verlassen.«

Der Lakai nickte und verschwand. Als Northwood ihm folgen wollte, hielt Varenne ihn auf. »Wo wollen Sie hin?«

»Suchen helfen. Ich will derjenige sein, der sie findet.«

»Ich brauche Sie für etwas anderes«, erwiderte der Comte, der seine Beherrschung wiedergefunden hatte. »Der untere Teil meines Hauses besteht aus unzähligen Gängen, in denen sich die Gefangenen ewig verstecken können. Das wäre ärgerlich, aber keine Katastrophe. Sie dürfen nur nicht die Stallungen erreichen und Pferde stehlen. Wenn sie das schaffen, könnten sie rechtzeitig in Paris ankommen und meinen Plan zunichte machen. Deswegen werden Sie und ich in den Ställen warten, bis es zu spät ist, die Explosion noch zu verhindern.«

»Also gut, Hauptsache diese verräterische Schlampe bezahlt für das, was sie getan hat«, knurrte Northwood.

»Keine Angst, das wird sie.« Varenne griff in eine Schublade und holte eine Mahagonikiste heraus, in der sich zwei Duellpistolen befanden. Er lud beide und bot Northwood eine an. »Ich denke doch, Sie wissen damit umzugehen?«

Der Engländer sah die Waffe finster an. »Keine Sorge, ich bin ein Meisterschütze.«

Schon als sie die Treppe hinuntergingen, hörte man in der Ferne das Krachen eines Schusses. Der Comte nickte zufrieden. »Vielleicht ist unsere Wache im Stall ja gar nicht mehr notwendig. Nun, wir können kein Risiko eingehen.«

Bevor sie nach draußen gingen, erteilte der Comte den Befehl, einen Trupp Soldaten versteckt um die Ställe zu postieren. Selbst wenn die Briten bis dorthin kamen, weiter würden sie es nicht schaffen.

Varenne nahm einen Fußweg zu den Stallungen, die am unteren Hang des Hügels errichtet worden waren. Auf beiden Seiten des breiten, langen Mittelgangs befanden sich Boxen. Die meisten Verschläge waren belegt, und in der Luft hing der schwere Geruch von Tieren und süßem Heu.

Ein paar Pferde wieherten leise zur Begrüßung, doch Varenne ignorierte sie und wandte sich nach rechts, um einen langen, schmalen Raum zu betreten, in dem Geschirre und Zaumzeug hingen. Northwood folgte ihm. »Warum wollen wir denn hier warten?«

»Weil ich immer noch hoffe, sie lebend zu erwischen, Sie Dummkopf«, erwiderte der Comte mit ärgerlicher Ungeduld. Er ging zum Fenster am anderen Ende der Kammer und starrte hinaus. »Sehen Sie sich das an.«

Der Engländer gesellte sich zu ihm, sah aber nichts. »Was ist? Was soll ich mir ansehen?«

»Das.« Hinter Northwood erklang das unmißverständliche Geräusch einer Pistole, die entsichert wird. Schockiert wirbelte Northwood herum und blickte in den Lauf von Varennes Waffe.

»Sie haben Ihre Aufgabe als Helfer beendet, *mon petit Anglais*«, sagte der Comte kalt. »Sie sind zu dumm, um zu begreifen, wo Ihr Platz ist, und ich schätze Ihre Versuche, mich zu erpressen, wirklich gar nicht. Für erwiesene Dienste wollte ich Ihnen zumindest den Spaß mit der Gräfin gönnen, aber Sie haben ja sogar das verdorben. Ich möchte nun keine Zeit mehr mit Ihnen vergeuden.«

»Du verdammter Franzosen-Bastard!« In hektischer Verzweiflung versuchte Northwood, seine eigene Pistole hervorzuziehen, doch er bekam keine Chance mehr dazu. Gelassen drückte Varenne ab. Die Waffe bockte in seiner Hand, und das Krachen in dem kleinen Raum war ohrenbetäubend.

Die Wucht der Kugel schleuderte Northwood an die Wand. Er stieß einen atemlosen Laut aus und preßte beide Hände auf seine Brust. Dann rutschte er mit einer Miene, als könne er nicht glauben, was geschah, langsam an der Wand hinab und fiel vornüber.

Varenne trat zu der leblosen Gestalt und stieß ihr mit der Fußspitze in die Rippen. Die einzige Reaktion, die er bekam, war ein dünnes Rinnsal Blut, das sich unter dem Körper ausbreitete.

Gewöhnlich beschäftigte sich der Comte nicht direkt mit dem Tod; es war eine unangenehme Angelegenheit. Mit einer Grimasse des Abscheus wandte er sich ab. Die Dienstboten konnten die Waffe später holen. Es reichte schon, daß er die Kammer mit einer Leiche teilen mußte. Aber er hatte vermeiden wollen, den Teppich in der Bibliothek mit Northwoods Blut zu verderben, und hatte ihn deswegen erst hierher gelockt.

Varenne lud seine Pistole nach. Eine Waffe und das Überraschungselement sollten ausreichen, die entflohenen Gefangenen wieder in die Gewalt zu bekommen. Alles was er tun mußte, war, diese kleine unberechenbare Gräfin zu bedrohen, und schon würden ihre Liebhaber spuren. Diese Narren.

Maggie hielt besorgt ein Auge auf Robin, während sie sich schnell durch die dunklen Gänge bewegten. Obwohl er das Tempo der anderen hielt, sah man ihm die Anstrengung an, die es ihn kostete. Sie hatte größtes Vertrauen in seine Willenskraft, dennoch sprach sie ein stummes Gebet, daß seine Kräfte anhalten würden, bis sie aus Chanteuil geflohen waren.

Die Sorge um Robin hatte den angenehmen Nebeneffekt, daß sie nicht über Rafe nachdenken mußte. Trotz der Situation, in der sie sich befunden hatten, war ihre erste Reaktion auf seine Anwesenheit reine, unkomplizierte Freude gewesen. Doch seine kalte Zurückhaltung hatte sie schnell auf ihren Platz verwiesen. Er konnte es offenbar nicht erwarten, ihre Mission zu erfüllen, damit er sie niemals wiedersehen mußte.

Aber nun war weder die Zeit noch der Ort, um über persönliche Probleme nachzugrübeln. Sie riß sich heftig von ihrem Kummer los und wandte ihre Aufmerksamkeit dem Hier und Jetzt zu. Um aus dem Schloß zu gelangen, mußten sie mindestens zwei Stockwerke höher hinauf und dann einen Nebeneingang finden.

Während sie durch die Gänge hasteten, machten sie fast kein Geräusch. Das Schloß schien wie ausgestorben. Sie eilten eine Treppe hinauf und wandten sich dann nach rechts, ohne eine Menschenseele zu entdekken.

Dann verließ das Glück sie. Sie hatten fast das Ende des Flures erreicht, als direkt vor ihnen zwei Gestalten mit Waffen um die Ecke bogen.

»Lauft, ihr zwei!« brüllte Rafe, während er sich schon auf den ersten der beiden Männer stürzte.

Maggie erstarrte. Sie wollte Rafe nicht alleinlassen. »Komm schon, Maggie«, fauchte Robin, packte ihren Arm und zerrte sie den Weg zurück, den sie gekommen waren.

Sie sträubte sich einen qualvollen Augenblick, doch Robins Hand um ihren Arm ließ ihr keine Wahl. Mit Rex über ihrer Schulter, rannte sie an Robins Seite davon, als das häßliche Krachen eines Schusses von den Steinwänden widerhallte.

Weil die preußische Kaserne etwas abseits der Hauptstraße von St. Cloud lag, entdeckten Oberst von Fehrenbachs Husaren den französischen Trupp erst, als sie nur noch eine halbe Meile von Chanteuil entfernt waren. Die Preußen hatten eine Abkürzung genommen, die nun im rechten Winkel in die Hauptstraße mündete.

Mit scheuenden und wiehernden Pferden kamen beide Gruppen vollkommen ungeordnet zum Stehen, bevor es zur Kollision kommen konnte. Als die uniformierten preußischen Kavalleristen den bewaffneten französischen Offizieren gegenüberstanden, herrschte zunächst feindseliges Schweigen. Die Luft zwischen ihnen schien zu knistern, und ein einziger Funke hätte eine Explosion auslösen können. Ein Franzose stieß einen wütenden Fluch aus, und ein nervöser Husar hob seine Muskete.

Doch bevor die Situation eskalierte, riß von Fehrenbach seine Hand hoch. »Nein!«

Hélène befand sich neben dem Oberst auf einem Pferd, das man ihr in der preußischen Kaserne geliehen hatte. Als sie nun Michel Roussaye erkannte, trieb sie ihr Pferd auf die freie Fläche zwischen den beiden Gruppen und schrie: »Nicht schießen! Wir sind Freunde!«

Das Erscheinen der attraktiven Frau als Vermittlerin entspannte die Lage augenblicklich, zumal durch das Fehlen von schicklicher Reitkleidung entzückend viel Bein zu sehen war. Oberst von Fehrenbach folgte ihr, und er und Roussaye trafen sich in der Mitte der beiden Parteien.

Nach einem knappen Informationsaustausch, wohin und warum die zwei Trupps unterwegs waren, runzelte der Oberst einen kurzen Moment die Stirn. »Vielleicht sollten wir uns zusammentun, General Roussaye.«

Roussaye zog die Brauen hoch und sah ihn skeptisch an. »Franzosen und Preußen vereint?«

Der Oberst warf einen Blick auf Hélène, die in nervöser Spannung etwas abseits wartete. »So etwas sollte nicht unmöglich sein, wenn man das gleiche Ziel hat.« Er streckte dem anderen die Hand entgegen. »Also, reiten wir gemeinsam?«

Langsam erschien ein Lächeln auf Roussayes Gesicht, und er ergriff die Hand des Preußen. »Also gut, Oberst. Statt immer zurückzusehen, sollten wir vorwärtsmarschieren – gemeinsam!«

Kapitel 24

OBWOHL RAFES ANGRIFF die beiden Männer überrumpelte, riß der größere der beiden seine Flinte herum und feuerte aus beiden Läufen. Rafe schaffte es gerade noch, die Waffe nach oben zu schlagen, so daß der Schuß in die Decke ging, doch das Krachen war ohrenbetäubend, und ein Querschläger streifte sein Handgelenk.

Unbeirrt schwang der größere die leere Flinte über seinen Kopf, um sie als Keule zu benutzen. Doch bevor er zuschlagen konnte, trat ihm Rafe heftig zwischen die Beine. Der Kerl brüllte auf und klappte zusammen.

Froh über die Erkenntnis, daß er offenbar keine der Lektionen aus den Tavernenprügeleien seiner Collegezeit vergessen hatte, wirbelte Rafe zu dem anderen Schurken herum, der sich ungeschickt mit seiner Waffe beschäftigte. Bevor er etwas erreichte, verpaßte ihm Rafe einen rechten Haken, der einen mittleren Ochsen gefällt hätte.

Inzwischen hatte der andere sich ein wenig erholt und stürzte sich auf Rafe, doch der Angriff war kläglich, und Rafe trat nur einen Schritt zur Seite, um den Mann mit einem Schlag in den Nacken zu Boden zu schicken, wo er neben seinem Gefährten liegenblieb.

Rafe packte beide Flinten und die Munitionssäckchen. Ohne sich damit aufzuhalten, die leere Flinte nachzuladen, rannte er den Gang hinter Margot und Robin her. Die ganze Begegnung hatte weniger als eine Minute gedauert, und an der nächsten Ecke hatte er die beiden eingeholt.

Rafe sah so verwegen und attraktiv aus, daß Maggie stehengeblieben wäre, um ihn zu bewundern, wenn sie nur die Zeit dafür gehabt hätte. Mit einem kurzen Blick auf die zwei Flinten keuchte sie: »Ich bin beeindruckt, Euer Hoheit. Ich wußte gar nicht, daß man in Jacksons Salon auch lernt, wie man sich prügelt.«

»Tut man auch nicht, aber ich habe eine liberale Universitätsausbildung genossen«, gab Rafe mit einem Lachen in der Stimme zurück.

Am Ende des Flurs befand sich eine Tür. Robin zog sie auf, und sie standen zwei weiteren Dienstboten buchstäblich von Angesicht zu Angesicht gegenüber. Da Maggie bereits halb durch die Tür hindurch war, prallte sie voll mit Varennes Männern zusammen.

Der Zusammenstoß drückte ihr die Luft aus den Lungen, doch Rex, der sich bisher mit erstaunlicher Passivität hatte herumschleppen lassen, hatte noch mehr darunter zu leiden. Der Kater schoß senkrecht in die Luft und stieß den haarsträubenden Schrei von katzenhafter Wut aus.

Dann landete er auf dem Kopf des Dieners, mit dem Maggie zusammengeprallt war. Seine scharfen Krallen zerfetzten und zerschlitzten die Haut des Mannes. Als der Mann mit blutüberströmtem Gesicht schreiend zusammenbrach, stieß Rex sich ab und sprang zu Boden. In einem Sekundenbruchteil war die schwarze Katze in dem Gang hinter dem Diener verschwunden.

Rafe zerrte Maggie zurück und knallte die Tür vor den demoralisierten Männern zu. Während sie den Flur wieder zurückliefen, fauchte er ihr zu: »Du wirst *nicht* hinter der verfluchten Katze herlaufen.«

Maggie war zu sehr außer Atem, um etwas anderes als ein bissiges »Ja, Euer Hoheit« zu erwidern.

»Erstaunlich«, bemerkte Rafe, als sie in eine andere Abzweigung rannten. »Das ist das erste Mal, daß von Ihnen kein Widerspruch kommt, Gräfin.«

»Dann genieß es«, gab sie knapp zurück. »Es war nämlich auch das letzte Mal!«

Mit dem gutmütigen Spott war es vorbei, als sie die Kreuzung zweier Gänge erreichten. Wieder tauchten zwei bewaffnete Männer vor ihnen auf, die offenbar durch den Schuß kurz zuvor alarmiert worden waren. Maggie warf einen Blick über die Schulter und entdeckte, daß die zwei katzengeschädigten Männer sich ebenfalls erholt hatten und hinter ihnen herkamen.

»Nach rechts!« befahl Rafe. »Und nehmt die hier.« Er drückte ihnen eine Flinte und das Pulversäckchen in die Hände. Während sie und Robin den rechten Flur entlangstoben, hob Rafe die Flinte. Er feuerte einen Lauf nach vorne, wirbelte dann herum und schoß den zweiten Lauf nach hinten leer. Er zielte nicht erst lange, sondern verließ sich darauf, daß die Schüsse seine Angreifer entmutigen würden. Dann ließ er die Waffe sinken und rannte hinter seinen Gefährten her.

Als Maggie sah, daß Robin kurz vor dem Zusammenbruch stand, stoppte sie an einer Tür. Sie war verschlossen. Mit einem stummen Gebet suchte sie nach dem Schlüssel, den sie mitgenommen hatte, als sie Northwood eingeschlossen hatte. Zu ihrer unglaublichen Erleichterung paßte der Schlüssel, und die Tür öffnete sich, um eine Treppe nach oben freizugeben.

Als Rafe wieder zu ihnen stieß, sagte sie: »Gott sei Dank, daß die Schlösser in diesem Gebäude so alt und in so einem schlechten Zustand sind. Wahrscheinlich paßt ein Schlüssel für alle. Kommt weiter!«

Doch statt ihr zu folgen, ließ sich Robin gegen die Wand sinken. Sein Gesicht war weiß wie ein Laken. »Ich kann nicht . . . mithalten. Ihr schafft es nie, wenn ihr auf mich Rücksicht nehmt«, keuchte er. »Laßt mich mit einer geladenen Flinte zurück, vielleicht kann ich euch ein bißchen mehr Zeit verschaffen.«

Bevor Maggie etwas sagen konnte, mischte sich Rafe ein. »Seien Sie kein Idiot«, fauchte er. Er schlang seinen Arm um Robins Taille und zog ihn zur Treppe.

Maggie schloß die Tür wieder ab und folgte dann den Männern hinauf. Mit etwas Glück ahnten ihre Verfolger nicht, daß ihre Beute diese Treppe gefunden hatte.

Sie schienen mindestens zwei Stockwerke hinaufgestiegen zu sein, bevor sie wieder an eine Tür kamen. Dahinter befand sich ein Flur, der breiter und besser erhalten war, als die anderen. Das bedeutete, sie hatten den Teil des Schlosses erreicht, in dem der Hausherr lebte. Nach dem Tumult unten war es hier oben unheimlich still.

Rafe setzte Robin an einer Wand ab, wo er sich anlehnen konnte, und lud dann die Flinten nach. »Nach dem Einfallswinkel des Lichts zu schließen, liegt der Fluß links, also müssen wir nach rechts, um aus diesem verdammten Schloß zu kommen.«

Maggie sah Robin sorgenvoll an. »Kannst du noch ein bißchen länger durchhalten?«

Robin war kalkweiß, und Schweißperlen bedeckten seine Stirn, aber er mühte sich wieder auf die Füße. »Jetzt, wo ich wieder ein bißchen zu Atem gekommen bin, geht es ganz gut. Mach dir keine Sorgen. Ich bin schon in schlechterem Zustand hundert Meilen geritten.«

»Lügner.« Zärtlich strich sie ihm eine schweißverklebte Strähne aus der Stirn. »Zum Glück haben wir keine hundert Meilen vor uns.«

Beim Anblick der intimen Geste fühlte Rafe sich auf

einmal mehr als je zuvor wie ein Außenseiter. Im Geiste schwor er sich, still und heimlich zu verschwinden, wenn diese Sache vorbei war. Sie sollten nicht einmal merken, daß er fort war. »Wir müssen weiter«, sagte er gepreßt. »Varenne hat behauptet, eine kleine Armee zu besitzen, und wahrscheinlich steckt die draußen zwischen Schloß und Stallungen. Margot, bereite dich darauf vor, diese Flinte hier zu benutzen.«

Sie nickte ernüchtert, und er schickte ein Dankgebet zum Himmel, daß ihr Vater ihr all diese undamenhaften Dinge beigebracht hatte. Er war ebenso dankbar für Robins Talent, seine eigenen Grenzen kühl einzuschätzen. Mit etwas Glück würden sie es lebend schaffen.

Nachdem sie ein paar Minuten gesucht hatten, fanden sie eine Treppe, die zum Parterre führte. »Die Türen sind sehr wahrscheinlich bewacht«, sagte Rafe leise. »Am besten suchen wir also ein Zimmer nach Osten und klettern dort aus dem Fenster.«

Kurz darauf schlichen sie die Treppe hinab und entdeckten bald ein schäbiges Boudoir, dessen Fenster nur fünf Fuß über dem Erdboden lag. Rafe öffnete das Fenster und half Margot und Robin hinaus, dann sprang er leichtfüßig hinterher. »Sollen wir mal ausprobieren, ob die Stallungen von Varennes Armee bewacht werden?«

»Hoffentlich nicht.« Margot wog ihre Flinte in der Hand. »Uns rinnt die Zeit durch die Finger.«

Eine ernüchternde Bemerkung. Auch wenn die Rettung ihrer eigenen Leben allerhöchste Priorität hatte, war das ganz und gar nicht ihre einzige Sorge.

Als die französisch-preußische Truppe die Tore von Chanteuil erreichte, war niemand weit und breit zu sehen, und das Tor war verschlossen. Hélène beobachtete angespannt, wie von Fehrenbach abstieg und an dem Gitter rüttelte. Endlich tauchte ein steinalter Torwächter auf.

Der Oberst gab seiner Stimme einen Befehlston. »Im Namen Marschall Blüchers und der Alliierten Besetzungsarmee! Öffnen Sie!«

Da der Torhüter sich nicht rührte, rief Roussaye: »Wenn Sie gehorchen, wird Ihnen nichts geschehen.«

Die Versicherung des Franzosen hatte den besseren Effekt als der Befehl des Preußen, und nach einer Minute nervöser Versuche ging das Tor endlich auf. Die Reiter strömten hinein. Als die Husaren auf das Grundstück ritten, ertönte vom Schloß auf dem Hügel das Krachen von Gewehrfeuer. Von Fehrenbach wandte sich zu Hélène um. »Warten Sie hier, Madame Sorel. Wir kümmern uns um Varenne und seine Schurken.«

Sie nickte, und ihre müden Hände krampften sich um die Zügel. »Bitte . . ., seien Sie vorsichtig.«

Er nickte und deutete einen militärischen Gruß an. Dann trieb er seinem Pferd die Sporen in die Flanken.

Hélène sah den Männern nach, wie sie die Auffahrt hinaufgaloppierten, und betete, daß sie rechtzeitig kamen.

Maggie und ihre Gefährten konnten niemanden auf dem vernachlässigten Pfad zwischen Schloß und Ställen entdecken. Das offene Gelände bot erschreckend wenig Dekkung, und sie waren erleichtert, als sie die Stalltür erreichten. Rafe schob den Riegel zurück, trat dann mit der Waffe im Anschlag ein wenig zur Seite, um die Tür mit einem Tritt zu öffnen.

Die Vorsichtsmaßnahmen waren unnötig; im Stall schienen sich nur Pferde zu befinden. Wahrscheinlich waren die Stallburschen zur Suche im Schloß abgezogen worden.

Rafe überblickte rasch das Innere. »Robin, suchen Sie

die besten Pferde heraus. Margot, sieh nach, ob du Zaumzeug findest. Ich halte Wache.«

Die zwei anderen nickten, und sie verschmolzen augenblicklich zu einem gut funktionierenden Team. Während sie sich nach der Sattelkammer umblickte, dachte Margot, wie erstaunlich gut sie für drei Menschen zurechtkamen, die geborene Führernaturen und daher nicht daran gewohnt waren, Befehle zu befolgen.

Ihr Gedankengang wurde brutal unterbrochen, als sie durch eine Tür trat und sofort mit einem eisernen Griff gepackt wurde. Bevor sie ihren Gefährten eine Warnung zurufen konnte, preßte sich eine Hand auf ihren Mund. Margot wand sich heftig in dem Griff, doch sie hatte der Kraft ihres Angreifers nicht viel entgegenzusetzen. Brutal verdrehte er ihr den Arm, bis sie die Flinte fallenlassen mußte. Dann drehte er ihren Kopf langsam, daß sie ihn sehen konnte.

Sie starrte in die schwarzen Augen des Comte de Varenne. Er zeigte sein übliches unverbindliches Gesellschaftslächeln und rammte ihr den Lauf einer Duellpistole an die Schläfe. Es würde ein blauer Fleck werden, wenn sie lange genug lebte.

»Ich gratulieren Ihnen, daß Sie meinen Männern entkommen konnten«, sagte er ein wenig atemlos von der Anstrengung, sie zu überwältigen. »Ich bin nicht wirklich überrascht – Sie und Ihre Liebhaber sind wirklich würdige Gegner. Waren Sie schon einmal alle drei zusammen im Bett? Das würde erklären, warum Sie so harmonisch miteinander umgehen.«

Varenne erwartete natürlich keine Antwort, sondern schob sie vor sich her durch die Tür und zurück in den Boxengang. Dort angelangt, nahm er die Hand von ihrem Mund und schlang seinen Arm um ihre Mitte, so daß ihre Arme hilflos an ihre Seiten gepreßt wurden. »Nun dürfen Sie schreien, soviel Sie wollen, Gräfin.«

Beim Klang von Varennes Stimme wirbelte Robin herum. Sein wütender Fluch alarmierte auch Rafe, der sich umdrehte, dann mitten in der Bewegung innehielt und entsetzt erstarrte.

»Ich bin sicher, keiner von Ihnen, Gentlemen, möchte, daß Ihrer reizenden Gräfin etwas geschieht«, fauchte Varenne. »Lassen Sie die Waffe fallen, Candover. Dann heben Sie beide hübsch die Hände in die Höhe und kommen in die Mitte des Gangs.«

Rafe zögerte nicht. Er warf die Flinte zu Boden und trat neben Robin.

Margots Gesicht war schneeweiß, und ihre Augen verrieten Furcht, doch ihre Stimme war ruhig. »Laßt euch nicht aufhalten. Er hat nur eine Duellpistole mit einem Schuß, und er kann uns nicht alle drei erwischen.«

»Auch wenn die Gräfin den bewundernswerten Entschluß zur Selbstopferung zeigt, würde ich Ihnen nicht empfehlen, Dummheiten zu machen, meine Herren.« Varenne begann, mit Maggie als Schild vor sich, zur Tür zurückzuweichen. »Meine Männer haben sich draußen versteckt, und Sie können niemals entkommen. Ich habe mir diese Mühe gemacht, weil ich Sie lieber lebendig haben möchte, aber ich warne Sie. Die kleinste Bewegung von Ihnen, und ich puste der Lady den Kopf weg.«

Als Oliver Northwood langsam wieder zu Bewußtsein kam, erkannte er, daß er starb. Unter ihm war zuviel Blut, und ihm war entsetzlich kalt. Zuerst glaubte er, die Stimmen in seinem Kopf zu hören. Doch dann erkannte er, daß die Menschen, die er mehr als alles andere auf der Welt haßte, nur wenige Schritte von ihm entfernt miteinander redeten.

Das Wissen, wie nah seine Feinde waren, gab ihm neue Energie. Obwohl die kleinste Bewegung ihn übermenschliche Kraft kostete, hatte er noch ein paar Reserven – und bei Gott, er würde sie nutzen.

Er brauchte eine Ewigkeit, um sich auf die Knie zu heben, eine weitere, auf die Füße zu kommen. Dankbar stellte Northwood fest, daß er immer noch Varennes Duellpistole besaß. Er entsicherte sie, was sehr viel Zeit in Anspruch nahm, da er kein Gefühl mehr in den Fingern hatte.

Die Wunde in seiner Brust blutete nicht stark – wahrscheinlich schon nicht *mehr* –, und er wußte sehr genau, was er zu tun hatte. Blinzelnd, um einen klaren Blick zu haben, taumelte er durch die Sattelkammer, indem er sich stets an einer Wand abstützte, um nicht zu Boden zu stürzen. Es blieb ihm nicht mehr viel Zeit, aber es mußte reichen. Er würde die töten, die er am meisten haßte.

Für Rafe war die Szenerie wie ein Gemälde aus der Hölle: Er und Robin reglos mit erhobenen Händen, Varenne, der zentimeterweise zur Tür zurückwich, Maggie vor ihm mit goldenem Haar, das über ihre Schultern floß, ihr unbewegtes Gesicht bleich und angespannt. Obwohl er fast von seinem Zorn verzehrt wurde, machte Rafe nicht die kleinste Bewegung, um den Comte zu reizen.

Dann kam in unheimlicher Lautlosigkeit eine blutüberströmte Gestalt aus der Sattelkammer hinter Varenne getaumelt. Das Gesicht von Haß und Wut verzerrt, hob Oliver Northwood eine Pistole. Der Lauf bewegte sich hin und her, als er versuchte, die Waffe zwischen Varennes Schulterblätter auszurichten.

Einen Augenblick war Rafe unfähig zu handeln, da er nicht wußte, ob Northwoods Schuß Maggie retten oder eher in Gefahr bringen würde. Dann begriff er, daß Varennes Hand sich verkrampfen und die leichtgängige Duellpistole auslösen würde, wenn er getroffen wurde. »Vorsicht, Varenne! Northwood ist hinter Ihnen!«

»Ich dachte, Sie hätten etwas Besseres auf Lager, Candover!« knurrte der Comte. »Der Trick ist alt.«

Varenne war nicht schnell genug, um zu erfassen, was es bedeutete, daß Rafe Northwood beim Namen genannt hatte, doch das Aufblitzen in Maggies Augen zeigte ihm, daß sie verstanden hatte.

Northwood hörte und sah nichts. Er wußte nur, was er tun wollte, und hob die andere Hand, um die Waffe ruhig zu halten. Dann drückte er mit hämisch verzerrtem Gesicht ab.

Das Donnern veränderte die Szene in einem Sekundenbruchteil. Der Schuß schleuderte Varenne nach vorn, und sein Gewicht riß Maggie mit. Doch durch Rafes Warnung alarmiert, hatte sie bereits begonnen, sich aus Varennes Griff zu winden, als die Pistole losging.

Sie versuchte noch, der Mündung von Varennes Waffe zu entkommen, als diese schon explodierte. Schießpulver brannte auf ihrer Wange. Varennes schwerer Körper riß sie zu Boden, und sie blieb reglos liegen. Warmes Blut floß ihr über das Gesicht; vielleicht war sie tödlich verwundet und spürte nur keinen Schmerz mehr ...

Dann wurde die Leiche des Comte von ihrem Körper gezerrt, und Rafe half ihr, sich aufzusetzen. »O Gott, Margot, alles in Ordnung?« Er barg ihr Gesicht sanft an seiner Brust und untersuchte, abwechselnd leise fluchend und betend, ihre Schläfe.

Maggies Lippen waren wie ausgedörrt. »Ich ... ich glaube, das ist Varennes Blut«, brachte sie mühsam hervor.

Rafe umarmte sie so fest, daß sie befürchtete, ihre Rippen würden brechen. Sie zitterte heftig, und das Atmen fiel ihr schwer, weil ihr Gesicht an die kratzige Wolle seines Rockes gedrückt wurde. Doch trotz der Unbequemlichkeit ihrer Position wünschte sie sich im Augenblick nichts weiter, als die Zeit anzuhalten und für ewig sicher und warm in seinen Armen geborgen zu sein.

Robins Stimme riß sie in die Realität zurück. »Varennes Männer werden jeden Augenblick hier hereinströmen, um zu sehen, wer geschossen hat. Auch wenn der Comte uns lieber lebend haben wollte, sind seine Gefolgsleute vielleicht nicht so großzügig.«

Er nahm Rafes Flinte wieder auf und preßte sie ungeschickt mit seinem gesunden Arm an seine Brust. »Wieviel Munition haben wir noch?«

So plötzlich, wie sie begonnen hatte, endete die Umarmung. Rafe ließ Maggie los, und in seinen Augen lag ein seltsamer, undefinierbarer Ausdruck, als er ihr auf die Füße half. »Nicht viel. Margot, hol die andere Waffe, während wir die Pferde satteln. Wenn wir alle gleichzeitig im vollen Galopp hier rausreiten, könnte wenigstens einer von uns durchkommen.«

Rafes Herz hämmerte, als er die Pferde sattelte. Wenn sie nicht sofort durchbrechen und losreiten würden, dann konnten sie es nicht mehr rechtzeitig zur Botschaft schaffen. Froh bemerkte er, daß eines der Pferde Varennes eigenes war. Es war ein außergewöhnlich manierliches Tier, das für Robin in seinem Zustand wie geschaffen war.

Draußen krachte ein Schuß, dem augenblicklich ein wahres Gewitter an Schüssen folgte. Eine Kugel sauste durch den oberen Teil der Stalltür, und Rafe duckte sich instinktiv. Varenne hat nicht gelogen, dachte er leise fluchend. Er hatte tatsächlich eine kleine Armee!

Dann ging das Getöse der Feuerwaffen zurück, als würden sich die Angreifer von den Stallungen wegbewegen. Verwirrt führte Rafe die zwei Pferde nach vorne. Bevor er das dritte holen konnte, schwang die Stalltür auf. »Ergebt euch! Widerstand ist zwecklos!« brüllte eine Stimme auf französisch.

Margot hob ihre Flinte, und Rafe packte die andere, doch sie schossen nicht. Wer immer es war, der nun eintrat – er tat es mit derselben Vorsicht wie Rafe kurz zuvor. Es war ein großer Mann, dessen Umriß sich im hellen Gegenlicht scharf abhob. Die gezogene Waffe in seiner Hand war deutlich zu erkennen . . .

Maggie identifizierte als erste die Uniform und das helle Haar des Oberst von Fehrenbach. Sie senkte die Waffe und fürchtete, vor Erleichterung ohnmächtig zu werden. »Ich hoffe, Sie sind gekommen, um uns zu retten, Oberst«, sagte sie zittrig, »wir haben es nämlich dringend nötig.«

Beim Klang ihrer Stimme senkte auch der Oberst die Waffe und öffnete die Tür ganz. Hinter ihm tauchte Roussaye auf. »Dann haben wir es ja noch rechtzeitig geschafft«, sagte von Fehrenbach mit einem leichten Lächeln. »Madame Sorel wird erfreut sein.«

»Rechtzeitig, was uns betrifft, ja, aber wenn wir nicht in der nächsten Stunde Paris erreichen, dann wird die Versammlung der Außenminister in der britischen Botschaft in die Luft gesprengt werden.« Rafe umriß kurz die Situation, während sie die drei Pferde hinaus auf den Hof führten.

Es erklangen immer noch Schüsse, und Roussaye erklärte es ihnen. »Unsere Männer treiben Varennes Leute am Fluß zusammen. Ohne ihren Anführer werden sie nicht lange Widerstand leisten. Einige haben sich bereits ergeben.«

Maggie stieg auf und beobachtete voller Sorge, wieviel Anstrengung es Robin kostete, in den Sattel seines Pferdes zu kommen. »Wirst du es schaffen, Lieber?«

»Das Pferd wird das meiste der Arbeit übernehmen.«

Er schloß einen Moment die Augen, öffnete sie dann wieder und brachte ein Lächeln zustande. »Man braucht mich in der Botschaft. Ich kenne das Gebäude besser als du oder Rafe.«

Das war nicht zu leugnen, daher sagte Maggie nichts weiter. Wenn Robin nicht die ganze Strecke durchhielt, würden sie und Rafe es schon allein schaffen.

Keines der Pferde hatte einen Damensattel, also mußte Maggie notgedrungen viel von ihren langen Beinen zeigen. Die Tiere tänzelten nervös, als der beißende Gestank des Schwarzpulvers durch die Luft waberte.

»Sollen wir Ihnen eine Eskorte mitgeben?« fragte von Fehrenbach.

Rafe schüttelte den Kopf. »Wir haben frische Pferde, und zu dritt kommen wir schneller voran als in einer größeren Gruppe. Wünschen Sie uns Glück. Ich schicke Ihnen Nachricht, wenn wir es geschafft haben.«

Dann gaben die drei Briten ihren Pferden die Sporen und galoppierten vom Hof.

Kapitel 25

NACHHER KONNTE SICH Maggie nicht an die Einzelheiten ihres Höllenrittes erinnern. Sie hatte Hélène zuversichtlich zugewinkt, als sie am Torhaus vorbeigejagt waren, doch nicht angehalten, um ihr die Lage zu erklären. Sie empfand ein seltsam verrücktes Glücksgefühl, wie sie so in Höchstgeschwindigkeit mit den zwei Männern, die sie mehr als alles auf der Welt liebte, auf Paris zuraste. Sie hatten gemeinsam Schreckliches durchgestanden und überlebt, und sie fühlte sich unbesiegbar, als könnte ihnen der gesamte Weltvorrat an Schwarzpulver nichts anhaben.

Über Land waren sie sehr schnell vorangekommen, doch nun bremste sie der dichte Nachmittagsverkehr um Paris. Rafe ritt voran und führte sie im schnellstmöglichen Tempo durch das Gewimmel. Maggie hielt besorgt ein Auge auf Robin. Er ritt mit grimmiger Entschlossenheit und hatte sie bisher nicht einmal aufgehalten.

Je näher sie der Botschaft kamen, desto mehr schwand Maggies Hochgefühl und hinterließ eine umfassende Erschöpfung und eine Furcht, die ihre Nerven zum Zerreißen spannte. Als sie endlich auf schweißnassen und von Müdigkeit bebenden Pferden die Rue du Faubourg St. Honoré entlangtrabten, hörte sie die Kirchenuhr viermal schlagen. Die Schicksalsstunde war gekommen.

Sie zügelten die Pferde vor der Botschaft, schwangen sich von den Pferden und überließen es einigen Straßenjungen, die Zügel zu ergreifen. Dann rannten sie die Treppe hinauf. »Margot, wenn wir drin sind, läufst du zu Castlereaghs Schlafzimmer und evakuierst die Leute«, befahl Rafe. »Gib mir Northwoods Schlüssel. Robin und ich suchen das Kabinett.«

Sie nickte und warf ihm den Bund zu. Dann wurde ihr bitter bewußt, daß selbst jetzt seine Gentleman-Manieren nicht versagten: Oben hatte sie eine bessere Chance, die Explosion zu überleben, als er und Robin. Sie war sich nicht sicher, ob sie überhaupt weiterleben wollte, falls die beiden sterben würden, aber es war nun nicht der richtige Zeitpunkt, einen Streit anzufangen.

Die Wachen an der Tür erkannten sie trotz ihres aufgelösten Zustands. Der wachhabende Corporal salutierte, aber Rafe brüllte ihm entgegen: »Die Botschaft kann jeden Augenblick explodieren. Laufen Sie mit Gräfin Janos hinauf und schaffen Sie die Leute raus.«

Schon rannte Maggie durchs Foyer, und der verwirrte Corporal folgte ihr gehorsam.

Eine Treppe hinunter. Links, rechts durch einen Flur, eine Tür, dahinter wieder links. Ohne Robins Führung hätte Rafe sich niemals zurechtgefunden.

»Hier«, sagte Robin und hielt an einer Tür an.

Rafe hatte sich die Schlüssel angesehen, während er hinter Robin hergelaufen war, und nun schob er den vielversprechendsten ins Schloß. Kostbare Sekunden verstrichen, während er versuchte, den Schlüssel zu drehen, doch es war der falsche. Er versuchte es mit einem anderen. Der stechende Geruch einer tropfenden Kerze war nun wahrzunehmen. Wie lange noch? Minuten? Sekunden?

Verdammt! Wieder der falsche Schlüssel. Wenn die

Flamme das Pulver erreichte, bevor sie die Tür aufbekamen, wären sie wenigstens schon tot, bevor sie wußten, daß sie gescheitert waren . . .

Eureka! Der dritte Schlüssel paßte. Rafe drehte ihn heftig im Schloß herum, dann riß er am Türknauf. Als sich die Tür auf ihn zubewegte, flackerte die kleine Flamme im Luftzug, dann neigte sie sich nur wenige Millimeter vor einem Häufchen Schwarzpulver träge in die andere Richtung.

Robin bewegte sich, als hätten sie es eingeübt: In dem Augenblick, als Rafe die Tür aufzog, stürzte er sich auch schon kopfüber in die Kammer. Als er auf dem Boden aufschlug, wischte er mit dem rechten Arm über die Pulverspur. Die Flamme berührte den Sprengstoff und raste die Spur schneller entlang, als das Auge folgen konnte, bis das Feuer auf seinen Arm traf. Brennende Partikel verpufften knisternd und zischend und wurden in die Luft gewirbelt.

Die nächste Minute schlugen beide Männer wild auf die glühendheißen Funken ein, die in der Kammer herumflogen. Schwefelgestank erfüllte die Luft, und Schwaden von beißendem Qualm waberten um die beiden Gestalten in der Dunkelheit.

Dann, plötzlich, gab es kein Feuer mehr. Es war vorbei.

Robin ließ sich auf den Boden fallen und rang nach Atem, während Rafe sich gegen den Türrahmen sinken ließ. Er konnte es kaum fassen, daß sie es noch rechtzeitig geschafft hatten und dazu beide noch am Leben und bei einigermaßen guter Gesundheit waren.

Mehrere Mitglieder des Botschaftspersonals waren ihnen gefolgt und kamen nun näher. Man hörte verwirrtes Gemurmel. Rafe wandte sich an einen Mann, der aussah, als hätte er etwas zu sagen. »Sie können den Ministern mitteilen, daß eine Evakuierung nicht mehr nötig ist.« Der

Mann nickte nur kurz und wandte sich um, um den Auftrag auszuführen.

Robin schaute ihn von unten an, ein Lächeln auf seinem erschöpften Gesicht. »Bei mir ist ein Berufswechsel fällig. Ich bin zu alt für solche Art von Aufregung.«

Rafe erwiderte müde sein Lächeln. »Ich glaube, ich bin dafür schon zu alt geboren.« Er empfand plötzlich eine intensive Kameradschaft zu diesem Mann, der sowohl Freund als auch Rivale war.

Nein, nicht Rivale, denn dies hätte ja bedeutet, daß die Sache offen war. Robin war kein Rivale, er war Sieger. Rafe würde versuchen, seinen eigenen Ansprüchen, was Fairneß betraf, zu genügen. Er half Robin auf und stützte ihn, als er schwankte. Nun, da die Krise gemeistert war, konnte Robin sich kaum noch auf den Beinen halten.

Margot drängte sich durch die Menge der Schaulustigen. Ihr blondes Haar war durch den wilden Ritt vollkommen verknotet und durcheinander, ihr grünes Kleid derart in Mitleidenschaft gezogen, daß es kaum noch schicklich aussah, und ihr Gesicht zeigte die gleiche totale Erschöpfung, die die Männer ebenfalls empfanden. Rafe fuhr durch den Kopf, daß sie noch nie schöner ausgesehen hatte.

Sie legte ihre Arme gleichzeitig um beide Männer und vergrub ihr Gesicht zwischen ihnen. Rafe schlang seinen freien Arm um ihre Taille, denn er hatte den dringenden Wunsch, sie zu spüren.

Doch allzu bald schon hob Margot den Kopf und trat einen Schritt von Rafe zurück. Schmerzlich wurde ihm bewußt, daß sie einen Arm um Robin ließ. Er mußte unbedingt irgend etwas sagen. »Hast du Castlereaghs Schlafzimmer noch räumen können?«

Sie zog ein Gesicht. »Es ist gut, daß ihr die Kammer rechtzeitig gefunden habt – ich hatte noch nicht einmal die Wache überredet, mich einzulassen. Und einen dieser erlauchten Herren dazu zu bewegen, die Flucht zu ergreifen ... Wenn man bedenkt, wie lange sie brauchen, sich auf ein Abkommen zu einigen, hätten sie wahrscheinlich über eine Evakuierung bis Mitternacht debattiert.«

Die Zuschauer bildeten eine Gasse, als ein weiterer Mann auf sie zukam. Der Duke of Wellington war nur durchschnittlich groß, und seine berühmte Hakennase war eher auffallend als attraktiv, aber selbst der unbedarfteste Sterbliche konnte erkennen, daß dies ein Mann war, mit dem man rechnen mußte. »Wie ich gehört habe, haben Sie die Verschwörung im allerletzten Moment aufgedeckt, Candover.«

»Mir gebührt sehr wenig des Lobs«, erwiderte Rafe. »Meine Freunde hier waren diejenigen, die es vollbracht haben.«

»Wir hätten es nie rechtzeitig bis hierher geschafft, wenn der Duke of Candover nicht gewesen wäre«, sagte Robin. »Ohne ihn hätte der Tag mit einer Katastrophe geendet.«

Rafe überlegte, ob er seine Gefährten dem Duke vorstellen sollte, aber er hatte keine Ahnung, welche Namen die beiden vorzogen oder ob eine Vorstellung überhaupt noch nötig war. Wellington löste das Problem, indem er Robin die Hand entgegenstreckte. »Sie müssen Lord Robert Andreville sein. Ich habe schon von Ihnen gehört, Sir.«

Robin blickte ihn verdutzt an, was jedoch nichts im Vergleich zu Margots Miene war, die ihrem Partner einen ungläubigen Blick zuwarf.

Nun wandte Wellington sich an sie. »Und Sie sind doch sicher *Gräfin Janos.*«

Margot lächelte. »So bin ich genannt worden.«

Wellington verbeugte sich und sagte dann: »Lord Strathmore hatte recht.«

»Womit, Euer Hoheit?«

»Er sagte, Sie wären die schönste Spionin in Europa«, erwiderte der Duke mit einem Zwinkern in seinen hellblauen Augen.

Und Margot Ashton, im Angesicht von Tod und Verderben unerschrocken, stieg zarte Röte in die Wangen.

Wellingtons Tonfall wurde wieder ernst. »Man kann Ihre Tat nicht hoch genug einschätzen. Neben Castlereagh, Richelieu und mir waren alle Außenminister der Alliierten oben. Dazu«, seine Stimme wurde leiser, »König Louis und sein Bruder, der Comte d'Artois.«

Sie stöhnten entsetzt auf. Wenn die Explosion den König, seinen Erben und die wichtigsten Minister getötet hätte, dann wäre Frankreich wirklich in ein Chaos gestürzt worden. Varenne hätte durchaus in einem Kampf als Sieger hervorgehen können, in dem ganz Europa der Verlierer gewesen wäre.

»Niemand von den Herren ahnt auch nur, daß irgend etwas nicht stimmte«, fuhr Wellington fort. »Und vielleicht ist es auch besser so. Wir möchten doch nicht, daß sich jemand in der britischen Botschaft nicht sicher fühlt, nicht wahr?«

»Wir haben mit einigen Soldaten und Mitgliedern der Botschaft gesprochen, als wir hereinkamen«, sagte Rafe.

»Ich werde selbst mit ihnen reden«, antwortete Wellington. »Sie werden schon begreifen, wie wichtig es ist, ihre Zunge im Zaum zu halten.«

Rafe hatte daran keine Zweifel.

Wellington musterte die drei aufmerksam. »Castlereagh wird sie sprechen wollen, aber morgen ist früh genug. Ruhen Sie sich aus – Sie alle sehen reichlich mitgenommen aus.«

Er wollte schon gehen, als ihm ein Gedanke in den Sinn kam. »Ich muß zurück zur Konferenz, aber da wäre noch etwas. Der Außenminister war besorgt, daß einer seiner Leute, Oliver Northwood, in diese Sache verwickelt gewesen sein könnte. Stimmt das?«

Rafe zögerte und warf seinen Freunden einen Blick zu. Robins Gesicht war nichtssagend, während Margots rauchige Augen versuchten, ihm etwas zu übermitteln. Also wählte er seine Worte mit Bedacht. »Northwood hatte offenbar irgendeinen Verdacht und kam heraus nach Chanteuil, um dem nachzugehen. Seine Einmischung zum rechten Zeitpunkt hat sehr dazu beigetragen, das Komplott zu vereiteln, und er war es, der Varenne, dem Drahtzieher der Verschwörung, den Garaus gemacht hat. Unglücklicherweise starb Northwood an den Verletzungen, die Varenne ihm zuvor beigebracht hatte.«

Wellingtons scharfe Augen studierten sein Gesicht. »So war die Geschichte?«

»So war sie«, bestätigte Rafe mit fester Stimme.

Wellington nickte, dann ging er.

»Etwas auszuruhen, ist der beste Vorschlag, den man mir in letzter Zeit gemacht hat«, sagte Robin müde. »Einen Monat lang schlafen wäre ein netter Anfang.«

»Du, lieber Freund, wirst nicht in das kleine dumpfe Loch zurückkehren, das du dein Zuhause nennst«, sagte Margot entschlossen. »Du kommst mit zu mir, wo du umsorgt und bedient wirst.«

Robin grinste sie schief an. »Ich beuge mich deinem starken Willen.«

In einem plötzlichen, glühenden Schmerz spürte Rafe, wie das starke Band, das sie drei verbunden hatte, mürbe wurde und dann zerfiel. Einmal mehr war er der Außenstehende.

Mit undefinierbarer Miene fragte Margot, ob auch Rafe mitkommen wollte, doch er lehnte ab. Er mußte, wie er sagte, eine Nachricht nach Chanteuil schicken, einen Bericht an Lucien schreiben und tausend andere Dinge erledigen.

Wie er sich selbst versprochen hatte, sagte er weder ein einziges Wort, noch machte er eine Geste, die darauf hinweisen könnte, daß er, Rafe, und Margot nicht nur auf freundschaftlicher Basis miteinander umgegangen waren. Er hatte ihr Leben schon einmal zerstört; er würde es kein zweites Mal tun.

Margot blickte ihn noch einmal mit einem seltsamen Ausdruck in den Augen an, den er nicht deuten konnte. Nun, Bedauern oder Schmerz konnte es ja ganz sicher nicht sein. Dann drehte sie sich um und ging davon.

Ihnen hinterherzusehen, wie sie Arm in Arm davongingen, war das Härteste, was Rafe je erlebt hatte.

Rafe wurde eine Kutsche der Botschaft zur Verfügung gestellt, mit der er ins Hotel de la Paix zurückkehrte. Während sie durch die Straßen rumpelte, empfand Rafe eine merkwürdige Art von Taubheit, die besonders sein Herz betraf, das mit einem stumpfen Messer in kleine Teile zerhackt worden zu sein schien.

Er hatte Margot neu gefunden, nur um sie sofort wieder zu verlieren, und dennoch hatte er etwas bekommen, was ihm sehr viel bedeutete: Da er nun die Wahrheit über die Vergangenheit kannte, hatte er seinen Glauben an die Liebe wiedergefunden. Und dafür wenigstens war er zutiefst dankbar.

Als er das Hotel erreichte, durchquerte er das Foyer, ohne etwas zu sehen. Er wünschte sich nichts weiter, als allein sein zu können. Er bemerkte nicht einmal den großen, blonden Mann, der mit dem Concierge sprach, bis eine vertraute Stimme sagte: »Rafe, was zum Teufel ist geschehen?«

Rafes Blick konzentrierte sich auf die Gestalt und erkannte einen staubigen, von der Reise mitgenommenen Lucien, der sich vor ihm aufgebaut hatte. »Was machst du denn in Paris?« fragte er etwas dümmlich.

»Deine Berichte haben mich so beunruhigt, daß ich St. Aubyn bat, sich um meine Arbeit zu kümmern, um selbst herzukommen.« Lucien zog die Brauen hoch, während er Rafes aufgelösten Zustand in sich aufnahm. »Wenn du ein ›Gefallener Engel‹ bist, dann mußt du ziemlich hart gestürzt und ein paarmal vom Boden abgeprallt sein.«

Rafe schloß die Augen einen Moment; es tat so unglaublich gut, einen Freund zu sehen. Mit einer Geste forderte er Lucien auf, ihm zu folgen. »Mordpläne vereitelt, der Böse vernichtet. Die Guten, einschließlich deiner Agenten Maggie und Andreville, haben gesiegt und überlebt. Abgesehen davon . . .«

Sie hatten seinen Salon erreicht, und Rafe atmete tief und zitternd ein. »Verlang nicht vor morgen von mir, daß ich mehr sage. Hast du Lust, mir Gesellschaft zu leisten, während ich mir einen gewaltigen Rausch antrinke?«

Lucien musterte Rafe mit einem mitfühlenden Blick, dann legte er ihm kurz die Hand auf die Schulter. »Wo hast du den Brandy versteckt?«

Sobald sie zu Hause angekommen waren, steckte Maggie Robin ins Bett und rief einen Arzt, der sich um seine gebrochene Hand kümmern sollte.

Bevor sie sich selbst zur Ruhe begeben konnte, mußte sie Cynthia die Nachricht vom Tod Oliver Northwoods überbringen. Abgesehen von der offiziellen Geschichte, der Maggie stillschweigend zugestimmt hatte, teilte sie Cynthia die harten Fakten mit. Mochte Northwood in den Augen der restlichen Welt von nun an als Held gelten, Cynthia wußte es besser.

Nachdem Maggie geendet hatte, neigte Cynthia den

Kopf und nestelte unruhig an ihrer Stola. »Ich habe mir nicht gewünscht, daß es so kommt. Ich wollte ihn niemals wiedersehen, aber ich hatte damit nicht gemeint, daß er sterben muß.« Sie blickte zu Maggie auf. »Vielleicht können Sie mir das nur schwer glauben, nachdem er mich so behandelt hat.«

»Ich glaube, ich verstehe«, sagte Maggie ruhig. »Er war lange Jahre ein Teil Ihres Lebens. Es muß ja auch schöne Momente gegeben haben.«

Cynthia schloß einen Augenblick die Augen, und Kummer zuckte über ihr zartes Gesicht. »Ja, es gab sie, wenn auch nur wenige. Und bei allem, was geschehen ist, war Oliver nicht wirklich schlecht, oder?«

Maggie dachte an die Gemeinheiten, die Northwood mit voller Absicht und aus Boshaftigkeit getan hatte. Diese Dinge hatten ihr und Rafe viel Qualen gebracht und ihr Leben für immer verändert.

War das schlecht? Durch Northwoods Taten hatte sie Rafe verloren und Robin gefunden, und sie maßte sich nicht an, zu beurteilen, ob der Weg, den Northwood sie zu nehmen gezwungen hatte, besser oder schlechter war, als das, was sie hätte haben können. »Er hat dazu beigetragen, daß diese schreckliche Sache noch einmal glimpflich ausgegangen ist. Vielleicht hat er am Ende versucht, noch etwas gutzumachen.«

»Vielleicht.« Cynthia lächelte traurig. »Es war sehr großzügig von Ihnen und Ihren Freunden, den Ablauf der Dinge so darzustellen. Für seine Familie, insbesondere seinen Vater, wird es viel leichter zu ertragen sein.«

»Seinen Ruf zu verderben hätte niemandem genützt, denselben zu bewahren schadet dagegen auch nicht.« Maggie umarmte Cynthia herzlich und verließ sie dann.

Allein in ihrem Zimmer, ließ sie sich erschöpft auf das Bett zurückfallen, ohne ihr zerfetztes Kleid auszuziehen.

Sie dachte an Rafe und mußte die Augen schließen, die von aufkommenden Tränen plötzlich brannten. Die Art, wie er sie umarmt hatte, als er dachte, Varenne hätte sie angeschossen, hatte ihr verraten, daß er wenigstens noch ein wenig für sie empfand.

Aber es war keine Liebe. Die kurze Zeit, in der sie sich geliebt hatten, war so tot wie die Blumen, die damals im Frühling vor so langer Zeit geblüht hatten. Es war nichts als Pech, daß diese Gefühle in ihr niemals ganz abgestorben waren.

Die Zukunft dehnte sich furchtbar leer vor ihr aus. Vielleicht sollte sie Robin bitten, sie zu heiraten; obwohl sie ihn mit zwanzig nicht wirklich gewollt hatte, konnte ihr der Gedanke nun vielleicht anziehender erscheinen. Sie wußte, er würde sie aus demselben Gefühl der Verantwortung heraus zur Frau nehmen, das damals sein Beweggrund gewesen war.

Doch schon, als der Gedanke Maggie durch den Kopf ging, wußte sie, daß sie ihn nicht darum bitten konnte. Robin verdiente eine Frau, die ihn von ganzem Herzen liebte. Nach allem, was er für sie getan hatte, konnte sie ihm die Chance für diese Art von Glück nicht nehmen.

Mit einem Schluchzen drehte sie sich auf den Bauch und vergrub ihr Gesicht in den Kissen. In Zukunft würde sie sich nicht mehr zugestehen, über die Ungerechtigkeit des Schicksals zu weinen. Sie hatte damals gelernt, ohne Rafe Whitbourne zu leben, und sie konnte es immer noch.

Aber in dieser Stunde wollte sie die Tränen ungehemmt strömen lassen. Sie hatte sich das Recht auf ein wenig Selbstmitleid verdient.

Kapitel 26

HÉLÈNE SOREL SASS in ihrem Wohnzimmer, nippte am Kaffee und sah ihre Post durch. Goldene Strahlen der Frühherbstsonne tauchten das Zimmer in weiches Licht, und das Drama des vergangenen Tages schien ihr kaum noch realer als ein Fiebertraum. Roussaye und von Fehrenbach hatten Varennes Armee ohne große Schwierigkeiten zersprengt. Der Besitz, der das Zentrum eines neuen Imperiums hätte sein können, war nun bis auf ein paar preußische Soldaten, die Wache hielten, verlassen. Die Gefahr für den Frieden war gebannt, und sie hatte ihren Teil dazu beigetragen.

Sie versicherte sich einmal mehr, daß ihre deprimierte Stimmung nur die natürliche Folge der gewaltigen Anspannung war, die dieses aufregende Unternehmen mit sich gebracht hatte. Sie mußte nun über ihre Zukunft nachdenken. In ein paar Wochen sollte Paris wieder sicher genug sein, daß sie ihre Töchter zurückholen konnte, und der Gedanke heiterte sie ein wenig auf. Dennoch starrte Hélène weiterhin in den Kaffeesatz in ihrer Tasse und fragte sich, warum sich kein Glücksgefühl einstellte.

Dann trat ein Dienstmädchen ein und meldete einen Besucher. Ein preußischer Herr, sehr groß.

Nach einem hektischen Moment, in dem sie sich um den Zustand ihrer Frisur sorgte und verfluchte, daß sie nur ihr zweitbestes Kleid trug, fuhr sich Hélène mit der Zunge über die trockenen Lippen und sagte dem Mädchen, sie solle den Gast hereinführen. Der Oberst hatte sie gestern nach Hause gebracht und sich mit einer respektvollen Verbeugung verabschiedet, hatte jedoch nichts von einem weiteren Besuch gesagt. Wahrscheinlich war er nur gekommen, um sie zu fragen, ob sie irgendwelche Blessuren durch ihren wilden Ritt erlitten hatte.

Karl von Fehrenbach sah sehr groß und sehr gut aus, sein helles Haar leuchtete im Licht des späten Morgens. Er wirkte zudem ausgesprochen ernst, als er sich über Hélènes dargebotene Hand beugte.

Nach einem Moment unbehaglichen Schweigens ergriff der Oberst das Wort. »Ich habe über das nachgedacht, was Sie mir bei Ihrem Besuch neulich gesagt haben.«

Hélènes Puls beschleunigte sich. »Ja?«

Seine hellblauen Augen umwölkten sich bei seinem Versuch, seine Emotionen auszudrücken. »Sie sagten, daß jemand damit anfangen muß, den Haß zu stoppen. Sie wollten, daß ich Sie ansehe, ohne daran zu denken, daß Sie Französin sind und ich Preuße bin.«

Hélène sagte nichts, sondern wartete schweigend und sah ihn mit einem ermutigenden Blick voller Wärme an.

Nach einer langen Pause fuhr der Oberst mit einigen Schwierigkeiten fort. »Ich habe versucht, mir alle Gefühle zu versagen, aber es war vergeblich. Der Schmerz war immer noch da. Aber wenn ein Herz wehtun kann, dann ist es sicher auch zu glücklicheren Gefühlen fähig.«

Seine Stimme hatte einen fragenden Unterton, und Hélène sagte weich: »Gefühle wie Liebe?«

»Ja.« Sein ernster Blick begegnete ihrem. »Wenn Sie gewillt sind, mir meine bisherige Kälte zu vergeben, dann . . . dann können wir es vielleicht probieren.«

Hélène schenkte ihm ein strahlendes Lächeln. »Das würde mir ausgesprochen gut gefallen.«

Die Spannung wich aus seiner Miene, und plötzlich wirkte er um Jahre jünger. »Hätten Sie Zeit, nach Longchamps zu fahren? Meine Kutsche wartet.«

Hélène blinzelte überrascht; der Oberst verschwendete wahrhaftig keine Zeit. Aber schließlich – warum sollte er auch? Es war schon zuviel Zeit vergeudet worden. Sie stand auf. »Es wird mir ein Vergnügen sein, mit Ihnen eine Spazierfahrt zu unternehmen.«

»Da ist nur noch eines . . . mit Ihrer Erlaubnis?« Er trat auf sie zu, zog sie sanft in seine Arme, ließ ihr aber genug Möglichkeiten, sich ihm zu entziehen, wenn sie wollte.

Hélène blieb vor ihm stehen und bebte fast vor hoffnungsvoller Erwartung und Furcht.

Seine Lippen waren wunderbar warm, ganz anders als sie es von einem Eisprinzen erwartet hatte. Mit einem leisen Seufzen ließ sie sich an ihn sinken und legte den Kopf zurück, damit er leichter die Tiefen ihres Mundes erforschen konnte. Was als ein zärtlicher Versuch begonnen hatte, wandelte sich rasch in heftige Leidenschaft. Pulsierende Lebendigkeit strömte durch ihren Körper, der von Kopf bis Fuß zu vibrieren schien.

Ihre Arme schlangen sich fest um ihn, als beide versuchten, die Jahre der Leere zu füllen. Sie war wie benommen von dem Geschmack seines Mundes und dem Gefühl seines Körpers an ihrem, von seinem hungrigen Verlangen, seinen zärtlich forschenden Händen, die über ihren Rundungen glitten. Nach einer Ewigkeit wurde sie sich bewußt, daß ihr Rücken sich gegen die Wand preßte und daß sie ohne die starken Arme des Oberst wahrscheinlich glücklich auf dem Boden dahinschmelzen würde.

Er hob den Kopf, war so atemlos wie sie. »Ich wollte das schon tun, seit ich dich zum ersten Mal gesehen habe.« Zärtlich berührte er ihre Wange. »Nun werde ich dich zu einer Spazierfahrt ausführen, danach zum Mittagessen im besten Café von Paris, und zwischendurch werden wir die Gelegenheiten für noch mehr Küsse nutzen. Einverstanden?«

»Einverstanden!« Das Lachen stieg in ihr hoch wie Seifenblasen, und sie nahm seinen Arm und ließ sich zur Kutsche hinausführen. Der Oberst würde immer ein reservierter Mann bleiben, eher ernst denn überschäumend, aber das war nicht weiter schlimm. Temperament besaß sie genug für beide.

Lucien war ein exzellenter Trinkpartner. Nicht nur, daß er keine Fragen stellte, er steckte auch seinen Gastgeber schon zu einer relativ frühen Stunde ins Bett, so daß Rafe am nächsten Morgen mit einem nur leichten Kater erwachte. Er entdeckte Lucien friedlich schlummernd auf dem Sofa im Wohnzimmer.

Beim Frühstück mit Croissants und Kaffee erstattete Rafe umfassenden Bericht über das, was geschehen war. Nun, fast umfassend: ein paar Dinge ließ er aus, und alle hatten mit Margot zu tun. Er nahm an, daß es Lucien auffiel, aber einmal mehr wußte sein Freund, wann man besser nicht nachfragte.

Nach dem Essen begab sich Lucien zur Botschaft. Rafe trank gerade noch den letzten Kaffee, als ein Bote mit einem kleinen Päckchen für den Duke of Candover eintrat. Er betrachtete das Ding ohne Begeisterung, denn er war sich ziemlich sicher darüber, was es enthielt.

Und er behielt recht. In dem Päckchen befand sich das Samtkästchen mit den Smaragden, die ihm kein Glück gebracht hatten. Eine kurze Mitteilung lag dabei: »Die Maskerade ist vorbei. Vielen Dank für die Leihgabe. Ewig, Margot.«

Er fragte sich, ob es bedeutsam war, daß sie mit ›Margot‹ unterschrieben hatte. Aber wahrscheinlich war es nur eine Anerkennung der Tatsache, daß er sie nicht mehr Maggie nannte.

Er nahm die Kette aus dem Kästchen und ließ die kühlen Steine durch seine Finger gleiten, während er daran dachte, wie wunderbar sie mit dem Schmuck ausgesehen hatte. Und die Ohrringe, perfekt für ihre hübschen Ohren . . .

Er hatte einige Zeit dafür gebraucht, bis er sich für diese Steine entschieden hatte, und er konnte sie sich nicht bei einer anderen Frau vorstellen. Plötzlich beschloß er, zu ihr zu fahren und sie ihr zurückzugeben. Vielleicht würde sie den Schmuck als ein Hochzeitsgeschenk annehmen. Er wollte ihr etwas geben, das sie an ihn erinnerte. Außerdem wollte er ihr auch in aller Form auf Wiedersehen sagen, da er am Tag zuvor mehr als ein bißchen aufgewühlt gewesen war.

Doch es schien, als ob selbst dieser kleine Wunsch nicht in Erfüllung gehen sollte. Als er kurz darauf bei Margots Haus ankam und in den Salon geführt wurde, war der einzige Anwesende Lord Robert Andreville, der Rafe mit echter Freude begrüßte.

Gebadet, rasiert und gut gekleidet, sah Robin fast wieder aus wie immer, nur die Schlinge um seinen linken Arm störte das Bild. Offenbar war sein Talent zur Genesung so bemerkenswert wie sein draufgängerischer Mut. Er und Margot paßten wunderbar zusammen.

Nachdem er den Gruß erwidert und sich gesetzt hatte, fragte Rafe: »Ist Margot da?«

»Nein, sie ist nach Chanteuil gefahren.« Robin grinste. »Wegen irgendeiner Katze.«

»Guter Gott, will sie das räudige Biest etwa herbringen?« fragte Rafe, ohne ein Lächeln unterdrücken zu können.

»Zweifellos. Die Preußen werden zwar die Pferde nicht vernachlässigen, aber sie hatte Sorge, daß die Katze verhungern könnte, da alle Dienstboten geflohen sind.«

Rafe schüttelte bewundernd den Kopf. Typisch Margot. Trotz allem, was passiert war, vergaß sie die Katze nicht, die, wenn er ehrlich war, überhaupt nicht räudig war.

Doch dann schwand seine Heiterkeit wieder und hinterließ nur Leere. Er würde ihr also nicht einmal Lebewohl sagen können.

Er erhob sich. »Es tut mir leid, daß ich Margot verpaßt habe. Da ich morgen nach London zurückkehre, könnten Sie ihr das geben? Ich möchte, daß sie es behält. Das heißt, wenn Sie nichts dagegen haben«, fügte er hinzu, als Robin ihm das samtene Kästchen abgenommen hatte.

Robin sah ihn abschätzend an. »Warum sollte ich etwas dagegen haben?«

Rafe empfand eine leichte Verärgerung, daß der andere Mann sich absichtlich begriffsstutzig gab. »Als ihr zukünftiger Ehemann gefällt es Ihnen vielleicht nicht, daß sie Schmuck von anderen Männern annimmt.«

»Als ihr zukünftiger Ehemann . . .?« Robin wog das Kästchen leicht in der Hand und legte es auf ein Tischchen. »Was bringt Sie auf den Gedanken, daß wir heiraten werden?«

»Wie Sie sich sicher erinnern können«, sagte Rafe knapp, »meinten Sie, daß sie Margot fragen wollten.«

Robin bedachte ihn mit einem langen, direkten Blick. »Ich sagte, ich würde sie fragen. Nicht aber, daß sie einwilligen würde. Und ehrlich gesagt, bezweifle ich das.«

Rafe fühlte sich, als hätte man ihm in den Magen getreten: benommen, verwirrt und nicht sicher, warum man ihn getreten hatte. »Weshalb sollte sie ablehnen? Sie sind doch seit gut zwölf Jahren ein Liebespaar, und aus dem, was ich gesehen habe, schließe ich, daß Sie beide sich bestens verstehen.«

Robin stand auf und ging zum Fenster. Er blickte tief in Gedanken versunken hinaus. Dann war er offenbar zu einer Entscheidung gekommen, drehte sich wieder zu Rafe um und lehnte sich gegen die Fensterbank, so daß Körper und Gesicht sich dunkel im Gegenlicht abhoben. »Das ist nicht ganz korrekt. Wir sind seit über drei Jahren kein Liebespaar mehr. Genauer: seit drei Jahren, zwei Monaten und«, – er dachte einen Moment nach –, »fünf Tagen nicht mehr.«

»Aber ich habe Sie doch selbst nachts in ihr Haus kommen sehen.« Und er hatte gesehen, daß sie sich geküßt hatten, wie er sich erinnerte.

Robin zuckte die Schultern. »Natürlich waren wir beruflich immer noch Partner, außerdem Freunde.«

»Aber warum . . .?« Rafe brach ab, als er bemerkte, wie unverschämt die Frage war, die er fast gestellt hätte.

Ungerührt beendete Robin den Satz jedoch. »Warum wir kein Liebespaar mehr sind? Weil Maggie sich nicht mehr wohl dabei fühlte. Sie wollte mich anfangs nicht heiraten, weil sie mich nicht liebte. Jedenfalls nicht so.

Viele Dinge haben sich in den Jahren verändert, dies jedoch nicht.«

»Hat es Ihnen nichts ausgemacht, als Maggie nicht länger mit Ihnen . . .?«

Robins Gesicht verschloß sich. »O doch, es hat mir etwas ausgemacht, aber wenn Sie Maggie nur ein bißchen kennen, dann wissen Sie, daß man bei ihr nichts erzwingen kann. Auch wenn wir nicht mehr miteinander ins Bett gingen, blieb unsere Freundschaft dieselbe, was am wichtigsten war. Denn wenn man auch immer eine Frau für die körperliche Befriedigung finden kann, gibt es nur eine Maggie. Bis zum letzten Jahr, als sie begann, die Rolle der Gräfin Janos zu spielen, wohnten wir auch noch zusammen, wenn ich nicht gerade unterwegs war und meinen Kopf riskierte. Erst als ich bei der britischen Delegation zu arbeiten begann, gaben wir vor, nur flüchtig bekannt miteinander zu sein.«

Rafe mußte irgendwie einen Sinn in das bringen, was er da gerade gehört hatte. »Aber Sie müssen doch annehmen, daß sie Sie heiraten will, sonst würden Sie sie doch nicht noch einmal fragen wollen.«

Nach einem kurzen Zögern antwortete Robin kühl: »Es gab eine Zeit, in der ich sehr optimistisch war. Maggie wollte nach England zurückkehren und dort in irgendeinem ruhigen, eleganten Ort wie Bath leben. Ich hatte vor, vielleicht drei Monate zu warten, dann aufzutauchen und noch einmal um ihre Hand anzuhalten. Wahrscheinlich hätte sie dann aus purer Langeweile eingewilligt.« Er senkte den Kopf und nestelte eine Minute lang an seiner Bandage herum, wie um sie zu richten. »Es hätte funktionieren können. Ich bin reich, sie ist schön, und wir sind die besten Freunde. Viele Ehen haben keine so gute Basis. Aber nun hat sich die Situation verändert, und ich denke nicht mehr, daß sie mich vielleicht zum Mann will.«

Rafe mußte nun noch eine letzte Frage stellen: »Lieben Sie sie?«

Die dunkle Gestalt am Fenster stand reglos. »Sie lieben? Ich weiß nicht genau, was das heißt. Vielleicht fehlt mit das Temperament für die große Leidenschaft. Nach Maggies Definition dieser Emotion tue ich es sicher nicht.« Er hielt inne und fuhr dann mehr zu sich selbst als für Rafe fort: »Ich würde für sie durchs Feuer gehen, aber das ist nicht ganz dasselbe.«

Rafe fühlte sich, als würde er in der Mitte entzweigerissen. Er ging auf den Mann zu und blieb nah genug vor ihm stehen, um sein Gesicht erkennen zu können. »Warum erzählen Sie mir das?«

»Weil ich glaube, daß Maggie Sie liebt. Ich weiß, daß es jemandem in ihrem Herzen gegeben hat, als wir uns kennenlernten, und ich sehe, wie sie sich verändert hat, seit Sie in Paris sind.« Robins Stimme wurde spöttisch. »Obwohl es keine Garantie dafür gibt, daß Sie die Vergangenheit vergißt und Sie heiratet, schließe ich aus Ihrem seltsamen Verhalten, daß Sie sie nur allzu gern darum bitten möchten.«

Rafes quälende Verwirrung begann, fortgespült durch eine fast unerträgliche Hoffnung, zu schwinden. »Ich war kurz davor, nach England zurückzukehren, ohne noch einmal mit ihr gesprochen zu haben.«

»Ich weiß. Deswegen habe ich den Mund aufgemacht.«

Das mußte Rafe erst einen Moment verdauen. »Sie sind ein großherziger Mann.«

»Ich will, daß Maggie glücklich ist.« Robins Miene änderte sich, seine Züge waren plötzlich hart. »Aber wenn Sie sie heiraten und sie unglücklich machen, dann müssen Sie sich vor mir verantworten.«

»Ich muß mich dann erst vor mir selbst verantworten, und ich garantiere Ihnen, daß ich härter mit mir ins Gericht gehen werde, als Sie es je könnten.« Rafe holte tief Atem. »Es ist vollkommen unpassend und unverschämt, aber – danke!« Dann packte er das Schmuckkästchen und stürzte förmlich hinaus.

Robin schob die dünnen Vorhänge beiseite und sah zu, wie der Duke aus dem Haus kam, in seinen Wagen sprang und in einem Höllentempo in Richtung Chanteuil davonfuhr.

Er ließ den Vorhang fallen und wandte sich mit zusammengepreßten Lippen ab. Er war wirklich ein großherziger Mensch.

Und er war auch ein verdammter Narr.

Kapitel 27

OBWOHL SIE NORMALERWEISE keinerlei Wunsch verspürt hätte, nach Chanteuil zurückzukehren, bot ihr Rex eine gute Ausrede, aus dem Haus zu verschwinden, für den Fall, daß Rafe erschien und sich danach erkundigte, wie es ihr und Robin ging. Der Tag war warm und sonnig wie im Hochsommer, so daß sie die Fahrt genießen konnte.

Am Schloß angekommen, erfuhr sie von den preußischen Wachen am Torhaus, daß alle Diener Varennes geflohen waren und das Schloß sich selbst überlassen hatten. Der wachhabende Sergeant erkannte sie wieder und ließ sich leicht überreden, sie einzulassen. Sie erklärte ihm, sie wolle nach der Katze und vielleicht nach den Gärten sehen.

Ersteres bot kein Problem; wer auch immer behauptete, Katzen wären zurückhaltend, kannte Rex nicht. Innerhalb von fünf Minuten, in denen sie auf dem Grundstück nach ihm gerufen hatte, kam er angetrottet, um sie zu begrüßen, und bettelte um Futter und Zuneigung.

Maggie hatte sich so etwas gedacht und Hühnchenfleisch mitgebracht. Nachdem Rex diniert hatte, ließ er sich glücklich über ihre Schulter drapieren und schlummerte satt und zufrieden ein.

Der üppig wuchernde Garten war wunderschön, und die Blumen leuchteten in den flammenden Farben der letzten Tage ihrer Blüte. Maggie spürte nichts mehr von dem Bösen, das von Varenne ausgegangen war, und sie war sehr dankbar dafür.

Als Rex ihr zu schwer zu werden begann, beschloß Maggie, sich zu setzen und ein wenig den Sonnenschein zu genießen. In einem kleinen Rosengarten, der vollständig von hohen Hecken umgeben war, fand sie eine steinerne Bank unter einem Baum. Sie ließ sich darauf nieder und war froh über den Schatten. Das Bild, das sich ihr bot, war ausgesprochen friedlich, und die Stille wurde nur durch das Zwitschern der Vögel und das Plätschern eines kleinen Springbrunnens etwas weiter entfernt unterbrochen.

Rex schlief mit dem Kopf auf ihrem Schoß, sein restlicher Körper war auf der Bank ausgestreckt, wobei eine Hinterpfote in die Luft ragte. Der Kater würde ihr ein guter Lehrmeister sein, wenn sie lernen mußte, ein normales, ruhiges Leben zu führen, denn er besaß wirklich ein bemerkenswertes Talent dafür, sich zu entspannen.

Die Stille beruhigte ihre strapazierten Nerven. Obwohl die letzte Woche kräftezehrend gewesen war, hatte es die Mühe gelohnt, denn sie und Rafe hatten eine Art Frieden geschlossen. Außerdem hatte sie die Erinnerung an eine unvergeßliche Nacht, in der sie für den Rest ihres Lebens schwelgen konnte.

Das Knirschen von Schritten auf Kies riß sie aus ihren Gedanken. Sie hob den Kopf und sah Rafe, der rasch über den Pfad kam. Als er sie entdeckte, hielt er an, dann kam er in etwas gemächlicherem Tempo auf sie zu. Seine Miene war reserviert. Obwohl der Wind sein Haar zerzaust hatte, war er mit der üblichen Eleganz gekleidet und sah alles in allem so gut aus, daß es ihr einen Moment den Atem verschlug.

Sie wußte, daß dieses Gespräch nur wieder eine tränenreiche Nacht bedeuten würde, konnte jedoch nicht anders, als auf seine Gegenwart zu reagieren. »Guten Tag, Hoheit«, sagte sie mit einem absichtlich unverbindlichen Lächeln. »Was bringt dich nach Chanteuil?«

»Nicht was . . . du. Darf ich mich setzen?« Sie nickte, und er ließ sich an Rex' anderer Seite nieder. »Ein bißchen unheimlich, nicht wahr? Bis auf die Wachen am Tor, die mir sagten, du wärest wahrscheinlich im Garten, scheint keine Menschenseele hier zu sein.«

»Nicht einmal ein Koch oder ein Spülmädchen ist geblieben. Ein Glück, daß ich gekommen bin, um Rex zu holen. Vielleicht hätte er von den Schloßmäusen leben können, aber er hätte sich sicher einsam gefühlt. Er ist ein geselliges Wesen.«

Statt zu antworten, musterte Rafe sie aufmerksam. Er war irgendwie anders heute morgen. Vielleicht war es nur eine Einbildung, aber sie hatte den Eindruck, als wären seine Augen weniger die des Dukes, als vielmehr die des jungen Mannes, in den sie sich vor langer Zeit verliebt hatte.

Bevor das Schweigen unangenehm wurde, sagte er: »Ein Grund, warum ich hier bin, ist der, daß ich mich bei dir entschuldigen möchte. Northwood war derjenige, der behauptet hat, du hättest mit ihm geschlafen. Wenn ich zurückschaue, kann ich kaum noch verstehen, wieso ich ihm damals geglaubt habe.«

Sie hätte viel lieber über das Wetter oder den Garten geredet, aber es gab wohl ein paar Dinge, die ausgesprochen werden mußten. Wahrscheinlich würden sie sich ja niemals wieder sehen. »Ich habe gestern davon erfahren, daß es Northwood war, denn er prahlte mit seinen Taten. Zumindest war es klug, daß er damals getan hat, als wäre er betrunken. Man glaubt eher einem Flüstern als einem Ruf.«

Rafe schnitt eine Grimasse. »Gott weiß, daß ich für meine unbegründete Eifersucht gebüßt habe. Es tut mir wirklich zutiefst leid, Maggie. Dir nicht vertraut zu haben, war der schlimmste Fehler meines Lebens.«

Er zögerte, als suchte er nach den richtigen Worten. Dann fuhr er stockend fort: »Meine Eltern führten die Art Ehe, die ich nie wollte. Nachdem sie ihre Pflicht getan und mich gezeugt hatten, hielten sie sich nur noch selten unter demselben Dach auf, noch seltener im selben Bett. Als ich dich traf, glaubte ich, gefunden zu haben, wonach ich immer gesucht hatte. Aber ich glaubte wohl nicht wirklich, daß ich so ein Glück verdiente, weswegen ich für Northwoods List viel empfänglicher war.«

»Ich kann mich nicht erinnern, dich jemals über deine Eltern sprechen gehört zu haben«, erwiderte sie ruhig.

Er zuckte die Schultern. »Es gab nie viel zu sagen. Meine Mutter starb, als ich zehn war. Ihr Tod veränderte mein Leben so wenig, daß ich kaum bemerkte, daß sie nicht mehr da war. Mein Vater glaubte an Lord Chesterfields Maxime, daß nichts so vulgär ist wie ein hörbares Lachen. Er erfüllte seine Verantwortung seinem Erben gegenüber peinlich genau, so wie er sich um seine Pächter kümmerte oder seinen Sitz im House of Lords belegte. Ein echter englischer Gentleman.« Rafe senkte den Blick und streichelte den seidigen Bauch des Katers. »Colonel Ashton als Schwiegervater zu bekommen, war . . . war eine erfrischende Aussicht.«

Seine tonlosen Worte drangen tief in Maggies Herz. Mit ihren achtzehn Jahren wäre es ihr damals niemals in den Sinn gekommen, daß ihr großer, selbstbewußter Rafe sie nicht nur begehrte, sondern auch brauchte. Sie überlegte, warum er ihr das anvertraut hatte. Nicht, um ihr Mitleid zu bekommen, dessen war sie sich sicher.

Sie mußte eine Frage stellen, die ihr schon oft durch

den Kopf gegangen war. Besonders oft aber in der vorangegangenen Nacht. »Wenn ich Northwoods Behauptung als Lüge bezeichnet hätte, hättest du mir geglaubt?«

»Ich glaube schon. Ich wünschte mir – und das ziemlich inbrünstig –, daß du mir meine Anschuldigung ins Gesicht zurückschleudern würdest.« Er brach ab, setzte dann aber gequält hinzu: »Die Tatsache, daß du keinen Versuch machtest, es zu leugnen, schien mir der Beweis für deine Untreue.«

»Mein verfluchtes Temperament«, sagte sie traurig und spürte den alten Schmerz wieder aufquellen. »Ich war so wütend, so verletzt, daß ich flüchten mußte, bevor ich vor deinen Augen zusammengebrochen wäre. Ich hätte bleiben und kämpfen sollen.«

»Mein mangelndes Vertrauen ist weit verabscheuungswürdiger als dein gerechtfertigter Zorn«, bemerkte Rafe mit einer Stimme, die seinen Selbsthaß verriet. »Wenn dein Vater nicht geglaubt hätte, dich aus London wegbringen zu müssen, wäre er niemals in Frankreich gestorben.«

Sie schüttelte den Kopf. »Nun muß *ich* um Verzeihung bitten. Obwohl ich dir in unserem furchtbaren Streit neulich etwas anderes sagte, habe ich dir nie die Schuld für seinen Tod gegeben. Es stimmt, ursprünglich verließen wir England wegen meiner aufgelösten Verlobung, aber wir blieben länger, weil mein Vater Berichte an Armeehauptquartiere schickte. Er war sich sicher, daß der Frieden nicht andauern würde, deswegen nutzte er unsere Reisen als Deckung, um zu beobachten, was sich auf militärischem Gebiet in Frankreich tat.« Sie blickte ihn ein wenig bitter an. »Wie du siehst, habe ich mein Spionagetalent in die Wiege gelegt bekommen.«

Rafe seufzte. »Danke, daß du es mir gesagt hast. Es hilft mir ein wenig.«

»Das Leben ist wirklich ein Teppich von ineinander verwobenen Ereignissen«, sagte sie nachdenklich. »Wenn ich nicht nach Frankreich gekommen wäre, wenn Vater nicht gestorben wäre, dann hätte ich nicht mit Robin zusammengearbeitet – und wer weiß, was dann in dieser Woche in Paris geschehen wäre? Varennes Plan hätte Erfolg haben können, und Europa würde nun wieder auf einen neuen Krieg zusteuern.«

»Ich hoffe, du hast recht. Irgendwie ist es tröstend, daran zu glauben, daß die Tragödien der Vergangenheit wenigstens *etwas* Positives bewirkt haben.« Er zog das Samtkästchen aus seiner Tasche und reichte es ihr. »Ein anderer Grund, warum ich hergekommen bin, ist das. Ich möchte, daß du es behältst.«

Sie erkannte das Kästchen und versuchte, es ihm zurückzugeben. »Ich kann die Smaragde unmöglich annehmen. Sie sind zu kostbar.«

Er zog die Brauen hoch. »Hätte ich dir Blumen geschenkt, würdest du sie behalten. Was ist der Unterschied?«

»Mindestens fünftausend Pfund«, sagte sie trocken. »Wahrscheinlich ein Batzen mehr.«

Er legte seine Hand über ihre. »Der Preis ist nicht wichtig. Was zählt, ist, daß sie von Herzen kommen, nicht mehr und nicht weniger, als es Blumen täten.«

Die Wärme, die durch ihre sich berührenden Hände strömte, brach Maggies Widerstand. In Wahrheit wollte sie die Smaragde nur zu gerne behalten, und dies eben nicht wegen ihres Wertes und ihrer Schönheit, sondern weil sie von Rafe kamen. »Also gut«, sagte sie leise. »Wenn du es wirklich willst, dann behalte ich sie.«

»Ich würde dir gerne noch viel mehr geben.«

Seine Worte lösten plötzliche Wut in ihr aus. Warum mußte er so etwas sagen und alles verderben? Sie stand auf und ließ die Juwelen und einen indignierten Rex auf der Bank zurück. »Ich will nicht mehr von dir«, fauchte sie. »Das hier ist schon zuviel. Nimm die verdammten Smaragde mit und gib sie irgendeiner Frau, die ihre Dankbarkeit auf die Weise ausdrückt, die du haben möchtest.«

Mit steifem Rücken trat sie ins Sonnenlicht und pflückte eine Rose vom Busch. Während sie die Dornen vom Stiel entfernte, versicherte sie sich, daß sie *nicht* die Fassung verlieren würde.

Doch auch dieser Entschluß war zum Scheitern verurteilt. Rafe trat hinter sie und legte ihr die Hände auf die Schultern. Obwohl die Berührung nicht besonders sinnlich war, unterminierte sie mit Leichtigkeit ihre guten Absichten.

Mit tiefer weicher Stimme zitierte er: »›Komm, leb' mit mir und sei meine Liebe, dann werden wir alle Freuden kennen . . .‹«

Sie riß sich los und wandte sich erst in sicherer Entfernung um. »Verdammt, Rafe Whitbourne, wir haben das bereits ausdiskutiert. Ich will nicht deine Geliebte sein!«

Er hätte ihr nachgehen und die berauschenden Waffen der Sinne benutzen können, um ihre Meinung zu ändern, aber er tat es nicht. Statt dessen sah er sie ruhig an. »Ich bitte dich nicht darum, meine Geliebte zu werden. Ich frage dich, ob du meine Frau sein willst!«

Maggie hatte gedacht, daß es nicht schlimmer kommen könnte, aber sie hatte sich geirrt. Rafe bot ihr an, was sie sich am meisten auf der Welt wünschte – und seine Worte lösten eine betäubende Woge von Angst und Kummer aus.

Sie wollte den Ursprung ihrer Gefühle lieber nicht erforschen, also sagte sie mit angespannter Stimme: »Sie erweisen mir eine große Ehre, Euer Hoheit, aber wir beide wissen, daß Männer wie Sie achtzehnjährige reiche, schöne Jungfrauen heiraten.« Sie stieß ein zittriges, falsches

Lachen aus. »Ich bin nichts davon. Wilde Abenteuer können wie eine Droge sein. Laß dir nicht durch ein paar Tage Aufregung dein Urteilsvermögen trüben.«

Trotz ihrer glatten Ablehnung spürte Rafe eine schwache Hoffnung aufkeimen. Margot hatte nicht gesagt, daß sie ihn nicht liebte, was der Grund gewesen war, weshalb sie Robin zurückgewiesen hatte – der einzige Grund, der wirklich zählte!

»Ich bin nicht wie ›Männer wie ich‹ – ich bin schlichtweg Rafe Whitbourne, und den gibt es nur einmal«, sagte er so vernünftig und ruhig, wie er es schaffte. »Zudem habe ich genug Geld für zwei, oder meinetwegen für mehr, also ist Reichtum kein Thema für mich. Schönheit? Die liegt im Auge des Betrachters, und für mich bist du die hinreißendste Frau der Welt. Das warst du schon immer. Und du wirst es immer bleiben. Was das Alter betrifft . . .« Er verringerte die Distanz zwischen ihnen und fing ihren Blick ein, damit sie ihm wirklich glaubte. »Die einzige Achtzehnjährige, die ich je kennengelernt habe und die mich nicht zu Tode gelangweilt hat, warst du. Und die Frau, zu der du geworden bist, ist sogar noch unwiderstehlicher als das Mädchen von damals.«

Als sie den Mund öffnete, um etwas zu sagen, legte er ihr sanft den Zeigefinger auf die Lippen. »Und unter diesen Umständen – warum solltest du mich nicht heiraten wollen?« Er glaubte, in ihren Augen ein dunkles Aufblitzen von Furcht zu sehen, doch schon war es vorbei.

Sie schob seine Hand weg. »Weil ich mich selbst zu gut kenne, Rafe«, antwortete sie gelassen. »Ich könnte dich niemals mit einer anderen Frau teilen. Wenn du das erste Mal eine Affäre hättest, würde ich mich in eine rasende Furie verwanden und uns beiden das Leben so schwer wie möglich machen. Ich nehme an, du könntest deine Affäre vor mir verbergen, aber ich will niemals mit einer Lüge leben, egal wie charmant sie verpackt wird.«

»Ich wollte keine solche Ehe, als ich einundzwanzig war, und ich will auch jetzt keine solche«, sagte er betont. »Wenn wir heiraten, wirst du niemals Grund haben, an meiner Treue zu zweifeln, das schwöre ich dir.«

Sie tat seine Beteuerung mit einem Schulterzucken ab. »Jeder macht Fehler, Rafe. Du mußt mich nicht heiraten, um die Sache mit Northwood wiedergutzumachen. Ich genieße meine Unabhängigkeit und verspüre kein Verlangen, sie aufzugeben.«

»Bist du sicher? Niemand, dessen Hände zu Fäusten geballt sind, denkt klar und vernünftig, und die Sache ist zu wichtig, um sie mit angespannten Nerven zu entscheiden.«

Mit einem erstickten Laut zwischen Gelächter und Tränen blickte sie auf ihre Hände hinab und sah, daß die Knöchel ihrer Fäuste weiß hervortraten. Behutsam löste sie die Verkrampfung und mußte feststellen, daß ihre Hände bebten. »Die Liebe, die wir füreinander empfanden, als wir jung waren, war etwas ganz Besonderes«, sagte sie unsicher, »aber wir können die Zeit nicht zurückdrehen. Sieh doch ein, daß es vorbei ist, Rafe.«

Er nahm ihre linke Hand und massierte sanft die Halbmonde, die ihre Nägel in die Haut gegraben hatten. »Weshalb die Zeit zurückdrehen, wenn wir sie noch vor uns haben? Ich bin sicher, daß wir inzwischen der Liebe eine Tiefe und Weisheit verleihen können, wie es uns damals nicht möglich gewesen wäre.«

Sie biß sich auf die Lippe, dann schüttelte sie den Kopf.

»Warum können wir es nicht wenigstens versuchen?« fragte er eindringlich. »Das Leben bietet einem nicht oft eine zweite Chance, Margot. Um Himmels willen, laß uns diese doch nicht einfach wegwerfen.«

Sie wagte es, ihm einen raschen Blick zuzuwerfen, und sah, daß sein Gesicht von all den Schichten arroganter Gelassenheit befreit war und so offen wirkte, wie sie es seit dem Morgen, an dem sie ihre Verlobung gelöst hatten, nicht mehr gesehen hatte. Wenn sie doch nur seinen Mut besitzen würde! Sie machte sich los und floh zu dem Springbrunnen in der Mitte des Gartens. Im Becken befand sich ein verwitterter Cherub aus Stein, der eine Urne hielt, aus der das Wasser sprudelte. Sie starrte den Cherub an, als wäre er die schönste Skulptur, die sie je gesehen hatte, und sagte voller Bitterkeit: »Du belügst dich selbst, Rafe. Es *gibt* im Leben und in der Liebe keine zweite Chance.«

Ein langes Schweigen senkte sich über sie. Sie begann zu hoffen, daß er endlich begriffen hatte, daß er aufgeben würde, sie zu bedrängen.

Sie hätte wissen sollen, daß er nicht so einfach aufgab. Wieder kam er ihr nach und blieb neben ihr stehen. »Lauf nicht immer vor mir weg, Margot. Du hast selbst gesagt, es war damals ein Fehler von dir, einfach zu fliehen. Ich werde dich nicht noch einmal weglassen.«

Das dumpfe Gefühl der Angst in ihr wurde stärker. »Laß mich in Ruhe, Rafe«, sagte sie scharf. »Ich weiß, was ich will, und eine Ehe mit dir gehört nicht dazu.«

Er wappnete sich innerlich gegen das, was nun kommen mußte. Solange er nicht die Schrecken in ihrer Vergangenheit ansprach, würde sie ihm nur immer weitere oberflächliche Gründe dafür geben, warum sie nicht zusammenpaßten. »Ich weiß, was in der Gascogne passiert ist, Margot.«

Ihr schockierter Blick schnellte zu ihm zurück, und er präzisierte behutsam: »Ich weiß alles!«

»Robin hat es dir gesagt?«

»Ja. Als wir zusammen in dem Kerker saßen.«

»Dieser verdammte Kerl!« fluchte sie, und ihre Augen sprühten Feuer. »Er hatte kein Recht, das zu erzählen. Und am wenigsten, es *dir* zu erzählen.«

»Ich überzeugte ihn, daß ich . . . ich es wissen *mußte.*«

»Also, das steckt wirklich hinter deinem Heiratsantrag«, sagte sie heftig. »Ein Schuldgefühl. Sehr großzügig von dir, für deine Duchesse sogar beschädigte Ware zu nehmen, aber es ist verdammt noch mal nicht notwendig. Ich kann sehr gut für mich selbst sorgen und brauche deine wohlmeinende, aber unangebrachte Mildtätigkeit nicht.«

Ein Muskel in seinem Gesicht zuckte. »So siehst du dich also? Als ›beschädigte Ware‹?«

Sie sank auf den Beckenrand des Springbrunnens nieder und vergrub das Gesicht in den Händen. Bisher hatte nur Robin die ganze scheußliche Geschichte gekannt. Es war ihr unerträglich, daß ausgerechnet Rafe um das ganze Ausmaß ihrer Schande wußte.

Der sonnige Garten verschwand, als die finsteren Erinnerungen sie zu überwältigen drohten. Sie zwang ihre Gedanken in eine andere Richtung, nur um sich der Tatsache gegenüberzusehen, daß ihre absolute Hilflosigkeit damals noch vernichtender gewesen war als die körperlichen Schmerzen. In gewisser Hinsicht hatte ihr ganzes Leben danach darin bestanden, zu beweisen, daß sie nicht mehr hilflos war.

Verzweifelt rang sie um ihre Selbstbeherrschung. Es wäre die letzte, schlimmste Demütigung, vor Rafes Augen zusammenzubrechen. »Mehr als beschädigt«, sagte sie rauh. »Irreparabel zerbrochen. Deswegen war ich froh, mit Robin in Frankreich bleiben zu können, deswegen ließ ich Lord Strathmore nicht meinen richtigen Namen wissen. Margot Ashton war tot, und ich wollte, daß sie es bleibt.«

»Margot Ashton ist nicht gestorben – sie ist zu einer

bemerkenswerten, einfühlsamen Frau geworden.« Rafes Stimme war sehr weich. »Du hast für das Leben von mehr Menschen eine Rolle gespielt, mehr Gutes getan, als die meisten sich erträumen dürfen. Ich will nicht leugnen, daß ich mich äußerst schuldig fühle, weil ich dich damals so behandelt habe, aber das ist nicht der Grund, warum ich dich heiraten will.«

Aus Furcht, was er als nächstes sagen mochte, hob sie den Kopf und sagte müde: »Ich will nichts mehr hören.«

Ihre Bemerkung ignorierend, setzte er sich neben sie auf den Beckenrand. »Mit einundzwanzig liebte ich dich mit allem, was ich hatte«, begann er ernsthaft. »Damals machte mir das Ausmaß an Macht, die du über mich hattest, angst, denn ich liebte dich mehr als meinen Stolz, meine Ehre.«

Er zupfte ein paar Grashalme aus und rieb sie abwesend zwischen Daumen und Zeigefinger. »Nachdem ich dich verloren hatte, gab es nichts mehr außer Stolz und Ehre, und ich geriet in alle ihre Fallen. Wenn ich den Mann betrachte, der ich geworden bin, muß ich feststellen, daß ich ihn nicht besonders mag. Wenn ich höflich war, dann nur, weil es unter meiner Würde war, mich grob zu benehmen. Wenn ich mich gelegentlich arrogant benahm, dann, weil der Titel des Dukes einem Leben, das zutiefst bedeutungslos war, Form und Struktur verlieh.« Er drehte den Kopf und sah sie an. »*Du* bist es, die meinem Leben Bedeutung gibt, Margot.«

Dadurch, daß er soviel von sich selbst preisgab, machte er Margot paradoxerweise nur noch verletzlicher. Sie spürte, wie ihre Furcht wuchs, und wandte den Blick ab, damit er ihre Feigheit nicht darin sehen konnte. »Ich will nicht die Verantwortung für den Sinn deines Lebens tragen.«

»Du hast keine Wahl.« Er wand die Grashalme wie einen Ring um seinen Finger. »Es ist so, ob wir nun heiraten oder uns niemals wieder sehen.«

Mit jedem Satz untergrub er mehr von ihrem Widerstand. Der Schrecken der Gascogne verschmolz mit der Angst, die sie empfand, seit er ihr den Antrag gemacht hatte, und wuchs zu einem Strom aus Panik an. Sie konnte ihre Gefühle nicht länger vor ihm verbergen und schrie verzweifelt auf. »Ich habe nicht den Mut zu einem zweiten Versuch, Rafe! Der Gedanke an das Risiko versetzt mich in Angst und Schrecken! Varennes Drohung, mir das Hirn wegzupusten, war dagegen lächerlich!«

Die Grashalme zerrissen in seinen Fingern, und er schwieg eine lange Weile. Dann sagte er: »Mein Leben war im Vergleich zu deinem leicht, aber ich weiß auch ein wenig über Ängste – mein Leben in den letzten zwölf Jahren ist dadurch geformt worden. Weil ich nicht noch einmal den Schmerz riskieren wollte, den ich empfand, als ich dich verloren hatte, verhielt ich mich distanziert, erlaubte mir niemals, einer Frau nahezukommen, die ich vielleicht hätte lieben können.«

»Dann mußt du doch verstehen, wie ich mich fühle. Gib auf, Rafe, bitte!« Ihr Atem ging nun rauh und hastig, und sie wußte, sie hätte sich weigern sollen, noch einem einzigen Wort zu lauschen. Und doch war sie einfach nicht in der Lage, aufzustehen und zu gehen.

»Nicht, bevor ich überzeugt bin, daß es ein hoffnungsloses Unterfangen ist«, erwiderte er mit einer Stimme, die Unnachgiebigkeit verriet. »Zuzugeben, dich zu lieben, macht mir schreckliche Angst, aber ich muß es tun, denn selbst der Schmerz ist besser als die Leere, die mir in den letzten Jahren so vertraut geworden ist.«

Er blickte sie wieder mit eindringlichem Blick an. »Nach dem Aufruhr auf dem Place du Carousel hast du gesagt, Leidenschaft ist das einzige, was stärker ist als

Angst. Aber du irrst dich.« Sehr behutsam strich er ihr eine Haarsträhne von der Wange. »Nicht Leidenschaft ist stärker als Angst, sondern Liebe. Ich liebe dich, und ich glaube, du mußt mich auch wenigstens ein bißchen lieben, sonst hättest du niemals mit mir geschlafen. Diese Liebe existiert – gib ihr eine Chance, die Wunden der Vergangenheit zu heilen.«

Sie sehnte sich nach dem, was er ihr bot, wie ein Verdurstender sich nach Wasser sehnt. Doch sie konnte es nicht annehmen. Seit dem Zeitpunkt, an dem Rafe nach Paris gekommen war, wurde sie mit einem brutalen Schock nach dem anderen konfrontiert, und die Mauern, die sie so sorgfältig um sich herum errichtet hatte, um überleben zu können, bröckelten immer schneller ab. Der Sturm der Ängste in ihrem Inneren verstärkte sich zu einem Hurrikan, der sie vollkommen zu vernichten drohte.

Sie kannte nur eine einzige Form von Trost, der sie vertraute.

Sie rückte auf dem steinernen Rand des Springbrunnens näher an Rafe heran, schlang die Arme um seinen Hals und küßte ihn mit verzweifeltem Hunger. Augenblicklich war es mit seiner Ruhe vorbei, und er riß sie hart an sich. Die heftige Umarmung, die folgte, besänftigte ihre Furcht ein wenig, drängte sie in den betäubenden Wahnsinn der Begierde zurück.

Er öffnete ihr Kleid im Rücken und zerrte den Stoff über ihre Schultern. Doch statt sie erneut zu küssen, hielt er mit zitternden Händen inne. »Wir sollten miteinander reden«, sagte er unsicher, »nicht uns gegenseitig die Kleider vom Leib reißen.«

Sie öffnete ihre Augen. »Reden hilft nicht, Rafe. Nur Leidenschaft . . . wenigstens für eine Weile.« Sie ließ ihre Hand über seine Brust abwärts gleiten, bis sie die Wölbung seiner Männlichkeit spürte. Er wurde unter ihrer Hand sofort hart.

Er hielt den Atem an. »O Gott, Margot . . .«

Er konnte nicht länger widerstehen. Rafe zog ihren willigen Körper ins sonnenwarme Gras. Ihre Glieder schlangen sich umeinander, Kleider wurden fortgezerrt, damit ausgehungerte Haut geküßt und berührt werden konnte. Sie seufzte vor Erleichterung, denn die Angst war fort, als er mit einer raschen, kraftvollen Bewegung in sie eindrang.

Doch statt es bis zu der unvermeidlichen, brennenden Erlösung weiterzutreiben, wurde Rafes Körper plötzlich reglos, nur seine Arme zitterten heftig vor Anstrengung und Zurückhaltung, während er in ihr pulsierte. »Noch nicht, Geliebte«, keuchte er. »Ich muß noch über Angst reden. Das Leben hat dir beigebracht, dich zu fürchten, aber es muß nicht länger so sein. Ich will dich lieben.«

»Tun wir das nicht gerade?« Margot, die entschlossen war, auch ihn durch Lust vergessen zu machen, begann mit den Hüften zu kreisen.

Unwillkürlich drängte er sich tiefer in sie, hielt dann den Atem an und zog sich ein kleines Stück zurück. Schweiß glänzte auf seinem Gesicht. »Das ist keine Liebe, das ist Sex – wundervoll und berauschend, aber nicht dasselbe.«

»Hör auf, von Liebe zu reden!« Wütend schnellten ihre Arme vor und ihre Nägel schrammten über seine nackten Schultern und seine Brust.

Er fing ihre Handgelenke auf und drückte sie mit sanfter Unnachgiebigkeit neben ihrem Kopf ins Gras. »Ich muß davon sprechen, denn es war das Scheitern der Liebe, das uns beide auf so freudlose, furchteinflößende Wege geschickt hat.«

»Dies ist keine verdammte Parlamentsdebatte, Rafe!«

Mehr denn je brauchte sie nun die Erlösung und spannte ihre inneren Muskeln an.

Er stöhnte auf, sein Kopf fiel herab und sein schwarzes Haar klebte feucht über seinen Augen. Wieder spannte sie die Muskeln an, und als ihn ein heftiges Beben durchlief, glaubte sie schon, sie hätte gewonnen.

Doch einmal mehr besiegte sie seine Selbstbeherrschung. Er hob den Kopf. »Ich will dich lieben, Margot«, sagte er heiser, »denn reine Lust wird dir nie mehr als kurzfristiges Vergessen geben können.«

»Vielleicht hast du recht«, flüsterte sie und hatte plötzlich das unerklärliche Bedürfnis zu weinen. »Aber Lust ... ist sicherer als Liebe.«

Er stützte sich über ihr auf, seine breiten Schultern schirmten die Sonne ab und füllten die Welt aus, so daß nichts außer ihm wirklich zu sein schien. »Sicherheit ist nicht genug.«

Unfähig, seinen bohrenden Blick länger zu ertragen, schloß sie die Augen und versuchte fieberhaft, die Losgelöstheit der Leidenschaft wiederherzustellen.

»Sieh mich an!« befahl er scharf.

Sie wollte nicht gehorchen, und doch öffnete sie die Augen und stellte entsetzt fest, daß sie offenbar keinen eigenen Willen mehr hatte.

»Du verdienst mehr als einfache Sicherheit«, sagte er etwas ruhiger. »Du hast schon von den Qualen der Liebe gekostet, Margot ... öffne dich doch endlich ihren Freuden.«

Stückchen für Stückchen waren ihr Widerstand und ihre Schutzmauern abgebröckelt. Und nun brach mit plötzlicher Heftigkeit der Rest zusammen, und sie stürzte in einen Mahlstrom von Angst, Schmerz und Wut. Sie war bis jetzt nicht untergegangen, weil sie sich niemals erlaubt hatte, die Schrecken der Vergangenheit bewußt zu durchleben, doch nun überschwemmten sie die Erinnerungen mit einer Grausamkeit, die ihre Seele zerriß. *Der gequälte Todesschrei ihres Vaters, sein Blut, das über ihr Gesicht spritzte. Grapschende Hände, die gräßliche Schändung, die ihre Unschuld für immer zerstörte. Die unaussprechlichen Dinge, die sie getan hatten, die für eine behütete Achtzehnjährige buchstäblich unvorstellbar gewesen waren.*

Sie schrie vor Entsetzen auf, und die Begierde verschwand, als die heftigen Schluchzer ihren ganzen Körper schüttelten. *Sie fror, es war so kalt, und sie war so schrecklich allein . . .*

Augenblicklich ließ Rafe ihre Handgelenke los und zog sie in die Arme, um sie mit seinem Körper und seiner Seele vor dem furchtbaren Sturm, der in ihr tobte, zu schützen. »Ich liebe dich, Margot!« sagte er eindringlich. »Ich werde dich immer lieben. Du mußt nie wieder allein sein!«

Irgendwo tief in ihrem Inneren hatte sie immer gewußt, daß es ihr Ende bedeuten würde, wenn sie sich den furchtbaren Erinnerungen ganz öffnen würde. Sie wußte, dann würde sie sterben.

Doch sie starb nicht. Rafe war bei ihr, in ihr, seine Zärtlichkeit und seine Kraft beschützten sie, und seine eindringlichen Wort von Liebe waren wie eine Rettungsleine, dic sie vor dem Untergang bewahrte.

Schrittweise begann der Strom des Schreckens an Kraft zu verlieren, und ihr rasselnder Atem beruhigte sich. Die Vergangenheit hatte sich nicht geändert; die Erinnerungen waren immer noch bitter und die Wunden tief. Doch seine Liebe blies die Wolken der Angst so effektiv fort, wie die Sonne den Morgennebel auflöste.

Die Furcht verebbte und hinterließ Leere. Dann, langsam, wie die Flut einsetzt, wurde diese Leere in ihrer Seele mit Liebe gefüllt. Die Wärme seiner Gefühle verbannte die finsteren Schatten und ließ das Licht eindringen.

Und mit der Liebe erwachte das Verlangen erneut. Es war nicht mehr die verzweifelte Begierde, die sie zuvor beherrscht hatte, sondern ein heftiges Aufwallen von Emotionen, in dem Liebe und Leidenschaft nicht mehr zu trennen waren.

Obwohl seine Erektion nachgelassen hatte, während er sie gegen das Entsetzen beschützte, waren sie immer noch so innig vereint, wie Mann und Frau es sein konnten. Sie bog sich ihm entgegen und ließ ihren Körper sprechen. Und als die Lust auch bei ihm zurückkehrte, flüsterte sie: »Ich liebe dich, Rafe.«

Er atmete tief aus, als er begann, sich im uralten Rhythmus der Paarung zu bewegen. Nichts von der Distanz, die sie in ihrer ersten Liebesnacht gespürt hatte, war noch vorhanden. Nun war er ganz bei ihr, sein Geist, seine Seele gehörten ihr genauso wie sein Körper.

Seine kräftigen Stöße erschufen einen neuen Sturm, doch dieser wehte sie mit Licht und Freude davon. Sie schrie auf und klammerte sich an ihn, als sie die Beherrschung verlor. Heftige Kontraktionen erschütterten ihren Körper, und ihr Schrei wurde von einem Stöhnen aus dem Innersten seiner Seele begleitet, als er seinen Samen in sie ergoß.

Nur langsam klangen die ekstatischen Gefühle ab, um in Ruhe und hellen Frieden überzugehen. Als ihr betäubtes Bewußtsein sich wieder klärte, bemerkte sie, daß Rafe genauso heftig zitterte wie sie. Sie streichelte seinen verschwitzten Rücken, bis ihre Atmung sich ein wenig beruhigt hatte. »Woher wußtest du, daß ich mich so einsam fühlte?« murmelte sie.

Rafe stützte sich auf die Ellenbogen und musterte ihr Gesicht. »Eigene Erfahrung, nehme ich an. Wenn ich zurücksehe, erkenne ich, daß die Angst vor dem Verlust mich vor echten, tiefen Gefühlen zurückschrecken ließ.

Aber was daraus entstand, war nicht Sicherheit, sondern Einsamkeit. Ich dachte, daß es bei dir ähnlich sein müßte.«

»Ganz genau«, sagte sie langsam. »Ich konnte nie vergessen, was geschehen war, und doch gestand ich mir niemals zu, es wirklich zu empfinden. Um zu überleben, mußte ich mich von dem Schrecken zurückziehen. Aber indem ich es tat, schnitt ich mich auch von allem anderen ab . . . und von jedem anderen.«

»Du hörst dich an, als wäre das nun Vergangenheit.«

»Das ist es, denn du hast mir diesmal den Rückzug verwehrt. Danke, Rafe.« Als sie in seine klaren, grauen Augen blickte, erschien ein Lächeln auf ihren Lippen. »Für den Fall, daß ich mich eben nicht deutlich genug ausgedrückt habe: Ich liebe dich!«

Er erwiderte das Lächeln. »Wie ich, glaube ich, schon etwa vierzig- oder fünfzigmal erwähnte: Ich liebe dich auch.«

Sie lachte leise. »Es scheint, wir sind uns endlich einmal einig.«

Ein Schatten huschte über sein Gesicht. »Verzeih mir, daß ich mich so gründlich vergessen habe, daß ich mich nicht kurz vorher aus dir zurückgezogen habe.« Er zögerte und fügte dann hinzu: »Ich hoffe nur, das hat keine unerwünschten Konsequenzen.«

Ihr Gesicht erstrahlte plötzlich vor Freude, und das angenehme Gefühl weiblicher Macht durchströmte sie. »Mir kämen die Konsequenzen nicht ungelegen«, sagte sie heiter. »Und du willst doch sicher einen Erben.«

Er sah sie verdattert an. Dann, mit entwaffnender Plötzlichkeit, begann sein Gesicht so hell zu strahlen wie die Sonne über ihnen. »Heißt das, du willst mich heiraten?«

Zärtlich fuhr sie ihm mit den Fingern durchs Haar.

»Wenn du sicher bist, daß du eine Frau mit einer düsteren Vergangenheit willst, gibt es nichts, was ich lieber täte, als deine Frau zu werden.«

»Wenn ich sicher bin!« Lachend zog er sie in seine Arme und rollte sich auf den Rücken, so daß sie auf ihm lag. »Ich war mir niemals im Leben einer Sache sicherer!«

»Du hast recht gehabt, Rafe. Liebe ist stärker als Angst, und es fühlt sich um einiges besser an.« Sie rieb ihre Wange an seiner. »Wie gut, daß du mehr Mut hast als ich.«

»Das Risiko war es auf jeden Fall wert.« Er streichelte liebevoll ihren nackten Po. »Du hattest Sorge, ob ich dem Charme anderer Frauen werde widerstehen können, aber vergiß nicht, daß man behauptet, bekehrte Schürzenjäger würden die besten Ehemänner.«

Sie zögerte, entschied dann aber, vollkommen aufrichtig zu sein. »Ehrlich gesagt, habe ich niemals daran geglaubt. Ich weiß, daß du meinst, was du gesagt hast – aber gewisse Charaktermerkmale halten sich ewig.«

»Ich habe immer Frauen vorgezogen, die dir irgendwie ähnlich waren, aber keine konnte jemals an die Original-Margot heranreichen.« Er grinste. »Glaubst du mir vielleicht ein bißchen eher, wenn ich dir sage, daß ich schon auf genug Weiden gegrast habe, um zu wissen, daß das Gras dort *nicht* grüner ist?«

»Du hast mich überzeugt.« Lachend legte sie ihren Kopf auf seine Schulter. »Wie kommt es, daß eine profane Beteuerung soviel wirksamer ist als eine edle?«

»Das liegt in der Natur des Menschen, fürchte ich.«

Während sie sich müßig in der Sonne räkelten, kam es Rafe in den Sinn, daß er Margot besser vor dem Licht schützen hätte sollen, denn ihre helle Haut würde sehr viel schneller verbrennen als seine dunkle. Sanft legte er sie ins Gras neben sich und stützte sich auf einen Ellbogen, so daß sein Körper ihr Schatten spendete.

»Du sahst im Kerzenlicht schon entzückend aus, aber im Sonnenlicht bist du sogar noch entzückender.« Vorsichtig berührte er eine der verblassenden blauen Flekken auf ihren Rippen. »Ich bin froh, wenn die hier nicht mehr zu sehen sind.« Seine Stimme bekam einen angespannten Unterton. »Du bist ein Wunder, Margot. Was du überlebt hast, hätte jeden anderen mit weniger Kraft umgebracht.«

Sie nahm seine Hand und drückte sie auf ihr Herz. »Nichts ist umsonst, Geliebter. Von dem Tag an, an dem mein Vater starb, bis vor ein paar Minuten, ist die Angst mein konstanter Begleiter gewesen, so nah bei mir wie mein eigener Schatten. Doch seltsamerweise hatte ich niemals Angst vor kleineren Dingen, denn das Schlimmste, was ich mir vorstellen konnte, war bereits geschehen. In vieler Hinsicht wurde ich stärker und fähig, Dinge zu tun, die mir früher undenkbar erschienen wären. Deswegen konnte ich eine so gute Spionin sein.«

Er küßte ihre Stirn. »Meine unbeugsame Gräfin und zukünftige Duchesse.«

Zögernd sagte sie: »Ich hätte eine Bitte.«

»Alles, was du willst«, erwiderte er.

Sie erwägte wohl ein Dutzend Möglichkeiten, das auszudrücken, was ihr am Herzen lag, bevor sie es aussprach. »Robin bedeutet meine Familie. Und das wird er immer sein.«

Rafe lächelte sie ein wenig bitter an. »Und du willst nicht, daß ich wie ein eifersüchtiger Spinner von Ehemann reagiere. Keine Sorge. Ich mag und respektiere Robin. Und wenn ich ein bißchen an mir arbeite, kann ich mir bestimmt weismachen, daß er dein Bruder ist. Er wird bei uns immer willkommen sein, und ich wünsche mir aufrichtig, daß er häufig kommt. Ist es das, was du hören wolltest?«

»Ja, Lieber.« Ein seidiges Etwas strich an ihrer Seite entlang, und sie entdeckte, daß Rex beschlossen hatte, er könne nun endlich von ihrer Wärme profitieren. Mit einem Grinsen fragte sie: »Und was ist mit Rex?«

Rafe lachte. »Auch er sei willkommen. Jeder Haushalt braucht einen Kater, und da ich schon bekehrt bin . . .«

Ihr glückliches Lachen klang durch den Garten, als sie ihr Gesicht zu Rafe drehte, ihre Finger durch sein schwarzes Haar gleiten ließ und sich an seinen Körper preßte, weil das Gefühl seiner Nähe einfach zu überwältigend war.

Als sich ihre Lippen erneut trafen, schickte sie ein kurzes Dankgebet zum Himmel, daß der Rosengarten so abgeschieden war. Sie hatten viele Jahre aufzuholen.

Zur Geschichte

WÄHREND DER WIENER Kongreß bestens bekannt ist, weiß man über die Friedenskonferenz von 1815 in Paris relativ wenig. Nichtsdestoweniger war dies ein entscheidendes Ereignis, das die Napoleonischen Kriege endgültig abschloß.

Obwohl ich mir ein paar Freiheiten herausgenommen habe, ist der Hintergrund der Geschichte wahr. Paris im Sommer und Herbst des Jahres 1815 war ein Hexenkessel aus Verschwörungen, Mordplänen und politischen Gegenströmungen. Lord Castlereagh ist wirklich Mitte September von einem Pferd getreten worden, und ein paar Tage lang wurden die wichtigen Versammlungen in seinem Schlafzimmer in der Botschaft abgehalten.

Sowohl die Kunst als auch die bonapartistischen politischen Gefangenen waren Thema kontroverser Debatten, und die Vorfälle im Louvre und auf dem Place du Carousel haben sich wirklich so ereignet. Im übrigen haben die Franzosen damals in dieser Sache zuletzt gelacht: Obwohl das endgültige Abkommen festsetzte, daß die gestohlenen Kunstschätze aus Paris in ihre Heimat geschickt werden sollten, dachte niemand an die vielen kostbaren Werke, die in den Provinzmuseen lagerten.

Einige der höchsten Militärs aus den bonapartistischen

Reihen wurden hingerichtet, was einen Sturm der Empörung in ganz Europa auslöste. Marschall Michel Ney, »der Tapferste der Tapferen«, starb vor einem Erschießungskommando. Mit der Hilfe von drei Briten floh ein anderer Offizier von hohem Rang als Frau verkleidet aus dem Gefängnis.

Der Wiener Kongreß und die Friedensvereinbarung von 1815 werden manchmal als reaktionär bezeichnet, weil die nicht bindende Heilige Allianz zwischen Rußland, Österreich und Preußen mit der Quadrupelallianz verwechselt wird, die aus dem wirklichen Friedensabkommen entstand, welches am 20. November unterzeichnet wurde. Es war die Heilige Allianz, die als Werkzeug von reaktionären Kräften benutzt wurde, während die Quadrupelallianz eine phantastische neue Idee hervorbrachte: daß nämlich in Zeiten des Aufruhrs die vier Mächte zusammenkommen und die Situation besprechen würden. Dies war die Saat, die zum Völkerbund und zu den Vereinten Nationen in unserem Jahrhundert heranwuchs.

Die Staatsmänner, die diese Vereinbarung trafen, waren bodenständige, praktisch denkende Männer, die in ihrer Zeit Frieden schaffen wollten und sich der Mittel bedienen mußten, die auf dem zerrütteten Kontinent verfügbar waren. Sie erreichten mehr, als sich irgend jemand hätte erträumen können: Bis 1914 gab es in Europa keinen Krieg mehr, der den ganzen Kontinent einbezog.

Die britische Botschaft befindet sich immer noch in dem Haus, das Wellington von Pauline Bonaparte, der Fürstin Borghese, kaufte, und ich habe mir sagen lassen, daß zu wichtigen Anlässen immer noch ihr Geschirr aufgedeckt wird.

Band 12277

Catherine Gaskin

Im Schatten ihrer Männer

Das Leben in dem amerikanischen Städtchen Burnham Falls ändert sich schlagartig, als ein großes Industrieunternehmen dort ein Forschungslabor einrichtet. Die Geschäfte florieren, überall wird das Wirtschaftswunder sichtbar. Die Alteingesessenen sträuben sich gegen den Wandel, während die neu hinzugezogenen Forscher und Verwaltungsfachleute von der Wichtigkeit ihrer Aufgabe überzeugt sind. Im Mittelpunkt des Geschehens stehen vier Frauen: die tapfere Jeannie, die sympathische Harriet, die Schauspielerin Laura und die Irin Sally.

BASTEI
LÜBBE

Band 12279

Barbara Cartland

Ein Herzensgeheimnis

Gleich zweimal wird ein junges Mädchen vom Schicksal auf eine harte Probe gestellt

Zenobia, die mit ihrem Vater die ganze Welt bereist hat, stellt nach dessen Tod entsetzt fest, daß alles Geld, das er ihr hinterließ, von ihrer Stiefmutter ausgegeben wurde. Aus Angst, diese könnte sie an einen ihrer zahlreichen Liebhaber verheiraten, nimmt sie eine Stelle als Sekretärin des Earl von Ockendon an, der ein leidenschaftlicher Sammler fernöstlicher Kunst ist. Bald schon findet sie ihre Arbeit überaus faszinierend – und ihren Arbeitgeber ebenfalls. Doch dann begegnet sie der Schwester des Earl, und diese beschwört sie, die Stellung aufzugeben, weil ihr Bruder ein Möder sei…

BASTEI
LÜBBE